唐代通行『尚書』の研究

写本から刊本へ

山口謡司［著］……Yamaguchi Yoji

勉誠出版

序文

東京大学名誉教授　池田知久

本書は、畏友・山口謠司氏が自身の博士論文を補足・修正して出版するものである。博士論文は、二〇一一年に大東文化大学に提出されて、翌二〇一二年に博士（中国学）号を取得した。

本書は、儒教の最重要経典の一つ『尚書』というテキストを対象に選び、唐代に通行していた『尚書』各種の写本の本文中に揺れ（異同）が存在することを把握し、それ以前の魏晋時代の写本『尚書』の思想的諸解釈の可能性、以後の宋代の刊本の出現の意義、ひいては、後者を使用する『尚書』解釈の展開や宋学という思想体系の成立、などに対する見通しを探求した意欲的な学術書である。

また、この探求を通じて、『尚書』経文と孔安国伝をその両方にわたって、唐代通行の『尚書』を種々さまざまの写本資料を駆使した上で復元しようとした学術書である。

本書は、近代以降に現れた『尚書』の文献学的研究として、まちがいなく優れた研究の一つである。特に高い評価を受けてよいと思われるのは、以下の諸点である。

第一に、本書は、儒教の重要な経典『尚書』の経文と伝文に即してその開頭から末尾まで全面的に、我が国に伝存する『尚書』を中心とした旧鈔本、敦煌本などの唐写本『尚書』、唐代の類書・字書所引『尚書』を大量かつ多角的に使用して、唐代通行の『尚書』の内容とその特徴を明らかにした。我が国の古写本を利用する中国古典の文献学的研究は、斯波六郎氏の『『文選』李善注所引『尚書』の研究』を始めとして近年では次第に行われるようになっており、著者も斯波氏の研究から多大の影響を受けている。しかし、『尚書』に関する上記のような大量・多角的な利用は著者が初めてであり、特に日本古写本の利用は日本の研究者の利点を活かした、他国の研究者の追随を許さない研究である。

今日に至る研究史を振り返ってみると、江戸中期、山井鼎『七経孟子攷文』によって紹介された足利学校蔵室町写本は、宋代以降の刊本経典と異なる点があることで、清朝の考証学者を驚かせその発展に影響を与えた。これを偽作とする清朝学者もあったが、清末にスタインとペリオが敦煌で唐写本を発見して以来、日本伝存の旧鈔本が敦煌本と類似することが明らかになっていった。『尚書』に関しては、早く阮元『十三経注疏校勘記』が山井鼎の利用した足利学校本によって校勘を行ったが、実物を見たことがない阮元はこれを刊本の一種と誤認して、日本写本の重要性に気づくことはなかった。

また、清朝考証学の『尚書』研究の最高峰は段玉裁『古文尚書撰異』であろうと思われる。彼の検証する古文は漢代以前の文字・文献であるが、唐代の文献に関しては類書などを使用し、また漢代の隷書の碑文などをも利用する。その研究成果は漢代『古文尚書』の復元という点では精緻なものであるけれども、宋刊本から一足飛びに漢代以前に遡るという方法論的な無理を犯しているために、唐代通行の『尚書』を反映する日本古写本は眼中になく、また同じ意味を有する類書・字書に基づく考証もはなはだ乏しく、さらに敦煌本の存在もまだ知らない、という状況であった。

その後、羅振玉・神田喜一郎氏などが、敦煌本や日本旧鈔本を研究してそれらの文献学的重要性に注意を促したが、『尚書』を始めとする個々の文献に即して写本と刊本の間にいかなる相異があり、それがいかにして発生したかという基本的な問題については、十分な研究が行われてこなかった。ここに、本書の研究史上における重要な意義がある。

第二に、今日、我々は特に儒教経典の本文について、権威もあり固定したテキストと考えがちである。それは宋代以降、国家や皇帝のお墨付きで美しく調えられた官本が刊行され、読書形態も範囲が広く視覚的な読書を目的とする刊本文化が出現した後の、通行テキストを見慣れているためではなかろうか。しかし、こうした固定的な経典観に対しては、時代・社会・文化状況の相異に応じた限定を加える必要がある。この種の問題に対して、本書は、具体的に『尚書』の経文・伝文の一々に即して極めて実証的かつ精緻な考証と分析に基づきつつ、以上のごとき内容の明確な主張を展開した。

そもそも宋刊本の登場する以前のテキストの普通の形態は写本である。本書は、越刊八行本や北京大学本の宋刊本『尚書』を比較の基準に取り、我が旧鈔本、敦煌本などの唐写本、類書・字書などに現れた『尚書』経伝を大量かつ多角的に使用して、唐代玄宗による衛包改字以前の『尚書』経文・孔安国伝の復元を試み、またそれを行うための基礎作業や新しい視点の提示を行っている。

本書が実証したところによれば、唐写本は宋刊本に比べてテキストとして揺れ（異同）があり、その振幅の幅が大きいという性質を持つ。それは経文もそうであるが、孔安国伝は一層はなはだしい。これらは宋代に印刷されるに至り、初めて経文・伝文が確定されて、今日見るような形態になったわけであるが、これによって『尚書』経文・伝文自体の多様性を狭めることがないように注意しなければならない。なぜなら、このような思考を通じて初めて、それ以前の魏晋の『尚書』の思想的諸解釈の可能性、以後の宋代の刊本の出現の意義、ひいてはそれを使用する『尚書』解釈の展開、宋学という思想体系の成立、などに対する見通しを探求しうるからである。

本書は、『尚書』の中でも孔安国伝については、それが偽託されたものであるという性質も加わって、非常に多くの異文を持つことを具体的かつ詳細に解明した。近年の中国における『尚書』のまとまった研究としては、臧克和『尚書文字校詁』（一九九九年）を挙げることができよう。該書は、その経文については日本旧鈔本・敦煌本と対校して、唐代『尚書』の復元を行おうとするが、孔安国伝については全く言及していない。こうした研究の現状から考えても、読者は本書の『尚書』研究史上の意義が決して小さくないことを確認することができよう。

以上は、本書の有する優れた意義の中でも、方法論に関わるものである。これ以外にも具体的な意義は少なくない。ここでは、以下の二点（第三と第四）を述べるだけに止める。

第三に、「越刊八行本『尚書』攷」や「本論」の各章節で考証した諸問題についても、近年の研究史における新達成として高い評価を受けうる成果が含まれている。

その一は、「越刊八行本『尚書』攷」において、長澤規矩也・阿部隆一氏が未解明のままにしておいた、越刊八行本『尚書正義』の二本の関係について、北京図書館本の方が足利学校本よりも逓修の加わらない原刻を多く残す善本であることを明確にした。

その二は、開成石経『尚書』については、有力な先行研究として小林信明氏の業績があるが、該書はこれが越刊八行本に繋がるテキストであることに言及しない。本書は、「越刊八行本『尚書』攷」において、越刊八行本と開成石経を比較・検討して、越刊八行本が開成石経の誤りを正して成った可能性のあることを解明した。

その三は、「本論」の「一・二・三・五」において行った、主に唐代に編纂された類書所引『尚書』経伝と越刊八行本および日本旧鈔本・敦煌本などの比較・検討である。これらの作業が、段玉裁を始め清朝考証学の『尚書』研究によっては十分に行われなかった状況については上述した。これらの諸書に反映している唐代通行『尚書』の復元は、本書の新しい研究成果である。そのうち、『秘府略』は国書であり、『群書治要』は日本に伝存する旧鈔本である。本書は、唐初の『尚書』、場合によっては衛包改字以前の『尚書』を復元するために、これらを有効に利用している。

その四は、「本論」の「六」において行った、『後漢書』李賢注所引『尚書』と北京大学本の対校である。この資料を使用する『尚書』研究は従来なかったものである。

その五は、「本論」の「七・八」において行った、『一切経音義』と原本系『玉篇』所引『尚書』と北京大学本の対校である。これらの資料を使用する『尚書』研究も、従来なかったものであるが、本書はこれらに反映した唐初『尚書』の名残りを実証した後、その資料的価値を確認している。

第四に、「越刊八行本『尚書』攷」と「本論」のどの章節においても、本書は論述に入るに先立って必ず、校勘の対象とする諸文献、比較のために使用する諸文献、あるいは参考のために引用する諸文献、などに関する、詳細な書誌学的調査・検討を行う。そのために挙げる文献については、中国古典の宋代より清代・現代に至る重要な刊本・覆刻本・影印本、またそれらの日本で開版した(主に江戸時代の)刊本などは全て遺漏なく吟味し、またそれらが我が国に伝存する場合は奈良・平安・鎌倉時代の旧鈔本を宮内庁書陵部・足利学校等々に赴き直接目睹した上で、自らの調査・吟味に基づく基本的かつ有意義な分析・紹介を行う。したがって、こうした分析・紹介は、それぞれの文献について読者が安心して依拠できるものとなっている。また、こうした幅広い文献の分析・紹介の中で、個々の論述に最適・最善のテキストを使用していることは、言うまでもない。

本書の渉猟の範囲は、中国古典の写本・刊本は勿論のこと、最近中国各地から出土している新資料にも及び、時には『秘府略』『令集解』といった日本の国書にも眼を通し、さらには同じく『政事要略』『弘決外典鈔』にまで言及してそれらの引く『尚書』を利用する姿勢を示す。さらに、唐写本『尚書』として見逃すことのできない近年の資料に、スタインとペリオが将来した敦煌本がある。これらも本書の論述に十分に活かされている。

ところで、本書は、清朝考証学による『尚書』の文献学的研究を高く評価し、段玉裁を始めとする諸研究をたびたび引用・参照する。しかし、その限界を指摘することを忘れないのは、著者の出発点がそれに対する批判にある以上当然のことであり、また現代日本の学問としては必要な態度である。清朝考証学を除いて、本書は使用する文献についての先行の重要な研究――例えば『尚書』では小林信明・劉起釪氏等々、文献学・書誌学では長澤規矩也・阿部隆一氏等々、『文選』では斯波六郎・富永一登氏等々――を、十分に踏まえて自説を展開している。それ故、その主張は公平かつ客観的であり、相当の説得力を持つと言うことができよう。

最後に著者・山口謠司氏を簡単に紹介しておこう。

山口氏は、一九八一年四月大東文化大学文学部中国文学科に入学し、一九八七年三月卒業(文学士)した。続いて同年四月同大学院文学研究科中国学専攻博士課程前期課程に入学、一九八九年三月修了(中国学修士)、同年四月同大学院同研究科同専攻博士課程後期課程に入学、一九九〇年三月退学、同年四月英国ケンブリッジ大学東洋学部共同研究員となる(至一九九七年三月)。その後、一九九三年九月フランス国立高等研究院人文科学研究所アジア言語研究センター大学院博士課程後期に入学、一九九六年三月退学した。

同年四月大東文化大学文学部中国文学科専任講師となり、二〇〇二年四月同助教授に昇格した(准教授、至現在)。なお、他の職歴としては、一九九〇年三月財団法人東洋文庫兼任研究員となり(至一九九五年三月)、また一九九二年十二月、ベルギー王立ルーヴァン・カトリック大学図書館研究員となる(至一九九六年三月)。このように、山口氏は西欧諸国での多彩な研究歴を有する気鋭の研究者である。

この間、本書の基礎となる学問的研鑽を続け、「敦煌本『文選音』について――附・翻印」(大東文化大学『漢学会誌』、一九九七年三月)、「越刊八行本尚書正義の逓修について」(大東文化大学『漢学会誌』、一九九九年三月)、「『秘府略』紙背の『尚書』について」(無窮会『東洋文化』復刊九十五号、二〇〇五年十一月)などの学術論文を公刊してきた。それだけでなく、以上の専門研究を活かして『てんてん　日本語究極の謎に迫る』(角川学芸出版、二〇一二年)、

『ディストピアとユートピア』（dZERO出版、二〇一五年）、『カタカナの正体』（河出書房新社、二〇一六年）、『日本語を作った男　上田万年とその時代』（集英社インターナショナル、二〇一六年）を含む多数の教養書を世に問い、一般の好評を博している。特に最後の書は、二〇一七年三月、和辻哲郎文化賞（一般部門）を受賞した作品であり特筆に値するものである。

二〇一九年九月

目次

七、『一切經音義』所引『尙書』攷　285

八、原本系『玉篇』所引『尙書』攷　368

序論

一、写本と刊本

南北朝末期の顔之推（五三一～五九一）は、『顔氏家訓』のなかで、「吾、昔初めて『説文』を看て世の字を蚩薄す。正に従えば則ち人の識らざるを懼れ、俗に随えば則ち意にその非を嫌し、略ぼここに筆を下すを得ず。見る所漸く広くして更に通変を知り、前の執を救ひ、将に半ばならんと欲す」（巻六、書證篇）と記している。

このような意識にあって、顔之推が編纂に関わったのが、漢字の統一的な発音の形態を示す『切韻』という書物であった。

陸法言が主編となって編纂された『切韻』は、余廼永『新校互註宋本廣韻』(1)によれば、約一万一千字を収めてあったものと考えられているが、北宋の大中祥符元（一〇〇八）年に、『切韻』及び唐代に編纂された『唐韻』を増訂して作られた陳彭年の奉勅撰『大宋重修廣韻』には、異体字（別体字）を合わせて二万六千百九十四字が収められている。

我々は『廣韻』によってほぼ、隋唐時代の中国語の発音を復元することができるが、はたして南宋の熊忠『古今韻會擧要』と『廣韻』とを比較すると、隋唐から南宋の間に、中国語の発音の変化が起きていたことが知られている。

所謂中古音の二〇六韻から南宋劉淵の『壬子新刊禮部韻略』の一〇七韻への変化は、顔之推のような「見る所漸く広くして更に通変を知り、前の執を救ひ、将に半ばならんと欲す」という高い見識を持っている人々からすれば、唐末から南宋、つまり書写メディアが写本から刊本へと次第に移行して行く時代は、それは緩やかな変化とは言え、過去のものを守ろうとする立場や変化を先取りせんとする意識との葛藤に悩むことでもあったろうと考えられるのである。

ところで、平安時代前期、藤原佐世（八四七～八九七）によって編纂された『日本國見在書目録』に、『玉篇』が著録されている。

現在早稲田大学に所蔵され、国宝になっている巻九は唐写本とされるもので、我が国には原本系『玉篇』が残存する。(2)

『玉篇』は南朝梁の時代、顧野王によって編纂された。そしてのち、北宋の大中祥符六（一〇一三）年に陳彭年が勅命を奉じてこの原本系『玉篇』を改編した『大廣益會玉篇』は、元明代にいたるまで広く利用された。『玉篇』に先行してあった代表的な字書と言えば、前漢前期にできたと考えられる『爾雅』、西晋の頃に作られた『廣雅』、後漢の中期、許慎によって作られた『説文解字』などを挙げることができるであろう。しかし、これらはいずれもまだ未熟なもので、訓詁は文字の置き換えに過ぎず、また発音もほとんどが直音形式によるであった。

これに対して、『玉篇』は、収録した漢字総数一万六千九百十七字のすべてに対し発音を示すのに反切が利用される。さらに語義の説明にいたっては、まず『説文解字』や『爾雅』などの先行字書を引用して字義の一般性を示したあと、経史子集の古典に用例を求め、その漢字がどのように使用されるかを検討し、最後に顧野王の案語によってこの字の意味を的確に抽出するという方法が採られている。まさに近代的な字書の性格が、すでに『玉篇』によって確立していたとも言えるのである。

『玉篇』は、奈良、平安時代の我が国の知識人には不可闕の字書であった。岡井慎吾(3)、馬淵和夫博士(4)が行われた『玉篇』逸文の採集によれば、奈良から平安時代にかけて書かれた『成實論』、『政事要略』、『医心方』、『文鏡祕府論』など、仏典、史書のほか医書、文学などジャンルを超えたあらゆる書物に『玉篇』を引用して漢字の音や意味を示したものがある。

敦煌本の注釈に、同じような『玉篇』引用の例が多く見つからないのか、その原因については明らかにし得ないが、仏教経典の飜訳に当たっては、『玉篇』が多く活用されたこと、玄應、慧琳の『一切經音義』を見れば明らかであろう。

ところで、現在、奈良から平安時代までに書写された『玉篇』は、光緒七（一八八一）年、黎庶昌によって木版で覆刻された古逸叢書なども含めて、その大部分が原本を忠実に復元すべく巻子本の写真版複製となって研究資料に供されている。(5)

これら、旧鈔本の『玉篇』を、現在我々は原本系『玉篇』と呼んで、北宋の大中祥符六（一〇一三）年に刊行された陳彭年等奉勅撰『大廣益會玉篇』と区別する。その違いは、次のようなものである。

例えば「差」という字についての注記を比較してみよう。

原本系『玉篇』（中華書局本、三一五頁）の注は以下の如きである。

楚宜、楚佳二反。周易、失之豪氂差以千里。野王案、差猶跌字也。毛詩、參差荇菜。野王案參差、不斉等也。又曰、差池其羽。箋云差池謂張舒其尾翼也。又曰、既差我馬。傳曰差擇也。左氏傳何敢差池。杜預曰、差池、不斉一也。尙書大傳帝用不差神則不怒。鄭玄曰、差疑也。説文差貮也。不殖也。従左従聲也。廣雅、差咸也。差次也。差邪也。疾瘉之差為瘥字。在方部。車㓤極堂為差車、字在車部。

これに対して、『大廣益會玉篇』は、「楚宜切。参差、不斉也。又楚佳切」と、記すに過ぎない。すなわち、原本系『玉篇』で、顧野王が古典を引用しながら「差」字の訓詁を導き出したもののうち、「差、不斉」というものを除いてはすべて、『大廣益會玉篇』では省略されてしまうのである。

『大廣益會玉篇』における訓詁の欠落は枚挙にいとまなく、例えば、「譽」は、原本系『玉篇』に次のように記してある。

餘鹿與舒二反。尚書冈違道以于百姓之譽。孔安國曰、不違道求。毛詩以永終譽。箋云譽聲美也。國語王叔子譽諸朝廷。賈逵曰、譽稱也。禮記孔子曰君子不曰譽。又則民作悪。鄭玄曰譽繩也。

これに対して、『大廣益會玉篇』は、「余怒切。稱也。聲美也。又音余」と、記すのみである。原本系『玉篇』の「餘鹿反」は、『広韻』［上平「余」］に「以諸切」、［去声「豫」］に「半洳切」とあるも、宋本『玉篇』及び『浄土三部經音義原本玉篇逸文』に「余怒切」とあれば、おそらく「餘怒反」の誤写であろう。このような誤写は写本であるとの性格上起こり得ることとして考慮の必要は十分あるが訓詁については、『大廣益會玉篇』は、原本系『玉篇』が『尚書』の孔安国伝から援引した「道を違えずして求む」と、『礼記』の鄭玄注による「繩」の二つを取らない。

しかし、ここに注意を喚起すべきことは、引用される『尚書』の本文である。

「尚書冈違道以于百姓之譽。孔安国曰、不違道求」は、大禹謨に見える文章であるが、阮元の嘉慶二十（一八一五）刊南昌府学本、越刊八行本など宋版以降の版本では「冈」がすべて「罔」と書かれるもので、我が国に残る『尚書』の古写本及び敦煌本などは、すべて「冈」と書かれている。

この文字の違いは、あるいは写本の際の異体字（別体字）の関係ということも考えられるであろう。

しかし、「倡」の訓詁に引用される『尙書』皐陶謨の「帝徳因。孔安國曰過也」という「倡」は、我が国の古写本、及び敦煌本に使用される漢字で、刊本はすべて、「愆」字で書かれている。

これについて、原本系『玉篇』は、『春秋左氏伝』でもこの字が使用されていることを挙げ、さらに「説文、文字。篆文為愆字。在心部。聲類、或爲愆字。在心部。或爲辛字。在辛部也」と記される。

さらに、「品」の字の『尙書』舜典「五品不遜」の注には「王肅曰五品五常也」と記される。『尙書』の王肅注は、中国では『隋書』『舊唐書』、『新唐書』の経籍志及び、我が国の『日本國見在書目錄』に著録されるが、宋代までには亡逸してしまうものである。

また、「誖」の注（中華書局本、十六頁）は、「補潰反。尙書實誖天道。孔安國曰亂也。周易雷風不相。韓康伯曰逆也。或爲悖字。在心部」と記されているが、写本では「誖」で書かれるものが、刊本ではすべて「悖」で記されている。

二、字書の改訂と訓詁の変化

さて、唐代から宋代にかけて、漢字の発音が変化すると同時に、『尙書』など、経書の本文にも少なからざる変化が起こった。

そして、それは、訓詁に於いても同じであった。

『玉篇』も、原本系『玉篇』では古典を博引しながら訓詁を導き出すという方法を取っていたものが、宋の『大廣益會玉篇』ではそうしたものが削られ、簡略化した。さらに付け加えるなら、元の泰定（一三二四～一三二八）年刊の「建安鄭氏鼎新綉梓」という木記のある本（中国文化大学中文研究所刊及び『四部叢刊』）は、さらに漢字を引きやすくするために、親字を横に並べる方法を取ることによって、訓詁を減らすなどの処置が施されるようになっている。そして、ここではもはや、古典の援引による訓詁ではなく、直接意味を記す、簡略的、近代的な字書になってしまっているのである。

例えば、『尙書』堯典に見える「湯湯洪水」の孔安国の注は、「湯湯、流貌」と記されている。これに対して、南宋の蔡沈『書經集伝』は、「湯湯、水盛貌」と記される。原本系『玉篇』で「湯」字を検するなら、『尙書』堯典及び孔安国注を引いて「流貌」と記されるのに対して、『大廣益會玉篇』は蔡沈の注とまったく同じく、「湯湯、水盛貌」と記されているのである。

もとより、『集韻』など他の字書との比較、宋代の他の注釈書などを更に比較して蔡伝の比較をしなければ、はっきりしたことを言うことは出来ないが、あるいは、蔡沈は、『大廣益會玉篇』の注によって、これを注したのではあるまいかとも考えられる。こうした例は、一例に留まらないのである。

とすれば、『玉篇』の改訂は、あるいは、宋代以降の訓詁にも大きく影響を与えたのではないかと考えられるのである。

三、テキストの変化と復元の問題

さて、メディア論で知られるマルクハーンは『グーテンベルクの銀河系――活字人間の形成』のなかで「音から意味を剥ぎ取り、次に音を視覚的なコードに移し替えるという二重の作業をともなう表音文字の発明があってはじめて、人間は自分たちを変質させる経験に取り組み始める」(6)と記している。

あるいは、中国の場合は、古典というバックボーンに支えられた訓詁という漢字の持つ表意性を剥ぎ取り、近世中国語の表音的コードに置き換える作業を経る必要があったのではないだろうか。

旧鈔本の時代から印刷という時代を迎えた宋代の人間たちには、このような無意識の意識が働いていたように思われるのである。

こうしたことを考察するためには、より具体的に当時の書物を復元することが重要な課題となるであろう。

筆者は、ここで『尚書』を利用して、それを行いたいと考える。それは、『尚書』が儒教の経典として根本のものであるということはもちろん、東晋の梅頤によるいわゆる隷古定尚書と呼ばれるものから玄宗勅命による衛包の改字を経て開成石経が作られ、宋代刊本が作られるという他の経書には見られない経緯を持つからである。

また、我が国には、奈良平安時代に写された『尚書』が存在する。もちろん写本という性格もあって、書写の際の誤字などが見えるものも少なくないとは言え、中国では既に亡逸した唐代写本の片鱗を見ることができる。

そのことは、前世紀初頭に敦煌から発見された唐代書写の所謂敦煌本を利用することによって確認することが出来るのである。

更に、唐代には『群書治要』『藝文類聚』『初學記』などの類書が作られ、『尚書』は多くこれらの書物に引用されている。また、『文選』李善注他、『史記』『後漢書』の注にも『尚書』が利用されている。

このような資料を渉猟することによって、唐代通行の『尚書』を知ることが出来るであろう。

しかし、果たして我々は唐代『尚書』のテキストを一定したものとして確定することが出来るのであろうか。

恐らくそれは不可能であろう。

それは、テキストは、常に変化しているものだからである。

一体、我々は、テキストを不変のものと考えがちである。特に「經」は、科挙の科目として使用されたりしているということ、既に漢の熹平石経、魏の正始石経が造られ、また伝による解釈が家学によって継承され、唐初には顔師古によって定本が作られ、その後孔穎達の正義が編纂されるなど、テキストの変化を抑制する歴史や構造が作られている。

にも関わらず、正義自体も現存する資料によって校異を行えば、文字、文章にかなりの変化がある。また『尙書』は、玄宗勅命による衛包の隷古定の文字の改変の後、安禄山の乱を経て、文宗の開成二（八三七）年に唐石経が立てられるが、この石経の経文とて、後に記すように初めに刻された時の本文と後で補修されたものとではやや異なる部分がある。

宋代以降の文献については、それ以後急速に発達する印刷技術によって、テキストはある程度固定されると言われるだろう。しかも国家事業として行われた校訂と言われれば、書物への信頼も高まる。

しかし、これも後に詳しく見るように（本書二十四頁以下参照）、例えば単疏本の『尙書正義』と両浙東茶塩司で印刷された注疏合刻の祖とされる越刊八行本の疏を比較すれば、異文が認められ、更には越刊八行本でさえも、原刻本と逓修本とでは、テキストに少なからざる差違が見えるのである。

清朝の考証学者は、我が国の古写本や敦煌本を使用することなしに『尙書』の復元を試みている。

彼らは、ひとつの「定本」としてある理想的な形としての『尙書』があることを意識として持って復元の目的としたのであろうか。

それはたとえば、韻書である『廣韻』が作られた意識と同じではなかったか。『廣韻』は、方言や伝統的な読書音を包括して射程して行われた音韻大系の理論的再構成である。すなわち、後に『韻鏡』によって転図に置き換えられる『廣韻』の反切は、陳澧の『切韻考』、カールグレンのGRAMATA SERICA等[7]によって明らかにされたように、緻密に計算されたシステムによって構築されている。サンスクリット語或いはトルコ語系の音韻学を背景に創り上げられた漢語音韻学のレベルは相当に高度な発達をしていたと考えられるが、こうしたシステムを構築するためには、個々人の発する音の固有性を昇華する必要があった。

文献の復元という点について言えば、清朝の考証学者が行った方法は、まさに個々の文献の固有性を明らかにするというよりも、寧ろある一本の理想的な形としての復元を求めていたのではないかと考えられるのである。それは、ひとつには、校異の資料として、清朝の学者が宋以降の刊本に依拠せざるを得ないという資料的限界があったからであろう。

阮元の『十三經校勘記』は、山井鼎が足利学校で渉猟した室町写本による校勘を使用して「古本」と称しその是非を勘案しているが、この足利学校本が唐写本の古い形を残しつつも宋刊本で訂されているという性格を知ることなく、校勘の材料とする。

もとより、原本を見ることが出来なかったという限界を考えれば、宋刊本以前の写本が持つ特性を掴むことは彼等には不可能であったに違いない。

しかし、いずれにせよ、清朝の考証学者は、校勘、考証によって求めるべき書物の具体的年代を示すことはない。彼らにとって自明のこととしてあった目的の『尙書』は、どのようなものだったのであろうか。

段玉裁『古文尙書撰異』、孫星衍『尙書今古文注疏』は、いずれも戴震の影響を受けて作られたものである。特に段玉裁の場合は、戴震の弟子であり、音韻学、訓詁学の面から古文尙書を復元する。彼が古文を復元する際に最も用いたものは『説文解字』である。

さて、戴震には『尙書義考』があり、これについては李紅英氏に「從《尙書義考》論戴震對古典文獻考證」[8]が記されている。

それによれば、戴震は『爾雅』を最も古い経義を釈するための重要な資料として見ていたという。

そして、『尙書義考』において、「具体考證時、戴震基本上先以『爾雅』訓釋『尙書』原文毎一句的字詞句義、考釋文中字義、若有解釋不清或不全面的、次引陸德明『經典釋文』加以補充説明、闡明經文詞義、然后分列異説、引証經史各家注疏考證『尙書』文義」とする。

さて、李氏は、具体的に堯典の「光被四表、格于上下」の一句に見える「光」字についての戴震の考証を引いて、孔伝の「光、充也」とする解釈が『爾雅』の「桄、充也」と合致することから、漢代の『尙書』を戴震が復元していたと言う。

すなわち、『東原文集』巻三「與王内翰鳳喈書」（戴震全書第六冊、所収）に記される王鳴盛との間でなされた書簡を見れば、「堯典古本必有作「横被四表」者。横被、廣被也。正如『記（『禮記』を指す――筆者注）』所云「横于天下」、「横乎四海」是也。横四表、格上下對擧、溥遍所及曰横、貫通所至曰格。四表言被、以徳加民物言也。上下言于、以徳及天地言也。『集傳』曰「被四表、格上下」殆失古文屬詞意歟。「横」轉寫爲桄、脱誤爲光、追原古初、當讀「古曠反」、遮合充霩廣遠之義。而『釋文』于堯典無音切、于『爾雅』乃「古黄反」、殊少精核。述古之難、如此類者、據數之不能終其物」と言う。

漢代或いは先秦の堯典が発掘されれば、戴震が言うように、今本が「光被四表」と作るところを「横被四表」と作るものがあるかもしれない。もちろん、戴震のこうした考証が非常に重要であることは疑う余地ないが、宋代以降の印刷された文献から忽然と漢代の文献の復元が可能であるかどうか。

しかし、こうした傾向は戴震にだけあったのではなく、明末清初の学者陳啓源にもあったことが指摘されている。江尻徹誠氏『陳啓源の詩経学――『毛詩稽古編』研究』(9)によれば、陳啓源は「古書にみえる諸説を取捨選択して考証を進め、文献上の根拠を持たない憶測を排除することを表明している」とし、「『古書』として依拠する書物について、次のように述べている」とする。

引拠の書は、經傳を以て主と爲し、而して兩漢諸儒の文語は之に次ぐ。漢世の、古に近きを以てなり。魏晉六朝及び唐人、之に次ぐ。古を去ること稍々遠きを以てなり。宋元より今に訖るまで、古を去ること益々遠く、又鑿空の論・偽託の書多ければ、信を取る所に非ず。然れども其の援拠典確、鄙見の頼りて以て触発せらるるも、亦百に一二有り。

これによっても、陳啓源が、戴震と同じく、「古書」によって孔子編纂の当時の『詩』を復元しようとしていたことが明らかであろう。

清朝の学者が「漢學」を標榜することから推せば、彼らは漢代の学者の継承者であることを自らに課したことは疑いない。戴震が『經考』及び『經考付錄』の中で引用したものの中心が漢代の学者のものであることもその証拠であろう。

しかし、再び繰り返すが、はたして宋代以降の印刷された文献から漢代へと復元を求め、更に孔門伝授の際まで一気に遡ることが可能か否か、筆者は甚だそこに疑念を抱くのである。

唐代写本の段階では、文献はある程度の範囲における固定はしていたであろうが、後に見るように、それもまた経文に於いてさえ文字の異同は甚だしく、孔伝に至っては中には後に刊本編纂の時に失われたり、加筆されたりしたと考えられるものも少なくない。

更に、近年公開された清華大学蔵戦国竹簡を見れば、(10) 今本『尙書』からは想像を絶する程の文字、本文に違いが見え、これが『尙書』か否かを確定することが出来ない程の断絶のあることが知られるのである。

清朝考証学者が宋代以降の刊本に拠ってどこまで唐代の『尙書』を視野に入れていたのかは分からない。しかし、唐代の『尙書』の実態を知れば、發掘される竹簡などの『尙書』の理解へも繋がり、また写本としての特徴を知る手掛かりにもなるのではないかと考える。

写本から刊本へという文字及び本文の固定化は、『尙書』において果たしてどのようにして行われたのであろうか。

それを考察するための一助として、以下、唐代『尙書』の性質を探るための文献学的研究を行いたい。

四、顔師古「定本」と唐代通行『尙書』

『舊唐書』(巻七三)、『新唐書』(巻一八九上)にも見えるが、『貞觀政要』(巻七)崇儒伝によれば、「貞觀四年、太宗以經籍去聖久遠、文字訛謬、詔前中書侍郎顏師古、於秘書省、考定五經。及功畢、復詔尙書左僕射房玄齡、集諸儒重加詳議。時諸儒傳習師説、舛謬已久、皆共非之。異端鋒起。師古輒引晉宋已來古本、隨方曉答、援據詳明、皆出其意表、諸儒莫不歎服。太宗稱善、賜帛五百匹、加授通直散騎常侍。仍頒其所定書於天下、令學者習焉」とあり、また『舊唐書』(巻三)太宗本紀下に、「貞観七年十一月丁丑、頒新定五經」と記される。

いわゆる「定本」と呼ばれるものである。

そして、定本をもとに、「太宗又以文學多門、章句繁雜、詔師古與國子祭酒孔穎達等諸儒、撰定五經疏義。凡一百八十卷、名曰五經正義、付國學施行」(『貞觀政要』巻七、崇儒傳)と言われるように、いわゆる『五經正義』が編纂された。

その時期については、『唐會要』(巻七十七)に「貞觀十二年、国子祭酒孔穎達撰五經義疏一百七十卷。名曰義贊。有詔改爲五經正義。太學博士馬嘉運每掎摭之。有詔更令詳定未就而卒」とあり、貞觀十二(六三八)年に撰定されたと考えられている。

されている。

さて、『隋書』経籍志によれば、孔安国伝、馬融注、鄭玄注以下三十二本の『尚書』並びに注釈があったと記されている。

この点につき、劉起釪氏は、(11)「魏晋南北朝經學原是東漢經學的發展、古文經學盛行、然而又形成了魏晋南北朝經學特點、玄學解經與義疏之學興。在尚書學方面、原盛行鄭學、王肅之學曾與之争雄一時而終失勢、及僞古文尚書出而尚書學整個改觀。是南北朝成了鄭、孔學交替時期。在南朝、鄭學與孔學有一個較長時期的消長過程、在北朝、則鄭學仍保持着他的獨傳地位」と言われるが、こうした傾向の中から著されたのが、『隋書』経籍志に著録されたものであった。

これらの注釈も、すでに宋代までにはほとんど亡逸し、今は部分的に緝逸することしか出来ない。ただ、顔師古は、こうした書物を参照しながら定本を作ったに違いない。

今、「定本」は、『尚書』についていえば、正義に七条のみ引かれて一部を垣間見られるのみである。『四部叢刊』三編所収単疏本『尚書正義』（宮内庁書陵部蔵）によって示せば以下の如くである。

舜典「詩言志歌永言」の疏に「定本經作永字明訓永爲長」（巻三―三十表）

洪範「明作哲」の疏に「定本作哲則讀爲哲」（巻十一―十表）

洪範「時人斯其惟皇之極」の疏に「此經或言時人德」とあり、「鄭王諸本皆無德字此傳不以德爲義定本無德疑衍字也」（巻十一―十五表）

洪範「于其無好徳汝雖錫之福其作汝用咎」の孔伝「於其無好徳之人汝雖與之爵禄其爲汝用惡道以敗汝善」の疏に「定本作無惡者疑誤耳」（巻十一―十六表）

大誥「厥父菑厥子乃弗肯播矧肯穫」の疏に「定本云矧弗肯構矧弗肯穫皆有弗字檢孔傳所解弗爲衍字」

酒誥「天降威我民用大亂喪徳亦罔非酒惟行」の孔伝「天下威罰使民亂徳亦無非以酒爲行者言酒本爲祭祀亦爲亂行」の疏に「俗本云不爲亂行定本云亦爲亂行俗本誤也」（巻十二―二十三裏）

酒誥「庶羣自酒腥聞在上故天降喪于殷罔愛于殷惟逸」の孔伝「紂衆羣臣用酒沈荒腥穢聞在上天故天下喪亡於殷無愛於殷惟以紂奢逸故」の疏に「解經之自定本作自俗本多誤爲嗜」（巻十三―十五表）

（巻十三―二十表）

斯波六郎博士は、『文選李善注所引尙書考証』[12]にこの七条を挙げ、更に正義中定本を引くこと最も多い『毛詩正義』、並びに『禮記正義』、『春秋左氏傳正義』を定本と比較して、「定本必ずしも重んぜられずして正義亦之に據らず。而も定本と正義と相錯語する所固より尠しとせざれば、當時の学者をして去就に迷はしめしこと亦想像に難からず」[13]と言う。

また、斯波氏は『封氏見聞記』の「開元以来省司将試舉又皆先納所習本、文字差互、輙以習本爲定義、或通雖與官本不合上司務於収奬即放過」を引き、「貞觀・開元相距ること六十年、其の間、定本の傳寫漸く廣くして其の文字の異同次第に生じ、遂に此の習本許容の事有るに至れるならむも、亦定本・正義必ずしも相合せず、應試者の不便多かりしことも、其の因をなせるに非ざる無けむや」とするのである。

ところで、顔師古『匡謬正俗』には『尙書』の文字に就いて触れているものが八条ある。これについては、すでに秦選之『匡謬正俗校注』[14]、また劉暁東に『匡謬正俗平議』[15]があり、詳細な考証がなされている。

今、『平議』の句読によって『匡謬正俗』の本文を挙げ、顔師古の目睹した『尙書』に異同のあったことをのみ示そう。

孔安國古文尙書序云「先君孔子生於周末覩史籍之煩文懼覽者之不一遂乃定禮樂明舊章」。「覽者」謂習讀之人猶言學者爾蓋思後之讀史籍者以其煩文不能專一將生異説故刪定之凡此數句文對旨明甚爲易曉然後之學者輒改之字居者字上云覽之者不一雖大意不失而顚倒本文語更凡淺又不屬對亦爲妄矣今有晉宋時書不被改者往往而在皆云覽者之不一又云以所聞伏生之書定其可知者爲隷古定更以竹簡寫之蓋言以孔氏壁中科斗文字依傍伏生口傳授者考校改定之易科斗以隷古字定訖更別以竹簡寫之非復本文也近代淺學乃改隷古定爲隷古字非也按直云隷古即是隷古字於理可知無所闕少定者爲定訖耳今先代舊本皆爲隷古定不爲古字也。

孨（古文戮字）

商書湯斲（古誓字）云予則孥孨汝、孔安國傳云、古之用刑、父子兄弟罪不相及。今云孥戮、權以脅之、使勿犯也。案孥戮者、或以爲奴、或加刑戮、無有所赦耳。此非孥子之孥、猶周書泰誓稱囚孥正士、亦謂或囚或孥也、豈得復言并子倶囚（一無囚字）也。又班固漢書季布傳贊云、及至困亢奴僇苟活、蓋引商書之言以爲折衷矣。

御

周書牧誓篇云、弗御克奔、以役西土。孔安國注云。商衆能奔來降者不迎擊之、如此則所以役我西土之義。徐仙音御爲五所反。按御既訓迎、當音五駕反、不得音禦。商書盤庚云、予御續乃命於天、詩鵲巢云、百兩御之、訓解亦皆爲迎、徐氏並作音訝、何乃牧誓獨爲禦音。又與孔氏傳意不同、失之遠矣。

畕

武成序云、武王伐殷、往伐歸畕。孔安國注云、往誅紂克定、偃武修文、歸馬牛於華山桃林之牧地。徐仙音畕爲始售反。按武成當篇云、歸馬於華山之陽、放牛於桃林之野、此與序意相承。又許氏說文解字云、畕犍也。字字林畕音火又反、獸字從畕從犬、斯則六畜之字本自作畕、於後始借養字爲耳。且畕獸類屬不同、畕者人之所養、獸者是山澤所育、故爾雅論牛馬羊豕則在釋畜、論麋鹿虎豹即在釋獸、較然可知。若武王歸鹿華山之陽、放虎桃林之野可言歸獸、所歸放者既是馬牛、當依畕字本音讀之、不得以作獸字一邊便謂古文省簡、即呼爲獸。且堯典云、鳥獸孳尾、鳥獸毛毨、鳥獸希革、鳥獸氄毛、旅獒云、珍禽奇獸不育于國、皆作獸字不作畕也、何獨武成一篇以畕爲獸。斯不然矣。

夾

多方篇云、爾害弗夾介乂我周王享天之命。孔安國注云、夾、近也。汝何不近大見治於我周王以享天之命、而爲不安乎。徐仙音夾爲協。按夾既訓近音陿、不得讀爲協也。

閞

費誓序云、魯侯伯禽宅曲阜、徐夷（一作尸）並興、東郊不閞。孔安國注云、徐戎淮夷並起、爲冦於東、故東郊不閞。徐仙音開。按許氏說文解字及張揖古今字詁閞古開字、閞古闢字。但闢既訓開、故孔氏釋云、東郊不開爾、不得徑讀闢爲開、亦猶蔡仲之命云乃致辟管叔于商、孔安國注云、致法、謂誅殺也。豈得即音辟爲法乎。此例多矣。

惟

惟、辭也。蓋語之發端。書云、惟三月、哉生魄、惟十有三祀、王訪于箕子之類是也。古文皆爲惟字、而今文尙書變爲維者、同音通用、厥義無別。又詩云、价人維藩、大師維垣。大邦維屏、大宗維翰。懷德維寧、宗子維城。此亦是辭語之助、與書之列爵惟五分、土惟三、任官惟賢材左右惟其人於理無別。然今文學之士、不詳立語之體、古今字變、因爾穿鑿、妄生義理、製冊文哀誄祭文、其唱首云維某年月日者、既不爲惟字、自作釋云、此字是維持一篇之首、故爲綱維之字。又言宗子維城謂藩屏維繫連城之義耳、乃呼帝子弟爲王者爲藩維。既無所據、不知本是助辭、大爲謬矣。譬若詩云維師尙父、番維司徒、維彼哲人、此類多矣、皆爲維字、豈連繫之義乎。且爾雅云、伊維侯也。三者並發語之辭、詩云、伊其相謔、我罪伊何、伊予胡底、侯誰在矣、侯薪侯蒸並與維同義、寧當更有別說。斯不然矣。

烏呼

嗚呼、歎辭也。或嘉其美、或傷其悲、其語備在詩書、不可具載。但古文尙書悉爲於戲字、今文尙書悉爲嗚呼字、而詩皆云於乎字。中古以來、文籍皆爲嗚呼字。文有古今之變、義無美惡之別。末代文字、輒爲體例。若哀誄祭文、即爲嗚呼、其封拜冊命、即爲於戲。於讀如字、戲讀爲羲、謂嗚呼爲哀傷、於戲爲歎美。非止新有屬綴、設此二端。乃亦諷讀舊文、分爲兩義。妄爲穿鑿、不究根本。按大雅云、於乎小子、未知臧否、豈非傷王不知善否乎。周頌云、於乎前王不忘、非美先王之見稱頌乎。五子之歌云、嗚呼曷歸、予懷之悲、此即哀傷之語、胤征云、嗚呼、威克厥愛允濟、此即褒美之辭、何以各別爲字也。且漢武冊命三王文皆曰嗚呼、此豈哀傷之義。舉其大意、斷可知矣。且許氏說文解字及李登聲類並云於即古烏字耳。

ところで、『漢書』顔師古注に引かれる『尙書』を検するに、次のようなものが見える。

『漢書』巻十

「黎民於蕃時雍」の注

師古曰「書堯典之辭也今尙書作變而此紀作蕃兩説並通蕃音扶元反」

（中華書局本、三一二頁）

今本、北京大学『十三經注疏整理本』[16]（堯典、三一頁）「變」に作る。

ただ、今、唐代に通行していた『尙書』の片鱗を多く残すいわゆる隷古定尙書の文字で書かれた内野本（『尙書文字合編』[17]所収、十五頁）、足利学校本（同二七頁）、影天正本（同三五頁）を検するに、「彭」に作る。『尙書隷古定釋文』には「彭」を「變」と釈して「汗簡彡部引尙書變作彭集韻變古作彭」とする。顔師古が利用した『尙書』はこのように作ってはいなかったのであろうかという疑問はあるが、今、『尙書』の古写本に「蕃」字に作るものは見つける事が出来ない。

更に、次のようなものも見える。

『漢書』巻六十九

「光祿勳慶忌行義修正柔毅敦厚」の注

（中華書局本、二九九七頁）

師古曰「尙書咎繇謨曰擾而毅擾亦柔也今流俗書本柔字作果者妄改之」

「擾而毅」

（北京大学本、一二五頁）

『漢書』巻七十三
「周公爲毋逸之戒」の注
師古曰「毋逸尙書篇名戒以無逸豫也」（中華書局本、三一二七頁）

『漢書』巻九十九上
「莽下書曰遏密之義訖于季冬正月郊祀八音當奏」の注
師古曰「虞書放勳乃徂百姓如喪考妣三載四海遏密八音遏止也密静也謂不作樂也故莽引之」（中華書局本、四〇九三頁）
「二十有八載帝乃殂落百姓如喪考妣三載四海遏密八音」（北京大学本、八四頁）

『漢書』巻一百上
「觀天罔之紘覆兮實棐諶而相順」の注（中華書局本、四二二二頁）
師古曰「尙書大誥曰天棐諶辭」
「天棐忱辭」（北京大学本、四一二頁）

以上、僅かな例ではあるが、顔師古が定本としたものは、今、我々が見る正義のものとは異なるものがあったということが知られよう。

また、次のような例もある。

『漢書』巻二十一下

「武成篇曰粤若來三月既死霸粤五日甲子咸劉商王紂」（中華書局本、一〇一五頁）

「今文尚書之辭劉殺也」の疏文に、

「師古曰漢書律暦志引武成篇云惟一月壬辰旁死魄若翼日癸巳武王乃朝歩自周于征伐紂越若來二月既死魄越五日甲子咸劉商王紂惟四月既旁生魄越六日庚戌武王燎于周廟翼日辛亥祀於天位越五月乙卯乃以庶國祀於周廟與此經不同彼是焚書之後有人偽爲之漢世謂之逸書其後又亡其篇鄭玄云武成逸書建武之際亡謂彼偽武成也」（北京大学本、三四二頁）

顔師古は「越」字を「粤」字に作る本文については何も言わない。或いは、定本は「粤」字に作るものを是としたのであろうか。

斯波六郎氏によれば、李善が『文選注』に利用した『尚書』は「粤若」とあったと考えられるのである。(18)

また顔師古の注ではないが、『漢書』巻六（中華書局本、一八一頁）孟康の注に、「虔固也矯稱上命以貨賄用爲固尚書曰敓攘矯虔」とある。これは、『尚書』呂刑（北京大学本、六三〇頁）に「奪攘矯虔」に作り、顔師古はこれに是非を加えない。今、古写本を検するに、(19) 岩崎本「敓斀槗叓」、内野本「敓　斀矯虔」、足利学校本及び影天正本、上海図八行本は「奪攘矯虔」に作る。あるいは、孟康が見た呂刑の本文は岩崎本や内野本のような文字になっていたとも考えられる。

顔師古が『漢書注』を奏上したのは、吉川忠夫氏によれば、「師古注は唐の太宗の貞觀十五年（六四一）ときの皇太子であった李承乾の命をうけて撰述された」(20) とする。

これは、定本の頒布から十一年後、孔穎達の正義施行から八年後のことである。(21)

「今流俗書本柔字作果者妄改之」という言葉に見られるように、定本や正義が出来た後にも本文はまだ我々が考えるように強固不変のものとして普及していなかったのではないか。

そのことは、例えば、『漢書』それ自体のことについても言えるであろう。

現在、国宝に指定された天平写本の『漢書』（存高帝紀下、列傳第四殘巻）が石山寺に所蔵されるが、[22] これは「民」「治」二字に欠画があるところから、唐太祖の諱を避けた唐鈔本の写しであると考えられている。

今本との文字の異同は昭和十六年に作られた古典保存会影印本の山田孝雄氏の解説に詳しいが、宋刊本以降の本文の異同は大凡誤刻に起因することが多いのに対して、写本の段階では誤写をも含めて更に複雑な伝本の流れが存在していたのではないかと考えられるのである。

たとえば、我が国、平安時代前期、惟宗直本（八五九～八七七）が著した『令集解』（巻二・国史大系本、四三頁）に、一条、『尚書正義』が引かれている。

> 左傳中帙文。納言。喉舌之官也。聽下言。納於上。受上言。宣於下。必以信。正義曰。詩。竝民詩。美仲山甫爲王之喉舌者宣出王命。如王之動咽喉口舌。故納言爲喉舌之官也。是官主聽下言納於上。故以納言爲名。亦主受上言宣於下。故言。出朕命。納言不納於下。朕命有出无入。官名納言。云出納朕命。互相見也。

奥村郁三編『令集解所引漢籍備考』[23]（七四頁）に言われるように、この正義の文に『左傳』とされるのは誤りで、『尚書正義』舜典に見られるものである。

北京大学本（九八頁）によれば、傍点を施した、「詩」の下の「竝民詩」、「王」の下の「之動」の二字は見えない。

しかし、いずれを是とするかについては、『尚書正義』原本を復元する方法を得ない限り、判断することが出来ないであろう。

吉川幸次郎博士による京都大学人文科学研究所『尚書正義』(24)は、もとよりそれを目的として行われたものであるが、はたしてどこまで正確なものであるか否かは明らかではない。

今、当該部分を見るなら、吉川博士は北京大学本と同じくして、『令集解』を参照されない。筆者はもとより博士の参照の不備を指摘することが目的ではないが、経文が揺れ、注もまだ確定することのできなかった段階では、正義の文とて変化があったことは十分に推察できるのである。

また、『群書治要』、『後漢書』李賢注、『一切經音義』等に引かれる『尚書』を、今本並びに現存古写本の『尚書』と比較するに、例えば今本が「乃」と作るところを諸書引用及び古写本が「迺」と作る場合が多い。はたして何れを是とするか、その基準は何を以てすべきかなど不明な点も少なくない。

特に『尚書』については、玄宗勅命による天宝三（七四四）年の「衛包改字」の問題がある。

『新唐書』藝文志に「今文尚書十三卷」を挙げて、「開元十四年、玄宗以洪範「無偏無頗」聲不協、詔改爲「無偏無陂」。天寶三年、又詔集賢學士衛包改古文從今文」と注す。

『冊府元龜』（巻五十）には、「朕欽惟載籍、討論墳典、以爲先王令範、莫越於唐虞、上古遺書、寔稱於訓誥、雖百篇奥義、前代或亡、而六體奇文、舊規猶在、但以古先所制、有異於當今、傳寫浸訛、轉疑於後學、永言刊革、必在從宜、尚書應是古體文字、並依今字、繕寫施行、云々、其舊本、仍藏于書府」と見える。

衛包の改字によって『尚書』は唐代通行の字体に直されたことは明らかであるが、これは本文の字体のみならず、宋代までには『經典釋文』にも及んでいる。

『崇文總目』（巻一）には「始開寶（九六八〜九七五）中、以德明所釋乃古文尚書、與唐明皇所定今文駁異、令太

子中舎陳鄂、刪定其文、改從隷書、蓋今文自暁者多。故音節彌省」と記される。

また、『困學紀聞』（巻二）は、「按、国史藝文志、唐孝明寫以今字、藏其舊本。開寶五（九七二）年、別定今文音義。咸平二（九九九）年、孫奭請摹印古文音義、與新定釋文並行、今亦不傳、然漢至唐、所謂古文者、孔安國以隷存古、非科斗書也。今有古文尙書、呂微仲得本於宋次道・王仲至家」と記す。

これによれば、宋代になってもなお古文隷書で書かれたいわゆる隷古定尙書は、わずかながら残っていたと思われるが、釈文もまた楷書になおされた「新定」本が通行するに至っていたことは明らかである。

また、『玉海』（藝文三十七）「開寶尙書釈文咸平古文音義」[25]には、「唐陸徳明釋文、用古文。後周顯徳六（九六八）年、郭忠恕定古文刻板（忠恕定古文尙書並釋文）、太祖命判国子監周惟簡等重修、開寶五（九七二）年二月、詔翰林學士李昉校定上之。詔名開寶新定尙書釋文。咸平二年十月乙丑、孫奭請摹印古文尙書音義、與新定釋文並行。從之、天聖八（一〇三〇）年九月十二日、雕新定尙書釋文」と詳述する。

盧文弨が利用した通志堂経解本などはまさにこの「新定釋文」に由来する。

今、敦煌本釈文（P.3315）と通志堂経解本を比較すれば、文字の違いのみならず、「音節彌省」という点も明らかである。

すでに、黄坤堯・鄧仕樑[26]によってその異同が示されるが、少しく例を挙げれば次の如くである。

「舜典第二」の下、「王氏注」とあって、通志堂経解本は、掲出を「難」字から始めるのに対して、敦煌本は、「㞢」、「[illegible]」「孠」「峎」の四字を掲出する。これらはいずれも、「古字」で、それぞれ「之」、「使」「嗣」「諸」字に相当する。また、次の「難」字についても、敦煌本は古字で、「[illegible]」と記し「古難字乃丹反」とするところを、通志堂経解本は「乃丹反」の反切のみを記している。

また、敦煌本「刅」字は、「古從字」とのみあるのを、通志堂経解本は、「才容反」として反切を付加するものもある。

さらに、敦煌本が「百揆」と掲出するものを「揆」として掲載する。逆に敦煌本が「朝者」と挙げるのを「來朝」とするものもある。

さて、小林信明氏は、『古文尚書乃研究』(27)で、開成石經の開刻について触れ、張国淦の『歴代石經考』を引き、「此の唐石經は、文宗の太和七（八三三）年に始まって開成二（八三七）年に完成したとされるもので、一に之を開成石經ともいふ」（小林氏「太和」を「大和」に作る――著者注）。

これによれば、開成石経は、玄宗による「衛包改字」からすでに、八十九年を経過している。

『新唐書』儒学（巻一九八）は言う。

玄宗詔羣臣及府郡舉通經士、而褚无量、馬懐素等勸講禁中、天子尊禮、不敢盡臣之。置集賢部分典籍、乾元殿博彙羣書至六萬巻、經籍大備、又稱開元。禄山之禍、兩京所藏、一爲炎埃、官幐私褚、喪脱幾盡、章甫之徒、劫爲縵胡。於是嗣帝區區救亂未之得、安暇語貞觀、開元事哉。自楊綰、鄭餘慶、鄭覃等以大儒輔政、議優學科、先經誼、黜進士、後文辭、亦弗能克也。文宗定五經、鑱之石、張參等是正訛文、寥寥一二可紀。由是觀之、始末嘗不成于艱難、而後敗於易也。

また、劉禹錫『國學新修五經壁記』には、「大暦（七六六～七七九）中、名儒張參、爲國子司業、始詳定五經、書於講論堂東西廂之壁」とする。

衛包によって新定された『尙書』もまた、安禄山の乱によって本文に修訂する必要があったこと、『冊府元龜』

に「其舊本仍藏于書府」とされた『尙書』は、この時に滅びた可能性を示唆し、また、文宗によって石経が作られたことが知られるのである。

すなわち、唐代通行の『尙書』と言う場合においても、顔師古による「定本」と孔穎達の「正義」の間、また「衛包改字」以後にあっても開成石経作成までには、本文の揺れがあったことが明らかであろう。

唯に古きを以って是とするだけでは、唐代『尙書』の面目を明らかにすることは不可能である。

五、現存する唐写『尙書』諸本

ところで、玄宗の時に衛包によって改字される以前の『尙書』は、すべて失われたかというとそうではない。いわゆる敦煌本と、我が国に伝えられた写本、また唐代に編纂された類書等を見れば、「衛包改字」以前の『尙書』の性質を知ることが可能である。

敦煌本は、イギリス大英図書館に所蔵されるものに、以下のようなものがある。

○S.0799　隷古定尙書（敦煌宝蔵六―五五四）　○S.5745　尙書大禹謨孔傳（敦煌宝蔵四四―四二〇）

○S.0801　隷古定尙書（敦煌宝蔵六―五六二）　○S.6259　尙書蔡仲之命・多方（敦煌宝蔵四五―一七九）

またパリ国立国会図書館所蔵敦煌本は以下の如きである。

○P.2516　古文尚書盤庚説命等卷第五　（敦煌宝蔵一二一―三八六）

○P.2523　古文尚書殘塊　（敦煌宝蔵一二一―四六二）

○P.2533　古文尚書夏書　（敦煌宝蔵一二一―五五五）

○P.2549　古文尚書篇目　（敦煌宝蔵不明）

○P.2630　尚書周書多方至立政卷第十　（敦煌宝蔵一二三―一）

○P.2643　古文尚書第五盤庚上至微子　（敦煌宝蔵一二三―一〇八）

○P.2748　古文尚書無逸・君奭・蔡仲之命　（敦煌宝蔵一二三―五八三）

○P.3015　尚書堯典・舜典第二孔氏傳　（敦煌宝蔵一二六―三七）

○P.3169　尚書禹貢　（敦煌宝蔵一二六―四八二）

○P.3462　尚書舜典　（敦煌宝蔵一二八―三九五）

○P.3469　尚書禹貢　（敦煌宝蔵一二八―四一四）

○P.3605　古文尚書益稷篇　（敦煌宝蔵一二九―二五〇）

○P.3615　古文尚書益稷・禹貢（P3605の下部）　（敦煌宝蔵一二九―二七八）

○P.3628　古文尚書禹貢篇　（敦煌宝蔵一二九―三七五）

○P.3670　古文尚書盤庚上篇（P.2516に同巻）　（敦煌宝蔵一二九―五八九）

○P.3767　古文尚書卷第九無逸　（敦煌宝蔵一三〇―五一〇）

○P.3871　古文尚書泰誓及目録　（敦煌宝蔵一三一―三六二）

○P.4033　古文尚書禹貢残篇（敦煌宝蔵一三二―五四四）

○P.4509　古文尚書顧命　（敦煌宝蔵一三三―二四九）

○P.4874　古文尚書禹貢　（敦煌宝蔵一三四―五四四）

○P.4900　孔安國撰尚書序　（敦煌宝蔵一三四―五七九）

○P.5522　古文尚書禹貢　（敦煌宝蔵一三五―四三三）

○P.5543　古文尚書夏書甘誓（敦煌宝蔵一三五―四七六）

○P.5557　古文尚書胤征　（敦煌宝蔵一三五―五〇二）

この中、筆者が目睹したものは「P.2533、P.2643、P.3605、P.3670、P.3767、P.4509、P.4900、P.5557」である。

ところで、これら敦煌本の内、P.2643は巻末に「乾元二（七五九）年正月廿六日義学生王老子寫了■（判読不能）記之也」の識語があり、またP.5557は「胤征」の部分のみの残欠であるが、「天寶二（七四三）年八月十七日寫了也」という識語がある。後者はすなわち、天宝三年の「衛包改字」より一年前の写本であることが知られよう。(28)

更に、『中國國家圖書館古籍珍品圖錄』によれば、国家図書館には［七世紀］写の尭典の後半部及び舜典が存す。(29)

敦煌本の価値については饒氏の他にも神田喜一郎によって詳しく紹介されているが、(30)阿部隆一氏の調査によれば、我が国にも、奈良時代から室町時代に至る次のような写本が残存している。(31)

○巻六　［唐］写　（神田喜一郎旧蔵）
○巻三・五・十二　［唐］写　［延喜・天暦］加点　（東洋文庫）
○巻六　元徳二年写　中原康隆　（東洋文庫）
○巻十三　［鎌倉末］写　（東急記念文庫）
○巻十一　元亨三年写　中原家点本　（東寺観智院旧蔵　天理図書館）
○巻四（太甲以下）［鎌倉］写　（村口氏）
○巻三・四・八・十・十三　［唐］写　（九条家旧蔵　宮内庁書陵部）
○十三巻　［鎌倉］写　清原教有点　（神宮徴古館）
○十三巻　［室町末］写　（成簣堂文庫）
○巻八　永正十一年写　清原宣賢　（筑波大学）
○巻五　永正十一年写　清原宣賢　（国会図書館）
○巻七・十　［室町］写　清原宣賢　（京都大学）
○巻十一・十二・十三　［室町］写　清原宣賢　（蜷川氏）
○十三巻　［室町］写　釋梅仙
天正六年林宗二加点（両足院）
○十三巻　［室町末］写　（学習院大学）
○巻三・四　［室町末］写　（成簣堂文庫）
○巻四・五・六　［室町末］写　清原秀賢

(東急記念文庫)
○単疏本　[室町]写　清原家旧蔵　(東急記念文庫)
○存九巻　[室町]写　清家点　(宮内庁書陵部)
○単経本　永禄十一年写　(岩瀬文庫)
○十三巻　[南北朝]写　(静嘉堂文庫)
○十三巻　[室町]写　(足利学校)
○十三巻　慶長八年写　林信勝　(内閣文庫)
○欠巻十以下　[室町]写　(慶應義塾大学図書館)
○欠巻十一—十三　單經本　[室町後期]写　(神宮文庫)
○尚書正義　二十巻　[近世]写　(東急記念文庫)
○存序・表・巻一　[室町]写　(足利学校)

『尚書文字合編』には、そのうちの幾つかが掲載されるが、詳しく書誌が記されていない。筆者が目睹し得たものについてやや詳しく書誌を記しておきたい。

岩崎本は現在国宝に指定される東洋文庫所蔵本で、[唐初]写とされる。存巻第三(禹貢首尾欠)、巻五(盤庚上第九首欠、盤庚中、盤庚下、説命上、説命中、説命下、高宗肜日、西伯戡黎、微子)、巻十二(畢命、君牙、冏命、呂刑)。縦二十六・七糎、十一・三八米。本書は九条家旧蔵本で、現在御物として宮内庁書陵部に所蔵される五巻(存巻三、巻四、巻八、巻十、巻十三)及び神田家所蔵本(巻第六殘巻)と僚巻。ともに裏書きに[室町]写『元秘抄』の書写あり。唐太宗の諱「民」字を欠画しないこと、また六朝の書体から見ても、太宗以前の書写に係るものとされる。[平安]前期の乎古止点が施され、これについては石塚晴通氏に詳しい解題がある。(32)

「内野本」と称されるものは、現在静嘉堂文庫に所蔵される[南北朝]写本である。これには例えば「周官」に「貳公弘化寅亮兂埊」(『尚書文字合編』二五九〇頁)の「地」を「埊」、同じく「周官」(『尚書文字合編』二五九一頁)の「司空掌邦土居四民時水利」に「埊利」と記すなど、則天文字が使われている。

足利学校本は、山井鼎の『七經孟子攷文』にも使用され、阮元の校注に「古本」として引用されるが、本来旧鈔本系統の本文を持つものに、本文とは別筆で『尙書正義』の文章が眉上に書き加えられ、本文にも「印」と記して、すなわち刊本との校異が記されている。旧鈔本との比較、あるいは宋刊本以前の旧鈔本の性質を知るためには、非常に重要な資料であると言えよう。ただ、詳細に見れば「蔡氏傳云」（例えば舜典）（『尙書文字合編』九八頁眉上など）なども見える。してみれば、或いは蔡沈集伝の本文の影響が無いとは言えない。注意を要すべきものであろう。これは、同様に上海図書館蔵の「八行本」と称される［室町］写本についても言えることである。

また、観智院本は、現在天理図書館の所蔵に帰し、「周官」以降「康王之誥」を残すものであるが、「康王之誥」末に識語があり、「元亨三年九月十六日以中家之秘本／馳筆了」と記されている。

この観智院本は、刊本に類似する本文を持っていながら、「夕」と記して校異を加える。「夕」本が如何なる本を指すのか今明らかにし得ないが、内野本と合致する点が多いことから、おそらく同系の写本に拠っているものと考えられる。

また現上海図書館蔵影天正本と称されるものは、巻末に「于時天正第六戊寅六月吉日　秀圓」と識語がある。足利学校本と影天正本を比べると、本文の左右に附された異本との校合も同じく、本文自体も同じ本によって写されたか、或いは何れかが何れかを写したのではないかと思われる関係にある。

例えば、今本北京大学本に「惟后非賢不乂惟賢非后不食」（説命下、三〇二頁）とある部分を、足利学校本は「惟后非賢不乂惟賢非君不食」（一一六三頁）と後ろの「后」を「君」に誤写する。影天正本を見れば、「惟后非賢不乂惟賢非君食」（一一六七頁）と写し、「君」の左に「后」と誤写を正している。他に「君」に作る本文が全くないことからすれば、この誤写は、両者の関係が密接であることを示す例であろう。

また北京大学本の経文「今商王受力行無度播棄犁老昵比罪人」（三二六頁）の「犁」を足利学校本（一三三六頁）と影天正本（一三四〇頁）のみが「黎（左に「犁」）」に作る例なども挙げることができよう。

同じく、禹貢「厥土惟塗泥（地泉濕）」（北京大学本、一七四頁）も、「地泉漯也」（岩崎本、三七三頁）、「地泉湿也（左に「扌无」）」（内野本、三九五頁）と作るところを、「地泉温（左に「湿」）也」（足利学校本、四一八頁・影天正本、四三三頁）に作って同じ誤りと訂正を行っている。

更に、他にも泰誓中「我聞吉人為善」（北京大学本、三二六頁）を、足利学校本（一三三六頁）が「我聴（右に「[illegible]」）吉人為善」、影天正本（一三四〇頁）もまた「我聴吉人為善」に同じく両写本が「聴」と作るなどを挙げられる。

また、足利学校本の説命上（尚書文字合篇、一〇七六頁・北京大学本、二九三頁）に「王宅憂亮陰三祀」の孔伝に「亮信也」と記されているが、これもまた他本には見えず影天正本には同じく見える。しかし、この注は上海図八行本にも見えている。影天正本は足利学校本を底本に写したものではないかとも考えられるが、上海図八行本にもこうした部分があるとすれば、或いは「亮信也」の孔伝がある本が存在していた可能性もないとは言えないのである。

上海図八行本は、内野本との関係を指摘し得る。

例えば、北京大学本「我聞吉人為善惟日不足凶人為不善亦惟日弗足」（三二六頁）の孔伝「言吉人竭日以為善言凶人亦竭日以行惡」の「行惡」を内野本（一三三〇頁）と上海圖八行本（一三四三頁）のみが「為悪也」と作ることなどである。

しかし、この他にも、我が国には、また断片的なものとは言え、先に『令集解』所引正義などで触れた唐写本と覚しき『尚書』の引用もある。

これらを利用すれば、あるいは「衛包改字」以前の唐代通行写本をある程度復元することが出来る。

すでに、吉川幸次郎『尚書正義定本』は、これら古写本並びに清朝考証学の粋を集めて『尚書正義』を復元しようとしたものである。しかし、『尚書正義定本』は異体字などについてはほとんど考慮がなく、必ずしも唐代の『尚書正義』の復元には至っていない。

また、二〇〇〇年十二月に出版された十三経注疏整理委員会編『尚書正義（十三經注疏）』（北京大学出版社）は、本文を校訂するに当たって阮元の十三經注疏校勘記を利用し、版本の文字を本文中に反映する。

しかし、既に触れたように、顧頡剛編『尚書文字合編』に古写本が影印されていることからすれば、何故、これらの本を利用して、正義本来の姿に復元しようとしなかったのであろうか。

もとより本文を確定することは非常に重要な課題であろう。しかし、テキストは変化するものである。筆者はその本文の揺れの振幅をこそ考えるべきではないかと考える。そのことによって、テキストが後代に伝わる際に起きる音韻や訓詁など言語学的な変化にも影響を受ける可能性を知ることにも繋がるからである。

注

（1）余廼永『新校互註宋本廣韻』（香港中文大学出版社、一九九三年）。
（2）原本系『玉篇』並びに『大廣益會玉篇』については、岡井慎吾『玉篇の研究』（東洋文庫論叢第19、一九三三年）参照。
（3）岡井前掲書『玉篇の研究』に（一）顧氏原本のと思はるゝ者、（二）顧氏原本と趣を異にするものとして佚文を蒐集する。
（4）馬淵和夫『玉篇佚文補正』（国語国文学会、一九五二年　油印）。
（5）『原本玉篇残巻』（中華書局出版、一九八五年）に、現在そのほとんどが影印されている。
（6）マーシャル・マクルーハン著・森常治訳『グーテンベルグの銀河系——活字人間の形成』（みすず書房、一九八六年）三八頁参照。
（7）GRAMATA SERICARECENSA by Bernhard KARLGREN, Museum of Far Eastern Antiquities, Götenberg 1964.
（8）李紅英「從《尚書義考》論戴震對古典文獻考證」（『古籍研究二〇〇七、巻下』総第五十二期、安徽大学出版社）二五一～二五八頁参照。

（9）第四章「陳啓源の『詩経』解釈における基本的能度」（江尻徹誠『陳啓源の詩経学――『毛詩稽古編』研究』北海道大学大学院文学研究科研究叢書18、北海道大学出版会、二〇一〇年三月）八四頁参照。
（10）清華大学出土文献研究与保護中心　編『清華大学藏戦国竹簡（壹）』（上海、中西書局、二〇一〇年十二月）。
（11）劉起釪『尙書学史』（中華書局、一九八九年）一九五頁参照。
（12）斯波六郎『文選李善注所引尙書攷證』（汲古書院、一九八二年九月）六〇一頁参照。
（13）斯波六郎『文選李善注所引尙書攷證』（汲古書院、一九八二年九月）六〇七頁参照。
（14）秦選之『匡謬正俗校注』（商務印書館、一九七〇年）。
（15）劉曉東『匡謬正俗平議』（山東大学出版社、一九九九年）。
（16）『尙書正義』（十三經注疏）（北京大学出版社、二〇〇〇年）。
（17）顧頡剛・顧廷龍　編『尙書文字合編』（上海古籍出版社、一九九六年）。
（18）斯波六郎『文選李善注所引尙書攷證』（汲古書院、一九八二年九月）一〇三頁参照。
（19）顧頡剛・顧廷龍　編『尙書文字合編』（上海古籍出版社、一九九六年）所収影印本。
（20）吉川忠夫「顔師古の『漢書』注」（東方学報、一九七九年三月）二六〇頁参照。
（21）野間文史『五経正義の研究――その成立と展開』（研文出版、一九九八年）八九頁参照。
（22）古典保存会影印『石山寺蔵漢書』。
（23）奥村郁三　編『令集解所引漢籍備考』（関西大学東西学術研究所研究叢刊14、関西大学出版部、二〇〇〇年）。
（24）東方文化研究所経学大学研究室『尙書正義定本』（東方文化研究所、一九三九年）。
（25）『玉海』（台湾華文書局）七四九頁参照。
（26）黄坤堯・鄧仕樑『新校索引経典釈文』（学海出版社、一九八八年）又、黄焯『経典釈文彙校』（中華書局、一九八〇年）参照。
（27）小林信明『古文尙書乃研究』（大修館書店、一九五九年）二十二頁参照。
（28）饒宗頤　編『敦煌書法叢刊五経史三古文尙書第五残巻』（二玄社、一九八五年）に影印本及び古文字についての解説あり。

(29) 任繼愈　主編『中國國家圖書館古籍珍品圖錄』(北京図書館出版社、一九九九年) 三頁参照。
(30)「東洋学説林」「敦煌秘籍留真」(『神田喜一郎全集』同朋舍、一九八三〜一九九七年、所収)。
(31)「本邦現存漢籍古写本類所在略目録」(『阿部隆一遺稿集』第一巻、汲古書院、一九九三年、所収) 参照。
(32) 石塚晴通「岩崎本古文尙書・毛詩の訓点」(『東洋文庫書報』十五、一九八三年) 二二〜四四頁。

第一章　越刊八行本『尚書正義』攷

嘉慶二十年刊南昌府学本『尚書注疏』は、［元］刊十行本後修本を底本に作られたことは、すでに長澤規矩也博士によって明らかにされている。(1)

明末汲古閣本の覆刻本など誤刻の多い注疏が流布していた清朝中期に、唐石経、宋臨安石経、武英殿翻刻相壺本（岳本）、永懐堂本（葛本）、嘉靖刊李元陽本（閩本）、明監本、通志堂経解本陸氏釈文、宋毛居正六経正誤、元王天與尚書纂傳、石経考文提要、顧炎武九経誤字、山井鼎七経孟子考文、浦鏜十三経正字、盧文弨群書拾補を使用して校勘記を著した阮元の業績は、もとより十分に評価すべきであろう。

しかし、［元］刊十行本もまた、その基づくところは、宋代初期に東路茶塩司によって刊行された越刊八行本である。すなわち、これは、従来経注本と単疏本が別行していたのを、一本中に合刻したものであり、後代の注疏諸本に比較するなら、唐代の写本から直接作られた刊本として、越刊八行本は非常に重要な資料と言えるのである。

そして、そのことは、阮元『十三經注疏校勘記』に載せられる宋版以下の誤りとされる部分が少ないことからも窺われよう。

たとえば、君陳「爾無忿疾于頑無求備于一大」と南昌府学本が作る校勘記に、「大、古本唐石經岳葛宋板十行閩監俱作夫」とあって、越刊八行本は、まさに「大」に作る。

「敢有殉于貨色」の注、「味求財貨美色」（巻八―二十表）の「味」字を「岳本纂傳俱作敢。按敢字固與經相應然

疏云味求謂貪味以求之則疏自作味」（阮元校勘記、巻八一五―六裏）、また、康王之誥「先公之臣服于先王」の疏「擧同姓大國言之也」（越刊八行本、巻十八―二十九裏）の「擧」字を他本が「與」に作るのを誤刻しているのを誤っていないことなども挙げられよう。

ところで、越刊八行本の『尙書注疏』は、現在、二本残されているのみである。一本は現在、足利学校所蔵で、もう一本は北京の中国国家図書館（以下、「国家図書館」と略称）に所蔵される。唐写本の校訂から越刊八行本が作られたとするならば、まず、原刻本あるいは原刻本と覚しきものを使って、唐代の写本と対校のための資料とすべきかを知る必要があろう。

まず、両者を比較して、その刊印修の関係を明らかにしたい。

宋代、両浙東路茶塩司において刊行されたものに越刊八行本と呼ばれるものがある。これは、元来それぞれ別に行われていた経注本と単疏本を一本中に合刻した最初のものとされており、経注疏合刻という経書史のなかでは特筆すべき刊本である。

長澤規矩也博士は、「越刊八行本とは、兩浙東路茶鹽司にて、乾道・淳熙の頃、先づ周易・周禮、ついで尙書が上梓せられ紹熙中、禮記及び毛詩が刊行せられ、慶元中、呉興の沈中賓が左傳を新刻し、左傳と前後して論孟の殺青を見たるものなり。現存する所、以上に止まり、他經の刊否は未だ知るべからず。各書毎半葉八行なるを以て八行本と云ひ、刊者一様ならざるが如きを以て、九經三傳沿革例の『越中舊本註疏』の稱に從ひ、刊行地に採って越刊八行本と稱す」と説明される。

この越刊八行本のうち『尙書』は、『元西湖書院重整書目』(2)及び『明南雍經籍考』(3)に「尙書注疏」として所載され、これによれば、版木が明の天順年間頃までは存していたらしいが、その後、清代には既に版木はおろか書物としても、中国ではその伝存の形跡が認められない。

しかし、日本には室町期以前から二本が伝えられていたもののようである。

まず、その一本とは、現在足利学校遺蹟図書館に国宝の指定を受けて所蔵されている『尚書正義』二十巻である。この足利学校所蔵本の解題は阿部隆一博士の「日本國見在宋元版本志　經部」に詳しいが、その中で博士は、「首册初に『此書不許／出學校閫外憲實（花押）』、毎巻首に『上杉安房守藤原憲實寄進』、末に『上杉安房守藤原憲實寄進』の上杉憲實手筆の施入識語が見られ、更に学校の第七世庠主九華、九世庠主三要の書き入れもあるようである」(4)と述べておられる。

この書は、我が国室町期における『尚書』研究を知る上での重要な文献であるが、江戸中期に至るまで学校に秘蔵されて、一般に知られることはなかったようである。

この本を書写し、校勘に用いたのは山井鼎の『七經孟子攷文』が最初(5)であった。山井鼎は、享保三（一七一八）年に足利学校を訪れ、同じく足利学校に所蔵される［室町期］写本の古文尚書を底本にして、この越刊八行本尚書正義なども使いながら、元・明代に開版された十行本以下の諸本を訂している。

ただ、『七經孟子攷文』の春秋左伝の冒頭において、「足利所藏五經正義者上杉安房守藤原憲實所損。今閲周易・尚書・禮記文字甚佳。宋板無疑。其毛詩・左傳、刻劣三書」と言い、本書が宋版であることは指摘しつつも、未だ本書がどれほどの価値のあるものかについての精査には至っていない。

ところで足利学校所蔵の『尚書正義』は、その後、弘化四（一八四七）年になって、松崎明復（慊堂）の校審により熊本藩時習館において覆刻された。覆刻本に附せられた細川利和の例言に、「松崎明復病其無副本、影寓一遇。明復本貫係我宗國、因以進呈。筆画精審、不違毫釐。今取雕鋟、努加精校。其黒闕漫滅、零字闕誤、並仍舊様、意在存宋版面目也」(6)とあり、更に足利学校本の越刊八行本『尚書正義』の刊年についても触れている。それによれば、同じく越刊八行本の『禮記正義』に附刻される紹熙壬子（一一九二）年の三山の黄唐の跋に基づいて

「則此本爲黄所指本司舊刻明矣。且以宋諱闕筆刻工名識考之、其刻蓋在淳熙前後」とするのである。

江戸末期に編纂された森立之及び澁江抽斎の手になる『經籍訪古志』にも、本書は、宋槧本の『尙書注疏』として掲載してはいるものの、刊年における推定は、弘化四年の覆刻本の例言以上のことには言及していない。

本書の本格的な書誌的調査は長澤規矩也博士を俟って初めて行われた。博士は、足利学校本『尙書正義』における闕筆及び刻工名について触れられ、「八行本の版木は後世に保存せられ、屢修補を經て印行せられしは、上文已に明なれども、茲に一括して記さんに、宋代已に補刻あること、足利の書・禮によって知るべく、書に於て見る（例えば巻四、第六葉）如く數行を補修せしことあり。即ち、壊るるに随ひて補ひ印刷したるものなるべし。足利の尙書の刻工には、『何健』『何慶』『周鼎』『鄭埜』等の如く、元の延祐中、饒州路學刊本文獻通考の刻工と一致するものあるを以て、同書が元修本なることは明なり」[7]と述べておられるのである。

そして、この長澤博士の調査は、その後阿部隆一博士によって再確認され更に詳細な補修の年代などが明らかになった。

ところで、わが国には足利学校以外にもう一本、越刊八行本『尙書正義』が伝わっていたらしい。明治十三年、清国駐日公使の随員として来日した楊守敬（一八三九～一九一五）が購入し『日本訪書志』巻一に「宋槧本『尙書注疏』二十巻」として記載されているのがそれである。

楊守敬は、山井鼎の『七經孟子攷文』を阮元の『十三經注疏校勘記』を通して見て、本書が我が国にあることを知っていた。購入の経緯について、彼は、『日本訪書志』[8]に「余至日本、竭力捜訪久之。乃聞在西京大阪收藏家。豫囑書估信致求之。往返數四義、價不成。及差滿歸國道出神戸。廼親乘倫車、至大阪物色之。其人仍居奇不肯售。余以爲日本古籍、有所見志在必得、況此宋槧經書、爲海内孤本。交臂失之、留此遺憾。幸歸装尚有餘金、乃破慳得之、携書歸。時同行者方宅余獨自入大阪、及携書歸舟、把玩不置、莫不竊笑癖而且痴、而余不顧也」と記している。

本書は、『日本訪書志』には「此書今歸南皮張制府」とされるが、現在北京の国家図書館に所蔵されている。『中國版刻圖錄』は本書に解説して、欠筆が「愼」字に至らないこと、及び刻工名から、本書を宋紹興刊本とし、「補版絶少」とする。

本書は、一九八六年、中華書局から『古逸叢書三編』の二七として影印刊行された（影印宋本『尙書正義』）。影印本には李致忠氏の「影印宋本《尙書正義》説明」が添付され、氏はその中で、先に弘化四年覆刻本の例言に触れられた黄唐の跋の内容・黄唐自身の事跡・欠筆・杭州地区の刻工名等について考証し、本書の刊行年代を南宋の高宗の治世中であるとするものの、足利学校本における長澤・阿部両博士の調査に及ぶような書誌的事実には踏み込んでいない。

今、足利学校本と影印された国家図書館本を比較してみると、越刊八行本という版種については一致するものの、両者の間には刻工名の違いや部分的修補の差異が少なからず見受けられる。

さて、足利学校本については、先に触れたように、阿部隆一博士によって詳細な調査が行われている。博士は、本書の逓修について、刻工名を調査した上て「重厚雅潔の原刻の葉と宋から元に至る數次の葉とが混り、補刻の字様は巧拙一ならず、元修には頗る劣なるものもある。最も多いのは宋修の葉で元修は少い。原刻にも部分的修の加っている葉がある」と述べられ、その逓修の時期については「本版の補刻は字様印面から察せられる如く、一回ではなく幾次か重ねられており、恐らく孝宗朝の後期から始められ、最も多いのが寧宗の嘉定頃であったのであろう」とされる。更に、元代に入ってからの修補があることは既に長澤規矩也博士が指摘されたが、阿部博士も、『元西湖書院調整番目』中の「書注疏」が本版らしきことを確かめ、元代の修補が元の前期に行われ、大徳を降らぬ頃のものであるとの判断をしておられる。

はたしてそうであるならば、阿部博士と同様の調査を国家図書館本においても行うことによって、李致忠氏の国家図書館本についての解題に言及されなかった逓修の実態が明らかになる筈である。

ただし実は、国家図書館本は、『日本訪書志』に「書凡装十冊、欽二冊、鈔補亦是以原書影摹、字體行款、毫無移易、固不害爲全書也」と言う。『中國版刻圖錄』(9)に「原二十巻、存巻一至巻六、巻九至巻十八、凡十六巻、余巻日人據足利學校本影抄配全」と記されるように、かつて楊守敬が日本で買い入れたのがそもそも全二十巻中の十六巻の僚巻に過ぎず、その欠巻を足利学校本の書写を以て補っているのである。

中華書局の影印本に添付された李致忠氏の解題には触れられていないが、よくこの影印本を検討すれば、巻七・八・十九・二寸以外にも、巻十三の第六丁〜二十、二二、二五〜二九及び巻十四の第一四〜二五丁が書写配補され、また足利学校本においても、阿部博士が「巻十一の首葉を欽き、巻一の第七丁、巻十の第一八・一九、二二、二四・二五、二七〜三二丁は室町末近世初間の補寫、第三六丁は破損している」(10)と言われるように、その一部には書写が混じっている。それでは、こうした各本の書写の部分を除いて、国家図書館本の刻工名によって時代を追いながら、刊本修補の形跡を見てみたい。

阿部博士は「日本國見在宋元版志　經部」の調査報告において足利学校本の原刻の刻工として三十五人の名を挙げておられる。

まずその原刻の刻工名が北京図書館本と一致するかを検討したい。以下、一致する場合には国家図書館本の項に「○」を記入し、一致しない場合は「×」を記入した。なお刻工の年代は阿部博士の「宋元版刻工名表」(11)により、その年代の最も新しいものを書名によって確認し、行頭に示した。

書名	足利学校本	北京図書館本
〔南宋前期〕刊周官講義	陳仁	○
〔南宋前期〕刊周官講義	毛昌	○
〔紹興〕刊文選	洪乗	○
〔紹興〕刊文選	徐章	○
紹興九年刊毛詩正義（単疏本）	徐茂	○
紹興九年刊毛詩正義（単疏本）	余永	○
紹興十年刊西漢文類	陳錫	○
紹興十九年跋刊徐公文集	洪先	○
〔孝宗朝初期〕刊周易正義（単疏本）	朱静	○
〔孝宗朝〕刊論衡	王班	○
〔孝宗朝〕刊論衡	王林	○
〔孝宗朝〕刊論衡	許中	○
〔孝宗朝〕刊論衡	陳俊	○
〔孝宗朝〕刊論衡	毛牒	○
〔孝宗朝〕刊周疏	陳保	○
〔孝宗朝〕刊周禮疏	丁璋	○
〔孝宗朝〕刊周禮疏	李寔	○
〔孝宗朝〕刊周躍疏	梁文	○

書名	足利学校本	北京図書館本
〔孝宗朝〕刊尚書正義	顔	○
〔孝宗朝〕刊尚書正義	憲	○
〔孝宗朝〕刊尚書正義	浩朱？	×
〔孝宗朝〕一日刊倫書正義	朱	○
〔孝宗朝〕刊尚書正義	俊静	○
〔孝宗朝〕刊尚書正義	静	○
〔孝宗朝〕刊尚書正義	丁	○
〔孝宗朝〕刊尚書正義	丁章	○
〔孝宗朝〕刊尚書正義	旻□	×
淳熙二年刊通鑑紀事本末	朱明	○
〔紹照〕刊廣韻	徐顔	○
紹興三年刊禮記正義	李憲	○
〔寧宗朝〕刊武経七書	李詢	○
〔寧宗朝〕刊中興館閣録	包端	○
〔寧宗朝〕刊豫章黄先生文集修	徐亮	○
〔寧宗朝〕刊議章黄先生文集修	孫中	○
嘉定六年刊春秋左音義	陳安	○

以上、阿部博士が足利学校本の原刻刻工として挙げられた三十五人のうち、国家図書館本の原刻刻工と一致するのは三十三人、一致しなかったのは「浩朱？」「旻□」の二名である。しかし、この「浩朱」は博士も「？」印を付けられているようにはっきりと判読出来る刻工名ではない。恐らく表中に挙げた「浩先」の版心部分の折り返しを以て博士は「先」を「朱」と読み取られたのではないかと考えられる。また、「旻□」の方は、これと見紛う刻工名は松崎慊堂の弘化四年刊本[12]を見ても見あたらず、『中國版刻圖録』及び張振鋒氏『古籍刻工名録』[13]

にも宋代の刻工として「旻□」は挙げられない。

また阿部博士もこの「旻□」を「宋元版刻工名表」に掲載しておられないところを見れば、この刻工名が原刻丁にあったとされる阿部博士の説は検討される必要があるのではないかと思われる。つまり、足利学校本の原刻丁に見られる刻工名、三十三名はすべて北京図書館本に於いても確認出来ると考えて良い。

しかし、これとは反対に北京図書館本の原刻刻工とみられる刻工名で、足利学校本に見当たらないものもある。それは「李記」（序第三丁）、「三章」（巻一第二丁）、「王芥」（巻一第三丁）の三名である。この中、「李記」「三章」は阿部博士「宋元版刻工名表」、長澤博士「宋刊本刻工名表初稿」(14)、張振鋒氏『古籍刻工名録』には見えず、他本にこの刻工名を確認出来ない現段階では本書のみにおける刻工としか考えざるを得ない。また「王芥」については阿部博士の「宋元版刻工名表」に静嘉堂文庫蔵『新唐書』に同名の刻工が見えるとされる。今、尾崎康博士の『正史宋元版の研究』(15)によれば、この『新唐書』は［宋紹興七年］刊［南宋前期］修本とされ、尾崎博士は「王芥」を原刻丁の刻工として挙げられる。この紹興七年は上の刻工名対照表中に現れても、時代的に全く齟齬はない。恐らく『尚書正義』においても原刻の刻工と見て差し支えないであろう。

次に宋・元における逓修の痕跡を国家図書館本においても確認するために、阿部博士の調査をもとにその刻工名を対照してみたい。

書名	足利学校本	北京図書館本
［南宋前期］刊資治通鑑	徐儀	×
［紹興］刊予章黄先生文集	沈文	×
［孝宗朝］刊周禮疏	朱渙	×
［淳熙慶元］刊南軒先生文集	大中	×

書名	足利学校本	北京図書館本
［寧宗朝］刊晦庵先生文集	玉政	×
［寧宗朝］刊晦庵先生文集	王良佐	×
［寧宗朝］刊晦庵先生文集	玉政	×
［寧宗朝］刊廣韻	秦顕	×

〔寧宗朝〕刊論語註疏解経	顧祐	○
〔寧宗朝〕刊孟子註疏解経	邵夫	×
〔寧宗朝〕刊増修互註禮部韻略	朱梓	×
〔寧宗朝〕刊増修互註禮部韻略	沈旻	×
〔寧宗朝〕刊予章黄先生文集修	徐中	×
〔寧宗朝〕刊玉篇	王宝	×
〔寧宗朝〕刊玉篇	呉益	×
〔寧宗朝〕刊王篤	張謙	×
〔寧宗朝〕刊玉篇	方堅	×
〔寧宗朝〕刊玉篇	李倍	×
〔寧宗朝〕刊古史	王恭	×
〔寧宗朝〕刊古史	王寿	×
〔寧宗朝〕刊古史	王明	×
〔寧宗朝〕刊古史	金嵩	×
〔寧宗朝〕刊古史	顧達	×
〔寧宗朝〕刊古史	楊潤	×
〔寧宗朝〕刊古史	李仲	×
〔寧宗朝〕刊古史	呉中	×
〔寧宗朝〕刊古史	蔡邠	×
〔寧宗朝〕刊古史	徐義	×
〔寧宗朝〕刊古史	沈忠	×
〔寧宗朝〕刊古史	沈珍	×
〔寧宗朝〕刊古史	沈茂	×
〔寧宗朝〕刊古史	銭宗	×
〔寧宗朝〕刊古史	宋琚	×
〔寧宗朝〕刊古史	曹鼎	×
〔寧宗朝〕刊古史	張亨	×
〔寧宗朝〕刊古史	張昇	×

〔寧宗朝〕刊古史	陳浩	×
〔寧宗朝〕刊古史	陳伸？	×
〔寧宗朝〕刊古史	丁之才	×
〔寧宗朝〕刊古史	郑春	×
〔寧宗朝〕刊古史	童遇	×
〔寧宗朝〕刊古史	方至	×
〔寧宗朝〕刊古史	方信	×
〔寧宗朝〕刊古史	毛祖	×
〔寧宗朝〕刊古史	毛端	×
〔慶元〕刊祭書	刘仁	×
嘉泰四年刊皇朝文鑑	王信	×
嘉泰四年刊皇朝文鑑	徐仁	×
嘉泰四年刊皇朝文鑑	張明	×
嘉泰四年刊皇朝文鑑	李忠	×
〔嘉定〕刊歴代故事	王玩	×
〔嘉定〕刊歴代故事	陸選	×
〔嘉定〕刊重校添註音辯唐柳先生文集	金滋	×
〔嘉定〕刊重校添註音辯唐柳先生文集	高文	×
〔嘉定〕刊重校添註音辯唐柳先生文集	陳良？	×
嘉定六年刊注東坡先生詩	章東	×
嘉定六年刊注東波先生詩	沈昌	×
嘉定九年刊晦庵先生朱文公語録	刘昭	
嘉定十年刊儀禮通傳経解	王圭	×
嘉定十二年刊資治通鑑網目	王定	×
嘉定十二年刊資治通鑑網目	金祖	×
嘉定十二年刊資治通鑑網目	周明	×
嘉定十三年刊歴代名医蒙求	余敏	×
宝慶一年序刊子略	王進	×

書名	足利学校本	北京図書館本
紹定二年刊呉郡志	金震	×
紹定二年刊呉郡志	徐珣	×
紹定二年刊呉郡志	蔣栄	×
紹定二年刊呉郡志	馬松	×
端平二年刊皇朝文鑑修	呉祥	×
端平二年刊皇朝文鑑修	占譲	×
端平三年刊古文苑	邵亨	×
[淳祐] 刊仏鑑禅師語録	呉祐	×
淳祐十年刊国朝諸臣奏議	呉生	×
宝祐五年刊資治通鑑紀事本末	徐珙	×
宝祐五年刊資治通鑑紀事本末	徐拱	×
成淳二年刊真文忠公續文章正宗	宋通	×
[南宋] 刊南齊書修	徐杞	×
[南宋] 刊南齊書修	孫琦	×
[南宋] 刊南齊書修	張堅	×
[南宋] 刊南齊書修	張斌	×
[南宋] 刊通典修	朱益	×
[南宋] 刊禮記正義修	永昌	×
[南宋] 刊尚書正義修	厳賀	×
[南宋] 刊尚書正義修	高□	×
[南宋] 刊尚書正義修	儀	×
[南宋] 刊尚書正義修	才堅？	×
[南宋] 刊尚書正義修	蔣宋	×
[南宋] 刊尚書正義修	馬	×
[南宋] 刊尚書正義修	方	×
[南宋] 刊尚書正義修	李其	×
大徳四年刊大徳重校聖済総録	高涼	×

書名	足利学校本	北京図書館本
大徳四年刊大徳重校聖済総録	陳仁	×
大徳四年刊大徳重校聖済総録	繆珎	×
大徳五年刊儀禮集設	汪恵	×
泰定二年刊文献通考	何慶	×
泰定二年刊文献通考	周鼎	×
泰定二年刊文献通考	郑埜	×
元統三年刊儀禮経傳通解修	何建	×
元統三年刊儀禮経傳通解修	何宗一七	×
元統三年刊儀禮経傳通解修	何宗十四	×
元統三年刊儀禮経傳通解修	胡翹	×
元統三年刊儀禮経傳通解修	蔣蚕	×
元統三年刊儀禮経傳通解修	辛文	×
元統三年刊儀禮経傳通解修	范堅	×
元統三年刊儀禮経傳通解修	毛文	×
元統三年刊儀禮経傳通解修	楊春	×
元統三年刊儀禮経傳通解修	李耑	×
至六元年刊唐丞相陸宣公奏議纂註	李茂	×
[元] 刊設文解字修	沈祥	×
[元] 刊設文解字修	詹徳潤	×
[元] 刊設文解字修	曹徳新	×
[元] 刊設文解字修	茅化	×
[元] 刊増修互註禮部韻略修	陶春	×
[元] 刊史記〈集解〉修	何益	×
[元] 刊史記〈集解〉修	葛辛	×
[元] 刊史記〈集解〉修	朱曽	×
[元] 刊史記〈集解〉修	任昌	×

〔元〕刊史記・漢書・後漢書〈九行一六字〉修	張亨	×
〔元〕刊史記・漢書・後漢書〈九行一六字〉修	文玉	×
〔元〕刊史記・漢書・後漢書〈九行一六字〉修	葉禾	×
〔元〕刊周禮疏修	何垕	×
〔元〕刊周禮疏修	金友	×
〔元〕刊周禮疏修	洪福	×
〔元〕刊周禮疏修	徐因	×
〔元〕刊周禮疏修	范華	×
〔元〕刊禮記正義修	銭裕	×
〔元〕刊禮記正義修	文昌	×
〔元〕刊宋書修	李公正	×
〔元〕刊尚書正義修	何	×
〔元〕刊尚書正義修	夏父	×
〔元〕刊尚書正義修	恭	×
〔元〕刊尚書正義修	金世栄	×
〔元〕刊尚書正義修	虞	×
〔元〕刊尚書正義修	三山郊	×
〔元〕刊尚書正義修	山朱	×
〔元〕刊尚書正義修	史	×
〔元〕刊尚書正義修	時忠	×
〔元〕刊尚書正義修	寿	×
〔元〕刊尚書正義修	徐	×
〔元〕刊尚書正義修	沈	×
〔元〕刊尚書正義修	政	×
〔元〕刊尚書正義修	銭	×
〔元〕刊尚書正義修	蘇	×
〔元〕刊尚書正義修	孫日新	×
〔元〕刊尚書正義修	勝杲	×
〔元〕刊尚書正義修	任	×
〔元〕刊尚書正義修	方中呉	×
〔元〕刊尚書正義修	陳	×
〔元〕刊尚書正義修	鎮	×
〔元〕刊尚書正義修	柳	×

以上、宋・元逓修の刻工として阿部博士が挙げておられる百五十一人を国家図書館本と比較すれば、唯一「顧祐」だけを北京図書館本の修の部分に確認出来る。

しかし、版木の一部を補修したと考えられるものは、国家図書館本にも認められる。例えば「巻十四、第四十一丁表」の最初の四行などがそれであり、これがいつ頃行われたのかは刻工等の標識がないために判じることは出来ない。しかし、こうした部分的修理を施しても最早修理が間に合わない段階にまで達した結果、一丁全部

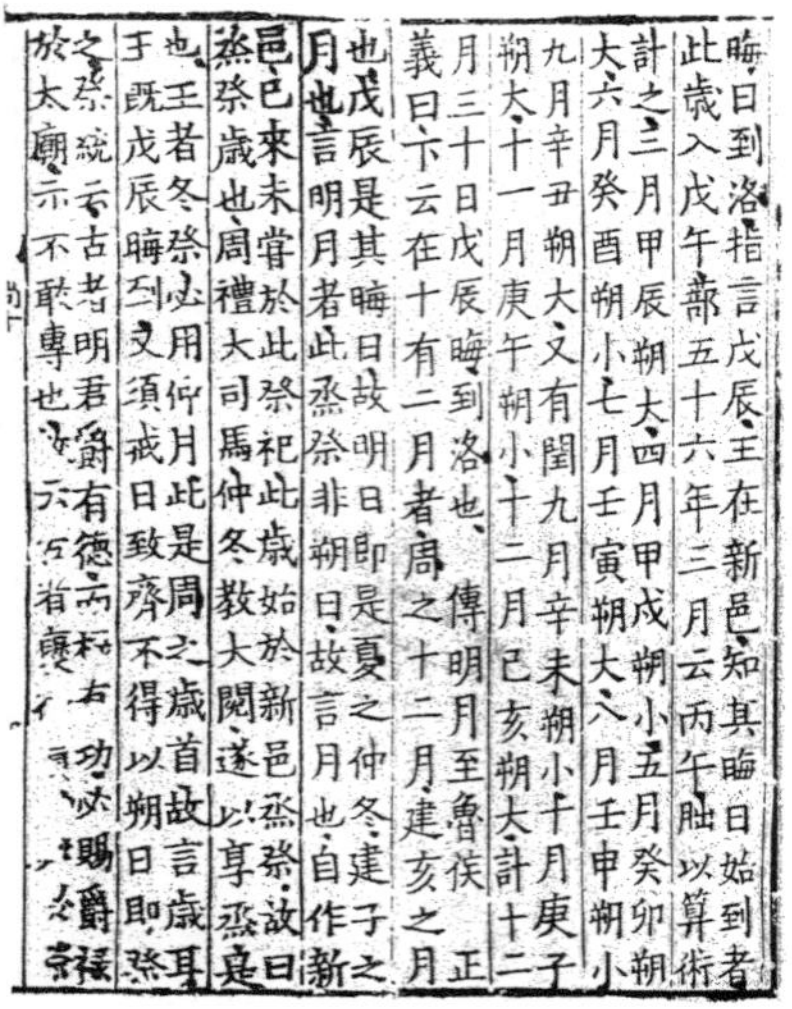

国家図書館本　巻14・第41丁表
最初４行

国家図書館本　巻17・第17丁表
上部　第１段

を覆刻等して補修した状態にあるものが足利学校本のようなものになったと考えるならば、楊守敬が中国に持ち帰ったものの方が、足利学校本に比較して、逓修の程度の少ない原刻初印本に近い形を伝えるものであるということが言えるのである。

さて、以上書誌的な調査によって、北京図書館本が足利学校本に比して、注疏合刻の『尚書正義』が作られた当初の形態を保存しているらしいことを述べたが、次に、ではその逓修の差がテキストにどう反映しているか述べてみたい。

『尚書注疏校勘記』・『七經孟子攷文』を繙けば、この越刊八行本以降に開版された十行本及び明版には、時代を経るにしたがって本文に異同が多くなることが指摘されている。こうしたことが起こる原因については、例えば刻工による誤刻（或いは誤刻の訂正）、またテキストを受容する側の言語の変化、更には政治的意図を持った本文の改訂等種々の理由が想起されるのであるが、今、果たして逓修という書誌的な視点から、こうしたテキスト上の変化が起こったことを指摘したい。

【一】経

先ず、修によって経文自体に変化が起きている部分が三箇所見い出された。

巻三　第二八丁

「僉曰百禹作司空」（北京図書館本、刻工名なし［宋］修部分）

「・・伯・・・・」（足利学校本、刻工名なし［原刻］部分）

この部分、国家図書館本は刻工名なく、原刻丁であるかどうかは不明であるしかし、字様から推して［宋］修に係るものと思われる。

巻四　第五丁

「水火金木上穀惟修」（北京図書館本、憲［原刻］）

「・・・・・土・・・」（足利学校本、楊春［元修］）

巻十五　第一二丁裏三行目

「厥子乃不知稼穡之艱難」（北京図書館本、徐章）

「・・亦・・・・・・・・」（足利学校本、不明［元修］）

この足利学校本の刻工名は

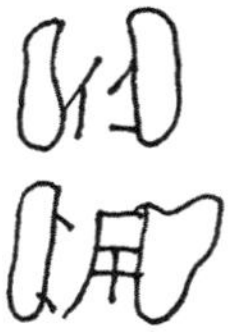

［□で囲んだ部分は虫損］

の如くであって（これは弘化四年刊本による）虫損甚だしく判読出来ない。

〔二〕 次に孔伝の文であるが、これは経文に比較すれば格段に多く、計十一箇所に文字の異同が確認出来る。

巻二 第二七丁

「咈戻元毀族類也」（北京図書館本、毛昌〔原刻〕）

「・・圯・・・・」（足利学校本、張斌〔宋修〕）

巻三 第一丁

「信允塞上下」（北京図書館本、李憲〔原刻〕）

「・充・・・」（足利学校本、沈茂〔宋修〕）

巻三 第一八丁

「眚災害肆緩賊殺也」（北京図書館本、李寔〔原刻〕）

「青・・・・・・・」（足利学校本、余敏〔宋修〕）

巻六 第一丁

「任其士地所有」（北京図書館本、陳錫〔原刻〕）

「・・土・・・」（足利学校本、陳錫〔宋修〕）

巻九 第九丁

「當傷民爲善群臣」（北京図書館本（陳□〔原刻〕）

「・倡・・・・・」（足利学校本（張昇〔宋修〕）

巻十四 第四〇丁

「告曰尊周公立其後」（北京図書館本、なし〔原刻〕）

「・白・・・・・・」（足利学校本、曹鼎〔宋修〕）

巻十五 第八丁

「言我周亦法殷家」（北京図書館本、憲〔原刻〕）

「・・・・渉・・」（足利学校本、虫損にて判読不可能〔宋修〕）

巻十五 第九丁

「使汝遠／惡俗（／は改行を示す）」

（北京図書館本、〔徐〕亮〔原刻〕）

「・・遠於／・・・（「於」字あり）」（足利学校本、洪升［元修］）

巻十七　第三四丁裏七行目

「非恆我受多福而已」（北京図書館本、なし［原刻］）

「・但・・・・・・」（足利学校本、なし［宋修］）

巻十八　第八丁裏四行目

「凡此旦聴事之坐」（北京図書館本、朱明［原刻］）

「・・旦夕・・・・（「夕」字あり）」（足利学校本、王良佐［宋修］）

巻十八　第二八丁表七行目

「言文武仍施政令」（北京図書館本、毛昌［原刻］）

「・・・乃・・・」（足利学校本、徐中［宋修］）

［三］疏の文に至っては一葉に数箇所の異同があるものも珍しくはなく、全体ともなればその箇所は相当の数に上る。今、各巻に一個だけをその異同として挙げたい。

巻一　第六丁表五行目

「帝候依運斗樞」（北京図書館本、陳安［原刻］）

「中・・・・・」（足利学校本、余敏［宋修］）

巻二　第三丁裏二行目

「康王之誥爲二十二」（北京図書館本、［毛］昌［原刻］）

「・・・・・三十三」（足利学校本、張明［宋修］）

巻三　第二六丁裏二行目

「便爲已遠聴聞四方也」（北京図書館本、毛昌［原刻］）

「・・・・・閣・・・」（足利学校本、なし［元修］）

巻四　第一二丁表一行目

「不自満謚誇大惟汝之堅也」（北京図書館本、許中［原刻］）

「・・・湓・・・・・・・」　（足利学校本、徐中［宋修］）

巻五　第三丁表五行目

「毳行如箕擿行泥上」　（北京図書館本、破損にて判読不能［原刻］）

「・・・擿・・・」　（足利学校本、［孫埼］［宋修］）

巻六　第一丁裏八行目

「不殊日周禮分之爲九耳」　（北京図書館本、陳錫［原刻］）

「・・但・・・・・・・・」　（足利学校本、陳錫［宋修］）

巻七・巻八は、北京図書館本は、写本によって補われている為、異同の調査対象外

巻九　第四丁表六行目

「我王祖乙居耿爰於也」　（北京図書館本、徐茂［原刻］）

「・・・・此・・・・」　（足利学校本、徐儀［宋修］）

巻十　第一三丁裏二行目

「桀殺龍逄無剖心之事」　（北京図書館本、陳俊［原刻］）

「・・・・割・・・」　（足利学校本、鎮［元修］）

巻十一　第三四丁表七行

「畢星好雨亦如民」　（北京図書館本、朱明［原刻］）

「・・・南・・・」　（足利学校本、何屋［元修］）

巻十二　第一七丁裏三行目

「救其屬臣救勿奪其土地」　（北京図書館本、顔［原刻］）

「・・・・勅・・・・・」　（足利学校本、金友［元修］）

巻十三　第三三丁表四行目

「人有此明訓惣上之辭」　（北京図書館本、なし［原刻］）

「令・・・・・・・・・」　（足利学校本、なし［宋修］）

巻十四　第二九丁裏一行目

「享訓獻是奉上之辭」　（北京図書館本、丁璋［宋修］）

「・・・也獻・・・・・」　（「也獻」字あり）

（足利学校本、王遇［宋修］）

巻十五　第八丁裏八行目

「聖人動合天心・・・託天命也」（北京図書館本、憲［原刻］）

「衆・・・・・・・記・・・」（足利学校本、虫損にて判読不能［元修］）

巻十六　第一八丁表七行目

「武王已克商平天下」（北京図書館本、許中［原刻］）

「・正・・・・・・」（足利学校本、徐文［元修］）

巻十七　第二丁表八行目

「此以立政名篇」（北京図書館本、陳俊［原刻］）

「・・・攻・・」（足利学校本、虫損にて判読不能［宋修］）

巻十八　第二丁表一行自

「曰皇王光訓」（北京図書館本、憲［原刻］）

「・・至・・」（足利学校本、顧達［宋修］）

巻十九・二十は北京図書館本は、補寓。調査封象外

以上、数次にわたる逓修が施されることによって、テキストに変化が生じることが明らかになった。特に疏の文においては全体で優に数百箇所にわたって文字の異同が見られる。

ところで、『七經孟子攷文』の尚書において、山井鼎は足利学校所蔵の［室町期］写本の古文尚書を底本にして、この越刊八行本『尚書正義』等も使いながら、［元］刊十行本以下の諸本を校訂している。『七經孟子攷文』は、荻生観（物親）の補遺ができて程なく中国に輸出され、清朝考証学に多大な影響をもたらしたものとして有名である。当時越刊八行本『尚書正義』は中国にはなく、したがって校勘資料とされることもなかった。そのため阮元が『十三經注疏校勘記』を作るにあたっても、越刊八行本を見ることなく、この『七經孟子攷文』所引の

尚書を引拠の一つとしているのである。

これまで、越刊八行本『尚書正義』における二本の修訂の差異によってテキストに相異が見られることを述べてきたが、山井鼎が足利学校本の越刊八行本『尚書正義』を使ってテキストを校勘している以上、もしここで北京図書館本を使用して勘案を試みていたとすれば、その校勘においても差異が出てくることが予想される。そこで『七經孟子考文』において足利学校本によって訂正されながらも、原刻本に近い形である国家図書館本を以てすれば更に校勘が可能になる部分を挙げてみたい。

巻一　第一三丁（尚書正義序、正義）

「襄生中中生武武生延陵及安國爲武帝博士」（［室町期］写古文尚書）
「・・忠忠・・・・・年及安國安國・・・」（足利学校本、銭宗［宋修］）
「・・中中・・・・・陵及安國・・・・・」（北京図書館本、李寒［原刻］）

＊阮元が底本に使用した嘉慶二十年刊本は［室町期］写古文尚書及び北京図書館本と同じ。

巻四　第二六丁（皐陶謨、正義）

「外失於儀」（［室町期］写古文尚書）
「外在失上・」（足利学校本、張謙［宋修］）
「失於外・」（北京図書館本、徐亮［原刻］）

＊嘉慶二十年刊本は［室町期］写古文尚書と同じ。

巻十　第一二丁（泰誓中、正義）

「無剖心之事」（［室町期］写古文尚書）

「・割・・・」（足利学校本、鎮［元修］）

「・剖・・・」（北京図書館本、陳俊［原刻］）

＊嘉慶二十年刊本は［室町期］写古文尚書及び北京図書館本と同じ。

巻十五　第一二丁（無逸、經文）

「厥子乃不知稼穡之艱難」（［室町期］写古文尚書）

「・・亦・・・・・・・・」（足利学校本、不明［元修］）

「・・乃・・・・・・・・」（北京図書館本、徐章［原刻］）

＊嘉慶二十年刊本は［室町期］写古文尚書及び北京図書館本と同じ。

わずか右の四例に過ぎないが、これによれば越刊八行本『尚書正義』の原刻初印に近い国家図書館本は、足利学校本に比して［室町期］写古文尚書に近いことが窺われる。

すなわち足利学校所蔵の越刊八行本を使用しては、却って文字の異同に混乱を来す状態に陥るのであって、これを解消するには、やはり原刻初印本のテキストにより近い国家図書館本を使って勘案する必要があるであろう。しかし、嘉慶二十年刊本とのテキストの一致は、阮元がこの国家図書館本を見ていなかったにも拘わらず、その校勘が正鵠を得たものであることを見事に証明できるのである。

また戦前、東方文化研究所経学文学研究室で行われた『尚書正義定本』(16)についてもこうした校勘作業上の問題について同様のことが言える。

『尚書正義定本』は、校勘に際し足利学校所蔵の越刊八行本、敦煌本、岩崎文庫平安朝寓写本を用いるなど、当時最大限可能な限り資料を収攬して行われた。しかし、唐以前の鈔本と宋以降の刊本の間には文献の性格という点において断絶とも言うべきテキスト系統上の差異が報告されている以上、『定本』もこうした意味において更に検討を加えられるべきではないかと考えられる。しかし、翻って書誌という視点から言えば、同じ版種の刊本であっても、部分的な補修更には覆刻（カブセボリ）による修理が加えられることによってテキストに変化が生じることは、中国の刊本のみならず我が国刊本の諸本においても同様の現象が確認されている。とすれば、『尚書正義定本』の如く諸本を一同に会して一本の定本を作るという方法とは別に、テキスト一本一本を再度徹底的に調査することが先ず必要なことではないかと考えるのである。

それでは、次に越刊八行本と単疏本『尚書正義』の関係について触れてみたい。

「經文」は、「開成石經」に基づいていることが明らかであっても、注や疏が何に由来するかは不明である。『尚書』の「經傳」宋刊本は、現在京都市蔵となっている［宋紹熙］刊（［建安］宗氏）本『纂圖互註尚書』、また陸徳明の釈文を附刻しない李木齋旧蔵北京大学蔵本、台湾中央図書館蔵［南宋中期］建安王朋甫刊本、『鑑本圖重言重意互註点校尚書』（『四部叢刊』影印）、瞿鏞鐵琴銅剣楼旧蔵『婺本点校重言重意互註尚書』などがある。しかし、これらはいずれも書肆による開版であって、基づくところの底本にはすでに官刻であった本が利用されたことであろう。また上に挙げたいわゆる纂図互註本の類は、いずれも南宋紹熙以降の刊刻にかかり、越刊八行本が印刷されて以降のもので、それ以前のものは存しない。

越刊八行本が基づいた「孔傳」は、おそらく五代の時に開版され、北宋初期に国子監で再び校刊されたものであったであろう。しかし、今、もはやいずれも存せず、越刊八行本の「孔傳」が基づくものを特定し得ない。

ただ、現在、宮内庁書陵部に単疏本の『尙書正義』が所蔵される。もとより、これは単疏本であってみれば、「孔傳」を附刻してはいないが、越刊八行本と本書の宋修部分の刻工名は重なって、同じ杭州地区で刊行されたものであることは明らかである。

『玉海』によれば、単疏本『五經正義』が開版されたのは、端拱淳化(九八八〜九九四)年間の国子監であったという。

端拱元年三月、司業孔維等奉勅校勘孔穎達五經正義百八十巻、詔國子監鏤板行之、易則維等四人校勘、李説等六人詳勘、又再校、十月板成以獻、書亦如之、二年十月以獻、春秋則維等二人校勘、王炳等三人詳校、淳化元年十月板成、詩則李覚等五人再校、畢道昇等五人詳勘、孔維等五人校勘、淳化三年壬辰四月以獻、禮記則胡迪等五人校勘、紀自成等七人再校、李至等詳定、淳化五年五月以獻。

しかし、同じく『玉海』に言う如く、本書には文字の誤謬があったので更に校訂を加えて咸平二(九九九)年に出版された。

是年(淳化五年)判監李至言、義疏釋文尚有訛舛、宜更加刊定、杜鎬孫奭崔頤正、苦學強記、請命之覆校、至請命禮部侍郎李沆校理杜鎬吳淑直講崔偓佺孫奭崔頤正校定、咸平元年正月丁丑劉可名上言、諸經板本多誤、上令頤正詳校、可名奏詩書正義差誤事、二月庚戌奭等改正九十四字、沆預政、二年命祭酒邢昺代領其事、舒雅李維李慕情王渙劉士元預焉、五經正義始畢。

ところが、靖康の乱によって北宋の版木は金に略奪され北京に移送された。

さて、この版木によって印された咸平二年刊本は存在しないが、一九三三年に編纂された『國立北平圖書館善本書目』に、「尙書注疏二十巻　金刻本　存十巻　六至十　十六至二十」とあり、『舊京書影』(17)に書影が見える。また北京図書館には、瞿鏞鉄琴銅剣楼、李滄葦旧蔵の金刊本が所蔵され、これは『鐵琴銅劍樓宋金元本書影』、『中國版刻圖錄』に書影がある。さらに、天理図書館には平岡武夫博士が傅増湘から贈られた金刊本、存巻十八・巻二十が存する。これは、傅増湘の『雙鑑楼善本書目』に著録されるものである。

筆者は、この三本のうち、天理図書館本のみを目睹し得たのみで、この三者の関係について知り得ないが、阿部隆一は「以上三種の版は同版か否かは一斑の書影のみを以てしては保証し得ないが、少くとも相互に覆刻かそれに近い関係にある同系版であることは認め得よう」(18)と記している。

今、筆者もまた、これらが咸平二（九九九）年の刊本の覆刻であるか否かを俄には断定し得ないが、傅増湘は、『蔵園群書題記續集』に北平図書館本を利用し、「校金刊本尙書注疏跋」に次のように記している。

金刊本尙書注疏舊出清内閣大庫祇殘本十巻存巻六至十巻十六巻至二十（余藏巻第十八殘本乃便陽張君庾樓所貽）半葉十三行每行二十五字至二十九字不等注雙行三十五字白口左右雙闌版心上方記字數下方間記刊工姓名每巻首並具孔穎達全銜正義以陰文疏字別之釋文附每巻後余從北平圖書館假出取北監本對歷三月乃訖事各巻匡謬拾遺指不勝屈其最著者如説命中惟天聰明惟圣時憲一節孔傳法天以立教下脱臣敬順而奉民以從上爲治十二字其下節文及正義脱五十九字設非得此本正之則疏與注混莫可究詰矣湯誓正義契始封商下脱湯號爲商知契始封商九字無逸惟正之供正義當正己身以供待下脱之也以身供待六字多方代夏作民主正義作天下民主下脱湯既爲民主五字皆賴此補完至釋文奪佚尤多如無逸後補譸字音釈十八字君奭後補散宜音釋一百二十五字顧命後補夫人冒貢等音釋

二十四字呂刑後補剕倍差刖等音釋五十八字秦誓後補仡仡等音釋二十三字其餘多不能悉擧至如経注異文多藉此糾正証之山井鼎考文與宋本十有八九合丹鉛既竟如薙榛棘而闢康荘索冥途而得明燭爲之欣抃無量焉書疏自来傳世者以十行本爲最古然其版多出覆刊又經正徳修補差失滋多以致注疏錯雑紛亂爲世訾謷自日本足利學校八行本出始得盡祛其弊惜流傳絶少乾嘉諸儒未見其書余昔年曾見南皮張文襄家有宋刊全帙與足利本行格正同而非一刻未知其孰爲先後也嗣於故宮見宋建安魏県尉宅九行本寫刻倶精附陸氏釋當爲十行本所從出惜未得傳校今觀金刻其佳勝與宋刻心悉符意其付梓當在八行本以後十行本以前聞海虞瞿氏藏全帙異時當携此本登鉄琴銅劍樓補勘十巻以竟全功江南塞北烽火連天未知何日得覩海宇清夷快償夙願也丁丑嘉平月東坡生日記

これによれば、北監本の誤刻を質すべく、越刊八行本と「十有八九合」する刊本であったことが知られよう。

ところで、南宋では、紹興九（一一三九）年に詔を出し、国子監本を求めて対校させ、紹興十五（一一四五）年に印刷が成ったという。

『玉海』には、「紹興十五年閏十一月博士王之望請群經義疏未有板者令臨安府雕造」とあり、また『建炎以來朝野雑記』には、「先是王瞻叔（即之望字）爲學官嘗請摹印諸經義疏及經典釋文許學以瞻學或係省錢各一本置之於學上許之令士大夫仕於朝者率費紙墨錢千餘緡而得書於監云」と記されている。

さて、現在宮内庁書陵部に所蔵される単疏本『尚書正義』は、内藤湖南、長澤規矩也、阿部隆一によれば、欽筆、刻工名から紹興十五年に出版されたものであろうと推定されている。

してみれば、越刊八行本が開版された宋紹興乾道（一一三一〜一一七三）年と、単疏本の時期はほぼ重なっていると言えよう。そして、或いはそれらの底本は、同じものではなかったかとも考えられる。

越刊八行本と単疏本とを比較して、少しくその異同を示したい。

「舜典二編」（越刊八行本、巻二—一裏）
「・・一・」（単疏本、巻二—一裏）

「湯誥後第三十二」（越刊八行本、巻二—二表）
「・・・・二・・」（単疏本、巻二—二表）

「康王之誥爲二十二」（越刊八行本、巻二—三裏）
「・・・・・三・三」（単疏本、巻二—三表）

「鄭注盡序」（越刊八行本、巻二—三裏）
「・・書・」（単疏本、巻二—三表）

「無違命以其継世」（越刊八行本、巻三—一裏）
「・・・似・・・」（単疏本、巻三—一表）

「事命授度行之」（越刊八行本、巻三—二表）
「・・揆・・・」（単疏本、巻三—二表）

「度量衡三者」（越刊八行本、巻三—五表）
「・・・王・」（単疏本、巻三—十二表）

「不正義言正」（越刊八行本、巻三—五裏）
「・・故・・」（単疏本、巻三—十二表）

「禮云若他邦之人」（越刊八行本、巻三—十六裏）
「・・・邦他・・」（単疏本、巻三—十三裏）

「定四年在傳」（越刊八行本、巻三—二十表）
「・・・左・」（単疏本、巻三—十六裏）

「然後斷決」（越刊八行本、巻三—二十裏）
「・然・・」（単疏本、巻三—十七表）

「又苦沈溺」（越刊八行本、巻五—三表）
「・若・・」（単疏本、巻五—二表）

「毛傳云除木」（越刊八行本、巻五—三裏）
「・・去・・」（単疏本、巻五—二裏）

「天下治象物」（越刊八行本、巻五—八）
「・・・家・」（単疏本、巻五—五裏）

「九貢不殊曰周禮」（越刊八行本、巻六—一裏）
「・・・・但・・」（単疏本（巻六—一裏）

「還都曰帝」（越刊八行本（巻六—八表）
「・・白・」（単疏本、巻六—七表）

「周公初造基址」（越刊八行本、巻十三—三表）
「・・・・・趾」（単疏本、巻十三—二表）

「傳初造至會集」（越刊八行本、巻十三—三裏）
「・・・・集會」（単疏本、巻十三—二裏）

「尊於牧故主一州」（越刊八行本、巻十八—一裏）
「・・・牧・・・」（単疏本、巻十八—一裏）

「恐死死不得」（越刊八行本、巻十八—五裏）
「・・死・・」（単疏本、巻十八—四表）

「續志此及今」（越刊八行本、巻十八—五裏）
「・・以此・・」（単疏本、巻十八—四表）

「嫌其寶故云」（越刊八行本、巻十八—十四表）
「・・非寶・・」（単疏本（巻十八—十裏）

細かな点を挙げれば、数え切れないほどの異同があるが、これは互いに誤刻と見るべき程の差違であって、異本による違いには及ばないであろう。

その点で言えば、おそらく、金刊本、越刊八行本、単疏本も、咸平二年刊本に拠るものではないかと考えられる。ところで、この越刊八行本は、何に由来するのであろうか。

今、「開成石經」とこれを対校するに、ほとんど本文に大差がない。異同のあるところをすべて挙げよう。

「共工方鳩僝功」（越刊八行本（堯典）巻二―二十七表）
「・・・・㑳・」（開成石經）

「扑作教刑」（越刊八行本（舜典）巻三―十八裏）
「朴・・・」（開成石經）

「二十有八載」（越刊八行本（舜典）巻三―二十四裏）
「廿・・・」（開成石經）

「僉曰百禹作司空」（越刊八行本（舜典）巻三―二十八表）
「・・伯・・・・」（開成石經）

「棄帝曰棄黎民」（越刊八行本（舜典）巻三―二十九表）
「弃・・弃・・」（開成石經）

「五刑有服五服三就」（越刊八行本（舜典）巻三―三十裏）
「・・・服・・・・」（開成石經）

「帝曰咨汝二十有二人」（越刊八行本（舜典）巻三―三十七裏）
「・・・・廿・・・」（開成石經）

「水火金木上」（越刊八行本（大禹謨）巻四―五裏）
「・・・・土」（開成石經）

「宅帝位三十有三載」（越刊八行本（大禹謨）巻四―七裏）
「・・・卅・・・」（開成石經）

「民棄不保」（越刊八行本（大禹謨）巻四―十六表）
「・弃・・」（開成石經）

「奉辭罰罪」（越刊八行本（大禹謨）巻四―十六裏）
「・・伐・」（開成石經）
「其人有徳」（越刊八行本（皐陶謨）巻四―二十四裏）
「其有徳（「人」字なし）」（開成石經）
「朋淫于家」（越刊八行本（益稷）巻四―十五表）
「・淫・・」（開成石經）
「島夷皮服」（越刊八行本（禹貢）巻五―七裏）
「㠀・・・」（開成石經）
「浮于洛達于河」（越刊八行本（禹貢）巻五―二十四表）
「浮于洛河（「達于」字なし）」（開成石經）
「不敢赦」（越刊八行本（湯誥）巻八―十四表）
「弗・・」（開成石經）
「朕哉自亳」（越刊八行本（伊訓）巻八―十八裏）
「・載・・」（開成石經）
「與人不求備撿身若不及」（越刊八行本（伊訓）巻八―二十表）
「・・・・・檢・・・・」（開成石經）
「終始慎其與惟明明后」（越刊八行本（太甲下）巻八―三十一表）
「終始慎其與惟明明（「后」の字なし）」（開成石經）
「惟明明后、唐石經初刻有后字。後磨改祇作惟明明」（『皇清經解』（阮元『尚書校勘記』巻八二五―九裏））
「汝無侮老成人」（越刊八行本（盤庚上）巻九―十二裏）
「・・老侮・・」（開成石經）
「唐石經作汝無老成人按今本脱上老字石經脱下老字傳及疏内侮老疑亦俱當作老侮○按段玉裁云唐石經是也今板本作侮老因老成人三字日習既孰又誤會孔傳故倒亂之」（段玉裁『古文尚書撰異』巻六）には「古文尚書作無老侮成人無弱孤有幼鄭注老弱皆輕忽之意也僞孔

傳與鄭注本同孔傳老成人三字爲經文老侮張本非孔作侮老成人也唐石經作老侮不誤今版本作侮老因老成人三字日習既孰又誤會孔傳故倒亂之按傳云不用老成人之言是老侮之不徙則孤幼受害是弱易之正義曰老謂見其年老謂其無所復知弱謂見其幼弱謂其未有所識鄭云老弱皆輕忽之意也老成人之言云可徙不用其言是老侮之也不徙則水泉鹹鹵孤幼受害則是卑弱輕易之也」

（『皇清經解』（阮元『尚書校勘記』巻八二六―六表））

「大命不摯」（越刊八行本（西伯戡黎）巻九―四十三裏）

「・命胡・・」（開成石經）

「豫有亂臣十人」（越刊八行本（泰誓中）巻十―十三裏）

「・・亂臣・・」（開成石經）

「今商王受惟婦言是用」（越刊八行本（牧誓）巻十―二十三表）

「・・・・・・言是・」（開成石經）

「釋箕子囚封比干墓」（越刊八行本（牧誓）巻十―三十三表）

「・・・・・・干之・」（開成石經）

以上によれば、越刊八行本と「開成石經」には、僅かな違いはあっても、ほとんど大差ないことが知られよう。また、阮元『尚書校勘記』「聿求元聖與之戮力」（湯誥）（『皇清經解』巻八二五―四裏）によれば、「戮釋文、唐石經、岳本纂傳俱作勠」とあるが、越刊八行本（巻八―十四裏）は「開成石經」と同じく「勠」に作る例もある。

これからしても、越刊八行本と「開成石經」は非常に近い関係があることが明らかであろう。

また、多士の「朕不敢有後」（越刊八行本、巻十五―八表）は、「開成石經」も同じく作るが、阮元『尚書校勘記』は「唐石經後下元有誅字後磨改」とある。

こうしたことは、同じく多士の「王曰又曰時予乃或言」に、「唐石經或下本有侮字後磨改」とする。

してみれば、越刊八行本は、「開成石經」の誤りを正すか、あるいは「開成石經」の初刻ではないものに依った可能性があることを指摘し得るであろう。

いずれにせよ、本文については、越刊八行本は「開成石經」に基づいたものと見て差し支えあるまい。

ところで、現在最も流布している『尙書正義』は、阮元による嘉慶二十年刊本の影印であろう。これには各巻末に阮元の校勘記が附載されており、異本との異同並びに阮元の裁量によって、底本となった[元]刊十行本の誤刻が質されているものもある。しかし、よく知られるようにこの影印本の校勘記は、盧宣旬の摘録と補遺に依るもので、「皇清經解」所収校勘記を参照する必要がある。

これに対して、二〇〇〇年に十三経注疏整理委員会の校訂によって北京大学から出された『十三經注疏整理本（繁体字版）尙書正義』（以下、北京大学本と略称）は、阮元の校勘記を利用する他、清朝考証学の成果を十分に利用して校訂を行ったものとして画期的なものと考えられる。

しかし、この北京大学本も必ずしも問題がないわけではない。

野間文史博士によれば、本書は、嘉慶刊本を道光に重刊したものを石印で刊行し、さらにこれを世界書局が配印した本が利用されたという。(19)

このように、底本の撰定に疑問点はあるものの、本書は阮元の校勘記の全文を掲載し、孫詒讓の『十三經注疏校記』、孫星衍『尙書今古文注疏』を利用し校正を加えている。してみれば、やはり、嘉慶刊本に比べて清朝考証学の成果を反映したものということが出来るであろう。

しかし、残念ながら本書は、阮元以降に発見された諸本を利用して校訂の材料としていない。

もとより、敦煌本や我が国の写本を使用して校訂を行えば、非常に煩雑になるであろうし、これまで我々が使用して来た『尙書』とは全く異なるものになるに違いない。

だが、少なくとも刊本のうちでも越刊八行本を使用すれば、阮元の校勘記や清朝考証学の成果に合致した正しい本文を検証することが可能である部分も少なくない。

今、嘉慶刊本の誤刻部分を、越刊八行本と北京大学本とを比較し、北京大学本で行われた本文の校訂が越刊八行本に合致するものを挙げれば以下の如くである。

異同があるにも拘わらず、まったく注を加えず本文を訂正し、それが越刊八行本と一致するもの。

大禹謨

「以弼五教」(越刊八行本(經文)巻四―九表)

「・刑・・」(阮元本、巻四―七表)

「・弼・・」(北京大学本、一〇九頁)

禹貢

「九山刊旅」(越刊八行本(經文)巻六―三八表)

「・州・・」(阮元本、巻六―二八裏)

「・山・・」(北京大学本、一九七頁)

「言取之有節」(越刊八行本(孔傳)巻六―三八裏)

「言・・・・」(阮元本、巻六―二八裏)

「舍・・・・」(北京大学本、一九八頁)

阮元の校勘記に基づいて本文を正しているもので越刊八行本が正しい本文を有しているもの。

舜典

「剛失入虐簡失入傲」（越刊八行本（孔傳）巻三―三四裏）

「・・之・・・之・」（阮元本、巻三―二六表）

「・・入・・・入・」（北京大学本、九五頁）

皐陶謨

「翕合也」（越刊八行本（孔傳）巻四―二七表）

「・和・」（阮元本、巻四―二〇裏）

「・合・」（北京大学本、一二七頁）

禹貢

「王者政教」（越刊八行本（經文）巻六―四二裏）

「・・之・・」（阮元本、巻六―三一裏）

「・・・・」（北京大学本、二〇一頁）

盤庚上

「責其不以情告上」（越刊八行本（孔傳）巻九―十表）

「・・・・請・・」（阮元本、巻九―七表）

「・・・・情・・」（北京大学本、二七四頁）

盤庚下

「無揔貨寶以求位」（越刊八行本、巻九―二六裏）

「・・・・・已・」（阮元本、巻九―十九表）

「・・・・・求・」（北京大学本、二九一頁）

禹貢

「北據淮南距海」（越刊八行本（孔傳）巻六―十五裏）

「・揚・・・・」（阮元本、巻六―十一裏）

「・據・・・・」（北京大学本、一七三頁）

「琅玕石而似珠」（越刊八行本（孔傳）巻六―二八表）

「・・・・・玉」（阮元本、巻六―二一表）

「・・・・・珠」（北京大学本、一八七頁）

「共爲敵讎」（越刊八行本（孔傳）巻九―四五裏）

「其・・・」（阮元本、巻十―十四裏）

「共・・・」（北京大学本、三一〇頁）

武成

「故大業未就」（越刊八行本（孔傳）巻十一―三〇裏）

「・・統・・」（阮元本、巻十一―二二表）

「・・業・・」（北京大学本、三四四頁）

召誥

「周祖后稷能殖百穀」（越刊八行本（孔傳）巻十四―五表）

「・祀・・・・・・」（阮元本、巻十五―三裏）

「・祖・・・・・・」（北京大学本、四六二頁）

「無道猶改之」（越刊八行本（孔傳）巻十四―八裏）

「・・尤・・」（阮元本、巻十五―六表）

「・・猶・・」（北京大学本、四六五頁）

「順行禹湯所有成功」（越刊八行本（孔傳）巻十四―十六裏）（補写）

「・・・・・以・・」（阮元本、巻十五―十一裏）

「・・・・・有・・」（北京大学本、四七二頁）

洛誥

「求教誨之言」（越刊八行本、巻十四―二四表）（補寫）

「來・・・・」（阮元本、巻十五―十六裏）

「求・・・・」（北京大学本、四七九頁）

「便就君於周命立公後」（越刊八行本（孔傳）巻十四―三三裏）

「使・・・・・正・・」（阮元本、巻十五―二三表）

「便・・・・・立・・」（北京大学本、四八八頁）

「所以居土中」（越刊八行本、巻十四―三七裏）

「・・君・・」（阮元本、巻十五―二五裏）

「・・居・・」（北京大学本、四九一頁）

多士

「惟天不與信無堅固治者」（越刊八行本（孔傳）巻十五―二裏）

「・・・・言・・・・・・」（阮元本、巻十六―二表）

「・・・・信・・・・・・」（北京大学本、四九八頁）

無逸

「父母之労乃爲逸豫遊戯」（越刊八行本（孔傳）巻十五―十二裏）

「・・・力・・・・・」（阮元本、巻十六―九表）

「・・・乃・・・・・」（北京大学本、五〇七頁）

「加之以威」（越刊八行本（孔傳）巻十六―八裏）

「・・有・」（阮元本、巻十六―一二裏）

「・・以・」（北京大学本、五二四頁）

多方

「故天下惟下是喪亡」（越刊八行本（孔傳）巻十六―二八裏）

「・・・・・其・・」（阮元本、巻十七―九裏）

「・・・・・是・・」（北京大学本、五四三頁）

君奭

「言天壽有平至之君」（越刊八行本（孔傳）巻十六―八裏）

「信・・・・・・・」（阮元本、巻十六―一二裏）

「言・・・・・・・」（北京大学本、五二四頁）

『經典釋文』によって改めたものが、越刊八行本と一致するもの。

禹貢

「太行」（越刊八行本（經文）巻六―三〇表）

「大行」（阮元本、巻六―一二裏）

「太行」（北京大学本、一八九頁）

「下疏文及諸本改」とするものが越刊八行本と一致するもの。

盤庚上

「言無有敢伏絶」（越刊八行本（孔傳）巻九―六裏）　「而相恐動以浮言」（越刊八行本（孔傳）巻九―十表）

「・・故・・」（阮元本、巻九―四裏）　「・・・欲・・・」（阮元本、巻九―七表）

「・・敢・・」（北京大学本、二七〇頁）　「・・・動・・・」（北京大学本、二七四頁）

阮元の校勘記を参照するにも拘わらず、「阮校」と言わずに改めるものが越刊八行本と一致するもの。

「台恐徳弗類」（越刊八行本（經文）巻九―二八表）

「惟・・・・」（巻十―二八表）

「台・・・・」（北京大学本、二九三頁）

「纂傳」によって改めるものが、越刊八行本と一致するもの。

召誥　　　　君奭

「後繼世君臣」（越刊八行本（孔傳）巻十四―九表）　「𠀘名」（越刊八行本（孔傳）巻十六―九裏）

「・・・・自」（阮元本、巻十五―六裏）　「天・」（阮元本、巻十六―二三表）

「・・・・臣」（北京大学本、四六六頁）　「天・」（北京大学本、五二五頁）

以上を見てみると、嘉慶刊本および、その底本となった〔元〕刊十行本以下刊本の誤刻は越刊八行本によって訂正することが出来ることは明らかであろう。

ただ、嘉慶本、越刊八行本、北京大学本の三本に異同があるものもある。

堯典

「暦象日月星辰」(越刊八行本(經文)巻二―十二裏)　「暦象其分節」(越刊八行本(孔傳)巻二―十三表)

「厤・・・・・」(阮元本、巻二―九表)　「厤・・・・」(阮元本、巻二―九表)

「歴・・・・・」(北京大学本、三三頁)　「歴・・・・」(北京大学本、三三頁)

また、嘉慶本と越刊八行本が倶に誤り、阮元校勘記によって北京大学本が訂正したものがある。

洛誥

「告曰尊周公」(越刊八行本(孔傳)巻十四―四〇表)

「・日・・・」(阮元本、巻十五―二七裏)

「・白・・・」(北京大学本、四九四頁)

さらに、同じく嘉慶本と越刊八行本がともに誤り、北京大学本が孫詒讓『十三經注疏校記』によって改めたものもある。

禹貢

「織細紵」　　（越刊八行本（孔傳）巻六―十七裏）

「・・紵」　　（阮元本、巻六―十三表）

「・・繒」　　（北京大学本、一七五頁）

しかし、こうした部分を参照しても、越刊八行本は北京大学本とほぼ一致し、従って経注疏合刻の祖である越刊八行本は、比較的本文に誤刻の少ない本であったということが出来るであろう。

もとより詳しく見れば、経注に比して疏文には多くの異同がある。

ただ、今回の調査においては、疏文については触れず、「經」及び「孔傳」について写本から刊本への変化の過程を追調査することを目的とする。

よって以下、諸本との対校には北京大学本を使用し、阮元本及び越刊八行本との間に異同がある場合には、それを附記することとしたい。

注

（1）「安井先生頌寿記念書誌学論考」（『長澤規矩也著作集　第一巻』汲古書院、一九八二年、所収）。

（2）王国維「兩浙古刊本考」巻上。また『元西湖書院重整番書目』に、「書注疏。此南宋監本尙書正義二十巻」とある。

（3）光緒二十八年刊（長沙、葉徳輝）本による。これには「尚書注疏二十巻、存好板一百一十一面壊板四十五面余缺缺」と。

（4）「日本國見在宋元版志　經部」（『阿部隆一遺稿集　第一巻』汲古書院、一九九三年）所収。

（5）『七經孟子攷文竝補遺』（新文豊出版股份有限公司、一九八四年）。
（6）『解題叢書』（国書刊行会、一九一六年）所収。
（7）前掲「安井先生頌寿記念書誌学論考」（『長澤規矩也著作集　第一巻』汲古書院、一九八二年）。
（8）楊守敬『日本訪書志　巻一』（光緒二十三（一八九七）年刊）。但し、後に触れる中華書局影印本（一九八六年刊）に附された巻頭の楊守敬自筆の文章は、この部分「余至日本見森立之訪古志有此書竭力捜訪久之乃間在西京大板人家嘱書佑信致求之往返数四義價不成及差満歸國道出神戸親乗倫車至大板物色之其人仍居奇不出」と、光緒二十三年刊本の文章とは異なる部分が見受けられる。
（9）『中國版刻圖錄』（朋友書店、一九八三年）。尚、この本に所収される宋・金・元版については、神鷹徳治・山口謠司編「中國版刻圖錄（宋・金・元）書名索引」（『帝塚山学院大学日本文学研究』第二十九号、一九九八年）がある。
（10）前掲「日本國見在宋元版志　經部」（『阿部隆一遺稿集　第一巻』汲古書院、一九九三年、所収）。
（11）「宋元版刻工名表」（『阿部隆一遺稿集　第一巻』汲古書院、一九九三年、所収）。
（12）張振鋒『古籍刻工名録』（上海書店出版、一九九六年）。
（13）「宋刊本刻工名表初稿」（『長澤規矩也著作集　第三巻』汲古書院、一九八三年、所収）。
（14）尾崎康『正史宋元版の研究』（汲古書院、一九八九年）。本書は静嘉堂文庫に所蔵される。今、『静嘉堂文庫宋元版圖録解題編』を繙くも原刻工名として「王芥」の名は著録されない。
（15）阿部隆一『増訂中國訪書志』（汲古書院、一九八三年）二三頁。中華民國國立故宮博物院北平圖書館宋金元版解題によれば、阿部博士は「寧宗・理宗間の新刊本と刻工が多く共通している」ということを理由に、寧宗嘉定頃の浙刊本としておられる。今、これに従う。但し「宋元版刻工名表」（『阿部隆一遺稿集　第一巻』汲古書院、一九九三年、所収）によれば、「宋刊本底本」の「27」としてこの番を挙げ、理宗間の刊刻としておられる。いずれによるべきか、今後検討を加える余地があるであろう。
（16）「東方文化研究所経学文学研究室」（東方文化研究所、一九三九年）。
（17）倉石武四郎　編『舊京書影』（人文文学出版社、二〇一一年）。

（18）「日本國見在宋元版本志　經部」（『阿部隆一遺稿集　第一巻』汲古書院、一九九三年）二六九頁参照。

（19）野間文史「読五經正義札記（四）（五）」（『東洋古典研究　十一号・十二号』二〇〇一年五月および十月）参照。

第二章　本論

一、『太平御覧』所引『尚書』攷

太平興国二（九七七）年三月に出された太宗の勅を奉じて李昉等によって編纂された『太平御覧』一千巻は、五年後、太平興国八（九八三）年に完成したとされる。

王應麟『玉海』（巻五十四）によれば、もと、『太平総類』と呼ばれていたのが、本書の成立より、太宗は、「令日進三巻、朕當親覽焉」と言い、その結果、「史館新纂『太平総類』一千巻、包括群書、指掌千古、頗資乙夜之覽、何止名山之藏。用錫嘉稱、以傳来裔、可改名『太平御覧』」と詔を下し、改名したと伝えられる。引用の書一六九〇種（詩や賦の引用も含めれば二千八百種類以上）に上り、『尚書』もまた三四七条引かれている。[1]

ところで、現存する『太平御覧』の宋刊本は、我が国の金沢文庫旧蔵本のみ伝わり、現在、『四部叢刊　三編』等に影印されている。

葉徳輝『郋園讀書志』には「太平興國八（九八三）年十二月刊」という木記のある本を目睹したと記されるが、おそらくこれは誤りであろう。

陸心源は、現在静嘉堂文庫に所蔵されるものを仁宗朝（一〇二三～一〇六三）に印刷されたものとするが、[2]これもまた現在では、南宋孝宗朝（一一六二～一一八九）の刊と考えられている。[3]

また、『高麗史』（巻十一・九十六）によれば、徽宗の建中靖国元（一一〇一）年に、高麗が北宋版を入手し、「高麗國十四葉辛巳歳藏書大宋建中靖國元年大遼乾統元年」の三行の蔵書印を捺されたとされるが、これは現在失われたと言われる。

『四部叢刊』に影印されたものは、南宋慶元五（一一九九）成都府路転運判官兼提挙学事蒲叔献の序文がある所謂蜀刊本として知られるものである。現在東福寺（一〇三冊）と宮内庁書陵部（一一四冊）が所蔵するが、影印本を精査すれば、これは東福寺本を主として、欽巻、補写の部分に宮内庁本を利用し、なお不足のところを、陸心源旧蔵本と文久元年木活字本で補ったものである。

さて、『太平御覧』の北宋本が存在しないために、編纂後、慶元五刊本の刊行までに本書の校訂が行われたか否かを明らかにすることはできない。

また、真宗の乾興年間（九九七〜一〇二二）には『天和殿御覧』という類書が作られたとされ、これは乾興三（一〇二四）年に、刊行されたと、『宋會要』に記されているが、『天和殿御覧』が亡逸した今、『太平御覧』との比較もできない。

ところで、端拱元（九八八）年、太宗は勅命によって、国子監における『五經正義』の校刊を命じている。『太平御覧』編纂より、三年後のことである。

『玉海』によれば、「端拱元年三月、司業孔維等奉勅校勘孔穎達五經正義百八十巻、詔國子監鏤板行之。易則維等四人校勘。李説等六人詳勘、又再校、十月板成以獻。書亦如之。二年十月以獻。春秋則維等二人校勘、王炳等三人詳校、邵世隆再校、淳化元年十月板成、詩則李覺等五人再校、畢道昇等五人詳勘、孔維等五人校勘、紀自成等七人再校、李至等詳定、淳化五年五月以獻」とする。

しかし、『玉海』は、この時に行われた校勘は文字の訛誤が多かったとし、更に刊定する必要があったとする。

是年（筆者注——淳化五年）判監李至言、義疏釋文尚有訛舛。宜更加刊定。杜鎬、孫奭、頤正、苦學強記、請命之覆校。至道二年、至請命禮部侍郎李沆校理杜鎬吳淑、直講崔偓佺孫奭崔頤正校定、咸平元年正月丁丑劉可名上言。諸經版本多誤、上令頤正詳校、可名奏詩書正義差誤事。二月庚戌、奭等改正九十四字、沆預政、二年命祭酒邢昺代領其事、舒雅、李維、李慕清、王渙、劉士元、豫焉。五經正義始畢。

しかし、この咸平二年の国子監本は存在しない。国子監の版木はすべて金によって掠奪されたからである。後、南宋の紹興九（一一三九）年、各郡に国子監本があれば献上するようにとの勅命があり、対校の後、刊行された。

『玉海』は、「紹興十五年閏十一月博士王之望請群經義疏未有板者、令臨安府雕造」と言う。

また、『建炎以来朝野雜記』には、「先是王瞻〈即之望字〉爲学官嘗請摹印諸經義疏及經典釋文。許群學以瞻學或係省錢各市一本置之於學上許之令士大夫仕於朝者率費紙墨錢千餘緡而得書於監云」と記される。

すでに「越刊八行本尚書攷」で述べた如く、現在、宮内庁書陵部に所蔵される単疏本『尚書正義』は、あるいは、この時に刊行されたものではないかとされるが、阿部隆一はこれをそうとは断定せず、「刻工と欠筆を勘案すれば、本版は孝宗朝の前期たる隆興乾道年間と推定するのが妥当かと思われる。此等刻工は皆杭州地区の人で、本版が紹興十五年の令の如く臨安府の雕造にかかるか否かは断定し難いが、杭州地区の浙刊本たることは間違いない」[4]とされる。

以上述べたところによれば、現在伝わる蜀刊本『太平御覽』と［隆興紹興］刊『尚書正義』は、刊行された場所もまた年代も近いことは明らかである。

しかし、これらはいずれも北宋の時に刊行されたものを淵源とし、南宋に至って再度校勘を経て刊行したものである。

その校勘がはたして如何なるものであったか容易に知り得ないが、先に挙げた『玉海』の「咸平元年正月丁丑劉可名上言。諸經版本多誤、上令頤正詳校、可名奏詩書正義差誤事。二月庚戌、奭等改正九十四字、沆預政、二年命祭酒邢昺代領其事、舒雅、李維、李慕清、王渙、劉士元、豫焉。五經正義始畢」によれば、誤字の訂正が九十四字とする数字は、それほどまでに大きな誤りがあったとは考え難いのではないかと思われる。

さて、『太平御覽』は、『尙書正義』を引用したものが一条存する。

尙書正義曰、上世帝王之遺書有三墳五典訓誥誓命孔子刪而序之断自唐虞以下訖于周凡百篇以其上古之書故曰尙書遭秦滅学並亡漢興済南人伏勝能口誦二十九篇至漢文帝時立尙書学以勝年且九十餘老不能行迺詔太常掌故晁錯就其家伝受之其書四十一篇歐陽大小夏候傳其学各有能名是曰今文尙書劉向五行傳蔡邕勒石経皆其本其後魯共王壊孔子故宅於壁中得古文尙書論語悉以書還孔氏武帝乃詔孔安國定其書作傳又為五十八篇安國書成後遭漢武巫蠱時不行至魏晉之際栄陽鄭沖於人間得而傳之独未施行東晉汝南梅頤奏上始列於学官比則古文矣

或いは、義疏に引かれる『尙書』の経文を検索し、これを『太平御覽』と比較することも無意味な作業ではないと考えるが、幸い、我々は、先に触れた越刊八行本という経注疏合刻本が存在する。

これは、[紹興乾道]刊本で、刊行された場所は異なるが、時代的には、単疏本『尙書正義』とほぼ同時期である。

そして、端拱元年三月、司業孔維等九人の上表が巻頭にあるところからすれば、これは、北宋国子監本か紹興十五年臨安府刊本、あるいは咸平元年の刊本の三つのうちのいずれかを利用したものと考えられる。

もし、単疏本『尙書正義』の義疏が、越刊八行本とあまり異ならないものであれば、この越刊八行本の経文並びに注文を、『太平御覽』所引『尙書』との校異に使用するのは資料の性格という点においても必ずしも隔絶したものでないということが言えるであろう。

このように誤刻はそれぞれにあるが、対校してみると、越刊八行本は単疏本正義によったのではないかと思われる箇所がある。

決定的なものとは言いかねるが、たとえば、『尚書正義』（巻五―四表）の「重乃驚而言曰」の「驚」の字と、越刊八行本（巻五―五表）は、形としても似通っている。

もし、越刊八行本『尚書』刊刻のための校訂作業が行われていたとするならば、この『太平御覧』編纂の時に使用された『尚書』は、越刊八行本と同じか、非常に似た本文を有している可能性もある。

また、もし、『太平御覧』が唐代に編纂された先行類書を利用していたとすれば、越刊八行本とは異なる本文を有することになろう。

この点を考えながら、以下、『太平御覧』所引『尚書』を越刊八行本と比較してみたい。

ただ、影印本『太平御覧』は、全巻が揃っているわけではなく、文久三年刊木活字本で補われている。必ずしも文久三年刊木活字本に誤植があるとは言えないが、現在、その誤植の箇所を確認することもできない。精確を期すために、ここでは、文久三年刊本等で補われている箇所は使用せず、慶元五年刊本の部分だけを比較の対象として扱うことにする。

また、先に触れたように、国家図書館蔵本は、足利学校蔵本に比して、原刻初印に近い。よってここでは、『古逸叢書　三編（二十七）』に影印される『尚書正義』を使用することにする。

さて、まず、『太平御覧』所載の『尚書』と越刊八行本を比較するに、完全に一致するものは、それほど多くはない。

「又曰乃命義和欽若昊天」（御覧、巻一）

「乃命羲和欽若昊天」（越刊八行本（堯典）巻二―十二裏）

「又曰皇天無親惟德是輔」（御覧、巻一）

「皇天無親惟德是輔」（越刊八行本（蔡仲之命）巻十六―十九裏）

「又曰皇天震怒命我文考肅將天威」(御覽、巻二)
「皇天震怒命我文考肅將天威」
(越刊八行本(泰誓上)巻十—八表)

「又舜典曰納于大麓烈風雷雨弗迷」(御覽、巻九)
「納于大麓烈風雷雨弗迷」
(越刊八行本(舜典)巻三—三表)

「書曰若歳大旱用汝作霖雨」(御覽、巻十)
「若歳大旱用汝作霖雨」
(越刊八行本(説命上)巻九—二十九裏)

「又曰洪範休徵曰肅時雨若」(御覽、巻十)
「休徵曰肅時雨若」(越刊八行本(洪範)巻十一—三十一表)

「書曰肆覲東后協時月正日同律度量衡」(御覽、巻十六)
「肆覲東后協時月正日同律度量衡」
(越刊八行本(舜典)巻三—十二表)

「書曰正月上日受終于文祖(上日朔日也終謂堯終帝位之事文祖者堯文徳之祖廟)」
(御覽、巻二十九)
「正月上日受終于文祖(上月朔日也終謂堯終帝位之事文祖者堯文徳之祖廟)」
(越刊八行本(舜典)巻三—六表)

「尚書曰用命則賞于祖不用命則戮于社(社主陰陰主殺)」
(御覽、巻三十)
「用命賞于祖弗用命戮于社」
(越刊八行本(甘誓)巻七—二裏)

などである。

文字に異同があるものは枚挙にいとまないが、挙げると次のようなものがある。

「尚書金縢曰周公居東二年、則罪人斯得、于後公乃爲詩以遺王名之曰鴟鴞王亦未敢誚公、秋大熟未獲天大雷電以風禾盡偃大木斯拔邦人大恐王與大夫盡弁以啓金縢之書乃得周公請代武王之説王執書以泣曰其勿穆卜昔公勤勞王家唯豫沖人弗及知今天動威以彰周公之德朕小子其新逆我國家禮亦宜之王出郊天乃雨反風禾則盡起」　（御覽、卷九）

「尚書金縢曰周公居東二年、則罪人斯得、于後公乃爲詩以貽王名之曰鴟鴞王亦未敢誚公、秋大熟未穫天大雷電以風禾盡偃大木斯拔邦人大恐王與大夫盡弁以啓金縢之書乃得周公所自以為功代武王之説二公及王乃問諸史與百執事對曰信噫公命我勿敢言王執書以泣曰其勿穆卜昔公勤勞王家惟豫沖人弗及知今天動威以彰周公之惟朕小子其新逆我國家禮亦宜之王出郊天乃雨反風禾則盡起」　（越刊八行本、卷十二―十五裏）

「又曰正月元日受格于文祖（月正正月元日上日也舜服堯喪三年畢將即政故復至文祖廟告）」　（御覽、卷二十九）

「月正元日舜格于文祖」　（越刊八行本、卷三―二六表）

「又曰若濟大川用汝作舟檝」　（御覽、卷六十八）

「若濟巨川用汝作舟楫」　（越刊八行本、卷九―二十九裏）

「書曰予决九川岠四海濬畎澮」　（御覽、卷七十五）

「予决九川距四海濬畎澮」　（越刊八行本、卷五―一裏）

「尚書舜典曰愼徽五典五典克從納于百揆百揆時序賔于四門四門穆穆納于大麓烈風雷雨不迷帝曰咨尔舜詢事考言乃言底可績三載汝陟帝位」　（御覽、卷八十一）

「愼徽五典五典克從納于百揆百揆時序賔于四門四門穆穆納于大麓烈風雷雨弗迷帝曰格汝舜詢事考言乃言底可績三載汝陟帝位」　（越刊八行本、卷三―二裏）

「書曰盤庚五遷將治亳殷（自湯至盤庚凡五遷都治亳殷也）民咨胥怨（胥怨也民不欲徙乃咨嗟憂愁相與怨其上也）」　（御覽、卷八十三）

「盤庚五遷將治亳殷（自湯至盤庚凡五遷都盤庚治亳殷）民咨胥怨（胥怨也民不欲徙乃咨嗟憂愁相與怨上也）」　（越刊八行本、卷九―一裏）

また、「尙書伊訓曰百官總已以聽冢宰伊尹乃明言烈祖之成德以訓于王（湯有功烈之祖故稱焉王即太甲也）又曰冢宰統百官均四海」（御覽、巻二百六）とあるが、「又曰」以下の文章は、「伊訓」ではなく、「周官」（越刊八行本、巻十七—二十一裏）の文章である。そして、「冢宰」の下に越刊八行本は「掌邦治」の三字あり。

同じように、『尙書』の篇名を出しながら、誤ったものは、「又湯誓曰以有九有之師爰革夏政（九有者九州也）」（御覽、巻百五十七）のようなものもある。

これは、「咸有一德」の文章で、越刊八行本（巻八—三十四裏）には「湯誓」にあり、「政」の字を「正」に作り、また「九有者九州也」の注はない。

このように、『太平御覽』が「於」とあるものを越刊八行本が「于」と作るなど、細かい違いがあるが、この舜典の引用について言えば、『太平御覽』には、この後に「范甯注曰璿爲衡璣者轉也衡者平也若今渾天矣王者所以正天文之器」と注文がついている。

また、『太平御覽』巻一五七には、「尙書舜典曰肇十有二州（范甯注曰禹平水土置九州舜爲冀州廣大分爲并州燕置幽州分齊爲營州始爲十二州）」と引かれている。

この范寧注は、『隋書』経籍志に「古文尙書　舜典　一巻　晉豫章太守范寧注」とされるものであろう。

范寧は、『春秋穀梁傳集解』の撰者であるが、『古文尙書舜典』は、『新・舊唐書』にも、『日本國見在書目錄』にも見えず、ただ、鄭樵の『通志』に見えるものである。

『通志』は、原本の存逸を明らかにするものではなく、史書の「藝文志」などからの引用に依ることが多い。本書が宋代まで残っていた可能性はなかろう。とすれば、おそらく、『太平御覽』に引用のこの部分も、先行類書などからの引用ではなかったかと考えられる。

ところで、『太平御覧』に引用された『尚書』には、越刊八行本に比較して、文章を脱した或いは省略したものが多いというのが、最も大きな特徴であろう。

「尚書曰武王與紂癸亥陣于商郊」（御覧、巻三〇一）

「尚書曰紂癸亥陳于商郊」（越刊八行本、巻十一―二十二裏）

「又盤庚上曰相時憸民猶胥顧于箴言其發有逸口（言憸利小人尚相顧於箴悔之言恐君其發動有過口之患也）」（御覧、巻三六七）

「又盤庚上曰相時憸民猶胥顧于箴言其發有逸口（言憸利小民尚相顧於箴悔恐其發動有過口之患）」（越刊八行本、巻九―九裏）

さらに、上の校異にも少し触れたが、越刊八行本には見えないが、『太平御覧』には見えるものもある。

「又以出納仁義礼智信五徳之言汝當聽審之也」（御覧、巻十六）

「又以出納仁義礼智信五徳之言施于民以成化汝當聽審之也」（越刊八行本、巻四―六裏）

「又周官曰作徳心逸日休作僞心勞日拙（爲徳直道而行於心逸豫而各日美爲僞飾巧百端於心勞苦而事日拙不可爲）」（御覧、巻三七六）

「又周官曰作徳心逸日休作僞心勞日拙（爲徳直道而行於心逸豫而名日美爲僞飾巧百端於心勞苦而事日拙不可爲）」（越刊八行本、巻十八―二十七裏）

「書曰正月上日受終於文祖在璿璣玉衡以齊七政」（御覧、巻二）

「正月上日受終于文祖在璿璣玉衡以齊七政」（越刊八行本（舜典）巻三―六表）

「尚書曰師錫帝曰有鰥在下曰虞舜岳曰瞽子父頑母嚚象傲克諧以孝烝烝乂不格姦帝曰我其試哉女于時觀厥刑于二女釐降二女于嬀汭嬪于虞」（御覧、巻百三十五）

「師錫帝曰有鰥在下曰虞舜帝曰兪予聞如何岳曰瞽子父頑母嚚象傲克諧以孝烝烝乂不格姦帝曰我其試哉女于時觀厥刑于二女釐降二女于嬀汭嬪于虞」

（越刊八行本、巻二—三十表）

「尚書曰武王右秉白旄（孔安國注曰手秉旄有事施教也）」（御覧、巻三四一）

「尚書曰王右把白旄（孔安國注曰右手把旄旄示有事於教）」

（越刊八行本、巻十—二十裏）

「又曰魯侯伯禽宅曲阜徐戎竝興公曰善矯乃甲冑矯乃干（言當善簡汝甲鎧挽鏊施汝楯使可用也）」

（御覧、巻三五五）

「又曰魯侯伯禽宅曲阜徐夷竝興善敹乃甲冑敽乃干（言當善簡汝甲鎧挽鏊施汝楯粉無敢不令至攻堅使可用也）」

（越刊八行本、巻二十—八裏）

「尚書曰夏師敗績遂伐三鬷俘厥寶玉（孔曰三鬷國名今定陶也）」

（御覧、巻百五十九）

「夏師敗績湯遂従之遂伐三朡俘厥寶玉（孔曰三鬷國名桀走保之今定陶也）」

（越刊八行本、巻八—七裏）

但し、『古逸叢書』三編之二十七（北京図書館本）は、この部分、補写に係るため、足利学校本を使用する。

いずれにしても、越刊八行本と『太平御覧』所引『尚書』には、ただ文字の異同があるというだけに済ませることができない違いがあると言わずにはいられない。

はたして、これは、『太平御覧』が引いた『尚書』がこのようなものだったのであろうか。それとも『太平御覧』は隋唐の先行類書を利用したためにこのような『尚書』となっているのであろうか。

ここにひとつ興味深い両者の違いが見えるものがある。

「又洪範曰休徵聖時風若咎徵蒙常風若（孔安國曰君能通理則時風順之君行蒙闇則常風順之）」（御覧、巻九）

越刊八行本（巻十一―三十一表）は「常風」を「恒風」に作る。孔安国注を見れば、「孔傳」は「恒風」と書くべきものである。今、我が国に伝わる古写本、島田本、内野本、足利本、影天正本、上海図書館蔵八行本を見るに、すべて「恒」に作って、「常」に作るものはない。『太平御覧』が避諱によって「恒」を「常」に変えたということも考えられない。『太平御覧』の引書書目には、「恆範世要論」も見えるし、巻八十八には「史記曰孝文皇帝諱恆」など百七十八条にわたって「恆」字が使用されている。

はたして、小林信明博士『古文尚書の研究』[5]によれば、開元十四年、玄宗の勅による衛包改字に当たって、「孔傳」によって『尚書』の本文が改められた部分があると指摘される。

たとえば、写本では「五庸哉」（巻四、皐陶謨）の「五」が「孔傳」の「當用我公侯伯子男五等之禮、以接之、使有常」によって「有」に改められた例（越刊八行本、巻四―二十八表は「有」に作る）、また「作丕刑于朕」（盤庚中）の「朕」を「孔傳」の「作大刑於我子孫、求討不忠之罪也」によって「孫」に改めた例（越刊八行本、巻九―十九裏）等を挙げる。

洪範のこの例も、衛包改字以前の写本では「恆風」とあったのを、「常」に変えたもので、『太平御覧』はそれを示すものであろうか。それとも『太平御覧』は誤刻か、あるいはまた別の写本に従ってこのように書いたものであろうか。

こうした点は他の類書及び敦煌本等の唐写本との対校によって明らかにすべきことであろう。

二、『秘府略』紙背『尚書』攷

平安期中期以前の写本とされる前田尊経閣文庫蔵『秘府略』巻八百六十八の紙背に『秀房上書案』(仮題)、『白氏文集』及び『尚書』の裏書きがあることは、つとに飯田瑞穂氏によって翻字紹介されているところである。[(6)]氏は『尚書』の裏書きに見える「欽明文思安安」が『秀房上書案』の「欽明文思好文稽古」と符合することから、平安初期の『秘府略』書写からあまり時を隔てることのない時代の手によって書かれた「或は出典の調査のような目的で『尚書』經伝が参照され、ついでに抄出されたのかとも想像する」と言われる。このことは、橋本義彦、菊池伸一の両氏もまたほぼ同じ見解を取っておられる。[(7)]そして、また、飯田氏は、この書案を平安中期までに書かれたものとして推すならばとした上で、内容から受け取り手として藤原頼通を推定し、書き手としては『後二条師通記』永長元(一〇九六)年十一月八日条の「加賀守季房」の可能性があることを示唆しておられる。

さて、阿部隆一氏が言われる如く、我が国で宋版が通行し始めるのは平安末期清原頼業を経た鎌倉における清原教隆以降のことであって、[(8)]それまでは、遣唐使によってもたらされた唐鈔本が使用されていた。してみれば、ここに引かれる『尚書』は、唐鈔本系統のものである可能性が高いこと、あらかじめ想定することが出来るであろう。そして、こうした視点から神鷹徳治氏による白氏詩篇の抜粋部分についての調査を見るならば、[(9)]二首の白氏詩文は、今は失われた金沢文庫旧蔵本の復元に供する貴重な旧鈔本系本文をもつことが明らかにされている。そして『尚書』の部分も、明らかに隷古定尚書の面目を持つことが一見し、のみならず、後に触れる如く、斯波六郎氏が『文選李善注所引尚書考證』[10]においてペンディングのままに置かれたものも見受けられる。よって、以下、飯田氏の翻字及び『尊経閣善本影印集成』[11]所収本に従って、ここに見える『尚書』本文の系統につき考察を行いたい。何故なら本書は先に触れた『太平御覽』に基づく写しと考えられるからである。

さて、筆者は以下に、宋本『尚書』とこの紙背の『尚書』を比較して、考異を行いたいと考えるが、先ず、比較の対象とすべき宋本について触れておきたい。

現在便宜上、こうした旧鈔本との比較の対象として使われる南宋府学本と言われる所謂阮元による覆刻本が、実は元刊明修本であり、底本として使用するためには誤刻が多いことは既に指摘されていることである。[12]元刊本が如何なる理由によって宋刊本を覆刻した際に誤刻をしたのか、或いは補修がどのような方法で行われたのか、更にこうした事実を明かにする必要はあるけれども、宋以降陸続と発行された刊本のうちには、旧鈔本系統を持つ本文を参照して本文に手が加えられた可能性が全くないとは、言い難いものも見受けられる。[13]そしてまた、阮元、山井鼎等によって宋刊本を軸に諸本との考異が行われているが、彼等の考異の目的は、より古い系統の本文を捜索すること、或いはそうした方法によって可能な限り本文を質すにことあって、必ずしも宋代通行の宋版自体の復元を射程に置いたものではない。

筆者は、先に、桑瀬明子氏と共に、足利学校所蔵の越刊八行本と楊守敬旧蔵現北京図書館蔵のそれを比較し、足利学校所蔵本に覆刻修補の多いことを指摘した。[14]氏は、註疏合璧及び附釈文を含めて、刊本系統の註疏覆刻関係の調査しておられるが、[15]筆者は『册府元龜』（巻五十、崇儒術、長興三年条）及び『玉海』（巻四十、後唐九經刻板の条）に見える五代の九経刊刻による本が見られない以上、現在の段階では、宋刊本以降の経注本の疏は越刊八行本にもとめるべく、また、疏文については、〔南宋前期〕刊（覆北宋）内藤湖南旧蔵単疏本（現・宮内庁書陵部蔵）によるべきであろうと考える。こうした視点に立つならば、宋版と旧鈔本との比較する際には、経注については、経註疏合刻の祖本である越刊八行本を以って考異の対象とすべきであろう。以下、経文につき、先ず考異を行いたい。(16) 先に挙げるものが『秘府略』紙背、後が越刊八行本の経文である。(17)

堯典

（1）「奥若睍古市堯」――「日・稽・・・」

この部分、大きく勾点にて消し、第二部第二段に改めて堯典を書写したものと字を異にする。第二段には改めて堯典を書写したものと字を異にする。第二段には「粤若稽古帝堯」と。斯波六郎博士『文選李善注所引尚書考證』（以下、斯波氏『考證』と略称）に『文選』「東都賦」李善注「粤若稽古帝堯」とあるのを引いて「唐初孔傳本尚書『粤若』に作れる者、未だ佗に例證を得ざれども云々」とするが、果してここに、李善注と同じく堯典もまた「粤」字に作るものがあることの例証とすることが出来るであろう。尚、「奥」字に作るものは、「粤」字の誤写ならん。大唐建中二（七八一）年の年記ある「大秦景教流行中國碑」文頭に「粤若」と。また、「稽」字を「睍」に作るもの、はじめ「稽」と書いたものを抹消してその右に「睍」字を記す。もとの写本にこうした校異をしたものを、この筆者がそのまま転写したか、或いは別本によって「睍」字を書き入れたか不明であるが、いずれにせよ、この二字に本文の揺れがあったことは確かである。内野本、足利本、上野図書館（影天正本）を検するに、いづれも「乱」に作って「稽」の補記あり。よって見れば、本書もまた、こうした本文の揺れを反映した旧鈔本であることを示す一例であると考えられる。

（2）「日放勛欽明」――「・・動・・」

斯波氏『考證』（三九一頁）に江文通「詣建平王上書」の「方今聖曆欽明」の李善注「尚書日放勛欽明」及

び曹子建「求通親親表」の「伏惟陛下咨帝唐欽明之徳」李善注「尙書曰放勛欽明」を標出し、考証が加えられる。氏は『群書治要』及び『經典釋文』（抱経堂本）により今本「勳」を唐初「勛」字に作るものあったことを証される。内野本、本文は「勳」に作るも、小字注あり「勛本■■（二字不明）」、原本系『玉篇』（東大寺馬道本）「放」字注に「堯名方勛臣」、希麟『續一切経音義』巻十「琳法師別傳　巻上」の「勛華」注に〈虞書云放勛欽明〉とあり。

（3）「克明畯徳」——「・・俊・」

斯波氏『考證』（三五六頁）に王元長「永明九年策秀才文」李注『文選集注』に「克明畯徳」（胡克家本、及び尤袤本は、「俊」字に作るも、朝鮮本〈但し補写部分〉は「峻」字に作る）、内野本、敦煌本「堯典」釋文、李善注所引「洪範」に「畯」字に作るを以って李養所引の『尙書』が「克明畯徳」に作っていたことを考証さる。

（4）「協和万邦」——「・・萬・」

斯波氏『考證』（三六九頁）に曹子建「求通親親表」李注『文選集注』に「叶和万邦」とあることを考証さる。

舜典

（1）「日若晛古帝舜」——「・・稽・・・」

「晛」字の異同、〈堯典〉に同じ。既に上に見る。

（2）「日重華叶于帝」——「・・・協・・」

〈堯典〉、「協和萬邦」の『文選集注』に「協」字を「叶」に作ること、斯波氏『考證』（三六九頁）に見ゆ。『廣韻』入聲「協」韻に「協」字下に「叶、古文」、宋本『玉篇』に「叶、合也。古文協」、玄應『一切經音義』（巻七）「宣叶」注「又作協同。胡牒反。叶合也。同也。和也」と。

（3）「濬悊文明」――「・哲・・」

「哲」字、内野本、足利本、上野図本（影天正本）「喆」に作る。岩崎本『尚書』、敦煌本（伯二六四三）「説命上」に「明々悊悊」に作り、下に見る如く、『群書治要』、「哲」字すべて「悊」字に作る。『説文』に「悊」を「哲」字の重文と。内野本、敦煌本、洪範「明作悊」に作り、『尚書大傳』洪範五行傳にも「哲」を「悊」字、『漢書』五行志にも洪範の文を引き「悊」に作る。また、『漢書』翟方進傳に王莽『尚書』の大誥を引いて「予未遭其明悊」に作る。

（4）「音龔允塞」――「・恭・・」

斯波氏『考證』（一四七頁）に左太沖「呉都賦」李注『文選集注』本、〈堯典〉を引いて「允龔克譲」に作る（今本、「龔」字を「恭」に作る）につき、詳細な考証を加え、「龔を以て恭敬の字と為すこと金文より然なり」とし、「龔」字を唐初通行の『尚書』の本文とされる。内野本、足利本また「龔」字に作る。

（5）「内于百揆」――「納・・・」

内野本、「内」に作り「音納」と左に小字注、また敦煌本『經典釋文』〈舜典〉、「内于」と本文を標出し、「音納不同」と。『周易』坎卦に「納約自牖」の集解に「細作内」、『漢書』律暦志、並びに『尚書大傳』所引『尚書』益稷の「以出納五言」（宋本）を「内」字に作る。下に見える如く「内于大麓」もまた『群書治要』、宋本は「納」字に作るも内野本また「内」字に作る。

（6）「内子大」――「納・・麓」

「内」「納」字の異同は上記参照。「麓」字、内野本、足利本、「禁」に作る。敦煌本『經典釋文』に「大彔」を標出し、「古文鹿字。王示録也。馬鄭元山足也。」と。黄焯『經典釋文彙校』〈舜典〉に「寫本麓作大。音鹿作古文鹿字。（鹿爲麓省）。呉士鑑云、説文麓、从鹿声。古文作彔、彔声。故王彔因彔訓錄。鄭君尙書大傳注云、致天下之事使大錄之。亦同。王彔兼用今文之説。魏公卿上尊號奏遵大鹿之遺訓、則省作鹿。汗簡林部引尙書」と。また、『周禮』地官・序官に「每大林麓、下士有二人」の『經典釋文』に「麓本亦作」と。

（7）「烈風雪雨不迷」――「・・・・弗・」

斯波氏『考證』今本尙書「弗」字に作るも、李善注本〔不〕字に作る例、〈舜典〉「舜讓子德不嗣」以下四条あり。内野本、足利本「弗」に作る。

伊訓

（1）「焉寧先王肇修人紀」――「嗚呼・・・・・」

「寧」字はじめ「寧」と書いて消し、右に「于」と記し、それを抹消してまた「寧」と。内野本「嗚呼」と左傍に小字注あり。足利本「嗚呼」に作り、『群書治要』は「焉虖」に作る。

（2）「従弗咈」――「従諫弗咈」

「諫」字、無き写本なし。恐らくは誤写ならん。

（3）「興人弗求備撿身若弗及」――「・・不・・検・・不・・」

斯波氏『考證』（四二二頁）に見る如く、東方曼倩「答客難」李注、内野本、足利本共に「弗」字に作る。また、斯波氏『考證』（一〇七頁）に「或は、古文尙書本「弗」の字を用ひて「不」の字を用ひざりしか」と。「撿」字の「扌」偏と「木」偏、唐鈔本において区別なきこと、諸書に見え、内野本「撿」に作る。

（4）「㠯至千有万邦」――「以・・・萬・」

「以」字を「㠯」字に作るもの、敦煌本に見ゆ。内野本、足利本、「㠯」に作る。「万」字もまた、同じ。

これについては斯波氏『考證』、上記参照。

（5）「茲惟難才」――「・・・哉」

斯波氏『考證』（四四七頁）に夏候孝若「東方朔責贊」の李注「天秩有禮自我五禮五庸哉」（胡克家本・尤本以下、刊本すべて「哉」に作る）を『文選集注』本「才」に作り、また岩崎本、神田本、敦煌本「堯典」釋文、皆「才」に作る。内野本、足利本、共に「才」に作る。また『老子』二十二章「豈虚言哉」の馬王堆帛書甲乙本並びに「才」字に作り、『爾雅』〈釋詁上〉「哉、始也」の邢昺疏に「哉、古文作才」と。

（6）「旉求悊人」――「敷・哲・」

「旉」字、斯波氏『考證』（一一五頁）、張平子「西京賦」の唐鈔本李注（伯）本所引〈禹貢〉に「敷」を「旉」に作るとして敦煌本〈舜典〉『釋文』、『漢書』禮樂志顔師古注、玄應『一切經音義』を引いて詳細な考証あり。或いは『後漢書』荀淑傳に「有子八人。儉、緄、靖、燾、汪、爽、肅、旉」の李賢注にも「旉本作敷」と。また、内野本、足利本共に「旉」に作る。「哲」字、既に上に見るも、『群書治要』また「悊」字に作り、内野本、足利本「喆」に作る。

（7）「卑輔于爾後孠」――「俾・・・・嗣」

宋本「俾」字を唐鈔本「卑」字に作る例、例えば敦煌本（伯二五一六）、盤庚中の「無俾易種于茲新邑」の「俾」字を「卑」に作るもの有り。また無逸篇「文王卑服」の『經典釋文』に「卑、馬本作俾」、『左傳』昭公八年に『詩』〈小雅〉、雨無正の「俾躬處休」を引き「卑」に作る。内野本、足利本「俾」に作る。「孠」字、内野本、足利本「孠」に作り、足利本には「嗣」と左傍に小字注あり。玄應『一切經音義』（巻二）「家嗣」の注に「古文孠同」と。

（8）「儆于在位」――「・・有・」

内野本「ナ」に作り、足利本また同じく左傍に「有」と小字注。

(9)「日敄在恒𨑳(舞)子宮酣哥于室旹胃巫風」――「・敢有・舞・・・歌・時謂・・」

「敢」字、敦煌本(伯二六四三)「敄」に作る。内野本「敄」に作り、足利本また同じく左傍に「敢」と小字注。「舞」字、はじめ「𨑳」に作り、同筆で右傍に「舞」と。『篆隷萬象名義』(第三帖—五十二裏二行)に「𨑳」を出し「古文」と。また同(第六帖—一一〇表五行)に「舞字」と。敦煌本(伯二五三三)「五子之歌」を「子之哥」に作る。内野本、足利本「哥」字に作る。また「時」字、内野本、足利本、敦煌本(伯二六四三)「旹」字に作る。

(10)「敄在殉于貨色」――「敢有・・・・」

「敄」字、既に上に見ゆ。「在」字、内野本、足利本「敄」に作る。

(11)「旹胃淫風」――「時謂・・」

「時」字、また、内野本、足利本、敦煌本(伯二六四三)「旹」字に作る。

(12)「敄ナ侮聖言」――「敢有・・・」

「敄」字、既に上に見ゆ。「有」字、内野本、足利本また「ナ」に作る。

(13)「旹胃乱風」――「時調・・」

「時」字、また内野本、足利本、敦煌本(伯二六四三)「旹」字に作る。

(14)「惟茲三風十愆」――「・・・・・愆」

「愆」字、足利本本書に同じ。また『群書治要』に「僁」字に作り、右傍に小字で「愆」と。

(15)「家必喪」――「・・亡」

内野本、足利本「亾」に作る。

(16)「國必喪」――「・・亡」
前に同じ。
(17)「惟上帝弗常」――「・・・不・」
内野本、足利本「弗」に作り、足利本左傍に「不」と小字注。
(18)「爾惟悳无小万邦慶」――「・・・罔・萬・・」
内野本、足利本「𡧍」に作り、足利本「罔」と右傍に小字注。「万」を宋本「萬」字に作ること、既に上に見ゆ。
(19)「爾惟弗徳无大墜其宗」――「・・不・罔・・厥・」
内野本、足利本いづれも「弗」「罔」に作り、また「其」字、内野本、足利本「戎」に作る。

以上、唐鈔本の形態を有するとされる斯波博士の考証による李善注所引『尚書』に見えるものを主に参照しながら『秘府略』紙背の『尚書』を比較した。これによれば、『秘府略』紙背の『尚書』も、また、李善注に非常に近い唐鈔本系統の本文を持つものであり、従って宋本とはその性格を異にすることは明らかであろう。

さて、『唐會要』を見れば「天寶三載七月、勅先王令範、莫越于唐虞。上古遺書、並稱于訓誥。雖百篇奧義前代或亡。面六體奇文、舊規尤在。其尚書應古體文字、竝依今字繕寫施行。其舊本仍藏書府」とあり、また、『新唐書』藝文志には「開元十四年、玄宗以洪範無偏無頗聲不協、詔改無偏無陂。天寶三載。又詔集賢學士衛包。改古文從今文」と見える。しかし、この天宝三（七四四）年の隷古定尚書の本文の今字への改変は、那波利貞氏がフランス国立国会図書館所蔵ペリオ将来敦煌本（伯二六四三）に見える「乾元二（七五九）年正月廿六日義學生王老子寫了口記之也」の奥書ある〈盤庚上〉篇以下〈微子〉の諸篇を存する写本に依って（天宝三年より十五年の後）、

「斯く『尙書』の隷古文と今字との改變は劃然として天寶三載を界として厳密に改廢せられたものではないが、私の観る所を以ていれば天寶三載の衛包の詔を報じての擧は時世の變轉期を論ずる上に於ては重要な意義のあるものと考えられるのである。（中略）謂はば『尙書』の隷古文派の命脈は茲に至りて全くの将來の望なき状態と爲り、その今字派の命脈は茲に至りて愈々将来に発達すべき状態と爲り、隷古定を斷然と改めて今字とすることが天寶三載頃に於て最も適當なる時期に到達したる爲に、之を看取したる玄宗が今学派の勝、隷古定派の負なることを詔に依りて裁斷したるものと考察し得ると思ふ」[18]とされる如くであろう。そして、このことは、また他に、例えば、同フランス国立国会図書館所蔵（伯二七四八）の〈洛誥〉以下諸篇の裏書に見える「大中四（八四八）年七月廿日云々」の年記が、表の隷古定本文を持つ『尙書』本文の書写年代と差ほど隔たっていないこと（天宝三年より一〇四年）、上記考異に記した如く〈堯典〉（1）の『大秦景教流行中國碑』がなお偽孔伝の「粤若」に作っていること（天宝三年を経ること三十七年）、〈堯典〉（2）の希麟『讀一切經音義』が同じく唐初の旧鈔本と同系の本文を使用していること（希麟音義の成立は遼の統和五（九七九）年と推定されている。してみれば、天宝三年より二四三年）等の例証を得ることが出来る。以上よりすれば、いまだ唐代には、隷古定『尙書』は、玄宗の詔とは別に、通行していたと言えるであろうし、或いは宋代における刊刻までには、上に挙げた洪範篇の本文「無偏無頗」が、開元十年の詔に対して『因學紀聞』に見られる如く、「宣和六年詔、洪範復從舊文、無偏無頗。」とされるための旧文を持つ本文が通行し或いは内府に所蔵されていたものと考えられる。

『秘府略』裏書きに見える『尙書』もその確定を、必ずしも、単純に、天宝三年以前に遡るものと見做すことは困難であろう。ただ、以下に見る如く、注文に依れば、本裏書きの『尙書』は孔穎達正義選定より以前に遡ることが出来る本文を或いは有しているかと思われる。以下、注文につき、これを経文と同じく宋本に比較して行異を行いたい。（但し、「也」字の有無は古鈔本にはよくある異同であるため、その箇所のみの異同についてはこれを挙げず、また紙背「无」を宋本「無」に作るもの、及び上記経文の比較に触れた隷古定字と今字の異同についてもこれを挙げない。これらについては、前掲の『前田尊経閣影印本』並びに飯田瑞穂氏の翻刻を参照されたい。）

堯典

（1）「粤若稽古帝堯」注

「若順、稽考、言能順考古道之者、帝堯也」――「言」「也」字なし。「道」の下「而」字あり。

内野本、足利本、治要同じ。但し治要には「若順、稽考」の注なし。

（2）「日放勛欽明文思安安」注

「勛功也、欽明也、言堯放上世之功化、而以敏明文思之四德、安天下之當安」――「勛」字「勲」に、「明」字「敬」に作る。また「安」の下「者」字有。

内野本、足利本、「勲」「敬」字に作り、また「者」字あり、宋本に同じ。

（3）「克明畯德、以親九族」注

「能明畯德之士、任用之以睦高祖玄孫之親也」――「畯」字「俊」に作る。

内野本、足利本「俊」字に作り、宋本に同じ。

舜典

（1）「濬文明、親襲允塞」注

「濬深也、悊知也、舜有深智文明温恭之德、信允塞四表至上下」――「悊知」を「哲知」に作り、「信允四表至上下」を「信允塞上下」に作る。

内野本、足利本「哲智」、「信允塞四表至于上下」に作る。尊敬閣影印本及び飯田氏孝異を見るに、「信」字はじめこの字がなく右に小字にて足し、また「四表」を書くに、はじめ「上下」と書いて抹消し、付け足すところを見れば、本文筆写の際、注意散漫し、或いは、「于」字を脱したかと考えられる。この注文につき斯波氏『考證』（五七一頁）は、「案ずるに、阮本傳允「塞」に作る者は、「允」「充」字形相似て誤れるのみ。傳既に経の「允」を訓ずるに、「信」を以てすれば、傳「信」の下、又「允」の字あるべきに非ざるなり。」と。また「李本此の傳「充塞」の下、「四表」の二字多し。山井鼎考文に據れば、足利古本「充塞四表至于上下」に作りて李本と甚だ近し。此の爲孔傳、恐らくは、〈堯典〉の「光被四表至于上下」に本づけるものなるべければ、足利古本最も爲孔傳の舊を存すと謂ふを得む。（中略）尙書正義、此の傳を釋して「言能充滿天地の間堯典所謂格于上下是也不言四表者以四表外無限極非可實滿故不言之」と言へば、其の傳、既に「四表至于」の四字無かりしなり」と。

（2）「賓於四門」注

「穆々美也、四門四方也、舜流四凶族、四方諸候来朝者、舜賓迎、皆有美徳、無凶人」——「方」字下「也」字なく、「之門」と。また「迎」の下「之」字あり。

内野本、足利本、宋本に同じ。『治要』に「賓迎也、四門、宮四門也、舜流四凶族、諸候群臣来朝者、舜賓迎之、皆有美徳、無囚人」と。『治要』の注文、唐鈔本と異なる者屡々あり。これについては、後攷を竢つ。

伊訓

（1）「曰至于有万邦、茲惟難才」注

「言湯操心常危、動而无過、以至爲天子、此自立之難也」――「動」の前に「濯」字あり。

内野本、足利本、宋本に同じ。

（2）「恒于遊畋」注
「常遊戯略」――「獡」字「獵」に作る。

内野本、足利本、宋本に同じ。

（3）「此頑童、豈冐乱風」注
「狎侮聖人之言而不行、距逆忠直之規而不納、耆年有徳疏遠之、童稚頑嚚親此之、是謂荒乱之風俗也」

――「距」字「拒」に作り、「疏」字「疎」に作る。

内野本、足利本「距」を「拒」に作り、「疏」に作る。

（4）「邦君有一于身、國必亡」注
「諸侯犯此、國亡道也」――「亡」の下「之」字有り。

内野本、足利本「之」字あり、宋本に同じ。

（5）「爾惟徳无小、万邦慶」注
「修徳无小、則天下頼慶」――「頼」字「賔」に作る。

内野本「頼」、足利本、宋本と同じく「賔」字に作る。


以上、経文及び注文について、宋本と比較しながら考異を行い、且つ『秘府略』紙背に見える〈堯典〉〈舜典〉及び〈伊訓〉の冒頭の抜き書きが、或いは現存『尚書』古鈔本から抜かれたものであるかどうかをも検討したが、内野本、足利本と相似する旧鈔本であることは判明したものの、必ずしも、これらにもすべて一致しないことを確かめ得た。また本紙背の『尙書』には、『群書治要』の如き簡略本には見られない部分も存し、『治要』に比べれば、隷古定の字体を保存していると言える箇所も多く存する。以上細々記した考異によれば、その結果は、斯波氏が詳細な考証を施された『文選』李善注所引の『尙書』と対照するとき、本書の抜き書きは、これと非常に近い本文を持つものであることもまた容易に推定し得るであろう。そして、のみならず、今、上記〈舜典〉（2）に斯波氏『考證』を引いた如く、もし、孔穎達が正義を作る際に使用した注文に「四表至于」の四字が、既になかったとする仮説に拠るならば、或いは、ここに引かれた写本の原本は、正義作成以前にもたらされたものである可能性さえあるのではないかと考えられる。

しかし、疏文にもまた経注同様、旧鈔本と宋刊本との間における本文上の断絶は、十分考えられることである。古文『孝經』が、玄宗による二度にわたる改訂にあたって、礼の修定の意見の対立を利用して則天武后が自己の権力を絶対化していったことを一掃する意識があったことは、島一氏[19]によって研究がなされている。そしてこうした思想の動きは『孝經』の経注疏本文の動きを反映しているのである。『唐語林』（巻四）によれば、幼少皇孫時代の玄宗が武氏一族に向かって「我國家朝堂。汝安得恣蜂蠆而狼顧耶」と叱して則天を驚倒させたという事後予言的エピソードがあり、玄宗が則天武后に対して否定的意見を持っていたことは確かであり、してみれば『孝經』のみならず、同じく偽孔伝によって通行していた『尙書』についても、玄宗等によって何らかの改訂が加えられたとしても不自然ではなかったであろう。今、藏中進氏[20]による則天文字構成についての研究を見るならば、『淮南子』等に見える古代中国の天地観に基づくものの多いことが指摘される。そうした点をも踏まえて内野本、敦煌本等によって『尙書』の隷古定字を見るならば、例えば、「無」を「无」、「圖」を「啚」、「社」を「圧」等、古文とは言え、則天文字の構成に非常に近いものも多く散見される。玄宗による天宝三年の隷古定廃止の詔も、『孝經』に対する改訂と相俟って、こうした則天文字に似た古文を持つ『尙書』に対する嫌悪として出されたのではなかったか。しかし、こうした古文の廃止は、『孝經』同様注や疏についても、未だ古文にあっては解し得たものが、今字に直されることで、齟齬を来し、改訂される必要もあったかと考えられるのである。

だが、こうした問題については、この紙背をも含めて『秘府略』ともまた無関係ではない。周知の如く、『秘府略』は、『文徳實録』仁寿二（八五二）年二月乙巳条に記されるごとく、滋野貞主等が、勅命によって「古今の文書を選集し、類を以て相ひ従」って成ったものであって、その編纂には、飯田氏の研究によって先行類書として『修文殿御覧』、『初學記』『藝文類聚』が使用されたことが明らかにされている。[21] しかし、これは編纂されても、流布した形跡は見あたらず、この紙背ある残巻が原本からの写しであっても、こうした写しを作ることが出来たのは、恐らくは、秘府に収められた典籍に触れることの可能な極く限られた地位・職分、或いは編者滋野貞主と遠からぬ関係にあったひとのみであったと思われる。既に飯田氏の指摘があるが、この紙背を書写した季房の文稿には「孟子曰幼吾幼以及天下之幼、老吾老以及天下之老、則天下可運掌而治」の引用がある。これが『孟子』からの直接の引用でないとすれば、『治要』にはこの文無く、『太平御覧』に見られることから、或いはこれは『修文殿御覧』からの引用であった可能性もまた大である。長保四（一〇〇四）年に編緝が終わったとされる惟宗允亮の『政事要略』に『修文殿御覧』の逸文が二条あること、また正暦二（九九一）年に成った具平親王の『弘決外典鈔』にもまた同じく『修文殿御覧』の逸文があること、これら二書が、直接『修文殿御覧』を引いたか、具体的には不明であるけれども、いずれにせよ、この文稿を書いた季房は、『修文殿御覧』の如き秘府の書物を閲覧することが出来る人物であったことは十分窺えるのである。そして、この季房は、或いは、太田亮氏『新編姓氏家系辞書』[22]に赤松系図浅羽本として所載される具平親王の曾孫に当たる播磨郡赤松家の祖たる季房なる人物ではあるまいか。してみれば、彼にして『祕府略』の写を手に入れ、且つ、『修文殿御覧』や『政事要略』を繙き、そしてこの紙背に見られる如き『五經正義』成立以前の古い形態を持つ『尙書』を紙背に写すことも可能であったと考えられるし、また、紙背文稿に『大鏡』との関係を裏付ける如き文のあることも理解されるのである。

筆者は、先に、現存室町鈔本『論語義疏』を『政事要略』『令集解』『令義解』『弘決外典鈔』『三教指歸覺明注』所引『義疏』及び敦煌本『義疏』と比較して、室町鈔本を宋代まで存していた形のものであり、これらが例え『日本國見在書目錄』所載『義疏』と同一書名のものであっても、本文の系統を異にする唐鈔本系統のものではないであろうことを確認した。この結果から推すならば、『政事要略』『弘決外典鈔』等所引の『尙書』疏文もまた、或いは隷古定『尙書』の復元の際に重要な資料となることは必至であろう。ただ、惜しいことに本稿に取り上げた『秘府略』紙背の『尙書』原本の年代比定には、両書の唐鈔本『尙書』疏文は有効に合致しない。こうした点については、今後、更に国書等における正義逸文の収集に努め、改めて検討を試みたいと考えている。

三、『藝文類聚』及『初學記』所引『尙書』攷

一、『藝文類聚』所引『尙書』について

さて、『太平御覽』が先行類書を利用していることについては、序文に「帝閱前代類書門目紛雜、失其倫次、遂詔、修此書以前代修文御覽藝文類聚文」と記されていることからも、『藝文類聚』を使用したことは明らかであろう。

この文章は、類書の門目についてのこと言及したものと考えられるが、はたして、『太平御覽』における『藝文類聚』の利用は、本文にも及ぶのであろうか。

『藝文類聚』の編纂は、『舊唐書』(巻一八九、儒学上)欧陽詢伝に見られる如く、武德七(六二四)年九月十七日に詔を受けて三年後に成ったという。

『太平御覧』編纂に用いられているものは、唐代写本であった可能性が非常に高いが、現在唐写本は残っていない。

『藝文類聚』の印刷は、現在知られるところによれば、現上海図書館蔵南宋紹興刊本を嚆矢[23]とする。上海古籍出版社の排印本も紹興刊本に基づく。これによって、『太平御覧』同様、少しく越刊八行本「經伝」との校異を行ってみよう。

「尙書曰乃命羲和欽若昊天」（『藝文類聚』巻一、一頁）
「乃命羲和欽若昊天」（越刊八行本、巻二―十二裏）

「又曰皇天震怒命我文考肅將天威」（二頁）
「皇天震怒命我文考肅將天威」（越刊八行本、巻十一―八表）

「尙書洪範曰庶民為星星有好風星有好雨月之從星則以風雨（月經于箕則多風離于畢則多雨也）」（十一頁）
「庶民惟星星有好風星有好雨（中略）月之從星則以風雨（月經於箕則多風離于畢則多雨）」（越刊八行本、巻十一―三十三表）

「尙書曰休徵聖時風若（君能通理則日風順時也）」（十六頁）
「休徵（中略）聖時風若（君能通理則時風順之）」（越刊八行本、巻十二―三十一表）

「又曰周公居東二年天大風大木斯拔王啓金縢之書迎周公天乃返風禾盡起」（十六頁）
「周公居東二年（中略）天大雷電以風大木斯拔王與大夫盡弁以啟金縢之書王出郊天乃雨反風禾則盡起」（越刊八行本、巻十三―十五裏）

「尙書洪範休徵曰肅時雨若（君仁敬則時雨從之）」（二十六頁）
「肅時雨若（君仁敬則時雨順之）」（越刊八行本、巻十二―三十一表）

「尙書曰寅賓出日平秩東作日中星鳥以殷仲春」　（四十頁）

「寅賓出日平秩東作日中星鳥以殷仲春」　（越刊八行本、巻二―十三表）

「尙書曰申命羲叔宅南交日永星火以正仲夏鳥獸希革」　（四十六頁）

「申命羲叔宅南交（平秩南訛敬致）日永星火以正仲夏（厥民因）鳥獸希革」　（越刊八行本、巻二―十三表）

「尙書曰分命和仲宅西曰昧谷寅餞納日平秩西成宵中星虛以殷仲秋」　（四十八頁）

「分命和仲宅西曰昧谷寅餞納日平秩西成宵中星虛以殷仲秋」　（越刊八行本、巻二―十三裏）

「尙書曰申命和叔宅朔方曰幽都平在朔易日短星昴以正仲冬」　（五十四頁）

「申命和叔宅朔方曰幽都平在朔易日短星昴以正仲冬」　（越刊八行本、巻二―十四表）

「尙書曰青州厥貢鉛松怪石」　（一〇七頁）

「青州（中略）厥貢鈆松怪石」　（越刊八行本、巻六―十二裏）

「尙書大禹謨曰受命于神宗率百官若帝之初（從舜初授帝政事奉行之）」　（二一八頁）

「受命于神宗率百官若帝之初（順舜初攝帝故事奉行之）」　（越刊八行本、巻四十五裏）

「尙書曰釐降二女于嬀汭嬪于虞（嬪嫁也）」　（二七七頁）

「釐降二女于嬀汭嬪于虞（嬪婦也）」　（越刊八行本、巻二―三十一裏）

「尙書曰肆類于上帝禋于六宗望于山川偏于戝神王肅注云六宗者所宗者皆鴐祀之埋少牢於泰昭祭時也相近於坎壇祭寒暑也王宮祭日也夜明祭月也幽禜祭星也雲禜祭水旱也」　（六七七頁）

「肆類于上帝禋于六宗望于山川偏于戝神」王肅注は不明。　（越刊八行本、巻三―六表）

「尙書曰歲二月東巡守至于岱宗柴傳曰天子非展義不巡守注云巡守所以布徳展義」（六九八頁）

「歲二月東巡守至于岱」傳及び注は不明。

（越刊八行本、巻三―十二表）

さて、『太平御覽』は『藝文類聚』を使用したこと、既に序文に見えると記したが、本文については、重なるものはほとんどない。これは、意図的に『藝文類聚』に引かれている『尙書』を引用しないという意味の参考資料であったとも考え得る。しかし、本文が一致しないとすれば、『太平御覽』の『尙書』は、宋の内府に所蔵されていたものであったのだろうか。しかし、既に本論の「『太平御覽』所引『尙書』攷」で見たように、『太平御覽』の『尙書』は、正義によるものではないのである。

二、『初學記』所引『尙書』について

『唐會要』（巻三十六）によれば、『初學記』は、「（開元）十五（七二七）年五月一日、集賢學士徐堅等纂經史文章之要、以類相從、上制名曰初學記。至是上之」と記される。

ただ、『玉海』（巻五十七）には、「開元十六年正月、學士徐堅已下、撰成初學記三十卷。奏之、賜絹有差。寫十本、分賜諸王」と記され、またその注には、「初尹鳳翔宣勅與燕公、児子欲學綴文。若『御覧』、『類文』、『博要』、『珠英』之類、部秩廣大。卿與學士、撰集要事要文、以類相從、務要省便」と記される。

燕公とは張説（六六七～七三〇）のことである。

市川任三氏の詳細な研究によれば、『初學記』編纂は、もともと玄宗から尹鳳翔を通じて張説に宣命されてい

たが、張説が中書令を解かれ、集賢知院事を辞したため、開元十四年四月以降に勅命が徐堅に下り、開元十五年五月か、開元十六年の正月に上奏されたと言われる。(24)

さて、『初學記』は、『四庫提要』に「博不及藝文類聚而精則勝之」と記される。

しかもなお、本書の編纂は、天宝三（七四四）年の衛包改字より僅かに十七年であるとすれば、『初學記』引用の『尙書』は非常に重要な資料と見做すことができよう。

「尙書曰周公居東三年天大風禾盡偃大木斯拔邦人大恐王與大夫盡弁以啓金縢之書乃得周公所自以為功代武王之説天乃反風禾盡起」

「尙書曰周公居東二年天大雷電禾盡偃大木斯拔邦人大恐王與大夫盡弁以啓金縢之書乃得周公所自以為功代武王之説（中略）天乃反風禾則盡起」

（越刊八行本、巻十三―十五裏）

＊「天大風」は『藝文類聚』に同じ。

「尙書曰休徵曰肅時雨若休美也肅敬也若順也孔安國注云君行敬則時雨順咎徵則狂恆雨若咎惡也（孔安國注雲君行狂妄則常雨順）」

「肅時雨若休美也肅敬也若順也（注無し）孔安國注云君行敬則時雨順之咎徵狂恆雨若咎惡也（注無し）孔安國注雲君行狂妄則常雨順之」

（越刊八行本、巻十一―三十一表）

「尙書曰日也永星火以正仲夏（永長也謂夏至之日也火蒼龍之中星舉中則七星見可知也鳥獸希革時毛羽希少改易革改也）」

「日永星火以正仲夏（永長也謂夏至之日也火蒼龍之中星舉中則七星見可知鳥獸希革時毛羽希少改易革改也（夏時鳥獸毛羽希少改易革改））」

（越刊八行本（堯典）巻二―十三裏）

＊「厥民因」の本文あり。

「尚書曰泗濱浮磬孔安國注云泗水濱涯也水中見石可以為磬」

「泗浮蠙孔安國注云泗水濱涯也水中見石可以為蠙」

（越刊八行本（禹貢）巻六—十五表）

「尚書五行一曰水水曰潤下潤下作鹹」

「水水曰潤下潤下作鹹」

（越刊八行本（洪範）巻十二—七裏）

「尚書曰江漢朝宗於海注云宗尊也有似於朝」

「江漢朝宗於海」

（越刊八行本、巻六—十八裏）

「尚書曰導沇水東流為濟入於河溢於滎（孔安國注曰濟水入河竝流數千里而截河又竝河數里溢爲滎澤）」

「導沇水東流爲濟入於河溢於滎孔安國注曰濟水入河竝流十數里而南截河又竝流數里溢爲滎澤」

（越刊八行本（禹貢）巻六—三十六裏）

「尚書洪範曰建用皇極孔安國注曰皇大也極中也凡立事當用大中之道」

「建用皇極」

（越刊八行本、巻十二—五裏）

さて、以上、『太平御覧』、『藝文類聚』、『初學記』所引の『尙書』を越刊八行本と比較して来たが、もし、これら類書によって唐代通行の『尙書』を復元することができたとしたら、清朝の考証学者も十分にこれらを駆使してその資料に供したに違いない。

しかし、今、例えば『太平御覽』の利用について言えば、江聲『尙書集注音疏』は僅かに八例を引き、孫星衍『尙書今古文注疏』は三十七例、王鳴盛『尙書後案』は十四例、段玉裁『古文尙書撰異』は十二例を引くに過ぎない。また、『藝文類聚』についても、江聲は一度も引かず、孫星衍も六例のみ、王鳴盛は三例、段玉裁は四例に止まる。

さらに、『初學記』に至っては、『四庫全書総目提要』に「唐人類書中、博不及藝文類聚、而精則勝之。若北堂書鈔及六帖則出此書下遠矣」と記すにも拘わらずいずれも全くその『尚書』の引用を利用して古本復元の材料とはしないのである。

それは、おそらく、これらの類書が、異文を有していることを、どのように処理すれば適切かを判断することが出来なかったからであろう。

ところで、『藝文類聚』巻五十九に引かれる「尚書曰今豫發惟恭行天之罰今日之事弗僁于六步七步乃止齊焉夫子朂哉弗僁于四伐五伐六伐七伐乃止齊焉」（牧誓）の文については、孫星衍が、

「今日之事不愆于六步七步乃止齊焉

【注】史遷愆作過鄭康成曰好整好暇用兵之術不愆一作弗僁下同

【疏】愆者釋言作僁云過也説文以僁爲籀文史公愆爲過用其義鄭注見詩大明疏春秋左氏成十六年傳欒鍼説晉國之勇云好以衆整又曰好以暇鄭用其説司馬法云軍以舒爲主雖交兵致刃徒不趨車不馳不踰列是以不亂是其義也不愆藝文類聚五十九引尚書此文作弗僁蓋正義已前本」と引き、

また、段玉裁も、

「今日之事不愆于六步七步乃止齊焉夫子勖哉不愆于四伐五伐六伐七伐乃止齊焉勖哉夫子樂記注一擊一刺為一伐牧誓曰今日之事不過四伐五伐此鄭以過釋僁也藝文類聚五十九尚書曰今予發維恭行天之罰今日之事弗僁于六步七步乃止齊焉夫子勖哉弗僁于四伐五伐六伐七伐乃止齊焉玉裁按共作恭誤字也兩不愆字皆作弗僁弗勝於不弗字至焉字為一句戒之也僁者愆」という。

越刊八行本（巻十撰）が「愆」と作るところを、今、敦煌本（S.799）を見るに、「僣」に作り、神田本、内野本、足利本、影天正本、上野図書館本、すべて「僁」に作る。

また、原本系『玉篇』（中華書局本、九頁）は「諐」の字に注して、「去纏反。尙書帝徳罔。孔安國曰諐過也。左氏傳用諐厥位。杜預曰諐火也。又曰王諐子厥身。杜預曰諐悪疾也。説文此籒文字。篆文爲愆字。在心部。聲類或爲迎字。在辵部。或爲辛字。在辛部也」と。

また、藏克和『尙書文字校詁』(25)（三三四頁）は、「按：字当是之省形、《書古文訓》正作。古文字里从言与从心二符往往是可以通用互換的、愆字《蔡侯鐘》从心作、《侯馬盟書》又从言作。上列敦煌本等写本从言作、其来源见于《説文・心部》愆下所附录的籀文。至于《隸釋》著录《漢石經》作、則直接源于《説文》中的小篆・小篆的・小篆的結体到《淮源廟碑》就成了、这已与《漢石經》同致。《牧誓》此処用的是愆字本义、《説文・心部》愆、過也。徐灝注箋：過者、越也。故引申为過差」と。

してみれば、『藝文類聚』巻五十九に引かれる文章は、唐代写本の文字を残しているものと見ることができるであろう。

しかし、これらの類書は、写本が残らず、宋刊本に依るしかない。現行漢籍テキストの祖本は、北宋・南宋に刊行されたものに依拠しているのである。

国家事業として学者が動員されたこともあって校訂に信頼が置かれ、また、その端正な刻字と相俟って、現在に至るも信頼できるテキストとして高く評価されている。そして、宋版が成立すると、その底本となった唐代の写本、即ち唐鈔本は急速に消滅したといわれている。

『初學記』、『藝文類聚』なども刊刻に当たっては、当時通行の本文に逐一当たるという作業こそは行われなかったにせよ、何らかの校正が行われたに違いない。

ただ、こうした諸書引用をおびただしくする類書的性格を持つものとして、『文選』李善注は、我が国に残る『文選集注』などの古写本、また敦煌本などをして、唐初通行の本文を精査することが出来る。就中『尙書』については、すでに斯波六郎博士によって研究がなされ、我々は李善注所引尚書の性格を知り得る。斯波博士の研究を利用して、李善注所引尚書を整理しておきたい。

四、『文選』李善注所引『尚書』攷

『文選』李善注に引かれる『尚書』についてはすでに、斯波六郎博士に詳細な研究がある。(26)博士は、『文選諸本の研究』(27)を著し、その中で諸本の関係を調査し、現時点においては［嘉慶］刊胡克家本を李善単注本の最善としておられる。

もとより、胡克家本は宋淳熙八（一一八一）年尤袤刊本の覆刻であるが、斯波博士は尤袤本を見ることは出来なかった。

今、成簣堂文庫蔵本と北京大学図書館に分蔵される尤袤本『文選』並びに北京図書館蔵本（影印本）(28)とを比較するに、胡克家本が尤袤本でも後修本を使っていることは明らかである。

ただ、博士は、胡克家本と我が国に残る『文選集注』(29)を利用して、顕慶三（六五八）年に高宗に奏上されたとされる李善注所引の『尚書』の性格を見事に浮き彫りにされている。

少々長くなるが、斯波博士の説を引きたい。(30)

「胡刻本文選に據れば、李善直接尚書を經文を引くこと凡そ一千一百八十八回。然れども、其の内、四回は李善、本、尚書を引けるに非ざるに、後人妄に之を改めて「尚書曰」に作れること明らかなる者にして、十回は李善の原注之れ無りしを後人妄に之を改めて増せる所かと疑はるるか。若しくは、李善、本、佗の書を引けるに、後人妄に之を改めて「尙書曰」に作れるかと疑はるる者なり。又、今の板本李善注皆「尙書曰」の明文無しと雖も、其の實李善、本、尙書を引けること當に疑ふべからざる者及び「尙書曰」の下、「又曰」を奪せる者四條、今の板本李善注皆尙書を引かざるに、集注本は則ち正に尙書を引く者六條有り。是に於てか、今、李善引く所の尙書を定めて一千一百八十四回と爲す。

隋・唐志を案ずるに、唐初の尙書、馬融注本、鄭玄注本、王肅本、孔氏傳本等有りて其の類尠なからざりしを知る。然らば、李善文選に注して引く所の尙書は果して何本なりしぞ。今、李善引く所の尙書を檢するに、其の引用一千一百八十四回の內、馬融注本を連引せる者一回。鄭玄注を連引せる者四回、王肅注を連引せる者二回、孔傳、馬注、鄭注を并擧せる者一回有り。而して孔安國傳を連引せる者に至っては實に一百七十三回の多きに達す。此れに據れば、李善の主として用ひたるは孔氏傳本にして惟、文選正文の意、馬、鄭、王注本に據りて解するを便と爲す時、乃ち孔傳本を采らずして、馬、鄭、王注本を采ること有りしのみなるを知る。又、李善引く所の尙書にして其の文今本尙書僞大誓篇と正に合する者十八條有りて而も馬、鄭、王注本の泰誓篇の文かと疑ふべき者一も有る無し。加之、李善其の餘の僞古文各篇の文を引くこと亦、頗る多し。皆以て李善據る所の尙書は孔氏傳本なるの証と爲すべし。

李善主として用ひし尙書は孔氏傳本なること當に疑ふべからず。然るに、諸書記する所に據れば、隋唐の時所謂孔氏傳本尙書なる者大約三種有りたるに似たり。即ち、王肅本堯典「愼微五典」以下の經注を分ちて舜典篇と爲し、以て僞孔氏本堯典に續けたる者其の一なり。范寗注舜典を以て僞孔氏本を補へる者其の二なり。姚方興本舜典を以て東晉の書を補へる者其の三なり。

然らば、李善據る所の孔傳本は、右に擧げたる三本の內其の何れに屬する者なりや。今、李善引く所の尙書を考ふるに、卷一東都賦注、卷十一魯靈光殿賦注、景福殿賦注、卷十五思玄賦注、卷三十一江文通雜體詩注、巻三十七勸進表注、巻四十五答賓戯注、巻四十六王元長三月三日曲水詩序注、巻四十八劇秦美新注等に於て「曰若稽古帝舜曰重華協于帝濬哲文明温恭允塞玄徳升聞乃命以位」の一句或は數句を引き、巻十西征賦注、巻二十三盧陵王墓下作注、巻五十四辨命論注、巻六十齋竟陵文宣王行状注等に於て「帝乃徂落」を引く。而して「曰若稽古帝舜云々」の二十八字は姚方興本舜典の一本にのみ有り。「帝乃徂落」亦姚方興本舜典のみ此、の如く作るを以て李善據る所は乃ち姚本舜典なるを知る。李善據る所の舜典は正に姚本なること終に疑ふべからず。而して、李善、尙書を引くに舜典のみは姚本に據り、他篇は則ち王注舜典を補へる本、若しくは范注舜典を補へる本より采ること、當に之れ有るべからざれば、其の據る所の尙書は、姚本舜典を以て東晉の書を補へる本なりしこと亦容に疑ふべからざるなり。然らば、則ち李善本尙書は、孔穎達等尙書正義の據る所の本、及び現今通行本と同一種に屬するを知るなり。

然り而して李善本尙書は、正義本及び現行本と同一種に屬すと雖も、其の間、字句・句讀の異同固より尠なからず。又齊しく姚本舜典を補へる尙書かと疑はるる唐の定本、及び現存舊鈔隷古定本尙書とも若干の異同無くんばあらず(31)」

こうして、斯波氏は、主に胡克家本『文選』をもとに本邦現存の古鈔本『文選集注』を利用し、李善が使用した『尙書』の本文を復元する。

その數、「堯典」十例、「舜典」二十一例、「大禹謨」十四例、「皐陶謨」十二例、「益稷」十三例、「禹貢」二十四例、「甘誓」四例、「五子之歌」一例、「胤征」二例、「仲虺之誥」五例、「湯誥」四例、「伊訓」五例、「太甲」三例、「盤庚」五例、「説命」七例、「微子」二例、「泰誓」六例、「牧誓」八例、「武成」十一例、「洪範」十八例、「旅獒」三例、「金縢」七例、「大誥」十例、「微子之命」五例、「康誥」六例、「酒誥」一例、「召誥」二例、

「洛誥」五例、「多士」三例、「無逸」七例、「君奭」七例、「多方」一例、「立政」一例、「周官」四例、「君陳」三例、「顧命」六例、「康王之誥」二例、「畢命」五例、「君牙」二例、「冏命」四例、「呂刑」五例、「文侯之命」三例、「費誓」一例、「秦誓」三例である。

また伝については六十一例を引いて、現行本尚書の訂正すべき例を挙げ、次のように述べる。[32]

「之を要するに、今本尚書は衛包の改字を經たる本に據れる者なれば、李善用ひし所の尚書が今本より古字多かりしは固より其の所なれども、啻に古今字の異同のみならず、廣く經文傳文に於ても李善の本、今本と大に異りしこと當に疑ふべからざるなり。而して李善引く所に據りて今本を訂すべき者固より尠なからざるを知るなり」

はたして、『文選』李善注は、尤袤による李善単注本が如何して作られたかとの問題はあるにせよ、版本の段階になってもなお隷古定尚書と言われる古字をそのまま残し、衛包の改字を免れている。

これについて、斯波氏は、「現存隷古定尚書諸本を采りて互に相較すれば、右に示せるが如き文字・語句の異同甚だ多し。而して是の如き異同は、獨り現存隷古定諸本間に始めて之れ有るに非ずして、東晉より唐初に至る間に於ても轉寫愈〻廣くして各本の差愈〻多かりしなるべし。故に唐の衛包の改字は、東晉の書の古字を一擧にして今字に改めしには非ずして、轉寫次第に改易せし殘りに就いて之を爲し、且、若干の整理を加へしに過ぎざるべし。王鳴盛、段玉裁等、古文改易の罪を皆衛包に歸するは从ふべからざるなり」[33]と言う。

ところで、斯波氏は、李善が引く『尚書』本文及び孔傳を静嘉堂文庫蔵内野本、敦煌本、九条本、東洋文庫蔵岩崎本、神田喜一郎旧蔵本と比較しておられる。

これらは、いずれも隷古定尚書として古字を残すものとして知られているが、斯波氏による李善所引尚書との対校にもう一本を加えることによって、唐初に通行した尚書は、より構造的に捉えることができると考えられる。魏徴（五八〇～六四八）によって編纂された『群書治要』である。

五、『群書治要』所引『尚書』攷

『群書治要』は、貞観五（六三一）年に太宗の勅を奉じて作られた類書で、『唐會要』（巻三十六）に「貞觀五年九月二十七日、秘書監魏徴撰羣書政要上之（太宗欲覧前王得失。爰自六經訖于諸子。上始五經、下尽晉年。徴與虞世南褚遂亮蕭徳言等始成凡五十巻上之。諸王各賜一本）」（世界書局本、六五一頁）と記される。

これによれば、『群書治要』は『藝文類聚』の編纂から僅か七年、顔師古による定本の作成より二年前、『文選』李善注の奏上より二十七年前にして、編纂された唐初の『尚書』を伝えたものと言えるであろう。

ただ、『玉海』には『中興書目』を引き「秘閣所録唐人墨蹟乾道七（一一七一）年寫副本、藏之。起第十一止二十卷。餘不存」と記され、宋初には逸してしまったものである。

我が国には、『續日本後記』に「仁明天皇、承和五（八三八）年六月、天皇御清涼殿、令助教直道宿彌廣公讀群書治要、第一巻」と、また『日本國見在書目錄』に「群書治要五十　魏徴撰」とあり、『三代實錄』『扶桑略記』『新儀式』などにも見え、平安より鎌倉に至る天皇が本書を講読していたことが知られる。

現在、『尚書』などを欠く二十二巻のみ平安朝写本が東京国立博物館に伝わり、宮内庁書陵部に金沢文庫旧蔵鎌倉写本が所蔵される。

汲古書院影印の金沢文庫旧蔵鎌倉写本『群書治要』(34)は、巻末に「建長五年七月十九日依洒樳少尹尊閣教命校本

希加點了。前參河守清原　花押」の加点識語が、本文とは別筆で記される。

さて、本書はもとより類書であってみれば、『尙書』の全文を掲載するわけではない。しかし、『藝文類聚』、『初學記』、『文選』などに較べればより多く経伝を援引し、唐初『群書治要』編纂時に通行したであろうと思われる貴重な『尙書』本文を見ることが出来る。

そして、こうした点について非常に特徴的なことは、舜典に限ってのみ、『群書治要』には孔伝と非常に似てはいるが、必ずしも孔伝とは思えないものが使用されているという点である。『經典釋文』によれば、「王肅注頗類孔氏」という。或いは王肅注かとも思われるが、これを証明するための王注逸文は十分には渉猟することが出来ない。今、今本孔伝との異同を挙げて後考を俟つことにしたい。

ところで、先に触れたように、越刊八行本は比較的誤刻が少なく、北京大学本とほぼ一致する。以下、諸本との対校には北京大学本を使用し、阮元本及び越刊八行本との間に異同がある場合には、それを附記することとしたい。

舜典

「虞舜仄微堯聞之聰明（側側陋微微賤）將使嗣位歷試諸難（歷試之以難事）」

「虞舜側微（爲庶人故微賤）堯聞之聰明（側側陋微微賤）將使嗣位歷試諸難（嗣繼繼也試以治民之難事）」　（北京大学本、五九頁）

舜典のこの部分は、偽孔伝である。今文『尙書』にはこの文章はなく堯典からすぐに「愼徽五典五典克從」に続く。はたして、今、「側側陋微微賤」は孔伝には見当たらない。『經典釋文』（敦煌本「舜典」）は「王氏注」として、この本文の「之（㞢）」「使（岑）」「嗣（孠）」「諸（㞷）」「難（䧎）」「作舜典」と挙ぐ。あるいは、『群書治要』所引の「舜典」は、『經典釋文』と同じ王肅注本を使ったものかと思われる。『一切經音義』に「王注微賎也」とあり。

「愼徽五典五典克従（五典五常之教也謂父義母慈兄支弟恭子孝舜擧八元使布五教于四方五教能從无違命也）」

「愼徽五典五典克從（徽美也五典五常之教也謂父義母慈兄友弟恭子孝舜愼美篤行斯道擧八元使布之於四方五教能從無違命）」

（北京大学本、六一頁）

『經典釋文』舜典に「王肅注頗類孔氏」という。この注もまた非常に似てはいるが、細かい点においては違いがある。

「納于百揆百揆時敘（揆度舜擧八凱以度百事百事時叙也）」

「注揆度也度百事揔百官納舜於此官舜擧八凱使揆度百事百事時叙無廢事業」

（北京大学本、六一頁）

「賔于四門四門穆穆（賔迎也四門宮四門也舜流四凶族。諸侯群臣来朝者舜賔迎之皆有美徳无凶人也）」

「賔于四門四門穆穆（舜流四凶族諸侯来朝者舜賔迎之皆有美徳无凶人也）」

（北京大学本、六一頁）

「納于納于大禁烈風雷雨弗迷（納舜於尊顕之官使大錄万機之政於是陰陽清和烈風雷雨各以期應不有迷錯諐伏明舜之行合於天心也）」（欄下に「諐」を「籀文諐字」と）

「納于納于大麓烈風雷雨弗迷（麓錄也納舜使大錄萬機之政陰陽和風雨時各以其節不有迷錯愆伏明舜之琭合於天）」

（北京大学本、六一頁）

『北堂書鈔』（巻五十九）に王肅注として、「堯納舜於尊顕之官使天下大錄万機之政」とあり。

「正月上日受終于文祖（堯天祿永終舜受之也文祖是五廟之大名也）」

「正月上日受終于文祖（上日朔日也終謂堯終帝位之事文祖者堯文琭之祖廟）」

（北京大学本、六四頁）

「五載一巡守羣后四朝敷奏以言明試以功車服以庸（敷奏猶遍進也諸侯毎見皆以次序遍進而問焉以觀其才既則效試其居國為政以著其功賜之車服以旌其所用任也）」

「五載一巡守羣后四朝（各會朝于方岳之下凡四處故曰四朝將説敷奏之事故申言之堯舜同道舜攝則然堯又可知）敷奏以言明試以功車服以庸（敷陳奏進也諸侯四朝各使陳進治禮之言）」

（北京大学本、七二頁）

『經典釋文』（北京大学本）は「四朝、馬、王皆云四面朝於方岳之下。鄭云四季朝京師也」と。但し、『經典釋文』（敦煌本）は「鄭云四朝四年一朝京師也」。『群書治要』はこの部分の注を載せず。

「象以典刑（典常也象用之者謂上刑赭衣不純中刑雜履下刑黒幪以居州里終身已甚恥之如被然也）」（北京大学本、七七頁）
「象以典刑（象法也法用常刑用不越法）」（北京大学本、七七頁）
「流宥五刑（流放也有三宥也言所流宥皆犯五刑之罪也）」
「流宥五刑（宥夆也以流放之法夆五刑）」（北京大学本、七七頁）

『經典釋文』（北京大学本）を引いて「馬云二宥也」と。しかし、『經典釋文』（敦煌本）は「馬云宥三宥也」と。孫星衍『尚書今古文注疏』は『史記集解』を引いて「馬融曰流放宥寛也一曰幼少二曰老耄三曰惷愚五刑墨劓剕宮大辟」と。また、『尚書正義』には、「王肅云謂君不忍刑殺宥之以遠方」「王肅云言宥五刑則正五刑見矣」

「眚灾肆赦（眚過也灾害也肆失也言罪過誤失■（破損）為當赦之也）怙終賊刑（怙謂怙赦宥而為者也終為残賤賤當刑之也）」
「眚災肆赦怙終賊刑（眚過災害肆緩賊殺也過而有害當緩赦之怙姦自終當刑殺之）」（北京大学本、七七頁）
「流共工于幽洲（共工窮奇也幽洲北裔也）」

「流共工于幽洲（象恭滔天足以惑世故流放之幽洲北裔水中可居者曰州）」（北京大学本、七八頁）
「放驩兜于崇山（驩兜渾敦崇山南裔也）」
「放驩兜于崇山（黨於共工罪惡同崇山南裔）」（北京大学本、七八頁）
「竄三苗于三危（三苗國名縉雲氏之後為諸侯号號饕餮三危西裔也）」
「竄三苗于三危（三苗國名縉雲氏之後為諸侯號饕餮三危西裔）」（北京大学本、七八頁）
「殛骸（『經典釋文』の文字に同じ）于羽山（骸檮杌也殛誅也羽山東裔）」
「殛鯀于羽山（方命圮族績用不成殛竄放流皆誅也異其文述作之體羽山東裔在海中）」（北京大学本、七八頁）
「四罪而天下（美舜之行故本其徵用之功之）」
「四罪而天下（咸服皆服舜用刑當其罪故作者先敘典刑而連引四罪明皆徵用所行於此摠見之）」（北京大学本、七七頁）
「廿有八載放勛乃殂落殂落百姓如喪考妣三載四海遏密八音（遏絶也密止也尭崩百姓如喪父母絶止金石八音之楽也）」

「二十有八載帝乃殂落（殂落死也堯年十六即位七十載求禪試舜三載自正月上日至崩二十八載堯死壽一百一十七歳）百姓如喪考妣（考妣父母言百官感徳思慕）三載四海遏密八音（遏絶密靜也八音金石絲竹匏土革木四夷絶音三年則華夏可知言盛徳恩化所及者遠）」（北京大学本、八四頁）

「放敗」に作る（敦煌本『經典釋文』）。

「舜格于文祖詢于四岳闢四門（開闢四方之門廣致衆賢也）」

「舜格于文祖（月正正月元日上日也舜服堯喪三年畢將即政故復至文祖廟告）詢于四岳闢四門（詢謀也謀政治於四岳開闢四方之門未開者廣致眾賢）」（北京大学本、八五頁）

「明四目（明視四方也）達四聰（廣達於四方也）」

「明四目達四聰（廣視聽於四方使天下無壅塞）」（北京大学本、八五頁）

「柔遠能迩（能安遠者則能安近也不能安近則不能安遠也）惇徳允元（所厚而尊者悳也所信而行者善也）」

「柔遠能邇惇徳允元（柔安邇近敦厚也元善之長言當安遠乃能安近厚行琢信使足長善）」（北京大学本、八五頁）

「而難任人（任佞也辨給之言易悦耳目以理難之也）蠻夷率服（遠无不服迩無不安）」

「而難任人蠻夷率服（任佞難拒也佞人斥遠之則忠信昭於四夷皆相率而來服）」（北京大学本、八五頁）

「三載考績三考黜陟幽明（黜退也陟外也三歳考功。九歳三考退其幽闇无功者外昭明有功者也）」

「三載考績三考黜陟幽明（三年有成故以考功九歳則能否幽明有別黜退其幽者升進其明者）」（北京大学本、九八頁）

「庶績咸熙（九歳三考衆功皆興也）」

「庶績咸熙分北三苗（考績法明眾功皆廣三苗幽闇君臣善否分北流之不令相從善惡明）」（北京大学本、九九頁）

舜典に限ってみれば、以上のような違いが見られるが、次に、他の部分について北京大学本と併せて古写本との異同を示そう。(35)

堯典

「昔在帝堯聰明文思光宅天下（言聖徳之遠著）」

「昔在帝堯聰明文思光宅天下（言聖徳之遠著）」（北京大学本、二六頁・上海図八行本、四三頁）

「昚在帝堯聰明文思光宅天丅（言聖徳之遠著也）」（内野本、一四頁）

「昚（左に「昔」）在帝尭聡明文思光宅天丅（言𦔻徳之遠著也）」（足利学校本、二七頁）

「昚（左に「昔」）在帝尭聰明文思光宅天丅（言𦔻徳之遠著也）」（影天正本、三五頁）

「作堯典（典者常也言可爲百代常行之道）」

「作堯典」（北京大学本、二九頁・内野本以下、同じ）

「曰若稽古帝尭（言能順考古道而行之者帝尭也）」

「若順稽考也（言能順考古道而行之者帝尭）」（北京大学本、二九頁・上海図八行本、四三頁）

「曰若乩（左に「稽下同」）古帝堯（言能順考古道而行之者帝尭也）」（内野本、一四頁・足利学校本、二七頁・影天正本、三五頁・『群書治要』に同じ）

「曰放勛欽明文思安安（勛功也言堯放上世之功化而以教明文思之四徳安天下之當安者也）」

「曰放勳欽明文思安安（勳功也欽敬也言堯放上世之功化而以教明文思之四徳安天下之當安者）」（北京大学本、二九頁）

「曰放勲欽明文思安安（勛功也言堯放上世之功化而以教明文思之四徳安天下之當安者也）」（内野本、一四頁・足利学校本、二七頁・影天正本、三五頁・上海図八行本、四三頁）

斯波氏『考證』（三六七・三九一・五五七・六二六頁）李善所引「勛」字に作るとして『群書治要』の例を引く。この例は、後に触れるが我が国の古鈔本原本系『玉篇』（東大寺馬道本）「放」字注に「堯名放勛臣」、希麟『續一切經音義』（巻十「琳法師別傳巻上」）の「勛華」注に「虞書云放勛欽明」及び『秘府略』の裏書き『尚書』にも見える。顧野王が依った『尚書』の注によれば「放勛」を堯の名とす。「放勛乃徂落」（舜典）に作るものと「帝乃徂落」に作るものの別あり。あるいは二者の関係あるかと疑はる。

段玉裁云「説文十三篇力部曰勳古文作勛从員按周禮夏官司勳注曰故書勳作勛鄭司農曰勛讀為勳勳功也以説文殂字下引勛乃殂證之則壁中故書作放勛孔安國庸生乃易為勳許君存壁中之舊故殂字下引書作勛又按注中凡言讀為者皆易其本字若勳勛一字特異其諧聲鄭司農當云勛古文捺不當言讀為也而言讀為者古文既絶漢初不識周禮初出時以意定勳為勛字而不敢斷為一字異體至許君乃敢斷之曰古文勳耳禩讀為祀同」と。

「**允恭克讓光被四表格于上下**（既有四徳又信恭能讓故其名聞充溢四外至于天地也）」

「允恭克讓光被四表格于上下（允信克能光充格至也既有四徳又信恭能讓故其名聞充溢四外至于天地也）」（北京大学本、二九頁・上海図八行本、四四頁）

「允恭（左に「龔」）克讓光被四表格于丄丅（允信克能光充格至也既有四徳又信恭能讓故其名聞充溢四外至于天地也）」（内野本、一五頁）

「允恭克讓光被四表格于丄丅（左にそれぞれ「上下」）（允信克能光充格至也既有四徳又信恭能讓故其名聞充溢四外至于天地也）」（足利学校本、二七頁・影天正本、三五頁）

「**克明俊徳以親九族**（能明俊徳之士任用之以睦高祖玄孫之親也）」

「克明俊徳以親九族（能明俊徳之士任用之以睦高祖玄孫之親也）」（北京大学本、三一頁・上海図八行本、四四頁）

「克明晙（左に「俊」）悳（左に「徳」）㠯親九宊（左に「族下同」）（能明俊徳之士任用之以睦高祖玄孫之親也）」（内野本、一五頁）

「克明俊悳㠯親九宊（左に「族」）（能明俊徳之士任用之以睦高祖玄孫之親也）」（足利学校本、二七頁・影天正本、三五頁）

「**九族既睦平章百姓**（百姓百官）」

「九族既睦平章百姓（百姓百官）」（北京大学本、三一頁・上海図八行本、四四頁）

「九宊旡（左に「既下同」）睦平章百𤣥（左に「姓」）（百姓百官）」（内野本、一五頁）

「九宊（右に「族」）旡（左に「既」）睦平章百姓（百姓百官）」（足利学校本、二七頁）

「九宊（右に「族」）旡睦平章百姓（百姓百官）」（影天正本、三五頁）

「**百姓昭明協和万邦黎民於變時雍**（時是也雍和也言天下衆人皆變化從上是以風

俗大和也）」

「百姓昭明協和萬邦黎民於變時雍（時是也雍和也言天下衆人皆變化化上是以風俗大和也）」（北京大学本、三一頁）

校注に「「化」、岳本、閩本、纂傳同。毛本作「從」、又古本「化」下有「今」字。阮校「按『今』或是「令」字之誤」と。

「百姓昭明叶（左に「協」）咊（左に「和」）万（左に「萬下同」）邦黎𠮛（左に「民下同」）於彰（左に「変」）旹（左に「時」）邕（左に「雍」）（時是雍和也言天下衆人皆變化化上是以風俗大和也）」（内野本、一五頁）

「百姓昭明叶（左に「協」）咊（左に「和」）万（左に「萬下同」）邦黎𠮛（左に「民下同」）於彰（左に「変」）旹（左に「時」）邕（左に「雍」）（時是雍和也言天下衆人皆變化今（「今」か「令」か判読不能）上是㠯風俗大和也）」（足利学校本、二七頁）

「百姓（古姓）昭明叶咊（左に「和」）万（左に「萬」）邦黎民於乹（左「変」）旹（左に「時」）邕（左に「雍」）（時是雍和也言天下众民皆變化今上是㠯風俗大和也）」（影天正本、三五頁）

「百姓昭明協和萬邦黎民於變時雍（時是也雍和也言天下衆人皆變化化上是以風俗大和也）」（上海図八行本、四四頁）

大禹謨

「曰若稽古大禹（略）曰后克艱厥后臣克艱厥臣政乃乂黎民敏德（敏疾也能知為君之難為臣不易則其政治而衆民皆疾修德也）」

「曰后克艱厥后臣克艱厥臣政乃乂黎民敏德（敏疾也能知為君難為臣不易則其政治而衆民皆疾修德也）」（北京大学本、一〇二頁）

「曰后克難亣后臣克艱亣臣政乃乂黎𠮛敏悳（敏疾也能知為君之難為臣不易則其政治而衆民皆疾修德）」（内野本、一七〇頁）

「曰后克難亣后臣克艱亣（左に「厥」）臣政乃乂黎民敏悳（敏疾也能知為君出難為臣不易則其政治而衆民皆疾修徳）」（足利学校本、一八七頁）

「曰后克難亣（厥印）后臣克艱亣（左に「厥」）臣政乃乂黎𠮛敏悳（敏疾也能知為君出難為臣不易則其政治而衆民皆疾修徳）」（影天正本、一九八頁）

「曰后克艱厥后臣克難厥臣政乃乂黎民敏德（敏疾也能知為君之難為臣不易則其政治而衆民皆疾修德（左に別筆で「也」））」（上海図八行本、二〇八頁）

「帝曰俞允若茲嘉言罔攸伏野無遺賢萬邦咸寧（攸所也善（右に「嘉本」）言无所伏言必用也如此則賢材在位天下安也）」

「帝曰俞允若茲嘉言罔攸伏野無遺賢萬邦咸寧（攸所也善言無所伏言必用如此則賢才在位天下安寧）」（北京大学本、一〇三頁）

「帝曰俞允若茲嘉言它（左に「罔下同」）逌伏埜（左に

「野下同」）亡遺臤（左に「賢」）万邦咸寧（攸所也嘉言無所伏言必用也如此則賢才在位天下安也（左に「扌无」））」（内野本、一七一頁）

「帝曰俞允若茲嘉言它（右に「罔」）逌伏埜（左に「野」）亡遺賢万邦咸寧（攸所也嘉（右に「善印」）言無所伏言必用也（下に「印无」）如此則賢才在位天下安寧也））」（足利学校本、一八七頁）

「帝曰俞允若茲嘉言㒺（右に「罔」）逌（左に「攸」）伏埜亡（左に「無」）遺賢万邦咸寧（攸所也嘉（右に「善印」）言無所伏言必用也如此則賢才在位天下安寧也））」（影天正本、一九八頁）

「帝曰俞允若竝嘉言罔攸伏野無遺賢萬邦咸寧（攸所也善（右に「嘉考」））言無所伏言必用也如此則賢才在位天下安也））」（上海図八行本、二〇八頁）

「稽于衆舍已從人弗虐無告弗廢困窮惟帝時克（帝謂尭也舜冈嘉言無所伏遂稱堯德以成其義考衆從人矜孤愍窮凡人所輕聖人所重也））」

「稽于衆舍已從人不虐無告不廢困窮惟帝時克（帝謂堯也舜因嘉言無所伏遂稱堯德以成其義考衆從人矜孤愍窮凡人所輕聖人所重））」（北京大学本、一〇三頁）

「乩（左に「稽」）亐衆舍已刅（左に「從下同」）人弗（左に「不下同」）虐亡告弗廢宋（左に「困」）窮惟帝旹（「時下同」）克（帝謂尭也舜曰嘉言無所伏遂称尭徳以成其美考衆從人矜孤愍窮凡人所輕聖人所重也））」（内野本、一七一頁）

「乩（左に「稽」）亐（左に「于」）衆舍已刅（左に「從」）人弗（右に「不印」）虐亡（右に「無」）告弗廢困窮惟帝旹克（帝謂尭也舜曰嘉言无所伏遂称尭徳以成其美（「義」と訂正す）考衆從人矜孤愍窮凡人所輕聖人所重也））」（足利学校本、一八七頁）

「乩（左に「稽」）亐（左に「于」）衆舍已朋（左に「從」）人弗（左に「不印」）虐亡告弗（左に「上同」）廢困窮惟帝旹克（帝謂尭也舜曰嘉言无所伏遂称尭徳以成其義考众從人矜孤愍窮凡人所輕聖人所重也））」（影天正本、一九八頁）

「稽于衆舍已從人不（右に「弗」）虐無告不廢困窮惟帝時克（帝謂尭也舜因嘉言無所伏遂稱尭德以成其義考衆從人矜孤愍窮凡人所輕聖人所重也））」（上海図八行本、二〇九頁）

「益曰都帝德廣運乃聖乃神乃武乃文（益因舜言又美堯也廣謂所覆者大運謂所及者遠聖无所不通神妙无方文經天地武定禍乱也））」

「益曰都帝德廣運乃聖乃神乃武乃文（益因舜言又美堯也廣謂所覆者大運謂所及者遠聖无所不通神妙無方文經天地武定禍乱））」（北京大学本、一〇四頁）

「益曰都帝悳廣運乃聖乃神乃武乃彣（益曰舜言又美堯也廣謂所覆者大運謂所及若遠也聖無所不通神妙無方文經緯天地武定禍乱））」（内野本、一七一頁）

「莾（右に「益」）曰都帝德廣運乃聖乃神乃武乃■（左

に「文」）（益曰舜言又美堯也廣謂所覆者大運謂所及者遠也垩无所不通神妙无方文經緯天地武定禍乱）」（足利学校本、一八八頁）

「荔曰都帝佂庿運乃聖乃神乃武乃𢇍（左に「文」）（益曰舜言又美堯也廣謂所覆者大運謂所及者遠也垩无所不通神妙无方文經緯天地武定禍乱）」（影天正本、一九九頁）

「益曰都帝德廣運乃聖乃神乃武乃文（益因舜言又美堯也廣謂所覆者大運謂所及者遠也聖無所不通神妙無方文經緯天地武定禍乱）」（上海図八行本、二〇九頁）

「禹曰惠迪吉從逆凶惟影嚮」

「禹曰惠迪吉從逆凶惟影響」（北京大学本、一〇五頁・上海図八行本、二〇九頁）

「禼曰惠迪吉刅逆凶惟影響」（内野本、一七二頁）

「禼（右に「禹」）曰惠迪吉刅逆凶惟影響」（足利学校本）

「禹曰惠迪吉刅逆凶惟影響」（影天正本、一九九頁）

「益曰吁戒哉敬戒無虞罔失法度罔遊于逸罔淫于樂（淫過也遊逸過樂敗德之源富貴所忽故特以為戒也）」

「益曰吁戒哉儆戒無虞罔失法度罔遊于逸罔淫于樂（淫過也遊逸過樂敗德之原富貴所忽故特以為戒也）」（北京大学本、一〇五頁）

「茲曰吁戒才敬（左に「儆扌」）戒亡乏它失法庑它遊亐逸它滛亐樂（淫過也遊逸過樂敗德之源（左に「原」）富貴所忽故特以為戒也）」（内野本、一七二頁）

「荔（右に「益」）曰吁戒才（右に「哉」）儆佽（左に「戒」）亡（左に「无」）𢇍（左に「虞」）它（左に「罔」）失灋（左に「法」）庑（左に「度」）㒺（左に「罔」）遊亐（左に「于」）逸㒺（左に「罔」）滛亐（右に「于」）樂（淫過也遊逸過樂敗德之源（左に「原」）富貴所忽故特以為戒也）」（足利学校本、一八八頁）

「荔（右に「益」）曰吁戒才（右に「哉」）儆戒亡（左に「无」）𢇍㒺（左に「罔」）失灋庑㒺遊亐（右に「于」）逸㒺（左に「罔」）滛亐（右に「于」）樂（淫過也遊逸過樂敗德之源（左に「原」）富貴所忽故特以為戒也）」（影天正本、一九九頁）

「益曰呼戒哉儆戒無虞罔失法度罔遊于逸罔淫于樂（淫過也遊逸過樂敗德之原富貴所忽故特以為戒也）」（上海図八行本、二〇九頁）

阮元校注に「按朱子曰『儆』與『警』同。古文作敬。開元改今文」と。

「無怠無荒四夷來王（言天子常戒慎無怠惰荒廢則四夷歸往之也）」

「無怠無荒四夷來王（言天子常我慎無怠惰荒廢則四夷歸往之也）」（北京大学本、一〇五頁）

北京大学本注に「『戒』原作『我』、按阮校「毛本

『我』作『戒』是也」據改」と。

「巨怠巨荒三尸（左に「夷下同」）來王（言天子常戒慎無怠惰荒廢則四夷歸往之也）」（内野本、一七三頁）

「巳（左に「無」）怠巳（左に「無」）荒三（右に「四」）尸（右に「夷」）來王（言天子常戒慎無怠惰荒廢則四夷歸往之也）」（足利学校本、一八九頁・影天正本、二〇〇頁）

「巨（左に「無」）怠巨（左に「無」）荒四夷來王（言天子常戒慎無怠惰荒廢則四夷歸往之也）」（上海図八行本、二一〇頁）

「九功惟敍九序惟歌（言六府三事之功有次序皆可歌樂乃德政之致）」

「九功惟敍九敍惟歌（言六府三事之功有次敍皆可歌樂乃德政之致）」（北京大学本、一〇六頁）

「九功惟敍九序惟歌（言六府三事之功有次叙皆可歌樂乃德政之致）」（内野本、一七四頁）

「九功惟序九序惟歌（言六府三事之功有次叙皆可歌樂乃德政之致）」（足利学校本、一八九頁・影天正本、二〇〇頁）

「九功惟序（右に「叙」）九序（右に「叙」）惟歌（言六府三事之功有次叙皆可歌樂乃德政之致）」（上海図八行本、二一一頁）

「咎繇曰帝息（左に「徳今乍」）罔僭（左に「愆今乍」）臨下以簡御衆以寬」

「皐陶曰帝息罔愆臨下以簡御衆以寬」（北京大学本、一〇九頁・上海図八行本、二一二頁）

「咎繇曰帝悳乇愆臨下㠯柬御衆㠯寬」（敦煌本（S.5745）、一六一頁）

「咎繇曰帝悳它愆臨丅㠯柬（左に「簡下同」）御衆㠯寬」（内野本、一七六頁）

「咎繇（右に「皐陶」）曰帝悳它（右に「罔」）愆臨下㠯（右に「以」）柬（右に「簡」）御衆㠯（右に「以」）寬」（足利学校本、一九一頁・影天正本、二〇二頁）

「與其殺不辜寧失不經好生之息洽于民心茲用弗犯于有司」

「與其殺不辜寧失不經好生之德洽于民心茲用不犯于有司」（北京大学本、一一〇頁・上海図八行本、二一三頁）

「與亣殺弗（左に「不下同」）辜寧失弗經𡚱生㞢息洽亏民心茲用弗（左に「不」）犯亏ナ司」（内野本、一七七頁）

「與亣（左に「其」）殺弗辜寧失弗（右に「不」）經好生

㞢徳洽亐区心茲用弗犯亐有司」
（足利学校本、一九一頁・影天正本、二〇二頁）

「帝曰来禹（中略）汝惟弗矜天下莫與汝争能汝惟弗伐天下莫與汝争功」

「汝惟不矜天下莫與汝争能汝惟不伐天下莫與汝争功」
（北京大学本、一一一頁）

「汝惟弗矜天下莫與汝争能汝惟弗伐天下莫與汝争功」
（内野本、一七八頁・上海図八行本、二一四頁）

「汝惟弗（右に「不」）矜天下莫與汝争能汝惟弗（右に「不」）伐天下莫與汝争功」
（足利学校本、一九二頁・影天正本、二〇三頁）

「可愛非君可畏非民衆非元后何戴后非眾罔與守邦（庶民以君爲命故可愛君失道民叛之故可畏言眾戴君以自存君恃眾以守國相須而成也）」

「可愛非君可畏非民衆非元后何戴后非眾罔與守邦（民以君爲命故可愛君失道民叛之故可畏言眾戴君以自存君恃眾以守國相須而立）」
（北京大学本、一一二頁・足利学校本、一九三頁・影天正本、二〇四頁）

「可愛非君可畏非民衆非元后何戴后非眾罔與守邦（民以君爲命故可愛君失道民叛之故可畏言眾戴君以自存君恃眾以守國相須而成（「立」扌作））」（内野本、一七九頁）

「可愛非君可畏非民衆非元后何戴后非眾罔與守邦（民以君爲命故可愛君失道民叛之故可畏言眾戴君以自存君恃眾以守國相須而成）」（上海図八行本、二一五頁）

「帝曰咨禹惟時有苗弗率汝徂征（三苗之民數干王誅率脩徂往也不循帝道言亂逆命禹討之）」

「帝曰咨禹惟時有苗弗率汝徂征（三苗之民數干王誅率循徂往也不循常道言亂逆命禹討之）」
（北京大学本、一一六頁）

北京大学本校注に「『常』原『帝』、按阮校「纂傳『帝』作『常』、是也」據改」と。

「帝曰咨禹惟時有苗弗率汝徂征（三苗之民數干王誅率循徂往也不循帝道言亂逆命禹討之）」
（内野本、一八一頁・足利学校本、一九四頁・影天正本、二〇五頁）

「帝曰咨禹惟時有苗弗率汝徂征（三苗之民數干王誅率修徂往也不循帝道言亂逆命禹討之）」
（上海図八行本、二一六頁）

「侮嫚（左に「慢本書作」）**自賢反道敗徳**（狎侮先王輕嫚典教反正道敗徳義也）」

「侮慢自賢反道敗徳（狎侮先王輕慢典教反正道敗徳義也）」
（北京大学本、一一六頁・内野本、一八二頁・足利学校本、

一九四頁・影天正本、二〇五頁・上海図八行本、二一六頁）

「君子在野小人在位（廢仁賢任姧佞）」

「君子在野小人在位（廢仁賢任姦佞）」

（北京大学本、一一六頁・内野本、一八二頁・足利学校本、一九六頁・影天正本、二〇六頁・上海図八行本、二一七頁）

「君子在野小人在位（廢仁賢任姧佞）」（敦煌本（S.801）、一六五頁）

「民弃弗保天降之咎（言民叛之天灾之也）」

「民棄不保天降之咎（言民叛天灾之）」（北京大学本、一一六頁）

北京大学本校注に「『叛』下、古本有『之』字」と。

「巳弃弗保天降之咎（言巳叛之天灾之）」（敦煌本（S.801）、一六五頁）

「区弃保天降㞢咎（言民叛之天灾之）」（内野本、一八二頁）

「区（右に「民」）弃保宄（右に「天」）降㞢（右に「之」）咎（言民叛之天災之）」（足利学校本、一九六頁・影天正本、二〇六頁）

「民夺弗保天降之咎（言民叛之天災之）」（上海図八行本、二一七頁）

「肆予以爾衆士奉詞伐罪」

「肆予以爾衆士奉辭伐罪」（北京大学本、一一七頁）

北京大学本校注に「『辭伐』原『辭罰』。按阮校「唐石經『罰』作『伐』。明監本、毛本因之。古本及蔡傳並作『伐』。案『伐』字是也」據改。又『辭』古本作『詞』」と。

「肆予㠯尒衆士奉詞伐辠」（敦煌本（S.801）、一六五頁）

「肆予㠯爾衆士奉詞（辞扌）伐辠（罪下同）」（内野本、一八二頁）

「肆予㠯（右に「以」）尒衆士奉詞（右に「辞」）伐辠（右に「罪」）」（足利学校本、一九六頁・影天正本、二〇六頁・上海図八行本、二一七頁）

「爾尚一乃心力其克有勳三旬苗民逆命益贊于禹曰惟德動天無遠弗屆滿招損謙受益時乃天道（自滿者人損之自謙者人益之是天道之常）」

「爾尚一乃心力其克有勳三旬苗民逆命益贊于禹曰惟德動天無遠弗屆滿招損謙受益時乃天道（是天之常道）」（北京大学本、一一八頁）

「爾尙一乃心力其克有勳三旬苗民逆命益贊于禹曰惟德動天無遠弗屆滿招損謙受益時乃天道（是天道之常道也）」
（内野本、一八三頁）

「爾尙一乃心力其克有勳三旬苗民逆命益贊于禹曰惟德動天無遠弗屆滿招損謙受益時乃天道（是天之常道也）」
（足利学校本、一九六頁・影天正本、二〇六頁・上海図八行本、二一七頁）

「至誠感神矧茲有苗（至和感神況有苗之言易感）」

「至誠感神矧茲有苗（至和感神況有苗乎言易感也）」
（北京大学本、一一九頁）

「至誠感神矧茲有苗（至和感神況有苗乎言易感）」
（敦煌本（S.801）、一六七頁・内野本、一八四頁・足利学校本、一九七頁・影天正本、二〇七頁・上海図八行本、二一八頁）

「禹曰俞班師振旅（以益言為當故拜受遂班師兵入曰振旅言整衆也）」

「故拜受而然之遂還師」
（北京大学本、一一九頁）

「故拜受之遂還師」
（内野本、一八四頁）

「故拜受而然出遂还師」
（足利学校本、一九七頁・影天正本、二〇七頁）

「故拜受之遂還師」
（上海図八行本、二一八頁）

「儛干羽于兩階七旬有苗格（討而不服不討自來明御之必有道也）」

「舞干羽于兩階七旬有苗格（討而不服不討自來明御之者必有道也）」
（北京大学本、一一九頁・内野本、一八四頁・足利学校本、一九七頁・影天正本、二〇七頁・上海図八行本、二一八頁）

皐陶謨

「惇敍九族庶明厲（左に「勵本作」）翼迩可遠在茲」

「惇敍九族庶明勵翼邇可遠在茲」
（北京大学本、一二二頁）

「惇敍九宊（左に「族下同」）庻（左に「庶下同」）明勵犾（左に「翼」）邇可遠在茲」
（内野本、二四五頁）

「惇敍九宊（左に「族」）庶明励犾迹可遠在茲」
（足利学校本、二五三頁・影天正本、二五九頁）

「惇敍九族庶明勵翼迩可遠在茲」
（上海図八行本、二六四頁）

段玉裁云「他經音義無有引切韵者惟古文尚書音義屢引之蓋皆　開寶中陳鄂所為也切韵者陸法言切韵孫愐增之為唐　韵者也開寶中廣韵未出又以用唐韵為嫌故襲法言書　名其所引反語如惇都昆反嶅苦角反殖側魯反等皆與徐鼎臣所引唐韵無不合者」また「厲衛包改作勵今更正考正義孔訓勉勵王訓砥礪鄭云　厲作也鄭説本爾雅釋詁古者砥礪勉勵皆作厲無作礪勵者厲本旱石引伸為勉厲厲作不獨鄭本作厲王孔本亦作厲也正義三説分三體淺人區別臆造如是蜀志劉先主傳先主上言漢帝曰在昔虞書敦敘九族庶明厲翼注云鄭曰厲作也厲夏本紀作高」と。

「知人則悊能官人安民則惠黎民懷之（哲知也無所不知故能官人惠愛也愛則民歸之也）」

「知人則哲能官人安民則惠黎民懷之（哲智也無所不知故能官人惠愛也愛則民歸之也）」

（北京大学本、一二三頁・上海図八行本、二六五頁）

「知人則喆（右に「哲下同」）能官人安民則惠𡰥懷出黎（哲知也無所不知故能官人惠愛也愛則民歸之也）」

（内野本、二四五頁）

「知人則喆（右に「哲」）能官人安𡰥（右に「民」）則惠黎𡰥（右に「民」）懷出（左に「之」）（哲知也無所不知故能官人惠愛也愛則民歸之也）」

（足利学校本、二五三頁・影天正本、二五九頁）

段玉裁云「漢書王莽傳陳崇張竦稱莽功德曰書曰知人則哲五行志曰書云知人則悊能官人武帝紀元狩元年詔曰朕聞咎繇對禹曰在知人知人則哲惟帝難之師古曰尚書咎繇暮載咎繇之辭也論衡定賢篇荅佞篇皆云書曰知人則哲惟帝難之是應篇經曰知人則哲惟帝難之」と。

「能悊而惠何憂乎讙（驩本作）**兜何遷乎有苗何畏乎巧言令色孔壬**（孔甚也壬佞也巧言靜言庸違也令色象恭滔天也禹言有苗讙兜之徒甚佞如此畏其亂政故遷放之）」

「能哲而惠何憂乎驩兜佞人亂真堯憂其敗政故流放之（これ『群書治要』は節略か）何遷乎有苗何畏乎巧言令色孔壬（孔甚也巧言靜言庸違令色象恭滔天禹言有苗讙兜之徒甚佞如此堯畏其亂政故遷放之）」

（北京大学本、一二四頁・上海図八行本、二六五頁）

「能喆而惠何憂乎鴅（左に「驩」）叟（左に「兜下同」）何䙴（左に「遷」）乎ナ苗何畏乎巧言令色孔仕（孔甚也壬佞也巧言靜言庸違令色象恭滔天也禹言有苗驩兜之徒甚佞如此尭畏其亂政故遷放之）」

（内野本、二四六頁）

「能喆而惠何憂乎鴅（左に「驩」）叟（左に「兜」）何䙴（右に「遷」）乎有苗何畏乎巧言令色孔任（孔甚也壬佞也巧言靜言庸違令色

象恭滔天也禹言有苗驩兜之徒甚佞如此堯畏其亂政故遷放之）」　（足利学校本、二五三頁）
「能喆而惠佇憂乎鴅（左に「驩」）兜（左に「兜」）何罨（右に「遷」）乎有苗何畏乎巧言令色孔任（孔甚也壬佞也巧言靜言庸違令色象恭滔天也禹言有苗驩兜之徒甚佞如此堯畏其亂政故遷放之）」　（影天正本、二五九頁）

益稷

「以五采彰施于五色作服汝明（天子服日月以下諸侯自龍袞以下上得兼下下下下（「下下」の右に二点、消し点ならん）不得僭上以五采明施于五色作尊卑之服汝明制之也）」
「以五采彰施于五色作服汝明（天子服日月而下諸侯自龍袞而下以下至黼黻士服藻火大夫加粉米上得兼下下下下不得僭上以五采明施于五色作尊卑之服汝明制之也）」　（北京大学本、一三九頁）
『群書治要』は、節略ならん。「下下」の二字なし。
「制之」の下「也」字なし。
「以五采彰施于五色作服汝明（天子服日月而下諸侯自龍袞而下上得兼下下下下不得僭上以五采明施于五色作尊卑之服汝明制之也）」　（内野本、二九三頁・上海図八行本、三二三頁）
「以五采彰施于五色作服汝明（天子服日月而下諸侯自龍袞而下上得兼下下下下不得僭上以五采明施于五色作尊卑之服汝明制之）」　（足利学校本、三〇五頁・影天正本、三一四頁）
「予欲聞六律五聲八音以出納五言汝聽（言欲以六律和聲音出納仁義禮智信五德之言施于民以成化汝當聽審之）」
「予欲聞六律五聲八音在治忽以出納五言汝聽」　（北京大学本、一三九頁・内野本以下、全て）
『群書治要』の節略か。それに伴い、注「在察天下治理及忽怠者又以」を節略するか。

「誰敢弗讓敢弗敬應（上唯賢是用則下皆敬應上命而讓善）」
「誰敢不讓敢不敬應（上惟賢是用則下皆敬應上命而讓善）」　（北京大学本、一四六頁）
「誰敢弗讓敢弗敬應（上唯賢是用則下皆敬應上命而讓善）」　（内野本、二九五頁・影天正本、三一五頁）
「誰敢弗（右に「不」）讓敢弗（左に「不」）敬應（上惟賢是用則下皆敬應上命而讓善）」　（足利学校本、三〇六頁）
「誰敢弗（右に「不」）讓敢弗（左に「不」）敬應（上唯賢是用則下皆敬應上命而讓善）」　（上海図八行本、三二四頁）
「無若丹朱奡（左に「傲今乍」）**惟嫚**（左に「慢本乍」）**遊是好**（丹朱堯子舉以戒也）」
「無若丹朱傲惟嫚遊是好」

ただし、『群書治要』左に「傲」と記し「今作」と。北京大学本校注に「傲、釋文云「傲五報反字又作奡說文夰部奡嫚也讀若傲則奡傲古字通徐鍇曰今文尙書作傲 則作奡者古文也」」と。

「無若丹朱慢惟媟遊是好（丹朱堯子擧以戒之）」

また『群書治要』同じく左に「慢」と記す。

「亡若丹朱奡惟愓遊是夻」

（北京大学本、一四七頁）

「亡若丹朱奡（左に「傲」）惟慢遊是夻（左に「好」）」

（内野本、二九五頁）

「亡（右に「無」）若丹朱奡惟慢遊是夻（左に「好」）」

（足利学校本、三〇六頁）

「亡若丹朱奡（右に「傲」）惟慢遊是夻」

（影天正本、三一五頁）

（上海図八行本、三二五頁）

段玉裁云「釋文曰傲字又作奡此本與說文合說文十篇夰部曰奡嫚也从夰从夰夰亦聲虞書曰若丹朱奡讀若傲論語奡盪舟玉裁按許所引壁中故書也朱依糸部則當作絑許君亦從今字作朱也奡蓋安國以今文讀之易為敖讀若傲之傲當作敖論語奡盪舟五字𢘊讀若敖之下蓋必有說謂左傳屈賦等皆作澆則論語作奡假借字也吳氏南英兩漢刊誤補遺乃云尙書丹朱奡是兩人南宮适言奡 盪舟則罔水行舟之事也蓋非是管子宙合篇若敖之𢘊 堯也房注敖堯子丹朱慢而不恭故曰敖引書無若丹朱 敖此天寶以前本不作傲之證也」

と。

「敖（下に「傲本作」）虐是作罔晝夜頟頟（敖戲而為虐無晝夜常頟頟肆惡不休息也）」

「傲虐是作罔晝夜頟頟（敖戲而為虐無晝夜常頟頟肆惡無休息也）」

（北京大学本、一四七頁）

校注に「傲虐是作岳本傲作敖按傲倨也五報反敖遊也五羔反傳釋傲虐云傲 戲而為虐釋文音五羔反則當作敖明矣釋文又云徐五報反則與上文傲字無別唐石經及近刻皆沿其誤薛氏古文訓兩句俱作奡 亦非也惟岳本得之」。

ただし、『群書治要』は眉欄に「無休息今注作」と。

「奡虐是作巳（左に「罔ま」）」晝夜頟二」

（内野本、二九五頁）

「奡（左に「傲」）虐是作巳（左に「罔」）昼夜頟二」

（足利学校本、三〇六頁・影天正本、三一五頁）

「鼻虐是作昼晝夜額人」（上海図八行本、三二五頁）

段玉裁云「釋文敖五羔反玉裁按傳云敖戲則其字本作敖可知也說文敖出游也徐仙民讀五報反者六朝時敖戲讀此音也衛包乃改為傲字」と。

「於予擊石拊石百獸攣儛庶尹允諧（尹正也衆正官之長信皆和諧言神人治始於任賢立政以禮治成以樂所以太平也）」

「於予擊石拊石百獸率舞庶尹允諧（尹正也衆正官之長信皆和諧言神人治始於任賢立政以禮治成以樂所以太平）」（北京大学本、一五三頁）

『群書治要』は「攣」の右に「率」の字あり。

「於予擊石拊石百獸術舞庹尹允諧（尹正也衆正官之長信皆和諧言神人治始於任賢立政以禮治成以樂所以太平也）」（内野本、二九九頁）

「於予擊石拊石百獸術（右に「率」）舞庶尹允諧（尹正也衆正官之長信皆和諧言神人治始於任賢立政以禮治成以樂所以太平也）」（足利学校本、三〇九頁・影天正本、三一八頁・上海図八行本、三二七）

「帝拜曰俞往欽哉（拜受其歌戒羣臣自今已往敬職事哉）」

「帝拜曰俞往欽哉（拜受其歌戒羣臣自今以往敬其職事哉）」（北京大学本、一五六頁・内野本、三〇一頁・足利学校本、三一〇頁・影天正本、三一九頁・上海図八行本、三二九頁）

『群書治要』は眉欄に「敬職事（本注如此）」と。

五子之歌

「太康尸位以逸悆（「豫今作」）（尸主也主以尊位爲逸逸不勤也）」

「太康尸位以逸豫」（北京大学本、二一一頁）

「逸本又作佾豫本又作忬音同」（『經典釋文』）

「太康尸位㠯逸悆（尸主也主以尊位爲逸豫不勤也）」（敦煌本（P.2533）、五一七頁）

「太康尸位以逸悆（右に「古豫字」）」（九条本、五二二頁）

「太康尸位㠯逸悆（左に「豫本或作杼」）（尸主也主以尊位爲逸豫不勤也）」（内野本、五二八頁）

「太康尸位以逸悆（左に「豫」）（尸主也主以尊位爲逸豫不勤也）」（足利学校本、五三三頁・影天正本、五三七頁）

「太康尸位㠯逸豫（尸主也主以尊位爲逸豫不勤也）」（上海図八行本、五四一頁）

「**倏**（左に「傒本作」）**于洛之汭五子咸怨**」
「傒于洛之汭五子咸怨」（北京大学本、二一一頁）
「傒于彔之汭メ子咸怨」（敦煌本（P.2533）、五一八頁）
「傒于洛之汭五子咸怨」（九条本、五二三頁）
「傒亐彔𡳿汭乄子咸怨」（内野本、五二九頁）
「傒于彔𡳿汭又子咸怨」（足利学校本、五三四頁・影天正本、五三八頁）
「待亐洛𡳿汭又子咸怨」（上海図八行本、五四二頁）

「**予視天下愚夫愚婦一能勝予**（言能敬畏小民所以得衆心也）」
「予視天下愚夫愚婦一能勝予（言能畏敬（右に「畏敬（本作）」）小民所以得衆心）」（『群書治要』・北京大学本、二一二頁・上海図八行本、五四二頁）
「予昕天丅愚夫愚婦一能勝予（言能敬畏小民所以得衆心也）」（敦煌本（P.2533）、五一八頁）
「予昕（右に「古視字」）天丅愚夫愚婦一能勝予（言能敬畏小民所以得衆心也）」（九条本、五二三頁）
「予昕（左に「視」）天丅愚夫愚婦一能勝予（言能敬畏小民所以得衆心也（左に「扌无」））」（内野本、五二九頁）
「予昕（左に「視」）天下愚夫愚婦一能勝予（言能敬畏小民所以得衆心也）」（足利学校本、五三四頁・影天正本、五三八頁）

「**予臨兆兆**（左に「懍本作」）**懔**（左に「懍本乍」）**乎若朽索之馭六畜**（「馬本作」）」
「予臨兆民懍乎若朽索之馭六馬」（北京大学本、二一二頁）
「予臨兆懔民虖若朽索馭六馬」（敦煌本（P.2533）五一九頁・九条本、五二四頁）
「予臨兆𠮚懍兮（左に「乎」）若朽索馭六馬」（内野本、五三〇頁）
「予臨兆𠮚懍乎若朽索馭六馬」（足利学校本、五三四頁）
「予臨兆民懍乎若朽索馭六馬」（上海図八行本、五三八頁）

「**為人上者柰何弗敬**（能敬則不驕在上不驕則高而不危）」
「為人上者柰何不敬」（北京大学本、二一二頁）
「為人丄者柰何弗敬」（敦煌本（P.2533）、五一九頁）（九条本、五二四頁・内野本、五三〇頁・足利学校本、五三四頁・上海図八行本、五四三頁）
「為人上者丄何不敬」（影天正本、五三八頁）

「甘酒嗜音峻寓（左に「宇本作」）**彫牆有一于此未或弗亡」**
「甘酒嗜音峻宇彫牆有一于此未或不亡」（北京大学本、二一三頁）
「冂酒嗜音峻寓彫牆又一于此未或弗亡」（敦煌本（P.2533）、五一九頁）
「甘酒嗜音峻寓彫牆又一于此未或弗亡」（九条本、五二四頁）
「甘酒嗜音峻宇彫牆ナ一亏此未或弗（左に「不扌」）亡」（内野本、五三〇頁）
「甘酒嗜音峻宇彫牆有一于此未或弗亡」（足利学校本、五三五頁）
「甘酒嗜音峻宇彫牆ナ一亏此未或弗亡」（上海図八行本、五四三頁）

「荒墜厥緒覆宗絕祀（言古制存而太康失其業以亡）**」**
「荒墜厥緒覆宗絕祀（言古制存而太康失其業以取亡）」（北京大学本、二一四頁）
「巟墜㫐緒覆宗盭祀（言古制存而太康失其業以亡）」（敦煌本（P.2533）、五二〇頁）
「巟隊年緒覆宋盭祀」（九条本、五二五頁）
「荒墜亣（左に「厥」）緒覆宗㡭（左に「絶」）𤇾（左に「祀」）（言古制存而太康失其業以取（「扌ナ」亡））」（内野本、五三一頁）
「荒墜亣緒覆宗盭（左に「絶」）𤇾（左に「祀」）（言古制存而太康失其業以取亡）」（足利学校本、五三五頁・影天正本、五三九頁）
「荒墜亣緒覆宗㡭𤇾（言古制存而太康失其業以取亡）」（上海図八行本、五四四頁）

「其五曰爲虖曷歸予懷之悲」
「其五曰嗚呼曷歸予懷之悲」（北京大学本、二一五頁）
北京大学本校注に「嗚呼曷歸按顏師古匡謬正俗云嗚呼歎辭也或嘉其美或傷其悲古文尚書悉為於戲字今文尚書悉為嗚呼字段玉裁云古今二字互譌以蔡邕石經殘字皆作於戲知之石經系今文也」と。
「亓乂曰於虖曷歸予予褱之悲」（敦煌本（P.2533）、五二〇頁・九条本、五二五頁）
「亣乂曰於虖曷歸予褱（左に「懷」）𢘅悲」（内野本、五三一頁）
「开乂曰於（左に「嗚」）虖（左に「呼」）曷歸予懷之悲」

（足利学校本、五三五頁）
「开又曰於（左に「嗚」）虖（左に「呼」）曷帰予褱之悲」
（影天正本、五三九頁）
「兀又曰於虖曷帰予帰屮悲」（上海図八行本、五四四頁）

仲虺之誥

「**仲虺乃作誥**（陳義告湯可無慙也）」
「仲虺乃作誥（陳義誥湯可无慙）」（北京大学本、二三四頁）
「仲虺乃作誥（陳義無湯可無慙也）」
（九条本、六三一頁・内野本、六三六頁・足利学校本、六四三頁・影天正本、六四九頁）
「仲虺乃作誥（陳義无湯可無慙也）」（上海図八行本、六五三頁）
「**曰烏虖惟天生民有欲无主乃亂**」
「曰嗚呼惟天生民有欲无主乃亂」
（北京大学本、二三三頁）
「曰嗚呼惟天生民又欲亡主乃𤔔」（九条本、六三一頁）
「曰嗚呼惟天生民又欲亡主乃率」（内野本、六三六頁）
「曰嗚呼惟天生民ナ欲無主廼（左に「乃」）率（左に「乱」）」
（足利学校本、六四四頁・影天正本、六四九頁）
「曰嗚呼惟天生民有欲無主廼率」
（上海図八行本、六五三頁）
「**惟生聰明時乂**」
「惟天生聰明時乂」（北京大学本、二三四頁）
「惟生聰明旹乂」（九条本、六三一頁）
「惟天生聰明旹乂」
（内野本、六三六頁・足利学校本、六四四頁・影天正本、六四九頁・上海図八行本、六五三頁）
「**有夏昏徳民墜塗炭**（左に「炭」）（夏桀闇乱不恤下民民之危險若陥泥墜火無救之者）」
「有夏昏徳民墜塗炭（夏桀昏亂不恤下民民之危險若陥泥墜火無救之者）」
（北京大学本、二三四頁・上海図八行本、六五三頁）
「又夏昏悳民墜塗炭（夏桀闇乱不恤下民民之危險若陥泥墜火無救之者）」
（九条本、六三一頁）
「ナ夏昏（以下誤写にて脱文）」（内野本、六三六頁）
「ナ夏昏徳民墜塗炭（夏桀昏亂不恤下民民之危險若陥泥墜火無救之者）」
（足利学校本、六四四頁）

「ナ夏昏𢓊民墜塗炭（夏桀昏亂不恤下民民之危險若陥泥墜火無救之者）」（影天正本、六四九頁）

「惟王弗迩聲色弗殖貨利」

「惟王不邇聲色不殖貨利」（北京大学本、二三五頁）

北京大学本「不」に阮校として「按篇題疏引此句不作弗與古本合」と。

「惟王弗迩聲色弗殖貨利」（九条本、六三三頁・足利学校本、六四五頁）

「惟王弗邇聲色弗殖貨利」（内野本、六三七頁）

「惟王弗迩𢙢弗殖貨利」（影天正本、六五〇頁）

「惟王弗邇声色不殖貨利」（上海図八行本、六五五頁）

「德楙（「懋（本作）」）楙官功楙楙賞用人惟己改過弗考」（右に「吝」）（勉於德者則勉之以官勉於功者亦勉之以賞用人之言若自己出有過則改无所 恡惜所以能成王業者也）」

「德懋懋官功懋懋賞用人惟己改過不吝（勉於德者則勉之以官勉於功者亦勉之以賞用人之言若自己出有過則改無恡惜所以能成王業）」（北京大学本、二三五頁）

「德楙〻官切楙〻賞用人惟己改過弗吝（勉於悳者則勉之以官勉於功者亦勉之以賞用人之言若自己出有過則改无所吝惜所以能成王業之也）」（九条本、六三三頁）

「悳懋〻官懋〻賞■（不明）人惟己改過弗吝（勉於德者則勉之以官勉於功者則勉之以賞用人之言皆若自己出有過則改無所吝惜所以能成王業也）」（内野本、六三九頁）

「徳懋〻官懋〻賞用人惟己改過弗吝（勉於𢓊者則勉之以官勉於功者則勉之以賞用人之言皆若自己出有過則改无所吝惜所以能成王業也）」（足利学校本、六四五頁）

「徳懋〻官懋〻賞用人惟己改過弗吝（勉於𢓊者則勉之以官勉於功者則勉之以賞用人之言皆若自己出有過則改无所吝惜所以能威王業也）」（影天正本、六五〇頁）

「徳懋〻官懋〻賞用人惟己改過不吝（勉於德者則勉之以官勉於功者則勉之以賞用人之言皆若自己出有過則改无所吝惜所以能成王業也）」（上海図八行本、六五五頁）

「右（左に「佑（本）」）賢輔德顯忠進良」

「佑顯忠遂良」（北京大学本、二三五頁）

「右畝牖悳■（不明）忠遅良」（九条本、六三四頁）

「右賢輔德顯忠逄（左に「遂」）良」（内野本、六四〇頁・足利学校本、六四六頁）

「佑賢輔𢓊顯忠逄（左に「遂」）良」（影天正本、六五一頁）

「各賢輔悳顯忠遼良」（上海図八行本、六五六頁）

「德日新萬邦惟懷志自滿九族乃離」

「德日新萬邦惟懷志自滿九族乃離」

（北京大学本、二三六頁）

「德日新万邦惟褢志自滿九宊乃離」（九条本、六三四頁）

「德日新萬邦惟褢（左に「懐」）志自■（判読不能）九宊（左に「族」）乃離」（内野本、六四〇頁）

「德日新万邦惟褢志自滿九宊（左に「族」）乃離」（足利学校本、六四六頁・影天正本、六五一頁）

「德日新萬邦惟褢志自滿九宊乃離」（上海図八行本、六五六頁）

「王楙（左に「懋」）**照大德建中于民以義制事以禮制心垂裕後昆**（欲王自勉明大德立大忠之道於民率義奉礼垂優足之道示後世之也）」

「王懋昭大德建中于民以義制事以禮制心垂裕後昆（欲王自勉明大德立大忠之道於民率義奉禮垂優足之道示後世）」（北京大学本、二三七頁）

北京大学本校注に『經典釋文』を引いて「中如字中或作忠非」と。

「王懋昭〻（破損）德逹（左に「建」）中亐𢀖昌誼（左に「義」）■（破損）事昌禮制心𠂹（左に「垂」）衺（左に「裕」）後昆（欲王自勉明大德立大中之道於民率義奉禮垂優足之道示後世）」（内野本、六四一頁）

「王懋昭大德建中亐𢀖昌誼（左に「義」）制昌礼制心𠂹（左に「垂」）衺（左に「裕」）後昆（欲王自勉明大德立大中之道於民率義奉禮垂優足之道示後世）」（足利学校本、六四六頁・影天正本、六五一頁）

「王懋昭大德建中亐民昌誼制叓昌禮制心𠂹衺後昆（欲王自勉明大德立大中之道於民率義奉禮垂優足之道示後世）」（上海図八行本、六五六頁）

湯誥

「肆台小子將天命明威弗敢赦」

「肆台小子將天命明威不敢赦」（北京大学本、二三八頁）

北京大学本校注に「唐石經作弗」と。

「肆台小子將天命明畏（左に「威」）不敉（左に「敢」）赦」（内野本、六七〇頁・足利学校本、六七五頁・影天正本、六七九頁）

「肆台小子將天𠕋明畏（右に「威」）弗敢赦」（上海図八行本、六八三頁）

「予一人有罪無以爾万方」

「予一人有罪無以爾萬方」（北京大学本、二四〇頁）

「予一人ナ辠亡尒万方」（内野本、六七三頁・足利学校本、六七七頁・影天正本、

六八一頁）

「予一人有辠亡㠯尒萬方」（上海図八行本、六八五頁）

伊訓

「曰爲虖古有夒先后方懋厥德罔有天災（先君謂禹以下少康以上賢王言能以德櫰灾也）」

「曰嗚呼古有夏先后方懋厥德罔有天災（先君謂禹以下少康以上賢王言能以德穰災也）」（北京大学本、二四三頁）

「曰嗚（左に「鳥」）呼（左に「乎本」）古ナ夏先后方懋弌悳亡（左に「罔」）有天𡿧（先君謂禹以下少康以上賢王言能以德穰災也）」（内野本、六九六頁）

「曰嗚呼古有𡕒先后方懋弌悳亡（右に「罔」）有天𡿧（左に「災」）（先君謂禹以下少康以上賢王言能以德穰災也）」（足利学校本、七〇三頁・影天正本、七〇八頁）

「曰嗚呼古有夏先后方懋戎徳亡有天𡿧（先君謂禹以下少康以上賢王言能以德穰災也）」（上海図八行本、七一三頁）

「于其子孫弗率皇天降灾假手于我有命（言桀不循其祖道天下禍災借手於我有命商王誅討之也）」

「于其子孫弗率皇天降災假手于我有命（言桀不循其祖道故天下禍災借手於我有命商王誅討之）」（北京大学本、二四三頁）

「亐亣子孫弗率皇天降𡿧假手亐我ナ命（言桀不循其祖道故天下禍災借手於我有命商王誅討之也）」（内野本、六九七頁）

「亐（左に「于」）亣（左に「其」）子孫弗率皇天降𡿧（左に「災」）㑽（左に「假」）手亐我有命（言桀不循其祖道故天下禍災借手於我有命商王誅討之也）」（足利学校本、七〇三頁）

「亐（左に「于」）亣（左に「其」）子孫弗率皇天際𡿧㑽手亐我有命（言桀不循其祖道故天下禍災借手於我有命商王誅討之也）」（影天正本、七〇八頁）

「亐开子孫弗率皇天降𡿧假手亐我有命（言桀不循其祖道故天下禍災借手於我有命商王誅討之也）」（上海図八行本、七一三頁）

「惟我商王布昭聖武代虐以寛兆民允懷」

「惟我商王布昭聖武代虐以寛兆民允懷」（北京大学本、二四三頁）

「惟我商王布昭聖武代虐㠯寛兆㞒允褱（左に「懷」）」（内野本、六九七頁）

「惟我商王布昭垩武代虐㠯寛兆民允褱（左に「懷」）」（足利学校本、七〇三頁・影天正本、七〇八頁）

「惟我商王布昭聖武代虐㠯寛兆民允懷」

（上海図八行本、七一四頁）

「今王嗣厥悳冈弗在初（言善惡之由無不在初欲其慎始也）」

「今王嗣厥德罔不在初」（北京大学本、二四三頁）

「今王孠弌悳亡■（破損）在初」（内野本、六九七頁）

「今王孠弌德宦弗在初」

（足利学校本、七〇三頁・影天正本、七〇八頁）

「今王孠弌德宦（右に「罔」）不在初」

（上海図八行本（七一四頁）

「立愛惟親立敬惟長始于家邦終于四海（言立愛敬之道始於親長則家國化並終洽四海也）」

「立愛惟親立敬惟長始于家邦終于四海（國並化終洽四海）」

（北京大学本、二四三頁）

北京大学本校注に「洽字原作治按阮校各本治作洽案洽字是也疏乃洽于四海同據改」と。

「立愛惟親立敬惟兵（左に「長」）乱（左に「始」）亐家邦㬥（左に「終」）亐三桒（國並化終治四海也（「扌无」））」

（内野本、六九八頁）

「立愛惟親立敬惟兵（左に「長」）乱（左に「始」）亐（左に「于」）家邦㬥（左に「終」）亐三桒（國並化終洽四海也）」

（足利学校本、七〇四頁・影天正本、七〇九頁）

「立愛惟親立敬惟兵乱亐家邦㬥于四海（國並化終洽四海也）」

（上海図八行本、七一四頁）

「爲虖先王（中略）**敷求悊人俾輔于爾後嗣」**

「嗚呼先王敷求哲人俾輔于爾後嗣」

（北京大学本、二四四頁）

「■（破損）乎（左に「呼」）旉求喆人俾輔亐爾後孠」

（内野本、六九八頁）

「嗚呼先王旉求誩（右に「哲」）人俾輔亐（左に「于」）孠后（左に「後」）孠（左に「嗣」）」

（足利学校本、七〇四頁・影天正本、七〇九頁）

「嗚呼先王旉求誩（右に「哲」）人俾輔兮爾後孠」

（上海図八行本、七一四頁）

「制官以刑儆于有位（言湯制治官刑法儆戒百官也）」

「制官刑儆于有位（言湯制治官刑法儆戒百官）」（北京大学本、二四四頁）

「制官以刑儆亐ナ位（言湯制治官刑法儆戒百官也（扌无））」（内野本、六九九頁）

「制官以刑儆亐（左に「于」）ナ（左に「有」）位（言湯制治官刑法儆戒百官也）」（足利学校本、七〇四頁）

「制官以刑儆亐（左に「于」）ナ位（言湯制治官刑法儆戒百官也）」（影天正本、七〇九頁）

「制官以刑儆亐有位（言湯制治官刑法儆戒百官也）」（上海図八行本、七一五頁）

「曰敢有恒舞于宮酣歌于室時謂巫風」

「曰敢有恒舞于宮酣歌于室時謂巫風」（北京大学本、二四四頁）

「曰敄ナ恒𦐇（左に「舞」）亐宮酣哥亐宮（左に「室扌」）旹謂巫風」（内野本、六九九頁）

「曰敄（右に「敢」）ナ（左に「有」）恒翌酣宮酣哥亐室旹謂巫凡（左に「風」）」（足利学校本、七〇四頁）

「曰𦐇（右に「敢」）ナ恒翌亐宮酣哥亐室旹謂巫风」（影天正本、七〇九頁）

「曰敄有恒𦐇亐宮酣哥亐宮旹謂巫滛風」（上海図八行本、七一五頁）

「敢有殉于貨色恒于遊田（右に「畋本」）時謂淫風（殉求也味求財貨美色味常遊戲田獵是淫過之風俗）」

「敢有殉于貨色恒于遊畋時謂淫風（殉求也味求財貨美色味常遊戲畋獵是淫過之風俗）」（北京大学本、二四四頁）

「敄ナ殉亐貨色恒亐遊畋旹謂淫風（殉求也味求財貨美色味常遊戲畋獵是淫過之風俗）」（内野本、六九九頁）

「敄（左に「敢」）ナ（左に「有」）殉亐貨色恒亐遊畋旹謂淫風（殉求也味求財貨美色味常遊戲畋獵是淫過之風俗）」（足利学校本、七〇四頁）

「敄ナ（右に「有」）殉亐貨色恒亐遊畋旹謂淫風（殉求也味求財貨美色味常遊戲畋獵是淫過之風俗）」（影天正本、七〇九頁）

「敄有殉亐貨色恒亐遊畋旹謂淫風（殉求也味求財貨美色味常遊戲畋獵是淫過之風俗）」（上海図八行本、七一五頁）

阮元校勘記に「一切經音義卷一云尚書狥于貨色注云狥干求也凡元應所引尚書注不出姓名者皆孔傳也」と。また『經典釋文』に「畋音田」と。

「敢有侮聖言逆忠直遠耆德比頑童時謂亂風（狎侮聖人之言而不行拒

逆忠直之規而不納耆年有德疏遠之童稚頑嚚親比之是謂荒亂之風俗也）」

「敢有侮聖言逆忠直遠耆德比頑童時謂亂風（狎侮聖人之言而不行拒逆忠直之規而不納耆年有德疎遠之童稚頑嚚親比之謂荒亂之風俗）」（北京大学本、二四四頁）

「敎ナ侮聖言逆忠直遠耆德比頑童旹謂乳（左に「乱」）風（狎侮聖人之言而不行拒逆忠直之規而不納耆年有德疏遠之童稚頑嚚親比之是謂荒亂之風俗也（左に「扌无」））」（内野本、六九九頁）

「敎ナ侮垩言逆忠直遠耆德比頑童旹謂乱風（狎侮聖人之言而不行拒逆忠直之規而不納耆年有德疏遠之童稚頑嚚親比之是謂荒亂之風俗也）」（足利学校本、七〇五頁・影天正本、七一〇頁）

「敎有侮垩言逆忠直遠耆德比頑童旹謂乱風（狎侮聖人之言而不行拒逆忠直之規而不納耆年有德疏遠之童稚頑嚚親比之是謂荒亂之風俗也）」（上海図八行本、七一五頁）

「惟茲三風十僁（右に「愆今作」）**卿士有一于身家必喪」**

「惟茲三風十愆卿士有一于身家必喪」（北京大学本、二四四頁）

「惟茲三風十愆今卿士ナ一亐身家必噐（左に「喪」）」（内野本、七〇〇頁）

「惟茲三風十愆卿士有一亐身家必噐」（足利学校本、七〇五頁・影天正本、七一〇頁・上海図八行本、七一五頁）

「臣下弗匡其刑墨具」

「臣下不匡其刑墨具」（北京大学本、二四五頁）

「臣丅弗匡諅刑墨具」（内野本、七〇〇頁・影天正本、七一〇頁）

「臣下弗（右に「不」）匡亓刑墨具」（足利学校本、七〇五頁）

「臣丅弗匡亓刑墨具」（上海図八行本、七一六頁）

「惟上帝弗常作善降之百祥作不善降之百殃（祥善也天之禍福唯善惡所在不常在一家也）**」**

「惟上帝不常作善降之百祥作不善降之百殃（祥善也天之禍福惟善惡所在不常在一家）」（北京大学本、二四六頁）

「惟丄帝弗常作善降出百䍧作不善降出百殃（祥善也天之禍福唯善惡所在不常在一家也（左に「扌无」））」（内野本、七〇〇頁）

「惟上帝弗（左に「不」）常作善降出百䍧（左に「祥」）作不善降出百殃（祥善也天之禍福惟善惡所在不常在一家也）」（足利学校本、七〇五頁）

「惟上帝弗常作善降百䍧（左に「祥」）作不善降出百殃

(祥善也天之禍福惟善惡所在不常在一家也)」（影天正本、七一〇頁）

「惟上帝弗常作善降之百祥作不善降之百殃(祥善也天之禍福唯善惡所在不常在一家也)」（上海図八行本、七一六頁）

「爾惟悳冈小万邦惟慶(修德無小則天下頼慶也)」

「爾惟德罔小萬邦惟慶(修德無小則天下賚慶)」（北京大学本、二四六頁）

北京大学本校注に「賚慶、阮校「按釋文云賚力代反是陸氏本作賚也疏云德雖小猶萬邦賴慶是孔氏本作賴也似當以賴為正賴慶謂一人有慶兆民賴之若作賚慶則賚解矣」と。

「爾惟悳它小萬邦惟慶(修德無小則天下賴慶也(左に「扌无」))」（内野本、七〇一頁）

「尒惟悳㒺(右に「罔」)小万邦惟慶(修德無小則天下賚慶)」（足利学校本、七〇六頁・影天正本、七一一頁）

「尒惟德㒺小萬邦惟慶(修德無小則天下賴慶也)」（上海図八行本、七一六頁）

「爾惟弗德冈大墜厥宗」

「爾惟不德罔大墜厥宗」（北京大学本、二四六頁）

「爾惟弗悳它大墜弌宗」（内野本、七〇一頁）

「尒惟弗（左に「不」）悳㒺大墜戎宗」（足利学校本、七〇六頁）

「尒惟不悳㒺大墜戎宗」（影天正本、七一一頁）

「尒惟弗德㒺大墜戎宗」（上海図八行本、七一六頁）

太甲上

「太甲既立弗明」

「太甲既立不明」（北京大学本、二四七頁・上海図八行本、七五〇頁）

「太甲旡（左に「既」）立弗明」（内野本、七三〇頁）

「太甲既立弗明」（天理本、七三六頁）

「太甲旡立弗明」（足利学校本、七四二頁）

「太甲旡立弗（左に「不」）明」（影天正本、七四六頁）

太甲中

「予小子弗明于德自底弗類」

「予小子不明于德自底不類」（北京大学本、二五一頁）

「予小子弗明丂悳自厎弗臂（左に「類」）」（内野本、七六六頁）
「予小子弗明于悳自厎弗類」（天理本、七七〇頁）
「予小子弗明丂（左に「于」）德自厎弗臂（左に「類」）」（足利学校本、七七三頁）
「予小子弗（左に「不」）明丂德自厎弗臂（左に「類」）」（影天正本、七七六頁）
「予小子弗明丂德自厎弗臂」（上海図八行本、七八〇頁）

「天作糵猶可違自作糵弗可逭」
「天作孽猶可違自作孽不可逭」（北京大学本、二五二頁）
「天作孽猶可違自作孽弗可逭」（内野本、七六六頁・天理本、七七〇頁・足利学校本、七七四頁・影天正本、七七七頁・上海図八行本、七八〇頁）

「伊尹拜手稽首（拜君至首也）**」**
「拜手首至手」（北京大学本、二五二頁）
この『群書治要』の注無し。内野本以下もこの伝無し。

「先王子惠困窮民服厥命罔有弗悦（言湯子愛困窮之人使皆得其所故民心服其教命無有不欣喜）**」**
「先王子惠困窮民服厥罔有不悦（言湯子愛困窮之人使皆得其所故民心服其教令無有不忻喜）」（北京大学本、二五三頁）
「先王子惠禾（左に「困」）窮区服丘命乇ナ弗兊（左に「悦」）」（内野本、七六七頁）
「先王子惠困窮民服厥命罔有弗悦」（天理本、七七一頁）
「先王子惠禾（左に「困」）窮区服亓侖亯（左に「罔」）有弗逆（左に「悦」）」（足利学校本、七七四頁・影天正本、七七七頁）
「先王子惠禾（左に「困」）窮区服开侖亯有弗逆」（上海図八行本、七八〇頁）

「朕美王之休無斁（王所行如此則我兼王之美無厭也）**」**
「朕承王之休無斁（王所行如此則我兼王之災無斁）」（北京大学本、二五三頁）
北京大学本校注に阮校を引き「承王之災無斁各本災作美案美字是也古本岳本宋本纂傳斁作厭釋文有厭於豔反」と。

「般羕王出休亡斁（美無厭也（左に「才无」））」（内野本、七六八頁）
「朕羕王之休亡斁（美無厭也）」（天理本、七七二頁）
「般羕王之休亡斁（美无厭也）」（足利学校本、七七五頁・影天正本、七七八頁・上海図八行本、七八一頁）

太甲下

「伊尹申誥于王曰烏虖惟天無親克敬惟親（言天於人無所親疏唯親能敬身者）」
「伊尹申誥于王曰嗚呼惟天無親克敬惟親（言天於人無有親疏惟親能敬身者）」（北京大学本、二五四頁）
「伊尹申誥亐王曰烏（左に「嗚」）乎（左に「呼」）惟天亡親克敬惟親（言天於人無所有親疏唯（左に「惟才」）親能敬身者者也（左に「才无」））」（内野本、七九一頁）
「伊尹申誥于王曰烏虖惟天無親克敬惟親（言天於人無所（左に「有才」）親疏惟（右に「唯」）親能敬身者者也）」（天理本、七九五頁）
「伊尹申誥亐王曰嗚呼惟天亡親克敬惟親（言天於人无所（右に「有」）親疏惟親能敬身者者也）」（足利学校本、七九九頁）
「伊尹申誥亐王曰嗚呼惟天亡親克敬惟親（言天於人无所（右に「有」）親疏惟親能敬身者者也）」（影天正本、八〇二頁）
「伊尹申誥兮王曰嗚呼惟天亡親克敬惟親（言天於人无所親疏唯親能敬身者也）」（上海図八行本、八〇五頁）

「民無常懐懐于有仁」
「民罔常懐懐于有仁」（北京大学本、二五四頁）
「叵亡常裛ゝ亐ナ仁」（内野本、七九一頁）
「民冈常懷ゝ于有仁」（天理本、七九五頁）
「叵（左に「民」）亯（左に「罔」）裛（左に「懷」）ゝ亐（左に「于」）ナ（左に「有」）仁」（足利学校本、七九九頁）
「叵（左に「民」）亯（左に「罔」）裛（左に「懷」）ゝ亐ナ仁」（影天正本、八〇二頁）
「民亡常裛ゝ兮有仁」（上海図八行本、八〇五頁）

「與治同道冈弗興與亂同事冈弗亡」
「與治同道罔不興與亂同事罔不亡」（北京大学本、二五四頁）
「與治同道亡弗興与乱同事亡弗亡」（内野本、七九二頁）
「與治同道兦弗興与亂同事兦弗亡」（天理本、七九六頁）
「与治同道亯弗興与乱同叓亯弗亡」

（足利学校本、七九九頁・影天正本、八〇二頁）
「𠀤治同道㠩弗奥与乱同叓罔不亡」
（上海図八行本、八〇六頁）

咸有一徳

「曰烏虖天難諶命靡常」
「曰嗚呼天難諶命靡常」（北京大学本、二五七頁）
「曰烏（左に「嗚」）虖（左に「呼」）天難諶命靡常」
（内野本、八一六頁・足利学校本、八三一頁）
「曰烏虖天難忱命靡常」（天理本、八二二頁）
「曰烏（左に「嗚」）虖（左に「呼」）天難諶命靡常」
（影天正本、八三六頁）
「曰烏呼天難諶命靡常」（上海図八行本、八四一頁）

「常厥悳保厥位厥德逥（左に「匪」）常九有以亡」
「常厥德保厥位厥德匪常九有以亡」
（北京大学本、二五七頁・上海図八行本、八四一頁）
「常亓悳保亓位亓悳匪常九ナ㠯亡」（内野本、八一六頁）
「常厥悳保厥位厥悳逥常九有以亡」（天理本、八二二頁）

「常亣（左に「其」）悳保亓（左に「厥」）位亓悳匪常九ナ（左に「有」）㠯亡」
（足利学校本、八三一頁）
「常亣（左に「其」）亓保亓（左に「厥」）位悳（左に「厥」）悳匪常九ナ㠯亡」
（影天正本、八三六頁）

「眘求一悳俾作神主（天求一悳使代桀為天地神祇之主）」
「眘求一德俾作神主（天求一悳使伐桀為天地神祇之主）」
（北京大学本、二五七頁）
「眘求一悳俾作神主（天求一悳使伐桀為天地神祇之主）」（内野本、八一六頁）
（天理本、八二三頁・足利学校本、八三二頁・影天正本、八三七頁）
「眘求一德俾作𥘉主（天求一悳使伐桀為天地神祇之主）」
（上海図八行本、八四一頁）

「惟尹躬㬎（左に「曁扌本」）湯咸有一悳克享天心受天明命」
「惟尹躬曁湯咸有一德克享天心受天明命」
（北京大学本、二五七頁・上海図八行本、八四二頁）
「惟尹躬㬎（左に「曁」）湯咸有一悳克享天心受天明命」

（内野本、八一六頁・足利学校本、八三二頁・影天正本、八三七頁）

「惟尹躳臮湯咸有一悳克享天心受天明命」

（天理本、八二三頁）

「非天私我有商惟天祐于一悳」

「非天私我有商惟天佑于一徳」

（北京大学本、二五八頁・上海図八行本、八四二頁）

「非天私我𠂇商惟天右（佑）于一悳」（内野本、八一七頁）

「非天私我有商惟天右于一悳」（天理本、八二四頁）

「非天私我有商惟天佑亐一悳」

（足利学校本、八三二頁・影天正本、八三七頁）

「悳惟一動巳弗吉徳二三動冈弗凶惟吉凶不僭在人惟天降灾祥在徳（行善則吉行惡則凶是不差也悳壹天降之福不壹天降之災是在德也）」

「德惟一動罔不吉德二三動罔不凶惟吉凶不僭在人惟天降災祥在德（行善則吉行惡則凶是不差也德一天降之善不一天降之災是在德）」

（北京大学本、二五八頁・上海図八行本、八四二頁）

「悳惟一蝩（左に「動」）宅弗吉徳二三蝩宅弗凶惟吉凶弗僭在人惟天降灸（左に「災」）祥在悳（行善則吉行惡則凶是不差也德一天降之善不一天降之災是在德之（扌无））」

（内野本、八一七頁）

「悳惟一動冈弗吉悳二三動冈弗凶惟吉凶不僭在人惟天降灾祥在悳（行善則吉行惡則凶是不差也德壹天降之善不壹天降之災是在德也）」

（天理本、八二四頁）

「德惟一幢（左に「動」）宧（左に「罔」）弗（左に「不」）吉徳二三幢宧弗凶惟吉凶弗僭在人惟天降灸（右に「災」）祥在悳（行善則吉行惡則凶是不差也㐌一天降之善不一天降之災是在德也）」

（足利学校本、八三二頁・影天正本、八三七頁）

「無自廣以狹人辺夫辺婦弗獲自盡民主冈與成厥功」

「無自廣以狹人匹夫匹婦不獲自盡民主罔與成厥功」

（北京大学本、二六一頁・上海図八行本、八四四頁）

「橆自廣㠯狹人匹夫匹婦弗獲自盡𡰥主宅與戚丘珍（左に「功」）」

（内野本、八二〇頁）

「無自廣以狹人辺夫辺婦弗獲自盡民主冈與成厥功」

（天理本、八二七頁）

「無自廣㠯狹人匹夫匹婦弗獲自尽𡰥（左に「民」）主宧与戚（左に「成」）丘（左に「厥」）功」

（足利学校本、八三四頁・影天正本、八三九頁）

説命上

「使百工營求諸野得諸傳巖（使百工以所夢之形象經營求之於外野得之於傳巖之谿也）」

「使百工營求諸野得諸傳巖（使百官以所夢之形象經求之於野得之於傳巖之谿）」

（北京大学本、二九二頁）

阮元「閩本明監本葛本同岳本纂傳經下有營字野上有外字毛本同」と。

「岺百工營求諸埜𡬶諸傳巖（使百官以所夢之形象經營求之於外野得之於傳巖之谿也）」

（敦煌本（P.2516）、一〇五一頁）

「岺百工營求彭埜𡬶彭傳巖（使百官以所夢之形象營求之於外野得之於傳巖之谿也）」

（敦煌本（P.2643）、一〇五五頁）

「岺百工營求彭埜𡬶彭傳巖（使百官以所夢之形象經營求之於外野得之於傳巖之谿也）」

（岩崎本、一〇五九頁）

「岺（左に「使」）百工營求彭（左に「諸」）埜𡬶帳傳巖（使百官以所夢之形象經營求之於外野得之於傳巖之谿也）」

（内野本、一〇六四頁・元亨本、一〇七〇頁）

「使百工營求諸埜得諸傳岩（使百官以所夢之形象經營求之於外野得之於傳巖之谿也）」

（足利学校本、一〇七六頁・影天正本、一〇八〇頁）

「使百工營求諸埜淂諸傳巖（使百官以所夢之形象經營求之於外野得之於傳巖之谿也）」

（上海図八行本、一〇八三頁）

「惟宸乃僚罔弗同心以迋乃辟（與汝並官皆當唱率無不同心以匡正汝君也）」

「惟曁乃僚罔不同心以匡乃辟（與汝並官皆當倡率無不同心以匡正汝君也）」

（北京大学本、二九五頁）

「惟泉乃僚亡弗同心㠯匩乃侲（與汝並官皆當倡率無不同心以匡正汝君也）」

（敦煌本（P.2516）、一〇五三頁）

「惟宸乃僚亡弗同心㠯匩乃侲（與汝並官皆當倡率無不同心以匡正汝君也）」

（敦煌本（P.2643）、一〇五七頁）

「惟泉乃偺亡弗同心㠯匩乃侵（與汝並官皆當倡率無不同心以匡正汝君也）」

（岩崎本、一〇六二頁）

「惟泉廼僚亡弗同心㠯匡廼侵（左に「辟」）（與汝並官皆當倡率無不同心以匡正汝君也）」

（内野本、一〇六八頁）

「惟泉乃僚亡弗同心以匩乃侲（與汝並官皆當倡率無不同心以匡正汝君也）」

（元亨本、一〇七三頁）

「惟泉（左に「曁」）廼（左に「乃」）僚亡弗（左に「不」）同心㠯匡廼（左に「乃」）侵（左に「辟」）（與汝並官皆當倡率無不同心以匡正汝君也）」

（足利学校本、一〇七八頁）

「惟泉（左に「暨」）廼（左に「乃」）僚亡（左に「罔」）弗（左に「不」）同心吕匡廼（右に「乃」）侵（左に「辟」）（與汝並官皆當倡率無不同心以匡正汝君也）」（影天正本、一〇八二頁）
「惟暨廼僚亡弗同心以匡廼辟（與汝並官皆當倡率無不同心以匡正汝君也）」（上海図八行本、一〇八六頁）

「**后克聖臣弗命其羕**」
「后克聖臣不命其承」（北京大学本、二九五頁）
「石克聖臣弗命亣承」（敦煌本（P.2516）、一〇五四頁）
「君克聖臣弗命亣承」（敦煌本（P.2643）、一〇五八頁）
「后克聖臣弗命其羕」（岩崎本、一〇六二頁・内野本、一〇六八頁・元亨本、一〇七四頁）
「后克垩臣弗（左に「不」）命其羕」（足利学校本、一〇七八頁・影天正本、一〇八二頁）
「后克聖臣弗奐其羕」（上海図八行本、一〇八六頁）

「**誰敢弗祗若王之休命**」
「疇敢不祗若王之休命」（北京大学本、二九五頁）
「訔叡弗祗若王之休命」（敦煌本（P.2516）、一〇五四頁・敦煌本（P.2643）、一〇五八頁）
「訔敎弗祏若王砦火休命」（岩崎本、一〇六二頁）
「鬳（左に「疇」）敎弗祗若王出休命」（内野本、一〇六八頁）
「訔敎弗卮若王之休命」（元亨本、一〇七四頁）
「翟（左に「疇」）敢弗祗若王之休命」（足利学校本、一〇七八頁・影天正本、一〇八二頁）
「疇敢弗祗若王之休奐」（上海図八行本、一〇八六頁）

説命中

「**乃進于王曰爲虖明王奉若天道建邦設都**」
「乃進于王曰嗚呼明王奉若天道建邦設都」（北京大学本、二九五頁・足利学校本、一一一八頁・影天正本、一一二二頁・上海図八行本、一一二五頁）
「乃進于王曰烏虖明王奉若天道建邦設都」（敦煌本（P.2643）、一一〇一頁）
「乃進亐王粤爲虖明王奉若天道建邦設都」

（岩崎本、一一〇五頁）
「廼進亏王曰烏虖明王奉若天道建邦設都」（内野本、一一〇九頁）
「乃進于王曰烏乎明王奉若天道建邽（左に「邦」）設都」（元亨本、一一一三頁）
「弗惟逸豫惟以乱民（不使有位者逸豫於民上也言立之主使治民也）**」**
「不惟逸豫惟以乱民（不使有位者逸豫民上言立之主使治民）」（北京大学本、二九六頁）
「弗惟逸悆惟㠯𤔔区（不使有位者逸豫民上言立之主使治民也）」（敦煌本（P.2516）、一〇九七頁・敦煌本（P.2643）、一一〇一頁）
「弗惟逸悆惟㠯𤔔民（不使有位者逸豫民上言立之主使治民也）」（岩崎本、一一〇五頁）
「弗惟逸悆（左に「豫」）惟㠯𤔔区（不使有位者逸豫民上言立之主使治民也（扌无））」（内野本、一一〇九頁）
「弗惟逸念惟以𤔔民（不使有位者逸豫民上言立之主使治民也）」（元亨本、一一一三頁）
「弗惟逸悆（右に「豫」）惟㠯乱民（不使有位者逸豫民上言立之主使治民也）」（足利学校本、一一一八頁・影天正本、一一二二頁）
「不惟逸豫惟㠯乱民（不使有位者逸豫民上言立之主使治民也）」（上海図八行本、一一二五頁）
「惟口赵着惟甲冑赵戉」
「惟口起羞惟甲冑起戎」（北京大学本、二九七頁）
「惟口𨑳着惟甲冑𨑳戎」（敦煌本（P.2516）、一〇九八頁・敦煌本（P.2643）、一一〇一頁・岩崎本、一一〇六頁・内野本、一一一〇頁・元亨本、一一一四頁）
「惟口起羞惟甲冑𨑳（左に「起」）戎」（足利学校本、一一一八頁・影天正本、一一二二頁）
「惟口起着惟甲冑起戎」（上海図八行本、一一二五頁）
「官弗及私眫（右に「昵」）**惟其能**（不加私昵唯能是官也）**」**
「官不及私昵惟其能（不加私昵惟能是官）」（北京大学本、二九八頁）
「官不及厶眤惟其能（不加私昵惟能是官）」（敦煌本（P.2516）、一〇九八頁）
「官弗及厶昵惟眤能（不加私昵惟能是官也）」

（敦煌本（P.2643）、一一〇一頁）

「官弗及厶昵惟昵能（不加私昵唯能是官也）」（岩崎本、一一〇六頁）

「官弗及私昵惟亣能（不加私昵唯能是官也（扌无））」（内野本、一一一〇頁）

「官弗及私眤惟其能（不加私昵惟（「唯」夕作）能是官也）」

（元亨本、一一一四頁）

「官弗（右に「不」）及私眤惟厥（右に「其」）能（不加私昵徍是官也）」

（足利学校本、一一一八頁・影天正本、一一二二頁）

「官弗及私眤惟其能（不加私昵唯能是官也）」

（上海図八行本、一一二六頁）

「爵弗（「罔本」）及惡德惟其賢」

「爵罔及惡德惟其賢」（北京大学本、二九八頁）

「爵㠯及悪悳惟亣攺」

（敦煌本（P.2516）、一〇九八頁・岩崎本、一一〇六頁・内野本、一一一〇頁）

「叡㠯及琹悳惟亣攺」（敦煌本（P.2643）、一一〇二頁）

「爵㠯及惡德惟其賢」（元亨本、一一一四頁）

「爵罔及惡悳惟厥（左に「其」）賢」

（足利学校本、一一一八頁・影天正本、一一二二頁）

「爵㠯及惡悳惟其賢」（上海図八行本、一一二六頁）

「乃弗良于言予冈聞于行」

「乃不良于言予罔聞于行」（北京大学本、二九九頁）

「乃弗良于言予㠯沓于行」

（敦煌本（P.2516）、一〇九九頁・敦煌本（P.2643）、一一〇三頁・元亨本、一一一六頁）

「乃弗良亐言予宅沓亐行」（岩崎本、一一〇七頁）

「廼弗良亐言予宅沓亐行」（内野本、一一一二頁）

「廼（左に「乃」）弗（左に「不」）良亐言予罔聞亐行」

（足利学校本、一一一九頁・影天正本、一一二三頁）

「廼弗良亐言予㠯聞于行」（上海図八行本、一一二七頁）

説命下

「若作和羹尒惟塩梅（塩醎梅酢羹須醎醋以和之）」

「若作和羹爾惟鹽梅（塩鹹梅醋羹須鹹醋以和之）」（北京大学本、三〇〇頁）

阮校「古本醋作酢下同按醋酢二字古今相反」と。

「若作味羹尒惟鹽梅（塩醎梅酢羹須醎醋以和之）」

（敦煌本（P.2516）、一一三七頁）

「若作呠羹尒惟鹽粜（塩醎梅酢羹須醎醋以和之）」（敦煌本（P.2643）、一一四一頁）
「砦征呠羹尔惟鹽㯽（塩醎梅酢羹須醎醋以和之）」（岩崎本、一一四五頁）
「若佐呠羹爾惟鹽粜（塩鹹梅醋羹須醎醋以和之）」（内野本、一一五一頁）
「若作呠羹爾惟塩粜（塩鹹梅酢羹須醎醋以和之）」（元亨本、一一五七頁）
「若作和羨尒惟塩梅（塩鹹梅酢羹須醎醋以和之）」（足利学校本、一一六一頁・影天正本、一一六五頁）
「若作和羹尒惟塩粟（塩鹹梅醋羹須醎醋以和之）」（上海図八行本、一一七〇頁）

「事弗師古以克永世匪説攸聞」
「事不師古以克永世匪説攸聞」（北京大学本、三〇〇頁）
「事弗師古㠯克永古匪説逌沓」（敦煌本（P.2516）、一一三八頁・敦煌本（P.2643）、一一四二頁・内野本、一一五二頁）
「事弗呥古㠯克永世匪説逌沓」（岩崎本、一一四六頁）
「事弗師古以克永世逓説逌沓」（元亨本、一一五七頁）
「叓不帀古以克永世非説攸肉」（足利学校本、一一六二頁）
「叓不師古以克永世非説攸聞」（影天正本、一一六六頁）
「叓弗師古㠯克永世匪説攸聞」（上海図八行本、一一七〇頁）

「一夫弗獲則曰時予之辜」
「一夫不獲則曰時予之辜」（北京大学本、三〇一頁）
阮元「辜古本辜作罪」と。
「一夫弗獲則曰旹予之辜」（敦煌本（P.2516）、一一四〇頁・敦煌本（P.2643）、一一四四頁・内野本、一一五四頁・上海図八行本、一一七二頁）
「一夫弗獲馴粤旹予火辜」（岩崎本、一一四八頁）
「一夫弗獲則曰時予之辠」（元亨本、一一五九頁）
「一夫弗獲則曰時予之罪」（足利学校本、一一六三頁）
「一夫弗獲則曰時予之罪（右に「辠」）」（影天正本、一一六七頁）

「右我烈祖格于皇天」
「佑我烈祖格于皇天」（北京大学本、三〇一頁・元亨本、一一五九頁）
「右我烈祖格于皇旡」（敦煌本（P.2516）、一一四〇頁）

「右我裂祖格于皇天」（敦煌本（P.2643）、一一四四頁）
「右我裂爼格亏皇天」（岩崎本、一一四八頁）
「佑（左に「右」）我烈爼格亏皇天」（内野本、一一五四頁）
「佑我烈祖格亏皇天」（足利学校本、一一六三頁・影天正本、一一六七頁）
「佑我烈爼格亏皇天」（上海図八行本、一一七二頁）

「惟后非賢弗乂惟賢非后弗食（言君須賢以治賢須君以食也）」
「惟后非賢不乂惟賢非后不食（言君須賢治賢須君食也）」（北京大学本、三〇二頁）
「惟后非臤弗乂惟臤非后弗食（言君須賢治賢須君食也）」（敦煌本（P.2516）、一一四〇頁・敦煌本（P.2643）、一一四四頁）
「惟后非臤弗乂惟賢非后弗食（言君須賢治賢須君食也）」（岩崎本、一一四八頁）
「惟后非臤弗乂惟臤非后弗飠（言君須賢治賢須君食也）」（内野本、一一五四頁）
「惟后非賢弗対惟賢非后弗食（言君須賢治賢須君食也）」（元亨本、一一六〇頁）
「惟后非賢不乂惟賢非君不食（言君須賢治賢須君食也）」（足利学校本、一一六三頁）
「惟后非賢不乂惟賢非君（左に「后」）不飠（言君須賢治賢須君食也）」（影天正本、一一六七頁）
「惟后非臤弗臤惟后非后弗飠（言君須賢治賢須君食也）」（上海図八行本、一一七二頁）

泰誓上

「武王伐殷（中略）師渡盟津」
「武王伐殷（中略）師渡孟津」（北京大学本、三一七頁）
「師度盟津」（神田本、一二八八頁）
「師渡孟（右に「盟イ」）津」（内野本、一二九二頁）
「師渡孟津」（足利学校本、一二九九頁・影天正本、一三〇三頁・上海図八行本、一三〇七頁）

『後漢書』李賢注に論衡曰「武王伐紂八百諸侯同於此盟故曰盟津俗名治戎津今河陽縣津也」と有り。

また『後漢書』巻二十（銚期王霸祭遵列傳、第十）に「今文尚書曰武王度盟津白魚躍入王舟」と。

「焚炙忠良刳務孕婦」

「焚炙忠良刳剔孕婦」（北京大学本、三二二頁・足利学校本、一三〇〇頁・影天正本、一三〇四頁）

「焚灰忠良刳務孕婦」（神田本、一二八九頁）

「焚炙忠良刳務孕婦」（内野本、一二九四頁・上海図八行本、一三〇八頁）

「受冈有悛心夷居弗事上帝神祇遺厥先宗廟弗祀（悛改也言紂縱惡無改心平居無故廢天地百神宗廟之祀慢甚也）」

「受罔有悛心乃夷居弗事上帝神祇遺厥先宗廟弗祀（悛改也言紂縱惡無改心平居無故廢天地百神宗廟之祀慢之甚）」（北京大学本、三二三頁）

「惟受亡又悛心乃尸居弗事上帝神祇遺丘先宗厝弗祀（悛改也言紂縱惡無改心平居無故廢天地百神宗廟之祀慢之甚也）」（神田本、一二八九頁）

「惟受亡ナ悛心廼尸层弗事丄帝𥘥𥘵遺丘先宗廟弗祀（悛改也言紂縱惡無改心平居無故廢天地百神宗廟之祀慢之甚也（扌无））」（内野本、一二九四頁）

「惟受罔有悛心廼夷居不叀上帝神祇遺厥先宗廟弗祀（悛改也言紂縱惡無改心平居無故廢天地百神宗廟之祀慢之甚也）」（足利学校本、一三〇〇頁）

「惟受罔有悛心廼夷居不叀上帝神祇遺厥先宗庿弗祀（悛改也言紂縱惡無改心平居無故廢天地百神宗廟之祀慢之甚也）」（影天正本、一三〇四頁）

「惟受亡有悛心廼尸层弗叀上帝𥘥𥘵遺丘先宗廟弗祀（悛改也言紂縱惡無改心平居無故廢天地百神宗廟之祀慢之甚也）」（上海図八行本、一三〇九頁）

「時戩不可失」

「時哉弗可失」（北京大学本、三二五頁）

「旹才弗可失」（神田本、一二九一頁・内野本、一二九七頁・足利学校本、一三〇二頁・影天正本、一三〇六頁）

「旹才不可失」（上海図八行本、一三一一頁）

泰誓中

「王乃徇師而誓曰」

「王乃徇師而誓曰」（北京大学本、三二五頁）

「王乃徇師而誓曰」（神田本、一三二五頁）

「王廼徇師而斷曰」（内野本、一三二九頁・上海図八行本、一三四三頁）

「王廼徇師而誓曰」（足利学校本、一三三五頁・影天正本、一三三九頁）

「我聞吉人爲善惟日不（左に「弗本」）足凶人爲弗善惟日弗足（言吉人渇日以為善言凶人亦竭日以行惡者也）」

「我聞吉人爲善惟日不足凶人爲不善亦惟日不足（言吉人竭日以為善言凶人亦竭日以行惡者也）」（北京大学本、三二六頁）

阮元「岳本竭作渇與釋文合下竝同按說文瀫歇欲飲也渇盡也竭負舉也今人多亂之此渇字本當作瀫■從俗作渇盧文弨挍釋文以為當讀如渇葬之渇是也非取渇盡之義尤不當作負舉之竭俗本既誤作竭併釋文渇苦曷反改作竭巨列反謬甚」と。「行惡者也」を「行悪」に作る。

「我眷吉人爲善惟■■（判読不能）足凶人爲弗善夊惟日弗足（言吉人渇日以爲善言凶人亦竭日以行惡也）」（神田本、一三二五頁）

「我眷（左に「聞」）吉人爲善惟日弗本足凶人爲弗善亦惟日弗足（言吉人渇日以爲善言凶人亦竭日以行爲（「行扌并或本」）惡也）」（内野本、一三三〇頁）

「我聴（右に「㕣」）吉人爲善惟日弗（左に「不」）足凶人爲弗善惟日弗足（言吉人竭日以爲善言凶人亦竭日以行惡也）」（足利学校本、一三三六頁）

「我聴吉人爲善惟日弗（左に「不」）足凶人爲弗（左に「不」）善亦惟日弗足（言吉人竭日以爲善言凶人亦竭日以行惡也）」（影天正本、一三四〇頁）

「我眷吉人爲善惟日弗足凶人爲弗善亦惟日弗足（言吉人渇日以爲善言凶人亦竭日以行爲惡也）」（上海図八行本、一三四三頁）

「播弃犂老昵比罪人（鮐背之老稱犂老布棄不禮敬昵近罪人謂天下逋逃之小人也）」

「播棄犂老昵比罪人（鮐背之耇稱犂耇布棄不禮敬昵近罪人謂天下逋逃之小人也）」（北京大学本、三二六頁）

「⿰釆刂弃犂耇昵比辠人（鮐背之耇稱犂耇布棄不禮敬昵近罪人謂天下逋逃之小人也）」（神田本、一三二五頁）

「⿰釆刂（左に「播」）弃犂老眊比辠人（鮐背之老稱犂老布棄不禮敬昵近罪人謂天下逋逃之小人也）」（内野本、一三三〇頁）

「播弃黎（左に「犂」）老昵比罪人（鮐背之老稱犂老布棄不禮敬昵近罪人謂天下逋逃之小人也）」（足利学校本、一三三六頁）

「播弃黎（左に「犂」）老昵比罪人（鮐背之老稱犂老布棄不禮敬昵近罪人謂天下逋逃之小人也）」（影天正本、一三四〇頁）

「⿰釆刂弃犂老昵比辠人（鮐背之老稱犂老布棄不禮敬昵近罪人謂天下逋逃之小人也）」（上海図八行本、一三四三頁）

「謂己有天命謂敬弗足行謂祭無益謂暴無傷」

「謂己有天命謂敬不足行謂祭無益謂暴無傷」
（北京大学本、三三一七頁）

「胃已有天命謂敬弗足行胃祭無益■■■（不明）傷」
（神田本、一三二六頁）

「胃己ナ兂命胃敬弗足行胃祭亡益胃暴亡傷」
（内野本、一三三一頁）

「謂己有天命謂敬弗足行謂祭亡益謂暴亡傷」
（足利学校本、一三三七頁・影天正本、一三四一頁）

「謂己有兂命胃敬弗足行胃祭亡益胃暴亡傷」
（上海図八行本、一三四四頁）

「爲虖乃一悳一心立之厥功惟克永世」

「嗚呼乃一徳一心立定厥功惟克永世」
（北京大学本、三三三〇頁）

「爲雩乃一悳一心立之乎忍惟堯回永廿」
（神田本、一三二八頁）

「烏虖廼弌悳弌心立定丘功惟克永古」
（内野本、一三三四頁）

「烏虖廼弌（左に「二」）悳弌心立定厥功惟克永世」
（足利学校本、一三三八頁）

「烏（右に「鳴」）虖（右に「呼」）廼（左に「乃」）弌悳弌心立定厥功惟克永世」
（影天正本、一三四二頁）

「烏呼廼弌悳弌心立定丘功惟克永世」
（上海図八行本、一三四六頁）

泰誓下

「郊社弗修宗廟弗享作奇伎淫巧以悦婦人」

「郊社不修宗廟不享作奇技淫巧以悦婦人」
（北京大学本、三三三二頁）

「郊社弗修宗廟弗㕭作奇伎淫巧㠯悦婦人」
（敦煌本（S.799）、一三五八頁）

「郊社弗脩宗廟弗㕭作奇伎涅巧㠯悦婦人」
（神田本、一三六一頁）

「郊杜弗修宗廟弗㕭（左に「享」）作奇伎淫巧㠯悦婦人」
（内野本、一三六四頁）

「郊社弗修宗廟弗享作奇技淫巧㠯悦婦人」
（足利学校本、一三六九頁）

「郊社弗（左に「不」）修宗廟弗（左に「不」）享作奇伎

淫巧㠯悦婦人」（影天正本、一三七三頁）
「郊社弗修宗廟弗盒作奇技淫巧㠯悦婦人」（上海図八行本、一三七七頁）

「古人有言曰撫我則后虐我則讎（武王述古言以明義言非唯今惡紂也）」
「古人有言曰撫我則后虐我則讎（武王述古言以明義言非惟今紂惡）」（北京大学本、三三二頁）
「古人ナ言曰㕥我則后虐我則讎（武王述古言以明義言非唯今惡紂）」（敦煌本（S.799）、一三五八頁）
「古之人ナ言曰汝我則后虐我則雠（武王述古言以明義言非唯今惡紂）」（神田本、一三六一頁）
「古人ナ言曰撫我則后虐我則咅（左に「讎」）（武王述古言以明義言非唯（左に「惟ｷ」）今惡紂）」（内野本、一三六五頁）
「古人有言曰撫我則后虐我則讎（武王述古言以明義言非惟今悪紂）」（足利学校本、一三七〇頁）
「古人有言曰撫我則后虐我則讎（武王述古言以明義言非唯今惡紂）」（影天正本、一三七四頁）
「古人有言曰撫我則后虐我則咅（武王述古言以明義言非唯今惡紂）」（上海図八行本、一三七八頁）

「獨夫受洪惟作威汝世讎（言獨夫失君道也大作威殺無辜乃是汝累世之讎明不可不討也）」
「獨夫受洪惟乃作威汝世讎（言獨夫失君道也大作威殺無辜乃是汝累世之讎明不可不誅也）」（北京大学本、三三二頁）
「獨夫受洪惟作畏乃女世讎（言獨夫失君道也大作威殺無辜乃是汝累世之讎明不可不討）」（敦煌本（S.799）、一三五八頁）
「獨夫受洪惟作畏乃女廿雠（言獨夫失君道也大作威殺無辜乃是汝累世之讎明不可不討）」（神田本、一三六一頁）
「獨夫受洪惟作畏（左に「威」）迺女卋咅（言獨夫失君道也大作威殺無辜乃是汝累世之讎明不可不討（誅ｷ））」（内野本、一三六五頁）
「獨夫受洪惟作畏迺汝世讎（言獨夫失君道也大作威殺無辜乃是汝累世之讎明不可不誅）」（足利学校本、一三七〇頁・影天正本、一三七四頁）
「獨夫受洪惟作畏迺汝卋咅（言獨夫失君道也大作威殺無辜乃是汝累世之讎明不可不討誅）」（上海図八行本、一三七八頁）

「樹徳務滋除悪務本（立徳務滋長除悪務除本言紂為天下悪本也）」
「樹徳務滋去悪務本（立徳務滋長去悪務除本言紂為天下悪本也）」（北京大学本、三三二頁）
「樹徳務滋除悪務本（立徳務滋長去悪務除本言紂為天下悪本也）」（敦煌本（S.799）、一三五八頁）

「■■（判読不能）務玆除惡務本（立徳務滋長去惡務除本言紂為天下惡本也）」
（神田本、一三六一頁）
「樹悳務滋除惡務本（立徳務滋長去惡務除本言紂為天下惡本也）」
（内野本、一三六五頁・足利学校本、一三七〇頁）
「樹徳務滋去惡務本（立徳務滋長去惡務除本言紂為天下惡本也）」
（上海図八行本、一三七四頁）

「肆予小子誕以爾衆士殄殲乃讎（言欲行除惡之美（右に「義本」）絶盡紂也）」

「肆予小子誕以爾衆士殄殲乃讎（言欲行除惡之義絶盡紂也）」
（北京大学本、三三二頁）
「肆予小子誕㠯尒衆士弥殲乃讎（言欲行除惡之義絶盡紂也）」
（敦煌本（S.799）、一三五八頁）
「肆予小子誕㠯尔衆士弥殲乃讎（言欲行除惡之義絶盡紂也）」
（神田本、一三六一頁）
「肆予小子誕㠯爾衆士殄殲廼讎（言欲行除惡之義絶盡紂也）」
（内野本、一三六五頁）
「肆予小子誕㠯爾衆士殄殲廼讎（言欲行除惡之義絶盡紂也）」
（足利学校本、一三七〇頁・影天正本、一三七四頁）
「肆予小子誕㠯尔衆士殄殲廼讎（言欲行除惡之義絶盡紂也）」
（上海図八行本、一三七八頁）

牧誓

「王曰古人有言曰牝鶏無晨（言無晨鳴之道）牝鶏之晨惟家之索（索盡也喩婦知外事雌代雄鳴則家盡婦奪夫政則國亡也）」

「王曰古人有言曰牝雞無晨牝雞之晨惟家之索（索盡也喩婦人知外事雌代雄鳴則家盡婦人奪夫政則國亡也）」
（北京大学本、三三七頁）
「𠮷古人ナ言牝雞亡辰牝雞之辰惟家之𡩡（索盡也喩婦人知外事雌代雄鳴則家盡婦人奪夫政則國亡也）」
（敦煌本（S.799）、一三九一頁）
「𠮷古人ナ言牝鶏無昏牝雞之昏惟家之𡩡（索盡也喩婦人知外事雌代雄鳴則家盡婦人奪夫政則國亡也）」
（神田本、一三九五頁）
「古人有言曰牝雞亡昏（左に「晨」）牝雞亡昏（左に「晨」）惟家出索（索盡也喩婦人知外事雌代雄鳴則家盡婦人奪夫政則國亡也）」
（内野本、一四〇〇頁）
「古人有言曰牝雞亡（左に「無」）晨牝雞之晨惟家之索（索盡也喩婦人知外事雌代雄鳴則家盡婦人奪夫政則國亡也）」
（足利学校本、一四〇五頁）
「𠮷古人有言曰牝雞亡（左に「無」）晨牝雞之晨唯家之索（索盡也喩婦人知外事雌代雄鳴則家盡婦人奪夫政則國亡也）」
（影天正本、一四〇九）
「𠮷古人有言曰牝雞亡晨牝雞出晨惟家出索（索盡也喩婦人知外事雌代雄鳴則家盡婦人奪夫政則國亡也）」
（上海図八行本、一四一四頁）

「乃惟四方之多罪逋逃是崇是長（言紂棄其忠臣而尊長逃亡罪人信用）**」**
「乃惟四方之多罪逋逃是崇是長（言紂棄其賢臣而尊長逃亡罪人信用之）」
（北京大学本、三三八頁）
「乃惟三方之多辠逋逃是崇是長（言紂棄其賢臣而尊長逃亡罪人信用之）」
（敦煌本（S.799）、一三九一頁）
「乃惟三方之⺕辠逋兆是崇是長（言紂棄其賢臣而尊長逃亡罪人信用）」
（神田本、一三九五頁）
「廼惟三方㞢多辠逋逃是崈是兵（言紂棄其賢臣而尊長逃亡罪人信用也（左に「之扌」））」
（内野本、一四〇一頁）
「廼惟四方之多罪逋逃是崇是長（言紂棄其賢臣而尊長逃亡罪人信用之）」
（足利学校本、一四〇六頁・影天正本、一四一〇頁）
「廼惟三方之多辠逋逃是崈是兵（言紂棄其賢臣而尊長逃亡罪人信用也）」
（上海図八行本、一四一四頁）
「是信是使是以為大夫士卿俾暴虐于尒（左に「本无」）**百姓以姦宄于商邑」**
「是信是使是以爲大夫卿士俾暴虐于百姓以姦宄于商邑」
（北京大学本、三三八頁）
「是仴是孷是㠯爲大夫卿士俾暴虐于百姓㠯姦宄于商邑」
（敦煌本（S.799）、一三九二頁）
「是仴是使是㠯爲大夫卿士畀暴虐于百姓㠯姦宄于商邑」
（神田本、一三九六頁）
「是仴是孷是㠯爲大夫卿士俾暴虐亏百姓㠯姦宄亏商邑」
（内野本、一四〇一頁）
「是信是使是㠯爲大夫卿士俾暴虐亏百姓㠯姦宄亏商邑」
（足利学校本、一四〇六頁）
「是信是使是㠯爲大夫卿士俾暴虐亏百姓㠯宄亏商邑」
（影天正本、一四一〇頁）
「是信是孷是㠯爲大夫卿士俾暴虐亏百姓㠯姦宄亏商邑」
（上海図八行本、一四一四頁）
「今予發惟龔行天之罰」
「今予發惟恭行天之罰」
（北京大学本、三三九頁）
「今予發惟龔行之罸」
（敦煌本（S.799）、一三九二頁）
「今予發惟恭行天之罰」
（神田本、一三九六頁）
「今予發惟龔（左に「恭」）行兂（左に「天」）㞢罰」
（内野本、一四〇一頁）
「今予發惟龔（左に「恭」）行天之罸」

（足利学校本、一四〇六頁・影天正本、一四一〇頁）

「今予發惟龔行兂罸」（上海図八行本、一四一五頁）

武成

「壹戎衣天下大定（一著戎服而滅紂言與衆同心動有成也）」

「一戎衣天下大定（一著戎服而滅紂言與衆同心動有成功）」

（北京大学本、三四八頁・足利学校本、一四四八頁・影天正本、一四五四頁）

「壹戎衣天下大之（一著戎服而滅紂言與衆同心動有成）」

（敦煌本（S.799）、一四二九頁）

「弌戎衣兂丅大定（一著戎服而滅紂言與衆同心動有成功（扌无））」

（内野本、一四四一頁）

「弌戎衣兂丅大定（一著戎服而滅紂言與衆同心動有成功）」

（上海図八行本、一四六〇頁）

「釋箕子囚封比干墓式商容閭（封其土也商容賢人紂所黜退）」

「釋箕子囚封比干墓式商容閭（封益土商容賢人紂所貶退）」

（北京大学本、三四八頁）

「釋箕子囚圭比干墓式商容閭（封益土商容賢人紂所貶退）」

（敦煌本（S.799）、一四二九頁）

「釋笇（左に「箕」）子囚圭比干墓式商容閭（封益土商容賢人紂所貶退）」

（内野本、一四四一頁）

「釈釋箕子囚封比干墓式商容閭（封益土商容賢人紂所貶退）」

（足利学校本、一四四八頁・影天正本、一四五四頁）

「釋笇子圭比干墓式商容閭（封益土商容賢人紂所貶退）」

（上海図八行本、一四六〇頁）

「散鹿臺之財發巨喬之粟（紂所積之在倉皆散發以振（左に「賑」）貧民）」

「散鹿臺之財發鉅橋之粟（紂所積之府倉皆散發以賑貧民）」

（北京大学本、三四八頁・足利学校本、一四四八頁・影天正本、一四五四頁）

「散鹿臺之財發臣喬之粟（紂所積之府倉皆散發以賑貧民）」

（敦煌本（S.799）、一四二九頁）

「散鹿臺㞢財發巨（左に「鉅」）喬㞢粟（紂所積之府倉皆散發以賑貧民）」

（内野本、一四四二頁）

「散鹿臺㞢財發巨喬之粟（紂所積之府倉皆散發以振貧民）」

（上海図八行本、一四六〇頁）

「大賕（右に「扌賚」）**于四海而万姓悦服**（施舍已責施舍已債救乏賙無所謂周有大肆天下皆悦仁服徳）**」**

「大賚于四海而万姓悦服（施舍已債施舍已債救乏賙無所謂周有大肆天下皆悦仁服徳）」

（北京大学本、三四九頁）

阮元校注に「古本岳本宋板同毛本債作責按釋文作責責債古今字」と。

「大賚亐三衆而万殅悦服（施舍已責施舍已債救乏賙無所謂周有大責天下皆悦仁服徳）」

（敦煌本（S.799）、一四二九頁・内野本、一四四二頁）

「大賚亐四海而万殅悦服（施舍已責施舍已債救乏賙無所謂周有大債天下皆悦仁服徳）」

（足利学校本、一四四八頁・影天正本、一四五四頁・上海図八行本、一四六一頁）

旅獒

「西旅獻敖」
「西旅獻獒」（北京大学本、三八六頁）
「西岺（左に「旅」）獻敖」（島田本、一五八一頁）
「西旅獻獒」
（内野本、一五八九頁・足利学校本、一五九四頁・影天正本、一五九八頁・上海図八行本、一六〇二頁）

「太保乃作旅敖用訊于王（陳貢敖之義以訓諫也）**」**
「太保乃作旅獒用訊于王（陳貢敖之義以訓諫王）」
（北京大学本、三八六頁）
「太保乃作岺敖用訊于王（陳貢敖之義以訓諫也）」（島田本、一五八二頁）
「太保乃作岺嫯用訔亐王（陳貢敖之義以訓諫）」（内野本、一五八九頁）
「太保乃作旅獒用訓亐王（陳貢敖之義以訓諫王）」（足利学校本、一五九四頁）
「太保乃作旅獒用訓亐王（陳貢敖之義以訓諫王也）」（影天正本、一五九八頁）
「太保乃作旅敖用訓于王（陳貢敖之義以訓諫）」（上海図八行本、一六〇二頁）

「無有遠近畢獻方物惟服食器用」
「無有遠邇畢獻方物惟服食器用」（北京大学本、三八七頁。經文）
「亡ナ遠近（右に「迩本乍」と）畢獃（左に「獻」と）方物惟服食器用」（島田本、一五八二頁）

「已ナ遠邇畢獻方物惟服飠器用」（内野本、一五八九頁）

「亡有遠迩畢獻方物惟服食噐用」（足利学校本、一五九四頁）

「亡（左に「無」）有遠迩畢獻方物惟服飠器用」（影天正本、一五九八頁）

「亡有遠近畢獻方物惟服飠器用」（上海図八行本、一六〇二頁）

「王乃照徳之致于異姓之邦無替厥服（徳之所致謂遠夷之貢也以分賜異姓諸侯使無廢其職也）」

「王乃昭徳之致于異姓之邦無替厥服（徳之所致謂遠夷之貢也以分賜異姓諸侯使無廢其職也）」（北京大学本、三八七頁）

「王乃昭悳㞢致于異姓出邽亡替手服（徳之所致謂遠夷之貢也（左に「イ无」）以分賜異姓諸侯使無廢其職也）」（島田本、一五八二頁）

「王廼昭悳㞢致亐異殅㞢邦亡替弍服（徳之所致謂遠夷之貢以分賜異姓諸侯使無廢其職也（左に「扌无」））」（内野本、一五九〇頁）

「王廼昭徳之致于異姓之邦亡替戎服（徳之所致謂遠夷之貢以分賜異姓諸侯使無廢其職也）」（足利学校本、一五九五頁）

「王廼昭徔之致于異姓之邦亡（右に「無」）替弍服（徳之所致謂遠夷之貢以分賜異姓諸侯使無廢其職也）」（影天正本、一五九九頁）

「王乃照徳之致于異姓之邦亡替厥服（徳之所致謂遠夷之貢以分賜異姓諸侯使無廢其職也）」（上海図八行本、一六〇二頁）

「分琣（左に「古寶」）玉于伯叔之國時庸展親（以寶玉分同姓之國是已（「本无」）用誠信其親親之道也）」

「分寶玉于伯叔之國時庸展親（以寶玉分同姓之國是用誠信其親親之道也）」（北京大学本、三八七頁）

「分瑶（左に「寶」）玉于伯敉㞢或（左に「國」）岧庸■（破損）親（以寶玉分同（「本无」）姓之國是用誠信其親親之道也）」（島田本、一五八三頁）

「分琣玉亐伯叔或國（左に「國」）岧庸展親（以寶玉分同（「本无」）姓之國是用誠信其親親之道也）」（内野本、一五九〇頁）

「分宝玉亐伯叔之国時庸展親（以寶玉分同（「本无」）姓之國是用誠信其親親之道也）」（足利学校本、一五九五頁）

「分宝玉亐伯叔之國旹庸展親（以寶玉分同（「本无」）姓之國是用誠信其親親之道也）」（影天正本、一五九九頁）

「分寶玉于伯叔之國時庸展親（以寶玉分同（「本无」）姓之國是用誠信其親親之道也）」（上海図八行本、一六〇三頁）

「人弗易物惟德其物」（北京大学本、三八八頁）
「人不易物惟德其物」（島田本、一五八三頁）
「人弗易物惟悳亣物」（内野本、一五九〇頁）
「人弗易物惟德其物」（足利学校本、一五九五頁）（影天正本、一五九九頁・上海図八行本、一六〇三頁）

「悳盛弗狎侮」
「悳盛不狎侮」（北京大学本、三八八頁）
「悳盛弗狎侮」（島田本、一五八三頁）
「悳盛弗狎儛」（内野本、一五九〇頁）
「德盛弗狎侮」（足利学校本、一五九五頁）（影天正本、一五九九頁・上海図八行本、一六〇三頁）

「弗作無益害有益功乃成弗貴異物賎用物民乃足（遊觀為無益奇巧為異物言明王之道以德義為益器用為貴所以化俗生民）」
「不作無益害有益功乃成不貴異物賎用物民乃足（遊觀為無益奇巧為異物言明王之道以德義為益器用為貴所以化治生民）」（北京大学本、三八九頁）
「弗佐㔾益害ナ益功乃成弗貴異物賎用物巳乃𤴓（遊觀為無益奇巧為異物言明王之道以德義為益器用為貴所以化俗生民）」（島田本、一五八四頁）
「弗佐㔾菻（左に「益」）害ナ菻珍廼戚弗貴異物賎用物区廼足（遊觀為無益奇巧為異物言明王之道以德義為益器用為貴所以化俗生民）」（内野本、一五九一頁）
「弗作無益害有益功廼（右に「乃」）成弗貴異物賎用物民廼足（遊觀為無益奇巧為異物言明王之道以德義為益器用為貴所以化俗生民）」（足利学校本、一五九六頁）
「弗作無益害有益功廼成弗（右に「不」）貴異物賎用物民廼足（遊觀為無益奇巧為異物言明王之道以德義為益器用為貴所以化俗生民）」（影天正本、一六〇〇頁）
「弗作無益害有益功乃成弗貴異物賎用物民乃是（遊觀為無益奇巧為異物言明王之道以德義為益器用為貴所以化俗生民）」（上海図八行本、一六〇三頁）

「犬馬非其圡性弗畜」
「犬馬非其圡性不畜」（北京大学本、三八九頁）
「犬馬非亣圡姓（左に「牲」）弗畜」（島田本、一五八五頁）
「犬馬非亣土生（左に「性」）弗畜」（内野本、一五九一頁）
「犬馬非其土性不畜」（足利学校本、一五九六頁）
「大馬非其土性不畜」（影天正本、一六〇〇頁）

「犬馬非其土生弗畜」（上海図八行本、一六〇四頁）

「珎禽奇獸弗育于國（皆非所用有所損害故也）」

「珍禽奇獸不育于國（皆非所用有損害故也）」（北京大学本、三八九頁）

「珎禽奇獸弗育于國（皆非所用有損害故也）」（島田本、一五八五頁）

「珎禽竒獸弗育亐或（皆非所用有損害故也）」（内野本、一五九一頁）

「珎禽竒獸不育于國（皆非所用有損害故也）」

（足利学校本、一五九六頁・影天正本、一六〇〇頁）

「珎禽奇獸弗育于國（皆非所用有損害故也）」

（上海図八行本、一六〇四頁）

「弗珤遠物則遠人格」

「不寶遠物則遠人格」（北京大学本、三八九頁）

「弗珤（左に「寶」）遠物則遠人格」（島田本、一五八五頁）

「弗珤遠物則遠人格」（内野本、一五九二頁）

「弗宝遠物則遠人㭊」

（足利学校本、一五九六頁・影天正本一六〇〇頁）

「弗寶遠物則遠人格」（上海図八行本、一六〇四頁）

「爲虖夙夜罔或弗勤（言當常勤於德）」

「嗚呼夙夜罔或不勤（言當早起夜寐常勤於德）」（北京大学本、三九一頁）

『群書治要』これを略すか。

「焉雩死（左に「夙」）夜乇或弗勤（言當早起夜寐常勤於德）」（島田本、一五八六頁）

「烏虖俩（左に「夙」）夜乇或弗勤（言當早起夜寐常勤於德）」（内野本、一五九二頁）

「烏虖夙夜罔或不勤（言當早起夜寐常勤於德）」

（足利学校本、一五九六頁・影天正本、一六〇〇頁）

「嗚呼夙夜罔或弗勤（言當早起夜寐常勤於德）」

（上海図八行本、一六〇四頁）

「弗矜細行終累大德」

「不矜細行終累大德」（北京大学本、三九一頁）

「弗衿細行臭累大悳」（島田本、一五八六頁）

「弗矜納（左に「細」）行臭累大悳」（内野本、一五九二頁）

「不矜細行終累大德」（足利学校本、一五九六頁）

「不矜細行終累大德」（影天正本、一六〇〇頁）

「弗矜細行終累大德」（上海図八行本、一六〇四頁）

「爲山九仞功虧一匱（右に「簣」）（諭向成也未成一簣猶不爲山故曰功虧一簣是以聖人乾乾日日側愼終如始）」

「爲山九仞功虧一簣（喩向成也未成一簣猶不爲山故曰功虧一簣是以聖人乾乾日日昃愼終如始）」（北京大学本、三九一頁）

「為山九仞功虧（左に「虧」）一遺（右に「簣」）（諭向成也未成一簣猶不爲山故曰功虧一簣是以聖人乾乾日日側愼終如始）」（島田本、一五八六頁）

「為山九仞功虧弌匱（喩向成也未成一簣猶不爲山故曰功虧一簣是以聖人乾乾日日昃愼終如始）」（内野本、一五九二頁）

「為山九仞功鬳一匱（左に「簣」）（喩向成也未成一簣猶不爲山故曰功虧一簣是以聖人乾乾日日昃愼終如始）」（足利学校本、一五九六頁・影天正本、一六〇〇頁）

「為山九仞功虧一匱（喩向成也未成一簣猶不爲山故曰功虧一簣是以聖人乾乾日日側愼終如始）」（上海図八行本、一六〇四頁）

康誥

「弗敢侮鰥寠庸庸祇祇威威顯民」

「不敢侮鰥寡庸庸祇祇威威顯民」（北京大学本、四二五頁）

「弗敎侮鰥寡庸庸祐祐畏（左に「威」）畏顯民」（内野本、一七六四頁）

「不敢侮鰥寡庸々祇々威々顯民」（足利学校本、一七八一頁・影天正本、一七九二頁）

「弗敎（左に「敢」）侮鰥（左に「鰥」）寘庸（左に「庸」）ゝ祐ゝ畏ゝ顯民」（上海図八行本、一八〇三頁）

「我聞曰怨弗在大亦弗在小惠弗惠楙弗楙」

「我聞曰怨不在大亦不在小惠不惠懋不懋」（北京大学本、四二八頁）

「我沓曰怨弗在大亦弗在小惠弗惠楙弗楙」（内野本、一七六七頁）

「我沓曰怨弗在大亦弗在小惠弗惠楙弗楙」（足利学校本、一七八三頁・影天正本、一七九四頁）

「我沓曰怨弗在大亦弗在小惠弗惠楙（左に「懋」）弗懋」（上海図八行本、一八〇五頁）

酒誥

「曰小大邦用喪匁冈非滔惟辜（於小大之國所用喪無不以酒為罪也）」

「越小大邦用喪亦罔非酒惟辜（於小大之國所用喪亡亦無不以酒為罪也）」（北京大学本、四四一頁）

「越小大邦用喪匁亡非滔惟辜（於小大之國所用喪亡亦無不以酒為罪也）」

「粤小大邦用㖊亦㐌非酒惟辜（於小大之國所用喪亡亦無不以酒為罪也）」（九条本、一八四二頁）

（内野本、一八五一頁）

「越小大邦用■喪亦■（左に「罔」）非酒惟辜（左に「罪」）（於小大之國所用喪亡亦無不以酒為罪也）」（足利学校本、一八六四頁）

「越小大邦用㗇亦非㐌非酒惟辜（左に「罪」）（於小大之國所用喪亡亦無不以酒為罪也）」（影天正本、一八七三頁）

「越小大邦用喪亦非酒惟辜（於小大之國所用喪亡亦無不以酒為罪也）」（上海図八行本、一八八二頁）

「**弗惟弗敢亦弗暇**（非徒不敢志在助君敬法亦不暇飲）」

「不惟不敢亦不暇（非徒不敢志在助君敬法亦不暇飲酒）」（北京大学本、四四七頁）

「弗惟弗敎亦弗暇（非徒不敢志在助君敬法亦不暇飲）」（九条本、一八四六頁）

「弗惟弗敢亦弗暇（非徒不敢志在助君敬法亦不暇飲酒扌作）」（内野本、一八五七頁）

「不惟不敢亦弗暇（非徒不敢志在助君敬法亦不暇飲酒）」（足利学校本、一八六八頁）

「不惟不敢亦弗（左に「不」）暇（非徒不敢志在助君敬法亦不暇飲酒）」（影天正本、一八七七頁）

「不惟不敢亦不暇（非徒不敢志在助君敬法亦不暇飲酒（「酒」の左に「或无」））」（上海図八行本、一八八六頁）

「**在今後嗣王酣身**（嗣王紂也酣樂其身不憂政）」

注の「事」字は『群書治要』に無し。

「在今後嗣王酣身（嗣王紂也酣樂其身不憂政事）」（北京大学本、四四八頁）

「在今後㝵王甜身」（九条本、一八四六頁）

「在今後㝵王酣身（嗣王紂也酣樂其身不憂政也（左に「政事（扌无）」））」（内野本、一八五七頁）

「在今後嗣王酣身（嗣王紂也酣樂其身不憂其政事）」（足利学校本、一八六八頁・影天正本、一八七七頁・上海図八行本、一八八六頁）

「**天非虐惟人自速辜**（言凡爲天所亡天非虐人惟人所行惡自召罪）」

「天非虐惟民自速辜（言凡爲天所亡天非虐民惟民行惡自召罪）」（北京大学本、四四九頁）

阮校「天非虐民惟民行惡自召罪古本兩民字倶作人行上有所字」と。

「天非虐人惟人自速辜（言凡爲天所亡天非虐人惟人所行惡自召罪）」

（九条本、一八四七頁）

「兂非虐惟叵自速辜（言凡爲天所亡天非虐人惟人所行惡自召罪）」（内野本、一八五九頁）

「天非虐惟民自速辜（言凡爲天所亡天非虐人惟人所行惡自召罪）」（足利学校本、一八六九頁）

「天非虐惟民自速辜（言凡爲天所亡天非虐人惟人（右に「民」）所行惡自召罪）」（影天正本、一八七八頁）

「天非虐惟人（左に「民」）自速辜（言凡爲天所亡天非虐人惟人所行惡自召罪）」（上海図八行本、一八八七頁）

「古人有言曰人無于水鑒當於民鑒（古賢聖有言人無於水鑒當於民鑒視水見已形視民行事見吉凶）」

「古人有言曰人無於水監當於民監（古賢聖有言人無於水監當於民監視水見已形視民行事見吉凶）」（北京大学本、四四九頁）

阮元校「監古本監作鑒下文民監大監同監」と。

「古人又言曰人亡于水藍當於民監（古賢聖有言人無於水監當於民監視水見已形視民行事見吉凶）」（九条本、一八四七頁）

「古人ナ言曰人㔾亐水鑒當於叵鑒（古賢聖有言人無於水監當於民鑒視水見已形視民行事見吉凶）」（内野本、一八五九頁）

「古人ナ言曰人上（左に「無」）于（左に「於」）水鑒（左に「監」印）當於民鑒（左に「監」印）（古賢聖有言人無於水監當於民監視水見已形視民行事見吉凶）」（足利学校本、一八六九頁）

「古人ナ言曰人上（右に「無」）亐水監當於民監（古賢聖有言人無於水監當於民監視水見已形視民行事見吉凶）」（影天正本、一八七八頁）

「古人有言曰人亡于水監當于民監（古賢聖有言人無於水監當於民監視水見已形視民行事見吉凶）」（上海図八行本、一八八七頁）

「今惟殷墜命我其可不大鑒」

「今惟殷墜厥命我其可不大監」（北京大学本、四四九頁）

「今惟（以下破損）」（九条本、一八四八頁）

「今惟殷墜命乒我亓可弗大鑒」（内野本、一八五九頁）

「今惟殷墜乒（左に「厥」）命我侖（左に「其」）可弗（左に「不」）大鑒（左に「監」）」（足利学校本、一八六九頁）

無逸

「周公曰烏虖君子所其無逸」

「周公曰嗚呼君子所其無逸」（北京大学本、五〇七頁）

「周公曰烏虖君子所其亾逸」

（敦煌本（S.2748）、二一七九頁）

「周公曰嗚呼君子所亓亡逸」

（内野本、二一八五頁・上海図八行本、二二一二頁）

「周公曰嗚呼君子所其無逸」

（足利学校本、二一九七頁・影天正本、二二〇五頁）

「先知稼穡之艱難乃逸則知小人之依（稼穡農夫之艱難事先知之乃謀逸豫則知小民之所依怙）」

「先知稼穡之艱難乃逸則知小人之依（稼穡農夫之艱難事先知之乃謀逸豫則知小人之所依怙）」

（北京大学本、五〇七頁）

「先知稼脣之艱難乃逸則知小人之依（稼穡農夫之艱難事先知之乃謀逸豫則知小人之所依怙）」

（敦煌本（P.2748）、二一七九頁）

「先知稼畣𡳿艱難迺逸則知小人𡳿依（稼穡農夫之艱難事先知之乃謀逸豫則知小民之所依怙）」

（内野本、二一八五頁）

「先知稼穡之艱難乃逸則知小人之依（稼穡農夫之艱難事先知之乃謀逸豫則知小民（人イ）之所依怙）」

（足利学校本、二一九七頁）

「先知稼穡之猳难乃逸則知小人之依（稼穡農夫之艱難事先知之乃謀逸豫則知小人之所依怙）」

（影天正本、二二〇五頁）

「先知稼穡𡳿艱難乃逸則知小人𡳿依（稼穡農夫之艱難事先知之乃謀逸豫則知小民之所依怙）」

（上海図八行本、二二一二頁）

「治民祇懼弗敢荒寧（爲政敬身思懼不敢荒怠自安也）」

「治民祇懼不敢荒寧（爲政敬身畏懼不敢荒怠自安也）」

（北京大学本、五〇八頁）

「治民袛懼弗敢荒寧（爲政敬身畏懼不敢荒怠自安也）」

（敦煌本（P.2748）、二一七九頁）

「治㞱祇懼弗敎荒寍（爲政敬身畏懼不敢荒怠自安也）」

（内野本、二一八六頁）

「治民祇懽不敢荒寧（爲政敬身畏懼不敢荒怠自安也）」

（足利学校本、二一九七頁・影天正本、二二〇五頁）

「治民祀懼弗敎荒寍（爲政敬身畏懼不敢荒怠自安也）」

（上海図八行本、二二一三頁）

「爰知小人之依能保惠于庶民弗侮鰥（右に「鰥」）寡（右に「寡」）」

「爰知小人之依能保惠于庶民不敢侮鰥寡」

（北京大学本、五一〇頁）

「爰知小人之依能保惠于庻民弗侮鰥寘（「敢」字無し）」

「爰知小人㞢依能保惠亐庻㠯弗敄侮鰥寡」

（敦煌本（P.2748）、二一八〇頁）

「爰知小人之依能保惠于庶民不敢侮鰥寡」（内野本、二一八八頁）

「爰知小人之依㠯保惠于庶民不敢侮鰥寡」（足利学校本、二一九八頁）

「爰知小人㞢依能保恵亐庶㠯弗敄侮鰥寡」（影天正本、二二〇六頁）

（上海図八行本、二二一四頁）

「享國卅有三年」

「享國三十有三年」（北京大学本、五一〇頁）

「亯國三十有三年」（敦煌本（P.2748）、二一八一頁）

「亯或弎十弎秊」（内野本、二一八八頁）

「享國三十有三年」（足利学校本、二一九九頁）

「享國三十有三秊」（影天正本、二二〇七頁）

「亯或三十有弎秊」（上海図八行本、二二一四頁）

「弗知稼精（右に「穡」）**之艱難」**

「不知稼穡之艱難」（北京大学本、五一一頁）

「弗知稼嗇之艱難」（敦煌本、二一八一頁）

「弗知稼穡㞢艱難」（内野本、二一八九頁）

「不知稼穡之艱難」（足利学校本、二一九九頁・影天正本、二二〇七頁）

「弗知稼穡之艱難」（上海図八行本、二二一四頁）

「弗聞小人之勞惟耽樂之從（過樂謂之耽惟耽樂之從言荒淫）**」**

「不聞小人之勞惟耽樂之從（過樂謂之耽惟樂之從言荒淫）」（北京大学本、五一〇頁）

「弗聞小人之勞惟湛樂之從（過樂謂之耽惟樂之從言荒淫）」（敦煌本（P.2748）、二一八一頁）

「弗沓小人㞢勞惟湛樂㞢羽（過樂謂之耽惟耽樂之從言荒淫）」（内野本、二一八九頁）

「不聞小人之勞惟耽𠆦之從（過樂謂之耽惟樂之從言荒淫）」（足利学校本、二一九九頁）

「不聞小人之勞惟耽𠆦之從（過樂謂之耽惟耽𠆦之從言荒淫）」（影天正本、二二〇七頁）

「弗沓小人㞢勞惟耽樂㞢從（過樂謂之耽惟耽樂之從言荒淫）」

（上海図八行本、二三二四頁）

「或十年七年八年或四三年」

「或十年或七八年或五六年或四三年」（北京大学本、五一一頁）

「（前半部破損）或メ六季弍三季」（敦煌本（P.3767）、二一七五頁）

「或十年或七八年或五六年或四三年」（敦煌本（P.2748）、二一八一頁）

「或十季或七八季或五六季或弍（左に「四」）三（左に「三正本作季」）」（内野本（二一八九頁））

「或十季或七八季或五六季或四三季」（足利学校本、二一九九頁）

「或十季或七八季或五六季或四三季」（上海図八行本、二二〇七頁）

段玉裁云「漢書杜欽傳欽說大將軍鳳曰書云或四三年中論夭壽篇書曰在昔殷王中宗嚴恭寅畏天命自度治民祗懼不敢荒寧肆中宗之享國七十有五年其在高宗寔舊勞於外爰暨小人作其即位乃或亮陰三年不言惟言乃雍不敢荒寧嘉靖殷國至於小大無時或怨肆高宗之享國五十有九年其在祖甲不義惟王舊為小人作即位爰知小人之依能保惠庶民不侮鰥寡肆祖甲之享國三十有三年自時厥後立王生則逸不知稼穡之艱難不知小人之勞苦惟耽樂是從自時厥後亦罔或克壽或十年或七八年或五六年或三四年徐氏所引書大段與今本合高宗不曰百年祖甲次武丁後徐氏所習者古文尚書也」と。

「惟我周大王王季克自抑畏（大王周公曾祖王季即祖言皆能以義自抑畏敬天命長敬天命也）」

「惟我周太王王季克自抑畏（太王周公曾祖王季即祖言皆能以義自抑長敬天命長敬天命也）」（北京大学本、五一一頁）

阮校「各本長皆作畏形近之譌」と。

「■（破損）我周大王季克自抑畏（大王周公曾祖王季即祖言皆能以義自抑畏敬天命長敬天命也）」（敦煌本（P.3767）、二一七五頁）

「惟我周大王々季克自抑畏（大王周公曾祖王季即祖言皆能以義自抑畏敬天命長敬天命也）」（敦煌本（P.2748）、二一八一頁）

「惟我周大王々季克自抑畏（太王周公曾祖王季即祖言皆能以義自抑畏敬天命長敬天命也）」（内野本、二一八九頁）

「惟我周大王々季克自抑畏（太王周公曾祖王季即祖言皆能以義自抑畏敬天命長敬天命也）」（足利学校本、二一九九頁）

「惟我周太王〻季京自抑畏（大王周公曾祖王季即祖言皆能以義自抑畏敬天命長敬天命也）」（上海図八行本、二三一五頁）

「自朝至于日中與（左に「本又作昊」）弗皇暇食用咸和万民（從朝至日昳不暇食思慮政事用皆協和万民）」

「自朝至于日中昃弗遑暇食用咸和萬民（從朝至日昳不暇食思慮政事用皆用和万民）」（北京大学本、五一一頁）

「自朝至于日中仄弗皇暇食用咸和万民（從朝至日昳不暇食思慮政事用用和萬民）」（敦煌本（P.3767）、二一七五頁）

「自朝至于日中仄弗皇暇食用咸和万民（從朝至日昳不暇食思慮政事用諧和万人）」（敦煌本（P.2748）、二一八二頁）

「自朝至亐日中昊弗皇暇貪用咸咊万㠯（從朝至日昳不暇食思慮政事用皆和万民）」（内野本、二一九〇頁）

「自朝至于日中昊弗遑暇貪用咸和万民（從朝至日昳不暇食思慮政事用皆和万民）」（足利学校本、二二〇〇頁・影天正本、二二〇八頁）

「自朝至亐日中昊弗遑暇食䌛咸咊万㠯（從朝至日昳不暇食思慮政事用皆和万民）」（上海図八行本、二三一五頁）

段玉裁云「釋文曰昊本亦作仄皇今本作遑俗字疑衛包所改也下文則皇自敬德鄭注皇謂暇謂寬暇自敬可以證此之不从辵矣皇暇疊文同義爾雅釋言偟暇也凡詩書遑字皆後人所改如不遑啓處不遑假寐之類不皇假寐與不皇暇食句法正同古假暇通用如假日即暇日非趙盾假寐之云也楚語左史倚相云周書曰文王至於日中昃不皇暇食惠于小民唯政之恭按惠于小民即上文懷保小民惠鮮鰥寡也唯政之恭即下文以庶邦惟正之蹱也左史摘舉不以次爾董仲舒傳周文王至于日昃不暇食師古曰昃亦吳字」と。

「茲四人迪悊」

「茲四人迪哲」（北京大学本、五一六頁・足利学校本、二二〇二頁・影天正本、二二一〇頁）

「茲三人迪悊」（敦煌本（P.3767）、二一七七頁）

「茲四人迪悊」（敦煌本（P.2748）、二一八三頁）

「茲三人迪哲」（内野本、二一九三頁）

「茲四人迪喆」（上海図八行本、二三一七頁）

「此厥弗聽人有乃或譸張爲幻曰小人怨汝詈汝則信之」

「此厥不聽人乃或譸張爲幻曰小人怨汝詈汝則信之」（北京大学本、五一七頁）

「此乢弗聽人乃或啫張為幻曰小人怨女詈女則仛之」（敦煌本（P.3767）、二一七八頁）

「此厥弗聽人乃戓噓張為幻曰小人怨女詈女則信之」（敦煌本（P.2748）、二一四八頁）

「此弋弗聽人廼或嚋張為幻曰小人怨女詈女則仛（左に「信」）出」（内野本、二一九四頁）

「此厥不聽人乃或譸張為幻曰小人怨汝詈汝則信之」（足利学校本、二二〇二頁・影天正本、二二一〇頁）

「此弋弗聽人乃或譸張為幻曰小人怨女詈女則信出」（上海図八行本、二二一八頁）

「乱罰無罪敉無辜（右に「辠」）怨有同是叢于厥身（信讒含怒罰殺無理則天下同怨讎之叢聚於其身也）」

「亂罰無罪殺無辜怨有同是叢于厥身（信讒含怒罰殺無罪則天下同怨讎之叢聚於其身也）」（北京大学本、五一七頁）

「罙罸亡辠敍戮亡辜怨辜同孠王开監于茲是叢于乢身」

「乱罸巳辠煞亡辜怨有同是藂于厥身」（敦煌本（P.3767）、二一七八頁）

「罙罰亡辠殺亡辜怨ナ同是叢丂弋身」（敦煌本（P.2748）、二一八四頁）

「乱罰無罪殺无辜怨有同是叢于厥身」（内野本、二一九四頁）

「罙罰無辠殺亡辜怨有同是叢丂弋身」（足利学校本、二二〇二頁・影天正本、二二一〇頁）

（上海図八行本、二二一八頁）

敦煌本（P.3767）の「王开監于茲」は「周公曰嗚呼嗣王其監于茲」の文を錯乱混入せしもの。

「為虖嗣王其鑒（右に「監」）于茲」

「嗚呼嗣王其監于茲」（北京大学本、五一七頁）

「烏雩孠王开監于茲」（敦煌本（P.3767）、二一七八頁）

「烏虖孠王亣監亏茲」（内野本、二一九四頁）

「嗚呼嗣王其監于茲」（足利学校本、二二〇二頁・影天正本、二二一〇頁）

「烏乎孠王亣監茲」（上海図八行本、二二一八頁）

蔡仲之命

「皇天無親惟德是輔民心無常惟惠之懷（天之於人無有親疎惟有德者則輔佐之民心之於上無有常主惟愛己者則歸往之）」

「皇天無親惟德是輔民心無常惟惠之懷（天之於人無有親疎惟有德者則輔佑之民之於上無有常主惟愛己者則歸之）」（北京大学本、五三二頁）

「皇天無親惟德是輔民心無常惟惠之懷（天之於人無有親疎惟有德者則輔佐之民心之（以下は破損））」（敦煌本（S.2074）、二三四三頁）

「皇天無親惟德是輔民心無常惟惠之懷（天之於人無有親疎惟有德者則輔佐之民心之於上無有常主惟愛己者則歸之）」（九条本、二三四九頁）

「皇天無親惟德是輔民心無常惟惠之懷（天之於人無有親疎惟有德者則輔祐之民心之於上無有常主惟愛己者則歸之）」（内野本、二三五五頁・上海図八行本、二三七一頁）

「皇天無親惟德是輔民心無常惟惠之懷（天之於人無有親疎惟有德者則輔祐（右に「佐」）之民心之於上無有常主惟愛己者則歸之）」（足利学校本、二三六一頁・影天正本、二三六六頁）

「介其戓哉愼厥初惟其終」

「爾其戒哉愼厥初惟厥終」（北京大学本、五三五頁）

「介开戓才昚（右に「愼」）手初惟手㬰（右に「終」）」（九条本、二三四九頁）

「介亣戓才昚丘初惟丘㬰」（内野本、二三五五頁）

「介其戒哉愼厥初惟其終」（足利学校本、二三六一頁・影天正本、二三六六頁）

「爾亣戒才昚丘初惟丘㬰」（上海図八行本、二三七二頁）

「小子胡汝往哉無荒弃朕命（汝往之國無廢棄我命欲其終身奉行之）」

「小子胡汝往哉無荒棄朕命（汝往之國哉無廢棄我命欲其終身奉行）」（北京大学本、五三五頁）

「小子胡女往才亡巟弃朕命（汝往之國哉無廢棄我命欲其終身奉行之也）」（九条本、二三五〇頁）

「小子胡汝迬（左に「往」）才巨荒弃般命（汝往之國哉無廢棄我命欲其終身奉行也）」（内野本、二三五七頁）

「小子胡汝往哉亡荒棄朕命（汝往之國哉無廢棄我命欲其終身奉行也）」（足利学校本、二三六二頁・影天正本、二三六七頁）

「小子胡汝往才（左に「哉」）亡荒棄般命（汝往之國哉無廢棄我命欲其終身奉行也）」（上海図八行本、二三七二頁）

多方

「惟聖冈念作狂惟狂克念作聖（惟聖人無念於善則為狂人惟狂人能念善則為聖人言桀紂非實狂愚以不念善故滅亡）」

「惟聖罔念作狂惟狂克念作聖（惟聖人無念於善則為狂人惟狂人能念於善則為聖人言桀紂非實狂愚以不念善故滅亡）」（北京大学本、五四三頁）

「惟聖亡念作狂惟狂克念作聖（惟聖人無念於善則為狂人惟狂人能念善則為聖人言桀紂非實狂愚以不念善故滅亡）」（敦煌本（S.2074）、二四〇六頁）

「惟聖⿱宀亡念作狂惟狂克念作聖（惟聖人無念於善則為狂人惟狂人能念善則為聖人言桀紂非實狂愚以不念善故滅亡）」（九条本、二四一七頁）

「惟聖亡念作狂惟狂克念作聖（惟聖人無念於善則為狂人惟狂人能念於善則為聖人言桀紂非實狂愚以不念善故滅亡）」（内野本、二四二九頁）

「惟亚罔念作狂惟狂克念作亚（惟聖人無念於善則為狂人惟狂人能念於善則為聖人言桀紂非實狂愚以不念善故滅亡）」（足利学校本、二四四二頁・影天正本、二四五二頁）

「惟聖⿱宀亡念作狂惟狂克念作聖（惟聖人無念於善則為狂人惟狂人能念於善則為聖人言桀紂非實狂愚以不念善故滅亡）」（上海図八行本、二四六三頁）

「尒室弗睦」

「爾室不睦」（北京大学本、五四八頁）

「⿱𠆢⿵冂㸚室弗睦」（敦煌本（P.2630）、二三九七頁）

「尒室弗睦」（敦煌本（S.2074）、二四一〇頁）

「介室弗睦」（九条本、二四二〇頁・内野本、二四三四頁・足利学校本、二四四五頁・影天正本、二四五五頁・上海図八行本、二四六六頁）

立政

「文王罔攸兼于庶言庶獄庶愼惟有司之牧夫（文王無所兼即知於毀譽眾言及衆刑獄衆所當愼之事惟愼擇有司牧夫而已惟愼擇有司牧夫而已古本擇上有惟字非也勞於求才逸於任賢）」

「文王罔攸兼于庶言庶獄庶愼惟有司之牧夫（文王無所兼知於毀譽眾言及衆刑獄衆當所愼之事惟愼擇有司牧夫而已惟愼擇有司牧夫而已古本擇上有惟字非也勞於求才逸於任賢）」（北京大学本、五六〇頁）

「文王⿱宀亡逌兼于庹言庶獄庹昚惟又司之牧夫（文王無所兼知於毀譽眾言及衆刑獄衆當所愼之事惟愼擇有司牧夫而已惟愼擇有司牧夫而已古本擇上有惟字非也勞於求才逸於任賢）」（敦煌本（S.2074）、二五〇八頁）

「文王⿱宀亡 逌兼于庶言庶獄庶愼惟有司之牧夫（文王無所兼知於毀譽眾言及衆刑獄衆當所愼之事惟愼擇有司牧夫而已惟愼擇有司牧夫而已古本擇上有惟字非也勞於求才逸於任賢）」（敦煌本（P.2630）、二五一四頁）

「文王⿱宀亡逌兼于庶言庶獄庶昚惟又司之牧夫（文王無所兼知於毀譽眾

言及衆刑獄衆當所愼之事惟愼擇有司牧夫而已惟愼擇有司牧夫而已古本擇上有惟字非也勞於求才逸於任賢）」

（九条本、二五二二頁）

「彣王乇逌兼亐庶言庶獄庶昚惟ナ司㞢牧夫（文王無所兼知於毀譽眾言及衆刑獄衆當所愼之事惟愼擇有司牧夫而已惟愼擇有司牧夫而已古本擇上有惟字非也勞於求才逸於任賢）」

（内野本、二五三四頁）

「文王乇逌兼亐庶言庶獄庶昚（左に「愼」）惟ナ司㞢牧夫（文王無所兼知於毀譽眾言及衆刑獄衆當所愼之事惟愼擇有司牧夫而已惟愼擇有司牧夫而已古本擇上有惟字非也勞於求才逸於任賢）」

（上海図八行本、二五六三頁）

「文王罔攸兼于庶言庶獄庶慎惟有司之牧夫（文王無所兼知於毀譽眾言及衆刑獄衆當所愼之事惟愼擇有司牧夫而已惟愼擇有司牧夫而已古本擇上有惟字非也勞於求才逸於任賢）」

（足利学校本、二五四四頁・影天正本、二五五三頁）

「武王率惟撫（右に「敉」）功不敢替厥義悳（武王循惟文王撫安天下之功不敢廢其義德奉遵父道也）」

「武王率惟敉功不敢替厥義德（武王循惟文王撫安天下之功不敢廢其義德奉遵父道也）」

（北京大学本、五六〇頁）

阮元「閩本葛本同毛本力作功是也」と。

「武王率惟敉功弗■（以下破損）（武王循惟文王撫安天下之功不敢廢其義德奉遵父道也）」

（敦煌本（S.2074）、二五〇八頁）

「武王率惟敉功弗敢替厥誼德（武王循惟文王撫安天下之功不敢廢其義德奉遵父道也）」

（敦煌本（P.2630）、二五一四頁）

「武王衜惟敉功弗敎替氒誼悳（武王循惟文王撫安天下之功不敢廢其義德奉遵父道也）」

（九条本、二五二二頁）

「武王率惟敉玐弗敎替氒誼悳（武王循惟文王撫安天下之功不敢廢其義德奉遵父道也）」

（内野本、二五三四頁）

「武王率惟敉功弗敢替其誼德（武王循惟文王撫安天下之功不敢廢其義德奉遵父道也）」

（足利学校本、二五四四頁）

「武王率惟敉功弗敢替其（右に「厥」）誼（右に「義」）仡（武王循惟文王撫安天下之功不敢廢其義德奉遵父道也）」

（影天正本、二五五三頁）

「武王率惟敉玐弗敎替氒誼（左に「義」）悳（武王循惟文王撫安天下之功不敢廢其義德奉遵父道也）」

（上海図八行本、二五六三頁）

「獡（左に「孺」）子王矣（稚子今已爲王矣不可不勤法祖考也）」

「孺子王矣（稚子今以爲王矣不可不勤法祖考之德）」

（北京大学本、五六一頁）

「禑子王矣（稚子今以爲王矣不可不勤法祖考也）」

（敦煌本（P.2630）、二五一四頁）

「孺子王矣（稚子今已爲王矣不可不勤法祖考也）」

（九条本、二五二三頁）

「孺子王矣（稚子今已爲王矣不可不勤法祖考（小字「之德」二字扌有」））」

（内野本、二五三五頁）

「孺子王矣（稚子今以爲王矣不可不勤法祖考之德也）」（足利学校本、二五四五頁）

「孺子王矣（稚子今以爲王矣不可不勤法祖考之悳也）」（影天正本、二五五四頁）

「孺子王矣（稚子今已爲王矣不可不勤法祖考（小字「之德」二字扌有））」（上海図八行本、二五六四頁）

「⿺辶㡭（右に「継」と）自今」

「繼自今」（北京大学本、五六一頁）

「繼自今」（敦煌本（P.2630）、二五一四頁）

「継自今」

（九条本、二五二三頁・内野本、二五三五頁・足利学校本、二五四五頁・影天正本、二五五五頁）

「■（破損）自今」（上海図八行本、二五六四頁）

周官

「庶政惟和萬國咸寧（官職有序故衆政惟和萬國皆安所以爲至治也）」

「庶政惟和萬國咸寧（官職有序故衆政惟和萬國皆安所以爲正治也）」（北京大学本、五六八頁）

阮校「正治古本岳本宋板正作至治下古本有之字」

と。

「庡政惟咊万或咸寍（官職有序故衆政惟和萬國皆安所以爲至治之也）」（内野本、二五八八頁）

「庶政惟和萬國咸寧（官職有序故衆政惟和萬國皆安所以爲至治之）」（足利学校本、二六〇八頁・影天正本、二六一五頁）

「庡政惟咊万或咸寧（官職有序故衆政惟和萬國皆安所以爲至治之也）」（上海図八行本、二六二二頁）

「明王立政弗惟其官惟其人」

「明王立政不惟其官惟其人」（北京大学本、五六八頁）

「明王立政弗惟亣官惟亣人」（内野本、二五八九頁・上海図八行本、二六二二頁）

「明王立政弗惟其官惟其人」（足利学校本、二六〇八頁・影天正本、二六一五頁）

「官弗必備唯其人」

「官不必備惟其人」（北京大学本、五六九頁）

「官弗必備唯（左に「惟」）亣人」（内野本、二五九〇頁）

「官弗必■（破損）惟（扌）（右に「唯夕」）亣人」

「官弗必備惟其人」（観智院本、二五九八頁）

「官弗（左に「不」）必備惟其人」（足利学校本、二六〇九頁）

「官弗必備唯亣人」（影天正本、二六一六頁）

（上海図八行本、二六二四頁）

「少師少傅少保曰三孤（孤特也卑於公尊於卿特置此三人也）」

「少師少傅少保曰三孤（孤特也言卑於公尊於卿特置此三者）」

（北京大学本、五六九頁）

「少師少傅少保曰弎孤（孤特也言卑於公尊於卿特置此三人者（左に「扌」））」

（内野本、二五九〇頁）

「少師少傅少保曰三（右に「弎」）孤（孤特也卑於公尊於卿特置此三人也（左に「者」））」

（観智院本、二五九九頁）

「少師少傅少保曰三孤（孤特也言卑於公尊於卿特置此三人者）」

（足利学校本、二六〇九頁・影天正本、二六一六頁）

「少師少傅少保曰三殈（孤特也言卑於公尊於卿特置此三人者）」

（上海図八行本、二六二四頁）

「三（右に「二」）公弘他黨（左に「化寅」）亮天地弼予一人」

「貳公弘他黨亮天地弼予一人」（北京大学本、五六九頁）

「貳公弘化寅亮兂埊（左に「地」）弻（左に「弼」）予弌人」

（内野本、二五九〇頁）

「二公弘化貧亮天地弼予一人」（観智院本、二五九九頁）

「貳公弘化寅亮天地弼予一人」

（足利学校本、二六〇九頁・影天正本、二六一六頁）

「二公弘化寅亮天埊（左に「地」）弻予弌人」

（上海図八行本、二六二四頁）

「六卿分職各師其屬以唱九牧以（右に「阜」）成兆民」

「六卿分職各率其屬以倡九牧以成兆民」

（北京大学本、五七〇頁）

「六卿分職各師（左に「率扌」）亣属㠯倡九技以阜戚兆区」

（内野本、二五九二頁）

「六卿分職各師亣属㠯倡九牧阜（左に「阝」）成兆民」

（観智院本、二六〇〇頁）

「六卿分職各师其属以倡九牧阜成兆民」

（足利学校本、二六一〇頁）

「六卿分職各师（左に「率」）其属以倡九牧阜成兆民」

（影天正本、二六一七頁）

「六卿分職各師亓属邑倡九牧阜戚兆叵」（上海図八行本、二六二五頁）

「政乃弗迷」

「政乃不迷」（北京大学本、五七三頁）

「政廼弗迷」（内野本、二五九三頁）

「政乃弗迷」（観智院本、二六〇二頁・足利学校本、二六一一頁・上海図八行本、二六二六頁）

「政乃弗（左に「不」）迷」（影天正本、二六一八頁）

「弗學牆（右に「牆」）面莅事惟煩」

「不學牆面莅事惟煩」（北京大学本、五七四頁）

「弗學牆面莅事惟煩」（内野本、二五九四頁）

「不學牆面莅事惟煩」（観智院本、二六〇三頁）

「弗学牆面莅叓惟煩」（足利学校本、二六一一頁・影天正本、二六一八頁）

「弗學牆靣莅事惟煩」（上海図八行本、二六二七頁）

「位弗期驕禄弗期俀」

「位不期驕禄不期侈」（北京大学本、五七五頁）

「位弗朋憍（左に「驕」）禄弗祿朋侈」（内野本、二五九四頁）

「位不期驕禄不期侈」（観智院本、二六〇三頁）

「位弗期驕禄弗期侈」（足利学校本、二六一一頁）

「位弗期驕禄弗（左に「不」）期多」（影天正本、二六一八頁）

「位弗朋（左に「期」）憍禄弗朋侈」（上海図八行本、二六二七頁）

「惟爾弗任」

「惟爾不任」（北京大学本、五七五頁）

「惟尒弗任」（内野本、二五九五頁・足利学校本、二六一二頁・上海図八行本、二六二八頁）

「惟爾（右に「尒」）不任」（観智院本、二六〇四頁）

「惟尒弗（左に「不」）任」（影天正本、二六一九頁）

「王曰爲虘三事泉大夫敬尒有官乱尒有政」

「王曰嗚呼三事曁大夫敬爾有官亂爾有政」（北京大学本、五七五頁）

「王曰烏虘弍事泉大夫敬尒ナ官乑尒ナ政」（内野本、二五九五頁）

「王曰嗚呼（左に「虘」）三（左に「弍」）事曁（左に「泉」）大夫敬爾（左に「尒」）有官亂（左に「乑」）爾有政」（観智院本、二六〇四頁）

「王曰嗚呼三叏泉大夫敬尒有官乱尒有政」（足利学校本、二六一二頁・影天正本、二六一九頁）

「王曰嗚虘弍事泉（左に「曁」）大夫敬尒有官𤔔尒ナ政」（上海図八行本、二六二八頁）

君陳

「尒無忿疾于頑无求備于一人」

「爾無忿疾于頑無求備于一夫」（北京大学本、五八一頁）

「尒巳忿疾亐頑亡求備亐弌人」（内野本、二六五〇頁）

「爾（右に「巳」）亡忿疾于頑匕求倫一夫（左に「人本作」）」（観智院本、二六五八頁）

「尒亡（左に「無」）忿疾于頑（左に「嚚」）無求備于一夫」（足利学校本、二六六三頁）

「尒亡（左に「無」）忿疾于頑无求備于一夫」（影天正本、二六六八頁）

「尒亡（左に「無扌」）忿疾亐頑巳求備亐弌人」（上海図八行本、二六七三頁）

畢命

「命曰爲虘父帀」

「王若曰嗚呼父師」（北京大学本、六一八頁）

「王若曰爲雫父師」（岩崎本、二八〇七頁）

「王若曰烏虘父師」（内野本、二八一三頁）

「嗚呼父師」（足利学校本、二八二二頁・上海図八行本、二八三三頁）

「王若曰嗚呼父师」（影天正本、二八二七頁）

「政貴有恒辭尙體要弗惟好異（政以仁義爲常辭以體實爲要故貴尚之若異於先王君子所不好）」

「政貴有恒辭尙體要不惟好異（政以仁義爲常辭以理實爲要故貴尚之若異於先王君子所不好）」（北京大学本、六一七頁）

阮校「按正義當作以體」と。また「所」字無し。

「政貴恒詞尙體要弗惟歼異（政以仁義爲常辭以理實爲要故貴尙之若異於先王君子所不好）」（岩崎本、二八〇八頁）

「政貴ナ恒詈尙體要弗惟歼異（政以仁義爲常辭以理實爲要故貴尙之若異於先王君子所不好）」（内野本、二八一六頁）

「政貴有恒詞尙體要弗（左に「不」）惟好異（政以仁義爲常辭以理實爲要故貴尙之若異於先王君子所不好）」（足利学校本、二八二三頁）

「政𡕒有恒詞尙體要弗惟好異（政以仁義爲常辭以理實爲要故貴尙之若異於先王君子所不好）」（影天正本、二八二九頁）

「政貴ナ恒詈（左に「辞」）尙體要弗惟歼異（政以仁義爲常辭以理實爲要故貴尙之若異於先王君子所不好）」（上海図八行本、二八三六頁）

「我聞曰世禄之家鮮克由禮以蕩淩悳實悖天道」

「我聞曰世禄之家鮮克由禮以蕩陵德實悖天道」（北京大学本、六一八頁）

「我沓曰世禄之家鮮克䌛𧰼曰蕩淩悳實悖天道」（岩崎本、二八〇八頁）

「我沓曰𢍜䘵㞢家鮮克繇（左に「由」）𠘧曰蕩淩悳實悖亢衜（左に「道」）」（内野本、二八一六頁）

「我沓曰世禄之家鮮克繇礼曰蕩陵徳实悖天道」（足利学校本、二八二四頁）

「我沓曰世禄之家鮮克繇礼曰蕩陵作实悖天道」（影天正本、二八三〇頁）

「我沓曰世禄㞢家鮮克䌛（左に「由」）𠘧（左に「礼」）曰蕩陵（左に「淩本作」）悳實悖天道」（上海図八行本、二八三六頁）

君牙

「惟予小子嗣守文武成康遺緒亦惟先王之臣克左右乱四方」

「惟予小子嗣守文武成康遺緒亦惟先王之臣克左右亂四方」（北京大学本、六二一頁）

「惟予小子孠守文武成庚遺緒亦惟先王之臣克左右𤔔三方」（岩崎本、二八五三頁）

「惟予小子孠（左に「嗣」）守𢘓武戚康遺緒䜌惟先王㞢臣克左右𤔔（左に「乱」）三方」（内野本、二八五八頁）

「惟予小子嗣守文武成康遺緒亦惟先王之臣克左右乱四方」（足利学校本、二八六三頁・影天正本、二八六六頁）

「惟予小子孠守文武戚康遺緒亦惟先王出臣克左右𢆸
(左に「乱」)三方」　(上海図八行本、二八六八頁)

「今命尒予翊作股肱心膰(左に「膂」)」
「今命爾予翼作股肱心膂」(北京大学本、六二一頁)
「今命尔予翊作股肱心膂」(岩崎本、二八五四頁)
「今命尒予翊(左に「翼」)作股肱心膂」(内野本、二八五八頁)
「今命尔予翼作股肱心膂」(足利学校本、二八六三頁・影天正本、二八六六頁・上海図八行本、二八六九頁)

冏命

「王若曰柏冈」
「王若曰伯冏」(北京大学本、六二四頁)
「王若曰柏冏」(岩崎本、二八七九頁)
「王若曰伯冏」(内野本、二八八四頁)
「王若曰伯冏」(足利学校本、二八九〇頁・影天正本、二八九三頁・上海図八行本、二八九六頁)

「發号施令冈有弗臧」
「發號施令罔有不臧」(北京大学本、六二五頁)
「敥号㐌令亡有弗臧」(岩崎本、二八八〇頁)
「敥号施令亡ナ弗臧」(内野本、二八八六頁)
「敥號施令罔有弗臧」(足利学校本、二八九〇頁)
「敥號施令罔(左に「無」)有弗(左に「不」)臧」(影天正本、二八九三頁)
「敥號施令亡ナ弗臧」(上海図八行本、二八九七頁)

「繩僁糺謬格其非心」
「繩愆糾謬格其非心」(北京大学本、六二五頁)
「繩僁糺謬格丹非心」(岩崎本、二八八一頁)
「繩僁糺謬格亣非心」(内野本、二八八六頁)
「繩僁糾謬栺其非心」(足利学校本、二八九一頁)
「繩僁糾謬格其非心」(影天正本、二八九四頁)
「繩僁糾謬格亣非心」(上海図八行本、二八九七頁)

「**厤乃弜**（右に「后」）**㥁交脩弗逯**」

「懋乃后徳交修不逮」（北京大学本、六二六頁）

「厤乃后㥁交佟弗逯」（岩崎本、二八八一頁）

「厤廼后㥁交脩弗逮」（内野本、二八八七頁）

「懋乃后㥁交修弗逮」

（足利学校本、二八九一頁・影天正本、二八九四頁・上海図八行本、二八九七頁）

「**僕臣㠯厥弜克㠯僕臣諞厥后自聖**」

「僕臣正厥后克正僕臣諛厥后自聖」（北京大学本、六二七頁）

「僕臣正𠂤后克正僕臣諛𠂤君自聖」（岩崎本、二八八一頁）

「僕臣正乒后克正僕臣諛乒后自聖」（内野本、二八八七頁）

「僕臣正厥后克正僕臣諛厥后自𦘕」

（足利学校本、二八九一頁・影天正本、二八九四頁）

「僕臣正乒后克正僕臣諛乒后自聖」（上海図八行本、二八九八頁）

「**尒無暱于憸人充耳目之官迪上以非先王之典**」

「爾無昵于憸人充耳目之官迪上以非先王之典」（北京大学本、六二七頁）

「尓亡㖠于惥人宂耳目之官迪上㠯非先王之典」（岩崎本、二八八二頁）

「尒亡亐于思人充耳目𡳿官迪丄㠯非先王𡳿典」（内野本、二八八八頁）

「尒亡暱于憸人充耳目之官迪上㠯非先王之典」

（足利学校本、二八九二頁・影天正本、二八九五頁）

「尒亡暱亐憸人充耳目𡳿官迪丄㠯非先王𡳿笧」（上海図八行本、二八九八頁）

呂刑

「**其刑其罰其審克**（其所刑其所罰其當審能之無失中也）」

「其刑其罰其審克之（其所刑其所罰其當詳審能之無失中正）」（北京大学本、六四九頁）

「开刑亓㓻亓審克之（其所刑其所罰其當詳審能之無失中正）」（岩崎本、二九二三頁）

「亣刑亣罰亣審克𡳿（其所刑其所罰其當詳審能之無失中正）」（内野本、二九四一頁）

「其刑其罰其審克之（其所刑其所罰其當詳審能之無失中正）」（足利学校本、二九五六頁）
「其刑其罰其審克之（其所刑其所罰其當詳審能之無失中正）」（影天正本、二九六八頁）
「亣羽亦罸亦審亰㞢（其所刑其所罰其當詳審能之無失中正）」（上海図八行本、二九八〇頁）

以上、『群書治要』と北京大学本を較べると、文字の上においては所謂「隷古定」と呼ばれる奇字が使われ、なお本文や注にも異同があることが知られるであろう。

今、これらを斯波氏『文選』李善注所引尚書の復元と比較すれば、両者には共通したものがある。

例えば、既に上に挙げたが、

堯典　「曰放勛欽明文思安安」（今本「勳」）
「叶和万邦」（今本「萬」）
大禹謨　「咎繇曰帝徳罔僁」（今本「皐陶」・「愆」）
「肆予以爾衆士奉詞伐罪」（今本「辭」）
皐陶謨　「庶明厲翼」（今本「勵」）
仲虺之誥　「惟王弗迩聲色不殖貨利邇近也」（今本「邇」）
太甲　「太甲既立弗明」（今本「不」）
説命　「若作和羹尒惟塩梅」（今本「爾」）
武成　「乃偃武脩文」（今本「修」）
「万姓悦服」（今本「萬」）
無逸　「弗皇暇食」（今本「不遑」）
冏命　「縄僁紏謬格其非心」（今本「愆糾」）

がそれである。

しかし、『玉海』（巻五十四）によれば、「天寶十三載十月敇院内別寫群書政要刊出所引道徳經文先是院中進魏文正所撰群書理要上覽之稱善令寫十數本分賜太子以下」と記される。

内野本など我が国に残る古写本は、衛包による改字以前のものと考えられる奇字が多く使われ、これらは唐代に書写された敦煌本などと一致するものであるが、『群書治要』にはこれらに比較して奇字の使われた部分が非常に少ない。そして、却って阮元が底本とした［元］刊本（北京大学本）に近く、また内野本以下の古写本に「𢮦（摺）本」、或いは「印本」として附記されるものに近いことが知られる。『群書治要』が刊行された事実がない以上現存する『群書治要』は、鎌倉写本の『群書治要』が刊本に依ったものでないことは明らかであるが、果たしてそうであるとすれば、玄宗の改字以降に書写されたものが将来されたものではないかとも考えられるのである。

しかし、いずれにせよ、唐代に通行した尙書の異同の振幅を知るためには、更に他の文献に引かれる『尙書』との照合が必要であろう。

この点をより明らかにするために、『後漢書』李賢注所引『尙書』について検討を加えたい。

六、『後漢書』李賢注所引『尙書』攷

太宗の貞観十五（六四一）年に上奏された顏師古『漢書注』は、唐代の史学に大きな影響を与えた。吉川忠夫氏によれば、「顏師古注は、いはば顏師古以前の『漢書』注の集成であり、六朝末期から隋、唐初における「漢書學」の水準とその歸結點をしめすものである」(35)という。

もともと注無くして読まれていた『漢書』に顏師古注が必要だったのは、班固の当時からおよそ五百五十年を経て、言語の問題として読解に不便が生じたためであろう。顏師古注を見れば、少なからざる語釈が施されてい

ることからもそれは容易に知られるのである。

そして、その語釈は、もとより古典に訓詁の背景を見る語釈であり、それを如何に当時の言語に接続させるかという課題でもあった。顔師古の注釈はまさにこの点に大きな業績があったのではないかと考えられる。

ところで、唐初に漢書学を継承したものに、劉訥言（納言とも）がある。

『舊唐書』（巻百八十九上・儒学伝秦景通）に「納言、乾封中歴都水監主簿、以漢書授沛王賢。及賢為皇太子、累遷太子洗馬、兼充侍讀。常撰俳諧集十五巻以進太子。及東宮廢、高宗見而怒之、詔曰劉納言收其餘藝、參侍經史、自府入宮、久淹歳月、朝遊夕處、竟無匡贊。闕忠孝之良規、進詼諧之鄙說、儲宮敗德、抑有所由。情在好生、不忍加戮、宜從屏棄、以勵將來。可除名。後又坐事配流振州而死」と記されるが、訥言は李賢に漢書を授け、また李賢が『後漢書』注を作った際には中枢にあって、李賢の『後漢書』注釈を扶けた学者の一人でもあった。

さて、富永一登氏によれば、皇太子であった李賢は、引書の方法において李善『文選注』を参照したことが指摘される。[36]

李善の『文選注』が上表されたのは顕慶三（六五八）年、李賢が『後漢書注』を奉じたのは儀鳳元（六七六）年である。

富永氏は「李善は『文選注』を上表した後、数年間、潞王（六五五～六六一）、沛王（六六一～六七二）であった李賢に仕えていたことがあり、『後漢書』注が編纂されていた頃には、姚州流罪を赦され、揚州江都や汴鄭の間で『文選』を講じていたのであるが、彼が『後漢書』注の作成に関与した形跡は見当たらない」とされる。

しかし、当時、漢書学とともに学問の主流であった文選学の集成とも言うべき李善『文選注』は、李賢の参考とする注釈の態度に大きな影響を与えたことは明らかであろう。

斯波六郎氏の『文選李善注尙書考証』によっても明らかな如く、李善は『文選注』を作るに当たって引文の義例を二十三条記しているが、李賢は『後漢書注』作成の際に、この義例を用いたとも考えられる。斯波氏に拠って、改めてその凡例のみを示したい。

[甲] 引文の目的

(一) 引証

(1) 語句の引証について

正文據る所の語句、其の形義倶に正文と相似たる者を引く例

(諸引文證皆擧先以明後以示作者必有所祖述也)

正文據る所の語、正文と其の義相同じくして而も其の形互いに倒する者を引く例

正文據る所の原文、正文と語句相似て、而も其の意必ずしも同じからざる者を引く例

(文雖出彼而意微殊不可以文害意)

(2) 内容上の引証

正文文義の據る所を示す例

正文據る所の事實を示す例

(二) 釋義

(1) 訓詁の爲の引文

先づ正文中の語の意義を明かにして、然る後其の語の用例を示す例

先ず正文中の語甲を解して乙なりと爲し、然る後に乙の用例を示す例

正文の語甲を注するに他諸注「乙は甲なり」を引いて、以て正文の甲は即ち乙なることを明らかにする例

他の文を引いて以て正文中の語を釋する例
（2）正文文字の字體を明かにせむが爲、他の文を引く例
（3）正文の句逗を明かにする爲の引文の例
（4）正文の誤字を正すが爲の引文の例

[乙] 引文の態度

（一）原文を節略して引くこと有るの例
（二）正文の叙次に順ひて引文の原叙を改むること有るの例
（三）正文に順ひて引用原文の文字を改むることを爲さざる例
（1）兩者同音義なる所以を附記する例
（イ）某與某古字通と附記する例
（ロ）某與某通と附記する例
某與某音義同と附記する例
某與某同と附記する例
某與某古今字と附記する例
某某一也と附記する例
（2）他に證を求むる例
（3）正文と引文と、文字互に異りて、其の理明かならざる者は、惟疑を存するに止め、決して意を以て引文を改めざる例

（4）引文原注「某當爲某」と言へるに、而も原注に依りて徑に其の文を改むることを爲さず、必ず原文の舊に从ひて之を引く例

（四）他書に轉載せられたる文を引く者は、必ず其の載する所の書名を記し、以て其の據る所を明かにする例

（五）正文と引文との間に、記する所合せざる者有らば、之に辨語を加ふる例

（六）務めて正文作者の據れりと思はるる者を引用す

（1）同一の語句、若しくは同一の事實にして數種の書に記載せらるる時は、其の中に就き、最も正文の近き者を引く例

（2）正文作者の據れる原文に異同有る時は、其の中に就き、正文に近き者を擇んで之を引く例

（3）正文作者の據れる原文、其の解、異説有る時は、正文作者の从へりと思はるる者を擇びて之を引く例

（七）引文惟其の語形のみを采りて、其の語義を采らざる例

（八）某書の本文甲と本文乙下の注を并せ引く例

（九）正文作者と略同時の人の作を引いて相証する例

（十）釋義の爲の引用は、正文より後に成れる書に據るを避けざる例（語釋義或引後以明前）

（十一）正文の一語句に對する引文は惟一條に止まるを常と爲す

[丙] 引文の記載

（一）注引く所の書は、其の書名のみを記し、篇名・章名等の小目は之を記せざるを常とす。但、正文注解上必要有る時に限り小目をも并記す。

（二）既に前文に於て他の文を引いて注せる語句、後文復た出づる時は、必ずしも重ねて文を引かず、惟「某已見上文」又は「某已見某篇」と記す。
（三）引文冒頭「某曰」の字有る時は、引書書名下「曰」の字を書せず。

以上が李善が『文選注』を著すに当って行った引用の義例である。李賢がこれを利用したか否かは、唐代注釈史上においても明らかにすべきことかと考えられるが、まず、ここでは李賢注に引かれた『尙書』が如何なるものであるかを明らかにするために、古写本との対校を行いたい。『後漢書』李賢注には、『尙書』が三二条引かれている。

序文

巻四十上（班彪列傳・第三十上）
『孔安國尙書序曰漢室龍興』
「漢室龍興」（北京大学本、一四頁・内野本、三一三四頁）
「漢室竜興」（足利学校本、三一四三頁）
（影天正本、三一四七頁・上海図八行本、三一五二頁）

堯典

巻四十下（班彪列傳・第三十下）
『尙書允恭克讓』・『尙書堯典曰允恭克讓』
「允恭克讓」（北京大学本、二九頁・足利学校本、二七頁・上海図八行本、四四頁）
「允恭（左に「龔」）克讓」（内野本、一五頁）
「允恭克」（影天正本）
段玉裁云「尙書後案曰恭古作共玉裁按此誤也尙書凡恭肅字皆　從心供奉供給字則作共分用晝然漢石

經無逸篇嚴恭寅畏與徽柔懿共惟正之共各體可證懿共非恭肅字也說詳後各篇又按詩恭敬字皆作恭惟詩韓奕虔共爾　位鄭云古之恭字或作共與毛說異然云或作則知偶一有之非其常也」、また「漢書藝文志曰合於堯之克攘師古曰攘古讓字玉裁按鄭君注曲禮曰攘卻也或者攘古讓字說文解字曰攘推也讓相責讓也許君以从手者為謙讓字矣」と。

卷三（肅宗孝章帝紀）

『尚書曰光被四表』

「光被四表」（北京大学本、二九頁・上海図八行本、四四頁）

「光被四表（左に「四方」）」（内野本、一五頁・足利学校本、二七頁・影天正本、三五頁）

段玉裁云「古文尚書作光今文尚書作横鄭君周頌箋引光被四表格于上下此用古文尚書也漢書王莽傳莽奏曰昔唐堯横被四表王襃傳聖主得賢臣頌曰化溢四表横被無窮後漢書馮異傳永初六年詔曰横被四表昭格上下崔駰傳崔篆慰志賦曰聖德滂以横被兮黎庶愷以鼓舞班固傳西都賦曰横被六合三成帝畿張衡東京賦曰惠風横被今文選雖改為廣而魏都賦注所引固不誤後漢書孝章帝紀威靈廣被蓋同漢書宣帝紀蕭望之傳皆云充塞天地光被四表此葢本作横淺人用古文改之此皆用今文尚書也戴先生與王鳳喈内翰書曰孔傳光充也陸德明釋文無音切孔沖遠正義曰光充釋言文據郭本爾雅桄熲充也注曰皆充盛也釋文曰桄孫作光古黃反用是言之光之為充爾雅具其義漢唐諸儒凡於字義出爾雅者則信守之篤雖孔傳出魏晉閒人手此字據依爾雅又密合古人屬辭之法非魏晉閒人所能必襲取師師相傳舊解見其奇古有據遂不敢易爾爾雅桄字六經不見說文桄充也孫愐唐韵古曠反樂記號以立横横以立武鄭康成注曰横充也謂氣作充滿也釋文曰横古曠反孔子閒居篇必達於禮樂之原以致五至而行三無以横於天下鄭注曰横充也堯典古本必有作横被四表者横被廣被也正如記所云横於天下横乎四海是也横四表格上下對舉溥徧所及曰横貫通所至曰格四表言被以德加民物言也上下言于以德及天地言也横轉寫為桄脫誤為光追原古初當讀古曠反庶合充霩廣遠

之義而釋文堯典無音切於爾雅乃古黃反殊少精覈述古之難如此類者遽數之不能終其物玉裁按先生此書但云古本必有作橫被者而未知漢人言橫被者甚多又未知伏生作橫壁中作光皆卽桄字爾雅說文桄充也桄橫通用與今文尚書合孫叔然爾雅作光充也與古文尚書合古文尚書光字卽桄之假借鄭君釋以光耀見周頌正義此就本義釋之僞孔云光充也此就假借釋之用今文注古文也古今文字異而音義同僞孔訓為長桄之訓充者凡物將充滿之必外為之郭而後可充孟子曰擴而充之擴卽橫字之異體四面為之橫而充之也漢人訓詁之法當云桄猶充也爾雅舉其大致而已淮南王原道訓橫四維而含陰陽紘宇宙而章三光高注橫讀桄車之桄洪氏蕊登榜曰漢人橫桄通用甚明玉裁按木之橫者曰桄桄車謂車之有桄者也李登聲類作輄車下橫木也見衆經音義釋𤣥應衆經音義曰桄音光古文橫二形聲類作輄今車牀及梯舉下橫木皆是也然則桄是本字橫是假借字橫之古音讀如黃亦讀如杭用為桄之假借則讀如光而恢郭之義則漢後橫桄皆切古曠今俗謂器物之橫木亦古曠切此古今語有輕重也壄形訓說崑崙虛旁有九井玉橫維其西高注橫猶光也此形訓說崑崙虛旁有九井玉橫維其西光字乃桄字之誤形訓說崑崙虛旁有九井玉橫維其西山海經面有九井以玉為檻玉橫卽玉檻甚明說文且字下曰从几足有二橫魯頌鄭箋曰大房玉飾俎也其制足閒有橫明堂位俎夏后氏以嶡鄭注嶡之言蹷也謂中足為橫距之象橫皆卽桄橫被四表橫四維謂以四表四維為圻堮而郭之古無廓字郭廓同字為之郭而郭之為之橫而橫之正是一理橫郭也與韓詩觥古音光廓也亦是一理孟子擴而充之擴乃橫之俗字孟子原書當是橫而充之趙注擴廓也當是橫郭也今人讀擴為廓而已集韵四十二宕古曠一切有桄橫櫎撗擴五字實是一字可以證古音古義古經字多假借非兼考各家難得其說如毛詩如鳥斯革故訓傳曰革翼也韓詩作翃也韓用本字毛用假借字而其說正同正如古文作光今文作橫而其義正同鄭君以光耀釋之未協其箋詩牽引尚書希革字亦令學者淆惑漢書文帝紀酺五日文穎曰漢律三人以上無故群飲酒罰金四兩今詔橫賜得令會聚飲食五日也按此漢人用橫字之一端也」と。

卷四十下（班彪列傳・第三十下）

『書曰格于上下』

「格于上下」（北京大学本、二九頁）

「格于丄丅」（内野本、一五頁・足利学校本、二七頁）

「格于丄丅（左に「上下」）」（影天正本、三五頁）

「㭘于上下」（上海図八行本、四四頁）

段玉裁云「許叔重說文解字八篇人部曰假非眞也从人叚聲一曰至也虞書曰假于上下一曰至也四字葢非許書之舊許君引經文與其字義不合者甚多皆六書之假借也如無有作洽何闗人姓布重席何闗火不明我夃酌彼金罍何闗市買多得好蔑姑共本字洽及其假借字也二篇彳部曰假至也與方言合然則假其本字假其假昔字淺人見引虞書與非眞之義不屬則妄增一曰至也四字以聯屬之方言假至也郭音駕證以集韵四十禡則其字本從彳按許書自序云其偁易孟氏書孔氏詩毛氏禮周官春秋左氏論語孝經皆古文也然則凡許所偁尙書皆孔安國壁中本凡壁中本有安國以今文讀之改定其字者如堋改作朋定作斷定作蠢之類是也叔重存其故書本字往往與今本乖異職此之由凡安國讀定之本遞傳至衛賈馬鄭王及僞孔唐天寶三載命一不學無識之衛包盡改其古字如共改作供女作汝鄕作嚮御作迓奴作孥庸作鏞熒作榮淺作餞鳥作島道作導尼作昵旄作毛雺作蒙圛作驛㓗作費馮作憑蔑作篾斁作塗闗作開之類是也許所見壁中是假字而今本堯典格字五見考毛詩楚茨抑作格毛云來也至也雲漢作假毛云至也是古時格假通用尙書作格其來已久王逸注招魂曰假至也書曰假于上下叔師多用今文尙書此今文尙書與古文尙書同也後漢書孝順帝紀丕顯之德假于上下史記假人元龜假于皇天假于上帝漢書惟先假王正厥事尙書大傳祖考來假此今文尙書有假無格之證易王假之王假有廟虞翻皆云假至也詩來假祁祁鄭云假至也毛鄭於假字或云大也或云升也或云至也其音皆讀如賈或讀如嫁陸氏釋文於升至二義皆云更白反非也凡史記漢書所引今文尙書淺人少見多怪輒以所習古文尙書改之如史記五是來備見於章懷之後漢書注而今本宋世家乃作曰時五者來備便程南為見於司馬貞張守節之注而今本五帝本紀作南譌漢書舜讓于德不台見於李善文選注而今本王莽傳作不嗣循是求之兩漢

書或作光作格者皆此類也」と。

卷五十四（楊震列傳・第四十四）

『又曰黎人於變時雍』

卷三十三（朱馮虞鄭周列傳・第二十三）

『書曰黎人於變時雍』

「黎民於變時雍」（北京大学本、三一頁）

「黎民於變時雍」（『群書治要』・上海図八行本、四四頁）

「黎区（左に「民下同」）於彰（左に「変」）旹（左に「時」）邕（左に「雍下同」）」（内野本、一五頁）

「黎民於𢒼（左に「変」）旹（左に「時」）邕（左に「雍下同」）」（足利学校本、二七頁・影天正本、三五頁）

「黎民於彰（古變）時雍」（敦煌本（P.3315）『經典釋文』）

阮元の校注に依れば、古本はすべて「人」を「民」に作るとして、開成石經以降に本文が改められたものとする。はたしてそうであるなら、李賢注所引『尚書』も、後人によって改訂されたものであろうか。

段玉裁云「於陸無音正義釋以於是或疑本作于衛包改之玉裁按蓋相傳舊本如是如毛詩俟我於城隅於我乎夏屋皆作於也兩夔曰於予陸氏亦不音烏漢書成帝紀陽朔二年詔曰書云黎民於蕃時雍玉裁按此今文尚書也應劭注云言衆民於是變化用是大和蓋應用古文尚書讀蕃為變正如五行志思心曰容應劭亦用古文尚書讀容為睿韋注蕃訓多則如今文說不改字師古所引音義蓋刪去古文作變之語漢孔宙碑於六時雍六卽今之卞字弁之變體弁蓋蕃之假借古音弁讀如盤」と。

卷四十下（班彪列傳・第三十下）

『尚書曰平秩東作注云歲起於春而始就耕』

「平秩東作注云歲起於東而始就耕」

（北京大学本、三三頁・内野本、一六頁・足利学校本、二八頁・影天正本、三六頁・上海図八行本、四五頁）

段玉裁云「說文豐部及僞孔本作平鄭作辨馬作苹此鈞是古文尚書而因音近不同也鄭作辨者周禮馮相氏注辨秩東作辨秩南僞辨秩西成辨在朔易字皆作辨又上文平章鄭亦作辨章可證也鄭注辨章曰辨別也度此訓亦當同也馬作苹者釋文曰平如字馬作苹普庚反云

使也下皆放此玉裁按古者平辨皆訓使如雒誥伻來以圖群經音辨作平來以圖漢書劉向傳亦作平來以圖雒誥伻來來示予漢人所引亦作辨來來示予酒誥勿辨乃司民湎于酒書序王俾榮伯俾馬本作辨詩桑柔傳云荓使也爾雅釋詁云拼抨使也集韵十三耕曰拼抨伻迸疑當作荓平苹六字同玉裁謂平與辨淸眞之合平與俾淸支之合也詩書作從艸之荓苹皆字之假借也尚書大傳辯秩辯在字皆作辯史記五帝本紀字皆作便此皆今文尚書辨辯便古通用不得云今文與古文異也方言靑齊之閒壻謂之倩郭注言可借倩也今俗呼女壻為平使是也按平使乃古語可為尚書平來之證今本方言作卒便者乃譌字耳匡謬正俗云俗語謂聽之使去為不使卽俾使也疾言之音訛若云不使爾今按亦卽平使之音訛平補耕反與俾不皆雙聲說文五篇豐部曰豑爵之次弟也從豐弟虞書曰平豑東作此葢壁中古文也尚書大傳曰辯秩東作見索隱今本佚辯秩南僞辯秩西成周禮馮相氏注辨秩東作辨秩南僞辨秩西成辨在朔易正義云皆據書傳而言按辨與辯通用今本大傳佚辯秩東作辯秩南僞二條此伏生今文也今本古文尚書皆作秩葢由孔子國以今文字讀之讀豑為秩也壁中古文初出時尟通其讀者孔子國以隸書定其音讀通其假借如豑易為秩絑易為朱易為斷易為肆易為蠢此定其音讀也如洛易為好狟易為桓敀易為伯堋易為朋炪易為拙易為蔑緢易為䫉此通其假借也史記儒林傳曰孔氏有古文尚書而安國以今文讀之因以起其家逸書得十餘篇葢尚書滋多於是矣按今文二字蒙上古文二字而言壁中書皆古文故謂之古文尚書今文者漢所習隸書也以今文讀之者猶言以今字讀之也秦製隸書以趣約易而古文遂絕壁中古文尟能識者安國獨能以今字寫定古文凡古云讀者其義不一諷誦其文曰讀定其難識之字曰讀得其假借之字曰讀抽續其義而推演之曰讀子國於壁中書兼此四者故如古文作隸作蠢古文作隸作斷朋之假借為堋好之假借為洛桓皃之假借為狟緢皆子國刱為之竝口說各篇大義遞傳至都尉朝庸生胡常徐敖王璜塗惲桑欽者以故尚書有古孔說今歐陽夏侯說而其奇文異畫往往見於說文解字而馬鄭王僞孔尚書中無之竊謂此正如周禮一書出於山巖屋壁經劉歆杜子春鄭衆賈逵之讀而後行鄭君康成注中凡言某故書作某杜

子春鄭司農讀為某者今周禮多已改從杜鄭所讀為之字而不從山巖屋壁故書之字康成所云二三君子其所變易灼然如晦之見明是也由此言之說文解字所載尙書其壁中故書存其舊蹟歟馬鄭王僞孔之本其子國以今字讀定者歟馬鄭王之注必有如周禮故書作某儀禮古文作某今文作某之云而盡散失難考僞孔之傳則目不睹眞壁中物缺而不道今之言尙書者必欲用說文解字改馬鄭王僞孔相傳之本是鷦鵬已翔乎寥郭之宇而羅者猶視乎藪澤也倘史記謂上文伏生尙書為今文則漢魏人祇有歐陽夏矦尙書古文尙書二目絕無謂歐陽夏矦為今文尙書者漢魏人注漢書多以古文別於歐陽夏矦如云容古文作睿台古文作嗣祖古文言阻隔古文作擊是也晉以後古文尙書盛行始有言今文尙書以別之者如晉末徐廣史記音義今文尙書作不怡今文曰惟刑之謐哉今文尙書作祖飢裴松之注三國志今文尙書曰優賢揚歷此今文尙書四字之始見唐人作經典釋文曰伏生所誦是曰今文作五經正義於尙書則曰伏生所傳三十四篇者謂之今文卷二於禮記月令則曰鼂錯所受伏生二十九篇夏矦歐陽所傳者謂之今文尙書不知自漢以來謂之歐陽尙書而已夏矦尙書而已不得因徐廣裴松作注別於古文尙書立此名目而曲為之說佀古有此名者然也且惟今文尙書四字古人所無有通人所不道故天寶三載詔集賢學士衛包改易尙書名之曰今文尙書且史記云以今文讀之漢書則云以今文字讀之今文字者謂今之文字也讀之者兼前四者而言故曰因以起其家謂於伏生歐陽尙書外別立古文家也後人讀史記漢書不察乃謂以伏生歐陽尙書挍古文尙書信如是則誰不能之而獨讓子國起其家歟且伏生歐陽尙書非可用以讀古文尙書也如優賢揚歷臏宮劓割頭庶剠曰禹鋟彊人有王開賢厥率化民文塞晏晏無淫于酒無劮于游田其字既不同其句之長短字之多少復大異非謂同字而一用隸書一用古文若合符節也且其下文云逸書得十餘篇葢尙書玆多於是矣謂伏生歐陽所無而安國亦以今字讀之寫定可誦豈徒取伏生歐陽所有者讎挍云爾哉作僞孔序者不解史漢所云乃云科斗書廢已久時人無能知者以所聞伏生之書考論文義是其意謂史漢之今文二字卽伏生書也夫伏生之書互勘斷不能廢而專倚伏生之書則文字不能盡通其讀詎遂能考

論其義哉又云定其可知者為隸古句絕定句更以竹簡寫之增多伏生二十五篇不識此二十五篇何所藉以考論文義也且漢書藝文志云魯共王壞孔子宅欲以廣其宮而得古文尚書及禮記論語孝經凡數十篇皆古字也孔安國悉得其書以考二十九篇此謂以古文考伏書非謂以伏書讀古文也得多十六篇劉歆移書讓大常博士云魯恭王壞孔子宅欲以為宮而得古文於壞壁之中逸禮三十有九書十六篇合之兩儒林傳曰以今文讀之逸書得十餘篇然則壁中所出尚書子國既盡以今字讀之盡得其讀更無餘篇矣劉向別錄桓譚新論所謂五十八篇是也烏在定其可知者而其餘尚有錯亂摩滅弗可復知者哉說文曰平豒東作馬鄭僞孔本皆作秩鄭本作秩見周禮注馬本作秩於釋文不言馬作某知之也凡馬鄭本有異釋文多出之此必安國讀豒為秩易其字也豒字不見於他經倉頡等篇有其字與否未可知許君以會意說之曰爵之次弟也爵與豊同為禮器故其字從豊弟會意秩字經典多用許君以形聲說之曰積也从禾失聲引詩稽之秩秩是則用為次序之義二字皆屬假借近人云豒其本字秩其假借字漫改秩為豒好古而不通其源也

王肅私定家語云子國乃考論古今文字撰衆師之義為尚書傳五十八篇又引子國孫衍上書曰安國為之今文讀而訓傳其義此可以證史漢今文二字之解或謂古文尚書字多難識今文尚書字多易知余曰此未可槩論也亦有今難而古易者如咎繇暮拮隔鳴球擊易而隔難堯典舜讓于德不台嗣易而台難曰禺銕夷易而銕難牧誓如豺如離羆易而離難般庚若顛木之有甹枿由易而甹難以此類推之又按漢人五經異義但云今尚書不言今文尚書者史記儒林傳曰伏生為秦博士秦時焚書伏生壁藏之其後兵大起流亡漢定伏生求其書亡數十篇獨得二十九篇卽以教于齊魯之閒按伏生藏而復得者亦古文也尚書出於周室所斆孔子所書用倉頡所造古文始皇初兼天下始專用秦文許君叔重說隸書之興在燒滅經書之際然則經書無不古文者可知伏生得二十九篇教於齊魯授朝錯張生歐陽生葢亦以隸書寫之如僞孔所云為隸古者是則壁中亦有今文伏生亦有古文也以其字句多乖異故先出者既偁尚書矣既偁歐陽尚書夏矦尚書矣則後出者指魯王壁中事別之曰古文尚書猶今人分別言某本某本耳非孔氏者皆古字無今字伏

生者則皆今字無古字得偁今文尚書也尚書大傳作辯秩史記多襲今文尚書乃作便程索隱曰此訓秩為程也玉裁按程讀如字不得如劉伯莊逕音秩也然楚詞懷沙程與匹韵說文䞣字皆讀若詩秩秩大猷是程亦讀如秩風俗通義祀典篇青史子書說雞者東方之牲也歳終更始辨秩東作萬物觸戸而出故以雞祀祭也玉裁按青史子言辨秩東作與尚書大傳合孟子萬章篇趙注曰東野人東作田野之人書曰平秩東作謂治農事也玉裁按趙氏所引皆今文尚書而作平或今文尚書亦作平或後人改之皆未可定」と。

卷六（孝順孝沖孝質帝紀）

『尚書曰乃命羲和欽若昊天』

卷四十下（班彪列傳・第三十下）

『尚書曰欽若昊天』

「欽若昊天」（北京大学本、三三頁・内野本、一五頁・上海図八行本、四四頁）

「乃命羲咊欽若昊旡」（足利学校本、二八頁）

「乃命羲咊（左に「和」）欽若昊旡」（影天正本、三六頁）

卷五十七（杜欒劉李劉謝列傳・第四十七）

『尚書曰欽若昊天敬授人時』

「欽若昊天厤象日月星辰敬授民時」（北京大学本、三三頁）

「厤象日月星辰」は略すか。

阮元注に「古本人作民注同按唐以前引此句未有不作民 者疏云敬授下人以天時之早晩下人猶下民也知孔疏所据之本猶作民字後人因疏作人并經傳改之自開成石經 以後沿譌至今舜典食哉惟時傳曰惟當敬授民時此未經改竄者」と。

「欽若昊天敎授人時」（敦煌本『經典釋文』、十頁）

「欽若昊天（中略）敬授𠤰旹」（内野本、一六頁）

「欽若昊天敬授民（人印本）𣄼」（足利学校本、二八頁）

「欽若昊天敬授民（人印本）時」（影天正本、三六頁）

「欽若昊天敬授民時」（上海図八行本、四四頁）

卷二十五（卓魯魏劉列傳・第十五）

『尚書堯典曰乃命羲和欽若昊天敬授人時』

右参照。

巻八十二上（方術列傳・第七十二上）

『尚書曰歷象日月星辰』

「歷象日月星辰」　（北京大学本、三三頁・上海図八行本、三六頁）

「歷象日月暈（左に「星下同」）辰」　（内野本、一五頁）

「歷（右に「曆印」）象日月暈（左に「星」）辰」

（足利学校本、二八頁・影天正本、三六頁）

巻八十五（東夷列傳・第七十五）

『孔安國尚書注曰東方之地曰嵎夷暘谷日之所出也』

「東表之地稱嵎夷暘明也日出於谷而天下明故稱暘谷」

（北京大学本、三三頁・内野本、一六頁・足利学校本、二八頁・影天正本、三六頁・海図八行本、四四頁）

巻五十九（張衡列傳・第四十九）

『尚書曰宅朔方曰幽都』

「宅朔方曰幽都」

（北京大学本、三五頁・内野本、一九頁・足利学校本、三〇頁・影天正本、三八頁）

「宅朔方曰𠥓都」　（上海図八行本、四六頁）

巻四十下（班彪列傳・第三十下）

『孔安國注尚書云匝四時曰朞』

「帝曰咨汝羲暨和朞三百有六旬有六日以閏月定四時成歲」　（北京大学本、三五頁）

注、全て同じ。

（内野本、二〇頁・足利学校本、三〇頁・影天正本、三八頁・上海図八行本、四七頁）

巻十上（和熹鄧皇后）

『尚書曰庶績咸熙』

「庶績咸熙」　（北京大学本、三五頁）

「庻績咸𤋮」　（内野本、二〇頁）

「庶績咸𤋮」　（足利学校本、三〇頁）

「庻績咸𤋮（左に「熙」）」　（影天正本、三八頁）

「庻績咸熙」　（上海図八行本、四七頁）

段玉裁云「爾雅釋故熙興也郭注引書庶績咸熙按五帝本紀衆功皆興篇末同蓋今文尚書亦作熙也然熙帝

之載五帝本紀曰美堯之事漢書律歷志引庶績咸藻作衆功皆美是熙訓興亦訓美矣楊雄劇秦美新曰百工伊凝庶績咸喜疑今文尙書別本作庶績咸熹熹與熙古通用見文選注引李登聲類賈魴作滂熹篇言滂沱大盛見書斷或誤作滂喜隋書經籍志及庾元威論書匡謬正俗亦言熹誤為憙字誤讀喜音然則美新喜字熹之誤也釋文熙許其反興也玉裁按興也之上有脫文當是開寶中誤刪之陸氏音義之例舉馬鄭之異孔者附之音後孔訓廣興非孔義當有馬云鄭云字蓋用今文家說與史記合熙亦訓美者釋詁云熙光也周語毛詩傳皆云熙廣也鄭虞韋皆曰廣當為光玉裁按美即光之意也僞孔泥周語而不從爾雅此其有心異鄭者古廣光二字通用如積厚者流光即流廣是也律歷志書曰迺命羲和欽若昊天歷象日月星辰敬授民　時歲三百有六旬有六日以閏月定四時成歲允釐百官衆功皆美」と。

卷八十下（文苑列傳・第七十下）

『尙書帝堯曰疇咨若時登庸』

「疇咨若時登庸」

（北京大学本、四六頁・上海図八行本、四七頁）

「疇咨若旹登庸」（内野本、二〇頁・足利学校本、三一頁）

「疇咨若旹（左に「時」）登庸」　（影天正本、三八頁）

段玉裁云「說文四篇白部𤾊詈也从白𠷎聲虞書曰今本脱曰字帝曰𤾊咨玉裁按此壁中故書也蓋孔子國以今文讀之改為疇訓為誰依漢人所習用也尋此經之語當云帝曰咨疇若時登庸帝曰咨疇若予采乃與疇若予工疇若予上下草木鳥獸一例而倒易二字者蓋史臣紀帝語恐失其眞不求明順也五帝本紀云誰可順此事誰可者則明順矣許釋𤾊為詈也者以其字从白白者自之省自鼻也詞言之气從鼻出與口相助𤾊从自故訓為詈也此就字形釋之尙書𤾊字則當作疇訓為誰此就經文釋之說文二篇口部又有字訓誰也然則誰之訓當作詈之訓當作𤾊田之訓當作疇即說文字而𤾊字皆不行漢人多假疇訓誰近江氏叔澐尙書集注於疇咨依說文作𠷎云𠷎詞也咨謀也於惠疇疇若作云類也誰也用字既是古非今而疇咨若時疇若予工分別異義似是而非抑思說文引經不能偏舉堯典五疇字壁中古文蓋皆作𤾊許君祇偁其一耳凡字書以形為主就字形而得其本義

凡經傳古文以聲為主就同聲而得其假借尚書壁中作䛐者此周時古文之假借也漢人傳經作疇者此漢時用字之假借也凡治經不得以本字易其假借字又按廣韵十八尤曰烋說文誰也又作然則今本說文有脫誤當云烋誰也從口𠃬聲又出字注云烋或作從又考老部字烋聲竹部字聲皆無又益可信也烋與䛐本是一字從口從鼻一也䛐字下當云誰𠷎也說文全書昄詮𠷎也者別事𠷎也皆俱𠷎也魯鈍𠷎也識𠷎也曾𠷎之舒也尒𠷎之必然也矣語已𠷎也矤況𠷎也今本亦誤云況也𠷎也曶出气𠷎也無單言𠷎也者然則䛐誰𠷎也無疑誰何皆問也後漢書崔駰傳崔篆作慰志賦思輔弼以婾存兮亦號咷以詶咨按詶咨蓋即疇咨漢劉寛碑開學稽古詶咨儒林錢氏曉徵曰說文州疇也各疇其土而生之春秋晉侯州滿史記作壽曼古書酬酢字亦作醻醋」と。

卷十四（室四王三侯列傳・第四）

『孔安國注尚書曰吁者疑怪之聲也』

「吁疑怪之辭」（北京大学本、四六頁）

「吁疑怪之辭也」（内野本、二〇頁・足利学校本、三一頁・影天正本、三九頁・上海図八行本、四八頁）

卷五十四（楊震列傳・第四十四）

『尚書驩兜曰都共工方鳩僝功』

「驩兜曰都共工方鳩僝功」（北京大学本、四七頁）

「驩兜曰都共工方鳩僝𤣥（小字で「巧」）」（内野本、二一頁）

「驩兜曰都共工方鳩僝𤣥（左に「功」）」（足利学校本、三一頁・影天正本、三九頁）

「驩兜曰都共工方鳩㑥功」（上海図八行本、四八頁）

「驩兜曰都共工方鳩僝（仕簡反徐音撰馬云具也）𤣥（古功字）」（敦煌本（P.3315）『經典釋文』、一二頁）

段玉裁云「玉裁按方鳩迊功者古文尚書旁逑孱功者今文尚書也說文八篇人部引虞書方迊功小徐作方鳩大徐作旁救汲古閣剜改作方鳩今按當是方救此偁古文也鳩作■者此壁中故書也二篇辵部引虞書㫄逑孱功此偁今文也凡古文尚書作方凡今文尚書作旁如方鳩迊功五帝本紀作旁方施象刑白虎通作旁方告無辜論衡作旁皆可證士喪禮注曰今文旁為方竊謂儀禮則

今文為方古文為旁尚書則今文為旁古文為方廣雅釋詁曰方大也此古文家説也又曰旁大也此今文家説也雒誥旁作穆穆亦改訂詳雒誥鳩壁中故書作集韵十八尤曰勼聚也古作救通作鳩此語必有所受之周官經大司徒職以救為求周禮地官司徒大司徒之職以土圭之法測土深正日景以求地中鄭氏注曰故書求為救杜子春曰為求是古文以救為求也○凡説文云以某為某者皆言假借之法尚書以救為勼皆六書之假借也孔子國以今文讀之易為鳩字左氏昭十八年傳郯子謂叔孫昭子曰五鳩鳩民者也又襄十六年傳范宣子曰匃在此敢使魯無鳩乎又襄二十五年傳鳩藪澤杜注鳩聚也亦假借字漢人有用鳩字故以之易字也今文尚書作逑説文辵部曰逑斂聚也从辵求聲虞書曰旁逑孱功此下云又曰怨匹曰逑又曰者與他處一曰同別一義也怨匹曰逑者即左氏之怨偶曰仇也閻氏百詩誤謂虞書有怨匹曰逑五帝本紀逑作聚然則逑亦訓聚今文與古文字異音義同也迺者説文人部曰迺具也從人孨聲讀若汝南潺水大徐作水許書潺俱無虞書曰方迺小徐作僝功也今尚書監本迺作僝玉篇人部作僝引虞書方鳩僝功馬季長云迺具也與説文合僞孔云見也今文尚書作孱見説文辵部亦字之假借也五帝本紀孱作布今文家説也參稽互證知許君偁古文而不廢今文矣僞古文以形旁求於天下乃襲楚語楚語用旁字與今文合與古文不合」と。

卷七十二（董卓列傳・第六十二）

『書曰象龔滔天』

「象恭滔天」（越刊八行本、卷二、二七裏・北京大学本、四七頁）

「象恭滔兂（左に「天」）」（敦煌本（P.3015）、五頁・内野本、二一頁・足利学校本、三一頁・影天正本、三九頁）

「象恭滔天」（上海図八行本、四八頁）

段玉裁云「夏本紀似恭漫天宋儒林氏之奇朱子蔡氏沈皆疑滔天二字渉下文而誤玉裁謂據史記則今文尚書同也伏壁所藏與孔壁所出何以若合一契乎是可無疑矣楊雄司空箴象恭滔天漢書王尊傳湖三老公乗興等上書訟尊曰今御史大夫奏尊靖言庸違象龔滔天古

以龏為恭或誤為龔」と。

卷八十下（文苑列傳・第七十下）

『尙書帝曰咨湯湯洪水方割有能俾乂（俾使也乂理也）』

「帝曰咨湯湯洪水方割有能俾乂（俾使也乂治也）」

（北京大学本、四七頁・敦煌本（P.3015）、五頁）

「帝曰咨湯湯洪水方刏（左に「割」）（俾使也乂治也）」

（内野本、二一頁・足利学校本、三一頁・影天正本、三九頁）

「帝曰咨湯湯洪水方割（俾使也乂治也）」（上海図八行本、四八頁）

段玉裁云「詩唐正義引堯典湯湯洪水方害割訓害音同故徑引作害」と。

卷五十二（崔駰列傳・第四十二）

『又曰帝曰咨洪水滔天浩浩懷山襄陵有能俾乂』

本書、二一七頁参照。

卷五十七（杜欒劉李劉謝列傳・第四十七）

『尙書舜典曰蒸蒸乂不格姦孔安國注云蒸蒸猶進進也言舜進於善道』

卷十上（和熹鄧皇后）

『孔安國注尙書曰烝烝猶進進也』

「堯典曰烝烝乂不格姦（烝進也）」

（北京大学本、五三頁・上海図八行本、五〇頁）

「烝烝乂弗格姦（烝進也）」

（内野本、二四頁・足利学校本、三三頁・影天正本、四一頁）

「丞〻乂弗格姦」（敦煌本（P.3315）『經典釋文』、十三頁）

卷三（顯宗孝明帝紀）

『書舜典曰朕其試哉』

「我其試哉」

（北京大学本、五三頁・敦煌本（P.3015）、九頁・上海図八行本、五〇頁）

「我亓（左に「其」）試才」（内野本、二四頁）

「我亓（左に「其」）試才（右に「哉」）」

（足利学校本、三三頁・影天正本、四一頁）

巻十上（和熹鄧皇后）

『尙書曰釐降二女于嬀汭嬪于虞』

「釐降二女于嬀汭嬪于虞」

（北京大学本、五四頁・敦煌本（P.3015）、九頁・上海図八行本、五一頁）

「釐降二女丂嬀汭嬪丂𡳿」

（内野本、二五頁）

「釐降二女于（左に「丂」）嬀汭嬪丂𡳿（右に「虞」）」

（足利学校本、三三頁）

「釐降二女坐嬀汭嬪丂𡳿（右に「虞」）」

（影天正本、四一頁）

「釐降二女于嬀汭𡛷（本又作姘皆古嬪字毘真反婦也）于虞」

（敦煌本（P.3315）『經典釋文』、十三頁）

段玉裁云「鄭注云不言妻者不如其父不序其正僞孔則云女妻也玉裁按古文每字必有法古凡言妻今音千計切者必為其正妻如以其子妻之以其兄之子妻之是也凡言女今音尼據切者不必為其正妻如左氏傳宋雍氏女於鄭莊公驪戎男女晉以驪姬孟子齊景公涕泣而女於吳是也左氏桓公十一年傳曰鄭昭公之敗北戎也齊人將妻之必以其未有嫡妃也又曰宋雍氏女於鄭莊公曰雍姞明非莊公夫人也又僖二十三年傳曰齊桓公妻之此謂正妻一人不得言女之也其上下文云狄人獲二女納諸公子秦伯納女五人此皆不得言妻之也皆一章之中書法分別如是然則尙書鄭注其所見精矣帝使九男二女事舜不曰妻之也不惟不以為舜榮且不敢言妻舜也其注禮記亦云舜不告而娶不立正妃舜亦不敢言有妻也又按女于時觀厥刑于二女當連上我其試哉俱為四岳語時是也謂舜也刑于與大雅刑于寡妻同解我將使二女事之觀其刑法于二女者何如在堯當時只是一極平常事後人震而驚之爾釐降二女于嬀汭嬪于虞此二句自堯言之上三句記言此二句記事釐整治之意降下也整治下二女于嬀汭易曰自上下下詩序亦言王姬下嫁於諸侯也與大雅自彼殷商來嫁于周曰嬪于京文法正同嬪婦也婦服也老子曰璞雖小天下不敢臣也王侯若能守之萬物將自賓是賓與臣同義嬪即賓也五帝本紀用今文尙書說云於是堯妻之二女觀其德於二女二句不為堯言舜飭下二女於嬀汭如婦禮二句為舜事似非經意論衡正說篇堯志求神四岳擧舜堯曰我其試哉說尙書曰試者用也我其用之為天子也文又曰

女于時觀厥刑于二女觀者觀爾此乃示字之誤示訛尔乃又作爾虞舜於天下不謂堯自觀之也玉裁按此今文尙書三家說也仲任覺其非是謂我其試哉試之於職妻以二女觀其夫婦之法其說甚正又按凡言妻之一人而已雖有娣姪之媵從必統於所尊也凡言女之則不分尊卑故曰二女曰納女五人曰三妃皆不分尊卑之詈也鄭君曰不告其父不序其正者言禮不備故但言二女不序言正妻也當時頑嚚情形告則不得娶帝深知之孟子萬章篇萬章曰舜之不告而娶何也孟子曰告則不得娶如告則廢人之大倫以懟父母是以不告也萬章曰帝之妻舜而不告何也曰帝亦知告焉則不得妻也帝之妻舜而不告者謂帝不預以告舜也帝亦知告焉則不得妻者謂帝知預告舜則舜必告其父母或告而從或不從而帝親告其父母皆不免於挾天子以令其父母予舜以大難有損於大孝且舜重傷父母心則斷然必出於辭不以帝易其父母是不得妻舜即不得試舜而巽位矣故反覆思之不使舜預知之舜不知而二女已至二女至而舜之父母與舜皆有所不能違當時禮不備故曰女于時而不曰妻之曰降二女而不曰歸婦人謂嫁歸其常也春秋言王姬歸于齊詩言摯仲氏任來嫁于周此獨言降者禮不備也然不曰二女降于嬀汭而曰釐降二女于嬀汭者曰二女降則二女為奔矣曰釐降二女則堯之深心妙用如見而二女無所失也若如本紀及僞孔傳釐降自舜言之聞逆王姬矣聞尙公主矣未聞人臣婚帝女而曰降之者也且如書言降丠宅土降我凶德天降威春秋言有神降於莘詩言降觀于桑誕降嘉種禮言戴勝降于桑降德于衆兆民皆無以下降上之文凡善誦古文者必審其用字之意曰孟子何以言妻舜與書不同也曰萬章述其梗槩虞書紀其實事孟子時百篇未亡舜不告父母而娶帝不預告舜而妻之以及焚廩浚井云云皆百篇中語也孟子萬章篇趙注堯典曰釐降二女此今文尙書與古文同也周禮大宰職注堯典曰釐降二女嬪于虞周語伶州鳩說武王反及嬴內以無射之上宮布憲施舍於百姓韋注嬴內地名宋庠曰舊音上音嬀下音汭今按本或作嬴非是古文尙書作嬴與嬀同玉裁按凡所云舊音者唐人所為也云今按者宋說也宋所引古文尙書即宋次道王仲至所藏晁公武所刻石於蜀者也嬴姓字漢書地理志作盈則古音同盈可證蓋由國語古本作嬴相傳讀若嬀內讀若汭

本不與尙書相涉而僞作古文尙書者遂比附竄改此正陸氏所謂穿鑿之徒務欲立異者也汭作内則古時有之如溝洫志洛汭作雒内是四岳舉舜首言其鰥帝堯試舜先降二女蓋舜必二女女焉而後五倫備故愼徽五典之文一氣銜接不獨於我其試哉為條目也」と。

舜典

卷三（顯宗孝明帝紀）

『又曰歷試諸難』

「歷試諸難」

（北京大学本、五九頁・内野本、七八頁・足利学校本、九七頁・影天正本、一〇九頁・上海図八行本、一二一頁）

卷四十下（班彪列傳・第三十下）

『尙書曰玄德升聞』

「玄德升聞」

（北京大学本、六〇頁・上海図八行本、一二二頁）

「玄德外沓」

（内野本、七九頁・足利学校本、九七頁・影天正本、一〇九頁）

卷八十下（文苑列傳・第七十下）

『尙書曰賓於四門四門穆穆』

「賓于四門四門穆穆」（北京大学本、六一頁）

「賔亐三門三門穆穆」（内野本、七九頁）

「賔亐三門〻〻穆（右に「穆」）〻」

（足利学校本、九八頁・影天正本、一一〇頁）

「賔于四門〻〻穆〻」（上海図八行本、一二二頁）

卷十上（皇后紀・第十上）

『書曰納於大麓』

卷三十九（劉趙淳于江劉周趙列傳・第二十九）

『尙書曰納舜於大麓烈風雷雨不迷』

「納于大麓烈風雷雨弗迷」

（北京大学本、六一頁・上海図八行本、一二二頁）

「内亐大禁（左に「麓」）烈風雷雨弗迷」（内野本、八〇頁）

「納亐大禁（左に「麓」）烈風靁（左に「雷」）雨弗迷」

（足利学校本、九八頁・影天正本、一一〇頁）

卷二十三（竇融列傳・第十三）
『尚書曰麓錄也納之使大錄萬機也』
「麓錄也納舜使大錄萬機之政」（北京大学本、六一頁・内野本、八〇頁）
「麓錄也納舜使大錄万杭出政」（足利学校本、九八頁・影天正本、一一〇頁・上海図八行本、一二三頁）

卷六十三（李杜列傳・第五十三）
『書曰琁機玉衡以齊七政孔安國注曰琁美玉也機衡也王者正天文之器可運轉者也』

卷五（永初二年）
『孔安國尚書注曰琁美玉也以琁爲機以玉爲衡玉者正天文之器也』
「璿璣玉衡以齊七政」（北京大学本、六四頁）
「在璿璣玉佩（誤写。別筆で「衡」と）臭曰叁七政（璿美玉也機衡王者正天文之器）」（内野本、八一頁）
「在璿璣玉臭（左に「衡」）目㕘（左に「斉」）七政（璿美玉也杭衡王者正天文出器）」（足利学校本、九八頁）
「在璿璣玉臭（右に「衡」）目㕘七政（璿美玉也杭衡王者正天文出器）」（影天正本、一一〇頁）
「在璿玑玉衡以齊七政（璿美玉也機衡王者正天文之器）」（上海図八行本、一二三頁）

上海図八行本の注「琁美玉也機衡也」を「璿美玉璣衡」に作る。

段玉裁云「在察也者在之言司也司伺古今字在與司古音同在弟一之咍部在讀如士故假在為伺也機唐石經已下皆作璣此因上文璿從玉旁而誤也釋文於璿曰音旋並無璣音機之文而禹貢璣字則詳釋之可知陸德明本作機人所共識故不為音也鄭注曰轉運者為機持正者為衡馬融曰旋機渾天儀可轉旋僞孔曰機衡王者正天文之器可運轉者諸家皆無璣讀為機之語則可知作璣者誤字耳又爾雅釋故郭注書曰在璿璣玉衡釋文璿音旋又作璇玉裁按璣字無音者蓋陸本作機也文選顔延年宋文皇帝元皇后哀策文曰仰陟天璣李注曰天璣喻帝位也尚書考靈耀曰璿璣玉衡尚書為此璣曹植秋胡行曰歌以永言大魏承天璣然璣與機同也玉裁按此正當云尚書為此機以別於考靈耀之從玉曹植秋胡

行亦作機其下總申之曰璣與機同也玉裁按諸家璿或作琁或作旋機或作璣尙書大傳在琁機玉衡以齊七政琁機者何也傳曰琁者還也機者幾也微也其變幾微而所動者大謂之琁機是故琁機謂之北極後漢書安帝紀永初二年詔曰據琁機玉衡以齊七政魏受禪表上在璿機周公禮殿記旋機離常堯廟碑據旋機之政王弼周易略例故處璇璣以觀大運釋文云璣又作機此其字之不同也其訓釋則或以在璿機為在帝位或云觀於機衡而陟帝位棐松之文帝紀注魏王上書曰堯禪重華猶下咨四岳上觀璿璣與鄭注視其行度以觀天意說合或專指儀器觀天言之今古家說之異也」と。

卷四（永元元年）

『書曰類于上帝』

「肆類于上帝」

（北京大学本、六五頁・上海図八行本、一二三頁）

「肆頪亐上帝」

（内野本、八一頁）

「肆頪（左に「類」）亐（右に「于」）上帝」

（足利学校本、九八頁・影天正本、一一〇頁）

段玉裁云「說文九篇帚部曰屬也從二古文也虞書曰類于上帝玉裁按此壁中故書字也作肆者蓋孔子國以今文讀之者也肆遂也見夏小正傳故訓也周禮大行人鄭注書曰遂覲東后此蓋肆讀為遂故鄭引書直作遂如置我鼗鼓讀置為植則注明堂位徑云植我鼗鼓應田縣鼓田當作硼則注周禮大師徑云應硼縣鼓尙書大傳鄭注引經肆類于上帝則用其本字也史記五帝本紀遂類于上帝遂見東后封禪書遂類于上帝遂覲東后漢書王莽傳遂類于上帝皆作遂未知今文尙書作遂與古文尙書異抑今文尙書本作肆而用故訓字代之也論衡祭意篇引書作肆則今文尙書亦作肆可知」と。

卷四十下（班彪列傳・第三十下）

『尙書曰歲二月東巡狩』

「歲二月東巡守」

（北京大学本、七一頁・上海図八行本、一二四頁）

「戍（左に「歲」）二月東巡守」

（内野本、八二頁・足利学校本、九九頁・影天正本、一一一頁）

卷八十上（文苑列傳・第七十上）

『尚書曰肇十有二州』

「肇十有二州」

（北京大学本、七七頁・足利学校本、一〇一頁・影天正本、一一三頁・上海図八行本、一二六頁）

「肇十ナ二州」　（内野本、八五頁）

「十ナ二𠘧（古文州）」（敦煌本（P.3315）『經典釋文』、七四頁）

段玉裁云「尚書大傳唐傳封十有二山兆十有二州濬川肇作兆此今文尚書也鄭注云兆域也為營域以祭十二州之分星也此謂兆為垗之假借字與周禮同若古文尚書作肇鄭注云舜以青州越海而分齊為營州冀州南北太遠分魏　為并州燕以北為幽州新置三州幷舊為十二州也爾雅釋文鄭意肈訓始前此九州而十二州於此始不若詩生民元鳥肈讀為兆也肈從戈肁聲釋文及唐石經不誤俗本作肇非也玉篇五　經文字皆云肇俗肈字干祿字書曰□通肈正今本說文支部有肇字唐後人妄增入無疑凡古書內從夂作肇皆當改正王莽傳曰惟在堯典十有二州衛有五服」と。

卷三（肅宗孝章帝紀）

『孔安國注尚書曰以鞭爲理官事之刑』

「鞭作官刑（以作爲治官事之刑）」　（北京大学本、七七頁・影天正本、一一三頁）

「鞭作官刑（以鞭爲理官事之刑）」

（内野本、八五頁・足利学校本、一〇一頁・上海図八行本、一二六頁）

卷四十三（朱樂何列傳・第三十三）

『尚書曰放驩兜於崇山孔安國注曰崇山南裔也』

「放驩兜于崇山孔安國注曰崇山南裔」

（北京大学本、七八頁・上海図八行本、一二六頁）

「放鴅（左に「驩」）叟（左に「兜」）亐崇山」　（内野本、八六頁）

「放鳴（右に「驩」）叟（右に「兜」）亐（右に「于」）崇山」

（足利学校本、一〇二頁・影天正本、一一四頁）

段玉裁云「說文七篇宀部曰竅塞也從宀聲讀若虞書曰竄三苗之竄按說文二竄字今本誤為竅字小徐本已然用本字為音說文全書內無此例竄字今音七亂切古

音七外切見周易訟象傳宋玉高唐賦班固西都賦魏大饗碑辭晉張協七命潘岳西征賦宋謝靈運撰征賦古音寂與竄同也轉寫淆譌淺人乃謂古文尙書作寂三苗由考覈未至耳大部讀若詩秩秩大猷今本改秩為骨部䯧讀若易曰夕惕若厲俗本脫讀若二字而汗簡乃云古周易作䯧舛誤正同孟子萬章篇竄作殺殺非殺戮即竄之假借字也古無去聲竄讀如鎩左氏昭元年傳曰周公殺管叔而蔡蔡叔陸氏德明曰蔡說文作𥻦按說文七篇𥻦𥻦散之也私列桑割二切經典竄蔡殺𥻦四字同音通用皆謂放流之也」と。

卷五十四（楊震列傳・第四十四）

『尙書曰四罪而天下咸服』

卷三十三（朱馮虞鄭周列傳・第二十三）

『尙書曰四罪而天下咸服』

「四罪而天下咸服」（北京大学本、七八頁・上海図八行本、一二七頁）

「三辠而天下咸服」（内野本、八六頁）

「三（右に「四」）辠（左に「罪」）而旡（左に「天」）下咸服」（足利学校本、一〇二頁）

「三（右に「四」）辠（左に「罪」）旡而（左に「天」）下咸服」（影天正本、一一四頁）

「三辠（古文罪字從自辛秦始皇以其以皇字改從回非之也）」（敦煌本（P.3315）『經典釋文』、七四頁）

段玉裁云「史記作辠周字也尙書作罪秦文也秦文見說文序蓋漢人以俗行字改之汗簡曰辠出尙書恐想像之詈耳毛詩罪罟或泥罪之本義釋曰罔罟不知漢以後經典本無辠字」と。

卷二十九（申屠剛鮑永郅惲列傳・第十九）

『尙書曰乃流共工于幽州放驩兜于崇山竄三苗于三危殛鯀于羽山四罪而天下咸服』

「流共工于幽州放驩兜于崇山竄三苗于三危殛鯀于羽山四罪而天下咸服」（北京大学本、七八頁・上海図八行本、一二六頁）

「𣲖共工亐幽洲放鴅吺亐崇山竄弎苗亐弎危殛鯀亐羽山三辠而天下咸服」（内野本、八六頁）

「𣲖共工亐㘝洲放鴅吺亐崇山竄弎苗亐弎危殛鯀亐羽

山三辠而先下咸服」（足利学校本、一〇二頁・影天正本、一一四頁）

「乃流共工于幽州放驩兜于崇山」と「四罪而天下咸服」は右参照。

卷四十四（鄧張徐張胡列傳・第三十四）

『尚書曰帝乃徂落四海遏密八音也』

「帝乃殂落四海遏密八音也」、「帝乃殂落」の下「百姓如喪考妣三載」は略すか（北京大学本、八四頁）。

「帝乃殂（左に「徂」）落（中略）三𣳫遏密八音」（内野本、八七頁）

「帝乃殂落（中略）三（右に「四」）𣳫遏密八音」（足利学校本、一〇二頁）

「帝乃祖落（中略）三（右に「四」）𣳫遏密八音」（影天正本、一一四頁）

「殂殂（本文作殂古文作殂皆古徂字才枯反死也馬鄭本同方興本作帝乃徂落）」（敦煌本『經典釋文』、七五頁）

段玉裁云「說文四篇歺部曰殂往死也从歺且聲虞書曰勛乃殂小徐本如是洪氏容齋所引正同大徐本作放勛乃殂集韵十一模所引王氏伯厚藝文志考引漢儒所用異字正同今大徐本作放勛乃殂落有落字淺人增之也玉裁按孟子春秋緐露帝王世紀皆作放勳字董子用今文尚書者許叔重皇甫士安用古文尚書者疑古文作放勛今文作放勳皆不作帝也又說文無落字當是古文尚書孟子緐露爾雅白虎通有落字則同今文尚書今本古文帝乃殂落恐姚方興本未可為據陸氏用王本作音義恐不爾師古注王莽傳引虞書放勳乃徂从彳無落字此當是馬鄭王之本或曰爾雅何以同今文尚書歟曰今文亦是周人所習且殂落死也無妨殂字一句落字一句於古文亦無不合李巡者後漢中黃門必治今文尚書者故云殂落堯死之稱而郭景純因之堯典之紀堯也始言曰放勛終言放勛乃殂其書舜之即眞也始言舜格于文祖舜曰咨四岳終言舜生古史文法精嚴如是自僞孔傳不謂放勳為堯名而云言堯放上世之功化則放勛乃殂不可通矣於是姚方興傅會之易為帝字推見至隱其在斯乎若孟子集注云放勳本史臣贊堯之詞孟子因以為堯號如其說似尚書本作帝乃殂落孟子易為放勳其亦誣矣白虎通崩薨篇曰易言沒者據遠也書言殂落死者

各自見義堯見憯痛之舜見終各一也盧氏召弓曰下各字疑衍玉裁按易言没者謂包犧氏没神農氏没是也殂落謂堯典書堯也死謂堯典書舜也五帝本紀曰堯立七十年得舜二十年而老令舜攝行天子之政薦之於天辟位凡二十八年而崩按云得舜二十年而老者即今文尚書之徵庸二十舜本紀之年三十堯舉之年五十攝行天子事也云凡二十八年而崩者包上文得舜二十年又加八年言之即舜本紀之得舉用事二十年攝政八年年五十八堯崩也堯典二十有八載合歷試二十年攝政八年言之孟子之所謂舜相堯二十有八載也王充論衡氣壽篇曰堯典曰朕扗位七十載求禪得舜舜徵二今本訛作三十歲在位堯退而老八歲而終至殂落九十八歲未在位之時必已成人今計數百有餘矣王氏說與史記合皆今文尚書說也至皇甫謐云堯年二十而登帝位以甲申歲生甲辰即帝位甲午徵舜甲寅舜代行天子事辛巳崩年百十八在位九十八年舜攝政二十八年堯與方憔遊陽城而崩尚書所謂二十有八載放勛乃殂落是也按皇甫氏說在位七十載為自甲申至癸巳則非在位七十載但云在位至今年已七十由是甲午徵舜至癸丑二十年為堯年九十由是甲寅舜攝蚊至辛巳凡二十八年而崩為堯年百十八由其誤會史記堯立七十年得舜二十年而老舜攝政堯避位几二十八年而崩以為共有四十八年而不知史記云二十有八載以合於堯典云凡以括上文二十年極為明晝折衷之以孟子曰舜相堯二十有八載古文尚書曰登庸三十在位今文尚書曰徵庸二十在位則舜之臣堯並無四十八年之久且尚書明言朕在位七十載而以未在位二十年在位五十年充之似皆非是至於皇甫說堯年二十登帝位計堯壽為百十八歲王氏仲任說堯即位之年不知若干歲姚方興僞傳說堯年十六即位七十載求禪試舜三載自正月上日至崩二十八載壽一百一十七歲乖異難定言底可績之三載當包於二十八載之中姚氏說非也史記在晉初已轉寫譌繆如秦本紀是時蜚廉為紂在北方還無所報案石當作使聲之誤也蜚廉使於北方還而國滅紂死矣故曰無所報乃為壇於霍太山而報此處句絕下文得石棺是別一事與漢滕公事略同文理極明而皇甫帝王世紀云作石槨於北方然則元晏之學博而不精共於史記仍譌襲謬可槩見矣其於堯本紀乃誤讀本紀不繆也魏志明帝紀注詔

曰昔放勛殂落四海如喪考妣遏密八音」と。

卷二十九（申屠剛鮑永郅惲列傳・第十九）

『孔安國注尚書曰開闢四方之門未開者謂廣致眾賢也明四目謂廣視於四方使下無壅塞也』

「詢于四岳闢四門開闢四方之門未開者廣致衆賢明四目廣視聽於四方使天下無壅塞」（北京大学本、八五頁）

「開闢四方之門未開者廣致眾賢也明四目謂廣視於四方使下無壅塞也」

（内野本、八七頁・足利学校本、一〇三頁・影天正本、一一四頁・上海図八行本、一二七頁）

卷二十三（竇融列傳・第十三）

『書曰奮庸熙帝之載』

「奮庸熙帝之載」

（北京大学本、八七頁・内野本、八八頁・上海図八行本、一二八頁）

「奮庸熙帝㞢載」

（足利学校本、一〇三頁・影天正本、一一五頁）

卷八十下（文苑列傳・第七十下）

『有能奮庸熙帝之載（疇誰也熙廣也載事也）』

「有能奮庸熙帝之載（載事也）」

（北京大学本、八七頁・内野本・足利学校本・影天正本・上海図八行本）

卷五十九（張衡列傳・第四十九）

『孔安國注尚書曰禹代鯀爲崇伯故稱伯』

「禹代鯀爲崇伯入爲天子司空」（北京大学本、八七頁）

「禹代鯀爲崇伯故稱伯」

（内野本、八九頁・足利学校本、一〇三頁・影天正本、一一五頁）

「禹代鯀爲崇伯故稱伯」（上海図八行本、一二八頁）

卷三十四（梁統列傳・第二十四）

『書曰黎人阻飢』

「黎民阻飢」

（北京大学本、八八頁・足利学校本、一〇四頁・影天正本、一一六頁・上海図八行本、一二九頁）

「黎区阻飢」

（内野本、八九頁）

段玉裁云「周頌思文鄭箋云昔堯遭洪水黎民阻飢后稷播殖百穀烝民乃粒萬邦作艾正義引舜典黎民阻飢女后稷播時百穀注曰阻讀曰俎阻厄也時讀曰蒔玉裁按凡言讀曰與讀為同讀曰蒔者易時字作蒔則讀曰俎者豈易阻字作俎乎初疑當是讀如俎謂其音同俎耳既思阻字非難識之字鄭君何必比方為音如䛡之讀如聒乎蓋壁中故書作俎故鄭云俎讀曰阻阻厄也學者既改經文作阻則注文不可通乃又倒之云阻讀曰俎經書中此類甚多請言其略周禮司巫祭祀則共匰主及道布及鉏館杜子春云鉏讀為蒩蒩藉也書或為蒩謂鉏一本作蒩下文云館或為飽今本誤衍租字元謂蒩之言藉也祭食有當藉者此文義極明蒩訓藉與說文解字蒩茅藉也正合今本改云蒩讀為鉏鉏藉也則不可通蟈氏下士一人徒二人鄭司農云蟈讀為蜮蜮蝦蟇也月令曰螻蟈鳴故曰掌去鼃黽鼃黽蝦蟇屬書或為掌去蝦蟇元謂蟈今御所食蛙也字从虫國聲也蜮乃短弧與此文義亦極明說文解字則不用先鄭說謂蜮又作蟈短弧也今本改云蟈讀為蜮蜮蝦蟇也則不可通土馴鄭司農云馴讀為訓謂以遠方土地所生異物告道王也爾雅曰訓道也元謂能訓說土地善惡之勢此文義亦極明夏官訓方氏注亦云訓道也今本改訓讀為馴則不可通司服希冕鄭注希讀為黹或作絺字之誤也希冕者刺粉米無畫也此文義亦極明與皋陶暮鄭注絺讀為黹黹紩也見尙書正義正合廣韵引祭社稷五祀則用黹冕今本改云希讀為絺或作黹字之誤也則不可通祭統鋪筵設詷几為依神也鄭注詷之言同也此文義極明今本改同之言詷以易識之字更為難字則不可通穆天子傳西王母為天子謠曰道里悠遠山川諫之郭注諫音閒是即讀諫為閒明古假借法也顏氏家訓音辭篇云穆天子傳音諫為閒可證今本作閒音諫則非呂氏春秋卷一仁所私以行大義高注仁讀曰忍行之忍也此文義極明今本正文作忍注作忍讀曰仁行之忍也則不可通西京賦烏獲鼎李善注曰說文扛橫關對舉也與扛同吳都賦覽將帥之攉勇字从扌見毛詩盧令鄭箋五經文字木部權字下李注毛詩曰無拳無勇攉與拳同今本正文作扛作拳注又譌舛而不可通已上諸條皆因先用注說改正文嗣又用已改之正文改注如改經文之鉏為蒩則注鉏讀為蒩不可通乃又妄改

云菹讀為鉏是也於是如掃蝥如首尾衡壓字與義不謀上與下不貫矣自陸德明作音義之時已襲此誤本而不省顧治古文者於此等留意焉此俎讀曰阻亦其一也古文作俎鄭讀為阻此正如昧谷壁中作丣谷鄭則讀為昧也古且與俎音同義同且薦也俎所以薦肉也孔壁與伏壁當是皆本作且伏讀且為祖訓始孔安國本則或通以今字作俎而說之者仍多依今文讀為祖訓始如馬季長注是也至鄭乃讀為阻鄭意以九載績墮黎民久飢不得云始飢故易字作阻云戹也王子雝從之云難也姚方興採王注亦云難也鄭君周頌箋毛詩及孟康注漢書引尚書皆依所易之字作阻此引經常例而方興徑用鄭說易尚書經文本字作阻不作俎亦如僞孔用鄭說易經文作昧谷不作丣谷釋文本簡略且開寶改竄之後原委尤不可考也若今文尚書作祖飢則其證有五五帝本紀曰黎民始飢一也漢書食貨志曰舜命后稷以黎民祖饑二也孟康注漢書曰祖始也古文言阻三也徐廣史記音義曰今文尚書作祖飢祖始也四也毛詩釋文曰馬融注尚書作祖云始也此馬氏用今文讀俎為祖五也宋本毛詩正義黎民俎飢俎讀曰阻蘇州袁廷檮所藏本如是與日本七經考文合」と。

卷六十一（左周黃列傳・第五十一）

『書曰五品不遜汝作司徒敬敷五教在寬』

「五品不遜汝作司徒敬敷五教在寬」

（北京大学本、八九頁・上海図八行本、一二九頁）

「㐅（右に「五」）品不遜汝作司徒敬敷五教在寬」

（内野本、九〇頁・足利学校本、一〇四頁・影天正本、一一六頁）

卷六十二（荀韓鍾陳列傳・第五十二）

『尚書舜謂契曰汝作司徒敬敷五教在寬』

卷三（建初元年）

『尚書舜典曰汝作司徒敬敷五教在寬』

卷十上（和熹鄧皇后）

『尚書曰五教在寬』

「汝作司徒而敬敷五教在寬」

（北京大学本、八九頁・上海図八行本、一二九頁）

「女作司徒而敬専㐅𢻱（左に「教」）在寛」

「汝作司徒敬叓（左に「敷」）五𢼂（左に「教」）在寬」（内野本、九〇頁）

（足利学校本、一〇四頁・影天正本、一一六頁）

段玉裁云「敷左氏傳作布王莽傳作輔殷本紀帝乃命契曰百姓不親五品不訓汝為司徒而敬敷五教五教在寬○司馬彪禮儀志注丁孚漢儀夏勤策文曰敬敷五教五教在寬後漢書鄧禹列傳拜禹為大司徒策曰百姓不親五品不訓汝作司徒敬敷五教五教　在寬袁宏後漢紀三十引書敬敷五教五教在寬此皆用今文尚書也唐石經五教之下疊五教二字字形隱隱可辨後乃摩去重刻然則唐時本有作敬敷五教五教在寬者與殷本紀合又案唐石經哉帝曰棄黎民阻飢汝九字一行后稷播時百穀帝曰契九字一行百姓不親五品不遜汝九字一行作司徒敬敷五教在寬九字一行帝曰皋陶蠻夷猾夏寇九字一行賊姦宄汝作士五㓝有九字一行但此經通體每行十字諦視初刻則此六行皆十字也一行曰哉帝曰棄黎民阻飢汝后二行曰稷播時百穀帝曰契百姓三行曰不親五品不遜汝作司徒四行曰敬敷五教五教在寬帝曰五行曰皋陶蠻夷猾夏寇賊姦宄六行曰□□□□□□□五㓝有字形皆隱隱可識惟弟六行石殘毀首七字新舊刻皆漫滅五㓝有上疑其同僞大禹謩之文云汝作士明于五㓝疊五㓝二字同疊五教文法非此則　弟六行祇有汝作士五㓝有六字不能成行覆定石經者刪去在寬上疊五教二字刪去五㓝有上四字共刪去六个字因改此六行為某行九字摩去重刻亦可證初刻時所據之本不與今同也」と。

卷六十三（李杜列傳・第五十三）

『寇賊姦軌注曰羣行攻劫曰寇殺人曰賊在外曰姦在內**曰軌』**

「寇賊姦宄注曰羣行攻劫曰寇殺人曰賊在外曰姦在內曰宄」（北京大学本、八九頁）

「寇賤女宄」（内野本、九〇頁・足利学校本、一〇四頁・影天正本、一一六頁）

「寇賊女宂（右に「宄」）」（上海図八行本、一二九頁）

段玉裁云「獨斷曰唐虞曰士官史記曰皋陶為理尚書曰皋陶作士　呂覽君守篇高注虞書曰皋陶蠻夷猾夏

寇賊姦宄女作士師五刑有服多師字宄周禮司刑正義
引鄭注作軌」と。

巻七十（鄭孔荀列傳・第六十）
『尚書曰舜以伯禹爲司空禹讓稷契暨臯陶以益爲朕虞益讓于朱虎熊羆以伯夷爲秩宗伯夷讓于夔龍』
経文錯乱す。（北京大学本、九一頁）

巻五十二（崔駰列傳・第四十二）
『又夔曰於余撃石拊石百獸率舞』
巻四十上（班彪列傳・第三十上）
『又曰百獸率舞』
「夔曰於予撃石拊石百獸率舞」（北京大学本、九五頁・上海図八行本、一三二頁）
「夔曰於予撃石拊石百獸衛譻」（内野本、九四頁）
「夔曰於予撃石拊石百獸衛（右に「率」）習（左に「舞」）」（足利学校本、一〇七頁）
「夔曰於予撃石拊石百獸衛習（左に「舞」）」（影天正本、一一九頁）

巻六十六（陳王列傳・第五十六）
『尚書曰出納朕命』
「出納朕命」（北京大学本、九七頁）
「出内觪命」（内野本、九四頁）
「出内（左に別筆で「糸」を加える）𦨶（左に「朕」）命」（足利学校本、一〇七頁）
「出納𦨶（左に「朕」）命」（影天正本、一一九頁）
「出内朕㑹」（上海図八行本、一三二頁）
段玉裁「命女作内言夙夜出内朕命惟允」を出し、「二内字今本皆作納下内字五帝本紀百官公卿表作入今文尚書也」と。

巻二十四（馬援列傳・第十四）
『尚書曰三載考績三考黜陟幽明』
巻三十三（朱馮虞鄭周列傳・第二十三）
及び巻五十四（楊震列傳・第四十四）
『尚書舜典曰三載考績三考黜陟幽明』
巻六十四（呉延史盧趙列傳・第五十四）
『書曰三載考績黜陟幽明孔安國注曰三年考功三考九

年能否幽明有別升進其明者黜退其幽者』

「三載考績三考黜陟幽明（三年有成故以考功九歲則能否幽明有別黜退其幽者）」　（北京大学本、九八頁）

「弍載考績弍考黜陟幽明（三年有成故以考功九歲則能否幽明有別黜退其幽者）」　（内野本、九五頁）

「弍（右に「三」）載考績三考黜陟幽明（三年有成故以考功九歲則能否幽明有別黜退其幽者）」　（足利学校本、一〇七頁・影天正本、一一九頁）

「三載考績三考黜陟𠙽明（三年有成故以考功九歲則能否幽明有別黜退其幽者）」　（上海図八行本、一三三頁）

段玉裁云「漢書李尋傳尋對災異曰經曰三載考績三考黜陟白虎通考黜篇兩言尚書曰三載考績三考黜陟玉裁按李尋班固皆言三考黜陟不連幽明字合之五帝本紀云三歲一考功三考絀陟遠近衆功咸興以遠近詁幽明而下屬然則今文家皆於黜陟句絕也姚方興讀黜陟幽明盍本馬王與又按尚書大傳曰書曰三歲考績三考黜陟幽明其訓曰積不善至於幽六極以類降故黜之積善至於明五福以類相升故陟之不必今文家幽明下屬也又谷永待詔公車對曰經曰三載考績三考黜陟幽明」と。

卷四十下（班彪列傳・第三十下）

『尚書曰別生分類品物萬殊』

「別生分類」（北京大学本、一〇〇頁・上海図八行本、一三四頁）、「品物萬殊」は不明。

「穴生分類」　（内野本、九六頁）

「穴（左に「別」）生分類」　（足利学校本、一〇八頁・影天正本、一二〇頁）

大禹謨

卷八十九（南匈奴列傳・第七十九）

『書云謨謀孔安國曰謨亦謀也』

「謨謀（本文不明）（謨謀也）」

（北京大学本、一〇二頁・内野本、一七〇頁・足利学校本、一八七頁・影天正本、一九八頁・上海図八行本、二〇八頁）

卷四十下（班彪列傳・第三十下）

『尚書曰九功惟序九序惟歌』

「九功惟序九序惟歌」

（北京大学本、一〇六頁・内野本、一七四頁・足利学校本、
一八九頁。影天正本、二〇〇頁。上海図八行本、二一一頁）

卷五十九（張衡列傳・第四十九）

『尚書曰咎繇邁種徳注云邁行也種布也』

「皐陶邁種徳（邁行種布）」（北京大学本、一〇八頁）

「咎繇邁種悳（邁行種布）」（内野本、一七五頁）

「咎繇（右に「皐陶」）邁種悳（邁行種布）」
（足利学校本、一九〇頁・影天正本、二〇一頁）

「咎繇邁種徳（邁行種布）」（上海図八行本、二一一頁）

卷六十二（荀韓鍾陳列傳・第五十二）

『謂皐陶曰汝作士明于五刑』

「汝作士明于五刑」（北京大学本、一〇九頁）

「女作士又刑」（敦煌本（S.5745）、一六一頁）

「汝作士明亏王刑」
（内野本、一七六頁・上海図八行本、二一二頁）

「汝作士明亏（右に「于」）王（右に「五」）刑」
（足利学校本、一九一頁・影天正本、二〇二頁）

卷十七（馮岑賈列傳・第七）

『孔安國注尚書曰自矜曰伐』

卷六十七（黨錮列傳・第五十七）

卷六十九（竇何列傳・第五十九）

『孔安國注尚書曰自功曰伐』

「自賢曰矜自功曰伐」
（北京大学本、一一一頁・内野本、一七八頁・足利学校本、
一九二頁・影天正本、二〇三頁・上海図八行本、二一四頁）

卷六十下（蔡邕列傳・第五十下）

『尚書曰君子在野小人在位』

「君子在野小人在位」
（北京大学本、一一六頁・内野本、一八二頁・足利学校本、
一九六頁・影天正本、二〇六頁・上海図八行本、二一六
頁）

卷五十二（崔駰列傳・第四十二）

『尚書曰苗人逆命禹乃舞干羽於兩階七旬有苗格』

「苗民逆命帝乃舞干羽于兩階七旬有苗格」

（北京大学本、一一八頁・敦煌本（S.801）、一六五頁・内野本、一八三頁・足利学校本、一九六頁・影天正本、二〇六頁・上海図八行本、二一七頁）

「苗□（部分闕）逆命帝乃舞干羽于兩階七旬有苗格」

（吐魯番本）

皐陶謨

巻二十四（馬援列傳・第十四）

『咎繇戒禹曰慎厥身修思永惇敘九族在知人禹曰吁咸若時惟帝其難之是相誡也』

巻四十下（班彪列傳・第三十下）

『尚書曰惇敘九族』

「皐陶曰都慎厥身修思永惇敘九族」「在知人」「禹曰吁咸若時惟帝其難之」（北京大学本、一二二頁・上海図八行本、二六四頁）、経文を節略せるか。

「咎繇曰都昚亣身修思永惇敍九矣（族下同）」「在知人」「僉曰吁咸若旹惟帝其雉出」

（内野本、二四五頁・足利学校本、二五三頁・影天正本、二五九頁）

巻五十四（楊震列傳・第四十四）

『尚書皐陶誡舜曰在知人在官人』

「在知人在安民」

（北京大学本、一二三頁・上海図八行本、二六四頁）

「在知人在安𠨲」

（内野本、二四五頁）

「在知人在安𠨲（右に「民」）」

（足利学校本、二五三頁・影天正本、二五九頁）

巻三十下（郎顗襄楷列傳・第二十下）

『尚書曰知人則哲』

巻六十八（郭符許列傳・第五十八）

『書曰知人則哲惟帝爲難』

「惟帝其難之知人則哲」

（北京大学本、一二三頁・上海図八行本、二六五頁）

「惟帝亣難出知人則喆」

（内野本、二四五頁）

「惟帝其難出知人則喆」

（足利学校本、二五三頁・影天正本、二五九頁）

巻六十一（左周黄列傳・第五十一）

『安人則惠黎民懐之尚書皐陶謨之詞也』

「安民則惠黎民懐之」

（北京大学本、一二三頁・上海図八行本、二六五頁）

「安民則惠民懐之黎」（内野本）に作るは誤写ならん。

「安㞋（右に「民」）則惠黎㞋（右に「民」）懐㞢（右に「之」）」

（足利学校本、二五三頁・影天正本、二五九頁）

段玉裁云「風俗通義過譽篇歐陽歙教引書曰安民則惠黎民懐之」と。

巻五十六（張王种陳列傳・第四十六）

『尚書皐繇陳九徳曰寛而栗柔而立愿而恭亂而敬擾而毅直而溫簡而廉剛而塞彊而誼』

巻五十四（楊震列傳・第四十四）

『尚書皐繇謨曰亦行有九徳寛而栗柔而立愿而龔亂而敬擾而毅直而溫簡而廉剛而塞強而誼』

巻八十二上（方術列傳・第七十二上）

『尚書咎繇陳九徳曰寛而栗愿而恭亂而敬柔而立擾而毅直而溫簡而廉剛而塞強而義』

「彊而義」（北京大学本、一二五頁）

「彊而誼」（内野本、二四六頁）

「彊而誼（右に「義」）」

（足利学校本、二五四頁・影天正本、二六〇頁）

「彊而義」（上海図八行本、二六五頁）

また、巻五十四の引用に見える「愿而龔」の「龔」は、「恭」（北京大学本、内野本、足利学校本、影天正本、上海図八行本）。

巻五十四（楊震列傳・第四十四）

『又曰九徳咸事俊乂在官』

「九徳咸事俊乂在官」（北京大学本、一二七頁）

「九悳咸事畯（左に「俊下同」）乂在官」（内野本、二四八頁）

「九徳咸叓畯（左に「俊」）乂在官」（足利学校本、二五五頁）

「九徳咸事畯（左に「俊」）乂在官」（影天正本、二六一頁）

「九徳咸叓俊乂在官」（上海図八行本、二六六頁）

巻六十六（陳王列傳・第五十六）

『尚書咎繇謨曰無教逸欲有邦』

「無教逸欲有邦」（北京大学本、一二九頁）
「亡𢾭逸欲ナ邦」（内野本、二四八頁）
「亡（左に「無」）鼓（左に「教」）逸欲有邦」（足利学校本、二五五頁）
「亡（左に「無」）教逸欲有邦」（影天正本、二六一頁）
「無教逸欲有邦」（上海図八行本、二六七頁）

段玉裁云「正義曰毋者禁止之辭按今文尚書多用毋字古文尚書多用無字此正以毋釋無非經文本作毋也玉篇人部佚字下書曰無教佚欲有邦佚豫也教今文尚書作敖邦今文尚書作國漢書王嘉傳嘉奏封事曰臣聞咎繇戒帝舜曰無敖佚欲有國兢兢業業一日二日萬機此今文尚書也黃氏震日鈔謂無敖為古文劉氏安世謂敖字轉寫作教皆非夏本紀毋教邪淫奇謀或尚書本作敖而依博士讀為教或史記本作敖而後人改之皆未可知也師古曰敖讀曰傲袁宏孝桓帝紀陳蕃上書云皐陶誡舜曰無敢遊佚周公誡成王曰無盤遊於田玉裁按即今文尚書無敖佚欲有國無劮于游田也敢字疑敖字之誤」と。

巻五十四（楊震列傳・第四十四）
『尚書皐陶謨曰兢兢業業一日二日萬機』
巻二十八上（桓譚馮衍列傳・第十八上）
『書曰一日二日萬機』
「兢兢業業一日二日萬機」（北京大学本、一二九頁）
「兢〃業〃弌日弌日万機」（内野本、二四八頁）
「兢々業々弌（右に「一」）日弍（右に「二」）日萬機」（足利学校本、二五五頁・影天正本、二六一頁）
北京大学本と同じ（上海図八行本、二六七頁）。

段玉裁云「漢書百官公卿表相國丞相助理萬機玉裁按漢魏晉南北朝用萬機字皆從木旁班固典引李注尚書曰兢兢業業一日二日萬機」と。

巻四十九（王充王符仲長統列傳・第三十九）
『尚書咎繇謨曰亡曠庶官天工人其代之孔安國注云言人代天理官不可以天官私非其才也』
「無曠庶官天工人其代之（言人代天理官不可以天官私非其才）」（北京大学本、一二九頁）
「亡曠庻宮（言人代天理官不可以天官私非其才也）」（内野本、二四九頁）

「曰（右に「無」）曠庶官（言人代天理官不可以天官私非其才也）」（足利学校本、二五五頁・影天正本、二六一頁）

「無曠庶官（言人代天理官不可以天官私非其才也）」（上海図八行本、二六七頁）

卷七十四下（袁紹劉表列傳・第六十四下）

『尚書曰天工人其代之』

「天工人其代之」（北京大学本、一二九頁・上海図八行本）

「天工人亣代出」（内野本、二四九頁）

「旡（右に「天」）工人其代出」（足利学校本、二五五頁・影天正本、二六一頁）

卷四十四（鄧張徐張胡列傳・第三十四）

『尚書咎繇謨曰天秩有禮自我五禮有庸哉天命有德五服五章哉』

「天秩有禮自我五禮有庸哉天命有德五服五章哉」（北京大学本、一二九頁）

「天秩ナ禮自我乂禮乂庸才（中略）天命ナ悳乂服乂彰才」（内野本、二四九頁）

「旡秩有礼自我乂禮乂（左に「有」）庸才（右に「哉」）旡（右に「天」）命有徳乂服乂彰（左に「章」）才（右に「哉」）」（足利学校本、二五六頁）

「旡（右に「天」）秩有礼自我五礼五庸才（左に「哉」）」（影天正本、二六二頁）

「天秩有禮自我五禮五庸哉天命有德五服五章哉」（上海図八行本、二六七頁）

卷三十四（梁統列傳・第二十四）

『天討有罪五刑五庸哉尚書咎繇謨之詞也』

「天討有罪五刑五用哉」（北京大学本、一二九頁）

「天討ナ辠（「罪下同」）乂刑乂用才」（内野本、二五〇頁）

「天討有辠（右に「罪」）五刑王（左に「五」）用才（右に「哉」）」（足利学校本、二五六頁・影天正本、二六二頁）

益稷

卷五十二（崔駰列傳・第四十二）

『又曰帝曰咨洪水滔天浩浩懷山襄陵　有能俾乂』

「禹曰洪水滔天浩浩懷山襄陵」（北京大学本、一三四頁・内野本、二八九頁・足利学校本、

三〇二頁・影天正本、三二一頁・上海図八行本、三二〇頁）

「有能俾乂」の部分は、本書の二〇六頁を参照。

巻五十二（崔駰列傳・第四十二）

『尚書曰下人昏墊孔安國曰昏瞀墊溺皆困水災也』

「下民昏墊（昏瞀墊溺皆困水災）」（北京大学本、一三四頁）

「下民昏墊（昏瞀墊溺皆困水災也）」（内野本、二八九頁・足利学校本、三〇三頁・影天正本、三二一頁）

「下民昏墊（昏瞀墊溺皆困水災也）」（上海図八行本、三二〇頁）

巻三（肅宗孝章帝紀）

『予違汝弼汝無面從尚書益稷之文也孔安國注云我違道汝當以義輔正我無面從我』

「予違汝弼汝無面從（我違道汝當以義輔正我無面從我違）」（北京大学本、一三九頁）

「予㒳（左に「違下同」）女（左に「汝下同」）弜女亡曰面刅（左に「從」）（我違道汝當以義輔正我無得面從我違）」（内野本、二九三頁・足利学校本、三〇五頁）

「予㒳（左に「違下同」）女（左に「汝下同」）弜女巳面刅（左に「從」）迿」（影天正本、三二一四頁）

「予違女弜女上面從」（上海図八行本、三二三頁）

巻三（肅宗孝章帝紀）

『尚書曰敷奏以言明試以功』

「敷納以言明庶以功」（北京大学本、一四六頁）

「叀内㠯言明試㠯珍」（内野本、二九五頁）

「叀（「攵」を加えて「敷」）内（「糸」を加えて「納」）㠯（左に「以」）言明試（庶印）㠯（右に「以」）巧（功印）」（足利学校本、三〇六頁）

足利学校本は「印本」つまり刊本との比較によって校合がなされ、それは北京大学本と近い本文であることが判明する。それは、足利学校本の眉上に「正義曰」として、同筆で正義の文章が附記されているところからすれば、おそらくここにいう「印本」は正義ではなかったかと考えられる。

「敷納㠯（左に「以」）言明試以玖（左に「功」）」（影天正本、三一五頁）

「尃内㠯言明試㠯切」（上海図八行本、三二四頁）

卷二十四（馬援列傳・第十四）

『尚書帝舜謂禹曰臣作朕股肱耳目禹戒舜曰安汝止慎乃在位』

「臣作朕股肱耳目」「禹曰安汝止惟幾惟康其弼直」（北京大学本、一三九頁）

「臣佐般股肱耳目」「亯曰安女止惟幾惟康亣弜直」（内野本、二九一頁）

「臣佐般（左に「朕」）股肱耳目」「亯曰安汝止惟幾惟康亣弜直」（足利学校本、三〇三頁）

「臣作般股肱耳目」「亯曰安汝止惟幾惟康亣弜直」（影天正本、三一二頁）

「臣作（朕カ）股（「隣」）肱耳目」「禹曰安汝止惟幾惟康其弼直」（上海図八行本、三二一頁）

卷三十八（張法滕馮度楊列傳・第二十八）

『尚書曰宣力四方』

「宣力四方」（北京大学本、一三九頁・上海図八行本、三二三頁）

「宣力三方」（内野本、二九二頁）

「宣力三（右に「四」と）方」（足利学校本、三〇四頁・影天正本、三一三頁）

卷四十九（王充王符仲長統列傳・第三十九）

『尚書曰汝亦昌言』

「汝亦昌言」（北京大学本、一三四頁・足利学校本、三〇二頁・影天正本、三一一頁・上海図八行本、三二〇頁）

「女亦昌言」（内野本、二八八頁）

卷三（肅宗孝章帝紀）

『尚書夔曰於予擊石拊石搏拊琴瑟以詠祖考來格』

「夔曰戛擊鳴球搏拊琴瑟以詠祖考來格」

「夔曰於予擊石拊石百獸率舞庶尹允諧」（北京大学本、一五一頁）

「戞曰於予擊石拊」（敦煌本（P.3605）、二八六頁）

「夔曰於予擊石拊石」（内野本、二九九頁）

「搏拊琴瑟㠯詠胆考來格」（内野本、二九八頁）
「夔曰於予擊石拊石」（足利学校本、三〇九頁）
「搏拊琴瑟㠯（左に「以」）詠胆（左に「祖」考來格）」（足利学校本、三〇八頁）
「夔曰於予擊石拊石」（影天正本、三一八頁）
「搏拊琴瑟㠯（左に「以」）詠胆（左に「祖」考來格）」（影天正本、三一七頁）
「夔曰於予擊石折石」（上海図八行本、三二七頁）
「搏拊琴瑟㠯詠胆考來格」（上海図八行本、三二六頁）

巻四十下（班彪列傳・第三十下）

『尚書曰勑天之命惟時惟幾』
「勑天之命惟時惟幾」（北京大学本、一五五頁）
「勑天㞢命惟旹惟幾」（内野本、二九九頁）
「勑兂㞢命惟旹惟兟」（足利学校本、三〇九頁・影天正本、三一八頁）
「勑天之奐惟旹惟兟」（上海図八行本、三二七頁）

巻二十九（申屠剛鮑永郅惲列傳・第十九）

『尚書曰股肱喜哉元首起哉』
「股肱喜哉元首起哉」（北京大学本、一五五頁）
「股肱喜才元首迡才」（敦煌本、二八六頁）
「股肱喜才元𦣻迡（左に「起下同」才）」（内野本、二九九頁）
「股肱喜才（右に「哉」）元𦣻（左に「首」）迡（左に「起下同」才）」（足利学校本、三〇九頁・影天正本、三一八頁）
「股肱喜才元𦣻迡才」（上海図八行本、三二七頁）

巻六（孝順孝沖孝質帝紀）

『尚書益稷篇帝作歌曰元首明哉股肱良哉』

巻二十六（伏侯宋蔡馮趙牟韋列傳・第十六）

『尚書曰股肱良哉』
「元首明哉股肱良哉」（北京大学本、一五五頁）
「元𦣻明才股肱良才」（敦煌本（P.3605）、二八七頁・内野本、三〇〇頁）
「元首明才（右に「哉」）股肱良才（右に「哉」）」（足利学校本、三〇九頁・影天正本、三一八頁）

「元首明才股肱良才」（上海図八行本、三二八頁）

卷四十上（班彪列傳・第三十上）

『孔安國注尙書曰鳥獸新殺曰鮮』

「暨益奏庶鮮食（鳥獸新殺曰鮮）」

（北京大学本、一三五頁・内野本、二八九頁・足利学校本、三〇三頁・影天正本、三一二頁・上海図八行本、三二〇頁）

卷三十四（梁統列傳・第二十四）

『尙書禹謂帝舜曰亡若丹朱傲惟慢遊是好』

「無若丹朱傲惟慢遊是好」（北京大学本、一四七頁）

「曰若丹朱奡（左に「傲」）惟慢遊是孖（左に「好」）」

（内野本、二九五頁・足利学校本、三〇六頁・影天正本、三一五頁・上海図八行本、三二五頁）

卷三（肅宗孝章帝紀）

『書曰鳳皇來儀』

卷四十下（班彪列傳・第三十下）

『尙書曰鳳皇來儀』

卷五十二（崔駰列傳・第四十二）

卷八十三（逸民列傳・第七十三）

『尙書曰簫韶九成鳳皇來儀』

「簫韶九成鳳皇來儀」

（北京大学本、一五二頁・敦煌本（P3605）・内野本、二九八頁）

「簫韶九戚（右に「成」）鳳皇來儀」

（足利学校本、三〇八頁・影天正本、三一七頁）

「簫韶九戚鳳凰來儀」（上海図八行本、三二七頁）

卷三十下（郎顗襄楷列傳・第二十下）

『尙書曰君爲元首臣作股肱』

「乃歌曰股肱喜哉元首起哉百工熙哉（元首君也股肱之臣）」

（北京大学本、一五五頁・内野本、二九九頁・足利学校本、三〇九頁・影天正本、三一八頁・上海図八行本、三二七頁）

禹貢

卷三（肅宗孝章帝紀）

『尙書曰覃懷厎績孔安國注云厎置績功也』

「亹懐底績」孔伝無し。（北京大学本、一六二頁）
「亹懐庢績」孔伝判読不明。（敦煌本（P.3615）、三五一頁）
「亹裹（左に「懐」）底績」孔伝無し。（内野本、三九〇頁・足利学校本、四一四頁・影天正本、四二九頁）
「亹褱底績」孔伝無し。（上海図八行本、四四四頁）

巻四（孝和孝殤帝紀）

『尙書曰濟河惟兗州』

「濟河惟兗州」（北京大学本、一六六頁・上海図八行本、四四五頁）
「泈河惟沇州」（敦煌本（P.3615）、三五二頁）
「濟河惟沇（右に「悦轉反今作兗」）州」（岩崎本、三六八頁）
「濟河惟兖州」（内野本、三九一頁・足利学校本、四一五頁）
「済河惟兖（右に「兖」）州」（影天正本、四三〇頁）

段玉裁云「濟依說文當作沵但此等字古文假借當仍其舊如夏本紀作濟地理志作沵可證漢人通用也錢氏曉徵史記考異曰沇州本以沇水得名尙書作兗州由隸變立水為橫水又誤兖為六耳玉裁按說文口部曰山閒陷泥地从口从水敗皃讀若沇州之沇九州之渥地也故以沇名焉此當作古文以為沇州之沇沇州者九州之渥地也故以名焉今本譌舛文義不通水部曰古文沇亦謂此也故臣鉉等曰口部已有此重出今本水部譌作沿與緣水而下之沿相複口部又曰古文蓋古文尙書作州今文尙書作沇州即之今字故水部又謂為古文沇口部謂古文以為沇州之沇而字轉寫既久漢碑皆作作則參合沇二體成此一字今隸又省作兖非立水改橫水又誤作六之謂也叔重云九州之渥地故以名此比傳山閒陷泥地為此說古文家說也古文尙書蓋沇水字作沇州字作不以水名為州名」と。

巻三十八（張法滕馮度楊列傳・第二十八）

『書曰島夷卉服』

「島夷卉服」（北京大学本、一七五頁）
「■■（判読不明）卉服」（敦煌本（P.3469）、三五四頁）
「鳥𡰱卉服」（岩崎本、三七三頁）
「島（左に「鳥」）𡰱卉服」（内野本、三九六頁）
「島𡰱（右に夷）卉服」

「島㞋卉服」（足利学校本、四一八頁・影天正本、四三三頁）

「島」を「鳥」に作る。（上海図八行本、四四九頁）

「鳥夷皮」（顧氏藏拓漢石經）の例あり。

また「㞋」字は、胤征篇に今本「居」に作る。

「湯乱屋笈刅先王屋」（敦煌本（P.5557）、五六四頁・九条本、五七〇頁）

「湯始屋（左に「居」）亳從先王屋」（内野本、五七七頁・上海図八行本、五九四頁）

「湯始居亳刅先王居」（足利学校本、五八三頁・影天正本、五八八頁）

また「島㞋皮服」（敦煌本（P.3615）、三五一頁）も同じか。但し、次のように、「夷」と「㞋」の関係は不明。

「島（左に「鳥」）夷㞋服」（内野本、三九〇頁）

「島夷㞋服」（足利学校本、四一五頁）

「嶋夷笈（右に「皮印」）服」（影天正本、四三〇頁）

「島夷笈服」（上海図八行本、四四五頁）

段玉裁云「此亦本作鳥孔讀為𪈄衛包徑改為𪈄字後漢書度尚深林遠藪椎髻鳥語之人置於縣下李注鳥語謂語聲似鳥也書曰鳥夷卉服玉裁按此衛包未改尚書也漢志鳥夷不誤本紀作𪈄則淺人用天寶後尚書改之也集解冀州用鄭注則作鳥楊州用孔注則作𪈄張守節正義成於開元二十四年釋以可居之𪈄則史記作𪈄在開元以前正義引左思吳都賦蕉葛升越弱於羅紈按升字乃竹字之誤竹可為布見王符潛夫論竹亦誤升王符傳注引沈懷遠南越志又嵇含南方草木狀又劉逵注吳都賦篔簹引異物志又元和郡縣志韶州下又唐六典戸部下亦云漳潮等州竹子布」と。

巻七十（鄭孔荀列傳・第六十）

『書曰厥篚玄纁璣組』

「厥篚玄纁璣組」（北京大学本、一八〇頁）

「■■■■（破損により判読不能）璣組」（九条本、三七六頁）

「弌篚玄纁璣組」（内野本、三九七頁・上海図八行本、四五〇頁）

「弌（右に「厥」）篚玄纁璣組」

（足利学校本、四一九頁・影天正本、四三四頁）

巻二（顯宗孝明帝紀）

『尚書曰厥土惟壤下土墳壚孔安國曰無塊曰壤墳起也』

「厥土惟壤下土墳壚」（北京大学本、一八二頁）

『後漢書』注に「無塊曰壤」「墳起也」は何によるか不明。

「壤下圡墳壚」（敦煌本（P.5522）、三五六頁）

「氒圡惟壤丅圡墳壚」（九条本、三七六頁）

「弍土惟壤丅土墳壚」（内野本、三九八頁・上海図八行本、四五一頁）

「弍（右に「厥」）土惟壤下土墳壚」（足利学校本、四二〇頁・影天正本、四三五頁）

巻四十八（楊李翟應霍爰徐列傳・第三十八）

『尚書曰華陽黒水惟梁州孔安國注曰北拒華山之陽南拒黒水』

「北拒華山之陽南拒黒水」

（北京大学本、一八三頁・内野本、三九九頁・足利学校本、四二〇頁・影天正本、四三五頁・上海図八行本、四五一頁）

『後漢書』所引孔伝は「浮于洛達于河華陽黒水惟梁州」の経文に見ゆ。何故ここに混在するか不明。

「華昜黒水惟梁州」（敦煌本（P.3169）、三六二頁・九条本、三七七頁）

巻七十六（循吏列傳・第六十六）

『尚書曰原隰底績注底致也績功也』

「原隰底績」注は不明。

（北京大学本、一八六頁・敦煌本（P.3169）、三六三頁・内野本、四〇一頁）

「原漯庢績」（九条本、三七八頁）

「原湿庢績」（足利学校本、四二一頁）

「原隰氐績」（影天正本、四三六頁）

「原隰氐績」（上海図八行本、四五二頁）

「底致也績功」（孔伝）はいずれも見えず。

巻一上（光武帝紀上）

『孔安國注尚書云孟地名在洛北都道所湊古今以爲津』

「孟津地名在洛北都道所湊古今以爲津」（北京大学本、一九二頁・内野本、四〇五頁・足利学校本、四二四頁・影天正本、四三九頁・上海図八行本、四五五頁）

「地名在洛北都道所湊古今以爲津」（九条本、三八二頁）

李賢注に「論衡曰武王伐紂八百諸侯同於此盟故曰盟津俗名治戍津今河陽縣津也」と有り。また巻二十（銚期王霸祭遵列傳・第十）に「今文尚書曰武王度盟津白魚躍入王舟」と。

巻六十下（蔡邕列傳・第五十下）

『尚書曰四隩既宅』

「四隩既宅」（北京大学本、一九七頁）

「三坒无宅」（敦煌本（P.4874）、三五九頁）

「三奧无宅」（九条本、三八五頁）

「三灹无厇」（内野本、四〇八頁）

「三灹无厇（右にそれぞれ「四隩既居」）」（足利学校本、四二六頁・影天正本、四四一頁）

「三忏（右に「隩」、左に「灹」）无宅」（上海図八行本、四五八頁）

段玉裁云「墺釋文本同正義本作奧衛包及唐石經已下作隩開寶中因改釋文作隩今更正作墺玉篇土部墺字注曰於報於六二切四方之土可居引夏書四墺既宅此古文尚書作墺之明證也尚書釋文曰墺於六反引玉篇於報反蓋陸氏所據玉篇祇有於報一反今本於六一切陳彭年輩增之也說文十三篇土部曰墺四方土可居也从土奧聲古文墺字也按四方土可居也當依李善本作四方之上可定居者也小徐本作四方上下可居者尤誤僞孔傳曰四方之宅可居宅字正土字之譌僞孔傳取諸說文說文實訓釋禹貢徐鍇繫傳引尚書四墺既宅此據未改釋文也廣韵去聲三十七号曰四墺四方土此必陸法言孫愐舊文也汗簡曰古文墺字見尚書此其所據禹貢亦必作墺而後援說文傳會之蓋尚書本作墺孔本亦同而作正義者所據經文作奧孔傳土又譌宅乃曲為之說曰室隅為奧奧是內也人之造宅為居至其奧內遂以奧表宅故傳以奧為宅此是用鄭堯典注奧內也孔堯典注奧室也之誼正義本固非善本衛包與堯典奧字同

改為隩亢非尙書古訓周語宅為九隩韋注隩內也九州之內皆可宅居也此用爾雅厓內為隩之訓周語字從𡾰與尙書從土不同不必牽合奧隩字易識墺字罕見後人多以其所知改所不知文選西都賦天地之墺區李注引說文墺四方之土可定居者也今本文選皆改作隩今本後漢書班固傳則作奧而文選吳都賦都輦殷而四奧來曁奧字正亦墺之誤耳夏本紀地理志皆作四奧此今文尙書作奧與古文尙書作墺不同也師古曰奧讀曰墺謂土之可居者也語亦本說文及孔傳此正援古文尙書以注漢書也顏所據尙書亦正作墺或問西京賦云寔惟地之奧區神皐則西都賦亦當作奧區何子必正為墺字也荅曰據李善注知李本作墺區耳非謂李本為善也古文尙書宅字今文尙書多作度夏本紀曰四奧既居此必經文作四奧既度也地理志四奧既宅宅字恐亦本是度字史記集解引孔安國曰四方之邑已可居也不作宅字此可證予說非繆尙書大傳唐傳曰壇四奧鄭注奧內也安也四方之內人所安居也此今文尙書有奧無墺之證也」と。

卷四十下（班彪列傳・第三十下）

『又曰朔南曁聲教』

「朔南曁聲教」　（北京大学本、二〇四頁）

「抈南泉聲教」　（敦煌本（P.2533）、三六七頁・九条本、三八七頁）

「朔南泉聲教」　（内野本、四一二頁）

「朔南泉（左に「曁」）聲教」　（足利学校本、四二八頁・影天正本、四四三頁）

「朔南泉聲教」　（上海図八行本、四六〇頁）

卷八十上（文苑列傳・第七十上）

『尙書曰朔南曁聲教注云朔北方也』

「朔南曁聲教（朔北方也）」（北京大学本（二〇四頁）『經典釋文』）

北京大学本以下すべてこの注見えず。

甘誓

卷四十下（班彪列傳・第三十下）

『尙書武王曰今予惟龔行天之罰』

「今予惟恭行天之罰」　（北京大学本、二〇七頁）

「予惟龔行天之罰」（敦煌本（P.2533）、四九六頁・九条本、四九七頁）

「予惟龔（左に「恭」）行天之罰」（内野本、五〇〇頁・足利学校本、五〇三頁・影天正本、五〇六頁）

「今予惟龔行天之罰」（上海図八行本、五〇八頁）

五子之歌

巻五十四（楊震列傳・第四十四）

『書曰內作色荒外作禽荒』

「內作色荒外作禽荒」（北京大学本、二一三頁・内野本、五三〇頁・足利学校本、五三四頁・影天正本、五三八頁・上海図八行本、五四三頁）

「內作色巟外作禽巟」（敦煌本（P.2533）、五一九頁・九条本、五二四頁）

胤征

巻七十二（董卓列傳第六十二）

『書曰火炎崑岡玉石俱焚』

「火炎崑岡玉石俱焚」（北京大学本、二二二頁・敦煌本（P.2533）、五五八頁・敦煌本（P.5557）、五六三頁・内野本、五七六頁・足利学校本、五八二頁・影天正本、五八七頁・上海図八行本、五九三頁）

「火炎峼（右に「崐」）𡵂玉石俱焚」（九条本、五六九頁）

巻一上（更始二年）

『尚書殲厥渠魁』

「殲厥渠魁」（北京大学本、二二二頁）

「殲氒渠魁」（敦煌本（P.2533）、五五九頁・九条本、五六九頁）

「殲乓栗兜」（敦煌本（P.5557）、五六三頁）

「殲式渠魁」（内野本、五七六頁・足利学校本、五八三頁・上海図八行本、五九四頁）

「殲戎渠魁」（影天正本、五八八頁）

巻八十下（文苑列傳・第七十下）

『尚書曰威克厥愛允濟』

「威克厥愛允濟」（北京大学本、二二二頁）
「威克厥愛允湆」（敦煌本（P.5557）、五六四頁）
「畏（右に「威」）威克𠂈愛允濟」（九条本、五七〇頁）
「威克弌愛允濟」
（内野本、五七七頁・上海図八行本、五九四頁）
「威克弌愛允済」
（足利学校本、五八三頁・影天正本、五八八頁）

巻四十下（班彪列傳・第三十下）

『尚書曰湯始居亳從先王居』
「湯始居亳從先王居」（北京大学本、二二三頁）
「湯乱屋亳刅先王屋」
（敦煌本（P.5557）、五六四頁・九条本、五七〇頁）
「湯始屋（左に「居」）亳刅先王屋」
（内野本、五七七頁・上海図八行本、五九四頁）
「湯始居亳刅先王居」
（足利学校本、五八三頁・影天正本、五八八頁）

湯誓

巻五十七（杜欒劉李劉謝列傳・第四十七）

『尚書曰伊尹相湯伐桀遂與桀戰于鳴條之野』
「伊尹相湯伐桀升自陑遂與桀戰于鳴條之野」（北京大学本、二三六頁）
「伊尹相湯伐桀𠦃自陑遂與桀戰于鳴條之埜」（九条本、六〇七頁）
「伊尹相湯伐桀升自陑迖与桀弃于鳴條出埜（左に「野」）」（内野本、六一〇頁・足利学校本、六一四頁・影天正本、六一七頁）
「伊尹相湯伐桀外自陑遂與桀戰兮（右に「于」）鳴條之埜」
（上海図八行本、六二〇頁）

巻八十三（逸民列傳・第七十三）

『安國注尚書云鳴條在安邑西』
「鳴條在安邑之西」
（北京大学本、二二六頁・九条本、六〇七頁・内野本、六一〇頁・足利学校本、六一四頁・影天正本、六一七頁・上海図八行本、六二〇頁）

卷七十五（劉焉袁術呂布列傳・第六十五）

『尚書湯誓曰有夏多罪天命殛之』

「有夏多罪天命殛之」（北京大学本、二二七頁・上海図八行本、六二〇頁）

「又夏多辠天命極之」（九条本、六〇七頁）

「ナ夏多辠（左に「罪」）天命殛㞢」（内野本、六一〇頁）

「ナ（左に「有」）夏多辠（左に「罪」）天命殛之」（足利学校本、六一四頁）

「ナ夊多辠天命殛之」（影天正本、六一七頁）

段玉裁云「釋文曰盤本又作般玉裁按周禮司勳注作般庚漢石經殘碑盤庚下篇首句字正作股五經文字曰石經舟皆作月呂氏春秋殷作鄗」

仲虺之誥

卷一上（建武元年）

『尚書曰人墜塗炭孔安國注云若陷泥墜火無救之者』

「民墜塗炭（若陷泥墜火無救之者）」（北京大学本、二三四頁・九条本、六三一頁・内野本、六三八頁・足利学校本、六四四頁・影天正本、六四九頁・上海図八行本、六五三頁）

「民墜塗炭（若陷泥墜火无救之也）」（九条本、六三一頁）

「民墜塗炭（若陷泥墜火無救也（者ﾄ））」（内野本、六三八頁）

「民墜塗炭（若陷泥墜火无救也之者）」（足利学校本、六四四頁・影天正本、六四九頁）

「民墜塗炭（若陷泥墜火无救也）」（上海図八行本）

卷四十四（鄧張徐張胡列傳・第三十四）

『書曰德懋懋官』

「德懋懋官」（北京大学本、二三五頁）

「悳楙〻官」（九条本、六三三頁）

「悳懋〻官」（内野本、六三九頁）

「德懋々官」（足利学校本、六四五頁・影天正本、六五〇頁・上海図八行本、六五五頁）

湯誥

巻八十上（文苑列傳・第七十上）

『尙書曰惟皇上帝降衷於下人』

「惟皇上帝降衷于下人」（北京大学本、二三八頁）

「惟皇丄帝降哀丅民」

（内野本、六六九頁・上海図八行本、六八三頁）

「惟皇丄帝降衷亏（左に「于」）丅（左に「下」）㞋（左に「民」）」（足利学校本、六七五頁・影天正本、六七九頁）

巻八十下（文苑列傳・第七十下）

『尙書曰罹其凶害不忍荼毒孔注云荼毒苦也』

「罹其凶害弗忍荼毒（荼毒苦也）」（北京大学本、二三八頁）

「羅亣凶虐弗忍荼毒（荼毒苦也）」（内野本、六七〇頁）

「羅亣凶唐（左に「害」）弗忍荼毒（荼毒苦也）」

（足利学校本、六七五頁・上海図八行本、六八三頁）

「羅亣凶害弗忍荼毒（荼毒苦也）」（影天正本、六七九頁）

巻七十六（循吏列傳・第六十六）

『尙書湯誥曰余一人有罪無以爾萬方萬方有罪在余一人』

「予一人有罪無以爾萬方萬方有罪在余一人」（北京大学本、二四〇頁）

「万方ナ辠在予一人予一人ナ辠亡㠯爾万方」（内野本、六七三頁）

「万方ナ辠在予一人予一人ナ辠亡㠯尒万方」

（足利学校本、六七七頁・影天正本、六八一頁）

「萬方有辠在予一人予一人有辠亡㠯尒萬方」

（上海図八行本、六八五頁）

巻五十九（張衡列傳・第四十九）

『尙書曰咎單作明居』

「咎單作明居」（北京大学本、二四〇頁）

「咎單作明㞐」

（内野本、六七三頁・上海図八行本、六八五頁）

「咎單作明𡱒（左に「居」）」（足利学校本、六七七頁）

「咎単作明𡱒（左に「居」）」（影天正本、六八一頁）

伊訓

巻六十四（呉延史盧趙列傳・第五十四）

『尚書曰皇天降災假手于我有命』

「皇天降災假手于我有命」（北京大学本、二四三頁）

「皇天降灸假手亐我ナ命」（内野本、六九七頁）

「皇天降灸（左に「災」）假手亐我有命」（足利学校本、七〇三頁）

「皇天際灸假手亐我有命」（影天正本、七〇八頁）

「皇天降灸假手亐我有命」（上海図八行本、七一三頁）

太甲上

巻七十（鄭孔荀列傳・第六十）

『尚書太甲既立不明伊尹放諸桐三年復歸於亳思庸孔注曰念常道也』

巻七十二（董卓列傳・第六十二）

『尚書曰太甲既立不明伊尹放諸桐宮』

「太甲既立不明伊尹放諸桐三年復歸于亳（念常道也）」（北京大学本、二四七頁）

「太甲旡（左に「既」）立弗明伊尹放𢇍𣐍三年復帰亐亳思庸（念常道也）」（内野本、七三〇頁）

「太甲既立弗明伊尹放諸桐三年復歸于亳思庸（念常道也）」（天理本、七三六頁）

「太甲旡立弗明伊尹放𢇍𣐍三年復帰于亳思庸（念常道也）」（足利学校本、七四二頁）

「太甲旡立弗（左に「不」）明伊尹放𢇍𣐍三年復帰于亳思庸（念常道也）」（影天正本、七四六頁）

「太甲既立不明伊尹放𢇍𣐍三年復帰亐亳思庸（念常道也）」（上海図八行本、七五〇頁）

巻五十九（張衡列傳・第四十九）

『尚書曰天監厥德』

「天監厥德」（北京大学本、二四八頁）

「天監弌悳」（内野本、七三一頁）

「天監厥悳」（天理本、七三七頁）

「天監戎德」（足利学校本、七四三頁・影天正本、七四七頁・上海図八行本、七五〇頁）

咸有一徳

巻六十九（竇何列傳・第五十九）

『尚書曰亳有祥』

「亳有祥」（北京大学本、二六二頁・天理本、八二八頁・上海図八行本、八四四頁）

「亳𠂇祥」（内野本、八二〇頁・足利学校本、八三四頁）

「亳𠂇（右に「有」）祥」（影天正本、八三九頁）

盤庚上

巻四十八（楊李翟應霍爰徐列傳・第三十八）

『尚書盤庚序曰盤庚五遷將治亳殷人咨胥怨』

「盤庚五遷將治亳民咨胥怨」（北京大学本、二六五頁・足利学校本、八九八頁・影天正本、九〇五頁）

「盤庚㐅䙴（下に「遷」）將治亳殷𠫔咨胥怨」（内野本、八七七頁）

「盤庚五䙴將治亳殷民咨胄（右に「胥」）怨」（元亨本、八八七頁）

「盤庚㐅遷將治亳殷人咨胥怨」（上海図八行本、九一二頁）

巻四十下（班彪列傳・第三十下）

『尚書曰盤庚遷于殷』

「盤庚遷于殷」（北京大学本、二六七頁・足利学校本、八九八頁・影天正本、九〇五頁）

「盤庚䙴亐殷」（内野本、八七七頁）

「盤庚䙴（右に「遷」）于殷」（元亨本、八八七頁）

「盤庚遷亐殷」（上海図八行本、九一二頁）

段玉裁云「漢書成帝紀陽朔四年詔曰書不云乎服田力嗇乃亦有　秋穡作嗇與漢石經殘碑母劮篇合」

巻八十上（文苑列傳・第七十上）

『尚書曰不常厥邑于今五遷』

「不常厥邑于今五邦」（北京大学本、二六八頁・影天正本、九〇六頁）

「弗常厥邑于今亐邦」（元亨本、八八七頁）

（岩崎本、八六八頁・上海図八行本、九一二頁）

「弗常丘邑至（扌无）丂今𠬤遷」　（内野本、八七八頁）

「弗常㕓邑于今𠬤（左に「五」）邦」　（元亨本、八八八頁）

巻八十上（文苑列傳・第七十上）

『尚書曰若農服田力穡乃亦有秋惰農自安乃其罔有黍稷』

「若農服田力穡乃亦有秋惰農自安（中略）越其罔有黍稷」　（北京大学本、二七二頁・足利学校本、九〇一頁・影天正本、九〇八頁）

「若農服田力晉乃夂又秌惰莀自安越亣㝉又黍稷」　（岩崎本、八七一頁）

「若農服田力畜（左に「穡」）廼亦𠂇秋惰農自安粤亣㝉（左に「罔」）有黍稷」　（内野本、八八一頁）

「若冈服田力晉乃亦有秌㾞莀自女粤其㝉有黍稷」　（元亨本（雲窗叢刻本）、八九一頁）

「若農服田力穡廼亦有秋惰農自安粤其㝉有黍稷」

（上海図八行本、九一五頁）

段玉裁云「王符潛夫論卜列篇云尙書曰假爾元龜罔敢知吉格人作假爾此蓋即如禮記假爾大龜有常之訓疑今文尙書本然然史記作假人論衡卜筮篇曰紂至惡之君也當時災異繇多七十卜而皆凶故祖伊曰格人元龜罔敢知吉賢者不舉大龜不兆災變亟至仲任以賢者訓格人則今文尙書與古文尙書同也爾字恐有誤假格古通用徐廣史記注曰元一作卜」

巻五十五（章帝八王傳・第四十五）

『書不云乎用德章厥善尙書盤庚之辭也』

「用德彰厥善」　（北京大学本、二七八頁・元亨本（雲窗叢刻本）、八九六頁）

「用德彰手善」　（岩崎本、八七五頁）

「用悳彰丘善」　（内野本、八八六頁・上海図八行本、九一〇頁）

「用悳彰丘（左に「厥」）善」　（足利学校本、九〇三頁）

説命上

巻四十四（鄧張徐張胡列傳・第三十四）

『尚書曰王言惟作命弗言臣下罔由稟令』

「王言惟作命不言臣下罔攸稟令」（北京大学本、二九三頁）

「王言惟作命弗言臣下㐌逌稟令」（敦煌本（P.2516）、一〇五二頁。元亨本、一〇七一頁）

「王言惟佐命弗言臣丅㐌禀稟令」（敦煌本（P.2643）、一〇五六頁・内野本、一〇六五頁）

「王言惟佂命弗言臣丅㐌逌稟令」（岩崎本、一〇六〇頁）

「王言惟作令弗言臣下亡（左に「罔」）逌（左に「攸」）稟令」（足利学校本、一〇七六頁）

「王言惟作令弗（右に「不」）言臣下亡（左に「罔」）逌稟令」（影天正本、一〇八〇頁）

「王言惟作命弗言臣下㐌攸稟令」（上海図八行本、一〇八四頁）

巻八十下（文苑列傳・第七十下）

『尚書曰旁求天下』

「旁求于天下」（北京大学本、二九三頁・足利学校本、一〇七六頁。影天正本、一〇八一頁）

「旁求于兂丅」（敦煌本（P.2516）、一〇五二頁）

「旁求于天丅」（敦煌本（P.2643）、一〇五六頁）

「旁求亏天下」（岩崎本、一〇六〇頁・上海図八行本、一〇八五頁）

「旁求亏兂丅」（内野本、一〇六六頁）

巻五十八（虞傅蓋臧列傳・第四十八）

『武丁殷王高宗也謂傅説曰啟乃心沃朕心説復于王曰惟木從繩則正后從諫則聖見尚書』

「啟乃心沃朕心」・「惟木從繩則正后從諫則聖」（北京大学本、二九四頁・北京大学本、二九五頁）

「启乃心汳朕心」・「惟木刅繩則正后刅諫則聖」（敦煌本（P.2516）、一〇五三頁）

「启乃心沃■（破損）心」・「惟木刅繩則正后刅諫則聖」（敦煌本（P.2643）、一〇五七頁）

「启乃心汳朕心」・「惟木刅繩翢正后刅諫則聖」（岩崎本、一〇六一頁）

「启廼心沃般心」・「惟木刅繩則正后刅諫則聖」

（内野本、一〇六七頁）

「启乃心沃朕心」・「惟木刅繩則正后刅諫則聖」

（元亨本、一〇七三頁）

「啓廼心沃般（左に「朕」）心」・「惟木從繩正后從諫則垩」

（足利学校本、一〇七七頁）

「啓廼心沃般心」・「惟木從繩正后從諫則垩」

（影天正本、一〇八一頁）

「啓廼心沃朕心」・「惟木從繩正后從諫則聖」

（上海図八行本、一〇八五頁）

説命中

巻四十九（王充王符仲長統列傳・第三十九）

巻五十四（楊震列傳・第四十四）

『又曰明王奉若天道建邦設都孔安國注云天有日月北斗五星二十八宿皆有尊卑相正之法言明王奉順此道以立國設都也』

「明王奉若天道建邦設都（天有日月北斗五星二十八宿皆有尊卑相正之法言明王奉順此道以立國設都也）」

（北京大学本、二九五頁・足利学校本、一一一八頁・影天正本、一一二二頁・上海図八行本、一一二五頁）

「乃進于王曰烏虖明王奉若天道建邦設都」

（敦煌本（P.2643）、一一〇一頁）

「乃進亏王粤烏虖明王奉若天道建邑設䣊」

（岩崎本、一一〇五頁）

「廼進亏王曰烏虖明王奉若天道建邦設都」

（内野本、一一〇九頁）

「乃進于王曰烏乎明王奉若天道建邽（左に「邦」）設都」

（元亨本、一一一三頁）

巻七十三（劉虞公孫瓚陶謙列傳・第六十三）

『尚書曰黷于祭祀』

「黷于祭祀」

（北京大学本、二九九頁・敦煌本（P.2516）、一〇九九頁・敦煌本（P.2643）、一一〇三頁）

「黷亏祭祀」

（岩崎本、一一〇七頁・足利学校本、一一一九頁・影天正本、一一二三頁・上海図八行本、一一二六頁）

「黷亏祭祀」

（内野本、一一一一頁）

「黷于祭祀」（元亨本、一一一五頁）

説命下

巻五十九（張衡列傳・第四十九）

『尚書伊尹曰予弗克俾厥后惟堯舜其心愧恥若撻于市』

「予弗克俾厥后惟堯舜其心愧恥若撻于市」（北京大学本、三〇一頁・元亨本、一一五九頁）

「予弗克畁氒后惟尭舜亣心愧恥若撻于市」（敦煌本（P.2516）、一一三九頁）

「予弗克畀氒后惟尭舜亣心愧恥若撻于亐」（敦煌本（P.2643）、一一四三頁）

「予弗克畀手后惟尭舜亣心愧恥若撻亐市」（岩崎本、一一四七頁）

「予弗克俾丘后惟尭舜亣心愧耻若撻亐市」（内野本、一一五四頁）

「予弗克俾厥后惟堯舜其心愧恥若撻亐市」（足利学校本、一一六三頁・影天正本、一一六七頁）

「予不克俾厥后惟堯舜其心愧恥若撻于市」（上海図八行本、一一七二頁）

巻七十六（循吏列傳・第六十六）

『尚書高宗誡傅説曰一夫不獲則曰時予之辜』

「一夫不獲則曰時予之辜」（北京大学本、三〇一頁・元亨本、一一五九頁）

「一夫弗獲則曰旹予之辜」（敦煌本（P.2516）、一一三九頁・敦煌本（P.2643）、一一四三頁・内野本、一一五四頁）

「一夫弗獲駉粤旹予尖辜」（岩崎本、一一四八頁）

「一夫不獲則曰旹予之罪」（足利学校本、一一六三頁）

「一夫弗獲則曰旹予之罪（右に「辜」）」（上海図八行本、一一六七頁）

西伯戡黎

巻四十下（班彪列傳・第三十下）

『尚書曰西伯戡黎格來也』

「西伯戡黎」「格來也」の注無し。この注は舜典か。（北京大学本、三〇七頁・内野本、一二一六頁。足利学校本、一二二三頁。影天正本、一二二六頁。上海図八行本、

一二二九頁）
「西伯戡黎」
（敦煌本（P.2615）、一二〇七頁・敦煌本（P.2643）、一二一〇頁・岩崎本、一二一三頁・元亨本、一二二〇頁）
巻八十二上（方術列傳・第七十二上）
『尚書曰格人元龜罔敢知吉』
巻八十下（文苑列傳・第七十下）
『尚書曰格人元龜』
「人元龜罔敢知吉」
（北京大学本、三〇七頁・足利学校本、一二二四頁。影天正本、一二二七頁）
「格人元龜它教知吉」
（敦煌本（P.2615）、一二〇七頁・元亨本、一二二一頁）
「格人元龜它敄知吉」
（敦煌本（P.2643）、一二一〇頁・岩崎本、一二一四頁・内野本、一二一七頁）
「格人元龜它敢知吉」
（上海図八行本、一二三〇頁）

泰誓上

巻十三（隗囂公孫述列傳・第三）
『尚書曰惟天地萬物父母』
巻五十七（杜欒劉李劉謝列傳・第四十七）
『書曰惟天地萬物父母惟人萬物之靈』
「惟天地萬物父母惟人萬物之靈」（北京大学本、三二一頁）
「惟天地万物父母惟人万物之霊」（神田本、一二八八頁）
「惟天地萬物父母惟人萬物㞢靈」（内野本、一二九三頁）
「惟天地万物父母惟人万物之灵」
（足利学校本、一二九九頁）
「惟天地万物父母惟人万物㞢灵」
（上海図八行本、一三〇七頁）
巻三（粛宗孝章帝紀）
『書曰元后作人父母』
「元后作民父母」
（北京大学本、三二一頁・神田本、一二八八頁・足利学校本、一三〇〇頁・影天正本、一三〇四頁・上海図八行本、一三〇八頁）

「元后作𡈼父母」（内野本、一二九三頁）

卷四十上（班彪列傳・第三十上）

『孔安國注尚書曰澤障曰陂停水曰池』

「澤障曰陂停水曰池」（北京大学本、三二二頁）

判読不明。

（神田本、一二八九頁・内野本、一二九四頁・上海図八行本、一三〇八頁）

「沢障曰陂停水曰池」（足利学校本、一三〇〇頁・影天正本、一三〇四頁）

卷五十八（虞傳蓋臧列傳・第四十八）

『尚書曰作之君作之師』

「作之君作之師」

（北京大学本、三二三頁・神田本、一二九〇頁・足利学校本、一三〇一頁・影天正本、一三〇五頁）

「作𡈼君作𡈼師」（内野本、一二九五頁・上海図八行本、一三〇九頁）

泰誓中

卷五十二（崔駰列傳・第四十二）

『尚書曰穢德彰聞』

「穢徳彰聞」（北京大学本、三二六頁）

「穢悳彰沓」

（神田本、一三二五頁・上海図八行本、一三四四頁）

「穢悳彰沓（左に「聞」）」（内野本、一三三〇頁）

「稓悳彰䎶」（足利学校本、一三三六頁）

「穢悳彰䎶」（影天正本、一三四〇頁）

泰誓下

卷三十三（朱馮虞鄭周列傳・第二十三）

『書曰紂自絕於天結怨于人』

「自絕于天結怨于民」（北京大学本、三三一頁・神田本、一三六〇頁）

「自𢇍于天結怨于民」（敦煌本（S.799）、一三五七頁）

「自𢇍（左に「絕」）亐兊結怨亐𡈼」（内野本、一三六四頁）

「自絕亐天結怨亐民」（足利学校本、一三六九頁・影天正本、一三七三頁）

「自幽亐兂結怨亐民」（上海図八行本、一三七七頁）

巻七十（鄭孔荀列傳・第六十）

『尚書曰紂斮朝涉之脛孔安國注曰冬日見朝涉水者謂其脛耐寒斮而視之』

「斮朝涉之脛（冬月見朝涉水者謂其脛耐寒斮而視之）」（北京大学本、三三一頁）

「斮朝涉之脛（冬月見朝涉水者謂其脛耐寒斮而視之）」

（敦煌本（S.799）、一三五七頁・神田本、一三六〇頁）

「斮朝涉出脛（冬月見朝涉水者謂其脛耐寒斮而視之）」

（内野本、一三六四頁・上海図八行本、一三七七頁）

「斬（右に「斮」）朝涉之脛（冬月見朝涉水者謂其脛耐寒斬而視之）」（足利学校本、一三六九頁）

「斬（右に「斮」）朝涉之脛（冬日見朝涉水者謂其脛耐寒斬而視之）」

（影天正本、一三七三頁）

巻七十八（宦者列傳・第六十八）

『尚書曰龔行天罰』

「恭行天罰」

（北京大学本、三三二頁・神田本、一三六一頁・足利学校本、一三七〇頁・影天正本、一三七四頁）

「龔行天罰」

「龔（左に「恭」）行兂罰」（敦煌本（S.799）、一三五七頁）

（内野本、一三六五頁・上海図八行本、一三七八頁）

巻二（顯宗孝明帝紀）

『書曰惟我文考光于四海』

「惟我文考（「若日月之照臨」を略すか）光于四方」

（北京大学本、三三三頁）

「惟我文考」・「光于三方」

（敦煌本（S.799）、一三五九頁・神田本、一三六二頁）

「惟我文考」・「光亐三方」（内野本、一三六六頁）

「惟我文考」・「光亐四方」

（足利学校本、一三七〇頁・影天正本、一三七四頁・上海図八行本、一三七八頁）

牧誓

巻六十七（黨錮列傳・第五十七）

『尚書曰戎車三百兩』

「戎車三百兩」（北京大学本、三三三頁・敦煌本（S.799）、一三九〇頁・神田本、一三九四頁・足利学校本、一四〇四頁・影天正本、一四〇八頁）

「戎車弎百兩」（内野本、一三九八頁・上海図八行本、一四一二頁）

巻六十四（呉延史盧趙列傳・第五十四）

『孔安國注尚書曰昧暝也爽明也』

「時甲子昧爽（昧冥爽明）」（北京大学本、三三四頁・敦煌本（S.799）、一三九〇頁・神田本、一三九四頁・内野本、一三九九頁・足利学校本、一四〇四頁・影天正本、一四〇八頁・上海図八行本、一四一三頁）

巻四十下（班彪列傳・第三十下）

『尚書曰王秉白旄以麾』

「右秉白旄以麾」（北京大学本、三三五頁）

「右秉白旄㠯麾」（敦煌本（S.799）、一三九〇頁）

「右康白旄㠯麾」（神田本、一三九四頁）

「右秉白旄㠯麾」（内野本、一三九八頁・影天正本、一四〇八頁・上海図八行本、一四一三頁）

「右秉（左に「秉」）白旄㠯麾」（足利学校本、一四〇四頁）

巻八十八（西域傳・第七十八）

『尚書曰逿矣西土之人』

「逖矣西土之人」（北京大学本、三三五頁・足利学校本、一四〇四頁）

「逿矣西土之人」（敦煌本（S.799）、一三九〇頁・神田本、一三九四頁）

「逷矣西土出人」（内野本、一三九九頁・上海図八行本、一四一三頁）

段玉裁云「爾雅繹故逿遠也郭注書曰逿矣西土之人北齊舊文苑傳顔之推觀我生賦曰逿西土之有衆文選李善注兩引書皆作逿是唐初本尚作逿衛包據說文逖為今字逿為古字改之而開寶間又改釋文也今更正」と。

卷八十七（西羌傳・第七十七）

『尙書曰庸蜀羌髳微盧彭濮人孔安國注曰皆蠻夷戎狄也』

「庸蜀羌髳微盧彭濮人（八國皆蠻夷戎狄屬）」

（北京大学本、三三六頁・内野本、一三九九頁・足利学校本、一四〇五頁・影天正本、一四〇九頁・上海図八行本、一四一三頁）

「庸蜀羌髳微盧彭濮人（八國背蠻夷戎狄屬）」

（敦煌本（S.799）、一三九一頁）

「庸蜀羌髳微盧彭濮之人（八國皆蠻夷戎狄屬）」

（神田本、一三九五頁）

卷七十五（劉焉袁術呂布列傳・第六十五）

『孔安國注尙書云蜀叟也』

卷七十五（劉焉袁術呂布列傳・第六十五）

『孔安國注尙書云蜀叟也』

「羌在西蜀叟」

（北京大学本、三三六頁・敦煌本（S.799）、一三九一頁・神田本、一三九五頁・内野本、一三九九頁・足利学校本、一四〇五頁・影天正本、一四〇九頁・上海図八行本、一四一三頁）

卷五（孝安帝紀）

『書曰牝雞之晨惟家之索』

卷八十上（文苑列傳・第七十上）

『尙書曰牝雞無晨牝雞之晨惟家之索孔安國注云索盡也雌代雄鳴則家盡婦奪夫政則國亡』

卷五十四（楊震列傳・第四十四）

『尙書古人有言牝雞無晨牝雞之晨唯家之索』

「古人有言牝雞無晨牝雞之晨惟家之索（索盡也雌代雄鳴則家盡婦奪夫政則國亡）」

（北京大学本、三三七頁）

「古人有言曰牝雞亡辰牝雞之辰惟家之索（索盡也雌代雄鳴則家盡婦奪夫政則國亡）」

（敦煌本（S.799）、一三九一頁）

「古人有言曰牝鷄無旮牝鷄之旮惟家之索（索盡也雌代雄鳴則家盡婦奪夫政則國亡）」

（神田本、一三九五頁）

「古人ナ言曰牝雞亡昬（左に「晨」）牝雞出昬（左に「晨」）惟家出索（索盡也雌代雄鳴則家盡婦奪夫政則國亡）」

（内野本、一四〇〇頁）

「古人有言曰牝雞亡（左に「無」）晨牝雞之晨惟家之索（索盡也雌代雄鳴則家盡婦奪夫政則國亡）」

（足利学校本、一四〇五頁）

「古人有言曰牝雞亡（左に「無」）晨牝雞之晨唯家之索（索盡也雌代雄鳴則家盡婦奪夫政則國亡）」（影天正本、一四〇九頁）

「古人有言曰牝雞亡晨牝雞出晨惟家出索（索盡也雌代雄鳴則家盡婦奪夫政則國亡）」（上海図八行本、一四一四頁）

巻八十下（文苑列傳・第七十下）

『尚書曰勖哉夫子尚桓桓（桓桓武貌）』

「勖哉夫子尚桓桓（桓桓武貌）」（北京大学本、三三九頁）

「勖才夫子尚桓二（桓二武貌）」（敦煌本（S.799）、一三九二頁・内野本、一四〇二頁）

「勖才夫子尚桓〻（桓〻武皃）」（神田本、一三九六頁・上海図八行本、一四一五頁）

「勖哉夫子尚桓〻（桓〻武皃）」（足利学校本、一四〇六頁・影天正本、一四一〇頁）

巻一下（光武帝紀下）

『書曰如虎如貔』

「如虎如貔」（北京大学本、三三九頁・内野本、一四〇二頁・足利学校本、一四〇六頁・影天正本、一四一〇頁・上海図八行本、一四一五頁）

「如虒如貔」（敦煌本（S.799）、一三九二頁）

「如帍如貔」（神田本、一三九六頁）

武成

巻三（肅宗孝章帝紀）

『尚書駿奔走在廟』

「駿奔走執豆籩」か不明。（北京大学本、三四一頁）

巻二十九（申屠剛鮑永郅惲列傳・第十九）

『尚書曰武王伐紂率其旅若林』

「武王伐殷（中略）率其旅若林」（北京大学本、三四〇頁・北京大学本、三四七頁・影天正本、一四五〇頁）

「武王伐殷」（敦煌本（S.799）、一四二五頁）

「衛开㞡若林」（敦煌本（S.799）、一四二九頁）

「武王伐殷」「率其旅若林」は無し（神田本、一四三一頁）。

「武王伐殷」（内野本、一四三五頁）

「衒亓䘏（左に「旅」）若林」（内野本、一四四一頁）

「武王伐殷」（足利学校本、一四四四頁）

「率其旅若林」（足利学校本、一四四八頁）

「武王伐殷」（上海図八行本、一四五六頁）

「衒亓䘏若林」（上海図八行本、一四六〇頁）

卷一下（光武帝紀下）

『書曰誕膺天命』

「誕膺天命」（北京大学本、三四四頁・敦煌本（S.799）、一四二七頁・上海図八行本、一四五八頁・足利学校本、一四四六頁）

「誕應天命」（神田本、一四三三頁・影天正本、一四五二頁）

「誕膺兲（左に「天」）命」（内野本、一四三八頁）

卷七十（鄭孔荀列傳・第六十）

『書曰今商王受亡道為天下逋逃主萃淵藪孔注曰天下罪人逃亡者而紂為魁主窟聚泉府藪澤也』

「今商王受無道爲天下逋逃主萃淵藪（天下罪人逃亡者而紂為魁主窟聚淵府藪澤）」（北京大学本、三四五頁）

「今商王受無道為天下逋逃主苹囦藪（天下罪人亡逃者而紂為魁主窟聚淵府藪澤）」（敦煌本（S.799）、一四二七頁）

「今商王受无道為天下逋逃主茾囦藪（天下罪人逃亡者而紂為魁主窟聚淵府藪澤）」（神田本、一四三三頁）

「今商王受亡道爲兲下逋逃主萃（左に「淵」）囦藪（天下罪人逃亡者而紂為魁主窟聚淵府藪澤）」（内野本、一四三九頁）

「今商王受亡道為天下逋逃主萃淵藪（天下罪人逃亡者而紂為魁主窟聚淵府藪澤）」（足利学校本、一四四六頁・影天正本、一四五二頁）

「今商王受亡道」・「為天下逋逃主萷淵藪（天下罪人逃亡者而紂為魁主窟聚淵府藪澤）」（上海図八行本、一四五八頁）

卷十上（皇后紀・第十上）

『又曰暴殄天物』

「暴殄天物」（北京大学本、三四五頁）

「㬥弥天物」（敦煌本（S.799）、一四二七頁）

「㬥孙天物」（神田本、一四三三頁）

「暴殄兲（左に「天」）物」（内野本、一四三九頁）

「暴絶（左に「殄」）天物」（足利学校本、一四四六頁・影天正本、一四五二頁）

「暴殄天物」（上海図八行本、一四五八頁）

卷五十九（張衡列傳・第四十九）

『尚書曰厥篚玄黃』

「篚厥玄黃」

（北京大学本、三四六頁・足利学校本、一四四六頁・影天正本、一四五三頁）

「篚丘玄黃」

（敦煌本（S.799）、一四二八頁・内野本、一四四〇頁）

「⿱艹匪丘玄黃」

（神田本、一四三四頁）

卷六十一（左周黃列傳・第五十一）

『尚書曰武王入殷封比干墓軾商容閭』

「封比干墓式商容閭」

（北京大学本、三四八頁・足利学校本、一四四八頁。影天正本、一四五四頁）

「圭比干墓式商容閭」

（敦煌本（S.799）、一四二九頁・上海図八行本、一四六〇頁）

「圭比干墓式商容閭」（内野本、一四四一頁）

洪範

卷四十下（班彪列傳・第三十下）

『尚書曰彝倫攸斁』

卷七十四下（袁紹劉表列傳・第六十四下）

『書曰彝倫攸斁彝常也倫理也攸所也斁敗也』

「彝倫攸敘（注無し）」（北京大学本、三五三頁）

「彝倫逌（左に「攸」）叙」（島田本、一四七八頁）

「彝倫逌斁」（内野本、一四九九頁）

「彝倫攸叙」（足利学校本、一五一七頁）

「彝倫攸叙」

（影天正本、一五二九頁・上海図八行本、一五四一頁）

段玉裁云「説文四篇歺部曰殬敗也从歺睪聲商書曰彝倫攸殬玉裁按作者蓋壁中本也鄭孔皆訓為敗則與許合」と。

卷六（孝順孝沖孝質帝紀）

『尚書曰天乃錫禹洪範九疇孔安國注云洪大也範法也

疇類也言天與禹洛出書神龜負文而出列於背有數至于九禹遂因而第之以成九類』

「天乃錫禹洪範九疇」「洪範（洪大範法也）」「不畀洪範九疇（疇類也）」（北京大学本、三五二頁・上海図八行本、一五四一頁）

「天乃錫𢍏洪範九㽞（左に「疇」）」（島田本、一四七九頁）

「天廼錫𢍏洪範九𠷎」（内野本、一四九九頁）

「天廼錫禹洪範九疇」

（足利学校本、一五一七頁・影天正本、一五二九頁）

卷六十一（左周黄列傳・第五十一）

『尚書洪範曰建用皇極孔安國注云皇大也極中也言立大中之道而行之也』

「皇大極中也（皇大也極中也凡立事當用大中之道）」

（北京大学本、三五五頁・内野本、一五〇〇頁・足利学校本、一五一七頁・影天正本、一五二九頁）

「建由皇極（皇大也極中也凡立事當用大中之道）」（上海図八行本、一五四一頁）

卷八十二上（方術列傳・第七十二上）

『尚書洪範曰皇建其有極孔安國注云皇大極中也』

「皇建其有極」

（北京大学本、三六四頁・足利学校本、一五一九頁・影天正本、一五三二頁・上海図八行本、一五四四頁）

『後漢書』の孔伝は「建用皇極」の注に見ゆ。

（北京大学本、三五五頁）

「皇建亣ナ極」（島田本、一四八二頁・内野本、一五〇三頁）

卷三十四（梁統列傳・第二十四）

『尚書曰高明柔克』

卷三十六（鄭范陳賈張列傳・第二十六）

『尚書洪範曰高明柔剋』

「高明柔克」

（北京大学本、三六九頁・内野本、一五〇八頁・足利学校本、一五二二頁・影天正本、一五三四頁・上海図八行本、一五四七頁）

卷七十八（宦者列傳・第六十八）

『尚書曰臣無作威作福臣有作威作福其害于而家凶于而國』

「臣無有作福作威玉食臣之有作福作威玉食其害于而家凶于而國」　（北京大学本、三七〇頁）

「臣亡ナ作偪作威玉皃臣出ナ作偪作威玉食亣害亐而家凶亐而或」　（内野本、一五〇八頁）

「臣亡有作福作威玉貪臣之有作福作威玉貪其害亐而家凶亐而國」　（足利学校本、一五二二頁）

「臣亡（右に「無」）有作福作威玉貪臣之有作福作威玉食其害亐而家凶亐而國」　（影天正本、一五三四頁）

「臣亡有作福作威玉貪臣之有作福作威玉貪其害于而家凶于而國」　（上海図八行本、一五四七頁）

巻六十四（呉延史盧趙列傳・第五十四）

『尚書洪範曰謀及卿士謀及庶人』

「謀及卿士謀及庶人」

（北京大学本、三七二頁・足利学校本、一五二三頁・影天正本、一五三五頁・上海図八行本、一五四八頁）

「惎及卿士惎及庻人」　（内野本、一五一〇頁）

巻四十下（班彪列傳・第三十下）

『尚書曰庶草蕃蕪』

「庶草蕃蕪」　（北京大学本、三七七頁）

「庶草畨庅」　（島田本、一四九一頁）

「庻中蕃庑」　（内野本、一五一二頁）

「庶草蕃廡」

（足利学校本、一五二四頁・上海図八行本、一五五〇頁）

「庶草蕃無」　（影天正本、一五三六頁）

段玉裁云「蕃說文六篇引作緐宋世家同緐者蕃之假借字也說文六篇林部曰豐也从林或說規模字从大卌數之積也林者木之多也卌與庶同意商書曰庶草緐無玉裁按或說規模字者小徐曰或說為規模之模字也卌數之積也者廣韵廿六緝卌字下曰先立切說文云數名今直以為四十字玉篇佩觿集韵皆云卌四十也考說文有廿字卅字而無卌字惟見於此蓋即廣韵所本與漢石經論語殘碑子曰年卌見惡焉其終也已以卌為四十字卌从二廿其字亦古文省卌為四十廾猶廿為二十廾廿為三十廾也卖卌二字不列大書而傳識於說解中蓋說文一書未嘗自謂舉天下古今之字而一無漏也卌與𧮰

同意此當云與庶同意謂庶以尣皃衆盛以林皃多皆非專謂光謂林也其意一也爾雅釋故曰苞蕪茂豐也郭注苞叢緐蕪皆豐盛釋文曰蕪古本作按許說本爾雅爾雅古本作是也變作無㠯為有無字遂改爾雅之無茂从艸作从蕪字鴻範之蕃無从广作廊廡字皆非本字晉語曰黍不為黍不能蕃廡韋昭曰蕃滋也廡豐也則假廡為無不獨尚書也漢書谷永傳五徵時序罄中蕃滋」と。

卷四十六（郭陳列傳・第三十六）

『尚書曰一極備凶一極亡凶』

「一極備凶一極無凶」（北京大学本、三七七頁）

「一極偹凶一極亡凶」（島田本、一四九二頁・上海図八行本、一五五〇頁）

「弌極備凶弌極亡凶」（内野本、一五一二頁）

「一極備凶一極亡凶」（足利学校本、一五二五頁・影天正本、一五三七頁）

段玉裁云「無宋世家作亡本篇中他無字皆作毋」と。

卷四十下（班彪列傳・第三十下）

『尚書曰休徵孔安國注云敍美行之驗』

「休徵」（北京大学本、三七九頁・島田本、一四九二頁・内野本、一五一二頁・足利学校本、一五二五頁・影天正本、一五三七頁・上海図八行本、一五五〇頁）

卷六十一（左周黄列傳・第五十一）

『書曰僭恆暘若尚書洪範之文也孔安國注曰君行僭差則常暘順之也』

卷五十九（張衡列傳・第四十九）

『孔安國注洪範云君行僭差則常陽順之常陽則多旱也』

「曰僭恒暘若（君行僭差則常暘順之）」「常陽則多旱也」は不明。（北京大学本、三八〇頁）

「僭恒陽若（君行僭差則常陽順之）」（島田本、一四九三頁）

「僭恒暘若（君行僭差則常暘順之）」（内野本、一五一三頁・足利学校本、一五二五頁・影天正本、一五三七頁）

「僭恒暘若（君行僭差則常陽順之）」（上海図八行本、一五五〇頁）

巻四十下（班彪列傳・第三十下）

『尚書洪範曰百穀用成』

「百穀用成」（北京大学本、三八一頁・島田本、一四九四頁・足利学校本、一五二五頁・影天正本、一五三七頁・上海図八行本、一五五一頁）

「百穀用㦽」（内野本、一五一三頁）

巻三（肅宗孝章帝紀）

『尚書五福一曰壽二曰富三曰康寧四曰攸好德五曰考終命』

「五福一曰壽二曰富三曰康寧四曰攸好徳五曰考終命」（北京大学本、三八三頁・足利学校本、一五二六頁・上海図八行本、一五五二頁）

「㐅福一曰壽二曰富三曰康寧三曰逌晵悳㐅曰孝㣊命」（島田本、一四九五頁）

「㐅福弌曰𦒶弍曰富弎曰康寧三曰逌㚧悳㐅曰考㚖命」（内野本、一五一四頁）

「一曰壽二曰富三曰康寧四曰攸好徳五曰考終命」（影天正本、一五三八頁）

旅獒

巻六十上（馬融列傳・第五十上）

『孔安國注尚書曰西旅西戎遠國也』

「西旅獻獒（西戎遠國貢大犬）」（北京大学本、三八六頁）

「西戎遠國也」（島田本、一五八一頁・内野本、一五八九頁・足利学校本、一五九四頁・影天正本、一五九八頁・上海図八行本、一六〇二頁）

巻四十下（班彪列傳・第三十下）

『尚書曰弗役耳目百度惟貞』

「不役耳目百度惟貞」（北京大学本、三八九頁）

「弗役耳目百度惟貞」（島田本、一五八四頁・内野本、一五九一頁・足利学校本、一五九五頁・影天正本、一五九九頁・上海図八行本、一六〇三頁）

金縢

巻七十三（劉虞公孫瓚陶謙列傳・第六十三）

『尚書周公東征三年罪人斯得』

「周公居東二年則罪人斯得」（北京大学本、三九九頁・影天正本、一六三九頁・上海図八行本、一六四六頁）

「周公㞐東弍季則辠人析得」（内野本、一六二六頁）

「周公居東二季則罪人斯得」（足利学校本、一六三三頁）

巻六十下（蔡邕列傳・第五十下）

『尚書金縢曰秋大孰未穫天大雷電以風王乃問諸史百執事』

「秋大熟未穫天大雷電以風（中略）王乃問諸史與百執事」（北京大学本、四〇〇頁）

「秌大熟未穫天大雷電㠯風」・「王廼問彭（左に「諸」）史与百執事」（内野本、一六二七頁）

「秋大熟未穫天大雷電以風」・「王廼問諸史與百執叓」（足利学校本、一六三四頁）

「秋大熟未穫天大雷電以風」・「王乃問諸史與百執叓」（影天正本、一六三九頁。上海図八行本、一六四六頁）

大誥

巻八十五（東夷列傳・第七十五）

『尚書武王崩三監及淮夷畔周公征之作大誥』

「武王崩三監及淮夷叛周公相成王將黜殷作大誥」（北京大学本、四〇三頁・足利学校本、一六八二頁・影天正本、一六九一頁・上海図八行本、一六九九頁）

「武王崩三監及淮尸叛周公相成王將黜殷作大誥」（島田本、一六六四頁）

「武王崩弍監及淮尸叛周公相戚王將黜殷作大誥」（内野本、一六六九頁）

巻七十八（宦者列傳・第六十八）

『尚書曰寧王遺我大寶龜』

「寧王遺我大寶龜」（北京大学本、四〇五頁）

「寧王遺我大珤龜」（内野本、一六七一頁）

「寧王遺我大宝亀」（足利学校本、一六八三頁・影天正本、一六九二頁）

「寧王遺我大寶龜」（上海図八行本、一七〇〇頁）

段玉裁云「魏三體石經見於洪氏續所存洛陽蘇望氏所刻者大三體並存古文龜粵三體並存茲三體並存隸皆尚書大誥文也古粵越通用魏時尚書蓋皆作粵而字據說文則為古文不知何以魏時不作蠢而作也說文十三篇蚰部曰蠢蟲動也从蚰萅聲古文蠢从周書曰我有于西玉裁按此引古文大誥記憶之誤也如或簸或舀東方昌矣之比不則王莽所用今文尚書曰有大難于西土西土人亦不靖於是動與古文尚書同絕無我有于西之句字壁中初出時安國讀為蠢既以今字改之矣而許叔重存其故書所作於說文俾學者有稽焉」と。

卷三（肅宗孝章帝紀）

『尚書曰若考作室既厎法厥子乃不肯堂矧肯桓』

「若考作室既厎法厥子乃弗肯堂矧肯構」（北京大学本、四一四頁・影天正本、一六九六頁）

「若考作室旡厎法弍子廼弗肯尚敉肯構」（内野本、一六七八頁）

「若考作室既致法厥子廼弗肯堂矧肯構」（足利学校本、一六八七頁）

「若考作室既厎法开子乃弗肯堂矧肯構」（上海図八行本、一七〇五頁）

「矧肯構」について、阮元校注は「疏云定本云矧弗肯構矧弗肯穫皆有弗字撿孔傳所解弗為衍字按矧況也況益也矧弗肯構矧弗肯穫猶言益弗肯構益弗肯穫也段玉裁云」と。

卷五十九（張衡列傳・第四十九）

『天威棐忱』

「越天棐忱」（北京大学本、四一五頁・足利学校本、一六八九頁・影天正本、一六九七頁）

「粵天棐忱」（内野本、一六八〇頁）

「越天棐忱」（上海図八行本、一七〇六頁）

微子之命

卷六十四（吳延史盧趙列傳・第五十四）

『尚書曰尹茲東夏』

「尹茲東夏」（北京大学本、四二〇頁・島田本、一七三〇頁・内野本、一七三四頁・足利学校本、一七三八頁・上海図八行本、一七四五頁）

康誥

巻八十五（東夷列傳・第七十五）

『又曰成王既伐管叔蔡叔滅淮夷』

「成王既伐管叔蔡叔以殷餘民封康叔」（北京大学本、四二三頁・影天正本、一七九一頁）

「戚王旡伐管叔蔡叔㠯殷餘𡰥邦康叔」（内野本、一七六二頁）

「成王既伐管叔蔡叔以殷餘民邦（右に「古字邦封同」）康叔」（足利学校本、一七八〇頁）

「成王旡伐管叔蔡叔㠯殷餘民邦封康叔」（上海図八行本、一八〇二頁）

巻六（孝順孝沖孝質帝紀）

『書云明德慎罰眚過也明德慎罰尚書康誥之言』

『後漢書』所引「眚過」の部分は、「眚災肆赦怙終賊刑」（舜典）の注。何故ここに混在するか不明。

（北京大学本、四二五頁）

「明悳昚罰」（内野本、一七六四頁）

「明德慎罸」

（足利学校本、一七八一頁・影天正本、一七九二頁）

「明悳昚（左に「慎」）罸」（上海図八行本、一八〇三頁）

巻四（孝和孝殤帝紀）

『尚書曰恫矜乃身孔安國注曰恫痛也矜病也言如痛病在身欲除之也』

「恫瘝乃身（恫痛瘝病治民務除惡政當如痛病在汝身欲去之敬行我言）」（北京大学本、四二八頁）

「恫瘝乃身（恫痛瘝病治民務除惡政當如痛病在女身欲去之敬行我言也）」（内野本、一七六六頁・足利学校本、一七八三頁・上海図八行本、一八〇五頁）

「恫瘝乃身（恫痛瘝病治民務除惡政當如痛病在汝身欲去之敬行我言也）」（影天正本、一七九四頁）

阮元校注に「案後漢書和帝紀永元八年詔曰朕寤寐恫矜注尚書曰恫矜乃身孔安國注曰恫痛也矜病也言

如痛病在身欲除之也矜音古頑反蓋章懷所見孔氏尚書作矜可證瘝為矜之俗字矣」と。

段玉裁云「鄭及僞孔皆訓瘝為病考釋故云鰥病也王氏鳳喈云後人以其訓病改鰥為瘝召誥智藏瘝𤘵同是也玉裁按後漢書和帝紀永元八年詔曰朕寤寐恫矜此用康誥文也章懷太子注云尚書曰恫矜乃身孔注曰恫痛也矜病也矜音古頑反蓋唐初本尚作矜古書鰥字多作矜可證瘝之為俗字矣或疑郭注引書已作瘝荅曰郭注瘝字恐是俗改本作鰥也」と。

卷四十六（郭陳列傳・第三十六）

『尚書康誥曰有厥罪小乃不可不殺』

「有厥罪小乃不可不殺」（北京大学本、四二九頁・上海図八行本、一八〇六頁）

「ナ亓辠小乃弗可弗殺」（内野本、一七六八頁・足利学校本、一七八四頁・影天正本、一七九五頁）

卷十上（皇后紀）

『尚書曰若保赤子惟人其康乂』

卷六十六（陳王列傳・第五十六）

『尚書曰若保赤子唯人其康乂』

「若保赤子惟民其康乂」（北京大学本、四三〇頁・上海図八行本、一八〇七頁）

「若保赤子惟亓康乂」（内野本、一七六九頁）

「若保赤子惟民亓康乂」（足利学校本、一七八四頁）

「若保赤子惟民幵（右に「其」）康乂」（影天正本、一七九五頁）

卷三（肅宗孝章帝紀）

『康誥曰父不慈子不祗兄不友弟不恭不相及也』

「王曰封元惡大憝矧惟不孝不友（大惡之人猶為人所大惡況不善父母不友兄弟者乎言人之罪惡莫大於不孝不友）」（北京大学本、四三三頁）

召誥

卷四十上（班彪列傳・第三十上）

『尚書曰厥既得吉卜則經營』

「厥既得卜則經營」（北京大学本、四六〇頁・上海図八行本、一九八九頁）

「牛旡㝵卜則經營」（九条本、一九四六頁）

「丘旡得卜則經營」（内野本、一九五六頁・足利学校本、一九七一頁）

「乓（左に「厥」）旡（左に「既」）得卜則經營」（影天正本、一九八〇頁）

卷四十三（朱樂何列傳・第三十三）

『尚書曰召公出取幣入錫周公』

「君出取幣乃復入錫周公曰拜手稽首旅王若公」（北京大学本、四六二頁）

卷四十下（班彪列傳・第三十下）

『尚書曰王來紹上帝自服于土中孔安國曰洛邑地埶之中也』

「王來紹上帝自服于土中（洛邑言王今來居洛邑繼天為治躬自服行教化於地勢正中）」（北京大学本、四六八頁）

「王來紹丄帝自服于土中（洛邑言王今來居洛邑繼天為治躬自服行教化於地勢正中）」（九条本、一九四九頁）

「王來紹丄帝自服亐土中（洛邑言王今來居洛邑繼天為治躬自服行教化於地勢正中）」（内野本、一九六二頁・上海図八行本、一九九四頁）

「王來紹上帝自服亐土中（洛邑言王今來居洛邑繼天為治躬自服行教化於地勢正中）」（足利学校本、一九七五頁・影天正本、一九八四頁）

洛誥

卷七（孝桓帝紀）・卷十上（皇后紀）

『尚書曰周公曰朕復子明辟』

卷五十七（杜欒劉李劉謝列傳・第四十七）

『尚書曰朕復子明辟孔安國注云復還明君之政於成王也』

「周公拜手稽首曰朕復子明辟（復還明君之政於子）」（北京大学本、四七七頁）

「般復子明侵」（内野本、二〇二九頁）

「般復子明辟」（足利学校本、二〇四四頁・上海図八行本、二〇六四頁）

「般彶子明辟」（影天正本、二〇五四頁）

巻四十下（班彪列傳・第三十下）

『尚書曰公其以予萬億年敬天之休』

「公其以予萬億年敬天之休」（北京大学本、四七九頁）

「公其以予万億年敬天之休」（敦煌本（P.2748）、二〇二一頁）

「公亣㠯予万億秊敬兂㞢休」（内野本、二〇三一頁）

「公其以予万億季敬天之休」（足利学校本、二〇四五頁・影天正本、二〇五五頁）

「公亣㠯予万億秊敬天㞢休」（上海図八行本、二〇六六頁）

巻三（肅宗孝章帝紀）

『書曰咸秩無文』

「咸秩無文」（北京大学本、四八〇頁）

「咸秩亡文」（敦煌本（P.2748）、二〇二一頁）

「咸秩匸彣」（内野本、二〇三二頁）

「咸秩罔（左に「无」）文」（足利学校本、二〇四六頁・影天正本、二〇五六頁）

「咸秩宜文」（上海図八行本、二〇六六頁）

巻四十八（楊李翟應霍爰徐列傳・第三十八）

『尚書周公戒成王曰孺子其朋孺子其朋慎其往』

「孺子其朋孺子其朋其往」（北京大学本、四八一頁）

「穤子其朋穤子其朋慎其往」（敦煌本（P.2748）、二〇二二頁）

「孺子（「其朋扌作」）二二亣朋慎亣逞」（内野本、二〇三三頁）

「孺子其朋孺子其朋慎其往」（足利学校本、二〇四六頁・影天正本、二〇五六頁）

「孺子〻〻亣朋亣朋亣徃」（上海図八行本、二〇六七頁）

阮元校注に「其往古本其上有慎字案段玉裁云後漢書　爰延上封事曰臣聞之帝左右者所以咨政德故周公戒成王曰其朋其朋言慎所與也李注尚書周公戒成王曰孺子其朋孺子其朋慎其往較今本多一慎字疑妄增足利古本蓋本諸此」と。

多士

巻四十下（班彪列傳・第三十下）

『尚書曰肆予敢求爾於天邑商』

「肆予敢求爾于天邑商」（北京大学本、五〇三頁）
「肆予敢求尒于天邑商」（敦煌本（P.2748）、二一〇五頁・足利学校本、二一二三頁・影天正本、二一三〇頁）
「肆予敎求尒亐兂邑商」（内野本、二一一五頁）
「肆予敎求尒亐天邑商」（上海図八行本、二一三八頁）

無逸

卷四十下（班彪列傳・第三十下）

『尙書曰嚴恭寅畏』
「嚴恭寅畏」（北京大学本、五〇八頁）
「嚴龔寅畏」（敦煌本（P.2748）、二一七九頁）
「嚴恭寅畏」（内野本、二一八六頁）
「嚴龔（左に「恭」寅畏）」（足利学校本、二一九七頁）
「嚴龔寅畏」（影天正本、二二〇五頁）
「嚴龔寅畏」（上海図八行本、二二一三頁）

卷三（肅宗孝章帝紀）

『孔安國注尙書曰不敢荒怠自安寧』
「治民祇懼不敢荒寧（爲政敬身畏懼不敢荒怠自安）」（北京大学本、五〇八頁・足利学校本、二一九七頁・影天正本、二二〇五頁）
「不敢兂自安者」（敦煌本（P.2748）、二一八〇頁）
「不敢荒怠自安也」（内野本、二一八七頁・上海図八行本、二二一三頁）

卷二（顯宗孝明帝紀）

『書曰惠于鰥寡』

卷四十下（班彪列傳・第三十下）

『尙書曰懷保小人惠鮮鰥寡』
「懷保小民惠鮮鰥寡」（北京大学本、五一一頁・足利学校本、二二〇〇頁・影天正本、二二〇八頁）
「■（判読不能）保小民惠鮮鰥寡」（敦煌本（P.3767）、二一七五頁）
「懷保小人惠鮮鰥寡」（敦煌本（P.2748）、二一八一頁）
「褱保小𠆸惠鮮鰥寡」（内野本、二一九〇頁）
「褱保小民惠鮮鰥寡」（上海図八行本、二二一五頁）

段玉裁云「漢書谷永傳對災異事云經曰懷保小人惠于鰥寡與漢石經合隷齗云石經懷保小人惠于矜（中闕）谷用今文尙書也惠鮮恐是惠于之誤于字與羊字略相似又因下文鰥字　魚旁誤增之也」と。

卷三（肅宗孝章帝紀）

『尙書曰文王自朝至于日中日昊不遑暇食』

卷五十四（楊震列傳・第四十四）

『尙書曰文王自朝至於日中仄文王自朝至於日中仄弗遑暇食』

「文王自朝至於日中昃文王自朝至於日中不遑暇食」（北京大学本、五一一頁）

卷八十下（文苑列傳・第七十下）

『尙書敍文王德曰自朝至于日中昊不遑食』

「自朝至於日中不遑暇」（北京大学本、五一一頁）

卷三十六（鄭范陳賈張列傳・第二十六）

『尙書曰文王自朝至于日中昊不遑暇食』

卷六十一（左周黃列傳・第五十一）

『書曰文王至于日中昃不遑暇食』

「文王自朝至于日中昃不遑暇食」（北京大学本、五一一頁）

「自朝至于日中仄弗皇暇食」（敦煌本（P.3767）、二一七五頁・敦煌本（P.2748）、二一八二頁）

「自朝至亐日中昃弗皇暇食」（内野本、二一九〇頁）

「自朝至于日中昃不遑暇食」（足利学校本、二二〇〇頁・影天正本、二二〇八頁）

「自朝至亐日中昃弗遑暇食」（上海図八行本、二二一五頁）

段玉裁云「釋文曰昊本亦作仄皇今本作遑俗字疑衛包所改也下文則皇自敬德鄭注皇謂暇謂寬暇自敬可以證此之不从辵矣皇暇疊文同義爾雅釋言偟暇也凡詩書遑字皆後人所改如不遑啓處不遑假寐之類不皇假寐與不皇暇食句法正同古假暇通用如假日即暇日非趙盾假寐之云也楚語左史倚相云周書曰文王至於曰中昃不皇暇食惠于小民唯政之恭按惠于小民即上文懷保小民惠鮮鰥寡也唯政之恭即下文以庶邦惟正之躉也左史摘舉不以次爾董仲舒傳周文王至于曰昃不暇食師古曰昃亦吳字」と。

巻六十六（陳王列傳・第五十六）

『周公戒成王無槃于遊田尚書無逸篇之言』

「周公戒成王不敢盤于遊田」　（北京大学本、五一二頁）

巻二十九（申屠剛鮑永郅惲列傳・第十九）

『尚書無逸曰文王不敢槃于游田以萬人惟政之共』

「文王不敢槃于游田以庶邦惟正之共」

（北京大学本、五一二頁・足利学校本、二二〇〇頁・影天正本、二二〇八頁）

「文王弗敄槃于遊田㠯庻邽惟政之共」　（敦煌本（P.3767）、二一七五頁）

「文王弗敄槃于遊田㠯庋邦惟政之共」　（敦煌本（P.2748）、二一八二頁）

「文王弗敄槃亐遊田㠯庻邦惟正㞢共」

（内野本、二一九〇頁・上海図八行本、二二一六頁）

段玉裁云「晏子諌下篇曰昔文王不敢盤遊于田故國易而民安于游字互易西京賦盤于游畋李注尚書曰不敢盤于游畋」と。

巻三十四（梁統列傳・第二十四）

『尚書周公戒成王曰無若殷王受之迷亂酗于酒德哉』

「無若殷王受之迷亂酗于酒德哉」

（北京大学本、五一三頁・足利学校本、二二〇一頁）

「亡若殷王受之迷𤔔酗于酒悳才」　（敦煌本（P.3767）、二一七六頁）

「亡若殷王受之迷𤔔酗于酒德才」　（敦煌本（P.2748）、二一八二頁）

「亡若殷王受㞢迷𤔔酗亐酒悳才」（内野本、二一九一頁）

「無若殷王受之迷乱酗于酒㥁哉」（影天正本、二二〇九頁）

「亡若殷王受㞢迷𤔔酗亐酒悳才」

（上海図八行本、二二一六頁）

段玉裁云「漢書楚元王傳劉向上奏曰臣聞周公戒成王毋若殷王紂翼奉傳奉上疏曰書則曰王毋若殷王紂後漢書梁冀傳袁箸詣闕上書曰周公戒成王無如殷王紂論衡譴告篇云周公勑成王曰毋若殷王紂毋者禁之也　按無作毋受作紂者今文尚書然也凡古文尚書受字今文皆作紂古文不言紂今文不言受又按師古翼奉傳注云周書亡逸之篇曰周公曰烏虖毋若殷王紂之迷

亂酗于酒德哉與今本尚書不合酗唐石經作酗」と。

卷四（孝和孝殤帝紀）

『書曰茲四人迪哲』

卷四十下（班彪列傳・第三十下）

『尚書曰茲四人迪哲』

卷五十四（楊震列傳・第四十四）

『尚書曰自殷王中宗及高宗及祖甲及我周文王茲四人迪哲厥或告之曰小人怨女詈女則皇自敬德』

「自殷王中宗及高宗及祖甲及我周文王茲四人迪哲厥或告之曰小人怨汝詈女則皇自敬德」（北京大学本、五一六頁）

「自殷王中宗及高宗及祖甲及我周文王茲三人迪悊丘或告之曰小人怨女詈女則皇自敬悳」（敦煌本（P.3767）、二一七七頁）

「自殷王中宗及高宗及祖甲及我周文王茲四人迪悊厥或告之曰小人怨女詈女則皇自敬德」（敦煌本（P.2748）、二一八三頁）

「自殷王中宗及高宗下及𥘅甲及我周彣王茲三人迪哲弌或告岀曰小人怨女詈女則皇自敬悳」（内野本、二一九三頁）

「自殷王中宗及高宗下（左に「印本ニ无」と）及祖甲及我周文王茲四人迪哲厥或告之曰小人怨女詈女則皇自敬德」（足利学校本、二二〇一頁）

「自殷王中宗及高宗下及祖甲及我周文王茲四人迪哲厥或告之曰小人怨女詈女則皇自敬悳」（影天正本、二二〇九頁）

「自殷王中宗及高宗下及祖甲及我周文王茲四人迪喆厥或告岀曰小人怨女詈女則皇自敬悳」（上海図八行本、二二一七頁）

君奭

卷二十九（申屠剛鮑永郅惲列傳・第十九）

『尚書曰周公爲師』

卷三十二（樊宏陰識列傳・第二十二）

『尚書曰召公爲保周公爲師相成王爲左右』

「周公爲師」（北京大学本、五一七頁・敦煌本（P.2748）、二二六一頁・

内野本、二二七四頁・足利学校本、二二八九頁・影天正本、二二九八頁・上海図八行本、二三〇七頁）

巻五十九（張衡列傳・第四十九）

『又曰巫咸保乂王家』

「巫咸乂王家」（北京大学本、五二一頁・内野本、二二七七頁・足利学校本、二二九一頁・影天正本、二三〇〇頁・上海図八行本、二三〇九頁）

「巠咸乂王家」（敦煌本（P.2748）、二二六三頁）

蔡仲之命

巻六十三（李杜列傳・第五十三）

『書曰皇天無親』

「皇天無親」（北京大学本、五三四頁）

「皇天亡親」（敦煌本（S.2074）、二三四三頁・九条本、二三四九頁・上海図八行本、二三七一頁）

「皇宂亡親」（内野本、二三五五頁）

「皇天亡（左に「无」）親」（足利学校本、二三六一頁）

「皇天亡（左に「無」）親」（影天正本、二三六六頁）

巻七十八（宦者列傳・第六十八）

『又曰爲惡不同同歸於亂』

「爲惡不同同歸于亂」（北京大学本、五三五頁）

「為惡弗同〻帰于𤔔」（敦煌本（S.2074）、二三四四頁・九条本、二三四九頁）

「爲惡弗同同歸亐亂」（内野本、二三五五頁）

「為惡弗同々帰于乱」（足利学校本、二三六一頁）

「為悪弗同々皈于乱」（影天正本、二三六六頁）

「為惡弗同二帰亐𤔔（左に「乱」）」（上海図八行本、二三七一頁）

多方

巻一上（光武帝紀上）

『尚書曰罔不明徳慎罰亦克用勸孔安國注云慎刑罰亦能用勸善也』

「罔不明徳慎罰亦克用勸（慎去刑罰亦能用勸善）」

「㐆弗明㥁昬罸勸克用勸（慎去刑罰亦能用勸善）」（北京大学本、五四一頁）

「㐆弗明㥁昬（右に「慎」）罸亦克用勸（慎去刑罰亦能用勸善）」（敦煌本（S.2074）、二四〇四頁）

「㐆弗明㥁昬罰亦克用勸（慎去刑罰亦能用勸善）」（九条本、二四一六頁）

「罔不明徳慎罰亦克用勧（慎去刑罰亦能用勸善）」（内野本、二四二七頁・上海図八行本、二四六一頁）

「罔不明㤅慎罰亦克用勸（慎去刑罰亦能用勸善）」（足利学校本、二四四一頁）

（影天正本、二四五一頁）

立政

巻三十下（郎顗襄楷列傳・第二十下）

『尚書曰常伯常任』

「常伯常任」

（北京大学本、五五一頁・敦煌本（S.2074）、二五〇二頁・敦煌本（P.2630）、二五〇九頁・九条本、二五一八頁・内野本、二五二八頁・足利学校本、二五四〇頁・上海図八行本、二五五九頁）

「常伯常僞（墨沫して眉上に「任」）」（影天正本、二五四九頁）

巻四十上（班彪列傳・第三十上）

『尚書曰綴衣虎賁』

「綴衣虎賁」

（北京大学本、五五一頁・敦煌本（S.2074）、二五〇二頁・九条本、二五一八頁・敦煌本（P.2630）、二五〇九頁・内野本、二五二八頁・足利学校本、二五四〇頁・影天正本、二五四九頁・上海図八行本、二五五九頁）

周官

巻五十二（崔駰列傳・第四十二）

『尚書曰唐虞稽古建官惟百夏商官倍亦克用乂』

「唐虞稽古建官惟百（李賢注中略）夏商官倍亦克用乂」

（北京大学本、五六八頁・足利学校本、二六〇七頁・影天正本、二六一四頁）

「唐𠂹乩（左に「稽」）古建官惟百夏商官倍亦克用乂」

（内野本、二五八八頁）

「唐妐（左に「虞」）乩（左に「稽」）古建官惟百夏商官倍亦克用乂」（上海図八行本、二六二二頁）

卷二十三（竇融列傳・第十三）

『尚書曰二公弘化寅亮天地』

「貳公弘化寅亮天地」（北京大学本、五六九頁・足利学校本、二六〇九頁・影天正本、二六一六頁）

「貳公弘化寅亮兂埊」（内野本、二五九〇頁）

「二公弘化寅亮天坔（左に「地」）」（上海図八行本、二六二四頁）

「二公弘化寅亮天地」（観智院本、二五九九頁）

卷四十上（班彪列傳・第三十上）

『尚書曰司馬掌邦政統六師』

「司馬掌邦政統六師」

（北京大学本、五七〇頁・内野本、二五九一頁・観智院本、二六〇〇頁・足利学校本、二六〇九頁・影天正本、二六一六頁・上海図八行本、二六二四頁）

卷十上（皇后紀）

『尚書曰弗學牆面也』

「不學牆面也」（北京大学本、五七四頁・観智院本、二六〇三頁）

「弗學牆面」

（内野本、二五九四頁・足利学校本、二六一一頁・影天正本、二六一八頁・上海図八行本、二六二七頁）

君陳

卷六十四（呉延史盧趙列傳・第五十四）

『尚書曰惟孝友于兄弟』

「惟孝友于兄弟」（北京大学本、五七八頁）

「惟孝于（扌无）友于兄弟」

（内野本、二六四五頁・観智院本、二六五三頁・足利学校本、二六六〇頁）

「惟孝于友于兄弟」（影天正本、二六六五頁）

「惟孝亏友亏兄弟」（上海図八行本、二六七〇頁）

巻六十七（黨錮列傳・第五十七）

『尚書曰唯人生厚因物有遷』

「惟民生厚因物有遷」（北京大学本、五八一頁・足利学校本、二六六四頁・影天正本、二六六九頁）

「惟囟生𠩺（左に「厚」）囙物ナ䙴」（内野本、二六五一頁）

「惟人生厚（左に「𠩺」）囙（右に「因」）物又（左に「ナ」）遷（右に「卑」）」（観智院本、二六五八頁）

「惟囟生𠩺（左に「厚」）因物有遷」（上海図八行本、二六七四頁）

巻二十四（馬援列傳・第十四）

『書曰違上所命從厥攸好』

「違上所命從厥攸好」（北京大学本、五八二頁・足利学校本、二六六四頁・影天正本、二六六九頁）

「違丄所命刅乒逌犽」（内野本、二六五一頁）

「聿上所命刅厥（右に「手」）攸（右に「逌」）犽」（観智院本、二六五九頁）

「違丄所命刅（左に「從」）弍逌（左に「攸」）犽」（上海図八行本、二六七四頁）

顧命

巻三十二（樊宏陰識列傳・第二十二）

『尚書曰成王將崩命召公作顧命孔安國注云臨終之命曰顧命』

「成王將崩命召公畢公率諸侯相康王作顧命（臨終之命曰顧命）」（北京大学本、五八二頁・内野本、二六九一頁・観智院本、二七〇四頁・足利学校本、二七一八頁・影天正本、二七二七頁）

「戚王將肯命召公畢公率彭（左に「諸」）矦（左に「侯」）相康王作顧命」（上海図八行本、二七三六頁）

巻四（孝和孝殤帝紀）

『又日宣重光』

巻四十下（班彪列傳・第三十下）

『尚書日宣重光』

「宣重光」

（北京大学本、五八六頁・内野本、二六九三頁・観智院本、二七〇六頁・足利学校本、二七二〇頁・影天正本、二七二九頁・上海図八行本、二七三七頁）

卷四十下（班彪列傳・第三十下）

『尙書曰延入翼室恤度宗』

卷七十四上（袁紹劉表列傳・第六十四上）

『尙書曰延入翼室孔安國注翼明也室謂路寢』

「延入翼室恤宅宗（明室路寢延之使居憂為天下宗主）」（北京大学本、五八八頁・足利学校本、二七二二頁・影天正本、二七三〇頁）

「延入翌（左に「翼」）室恤厇宗」（内野本、二六九五頁）

「近入翌室恤宅宗」（観智院本、二七〇八頁）

「延入翌室恤度宗」（上海図八行本、二七三九頁）

段玉裁云「翌今本作翼傳訓翌為明疏引釋言翌明也則其字必本作翌明室即明堂也明堂即路寢也衛包妄改為翼今更正後漢書班固傳典引曰正位度宗章懐太子注云尙書曰延入翼室恤度宗度居也宗尊也玉裁按此本蔡邕典引注蓋蔡氏引尙書延入翌室卹度宗而申之曰度居也宗尊也云云今本文選注脱去引尙書語章懐自襲蔡注耳凡古文尙書宅字今文尙書皆作度」と。

卷七十六（循吏列傳・第六十六）

『尙書顧命曰赤刀大訓弘璧琬琰在西序大玉夷玉天球河圖在東序』

「赤刀大訓弘璧琬琰在西序大玉夷玉天球河圖在東序」（北京大学本、五九二頁・足利学校本、二七二二頁・影天正本、二七三一頁）

「赤刀大訔弘璧琬琰在西序大玉𡰥玉天球河𡇒在東序」（内野本、二六九七頁・上海図八行本、二七四〇頁）

「赤刀大訔弘璧琬琰在西序大玉夷（左に「𡰥」）玉天球河圖（左に「𡇒」）在東序」（観智院本、二七一〇頁）

段玉裁云「說文一篇玉部曰醫無閭之珣玗琪周書所謂夷玉也班□典引曰御東序之祕寶以流其占蔡邕注曰東序牆也尙書曰顓頊河圖雒書在東序流演也疑脱河圖二字雒書皆存亡之事尙覽之以演禍福之驗也玉裁按此所引尙書絕異蓋今文尙書也王儉褚淵碑文餐東野之祕寶李善注云雒書天準聽曰顧命云天球河圖

在東杼天球寶器也河圖本紀圖帝王終始存亡之期典引曰御東序之祕寶然野當為杼古序字也玉裁謂尙書大傳天子賁庸諸侯疏杼鄭注杼亦廧也是杼為序之假借今文尙書蓋如此大傳屬今文漢時緯書亦皆用今文又按顓頊二字蓋即古文尙書大玉夷玉天球等之駁文如般庚篇之優賢揚歷也蔡氏據今文尙書刻石經其不可信者多矣」と。

卷四十下（班彪列傳・第三十下）

卷五十七（杜欒劉李劉謝列傳・第四十七）

『尙書曰天球河圖在東序孔安國注曰河圖八卦是也』

「天球河圖在東序（河圖八卦）」

（北京大学本、五九二頁・内野本以下、全て）

卷二（顯宗孝明帝紀）

『尙書康王曰眇眇予末小子孔安國注云眇眇猶微微也』

「眇眇予末小子（言微微我淺末小子）」

（北京大学本、六〇三頁・内野本、二七〇一頁。以下、全て）

康王之誥

卷四十五（袁張韓周列傳・第三十五）

『尙書康王之誥曰雖爾身在外乃心罔不在王室』

卷七十（鄭孔荀列傳・第六十）

『尙書曰雖爾身在外乃心無不在王室』

「雖爾身在外乃心罔不在王室」（北京大学本、六一二頁）

「雖尒身在外廼心宄弗在王室」

（内野本、二七六九頁・上海図八行本、二七九三頁）

「雖爾（右に「夕尒」）身在外（右に「歼」）乃（右に「夕廼」心宄弗在王室）」（観智院本、二七七五頁）

「雖尒身在外廼心罔不在王室」（足利学校本、二七八五頁）

「虽尒身在外乃心罔不在王室」（影天正本、二七八九頁）

畢命

卷四（孝和孝殤帝紀）

『尙書曰予小子垂拱仰成』

卷五十五（章帝八王傳・第四十五）

『尙書曰垂拱仰成』

「予小子垂拱仰成」

（北京大学本、六一五頁・足利学校本、二八二二頁・影天正本、二八二八頁・上海図八行本、二八三五頁）

「予小子𦥑拱仰成」（岩崎本、二八〇六頁）

「予小子巫拱仰成」（内野本、二八一四頁）

呂刑

巻四十六（郭陳列傳・第三十六）

『孔安國注尚書曰呂侯後為甫侯故或稱甫刑也』

「作呂刑呂刑（後為甫侯故或稱甫刑）」

（北京大学本、六二八頁・内野本、二九二七頁・足利学校本、二九四七頁・影天正本、二九五九頁・上海図八行本、二九七〇頁）

「後為甫侯故或稱甫刑也」（岩崎本、二九〇九頁）

巻四（孝和孝殤帝紀）

『書曰延于平人』

「延及于平民」

（北京大学本、六三〇頁・岩崎本、二九〇九頁・足利学校本、二九四七頁・影天正本、二九五九頁）

「延及亐平㠯」（内野本、二九二八頁・上海図八行本、二九七〇頁）

巻五十四（楊震列傳・第四十四）

『尚書曰伯夷降典折人惟刑禹平水土主名山川稷降播種農殖嘉穀三后成功惟殷於人』

巻四十六（郭陳列傳・第三十六）

『尚書呂刑曰伯夷降典折民惟刑』

「伯夷降典折民惟刑禹平水土主名山川稷降播種農殖嘉穀三后成功惟殷于人」

（北京大学本、六三六頁・足利学校本、二九四九頁・影天正本、二九六一頁）

「柏𡰥降典折民惟刑禼平水土主名山川稷降𥝢種農殖嘉穀三后成功惟殷于民」（岩崎本、二九一三頁）

「伯𡰥降典折㠯惟刑禼平水土主名山川稷降𥝢種農殖嘉穀弎后戚珍惟殷亐㠯」（内野本、二九三一頁）

「伯𡰥降典折㠯惟羽（左に「刑」）禼平水土主名山川稷降𥝢種農殖嘉穀三后戚珍惟毀亐㠯」（上海図八行本、二九七三頁）

段玉裁云「釋文云馬鄭王皆音悊馬云智也此謂馬鄭王本字作折而讀為悊又單舉馬說以箸其義也僞孔傳云韈以法則如字尚書大傳曰書曰伯夷降典禮折民以荆謂有禮然後有荆也漢荆法志曰書云伯夷降典悊民惟荆言制禮以止荆猶隄之防溢水也師古曰悊知也言伯夷下禮法以道民民習知禮然後用荆也玉裁按悊當作折班意以制止訓折正同大傳說淺人用馬鄭本改折作悊小顏又取馬鄭說注之殊失班意潛夫論氏姓篇伯夷為堯典禮折民惟荆四八目曰伯夷降典制民惟荆禹平水土主名山川稷降播種農殖嘉穀三后成功惟殷于民陶引書作制此正如論語魯讀折為制也玉裁按古文今文葢皆作折惟墨子作哲為異」と。

卷三十四（梁統列傳・第二十四）

『尚書呂刑云士制百姓于刑之中孔安國注云咎繇作士制百官于刑之中』

「士制百姓于刑之中（皐陶作士制百官于刑之中）」（北京大学本、六三六頁）

「士制百姓于刑之中（咎繇作士制百官於刑之中）」（岩崎本、二九一三頁）

「士制百姓刑出中（咎繇作士制百官於刑之中）」（内野本、二九三二頁）

「士制百㚥亐𠛬出中（皐陶作士制百官於刑之中）」（上海図八行本、二九七三頁）

「士制百姓于刑之中（皐陶作士制百官于刑之中）」（足利学校本、二九四九頁）

「士制百姓于刑之中（皐陶作士制百官於刑之中）」（影天正本、二九六一頁）

卷三（肅宗孝章帝紀）

『伯父伯兄仲叔季弟幼子童孫尚書呂刑文』

「伯父伯兄仲叔季弟幼子童孫」（北京大学本、六三九頁・内野本、二九三四頁・足利学校本、二九五一頁・影天正本、二九六三頁・上海図八行本、二九七五頁）

「柏父柏兄中赦季弟𢆶子童孫」（岩崎本、二九一六頁）

卷五十四（楊震列傳・第四十四）

『尚書曰天齊乎人假我一日』

「天齊于民俾我一日」

（北京大学本、六四〇頁・足利学校本、二九五二頁・影天正本、二九六四頁）
「天亝于民卑我一日」（岩崎本、二九一七頁）
「天亝亐臣俾我弍日」（内野本、二九三五頁・上海図八行本、二九七六頁）

巻四十六（郭陳列傳・第三十六）

『惟敬五刑以成三德』
「惟敬五刑以成三德」（北京大学本、六四〇頁・足利学校本、二九五二頁）
「惟敬叉刑㠯成三悳」（岩崎本、二九一七頁）
「惟敬㐅刑㠯戚弎悳」（内野本、二九三六頁）
「惟敬五刑以成三徳」（影天正本、二九六四頁）
「惟敬叉羽㠯戚弌悳」（上海図八行本、二九七六頁）

巻四十九（王充王符仲長統列傳・第三十九）

『尚書曰教爾祥刑』
「告爾祥刑」（北京大学本、六四一頁）
「告尒𦍩刑」（岩崎本、二九一七頁・内野本、二九三六頁）
「告尒祥刑」（足利学校本、二九五二頁・上海図八行本、二九六四頁）

巻二十七（宣張二王杜郭呉承鄭趙列傳・第十七）

『尚書呂刑篇曰五刑之屬三千』
「五刑之屬三千」（北京大学本、六四三頁・足利学校本、二九五四頁・影天正本、二九六六頁）
「叉刑之屬三千」（岩崎本、二九二一頁）
「㐅刑㞢属弎千」（内野本、二九三九頁・上海図八行本、二九七九頁）

巻三十三（朱馮虞鄭周列傳・第二十三）

『書曰明清於單辭』
「明清于單辭」（北京大学本、六五〇頁）
「明清于單䛐」（岩崎本、二九二三頁）
「明清亐單䛐」
（内野本、二九四二頁・上海図八行本、二九八一頁）
「明清于單詞（見せ消ちにして「辭」）」

「明清于單詞」（足利学校本、二九五六頁）
（影天正本、二九六八頁）

文侯之命

巻四十下（班彪列傳・第三十下）

『尙書曰昭升于上』

「昭升于上」
（北京大学本、六五四頁・九条本、三〇〇九頁・足利学校本、三〇二〇頁・影天正本、三〇二四頁）

「昭外亐上」（内野本、三〇一三頁）

「昭外亐丄」（上海図八行本、三〇二八頁）

巻四十二（光武十王列傳・第三十二）

『書曰克愼明德敷聞在下』

「克愼明德昭升于上敷聞在下」（北京大学本、六五四頁）

「克昚明悳」・「旉沓在下」（九条本、三〇〇九頁）

「克昚明悳」・「旉沓在丅」（内野本、三〇一三頁）

「克愼明德」・「敷沓在下」（足利学校本、三〇二〇頁）

「克愼明徳」・「敷沓在下」（影天正本、三〇二四頁）

「克昚（左に「愼」明悳）」・「旉沓在丅」（上海図八行本、三〇二八頁）

費誓

巻四十六（郭陳列傳・第三十六）

『尙書曰無敢寇攘』

「無敢寇攘」（北京大学本、六六五頁・内野本、三〇四八頁）

「■■（判読不能）㓂攘」（敦煌本（P.3871）、三〇三九頁）

「亡敎㓂攘」（九条本、三〇四三頁）

「亡敎寇敹」（足利学校本、三〇五三頁・影天正本、三〇五六頁・上海図八行本、三〇五九頁）

秦誓

巻八十上（文苑列傳・第七十上）

『尙書曰日月逾邁』

「日月逾邁」
（北京大学本、六六九頁・北京大学本（P.3871）、三〇七一頁・九条本、三〇七四頁・内野本、三〇七九頁・上海図八

行本、三一〇〇頁）
「日月逾迈」
（足利学校本、三〇九一頁・影天正本、三〇九五頁）
巻三十二（樊宏陰識列傳・第二十二）
『書曰皤皤良士』
「番番良士」
（北京大学本、六七〇頁・北京大学本（P.3871）、三〇七一頁・九条本、三〇七四頁・内野本、三〇八〇頁・足利学校本、三〇九二頁・影天正本、三〇九六頁・上海図八行本、三一〇一頁）
巻二十五（卓魯魏劉列傳・第十五）
『書曰斷斷猗無它伎』
巻三十一（郭杜孔張廉王蘇羊賈陸列傳・第二十一）
『書曰如有一介臣』
巻七十七（酷吏列傳・第六十七）
『尚書曰如有一介臣斷斷猗孔安國注云斷斷猗然專一之臣也』

「如有一介臣斷斷猗無他伎（斷斷猗然專一之臣）」

（北京大学本、六七一頁・古梓堂本、三〇八五頁）

「如ナ一个臣畱（以下破損）」

（敦煌本（P.2980）、三〇七二頁）

「如ナ一介臣⿰虫㕣〻猗亡他伎」

（九条本、三〇七六頁）

「如有弌介臣⿰魚㕣〻猗亡他伎」

（内野本、三〇八一頁・上海図八行本、三一〇一頁）

「如有一介臣⿰魚㕣々猗亡他伎」

（足利学校本、三〇九二頁・影天正本、三〇九六頁）

段玉裁云「説文十四篇斤部曰纙鷰也从斤梁梁古文絕又曰古文纙从古文叀字周書曰猗無它小徐作佗大徐作他技又曰亦古文」と。

今本に不明のものを挙げれば以下の如くである。

巻一下（光武帝紀下）

『孔安國注尚書云九族謂上至高祖』

北京大学本不明、堯典か

卷六（孝順孝沖孝質帝紀）
『尙書曰安人則惠黎人懷之』

卷二十八上（桓譚馮衍列傳・第十八上）
『尙書曰人之所欲天必從之』
北京大学本、一三八頁。正義の文に見ゆるも本文及び孔伝には見えず。

卷三十九（劉趙淳于江劉周趙列傳・第二十九）
『出納謂尙書喉舌之官也出謂受上言宣於下納謂聽下言傳於上』
正義の文に見えるも本文及び孔伝には見えず。

卷四十下（班彪列傳・第三十下）
『尙書曰成湯簡代夏作人主五德五行也初始謂伏犧始以木德王也木生火故神農以火德五行相生周而復始草昧謂草創暗昧也』

卷四十一（鍾離宋寒列傳・第三十一）
『尙書曰周公既成洛邑成王命召公出取幣錫周公也』

卷四十六（郭陳列傳・第三十六）
卷五十九（張衡列傳・第四十九）
『尙書曰立功立事可以永年』

卷四十九（王充王符仲長統列傳・第三十九）
『孔安國注尙書云在長安西北南城山曾子父所葬在今沂州費縣西南也』

卷五十七（杜欒劉李劉謝列傳・第四十七）
『尙書曰高宗得傳說為相殷復興焉高宗時有雉登鼎耳而雊武丁懼而修德位以永寧』
『孟子』にあり。『尙書』には無し。

卷六十下（蔡邕列傳・第五十下）
『救寧我人』
或いは「今蠢今翼日民獻有十夫予翼以于敉寧武圖

功」（大誥）か。

卷七十四下（袁紹劉表列傳・第六十四下）

『尚書曰知變起辛郭禍結同生追閼伯實沈之蹤忘常棣死喪之義親尋干戈僵尸流血聞之哽咽若存若亡昔軒轅有涿鹿之戰周公有商、奄之師皆所以翦除穢害而定王業非強弱之爭喜怒之忿也故雖滅親不尤誅兄不傷』

卷七十四下（袁紹劉表列傳・第六十四下）

『又曰惟時亮天工』

卷七十七（酷吏列傳・第六十七）

『孔安國注尚書曰縢緘也』

或いは「武王有疾周公作金縢（為請命之書藏之於匱緘之以金不欲人開之作有疾不豫）」（金縢）か。

卷八十上（文苑列傳・第七十上）

『尚書雝州厥田上上』

卷八十上（文苑列傳・第七十上）

『尚書曰紂刳剔孕婦為周武王所伐甲子日紂衣其寶衣赴火而死武王乃斬以輕呂之劒也』

卷二十七（宣張二王杜郭吳承鄭趙列傳・第十七）

『書曰儀表萬邦』

さらに、「今文尚書」として挙げられるものがあるが、これは今本の『尚書』には見えないものである。

巻二十（銚期王霸祭遵列傳・第十）

『今文尚書曰武王度盟津白魚躍入王舟』

巻二十九（申屠剛鮑永郅惲列傳・第十九）

『今文尚書曰立功立事可以永年』

また、『隋書』經籍志、『舊唐書』藝文志に掲載される鄭玄注も李賢注には引かれている。

巻三十九（劉趙淳于江劉周趙列傳・第二十九）

『尚書曰九族既睦辯章百姓鄭玄注云辯別也章明也』

巻四十下（班彪列傳・第三十下）

『九族既睦辯章百姓鄭玄云辯別也章明也惇厚也睦親也』

巻四十下（班彪列傳・第三十下）

『尚書太誓篇曰立功立事可以永年丕天之大律鄭玄注云丕大也律法也』

巻六十三（李杜列傳・第五十三）

『書曰粵若稽古帝堯鄭玄注曰稽同也古天也言能同天而行者帝堯』

巻八十上（文苑列傳・第七十上）

『尚書今文太誓篇曰太子發升舟中流白魚入於王舟王跪取出以燎羣公咸曰休哉鄭玄注云燔魚以祭變禮也』

以上、李賢注所引『尚書』を点検するに、その本文は、『初學記』や『藝文類聚』などの類書に比べて、非常に北京大学本に近い。

これほどまでに相似する『尚書』であることの理由を考えるに、三つのことが推定される。

[一] 李賢が利用した『尚書』は、宮中にあったもので、非常に系統の正しいものであった。
[二] 疑念を持つに、或いは筆者が使用した『後漢書注』は、中華書局本で、これは[紹興]刊（兩淮江東轉運司）本である。今、慶元四年刊（黄善夫）本と比較するに、『尚書』については異同がない。或いは刊本が作られる際に何らかの校訂が加えられた。
[三] あるいは、[一][二] 共にあって、素性の良い本で『後漢書注』が作られ、宋代に開版された時に綿密な校訂が加えられた。

『後漢書』には、九条家旧蔵[平安中期以前]写本（巻三一残巻）が存する。東京帝国大学史料編纂掛編纂『古簡集影』（第一緝）[37]に附せられた解題を引こう。

「原寸縦九寸三分横六尺八寸公爵九條道實氏所蔵列傳二十一賈琮傳ノ下半及ビ陸康傳ニシテ平安中期以前ノ頃ノ書寫ニカカル。之ヲ流布本ト對照スルニ異同頗ル多シ。就中末世後世ノ世ノ字ハ、スベテ代ニ作リ、發民、夏民、兆民等ノ民ノ字ハ、悉ク人トシ、治世、爲治ノ治ノ字ハ理或ハ化ニ作レリ。世民ハ唐ノ太宗ノ諱ニシテ、治ハ高宗ノ諱ナレバ之ヲ避ケタルモノナラン。但シ陸康傳ノ中ニ、當隆盛化ノ句アリ。隆ハ玄宗ノ諱隆基ノ偏諱ナレド、避ケザルヲ以テ見レバ、原本ハ高宗以後玄宗以前（孝徳天皇ノ白雉元年ヨリ元明天皇ノ和銅五年マデ）六十二年間ニ寫セルモノニシテ、此斷簡ハソレニ據リタルモノナルベク、本書ノ寫本中、古キモノノ一ナリ」と。

今、本書を宋刊本と比較するに、解題に擧げられた「世」「民」「治」を「代」「人」「理」とする以外にも、多くの文字の異同が存する。

例えば、「定」を「㝎」、「晩」を「脕」、「最」を「灾」に作るのがそれである。尤も、これは唐写本に特徴的な別体字であるとも言えよう。しかし、「歛」を「𣪠」、「姦」を「姧」、「虞」を「𠒞」或は「𠫭」とするなどは、唐写本『尙書』の隷古定の文字にも通じる文字である。

また、刊本「起履踐案行」の「起」を写本「赴」と作り、刊本「上變古易常也」の「變」を写本「戀」に作り、刊本「上謂宣公變易公田舊制而税畝」を写本「止謂宣公田舊制而税畝也之」に作り、刊本「季孫欲以田賦」の「田」を写本「由」に作るなど、注の文には異同がある。

更に、刊本には「傳曰君擧必書書而不法後世何述焉」の下に注無きも、写本には「左傳專劇誅■■（二字破損）公之詞」が見えること、「輈」の音注を刊本「協韻音普勝反」（中華書局本は、「勝」を「滕」に正す）を、写本「協韻音並勝反」に作るなど少なからざる異同が認められる。

本写本は、東京国立博物館蔵『延喜式』紙背の影印に拠るに、書体謹厳で唐写本を彷彿とさせる。この写本がもととしたものも、おそらく民間に流布した俗本ではなかったのではないか。一概にこの写本が刊本校訂の際の資料であったとは言えないが、少なくともこれに拠れば、写本から刊本が作られる際に校訂が加えられたことは明らかであろう。

吉川忠夫氏は言う。(38)

「ともかく刊本が必ずしも良質のテキストではないとの反省に基づいて、その誤りを正す仕事もすでに宋代から始まったのであった」

そして、更に、氏は、葉夢得『石林燕語』（巻八）を引いて言う。

「余襄公靖の秘書丞と為るや、嘗て前漢書の本の謬り甚だしきを言う。詔して王原叔と同に秘閣の古本を取りて参校せしめ、遂に刊誤三十巻を爲る。其の後、劉原父兄弟、両漢に皆な刊語有り」

また、晁公武『郡斎讀書志』巻七所載『東漢刊誤一巻』の記事を引き、

「右、皇朝の劉攽貢父撰。攽の序に称すらく、英宗は後漢書を読み、墾田の字皆な懇の字に作るを見て、国子監に命じて此を刊正せしむ。攽は直講と為り、其の謬誤を校正することを勝げて数う可からず。然れども此の書、世に善本無ければ、率ね己れの意を以て之を定め、治平三年（一〇六六）奏御すと。攽は史学有りと号し、温公（司馬光）の通鑑（『資治通鑑』）を修むるや、両漢の事を以て之に付す」

宋刊本に誤りが多かったことは、これでも明らかである。刊本の校訂が奈辺にあったかを知る必要があるが、宋刊本であっても李賢『後漢書注』は、唐代通行の『尚書』の面目を伝える部分があることは、上の古写本との対校によっても十分窺い知られるのである。

ただ、今本に不明になった『尚書』の本文は、どこから採られたものなのか。『藝文類聚』、『初學記』、『太平御覽』などの本文ともこれが一致するものもない。この処理については、改めて稿を起して検討を加える必要があろう。

七、『一切經音義』所引『尚書』攷

後漢後期以来、西域との交流が次第に盛んになり、それとともにトルコ系の言語、あるいはサンスクリット語文献によって著された内典が中国にもたらされた。他言語の中国への流入は漢字のみを以て識る中国に大きな影

響を与えた。

特に音韻学においては、サンスクリット語のみならずウイグル系文字によって発音の表記が明らかにされ、それが漢字の音韻学的分析を誘発する原因になったことは明らかであろう。

『夢溪筆談』（藝文二）には「切韻之學出于西域漢人訓字止曰讀如某字未用反切然古語已有二聲合爲一者如不可爲叵何不爲盍如是爲爾而已爲耳之乎爲諸之類以西域二合之音蓋切字之原也知輭字文從而大亦切韻也」と記される。ところで、反切の発明について、顔之推は「孫叔言創爾雅音義是漢末人獨知反語」（『顔氏家訓』言辭篇）として、魏の孫炎までは反切がなかったとするが、隋末唐初には、孫炎によって反切が発明されたという説が流布していたようで、陸徳明『經典釋文』序録條例には「孫炎始爲反語魏朝以降漸繁」と記されている。

さて、反切は、直音による音釈に比して音韻を細部まで表出することが可能である。陳澧『切韻考』によって証明された如く、隋の仁壽元（六〇二）年に陸法言によって編纂された『切韻』は介音の中舌音まで区別して反切の文字が使用されている。また、坂井健一氏の研究に依れば、[39] 隋至徳元（五八三）年に始め唐初に成った陸徳明『經典釋文』も、この『切韻』の音系に合致していることが明らかにされている。

さらに、水谷真成氏によれば玄應の『衆經音義』や慧琳の『慧琳一切經音義』もまた『切韻』系の音韻大系にほぼ一致するとしつつ、[40] 黄淬伯氏によれば『慧琳一切經音義反切考』は、サンスクリット語の翻訳をする際に、そり舌音の類を、舌上音で寫しているが、玄應音義はそれがさらに顕著であるという。[41]

ところで、このように隋唐間の音韻体系を詳細に知ることができる玄應の『衆經音義』及び慧琳『一切經音義』は、諸書を引用して訓詁を示し、翻訳の語義を明らかにする。

ところで、玄應『衆經音義』は、序文に貞觀末年とあることから、その頃に編纂されたとされるが、神田喜一郎氏によれば、玄應は龍朔元年或いは龍朔二・三年頃に示寂し、それまで訳経に従事していたという。[42]

『貞元新定釋教録』（巻十二）に「一切經音義二十五巻見内典録右一部二十五巻其本見在沙門釋玄應大慈恩寺翻經沙門也博聞強記鏡林苑之宏標窮討本支通古今之五體故能讎校源流勘閲時代刪雅古之野素削澆薄之浮雜悟通俗而顕教擧集略而勝美眞可謂文字之鴻囿言音之龜鏡者也以貞觀之末勅召參傳綜総理經正緯咨爲實録因譯尋閲捃拾藏經爲之音義注釋訓解援引群籍證據卓明煥然可領昔高齊沙門釋道慧爲一切經音依字直反曾無追顧致失教義寔迷匡俗應所作者全異恒倫徴覈本據務在實録即万代之師宗亦當朝之難偶也恨叙綴纔了未及覆疏遂從物故惜哉」と記される。

本書は、正倉院文書の「天平八年九月二十九日寫經請本帳」に十帙十巻、「天平十九年六月七日寫疏所解」に二十五巻、「天平十九年三月七日常疏寫納并櫃乘次第帳」に二部十巻などの記載がされ、はやく我が国に招来されていたことが知られている。

そしてこうした写本のうち、法隆寺『一切經』から流出した大治三（一一二八）年の写本が、現在東京国立博物館、宮内庁書陵部に分蔵される。本書は、一九三二年山田孝雄によって既に影印されるが、後、小林芳規氏の解題を付せて『古辭書音義集成』にも影印された。(43)

ところで、山田孝雄氏は、玄應音義を諸本と比較して次のように言う。(44)

「本書は、明蔵本最も異にして高麗本最も近しとす。而してそれら諸本の系統を見るに、宋版、元版、明版は一系統に屬して、この大治本と高麗本とは別に一系統たり。また、莊炘の覆刻本は二十五巻なる點と反字を存せる點は宋版若くはそれより古き本によれるが如しといへども、そはただ誤字少なきを善しとする程度にして別の系統にはあらず。大治本と麗藏本とは大差なきこと上の如くにして上述の諸本を慧琳の本に収めたる玄應の音義に比較するに、もとより出入なきにあらずといへども、宋元系統の本よりは麗藏本近く、而して大治本の方最も近きを見る。（中略）一切經音義の刻本は、北宋版最も古く南宋、高麗藏の二版相匹敵してその次に位す。而して大治本の寫本はその中間にあり。然れども、その唐の面目を最も多く伝えたりと信ぜらるるは大治本なりとす。加之、他は皆版本なるに、この本實に八百年前の筆寫にかかれり。その書風書体を徴せむと欲するものにとりては版本以外別に貴重せらるべき特色を有す」と。

山田孝雄が言う如く、玄應音義は、元和二（八〇七）年に成った慧琳の『一切經音義』に組み込まれる。慧琳は『宋高僧傳』（巻五）によれば、不空三藏に師事して訓詁音韻に詳しかったとし、『音義』は、貞元四年に筆を起こし、元和二年に筆を擱いたものという。

さて、慧琳『一切經音義』は、『玉篇』『説文解字』『字林』『字統』『古今正字』『文字典説』『開元文字音義』等を参照にして、一二二〇部の「大小乘經律論」の熟語について注釈を施したもので、このうち、三三七部は玄應の音義を轉載し、『新譯華厳經音義』は慧苑の音義を転載する。残り七三六部が、慧琳が音義を附けたものである。

『佛書解説大辭典』によれば、「但し、その中でも楞伽阿跋多羅寶經、大灌頂經、法花論の三部は玄應音義に再修し、大般涅槃經は雲公の音義を刪補し、妙法蓮華經は大乘基の音義を再詳定したもので、玄應、慧苑、雲公、窺基の音義をも参照し、足らざるを補ふたもの」(45)という。

現在、中文出版から影印されて普及する高麗版『一切經音義』は、この慧琳撰定の音義である。

ここではこの高麗版『慧琳音義』所引『尙書』を使用して北京大学本及び唐写本の『尙書』と対校してみたい。

なお、大治三年写本と異なるものについては、この校異の末にまとめて挙げることとする。

堯典

『**稽緇衣**（上計奚反孔注尚書云稽考也）』（巻十、二九裏）

『**稽大偽**（上計奚反孔注尚書云稽考也）』（巻七十七、三十三表）

「曰若稽古帝堯（若順稽考也）」

（北京大学本、二九頁・内野本、十四頁・足利學校本、二七頁・上海図八行本、四三頁）

「稽秀也」（影天正本、三五頁）に作る。誤寫ならん。

『**黔黎**（下礼提反孔注尚書云黎衆也）』（巻一、十九表）

『**黔黎**（下力奚反孔注尚書黎衆也）』（巻三十四、十八裏）

「黎民於變時雍（昭亦明也協合黎衆）」

（北京大学本、三一頁・内野本、十五頁・足利学校本、二八頁・影天正本、三六頁・上海図八行本、四四頁）

『**不睦**（又作穆同亡竹莫祿二反尚書九族既睦孔安國曰睦和也又曰我其如睦孔安國曰睦敬也）』（巻四十六、十七裏）

「九族既睦」に「睦和也」の注無し。また巻四十六に見える「我其如睦孔安國曰睦敬也」の文は何からの引用か不明。現行本には見えず。

「九宊吠（左に「既下同」）睦」（北京大学本、三一頁）

「九宊（右に「族」）旡（左に「既」）睦」（内野本、十五頁）

「九宊（右に「族正」）旡睦」（足利学校本、二七頁）

（影天正本、三五頁）

「九族既睦」（上海図八行本、四四頁）

『**四隅**（遇倶反尚書嵎夷曰暘谷是也）』（巻十九、二十四裏）

「分命羲仲宅嵎夷曰暘谷」（北京大学本、三三頁）

『**禺中**（上遇倶反孔注尚書曰出於陽谷谷隅夷也）』（巻七十五、四十二表）

「嵎夷曰暘谷」（北京大学本、三三頁）

「嵎戸曰暘谷」（内野本、十六頁）

「嵎戸（左に「夷」）曰暘谷」（足利学校本、二八頁）

「嵎戸曰暘谷」（影天正本、三六頁）

「嵎夷曰暘谷」（上海図八行本、四五頁）

『**變易**（下音亦孔注尚書云改易也）』（巻三、十九表）

『**無易**（盈益反孔注尚書云改也）』（巻六、十四表）

『**遷易**（下羊益反孔注尚書易改也）』（巻十六、二十八裏）

「厥民因鳥獸希革（夏時鳥獸毛羽希少改易革改也）」（北京大学本、三四頁）
今本孔伝に「改易也」「易改也」の注なし。或いはこの部分にありしか。

『**訛鋭**（上吾禾反亦作譌孔注尚書云訛化也）』（巻八、三十三裏）
『**弦訛**（下五和反孔注尚書云訛化也古今正字從言化聲或為譌字）』（巻三十一、二二裏）
『**訛舛**（上臥戈反孔注尚書云訛化也）』（巻八十、五十二表）
『**譌廢**（上五戈反尚書譌化也説文從言為聲傳文多作訛俗字也亦通也）』（巻九十、二十五裏）
「平秩南訛敬致（訛化也）」（北京大学本、三四頁）
「平稅南訛敬致（訛化也）」（内野本、十七頁）
「平秩南訛（右に「史作譌」）敬致（訛化也）」（足利学校本、二九頁）
「平秩南訛（右に「訛」）敬致（訛化也）」（影天正本、三七頁）
「平稅南訛敬致（訛化也）」（上海図八行本、四五頁）
『**抽毳紡氈**（毳音椎芮反孔注尚書云耎毳細毛也）』（巻三十三、三十六表）
『**毳般**（上昌芮反孔注尚書云毳耎細毛也説文毳獸細毛織成衣也從三毛會意字）』（巻九十二、十一表）
「厥民隩鳥獸氄毛（鳥獸皆生而毳細毛）」（北京大学本、三五頁）
「生濡（本或作穤音儒本文作渜如兗反）」（敦煌本（P.3315）『經典釋文』）

「鳥獸皆生耎毳細毛」（内野本、十九頁）
「鳥獸皆生耎毛〻細毛」（足利学校本、三〇頁）
「鳥獸皆生耎毳細毛」（影天正本、三八頁）
「鳥獸皆生耎毛〻細毛」（上海図八行本、四七頁）
『**暨山**（上其意反孔注尚書云暨與也）』（巻三十一、二十九裏）
『**爰暨**（其器反孔注尚書暨與也）』（巻百、十五表）
『**爰暨**（下其意反孔注尚書云與也）』（巻八十、二十二裏）
「帝曰咨汝羲暨和（暨與也）」（北京大学本、三五頁）
「咨女羲泉咊（暨与也）」（内野本、十九頁）
「帝曰咨汝泉（左に「暨」）咊（右に「和」）（暨与也）」（足利学校本、三十頁）
「帝曰咨汝羲泉咊（暨与也）」（影天正本、三八頁）
「帝曰咨汝羲暨和（暨与也）」（上海図八行本、四七頁）
『**启妙覺**（上谿禮反孔注尚書云启開也）』（巻八十二、三表）
「放齊曰胤子朱啓明（放齊臣名胤國子爵朱名啓開也）」（北京大学本、四六頁）
「朱启（左に「啓下同」）明（啓開也）」（内野本、二〇頁）
「朱启（左に「啓」）明（啓開也）」

（足利学校本、三一頁・影天正本、三九頁）

「放齊曰胤子朱啓明（啓開也）」（上海図八行本、四八頁）

『**必僝**（音撰孔注尚書云僝見也）』（巻九十八、三十三表）

「驩兠曰都共工方鳩僝功（僝見也）」（北京大学本、四七頁・内野本、二一頁・影天正本、三九頁）

「驩兠曰都共工方鳩僝功（僎見也）」（足利学校本、三一頁）

「驩兠曰都共工方鳩㑦功（㑦見也）」（上海図八行本、四八頁）

「僝（仕簡反■■■（判読不明））」（敦煌本（P.3315）『經典釋文』、十二頁）

『**慘毐苦**（下同鹿反孔註尚書云毒害也）』（巻二十四、十一裏）

『**毾割**（下竿曷反孔注尚書云割害也）』（巻六十三、三十裏）

『**割劓**（上于遏反孔注尚書云割害也）』（巻六十九、三一裏）

「湯湯洪水方割（割害也）」（北京大学本、四七頁）

「湯湯洪水方割（割害也）」（敦煌本（P.3015）、五頁・影天正本、四八頁）

「湯湯洪水方刽（割害也）」（内野本、二一頁・足利学校本、三一頁）

「湯湯洪水方刽（左に「割」）（割害也）」（影天正本、三九頁）

「湯湯洪水方刽（古割字害也）」（敦煌本（P.3315）『經典釋文』、十二頁）

『**浩汗**（上豪告反下寒幹反孔注尚書曰浩汗盛大也）』（巻八十三、三十六表）

「蕩蕩懷山襄陵浩浩滔天（浩浩盛大）」（北京大学本、四七頁）

「浩浩盛大」（敦煌本（P.3015）、五頁・内野本、二二頁・足利学校本、三一頁・影天正本、三九頁・上海図八行本、四九頁）

『**滔天**（討高反尚書云浩浩滔天孔注云滔漫也言水盛大若漫天也）』（巻三十三、二十五表）

「浩浩滔天」（北京大学本、四七頁）

但し、『一切經音義』の孔伝は「帝曰吁靜言庸違象恭滔天（滔漫也）」と。「言水盛大若漫天也」は不明。或いは玄應の案語か。

「浩浩滔天（滔湧也）」（敦煌本（P.3015）、五頁）

「浩浩滔兲（滔漫也）」（内野本、二一頁）

「浩々滔兲（滔漫也）」（足利学校本、三一頁）

「浩ゝ滔兲（右に「天」）（滔漫也）」（影天正本、三九頁）

「浩浩滔天（滔漫也）」（上海図八行本、四八頁）
「滔（吐刀反湧也）」「湧也（末旦反下同）」
（敦煌本（P.3315）『經典釋文』、十二頁）
『俾爾（卑避反孔注尚書云俾使也）』（巻十、三十表）
「下民其咨有能俾乂（俾使）」
（北京大学本、四七頁・敦煌本（P.3015）、五頁・内野本、二二頁・足利学校本、三二頁・影天正本、三九頁・上海図八行本、四九頁）
「卑（必尓反使也）」（敦煌本（P.3315）『經典釋文』、十二頁）
『乂蒸（上魚偈反孔注尚書云乂治也）』（巻四十一、三表）
「下民其咨有能俾乂（俾使乂治也）」
（北京大学本、四七頁・敦煌本（P.3015）、五頁・内野本、二二頁・足利学校本、三二頁・影天正本、三九頁・上海図八行本、四九頁）
「乂（音刈治也下同）」（敦煌本（P.3315）『經典釋文』、十二頁）
『僉然（上七尖反孔注尚書云僉皆也）』（巻三十四、二十八表）
『僉然（上七廉反孔注尚書云僉皆也）』（巻五十七、四十八表）
『僉悟（上妾閻反廣孔注尚書皆也）』（巻九十六、二十裏）
「僉曰於鯀哉（僉皆也）」（北京大学本、四七頁）
「僉曰於鯀哉（僉皆也）」（敦煌本（P.3015）、六頁）
「僉曰於鯀才（僉皆也）」
（内野本、二二頁・足利学校本、三二頁・影天正本、四〇頁）
「㑒曰於鯀哉（僉皆也）」（上海図八行本、四九頁）
『异度（上移志反孔注尚書云异已也已猶退也）』（巻九十三、二十裏）
『何异（移利反孔注尚書云异已退也）』（巻九十七、二十九表）
「岳曰异哉試可乃已（异已也退也）」（北京大学本、四七頁）
「异已已退也」（敦煌本（P.3015）、六頁）
「异已也已退也」
（内野本、二二頁・足利学校本、三二頁・影天正本、四〇頁）
「寻（寻已也已退也）」（上海図八行本、四九頁）
「异徐鄭音異孔音怡已也」（敦煌本（P.3315）『經典釋文』、十二頁）

『族姓（上徂鹿反尚書方命圮族注云族類也）』（巻二十七、十七裏）

『分圮（披彼反孔注尚書云圮猶毀也虞書云方命圮族説文從土已聲也）』（巻八十、二表）

『族姓（上叢鹿反孔注尚書云族類也同姓也百家為族使之相葬也説文從於矢聲經從手作挨非也）』（巻五十七、二五表）

『圮㙹（上皮美反孔注尚書云圮毀也）』（巻八十一、三十九表）

『圮傳驛（上皮美反孔注尚書云圮毀也）』（巻八十九、二七表）

「帝曰吁咈哉方命圮族（凡言吁者皆非帝意咈戾圮毀族類也）」（北京大学本、四七頁）

「方命圮族（圮毀族類也）」（敦煌本（P.3015）、六頁）

「方命圮㝵（圮毀族類也）」（内野本、二二頁）

「方命圮嵬（左に「族」）（圮毀族類也）」（足利学校本、三二頁）

「方㑹圮嵬（左に「族」）（圮毀族類也）」（影天正本、四〇頁）

「方㑃圮族（圮毀族類也）」（上海図八行本、四九頁）

「㔟命」（敦煌本（P.3315）『經典釋文』、十二頁）

『仄陋（下婁豆反孔注尚書云明人在仄陋者廣求賢也）』（巻九十一、二十二表）

「曰明明揚側陋（堯知子不肖有禪位之志故明舉明人在側陋者廣求賢也）」（北京大学本、五三頁）

「明人在側陋者廣求賢」（敦煌本（P.3015）、七頁）

「明人在側陋者廣求賢也（左に「扌无」）」（内野本、二三頁）

「明人在側陋者廣求賢也」（足利学校本、三二頁・影天正本、四〇頁・上海図八行本、五〇頁）

「仄（字又■（判読不能）仄古側字）」（敦煌本（P.3315）『經典釋文』、十二頁）

『頑嚚（下魚斤反孔注尚書云口不道忠信之言曰嚚）』（巻三十五、十一裏）

「岳曰瞽子父頑母嚚象傲（無目曰瞽舜父有目不能分別好惡故時人謂之瞽配字曰瞍瞍無目之稱心不則德義之經為頑象舜弟之字傲慢不友言並惡）」（北京大学本、五三頁・内野本、二四頁・足利学校本、三三頁・影天正本、四一頁・上海図八行本、五〇頁）

「岳曰瞽子父頑母嚚象傲（無目曰瞽舜父有目不能分別好惡故時人謂之瞽配字曰瞍瞍無目之稱心不則德義之經為頑口不道忠信之言曰嚚象舜弟之字傲慢不友言並惡）」（敦煌本（P.3015）、八頁）

『頑嚚（上五鰥反孔注尚書云心不測德義之經曰頑）』（巻九十五、七表）

「心不則德義之經曰頑」（敦煌本（P.3015）、内野本）

「心不測德義之經曰頑」（足利学校本、上海図八行本）

「心不測徳義之經曰頑」（影天正本）

『倨微(尚書云微慢不友也)』 (巻三十、十一表)
『傲慢(上吾告反孔注尚書慢也)』 (巻三、二十三表)
『侮傲(五告反俗字也尚書傲慢也)』 (巻七、二十四裏)
『傲慢耐(上熬告反孔注尚書云傲慢不友也)』 (巻二十、五表)
『傲慢(上遨到反孔注尚書云慢也)』 (巻六十、八裏)
『憍傲(下我告反孔注尚書云傲慢不友也左傳不敬也字書倨也從人敖正體敖字)』 (巻七十九、八裏)
『傲懱(上敖誥反孔注尚書云傲慢不友也)』 (巻八十、二十八表)
『倨傲(下熬誥反孔注尚書云傲慢也說文云倨也從人從敖聲敖正敖字也)』 (巻九十二、二十八表)
『據慠(下吾告反孔注尚書云慠慢也)』 (巻四、八表)
『倨微(下敷誥反尚書慢也說文亦作敫經作敫俗字也)』 (巻五十一、二十四表)
『傲物(上吾到反孔注尚書云慢也論從心作慠義同)』 (巻八十七、二十裏)
「岳曰瞽子父頑母嚚象傲(傲慢不犮)」 (北京大学本、五三頁)
「岳曰瞽子父頑母嚚象傲(傲慢不友)」
(敦煌本 (P.3015)、八頁・内野本・足利学校本、影天正本、上海図八行本)
『諧耦(胡皆反尚書克諧以孝注云諧和也)』 (巻九、七表)
『諧耦(上戸皆反孔注尚書諧和也)』 (巻十九、十八表)
「克諧以孝烝烝乂不格姦(諧和)」 (北京大学本、五三頁)

「克諧以孝(諧和)」 (敦煌本 (P.3015)、八頁)
「亰諧巳孝(諧和)」 (内野本、二四頁)
「京(左に「克」)諧巳孝(諧和)」 (足利学校本、三三頁)
「京(左に「克」)諧巳考(右に「孝」)(諧和)」 (影天正本、四一頁)
「克諧以考(諧和)」 (上海図八行本、五〇頁)
『頑嚚(下魚巾反尚書云舜父頑母嚚象慠是也)』 (巻三十、十裏)
「岳曰瞽子父頑母嚚象傲」 (北京大学本、五三頁)
「岳曰瞽子父頑母嚚象傲」
(敦煌本 (P.3015)、八頁・内野本、二四頁・足利学校本、三三頁・影天正本、四一頁・上海図八行本、五〇頁)
『瞽視(上姑午反孔注尚書云目不能分別好惡為瞽)』 (巻八十、十四裏)
「岳曰瞽子父頑母嚚象傲(目不能分別好惡故時人謂之瞽)」 (北京大学本、五三頁)
「目不能分別好惡故時人謂之瞽」
(敦煌本 (P.3015)、八頁・内野本、二四頁・上海図八行本、五〇頁)

「目不𠤎分別好悪故盵人謂之瞽」　（足利学校本、三三頁・影天正本、四一頁）

「目不能分別好悪故時人謂之瞽」　（上海図八行本、五〇頁）

舜典

『繼嗣（下詞字反孔注尚書云嗣繼也）』　（巻三十七、二十七表）

『繼嗣（下詞恣反孔注尚書嗣亦繼也）』　（巻六十九、三六表）

「堯聞之聰明將使嗣位歴試諸難（嗣繼也）」　（北京大学本、五九頁）

「堯聞之聰明將使孠位歴試諸難（嗣繼也）」　（内野本、七八頁・足利学校本、九六頁・影天正本、一〇九頁）

「堯聞之聰明將使嗣位歴試諸難（嗣繼也）」　（上海図八行本、一二一頁）

「孠（古嗣字）」　（敦煌本（P.3315）『經典釋文』、七二頁）

『沖濬（下詢俊反孔注尚書云濬深也或作濬文字典說從水睿聲睿音鋭也）』　（巻五十一、十三表）

「濬哲文明溫恭允塞（濬深）」　（北京大学本、六〇頁・上海図八行本、一二一頁）

「睿喆文明溫恭允塞（濬深）」　（内野本、七九頁）

「濬（左に「濬」）喆（濬（右に「濬」）深）」　（足利学校本、九七頁・影天正本、一〇九頁）

『度量（上唐洛反孔注尚書云揆度校量之也）』　（巻三十九、二十裏）

『不揆（下葵季反孔注尚書云揆度也）』　（巻九十四、三十七裏）

「納于百揆百揆時敘（揆度也）」　（北京大学本、六一頁・内野本、七九頁・足利学校本、九七頁・影天正本、一〇九頁・上海図八行本、一二二頁）。

「百揆（葵揆度也）」　（敦煌本（P.3315）『經典釋文』、七二頁）

『璿璣（上似緣反下音機尚書云璿璣玉衡以齊七政孔注云正天文之器運轉者也）』　（巻九十六、二十七裏）

『璿璣（隨緣反紀宜反孔注尚書云璿美玉璣衡玉者正天文之器運轉者也）』　（巻九十八、五裏）

「在璿璣玉衡以齊七政（在察也璿美玉璣衡玉者正天文之器可運轉者）」　（北京大学本、六四頁）

「在璿璣玉㮚（左に「衡」）㠯亝七政（正天文之器運轉者也（左に「扌无」））」　（内野本、八一頁）

「在璿璣玉㮚（左に「衡」）㠯亝七政（在察也璿美玉璣衡玉者正天文之器

可運轉者)」　（足利学校本、九八頁・影天正本、一一〇頁）

「在璿璣玉衡以齊七政（在察也璿美玉璣衡玉者正天文之器可運轉者）」　（上海図八行本、一二三頁）

「琁（古璿字音旋玉又王也馬本作璣）玉奧（古衡字平也）」　（敦煌本（P.3315）『經典釋文』、七二頁）

『**解奏**（下則候反孔注尚書奏進也又上書也案解奏野外祭神也）』　（巻十六、三十七表）

「敷奏以言明試以功車服以庸（敷陳奏進也）」「又上書也」の注は不明。（北京大学本、七二頁・影天正本、一一三頁）

「尃奏（奏進也）」　（内野本、八四頁）

「尃（右に「敷」）奏（奏進也）」　（足利学校本、一〇一頁）

「敷奏」　（上海図八行本、一二五頁）

「尃（古敷字音孚陳也）」「奏（如字又作奏古文作𢻷）」　（敦煌本（P.3315）『經典釋文』、七四頁）

『**戝贖**（下時燭反尚書云金作贖刑孔注云出金贖罪也）』　（巻四十一、四十一表）

『**贖之**（常欲反俗字也王肅注尚書云出金贖罪也）』　（巻五十七、二二表）

「金作贖刑（金黄金誤而入刑出金以贖罪）」　（北京大学本、七七頁）

「金作贖刑（出金以贖罪也（左に「扌无」））」　（内野本、八五頁）

「金作贖刑（金吕贖罪也）」　（足利学校本、一〇一頁・影天正本、一一三頁）

「金作曉刑（金以曉罪也）」　（上海図八行本、一二六頁）

「㑴（古金字）」「贖刑（徐音樹刑）」「贖罪（食欲反又音樹）」　（敦煌本（P.3315）『經典釋文』、七四頁）

『**成眚**（生梗反孔注尚書云眚過也）』　（巻九十九、十八表）

「眚災肆赦怙終賊刑（眚過）」　（北京大学本、七七頁・内野本、八五頁・足利学校本、一〇一頁・影天正本、一一三頁・上海図八行本、一二六頁）

「眚（所景反過也注同）」　（敦煌本（P.3315）『經典釋文』、七四頁）

『**鞭撻**（下他怛反尚書曰不懃道業則撻之從手）』　（巻十三、三十八表）

「扑作教刑（不勤道業則撻之）」　（北京大学本、七七頁・内野本、八五頁・足利学校本、一〇一頁・影天正本、一一三頁・上海図八行本、一二六頁）

『**亡喪**（下桑浪反尚書曰百姓如喪考妣）』　（巻十、十七表）

「百姓如喪考妣」

（北京大学本、八四頁・上海図八行本、一二七頁）

「百姓如喪考妣」　（内野本、八七頁）

「百姓如喪考妣」　（足利学校本、一〇二頁）

「百姓（右に「姓」）如喪考妣」　（影天正本、一一四頁）

『遏寇（上安葛反孔注尚書遏絶也）』　（卷十、二〇表）

『有遏（安割反孔注尚書云遏絶也）』　（卷三十四、三十裏）

「三載四海遏密八音（遏絶）」　（北京大学本、八四頁）

「三載四海遏密八音（遏絶也）」

（内野本、八七頁・足利学校本、一〇二頁・影天正本、一一四頁・上海図八行本、一二七頁）

『形殂（藏蘆反孔注尚書云殂落死也說文殂往也從歹且聲或作徂歹音殘也）』　（卷八十六、七表）

「二十有八載帝乃殂落（殂落死也）」

（北京大学本、八四頁・内野本、八七頁・足利学校本、一〇二頁・上海図八行本、一二七頁）

「二十有八載帝乃祖（左に「〇」）落（殂落死也）」　（影天正本、一一四頁）

「廼殂（本又作殅古文作殅皆古徂字才措反死也馬鄭本同方興本作帝乃徂落）」　（敦煌本（P.3315）『經典釋文』、七五頁）

『稽顙（溪禮反孔注尚書云稽首首至地也）』　（卷十七、五表）

「禹拜稽首讓于稷契曁皐陶（稽首首至地）」　（北京大学本、八七頁・内野本、八九頁）

「禹拜稽首讓于稷契曁皐陶（稽首〻至地也）」

（足利学校本、一〇四頁・影天正本、一一六頁・上海図八行本、一二九頁）

『聲懋（下莫候反孔注尚書懋勉也）』　（卷九十一、十四裏）

『聲懋（下矛候反孔注尚書云猶勉也與楙字義同）』　（卷九十二、九表）

「帝曰兪咨禹汝平水土惟時懋哉（懋勉也）」　（北京大学本、八七頁）

「懋才（懋勉也）」　（内野本、八九頁）

「懋才（右に「哉」）（懋勉也）」

（足利学校本、一〇三頁・影天正本、一一五頁）

「懋哉（懋勉也）」　（上海図八行本、一二九頁）

「楙才（古茂字王云勉也馬云美）」　（敦煌本（P.3315）『經典釋文』、七五頁）

『謙遜（下孫寸反孔注尚書云遜順也）』　（巻三十三、四十表）

「帝曰契百姓不親五品不遜（遜順也）」

（北京大学本、八九頁・内野本、九〇頁・足利学校本、一〇四頁・影天正本、一一六頁・上海図八行本、一二九頁）

「不遜（音遜順也）」　（敦煌本（P.3315）『經典釋文』、七五頁）

『寇敵（上口遘反孔注尚書云羣行攻刧曰寇）』　（巻十八、三十二表）

「帝曰皐陶蠻夷猾夏寇賊姦宄（猾亂也夏華夏羣行攻刧曰寇）」

（北京大学本、八九頁）

「群行攻劫曰寇」

（内野本、九〇頁・足利学校本、一〇四頁・影天正本、一一六頁・上海図八行本、一二九頁）

「寇（苦豆反）」　（敦煌本（P.3315）『經典釋文』、七五頁）

『秋龠（羊灼反尚書云八音克諧無相奪倫即其義也）』　（巻九十八、三十表）

「八音克諧無相奪倫」　（北京大学本、九五頁）

「八音克諧亡相奪倫」　（内野本、九四頁）

「八音克諧亡（左に「無印」）相奪倫」

（足利学校本、一〇六頁・影天正本、一一八頁）

「八音克諧亡相奪倫」　（上海図八行本、一三二頁）

『拊勾（麩主反尚書擊石拊石是也）』　（巻五十二、十表）

『手拊（夫主反尚書擊石拊石是也）』　（巻五十二、十五裏）

『拊塵（芳主反尚書擊石拊石是也）』　（巻五十六、五十一表）

『拊奏（孚武反孔注尚書云拊亦擊也）』　（巻六十九、十一表）

「夔曰於予擊石拊石（拊亦擊也）」　（北京大学本、九五頁）

「予擊石拊石」

（内野本、九四頁・足利学校本、一〇七頁・影天正本、一一九頁・上海図八行本、一三二頁）

「拊石（音撫徐又音府）」　（敦煌本（P.3315）『經典釋文』、七六頁）

『殄滅（上亭典反孔注尚書殄絶也）』　（巻二、二十裏）

『殄滅（上亭典反孔注尚書云殄絶也）』　（巻六、十七裏）

『殄滅（上田現反孔安國注尚書云殄絶也）』　（巻七、九表）

『消殄（下田演反俗字也上聲呼孔注尚書云殄絶也）』　（巻二十九、二十一表）

『殄彼（上音殿孔注尚書殄絶也）』　（巻八十三、三十八表）

『勦殄（下田典反孔注尚書殄絶也）』　（巻九十一、八表）

「帝曰龍朕堲讒說殄行震驚朕師（殄絶）」

「殄絕也」（北京大学本、九七頁）
（内野本、九四頁・足利学校本、一〇七頁・影天正本、一一九頁・上海図八行本、一三二頁）

大禹謨

『敏捷（上旻殯反孔注尚書敏疾也）』（巻二十四、三十四裏）
「曰后克艱厥后臣克艱厥臣政乃乂黎民敏徳（敏疾也）」
（北京大学本、一〇三頁・内野本、一七〇頁・足利学校本、一八七頁・影天正本、一九八頁・上海図八行本、二〇八頁）

『揜頓（上音奄尚書云揜有四海為天下君孔安國曰掩同也）』（巻二十、一裏）
『眘西海（上厥媛反孔注尚書云眘視也）』（巻八十二、二表）
『宸眘（下俱願反尚書皇天眘命孔注眘視也）』（巻八十三、二十七裏）
『洒眘（下居媛反孔注尚書云眘視也）』（巻八十七、二十五裏）
『眘眄（厥倦反孔注尚書視也）』（巻八十八、十九表）
『睠悅（厥倦反孔注尚書云眘視也）』（巻九十一、二十五裏）
『左眘（厥願反孔注尚書云眘視也）』（巻九十九、五表）
「皇天眘命奄有四海爲天下君（眘視奄同也）」
「皇天眘命奄ナ三𣎆爲天下君（眘視掩同也）」（北京大学本、一〇四頁）
（内野本、一七一頁）
「皇先（右に「天」）眘命奄有三（右に「四」）𣎆爲天下君（眘視掩同也）」（足利学校本、一八八頁）
「皇先（右に「天」）眘命奄有三（右に「四」）𣎆為天下君（眘視掩同也）」（影天正本、一九九頁）
「皇天眘命奄有四海為天下君（眘視掩同也）」（上海図八行本、二〇九頁）

『懷迪（徒的反孔注尚書云道也）』（巻八十四、十表）
「禹曰惠迪吉從逆凶惟影響（迪道也）」
（北京大学本、一〇五頁・足利学校本、一八八頁・影天正本、一九八頁・上海図八行本、二〇九頁）
「迪道也（左に「扌无」）」（内野本、一七二頁）
『谷響（香兩反孔注尚書云若響之應聲也）』（巻四、八裏）
『谷響（香兩反孔注尚書云若響之應聲）』（巻六、十表）
『谷響（下鄉兩反孔注尚書云若響之應聲也）』（巻二十九、十四裏）

『利響（香仰反孔注尚書云若響之應聲也說文從音鄉聲經作嚮古字也）』（巻三十二、四十四表）

『如澗響（下香兩反孔注尚書云吉凶之報若響之應聲也集從山作嶇非也字書並無此字）』（巻九十八、九裏）

「禹曰惠迪吉從逆凶惟影響（若影之随形響之應聲）」（北京大学本、一〇五頁・内野本、一七二頁）

「禹曰惠迪吉從逆凶惟影響（若影之随形響之應声）」（足利学校本、一八八頁・上海図八行本、二〇九頁）

「禹曰惠迪吉從逆凶惟影響（若影㞢随形響之応声）」（影天正本、一九九頁）

『邪命（上夕嗟反書曰去褏勿疑）』（巻三、十四裏）

「去邪勿疑」（北京大学本、一〇五頁）

「去褏（右に「邪」）勿疑」（内野本、一七二頁）

「去邪勿疑」（足利学校本、一八九頁・影天正本、二〇〇頁・上海図八行本、二一〇頁）

『耽婬（下音淫孔注尚書云婬婬過也）』（巻六十七、十二表）

「罔遊于逸罔淫于樂（淫過也）」

「淫過也」（北京大学本、一〇五頁）（内野本、一七二頁・足利学校本、一八八頁・影天正本、一九九頁・上海図八行本、二一〇頁）

『弼我（貧密反孔注尚書弼輔也）』（巻十、二三表）

「汝作士明于五刑以刑五教期于予治（弼輔）」（北京大学本、一〇九頁・内野本、一七六頁・足利学校本、一九一頁・影天正本、二〇二頁・上海図八行本、二一二頁）

『罪愆（下丘焉反孔注尚書云愆過也古作平衛宏作諐愆並古字也時不行用也）』（巻四十一、十五表）

『愆咎（上羗乹反孔注尚書云愆過也）』（巻六十、三十七表）

『斯愆（下羗連反孔注尚書愆過也韻詮云罪也說文從心衍聲亦作諐也）』（巻四十一、三十六裏）

『愆咎（羗虛反孔注尚書云愆過也顧野王云凡物有過皆謂之愆也說文從心衍聲或作寒古字亦作僁也衍音演）』（巻四十四、三十表）

『愆咎（上羗乹反孔注尚書云愆過也說文從心衍聲衍音演）』（巻六十、三十七表）

『小愆（丘言反孔注尚書云愆過也說文罪也從心衍聲或從侃從言作僁亦通也）』（巻八十五、十裏）

『諐負（去虔反孔注尚書云諐過也字書正作愆亦過也衛宏從言作愆古文作寒𡨄趣音並同上俗作僁）』

『招僁（朅焉反孔注尚書云諐過也說文云此籒文諐字正作愆義同從心衍聲或作寒愆𡨄趣並同也）』（巻九十四、十五裏）

「皐陶曰帝徳罔愆（愆過也）」　（卷九十六、十四表）
（北京大学本、一〇九頁・内野本、一七六頁・足利学校本、一九一頁・影天正本、二〇二頁・上海図八行本、二一二頁）

『辜磔（上古呉反孔注尚書云辜罪也説文従辛古聲也經文従羊作辠非也）』　（卷五十三、四十三表）
「與其殺不辜（辜罪）」　（北京大学本、一一〇頁）
「與其殺不辜（辜罪也）」
（内野本、一七七頁・足利学校本、一九一頁・影天正本、二〇二頁・上海図八行本、二一三頁）

『儆策（上京影反孔注尚書云儆戒也）』　（卷三十九、二十八裏）
「帝曰來禹降水儆予成允成功惟汝賢（儆戒也）」
（北京大学本、一一一頁・内野本、一七七頁・足利学校本、一九二頁・影天正本、二〇三頁・上海図八行本、二一二頁）

『矜高（上居陵反尚書云汝惟弗矜天下莫與汝争能孔安國云自賢曰矜）』　（卷二十七、二十表）
「汝惟不矜天下莫與汝争能汝惟不伐天下莫與汝争功（自賢曰矜）」　（北京大学本、一一一頁）
「女惟弗矜天下莫与女争能（自賢曰矜）」　（内野本、一七八頁）
「汝惟弗（右に「不」）矜亢（右に「天」）下莫与汝争能（自賢曰矜）」　（足利学校本、一九二頁・影天正本、二〇三頁）
「女惟弗矜天下莫與女争能（自賢曰矜）」　（上海図八行本、二一四頁）

『濟濟（精禮反孔注尚書云濟濟衆盛之貌）』　（卷八十五、四裏）
「禹乃會羣后誓于師曰濟濟有衆咸聽朕命（濟濟衆盛之貌）」　（北京大学本、一一六頁）
「禹乃岃群后誓于師曰湆湆ナ衆咸聽朕命（湆湆衆盛之貌）」　（敦煌本（S.801）、一六五頁）
「禹乃會羣后誓于師曰濟々有衆咸聽朕命（済二衆盛之貌也（左に「扌无」））」　（内野本、一八二頁）
「禹乃會羣后誓于師曰済人有衆咸聽朕命（済人衆盛之皃也）」
（足利学校本、一九四頁・影天正本、二〇五頁・上海図八行本、二一六頁）

『昏翳（上呼昆反孔安國注尚書云昏暗也）』（巻七、十六表）
「蠢茲有苗昏迷不恭（昏闇也）」
（北京大学本、一一六頁・敦煌本（S.801）、一六五頁・内野本、一八二頁・足利学校本、一九四頁・影天正本、二〇五頁・上海図八行本、二一六頁）
『慢捍（上蠻諫反孔註尚書云謂輕慢典教也）』（巻二十四、二十九表）
『聰慢（下蠻辦反孔注尚書慢輕典教也）』（巻六十八、十五裏）
『微慢（下蠻晏反孔注尚書慢輕慢典教也）』（巻六十九、二九裏）
『慢聳（上蠻盼反孔注尚書云慢輕也）』（巻九十一、十二裏）
「侮慢自賢反道敗德（輕慢典教）」
（北京大学本、一一六頁・足利学校本、一九四頁・影天正本、二〇五頁・上海図八行本、二一六頁）
「侮嫚自賢反道敗德（輕慢典教）」（敦煌本（S.801）、一六五頁）
「侮慯自臤反道敗德（輕慢典教）」（内野本、一八二頁）
『届彼（上音介孔注尚書届至也）』（巻十四、十一裏）
『方届（皆賣反孔注尚書云届至也）』（巻四十九、三十表）
『届節（上皆薤反孔注尚書云届至也）』（巻六十二、十二裏）
『届郎迦（上音戒孔注尚書云届至也）』（巻八十一、四十表）
『届于（皆薤反孔注尚書云届至也）』（巻八十二、三裏）
『届於（上皆薤反孔注尚書云届至也）』（巻八十三、五裏）
『讚唄（尚書益讚於禹）』（巻八十四、三表）
「益贊于禹曰惟德動天無遠弗届（居至也）」
（北京大学本、一一八頁）
校注に「届原作居按此釋經文「届」字上經文無居有届據改」と。
「苁賛于禹（届至也）」（敦煌本（S.801）、一六六頁）
「𦿽（左に「益下同」）賛亐禹（届至也）」
（内野本、一八三頁・足利学校本、一九六頁・影天正本、二〇六頁）
「益賛兮（左に「亐」）禹（届至也）」（上海図八行本、二一七頁）
『淑慝（下他勒反孔注尚書云慝惡也）』（巻八十二、十五裏）
「負罪引慝（慝惡）」（北京大学本、一一九頁）
「負罪引慝（慝惡也（左に「扌无」））」（内野本、一八四頁）
「負罪引慝（慝惡也）」

（足利学校本、一九七頁・影天正本、二〇七頁・上海図八行本、二一八頁）

『⿰弓矢訛（上申忍反孔注尚書云⿰弓矢況也）』（巻三十一、二二裏）

「至諴感神矧茲有苗（矧況也）」

（北京大学本、一一九頁・内野本、一八四頁・足利学校本、一九七頁・影天正本、二〇七頁・上海図八行本、二一八頁）

「至諴感神⿰矢攵茲有苗（⿰矢攵況）」（敦煌本（S.801）、一六七頁）

皐陶謨

『皐繇（上音高下音姚孔注尚書云皐繇舜帝臣也尚書作咎古字也繇字作陶音兆古人借用也從自非也）』（巻八十六、五表）

「皐陶爲帝舜臣謀」（北京大学本、一二二頁）

「咎繇謨（皐陶爲帝舜臣謀）」（内野本、二四四頁・影天正本、二五八頁）

「咎繇（左に「皐陶」）謨（皐陶爲帝舜臣謀）」（足利学校本、二五二頁）

「皐陶謨（皐陶爲帝舜臣謀）」（上海図八行本、二六四頁）

『啓迪（下徒歴反孔注尚書云迪蹈也言信蹈行古人之德也又云迪教導也）』（巻三十一、二二表）

「曰允迪厥徳謨明弼諧（迪蹈（中略）言人君當信蹈行古人之德）」（北京大学本、一二三頁）

「曰允迪厥徳謨明弼諧（迪蹈也（中略）言人君當信蹈行古人之徳）」（内野本、二四四頁）

「曰允迪厥徳謨明弼諧（迪蹈（中略）言人君當信蹈行古人之悳）」（足利学校本、二五三頁・影天正本、二五九頁・上海図八行本、二六四頁）

『勇喆（古文喆字書作喆今作哲同知列反爾雅哲智也尚書知人則哲）』（巻四十三、十七表）

『聖喆（下知烈反尚書云知人則喆説文作哲知也從口折聲古文作喆從三吉也亦作悊集本從喆者字書哲字也）』（巻九十五、六裏）

「知人則哲」（北京大学本、一二三頁）

「知人則喆（哲下同）」（内野本、二四五頁）

「知人則喆」（足利学校本、二五三頁・影天正本、二五九頁）

「知人則哲」（上海図八行本、二六五頁）

『彰露（上音章孔注尚書云彰明也）』（巻十五、二十表）

「彰厥有常吉哉（彰明）」（北京大学本、一二五頁）

「彰厥有常吉哉（彰明也）」
（内野本、二四七頁・足利学校本、二五四頁・影天正本、二六〇頁・上海図八行本、二六六頁）

『吉祥幄（幄於角反尚書傳曰吉善也）』　（巻二十一、二十七表）
「彰厥有常吉哉（吉善也）」
（北京大学本、一二五頁・内野本、二四七頁・足利学校本、二五四頁・影天正本、二六〇頁・上海図八行本、二六六頁）

『翕然（歆邑反孔注尚書云翕合也説文従羽合聲亦轉注字也）』　（巻九十、二裏）
「翕受敷施九徳咸事俊乂在官（翕和也）」
（北京大学本、一二七頁・内野本、二四八頁・足利学校本、二五五頁・影天正本、二六一頁・上海図八行本、二六六頁）
北京大学本校注に「合原作和按阮校毛本和作合是也閩本亦誤據改」と。

『凝玄（孔安國注尚書云凝成也）』　（巻一、十二表）
『凝滴（魚兢反孔注尚書凝成也）』　（巻十三、十六裏）
「撫于五辰庶績其凝（凝成也）」
（北京大学本、一二七頁・内野本、二四八頁・足利学校本、二五五頁・影天正本、二六一頁・上海図八行本、二六七頁）

『壙野（苦晃反孔注尚書壙空也）』　（巻一、四十三裏）
『險壙（下苦晃反孔注尚書云壙空也）』　（巻十九、七表）
「無曠庶官天工人其代之（曠空也）」
（北京大学本、一二九頁・内野本、二四九頁・足利学校本、二五五頁・影天正本、二六一頁・上海図八行本、二六七頁）

益稷

『孜孜（子思反孔注尚書孜孜不懈怠説文汲汲也）』　（巻八十八、三十二表）
『孜孜（子思反孔注尚書云孜孜不怠也）』　（巻八十九、二六裏）
『孜汲（上子斯反孔注尚書云孜孜不怠也）』　（巻九十六、三表）
『孜孜（子辭反孔注尚書云孜孜不怠也説文從支子聲集中或作敬字非也）』　（巻九十九、三十三表）
「禹拜曰都帝予何言予思日孜孜（言已思日孜孜不怠奉承臣功而已）」

（北京大学本、一三四頁）

「孜孜不怠也」（内野本、二八九頁・足利学校本、三〇二頁・影天正本、三一一頁・上海図八行本、三二〇頁）

『昏墊（點念反孔注尚書云下民昏墊墊溺也）』（巻三十一、十二表）

『昏墊（下丁念反孔注尚書云下民昏墊困溺於水災也）』（巻八十五、十二裏）

『昏墊（點念反注尚書墊溺也說文從土執聲集作墊俗字也）』（巻九十七、三十六表）

『昏墊（丁念反孔注尚書云墊溺困於水灾也）』（巻八十七、三十一表）

「下民昏墊（墊溺皆困水災）」（北京大学本、一三四頁）

「丁㕍昏墊（墊溺皆困水災也（左に「扌无」））」（内野本、二八九頁）

「丁㕍昏墊（墊溺皆困水災也）」（足利学校本、三〇二頁・影天正本、三一一頁・上海図八行本、三二〇頁）

『帝乘四載（孔注尚書云陸乘車水乘舟山乘樏）』（巻八十五、四裏）

「予乘四載隨山刊木（陸乘車泥乘輴山乘樏）」（北京大学本、一三四頁）

「陸乘車泥乘輴山乘樏」（内野本、二八九頁・足利学校本、三〇三頁・影天正本、三一二頁・上海図八行本、三二〇頁）

『粒食（上音立尚書米食曰粒）』（巻八十五、七裏）

『一粒（下音立孔注尚書云食曰粒）』（巻八十九、二四表）

『粇粒（下音立孔注尚書云米食曰粒）』（巻九十二、二十七裏）

「烝民乃粒萬邦作乂（米食曰粒）」（北京大学本、一三五頁・内野本、二九〇頁・足利学校本、三〇三頁・影天正本、三一二頁・上海図八行本、三二一頁）

『徯戀（上奚啓反孔注尚書徯待也）』（巻七十六、四十五表）

「惟動丕應徯志（徯待也）」（北京大学本、一三八頁・内野本、二九一頁・足利学校本、三〇四頁・影天正本、三一三頁・上海図八行本、三二一頁）

『彩雲（尚書云以五彩彰施於五色）』（巻二十一、十裏）

『繒綵（下倉宰反尚書云以五綵彰施于五色）』（巻二十、十一裏）

「以五采彰施于五色」（北京大学本、一三九頁）

「以五采彰施■（判読不能）丆色」　（内野本、二九二頁）

「㠯（右に以）五采彰施亐（右に「于」）王（右に「五」）色」　（足利学校本、三〇五頁・影天正本、三一四頁）

「以五采彰施于五色」　（上海図八行本、三二三頁）

『黼黻（下芳勿反尚書黼黻絺繡是也説文從黹從犮傳文作黺黺非也犮音盤鉢反）』　（巻七十四、六表）

「黼黻絺繡」　（北京大学本、一三九頁・内野本、二九二頁・上海図八行本、三二三頁）

「黼黻絺緑」　（足利学校本、三〇四頁・影天正本、三一四頁）

『檠藻（下遭老反孔注尚書云水草之有文者也）』　（巻七十五、八表）

『綺藻（上崎蟜反説文有文繒也下遭老反孔注尚書云水草而有文者）』　（巻八十五、十四裏）

『殫藻繢（中音早孔注尚書云藻水草有文者也）』　（巻八十五、二八表）

『才藻（下遭老反孔注尚書云藻水草有文者也）』　（巻八十九、十六表）

『藻鏡（遭老反孔注尚書云藻謂水草之有文者）』　（巻九十七、三裏）

「藻火粉米黼黻絺繡（藻水草有文者）」　（北京大学本、一三九頁・内野本、二九二頁・足利学校本、三〇五頁・影天正本、三一四頁・上海図八行本、三二三頁）

『綺繪（下胡外反孔注尚書云繪五采也）』　（巻十三、二十一表）

『繪以（音會孔注尚書云會畫以五彩曰繪）』　（巻十五、四十九裏）

『繪飾（上迴外反孔注尚書云繪者會五綵繡也）』　（巻三十三、五裏）

『繪車（胡憒反尚書山龍華蟲曰繪孔安國曰繪會也會合五采也）』　（巻四十八、十二裏）

『飾繪（下回外反孔注尚書云繪五采也説文從糸貴聲亦作繪）』　（巻八十七、三裏）

『繪飾（回外反孔注尚書云繪會五彩色也説文從糸會聲集從貴作繢謂織絲餘也非餘義也）』　（巻九十七、六表）

「山龍華蟲作會宗彝（會五采也以五采成此畫焉）」　（北京大学本、一三九頁）

「山龍華蟲作㕵（左に「會下同」）宗彝（會會五彩色也）」　（内野本、二九二頁）

「山龍華蟲作㕵宗彝（會會五彩色也）」　（足利学校本、三〇四頁・影天正本、三一三頁）

「山龍花虫作會宗彝（會人五采色也）」　（上海図八行本、三二二頁）

『呱然（古胡反尚書啓呱呱而泣是也）』　（巻五十六、二十六裏）

「啓呱呱而泣」（北京大学本、一四七頁）

「启（左に「拜」「啓下同」）呱呱而泣」（内野本、二九六頁）

「启（右に「啓」）呱呱而泣」（足利学校本、三〇七頁）

「啓呱々而泣」（影天正本、三一六頁）

「启呱人而泣」（上海図八行本、三二五頁）

『戛石（上姦八反孔注尚書云戛擊發樂聲也）』（巻九十、二十六表）

「夔曰戛擊鳴球搏拊琴瑟以詠祖考來格（戛擊柷敔所以作止樂搏拊以韋為之實之以糠所以節樂球玉磬此舜廟堂之樂民悅其化神歆其祀禮備樂和故以祖考來至明之）」「戛擊發樂聲也」の注無し。

（北京大学本、一五一頁・内野本、二九七頁・足利学校本、三〇八頁・影天正本、三一七頁・上海図八行本、三二六頁）

『九韶（視招反尚書簫韶九成是也）』（巻七十五、十六表）

「簫韶九成」（北京大学本、一五二頁）

「簫韶九戚」（内野本、二九八頁・上海図八行本、三二七頁）

「簫韶九戚（右に「成」）」（足利学校本、三〇八頁）

『屢辯（力句反尚書屢省乃成孔安國曰屢數也）』（巻七十一、十八裏）

「屢省乃成（屢數也）」（北京大学本、一五五頁・内野本、三〇〇頁・足利学校本、三〇九頁・影天正本、三一八頁・上海図八行本、三二八頁）

『覆載（孔安國注尚書云載成也）』（巻一、十一表）

「乃賡載歌曰元首明哉股肱良哉庶事康哉（載成也）」（北京大学本、一五五頁・内野本、三〇〇頁・足利学校本、三〇九頁・影天正本、三一八頁・上海図八行本、三二八頁）

『隳壞（上血規反字書正作墮孔注尚書云隳廢也）』（巻九十四、十一表）

「又歌曰元首叢脞哉股肱惰哉萬事墮哉（萬事墮廢）」（北京大学本、一五五頁）

「又歌曰元首叢脞哉股肱惰哉萬事墮哉（万事墮廢）」（内野本、三〇〇頁・影天正本、三一九頁）

「又歌曰元首叢脞哉股肱惰哉萬事墮哉（万叓墮廢）」（足利学校本、三一〇頁・上海図八行本、三二九頁）

禹貢

『**溪圻**（忌宜反孔注尚書云圻界也）』　（巻九十九、二十三表）

「禹別九州（分其圻界）」

（北京大学本、一五八頁・敦煌本（P.3615）、三五一頁・内野本、三八九頁・足利学校本、四一四頁・影天正本、四二九頁・上海図八行本、四四四頁）

『**沃壤**（下穰掌反孔注尚書云無塊曰壤）』　（巻二十九、十七表）

『**沃壤**（下穰掌反孔注尚書云無塊曰壤）』　（巻二十九、三十九表）

『**沃壤**（下壤説文柔掌反孔注尚書云無塊曰壤）』　（巻五十三、十四表）

『**隤壤**（下穰掌反孔注尚書無塊曰壤）』　（巻六十九、三六裏）

「厥土惟白壤（無塊曰壤）」

（北京大学本、一六二頁・敦煌本（P.3615）、三五一頁・内野本、三九〇頁・足利学校本、四一五頁・影天正本、四二九頁）

「厥土惟白壤（无塊曰壤）」　（上海図八行本、四四五頁）

『**洲島**（下刀老反孔注尚書云海曲謂之島）』　（巻三十、三十四表）

『**諸島**（刀老反孔注尚書島海曲山人可居曰島尚書曰居島之夷也）』　（巻八十一、三十二表）

「島夷皮服（海曲謂之島居島之夷）」

（北京大学本、一六四頁・内野本、三九〇頁・足利学校本、四一五頁・影天正本、四三〇頁・上海図八行本、四四五頁）

「島夷皮服（海曲謂之嶋居嶋之夷）」　（敦煌本（P.3615）、三五一頁）

『**丘聚**（去尤反孔注尚書云地之高曰丘也）』　（巻三十二、四十六裏）

「桑土既蠶是降丘宅土（地高曰丘）」

（北京大学本、一六七頁・岩崎本、三六八頁・内野本、三九一頁・足利学校本、四一五頁・影天正本、四三〇頁・上海図八行本、四四五頁）

「■■（二字不明）曰丘」　（敦煌本（P.3615）、三五二頁）

『**浮嚢**（上音符又音符尤反孔注尚書云泛流曰浮）』　（巻三、四裏）

『**浮嚢**（上附無反孔注尚書云泛流曰浮汎也）』　（巻五、二十四表）

「浮于濟漯達于河（順流曰浮）」

（北京大学本、一六九頁・敦煌本（P.3615）、三五二頁・岩崎本、三六九頁・内野本、三九二頁・足利学校本、四一六頁・影天正本、四三二頁・上海図八行本、四四六頁）

『憩漳濱（下云畢民反孔注尚書云濱水涯也）』　（巻八十、十五裏）

「厥土白墳海濱廣斥（濱涯也）」　（北京大学本、一七〇頁・足利学校本、四一六頁・影天正本、四三一頁・上海図八行本、四四六頁）

「濱■（不明）也」　（敦煌本（P.3615）、三五二頁）

「濱涯」　（岩崎本、三六九頁）

「濱涯也（左に「扌无」）」　（内野本、三九二頁）

『錯綜（上蒼各反孔注尚書錯雜也）』　（巻八十三、五表）

「厥貢鹽絺海物惟錯（雜錯）」

（北京大学本、一七〇頁・敦煌本（P.3615）、三五三頁・岩崎本、三七〇頁・内野本、三九三頁・足利学校本、四一六頁・影天正本、四三一頁・上海図八行本、四四六頁）

『埏埴（下時力反孔注尚書云黏土曰埴）』　（巻十三、十六裏）

『埏埴（下時力反孔注尚書云黏土曰埴）』　（巻三十一、十九表）

『和埴（時力反尚書云厥土赤埴墳孔安國曰黏土曰埴也）』　（巻五十八、四十三表）

『埏埴（下承力反孔注尚書云埴黏土也）』　（巻八十五、三十表）

『埏埴（下承力反尚書云厥土赤埴孔注云黏土曰埴）』　（巻九十五、二表）

『埏埴（下時軄反孔注尚書云土黏曰埴也）』　（巻六十九、二二表）

『和埴（時力反尚書厥土赤塩墳孔安國曰噢土曰塩）』　（巻五十五、二十二表）

「厥土赤埴墳草木漸包（土黏曰埴）」　（北京大学本、一七一頁）

「■■■（判読不能）墳（土粘曰■（不明））」　（敦煌本（P.3615）、三五三頁）

「年土赤戠（土梨白埴）」　（岩崎本、三七一頁）

「弍土赤埴墳（土黏曰埴）」　（内野本、三九三頁）

「弍土赤埴墳（土梨白埴）」　（足利学校本、四一七頁・影天正本、四三一頁・上海図八行本、四四七頁）

『磬聲（輕徑反尚書云泗濱浮磬）』　（巻八十一、十四裏）

『桴磬（上扶尤反尚書云泗濱浮磬孔注云水中見石可以為磨）』　（巻九十九、二十一表）

「泗濱浮磬淮夷蠙珠曁魚（水中見石可以爲磬）」　（北京大学本、一七二頁）

「泗濱浮磬（水中見石可以爲磬）」

（敦煌本（P.3615）、三五三頁・岩崎本、三七二頁・内野本、三九四頁・足利学校本、四一七頁・影天正本、四三二頁・上海図八行本、四四七頁）

『纖長（相閻反孔注尚書云纖細也）』（巻二十九、十五表）

『傭纖（下㰖閻反孔注尚書云纖絅也廣）』（巻三十五、十裏）

『纖利（上息簷反孔注尚書云纖細也）』（巻四十、三十七表）

『纖利（變閻反孔注尚書云纖細也）』（巻六十八、六表）

『纖羅（息閻反孔注尚書纖細也）』（巻九十九、三十三裏）

「厥篚玄纖縞（纖細也）」（北京大学本、一七三頁）

判読不能。（敦煌本（P.3615）、三五三頁）

「牛韮玄䥫（纖細）」（岩崎本、三七二頁）

「纖（纖細）」

（内野本、三九四頁・足利学校本、四一七頁・影天正本、四三二頁・上海図八行本、四四八頁）

『篠簜（上霄了反下黨朗反孔注尚書篠小竹簜大竹也水去已布生也）』（巻九十八、八裏）

「篠簜既敷（篠竹簡簜大竹水去已布生）」（北京大学本、一七四頁）

「[篠簜]旡旉（■小■簡■大■■水去■■也（■は判読不能））」（敦煌本（P.3469）、三五四頁）

「篠簜旡旉（篠竹簡簜大竹水去已布生也）」（岩崎本、三七二頁・上海図八行本、四四八頁）

「篠簜旡旉（篠竹簡簜大竹水去巳布生也（左に「扌无」））」（内野本（三九五頁）

「篠簜旡（左に「既」）旉（左に「敷」）（篠竹簡簜大竹水去巳布生也）」（足利学校本、四一八頁・影天正本、四三三頁）

『僧琨（下骨魂反孔注尚書云琨美玉也）』（巻八十、二十一裏）

「瑤琨篠簜（瑤琨皆美玉）」（北京大学本、一七四頁・上海図八行本、四四八頁）

「瑤琨篠簜（瑤琨美石也）」（敦煌本（P.3469）、三五四頁・岩崎本、三七三頁）

「瑤琨篠簜（瑤琨美玉（左に「石本」））」（内野本、三九五頁）

「瑤琨篠簜（瑤琨皆美玉也）」（足利学校本、四一八頁・影天正本、四三三頁）

『樟柟梓（下茲死反尚書曰楄梓豫樟是也）』（巻五十四、二十六裏）

「齒革羽毛惟木（木楩梓豫章）」（北京大学本、一七四頁）

「齒革羽毛惟木（木楩梓豫章也）」（岩崎本、三七三頁）

「齒革羽毛惟木（木楩梓橡（左に「豫扌」）樟（左に「章扌」））」（内野本、三九六頁・上海図八行本、四四九頁）

「齒革羽毛惟木（木楩梓橡樟也）」（足利学校本、四一八頁・影天正本、四三三頁）

『泥濘（上禰抵反孔注尚書云泥地泉溼也）』（巻九十四、二十六裏）
「厥土惟塗泥（地泉濕）」（北京大学本、一七四頁）
「厥土惟塗泥（地泉溼也）」（岩崎本、三七三頁）
「厥土惟塗泥（地泉湿也（左に「扌无」））」（内野本、三九五頁）
「厥土惟塗泥（地泉温（左に「湿」）也）」（足利学校本、四一八頁・影天正本、四三三頁）
「厥土惟塗泥（池（下に別筆で「地」）泉濕也）」（上海図八行本、四四八頁）
『卉服（上暉貴反孔注尚書卉服草服也）』（巻八十三、二十八表）
『島夷（刀老反孔注尚書云南海島夷也）』（巻九十七、二十五表）
「島夷卉服（南海島夷草服）」（北京大学本、一七五頁）
「島夷卉服（南海島夷也草服葛越也）」（岩崎本、三七三頁・足利学校本、四一八頁・上海図八行本、四四九頁）
「島夷卉服（南海島夷也（左に「扌无」）草服葛越也）」（内野本、三九六頁）
「島夷卉服（南海島夷也屮淲服葛越也）」（影天正本、四三三頁）
『沿時（孔注尚書云順流而下曰沿）』（巻一、十三表）
『沿泝（上悅全反孔注尚書云順流而下曰沿）』（巻三十一、二七表）
『沿江（上悅悅反孔注尚書云從流而下曰沿）』（巻八十三、七裏）
『沿波（上悅涓反孔注尚書云順流而下曰說）』（巻八十、四十五裏）
「沿于江海達于淮泗（順流而下曰沿）」（北京大学本、一七六頁・岩崎本、三七四頁・内野本、三九六頁・足利学校本、四一八頁・影天正本、四三三頁・上海図八行本、四四八頁）
『如砥掌（上音止孔注尚書砥細於礪皆磨石也砥掌喻平也）』（巻十一、三十八表）
『如砥（又作底同之視反尚書礪砥砮石孔安國曰砥細於礪皆磨石也砮音乃乎反）』（巻五十四、十二裏）
『磨礪（字詁今作厲同力制反尚書若金用汝作礪孔安國曰砥細於礪皆可以磨刀刃砥音脂）』（巻七十三、十六表）
『砥礪（上音止下音厲孔注尚書云砥礪皆磨石也）』（巻九十二、十裏）
『砥礪（上音止下音例尚書孔注云砥細於礪皆磨石也）』（巻九十三、二表）
『砮得砥（上怒都反下之耳反孔注尚書云砥細於礪石也砮中矢鏃丹朱類也）』（巻九十七、二十五裏）
「礪砥砮丹（砥細於礪皆磨石也砮石中矢鏃丹朱類）」（北京大学本、一七九頁）
「若金用汝作礪」は説命上の文。孔伝は禹貢。
「礪砥砮丹（砥細於礪皆磨石也砮石中矢鏃丹朱類也（左に「扌无」））」（岩崎本、三七五頁・内野本、三九七頁）
「礪砥砮丹（砥細於砺皆磨石也砮石中矢鏃丹朱類也）」（足利学校本、四一九頁・影天正本、四三四頁・上海図八

行本、四五〇頁）

『楛矢（上胡古反孔注尚書云楛木中矢幹）』（巻八十三、二十六表）

「惟菌簵楛三邦厎貢厥名（楛中矢幹）」
（北京大学本、一七九頁・岩崎本、三七五頁・内野本、三九七頁・足利学校本、四一九頁・影天正本、四三四頁・上海図八行本、四五〇頁）

『投匭（帰鮪反孔注尚書云匭匣也）』（巻八十七、十二裏）

「匭菁茅（匭匣也）」
（北京大学本、一八〇頁・内野本、三九七頁・足利学校本、四一九頁・影天正本、四三四頁・上海図八行本、四五〇頁）

『珠璣（紀希反孔注尚書璣亦珠類也）』（巻五十四、十六表）

『璣蚌（上居宜反孔注尚書云璣珠類也）』（巻七十七、二十裏）

「厥篚玄纁璣組（璣珠類）」
（北京大学本、一八〇頁・内野本、三九八頁）

「厥篚玄纁璣組（珗珠類）」
（足利学校本、四一九頁・影天正本、四三四頁・上海図八行本、四五〇頁）

『龜鼈（上鬼追反孔注尚書尺二寸曰大龜出九江水中）』（巻七十四、十四表）

「九江納錫大龜（尺二寸曰大龜出於九江水中）」（北京大学本、一八一頁）

「尺二寸曰大龜出於九江水中」
（九条本、三七六頁・内野本、三九八頁・足利学校本、四一九頁・影天正本、四三四頁・上海図八行本、四五〇頁）

『逾遠（庾朱反孔注尚書云越也）』（巻十、十九裏）

『逾於（上羊朱反孔注尚書逾越也）』（巻二十九、二裏）

『踰於（上庾珠反孔注尚書踰越也）』（巻七十四、六表）

『逾邈（上庾朱反孔注尚書云逾越也）』（巻八十二、二十二裏）

『踰城（庾朱反孔註尚書云踰越也）』（巻二十四、六表）

「浮于江沱潛漢逾于洛至于南河（逾越也）」
（北京大学本、一八一頁・九条本、三七六頁・内野本、三九八頁・足利学校本、四一九頁・影天正本、四三四頁・上海図八行本、四五〇頁）

『谿澗（下奸晏反尚書曰伊洛瀍澗既入於河孔安國曰澗出澠池北山案所在山陝之水皆名爲澗）』（巻十一、十六表）
「伊洛瀍澗既入于河（澗出沔池山瀍出河南北山四水合流而入河）」（北京大学本、一八一頁）
「伊条湹澗旡入予河（澗出黽池山瀍出河南北山四水合流而入河也）」（九条本、三七六頁）
「伊条瀍澗旡入亐河（澗出沔池山瀍出河南北山四水合流而入河也（左に「扌无」））」（内野本、三九八頁）
「伊条瀍澗旡（左に「既」）入于河（澗出沔池山瀍出河南北山四水合流而入河也）」（足利学校本、四二〇頁）
「伊条（右に「洛」）瀍澗旡（右に「既」）入于河（澗出沔池山瀍出河南北山四水合流而入河也）」（影天正本、四三四頁）
「伊条瀍澗旡入亐河（澗出沔池山瀍出河南北山四水合流而入河也）」（上海図八行本、四五〇頁）

『琳璆（上立今反孔注尚書琳玉名也下音虯孔注尚書璆亦玉也）』（巻八十三、五表）
『琅玕（上音郎下音于孔注尚書琅玕皆石似珠者）』（巻八十三、四十六表）
『琳琅（上力金反孔注尚書云琳玉名也下洛當反孔注尚書云琅玕石似珠也）』（巻八十五、二八裏）
「厥貢惟球琳琅玕（球琳皆玉名琅玕石而似玉）」（北京大学本、一八七頁）
「璆亦玉也」
「厥貢璆鐵銀鏤砮磬（璆玉名）」（北京大学本、一八四頁・内野本、四〇〇頁・足利学校本、四二一頁・影天正本、四三六頁・上海図八行本、四五一頁）
「厥貢璆鐵銀鏤砮磬（璆玉名）」（九条本、三七七頁）
「琳玉名」
「玲琅玕（球玲皆玉名）」（九条本、三七九頁）
「琳（球琳皆玉名）」（内野本、四〇一頁・足利学校本、四二二頁・影天正本、四三六頁・上海図八行本、四五三頁）
「琅玕石似珠也」
「石而似珠者也」（九条本・内野本・足利学校本・影天正本・上海図八行本）

阮元校勘記に「閩本葛本同岳本纂傳玉作珠萬恩本珠作玉毛氏本與古本宋板同按作玉誤也作珠與疏標目合初學記地部上琅玕石似珠也注云出尚書注此作珠之證古本珠下有者也二字史記集解作石名而似珠者」と。

『**彭匯**（胡罪反尚書東匯澤為彭蠡孔安國曰匯迴也）』　（巻十、九表）

「東匯澤為彭蠡（匯迴也）」

（北京大学本、一九四頁・内野本、四〇六頁・影天正本、四四〇頁・上海図八行本、四五六頁）

「東進澤為彭蠡（進迴也）」　（九条本、三八三頁）

「東匯沢為彭蠡（匯迴也）」　（足利学校本、四二五頁）

『**江沱**（下達何反尚書曰岷山導江東別爲沱）』　（巻八十五、十七表）

「岷山導江東別爲沱」

（北京大学本、一九四頁・内野本、四〇六頁・足利学校本、四二五頁）

「岷山道江東別爲沱淹」　（九条本、三八三頁）

「峨（眉上に訂して「岷」）山導江東別爲沱」　（影天正本、四四〇頁）

「峪山導江東別爲沱」　（上海図八行本、四五六頁）

『**滈滌**（下徒歴反尚書九川滌源孔安國曰滌除也）』　（巻四十六、二十一裏）

『**蕩滌**（上唐黨反孔注尚書云蕩言水奔突有所滌除也）』　（巻八十、十一表）

『**洒滌**（下音狄孔注尚書滌除也）』　（巻三十六、三十三表）

『**滌慮**（亭歴反孔注尚書滌除也）』　（巻四十一、四表）

『**滈滌**（下亭歴反孔注尚書滈滌除也）』　（巻四十五、二十三裏）

『**滌沈蔽**（上庭的反孔注尚書滌除也）』　（巻四十九、三十一裏）

『**滌除**（上亭的反孔注尚書云滌除也）』　（巻四十五、四三裏）

『**滌穢**（上亭歴反孔注尚書滌猶除也）』　（巻八十、四十四裏）

『**滌除**（上亭歴反孔注尚書滌除也）』　（巻百、十六裏）

「九州刊旅九川滌源九澤既陂（九州名山與槎木通道而旅祭矣九州之川已滌除泉源無壅塞矣九州之澤已陂障無決溢矣）」　（北京大学本、一九七頁）

「九州刊旅九川滌源九澤既陂（滌除）」

（敦煌本（P.3628）、三五九頁・九条本、三八五頁・内野本、四〇九頁・足利学校本、四二六頁・影天正本、四四一頁・上海図八行本、四五八頁）

『**神甸**（孔注尚書云規方千里之內謂之甸服王城四面各五百里也今謂之畿甸即是也畿音祈）』　（巻一、二十表）

『**甸之**（上音殿孔注尚書云甸去王城面五百里也）』　（巻八十三、二十九裏）

「五百里甸服（規方千里之內謂之甸服為天子服治田去王城面五百里）」　（北京大学本、一九九頁）

「五百里甸服（規方千里之內謂之（破損）治田去王城面（破損））」　（敦煌本（P.3628）、三六〇頁）

「五百里甸服（規方千里之內謂之甸服為天子服治田去王城面五百里內也）」（敦煌本（P.2533）・九条本、三八六頁・内野本、四一〇頁）
「五百里甸服（規方千里之內謂之甸服為天子服治田去王城面五百里內）」（足利学校本、四二七頁・上海図八行本、四五九頁）
「五百里甸服（規方千里之內謂之甸服為天子服治田去王城面五百里）」（影天正本、四四二頁）

阮元校勘記に「古本里下有內字依史記集解增集解面作近閩本王誤至」と。

『秸稾（上艱八反孔注尚書秸亦稾也）』（巻五十七、四十二裏）
『若秸（公八反尚書三百里納秸服孔注云秸稾也服稾役也）』（巻五十八、十一表）
『秸草（古八反尚書三百里納秸服孔安國曰秸稾也服稾役也）』（巻七十五、十七表）
『秸（古八反孔注尚書云秸猶稾也）』（巻九十二、二裏）
「三百里納秸服（秸稾也服稾役）」（北京大学本、二〇〇頁・敦煌本（P.3628）、三六〇頁・内野本、四一〇頁・足利学校本、四二七頁・影天正本、四四二頁・上海図八行本、四五九頁）
「三百里納秸服（秸藁也服藁役）」（敦煌本（P.2533）、三六六頁）
「三百里納稭服（稭稾也服稾役也）」（九条本、三八六頁）

『綏化（恤隨反尚書五百里綏服孔安國曰王者政教也）』（巻七十五、四十八表）
『綏化（私隹反爾雅安也尚書五百里綏服孔安國曰王者政教也）』（巻七十六、十一表）
「五百里綏服（王者之政教）」（北京大学本、二〇一頁）
「メ百里媛䑸（王者政教）」（敦煌本（P.2533）、三六六頁）
「X百里綏服（王者政教也）」（九条本、三八六頁）
「乂百里綏服（王者政教也（左）に「扌无」）」（内野本、四一一頁）
「五百里綏服（王者政教也）」（足利学校本、四二八頁・影天正本、四四四頁・上海図八行本、四六〇頁）

『一切經音義』と一致する古写本「之」字無し。

『車漸（潛琰反上聲字孔注尚書云漸入也）』（巻八十、一裏）
『東漸（接鹽反孔注尚書云漸入也）』（巻九十一、二十一表）
『西漸（接閻反借音字也孔注尚書云漸入也此言五服之外皆與王者聲教而朝見也）』（巻九十八、二十九裏）
「東漸于海西被于流沙朔南曁聲教（漸入也）」（北京大学本、二〇四頁・九条本、三八七頁・内野本、四一二頁・足利学校本、四二八頁・影天正本、四四三頁・上海図八行本、四六〇頁）
「漸入（漸入也）」（敦煌本（P.2533）、三六七頁）

甘誓

『棄在（上輕異反孔注尚書棄廢也）』（巻二十九、十六表）
『棄捐（上輕異反孔注尚書云棄癈也）』（巻三十三、三十九裏）
「予誓告汝有扈氏威侮五行怠棄三正（五行之德王者相承所取法有扈與夏同姓恃親而不恭是則威虐侮慢五行怠惰棄廢天地人之正道言亂常）」か。「棄廢也」の注無し。（北京大学本、二〇七頁）
「予誓告汝有扈氏威侮五行怠棄三正（（破損）所取法也有扈与夏同姓侍（破損）侮慢五行怠惰弃廢天（破損））」（敦煌本（P.5543）、四九三頁）
「予誓告汝有扈氏威侮五行怠棄三正（五行之德王者相承所取法也有扈與夏同姓恃親而不恭是則威虐侮慢五行怠惰棄廢天地人之正道言亂常）」（敦煌本（P.2533）、四九五頁・内野本、五〇〇頁・九条本、四九七頁）
「予誓告汝有扈氏威侮五行怠棄三正（五行之德王者相承所取法也有扈與夏同姓恃親而不恭是則威虐侮慢五行怠惰棄廢天地人之正道言亂常也）」（足利学校本、五〇三頁・影天正本、五〇六頁・上海図八行本、五〇八頁）
『必勦（焦小反孔注尚書勦截也）』（巻五十四、二十三表）
『勦戮（上魚小反孔注尚書云勦猶截也）』（巻九十二、二表）

「天用勦絶其命（用其失道故勦截也截絶謂滅之）」（北京大学本、二〇七頁）
「天用勦絶其命（用其失道故也勦截ミ絶謂滅之也）」（敦煌本（P.2533）、四九五頁・九条本、四九七頁）
「天用勦絶其命（用其失道故也（左に「扌无」）勦截也截絶謂滅之也（左に「扌无」））」（内野本、五〇〇頁）
「天用勦絶其命（用其失道故也勦截截絶謂滅之也）」（上海図八行本、五〇八頁）
「天用勦絶其命（用其失道故也勦截也截絶謂滅之）」（足利学校本、五〇三頁・影天正本、五〇六頁）
『恭恪（上薑邕反尚書儼恪也孔安國注云恭奉也）』（巻十二、六裏）
「今予惟恭行天之罰（恭奉也）」、「尚書儼恪也」は洪範の文「貌曰恭（儼恪）」参照。（北京大学本、二〇七頁）
「龔（恭奉也）」（敦煌本（P.2533）、四九六頁・九条本、四九七頁・内野本、五〇〇頁・足利学校本、五〇三頁・影天正本、五〇六頁）
「⿱竹龔（恭奉也）」（上海図八行本、五〇八頁）

五子之歌

『畋遊（上音田尚書云畋于有洛之表孔注尚書云畋獵也）』（巻六十二、三十六裏）

『**畋獵**（上音田尚書曰畋于有洛之表）』（卷九十、二十一表）

「畋于有洛之表十旬弗反（田獵過百日不還）」（北京大学本、二一一頁）

「畋于又条之表（畋獵過百日不還也）」（敦煌本（P.2533）、五一七頁）

「畋于有洛之表（畋獵猶過百日不還也）」（九条本、五二二頁）

「畋丂ナ条㞢表（田獵過百日不還也（左に「扌无」））」（内野本、五二八頁）

「畋丂ナ条㞢表（畋獵過百日不還也）」（上海図八行本、五四二頁）

「畋于ナ条之表（田獵過百日不还也）」（足利学校本、五三三頁）

「畋于ナ条之表（田獵過百日不还也）」（影天正本、五三七頁）

『**圖牒**（上杜胡反孔注尚書云河圖八卦是也五子之歌云怨豈在明不見是圖也）』（卷四十九、二十八裏）

「一人三失怨豈在明不見是圖」（北京大学本、二一二頁）

「河圖八卦」は「顧命」参照。

「一人三失怨豈在明弗見是図」（敦煌本（P.2533）、五一八頁）

「一人三失怨豈在明弗見是図（右に「古圖字」）」（九条本、五二三頁）

「一人三失怨豈在明弗見是圖（左に「圖」）」（内野本、五二九頁）

「一人三失怨豈在明弗見是啚」（足利学校本、五三四頁・影天正本、五三八頁）

「一人三失怨豈在明弗見是圖」（上海図八行本、五四三頁）

『**哀朽**（孔注尚書云朽腐也爛也）』（卷二、十六表）

『**哀朽**（下休柳反孔注尚書云朽腐）』（卷六、十五表）

『**皺朽**（下休久反孔注尚書云朽腐也）』（卷六十三、十一裏）

『**乘馭**（魚攄反尚書云若朽索之馭六馬）』（卷十八、十八表）

『**朽墜級**（上休抑反尚書曰朽索之馭六馬孔安國曰朽腐也腐索馭馬言危懼之甚也隊正作墜墜墮並形聲字也）』（卷五十六、五十六表）

「朽索之馭六馬（朽腐也腐索馭六馬言危懼甚）」（北京大学本、二一二頁）

「朽索馭六馬（朽腐也腐索御馬危懼甚也）」（敦煌本（P.2533）、五一九頁）

「朽索馭六馬（朽腐也腐索御馬言危懼甚也）」（九条本、五二四頁）

「朽索馭六馬（朽腐也腐索馭六（左に「亻无」）馬言危懼甚也（左に「扌无」））」（内野本、五三〇頁）

「朽索馭六馬（朽腐也腐索馭六馬言危懼甚也）」（足利学校本、五三四頁）

「朽索（右に「之」）馭六馬（朽廧也廧索馭六馬言危懼甚也）」

（影天正本、五三八頁）

「朽索馭六馬（朽腐也腐索馭馬言危懼甚也）」（上海図八行本、五四三頁）

古写本は、経文全て「之」字無し。

『舌嗜（下時至反孔注尚書云嗜無厭足也）』（巻二十九、三十八裏）

『媅嗜（下時至反孔注尚書云甘嗜無厭足也）』（巻六十六、十表）

『嗜媅（上時利反孔注尚書云甘嗜無厭足）』（巻七十五、十二表）

『嗜慾（上時至反孔注尚書云嗜即無猒足也）』（巻八十、四十三表）

『嗜欲（時至反孔注尚書無猒足從旨）』（巻八十五、十四表）

『高峻（笋俊反孔安國注尚書云高大也）』（巻十一、八裏）

『峻險（上荀俊反孔注尚書云峻高大貌也）』（巻二十、四裏）

『峻險（上荀俊反孔註尚書峻高大也）』（巻二十四、十五裏）

『峻峙（上荀俊反孔注尚書云峻高大也）』（巻四十九、三十二裏）

『險峻（下荀俊反孔注尚書云峻高也）』（巻四十一、三十四表）

『峭峻（下荀駿反孔注尚書云峻大也）』（巻八十二、九裏）

『峻峭（上詢俊反孔注尚書峻猶高也）』（巻八十一、三十九表）

『彫輦（上鳥聊反孔注尚書云彫畫也）』（巻三十二、三十九表）

『彫飾（上鳥聊反孔注尚書云彫畫也）』（巻六十三、十表）

『彫牆（上鳥聊反孔注尚書彫畫也）』（巻九十九、二十九表）

「甘酒嗜音峻宇彫牆（甘嗜無厭足峻高大彫飾畫）」（北京大学本、二一三頁・内野本、五三〇頁・足利学校本、五三五頁・影天正本、五三九頁・上海図八行本、五四三頁）

「甘耆無厭足也峻高大彫飾畫也」（敦煌本（P.2533）、五一九頁）

「甘嗜无厭足也峻高大彫餝畫也」（九条本、五二四頁）

『窻敵（上於袁反孔注尚書云窻仇也）』（巻一、三十三裏）

『怨仇（下舊尤反孔注尚書仇亦怨也）』（巻百、三十四表）

「萬姓仇予予將疇依（仇怨也）」（北京大学本、二一五頁・敦煌本（P.2533）、五二〇頁・九条本、五二五頁・内野本、五三一頁・足利学校本、五三五頁・影天正本、五三九頁・上海図八行本、五四四頁）

『紆鬱（下熅律反孔注尚書云鬱哀思也）』（巻十三、十三裏）

「鬱陶乎予心顏厚有忸怩（鬱陶言哀思也）」（北京大学本、二一五頁・内野本、五三一頁・足利学校本、五三五頁・影天正本、五三九頁・上海図八行本、五四四頁）

「欝陶乎予心顔厚有忸怩（鬱陶言哀思也）」（敦煌本（P.2533）、五二〇頁）

「欝欝乎予心顔厚有忸怩（鬱陶言哀思也）」（九条本、五二五頁）

胤征

『恨沈（下持林反孔注尚書沈謂冥醉也）』（巻五十一、三十七表）

『沈沔（上除林反孔注尚書云沈謂冥醉也下綿褊反孔注尚書云沔飲酒過差失度也）』（巻五十七、二六表）

「義和湎淫廢時亂日（沈湎於酒過差非度）」（北京大学本・二一六頁）、また「沈亂于酒畔宮離次（沈謂醉冥）」（北京大学本、二一八頁・内野本、五七二頁）

「沈湎於酒過差非度（沈謂醉冥）」（敦煌本（P.2533）、五五五頁・敦煌本（P.5557）、五六二頁・九条本、五六六頁・内野本、五七二頁・足利学校本、五八〇頁・影天正本、五八五頁・上海図八行本、五九一頁）

「沈湎（以下破損）（沈謂醉冥）」（敦煌本（P.3752）、五六〇頁）

『保母（報抱反孔注尚書保安也）』（巻三十二、三十八裏）

『保護（上逋老反孔注尚書安也）』（巻三十九、八裏）

「聖有謨訓明徵定保（保安也）」（北京大学本、二一七頁・敦煌本（P.2533）、五五六頁・敦煌本（P.3752）、五六〇頁・九条本、五六七頁・内野本、五七三頁・足利学校本、五八一頁・影天正本、五八六頁・上海図八行本、五九一頁）

『遒遠（情由反孔注尚書云遒人宣令之官也）』（巻八十五、二九表）

「毎歳孟春遒人以木鐸徇于路（遒人宣令之官）」（北京大学本、二一七頁）

「毎戝孟旾道人㠯木鐸徇亐路（道人宣令之官）」（敦煌本（P.2533）、五五六頁・敦煌本（P.3752）、五六一頁・内野本、五七四頁・足利学校本、五八一頁・影天正本、五八六頁・上海図八行本、五九二頁）

「毎歳孟旾逎人以木鐸徇于路（逎人宣令之官）」（九条本、五六七頁）

『顛倒（上丁堅反孔注尚書云顛覆言反倒也）』（巻二、二十八裏）

『蹎躓（孔注尚書反倒也）』（巻八十七、十三裏）

「惟時義和顛覆厥徳（顛覆言反倒）」（北京大学本、二一八頁・足利学校本、五八一頁・影天正

本、五八六頁・上海図八行本、五九二頁）

「惟時羲和顛覆厥徳（顛覆言反倒也）」（敦煌本（P.2533）、五五七頁・敦煌本（P.3752）、五六一頁・九条本、五六七頁・内野本、五七四頁）

『**擾惱**（上而沼反孔注尚書云擾亂也）』（巻一、三十二裏）

『**擾惱**（上而沼反孔氏注尚書亂也）』（巻四、二十五表）

『**紛擾**（下饒沼反孔注尚書云擾亂也）』（巻六十三、三十八表）

『**擾惱**（上而沼反孔氏注尚書亂也）』（巻四、二十五表）

『**不擾**（而沼反孔注尚書擾亂也）』（巻四十一、十五裏）

『**撓擾**（下饒少反孔注尚書云擾亂也）』（巻六十二、三十三裏）

『**躁擾**（下而沼反孔注尚書擾亂也）』（巻七十四、五裏）

『**侵擾**（下饒少反孔注尚書云擾亂也）』（巻二十九、十六裏）

「俶擾天紀遐棄厥司（擾亂）」（北京大学本、二一八頁・敦煌本（P.2533）、五五七頁）

「俶擾天紀遐棄厥司（㩭乱）」（敦煌本（P.5557）、五六二頁）

「俶擾天紀遐棄厥司（擾乱）」（九条本、五六八頁・内野本、五七四頁・足利学校本、五八一頁・影天正本、五八六頁・上海図八行本、五九二頁）

『**魁膾**（上苦壞反孔注尚書云魁師也）』（巻一、三十三裏）

『**魁膾**（上苦瓌反孔安國注尚書云魁師也）』（巻十一、十四裏）

『**魁膾**（上塊回反孔注尚書云魁帥也）』（巻十八、三十二表）

「殲厥渠魁脅從罔治（魁帥也）」（北京大学本、二二二頁・敦煌本（P.2533）、五五九頁・敦煌本（P.5557）、五六四頁・九条本、五六九頁・内野本、五七七頁・足利学校本、五八三頁・影天正本、五八八頁・上海図八行本、五九四頁）

『**崐閬**（上骨渾反孔注尚書云崑山出玉也）』（巻八十六、十二裏）

「火炎崐岡玉石俱焚（崐山出玉）」（北京大学本、二二二頁・足利学校本、五八二頁・影天正本、五八七頁）

「火炎崐岡玉石俱焚（崑山出玉）」（敦煌本（P.5557）、五六三頁・内野本、五七六頁・上海図八行本、五九三頁）

「火炎罡岡玉石俱焚（罡山出玉）」（九条本、五六九頁）

『**恐愶**（下香葉反尚書曰愶從冈治）』（巻十四、十二表）

『迫憯（枕業反尚書云殲厥渠魁憯從罔治）』（巻十八、三十二表）

「殲厥渠魁脅從罔治」（北京大学本、二二二頁）

「殲午渠魁脅脅刅治」

（敦煌本（P.2533）、五五九頁・九条本、五六九頁）

「殲𠂂渠魁脅刅曰治」（敦煌本（P.5557）、五六三頁）

「殲式渠魁脅刅罔治」

（内野本、五七七頁・上海図八行本、五九四頁）

「殲式渠魁脅刅罔治」（足利学校本、五八三頁）

「殲式渠魁脅刅（左に「從」）罔治」（影天正本、五八八頁）

湯誓

『桀蹠（上虔孽反孔注尚書云桀都安邑也）』（巻八十九、十七表）

『登陑（二之反孔注尚書云陑在河曲之南也）』（巻九十九、十六表）

「伊尹相湯伐桀升自陑（桀都安邑湯升道從陑出其不意陑在河曲之南）」

（北京大学本、二二六頁・九条本、六〇七頁・内野本、六一〇頁・足利学校本、六一四頁・影天正本、六一七頁・上海図八行本、六二〇頁）

『所賚（來代反爾尚書曰予其大賚汝孔安國曰賚與也）』（巻十八、三十一表）

『勞賚（下來岱反孔注尚書云賚與也）』（巻五十三、三十七表）

『蒙賚（來大反孔注尚書賚与也）』（巻八十三、四十二表）

「予其大賚汝（賚與也）」（北京大学本、二二八頁）

「予亣大賚女（賚与也）」

（九条本、六〇八頁・内野本、六一二頁）

「予亣大賚汝（賚与也）」

（足利学校本、六一五頁・影天正本、六一八頁・上海図八行本、六二二頁）

『妻孥（下音奴尚書云子則孥戮汝也）』（巻九十四、八裏）

「予則孥戮汝」（北京大学本、二二八頁）

「子則孥𦔮女」（九条本、六〇八頁）

「子則孥𦔮（左に「戮」）女」

（内野本、六一二頁・上海図八行本、六二二頁）

「子則孥𦔮（左に「戮」）汝」

（足利学校本、六一五頁・影天正本、六一八頁）

『俘囚（妨愚反尚書俘厥寶玉孔安國曰俘取也）』（巻五十五、二十四表）

『俘虜（上撫無反孔注尚書云俘取也）』（巻六十、三十六表）

「俘厥寶玉（俘取也）」（北京大学本、二三二頁）
「俘丘琚玉（俘取也）」（九条本、六〇九頁）
「俘戎寶玉（俘取也）」
（内野本、六一三頁・上海図八行本、六二二頁）
「俘弍宝玉（俘取也）」
（足利学校本、六一六頁・影天正本、六一九頁）

仲虺之誥

『慙恥（上藏南反尚書唯慚德是也）』（巻八、二裏）
『慙愧（雑甘反尚書云惟有慙徳）』（巻三十二、二十八表）
『慙愧（雑甘反尚書云惟有慙徳）』（巻三十三、二十二表）
『三慚（雑甘反尚書云惟有慚徳）』（巻五十一、九表）
『阿難慙（下雑甘反尚書云惟有慙徳）』（巻五十四、四十四表）
『慙赧（上雑甘反尚書云唯有慙徳也）』（巻六十三、二十二表）
『慙愧（上雑甘反尚書云惟慙徳也）』（巻七十八、四表）
「惟有慙徳」（北京大学本、二三三頁）
「惟ナ慙悳」
（九条本、六三一頁・内野本、六三六頁・足利学校本、六四三頁・影天正本、六四八頁）
「惟有慙徳」（上海図八行本、六五三頁）
『不撟（几小反尚書撟誣上帝孔安國曰託天以行罪）』（巻五十五、三十七裏）
「矯誣上天（言託天以行虐於民）」（北京大学本、二三四頁）
「矯誣丄天（言託天以行虐於民）」
（九条本、六三二頁・内野本、六三八頁・足利学校本、六四四頁・影天正本、六四九頁・上海図八行本、六五四頁）
『爽塏（上霜兩反孔注尚書云爽明也）』（巻六十一、十七裏）
『儁爽（下霜兩反孔注尚書云爽明也）』（巻八十九、二九裏）
「帝用不臧式商受命用爽厥師（爽明也）」（北京大学本、二三四頁）
「帝用不臧式商受命用爽厥師（爽明也）」
（九条本、六三二頁・内野本、六三八頁・足利学校本、六四四頁・影天正本、六四九頁・上海図八行本、六五四頁）
『或名簡言詞（簡皆限反尚書曰詞尚簡要孔安注曰簡略也）』（巻二十一、三一裏）
「簡賢附勢寔繁有徒（簡略也）」
（北京大学本、二三四頁・足利学校本、六四五頁・影天正

本、六五〇頁・上海図八行本、六五四頁）

「柬賢附勢寔畨又徒（蕳略也）」（九条本、六三二頁）

「蕳賢附勢（孔伝を含め以下破損）」（内野本、六三八頁）

『稗莠（下由酒反尚書云若苗之有莠若粟之有秕是也）』（巻三十二、二十三裏）

『子莠（由酒反尚書云若苗之有莠）』（巻五十一、十二表）

『稗莠（下由酒反尚書云若苗之有莠也）』（巻六十六、三十七表）

「肇我邦予有夏若苗之有莠若粟之有秕」（北京大学本、二三四頁）

『占吝（下隣振反孔注尚書吝惜也）』（巻十六、二十七裏）

『慳吝（下隣鎮反孔註尚書悋惜也）』（巻二十四、三十二表）

『顧吝（下力陣反孔安國注尚書云吝惜也）』（巻七、二十四裏）

「徳懋懋官功懋懋賞用人惟己改過不吝（勉於徳者則勉之以官勉於功者則勉之以賞用人之言若自己出有過則改無所吝惜所以能成王業）」か。「吝惜也」、「悋惜也」の注無し。（北京大学本、二三五頁）

『宿殖（孔注尚書殖生也）』（巻二、二十八裏）

『植衆（承力反孔注尚書云植生也）』（巻四、二十表）

『殖多（時軄反孔注尚書云殖生也）』（巻五、二十五表）

「惟王不邇聲色不殖貨利（殖生也）」（北京大学本、二三五頁）

「殖生也」（九条本、六三三頁・内野本、六三七頁・足利学校本、六四五頁・影天正本、六五〇頁・上海図八行本、六五五頁）

『可穌（素租反孔注尚書息也）』（巻百、二十八表）

「攸徂之民室家相慶曰徯予后后來其蘇（湯所往之民皆喜曰待我君來其可蘇息）」（北京大学本、二三五頁）か。

『徳懋（莫侯反尚書云懋昭大徳是也）』（巻三十、三十六裏）

「王懋昭大徳」（北京大学本、二三七頁・足利学校本、六四六頁・影天正本、六五一頁・上海図八行本、六五六頁）

「王懋昭■（破損）徳」（内野本、六四一頁）

伊訓

『飲酣（古文作佄同胡甘反尚書酣歌于室孔安國曰樂酒曰酣）』（巻五十七、三十三裏）

「酣歌于室時謂巫風（樂酒曰酣）」（北京大学本、二四四頁）

「酣哥亐宮（左に「室扌」）（樂酒日酣）」（内野本、六九九頁）
「酣哥亐室（夈酒日酣）」
（足利学校本、七〇四頁・影天正本、七〇九頁）
「酣哥亐宮（眉上に「室」）（樂酒日酣）」
（上海図八行本、七一五頁）
『不徇（旬俊反尚書求也）』（巻三、七表）
『不徇（旬俊反尚書云徇于貨色孔安國曰徇求也）』（巻六、十二裏）
『不殉（旬俊反尚書殉于貨色注云殉求也）』（巻二十、二十七表）
『殉物（巡駿反孔注尚書云殉求也）』（巻八十四、六表）
『殉世（上旬俊反孔注尚書云求也）』（巻九十五、十七裏）
「敢有殉于貨色恒于遊畋時謂淫風（殉求也）」
（北京大学本、二四四頁）
「殉ナ貨色（殉求也（左に「扌无」））」（内野本、六九九頁）
「殉有亐貨色（殉求也）」
（足利学校本、七〇五頁・上海図八行本、七一五頁）
「彴亐貨色（殉求也）」（影天正本、七一〇頁）
『汪洋（下藥章反毛孔注尚書洋洋美善也）』（巻五十五、七表）
「聖謨洋洋嘉言孔彰（洋洋美善）」（北京大学本、二四六頁）
「聖暮彡〻嘉言孔彰（洋〻美善）」（内野本、七〇〇頁）
「聖謨洋々嘉言孔彰（洋々美善）」
（足利学校本、七〇五頁・影天正本、七一〇頁・上海図八行本、七一六頁）

太甲上

『以肅（思六反尚書冈弗祗肅孔安國曰肅嚴也）』（巻四十六、十二裏）
「罔不祗肅（肅嚴也）」（北京大学本、二四八頁）
「乜弗𡰥（左に「祗」）肅（肅嚴也）」（内野本、七三一頁）
「冈弗祗肅（肅嚴也）」（天理本、七三七頁）
「㠯弗𡰥（左に「祗」）肃（肃嚴也）」（足利学校本、七四二頁）
「㠯弗𡰥（左に「祗」）肃（肃嚴也）」（影天正本、七四六頁）
「乜弗𡰥肃（肃嚴也）」（上海図八行本、七五〇頁）
『稱機（下居依反孔氏注尚書云機弩牙也）』（巻四、二十三表）
『循機（下幾希反孔注尚書云弩牙也）』（巻十一、六裏）
『樞機（下居依反孔注尚書云機弩牙也）』（巻八十四、三十三表）

「若虞機張往省括于度則釋（機弩牙也）」
（北京大学本、二四九頁・内野本、七三三頁・天理本、七三九頁・上海図八行本、七五二頁）

「若虞機張往省括于度則釋（梲弩牙也）」
（足利学校本、七四四頁・影天正本、七四八頁）

『綜習（下尋入反尚書曰習與性成）』（巻六十五、三十六表）

「習與性成」（北京大学本、二五〇頁）

「習与性戚」（内野本、七三四頁・上海図八行本、七五二頁）

「習與性成」（天理本、七四〇頁）

「習与性戚（左に「成」）」（足利学校本、七四四頁）

「習与性成（眉上に「戚」）」（影天正本、七四八頁）

『狎習（古文庿書或作狹同胡甲反孔注尚書云狎近也狎傷也謂輕傷也經文從人作伊非也）』（巻九、三十七裏）

『狎下（上咸甲反孔注尚書狎近也）』（巻五十四、十表）

『桐宮（動東反孔注尚書云桐宮）』（巻九十七、三十六裏）

「予弗狎于弗順營于桐宮密邇先王其訓無俾世迷（狎近也）」
（北京大学本、二五〇頁・内野本、七三四頁・天理本、七四一頁・足利学校本、七四四頁・影天正本、七四八頁・上海図八行本、七五二頁）

太甲中

『縱汰（上足用反孔注尚書云放縱情欲也）』（巻八十四、十三表）

「欲敗度縱敗禮以速戻于厥躬（放縱情欲）」
（北京大学本、二五二頁・内野本、七六六頁・足利学校本、七七四頁・影天正本、七七七頁・上海図八行本、七八〇頁）

「放縱情慾」（天理本、七〇頁）

『妖蠥（下彦列反孔注尚書云蠥災也）』（巻三十一、五十表）

「天作孽猶可違自作孽不可逭（孽災）」
（北京大学本、二五二頁・内野本、七六六頁・足利学校本、七七四頁・影天正本、七七七頁・上海図八行本、七八〇頁）

「天作孽猶可違自作孽不可逭（孽灾）」（天理本、七七〇頁）

咸有一徳

『今享（籀文作亯同虚兩反尚書克享天心孔安國曰享當也經文作音響之響非也）』（巻七十五、四十七表）

「克亨天心受天明命（亨當也）」（北京大学本、二五七頁・内野本、八一七頁・天理本、八二三頁・足利学校本、八三二頁・影天正本、八三七頁・上海図八行本、八四二頁）

『寛陋（咸甲反尚書云無自廣以陋人也）』（巻七十二、十表）

「無自廣以狹人」（北京大学本、二六一頁）

「𠀤自廣㠯狹人」（内野本、八二〇頁）

「無自廣以狹人」（天理本、八二七頁・上海図八行本、八四四頁）

「無自廣㠯狹人」（足利学校本、八三四頁・影天正本、八三九頁）

『圮裂（上皮美反孔注尚書云圮毀也）』（巻六十三、二十裏）

「祖乙圮于耿（亶甲子圮於相遷於耿河水所毀曰圮）」か。「圮毀也」の注無し。（北京大学本、二六四頁）

盤庚上

『胥悦（上息余反孔注尚書云胥相也）』（巻八十八、五表）

「民咨胥怨（胥相也）」（北京大学本、二六五頁・内野本、八七七頁・足利学校本、八九八頁・影天正本、九〇五頁・上海図八行本、九一二頁）

「民咨胥怨（胥相也）」（元亨本、八八七頁）

『栽櫱（岸割反孔注尚書云顚仆之木而生曰櫱）』（巻七十七、十裏）

『梼株（尚書曰若顚木之有由櫱）』（巻八十二、三二裏）

「若顚木之有由蘖（如顚仆之木有用生蘖哉）」（北京大学本、二六八頁）

「若顚木之有由梼（如顚仆之木有用生櫱栽也）」（岩崎本、八六八頁）

「若顚木出ナ由■（破損）（如顚仆之木有用生櫱栽也（左に「扌无」））」（内野本、八七八頁）

「若顚木之有由㩓（如顚仆之木有用生櫱栽也（左に「扌无」））」（元亨本、八八九頁）

「若顚木之有由蘖（如顚仆之木有用生櫱栽也（左に「扌无」））」（足利学校本、八九九頁）

「若顚木之有由蘖（如顚仆之木有用生蘖哉也）」（影天正本、九〇六頁）

「若顚木之有由㩓（如顚仆之木有用生櫱栽也）」（上海図八行本、九一三頁）

阮元校勘記に「古本哉作裁山井鼎曰考疏古文似是」と。

『**箴規**（上執深反孔注尚書云箴猶規也）』（巻八十、三十九表）

「曰無或敢伏小人之攸箴（言無有故伏絕小人之所欲箴規上者戒朝臣）」か。「箴猶規也」の注無し（北京大学本、二七〇頁）。

「箴猶規也」の注無し（岩崎本、以下）。

『**紊指**（文糞反孔注尚書云若網在網有條而不紊）』（巻五十一、十二表）

『**紕紊**（下文憤反孔注尚書云紊亂也）』（巻四十九、三十二裏）

『**有紊**（下音問孔注尚書云紊亂也）』（巻六十二、十三表）

『**紊亂**（上音問尚書云若冈在綱有條而不紊孔安國曰紊猶亂也）』（巻六十四、三十一表）

『**紕紊**（下聞慍反孔注尚書紊乱也）』（巻八十三、三十六表）

『**已紊**（音問孔注尚書云紊亂也）』（巻八十八、二表）

『**紊典**（文奮反孔注尚書紊亂也）』（巻八十八、二十八裏）

『**紊亂**（上聞憤反孔注尚書云紊乱）』（巻九十三、二十裏）

『**紕紊**（下文奮反孔注尚書云紊猶亂也）』（巻八十、十八裏）

「若網在綱有條而不紊（紊亂也）」（北京大学本、二七二頁）

「若冈在綎又條而弗紊（紊乱）」（岩崎本、八七一頁）

「若網在網ナ條而弗紊（紊乱也）」（内野本、八八一頁）

「若冈（左に「網」）在綱（左に「網」）有條而弗紊（紊亂）」（元亨本、八九一頁）

「若網在網有條而不紊（紊乱也）」（足利学校本、九〇〇頁・影天正本、九〇七頁・上海図八行本、九一五頁）

『**磣毒**（下徒斛反孔注尚書毒害也）』（巻八、八裏）

「汝不和吉言于百姓惟汝自生毒（責公卿不能和喩百官是自生毒害）」か。

「毒害」の注無し。（北京大学本、二七三頁）

「毒害」の注無し。（岩崎本、以下）

『**九箴**（執任反孔注尚書云箴誨言也）』（巻八十六、四裏）

「相時憸民猶胥顧于箴言其發有逸口矧予制乃短長之命（言憸利小民尚相顧於箴誨恐其發動有過口之患況我制汝死生之命而汝不相教從我是不若小民）」か。「箴誨言也」の注無し。（北京大学本、二七三頁）

「箴誨言」の注無し。（岩崎本、以下全て）

『**原燎**（力召反尚書云若火之燎于原也）』（巻八十八、五表）

「若火之燎于原」（北京大学本、二七四頁・岩崎本、八七三頁・元亨本、八九四頁・足利学校本、九〇二頁・影天正本、九〇九頁）

「若火它燎丂原」（内野本、八八三頁）

「若火之燎丂原」（上海図八行本、九一七頁）

『**靖約**（上字井反孔注尚書云靖安也）』（巻五十、二十七表）

『**靖漠**（上晴井反孔注尚書靖謀也）』（巻七十八、三十裏）

「則惟汝衆自作弗靖非予有咎（靖謀也）」（北京大学本、二七四頁）

「靖謀也」（岩崎本、八七三頁・内野本、八八四頁・元亨本、八九四頁・足利学校本、九〇二頁・上海図八行本、九〇九頁）

盤庚中

『**劓鼻**（魚忌反孔注尚書云劓割也）』（巻八、三十四表）

『**刑劓**（宜器反孔註尚書云劓割也）』（巻二十四、二十七裏）

『**聵劓**（下疑器反孔注尚書云劓割也）』（巻二十八、十八表）

『**劓鼻**（疑器反孔注尚書云割也或從臬作劓）』（巻八十二、十六裏）

『**劓耳**（宜冀反孔注尚書云劓割也）』（巻十四、十二表）

『**劓其**（宜既反孔注尚書云劓割也）』（巻七十六、九表）

「我乃劓殄滅之無遺育無俾易種于茲新邑（劓割）」（北京大学本、二八五頁・内野本、九六九頁・足利学校本、九八四頁・影天正本、九九〇頁・上海図八行本、九九六頁）

「我乃劓殄滅之無遺育無俾易種于茲新邑（劓割）」（敦煌本（P.2516）、九四五頁・敦煌本（P.2643）、九五三頁・岩崎本、九六〇頁・元亨本、九七七頁）

盤庚下

『**宏敞**（上音横孔注尚書云宏大也）』（巻七十七、二十九表）

「各非敢違卜用宏茲賁（宏賁皆大也）」（北京大学本、二八九頁・内野本、一〇二七頁・足利学校本、一〇三五頁・影天正本、一〇三八頁・上海図八行本、一〇四〇頁）

「各非敢違卜用宏茲賁（宏賁大也）」（敦煌本（P.2516）、一〇一六頁・敦煌本（P.2643）、一〇二〇頁・岩崎本、一〇二三頁）

「各非敢違卜用宏茲賁（宏賁（左に「皆」）大也）」（元亨本、一〇三一頁）

説命上

『罣礙（下古文硋同五代反說文礙止也又作閡郭璞以爲古文礙字說文閡外閉也經文作㝵音都勒反案衛宏詔定古文字書礙得二字同體說文得取也尚書高宗夢得說是非此義也）』（巻二十、二十表）

『無礙（五代反古文硋同尚書高宗夢得說是也衛宏詔定古文官書云㝵得二字同體㝵非此用）』（巻二十七、十七裏）

「高宗夢得說」

（北京大学本、二九二頁・足利学校本、一〇七六頁・影天正本、一〇八〇頁・上海図圖八行本（一〇八三頁）

「高宗夢㝵說」

（敦煌本（P.2516）、一〇五一頁・敦煌本（P.2643）一〇五五頁・岩崎本、一〇五九頁・元亨本、一〇七〇頁）

「高宗夢得說（左に「本又作兊云悦」）」（内野本、一〇六四頁）

『所稟（彼錦反孔注尚書云稟受也）』（巻六、十三裏）

『稟性（彼錦反孔注尚書云稟受也）』（巻六、三十九表）

『稟性（彼錦反孔注尚書云稟受也）』（巻八、十表）

『親稟（彼錦反孔注尚書云稟受也）』（巻四十二、十七表）

『謂稟（鄙錦反孔注尚書云稟受也）』（巻四十七、六表）

『稟性（上彼錦反孔注尚書云稟受也）』（巻六十、三十一裏）

『稟仰（上彼錦反孔注尚書稟人所承受也）』（巻五十四、二十裏）

「王言惟作命不言臣下罔攸稟令（稟受）」但し、「稟人所承受也」の語は見えず。

（北京大学本、二九三頁・敦煌本（P.2643）一〇五六頁・岩崎本、一〇六〇頁・足利学校本一〇七一頁）

「王言惟作命不言臣下罔攸稟令（稟受）」（敦煌本（P.2516）、一〇五二頁）

「王言惟作命不言臣下罔攸稟令（稟受也（左に「扌无」））」（内野本、一〇六五頁）

「王言惟作命不言臣下罔攸稟令（稟受也）」

（足利学校本、一〇七六頁・影天正本、一〇八〇頁・上海図八行本、一〇八四頁）

『旁習（蒲黄反孔注尚書云四方旁求之也）』（巻九十七、三十八表）

「乃審厥象俾以形旁求于天下（審所夢之人刻其形象以四方旁求之於民間）」

（北京大学本、二九三頁）

「以四方旁求之於民間也」（敦煌本（P.2516）、一〇五二頁・岩崎本、一〇六〇頁・元亨本、一〇七二頁・足利学校本、一〇七七頁・影天正本、一〇八一頁・上海図八行本、一〇八五頁）

破損。（敦煌本（P.2643）、一〇五六頁）

「以四方旁求之於民間也（左に「扌无」）」（内野本、一〇六六頁）

『舟楫（尖葉反孔注尚書云若渡大水待舟楫也）』（巻三十一、二二裏）

「若濟巨川用汝作舟楫（渡大水待舟楫）」（北京大学本、二九四頁）

「若濟巨川用汝作舟楫（孔伝を欠く）」（敦煌本（P.2516）、一〇五三頁）

「若濟巨川用汝作舟楫（渡大水待舟楫也）」（敦煌本（P.2643）、一〇五七頁・岩崎本、一〇六一頁・足利学校本、一〇七七頁・影天正本、一〇八一頁）

「若濟巨川用汝作舟楫（渡大水得待舟檝（左に「楫イ」）也）（左に「扌无」）」（内野本、一〇六七頁）

「若濟巨川用汝作舟楫（度大水待舟檝也）」（元亨本、一〇七二頁）

「若濟巨川用汝作舟楫（渡大水待舟檝也）」（上海図八行本、一〇八五頁）

『沃朕（烏穀反尚書曰洛乃心沃朕心）』（巻十、二二表）

「啓乃心沃朕心」（北京大学本、二九四頁）

「启乃心滖朕心」（敦煌本（P.2516）、一〇五三頁）

「启乃心沃■（破損）心」（敦煌本（P.2643）、一〇五七頁）

「启乃心滖朕心」（岩崎本、一〇六一頁）

「启廼心沃般心」（内野本、一〇六七頁）

「启乃心沃朕心」（元亨本、一〇七三頁）

「啓廼心沃般（左に「朕」）心」（足利学校本、一〇七七頁）

「啓廼心沃般心」（影天正本、一〇八一頁）

「啓廼心沃朕心」（上海図八行本、一〇八五頁）

『瞑眩（上眠遍反尚書云若藥不瞑眩厥疾不瘳）』（巻七十五、三十三裏）

「若藥弗瞑眩厥疾弗瘳」（北京大学本、二九四頁）

「若藥弗矉眩氒疾弗瘳」（敦煌本（P.2516）、一〇五三頁）

「若藥（破損）氒疾弗瘳」（敦煌本（P.2643）、一〇五七頁）

「若藥弗瞋眩年疾不瘳」（岩崎本、一〇六一頁）

「若藥弗瞑眩𠂤疾弗瘳」（内野本、一〇六七頁）
「若藥弗瞋（左に「瞑」）眩厩疾弗瘳」（元亨本、一〇七三頁）
「若藥弗瞑眩厥疾弗瘳」
（足利学校本、一〇七七頁・影天正本、一〇八一頁）
「若藥弗瞑眩厥疾弗瘳」（上海図八行本、一〇八五頁）
『**準繩**（下食蠅反尚書曰繩愆糺格格其非心又曰木從繩則正君從諫則聖）』（巻十六、二十七裏）
『**絙繩**（下食仍反孔注尚書木從繩則正也）』（巻七十六、十九裏）
『**呵諫**（加鴈反尚書云后從諫則聖）』（巻六、三十四裏）
「説復于王曰惟木從繩則正后從諫則聖」
「繩愆糾謬格其非心」は「冏命」を參照。
「惟木刅繩則正后刅諫則聖」（北京大学本、二九五頁）
「惟木刅繩則正后刅諫則聖」（敦煌本（P.2516）、一〇五四頁）
「惟木刅繩則正后刅諫則聖」（敦煌本（P.2643）、一〇五七頁）
「惟木刅繩則正后刅諫則聖」（岩崎本、一〇六二頁）
「惟木刅繩則正后刅諫則聖」
「惟木從繩正后從諫則垩」（内野本、一〇六八頁・元亨本、一〇七四頁）
「惟木從繩正后從諫則垩」（足利学校本、一〇七八頁）
「惟木從繩正后從諫則垩」（影天正本、一〇八二頁）
「惟木從繩正后從諫則聖」（上海図八行本、一〇八五頁）
『**途跣**（下先典反尚書云若跣不視地厥足用傷）』（巻四十一、四十四裏）
『**跣行**（上先典反尚書云若跣不視地厥足用傷）』（巻八十一、十八裏）
「若跣弗視地厥足用傷」（北京大学本、二九五頁）
「若跣不眎地𠂤足用傷」（敦煌本（P.2516）、一〇五三頁）
「若跣弗眎地𠂤足用傷」
（敦煌本（P.2643）、一〇五七頁・内野本、一〇六七頁）
「若跣不眎地手足用傷」（岩崎本、一〇六一頁）
「若跣弗眎地厩足用傷」（元亨本、一〇七三頁）
「若跣弗視地厥足用傷」
（足利学校本、一〇七七頁・影天正本、一〇八一頁・上海図八行本、一〇八六頁）

説命中

『**醇化**（順倫反孔注尚書云醇粹也）』（巻十八、二表）

『純淑(時均反尚書政事唯純孔安國曰純粹也)』(卷四十六、六表)

『濞質(上順倫反孔注尚書云粹也)』(卷六十六、十一裏)

『醇澆(上垂淪反孔注尚書云醇粹也廣雅厚也説文云不澆也從酉臺聲臺音同上論作純音同義則非也)』(卷八十七、十五裏)

『清醇(下順綸反孔注尚書云醇粹也廣雅厚也説文從酉臺聲臺者純也)』(卷九十五、十三裏)

「政事惟醇(醇粹)」(北京大学本、二九九頁)

「政事惟醇(醇粹也)」

(敦煌本(P.2516)、一〇九九頁・敦煌本(P.2643)、一一〇三頁・岩崎本、一一〇七頁・内野本、一一一一頁)

「政事惟擘(醇粹也)」(元亨本、一一一五頁)

「政叓惟醇(醇粹)」

(足利学校本、一一一九頁・影天正本、一一二三頁)

「政叓惟醇(醇粹也)」(上海図八行本、一一二六頁)

『腴旨(上庾珠反孔注尚書云旨美也)』(卷九十二、八裏)

「王曰旨哉説乃言惟服(旨美也)」(北京大学本、二九九頁)

「王曰旨哉説乃言惟服(旨美也)」

(敦煌本(P.2516)、一〇九九頁・敦煌本(P.2643)、一一〇三頁・岩崎本、一一〇七頁・元亨本、一一一六頁)

「旨美也」

(内野本、一一一二頁・足利学校本、一一一九頁・影天正本、一一二三頁・上海図八行本、一一二七頁)

説命下

『麴蘖(上穹鞠反尚書云若作酒醴)』(卷六十六、十四裏)

『籟蘖(言列反尚書云若作酒醴)』(卷八十四、十九表)

『籟蘖(上芎鞠反下言竭反孔注尚書云酒醴須麴蘖以成也)』(卷九十七、十五裏)

「若作酒醴爾惟麴蘖(酒醴須麴蘖以成)」

(北京大学本、三〇〇頁・敦煌本(P.2516)、一一三七頁・敦煌本(P.2643)、一一四一頁・岩崎本、一一四五頁・内野本、一一五一頁・元亨本、一一五六頁・足利学校本、一一六一頁・影天正本、一一六五頁・上海図八行本、一一七〇頁)

『羹臛(上革行反考孔注尚書云羹須鹹醋以和之)』(卷五十三、十二表)

『羹膗(上音耕孔注尚書云以鹹醋以和曰羹)』(卷六十一、三十四裏)

「若作和羹爾惟鹽梅(鹽鹹梅醋羹須鹹醋以和之)」(北京大学本、三〇〇頁)

「鹽鹹梅醋羹須鹹醋以和之也」
（敦煌本（P.2516）、一一三七頁）
「鹽鹹梅酢羹須鹹酢以和之也」
（敦煌本（P.2643）、一一四一頁・岩崎本、一一四五頁・元亨本、一一五七頁・影天正本、一一六五頁）
「鹽鹹梅醋羹須鹹醋以和之」
（内野本、一一五一頁・上海図八行本、一一七〇頁）
「鹽鹹梅酢羹須鹹酢以和也之」（足利学校本、一一六一頁）
『學架（項角反孔注尚書云學教也）』（巻十八、三裏）
『倣斆（下爻教反孔注尚書云斆教也）』（巻三十九、二十裏）
『相斆（下双教反孔注尚書云斆教）』（巻七十九、六表）
「惟斆學半念終始典于學厥徳脩罔覺（斆教也）」
（北京大学本、三〇一頁）
「惟斆學半念終始典于學厥徳脩罔覺（學教也）」
（敦煌本（P.2516）、一一三八頁・敦煌本（P.2643）、一一四二頁・岩崎本、一一四七頁・内野本、一一五三頁・元亨本、一一五八頁・足利学校本、一一六二頁・影天正本、一一六六頁・上海図八行本、一一七一頁）

高宗肜日

『胄胤（下寅振反孔注尚書云胤猶嗣也）』（巻十九、十八裏）
『覺胤（引進反孔注尚書云胤嗣也）』（巻四十二、三十表）
「嗚呼王司敬民罔非天胤典祀無豐于昵（胤嗣）」
（北京大学本、三〇五頁・敦煌本（P.2516）、一一八五頁・敦煌本（P.2643）、一一八七頁・内野本、一一九二頁・元亨本、一一九五頁・足利学校本、一一九七頁・影天正本、一一九九頁・上海図八行本、一二〇一頁）

西伯戡黎

『罹咎（下求有反孔注尚書咎惡也）』（巻八十二、十五裏）
『愆咎（下音舊古字也孔注尚書云咎惡也）』（巻六十、三十七表）
『愆咎（下音舊古字也孔注尚書云咎惡也）』（巻六十、三十七表）
「殷始咎周（咎惡）」（北京大学本、三〇六頁）
「殷始咎周（咎惡也）」
（敦煌本（P.2516）、一二〇七頁・敦煌本（P.2643）、一二一〇頁・岩崎本、一二一三頁・元亨本、一二二〇頁・足利学校本、一二二三頁・影天正本、一二二六頁・上海図八行本、一二二九頁）

「殷始咎周（咎惡也（左に「扌无」））」　（内野本、一二一六頁）

『車乘（下食證反孔注尚書云乘勝也）』　（卷四、九表）

「周人乘黎（乘勝也）」

（北京大学本、三〇六頁・敦煌本（P.2516）、一二〇七頁・敦煌本（P.2643）、一二一〇頁・岩崎本、一二一三頁・内野本、一二一六頁・元亨本、一二二〇頁・足利学校本、一二二三頁・影天正本、一二二六頁・上海図八行本、一二二九頁）

『戡亂（坎含反孔注尚書戡亦勝也）』　（卷八十三、三十三裏）

『戡戩（上坎甘反尚書從今作戩孔注尚書云戡勝也）』　（卷八十五、十六表）

『戡翦（上坎甘反孔注尚書云戡勝也大傳云克也說文殺也今聲古文作勘論作戡俗通用字）』　（卷八十七、三十一表）

「作西伯戡黎（戡亦勝也）」

（北京大学本、三〇六頁・敦煌本（P.2516）、一二〇七頁・敦煌本（P.2643）、一二一〇頁・岩崎本、一二一三頁・内野本、一二一六頁・元亨本、一二二〇頁・足利学校本、一二二三頁・影天正本、一二二六頁・上海図八行本、一二二

九頁）

微子

『躭湎（下綿褊反孔注尚書云沉湎于酒過差失度也）』　（卷六十六、二十裏）

『耽氵（下綿褊反孔注尚書云湎躭酒過差失廣也）』　（卷六十八、二十三表）

「我用沈酗于酒用亂敗厥德于下（我紂也沈湎酗醬敗亂湯德於後世）」

「沉湎于酒過差失度也」或いは「湎躭酒過差失廣也」の文無し。　（北京大学本、三一〇頁）

『淪滯（上律均反孔注尚書云淪沒也）』　（卷十八、三裏）

『淪湑（上音倫孔注尚書云淪汲也）』　（卷八十九、二八表）

『淪湑（上音倫孔注尚書云淪沒也）』　（卷九十四、十九裏）

『沈淪（上直林反孔注尚書沈沒也下律唇反孔注尚書淪沒也）』　（卷五十一、三十八裏）

「今殷其淪喪若渉大水其無津涯（淪沒也）」

（北京大学本、三一〇頁・敦煌本（P.2516）、一二三九頁・敦煌本（P.2643）、一二四四頁・岩崎本、一二四九頁・内野本、一二五四頁・元亨本、一二六〇頁・足利学校本、一二六六頁・影天正本、一二七〇頁・上海図八行本、一二七四頁）

『**牲牷**（上所耕反下絶緣反孔安國注尚書云色純曰犧體完曰牷）』（巻九十九、十裏）

「今殷民乃攘竊神祇之犧牷牲用以容將食無災（色純曰犧體完曰牷）」（北京大学本、三一三頁・内野本、一二五四頁・足利学校本、一二六七頁・影天正本、一二七一頁）

「今殷民乃攘竊神祇之犧牷牲用以容將食無災（色純曰犧體兒曰全）」（敦煌本（P.2516）、一二四〇頁・敦煌本（P.2643）、一二四五頁）

「今殷民乃攘竊神祇之犧牷牲用以容將食無災（色純曰犧體兒曰全）」（岩崎本、一二五〇頁）

「今殷民乃攘竊神祇之犧牷牲用以容將食無災（色純曰犧體見曰全（左に「牛」を付け「牷」））」（元亨本、一二六二頁）

「今殷民乃攘竊神祇之犧牷牲用以容將食無災（色純曰犧躰完曰牷）」（上海図八行本、一二七五頁）

『**瘠病**（上情亦反孔注尚書云瘠病也）』（巻八十六、二十一裏）

「罪合于一多瘠罔詔（言殷民上下有罪皆合於一法紂故使民多瘠病而無詔救之者）」か。「瘠病也」の孔伝無し。（北京大学本、三一三頁）

泰誓上

『**池沼**（孔注尚書云停水曰池）』（巻一、三十二表）

『**池沼**（直离反孔安國注尚書云停水曰池）』（巻六、三十七表）

「惟宮室臺榭陂池侈服以殘害于爾萬姓（停水曰池）」（北京大学本、三二二頁）

判読不明。（神田本、一二八九頁）

「澤障曰陂停水曰池」（内野本、一二九四頁・上海図八行本、一三〇八頁）

「沢障曰陂停水曰池」（足利学校本、一三〇〇頁・影天正本、一三〇四頁）

『**悛改**（上音詮孔注尚書云悛亦改心）』（巻八十、二十五表）

『**不悛**（音銓孔注尚書云悛改也）』（巻八十七、五裏）

『**不悛**（下取宣反孔注尚書云悛改也）』（巻八十九、一裏）

『**不悛**（取緣反孔注尚書云悛改也）』（巻九十五、二十六表）

「惟受罔有悛心乃夷居弗事上帝神祇遺厥先宗廟弗祀（悛改也）」（北京大学本、三二三頁・内野本、一二九五頁・足利学校本、一三〇一頁・影天正本、一三〇五頁・上海図八行本、

一三〇九頁）

判読不能。　（神田本、一二八九頁）

『師範（上史緇反孔注尚書云立師以教之也）』　（巻三、十九表）

「天佑下民作之君作之師（為立師以教之）」

（北京大学本、三二三頁・内野本、一二九五頁・足利学校本、一三〇一頁・影天正本、一三〇五頁・上海図八行本、一三〇九頁）

「天佑下民作之君作之師（為立師以教）」（神田本、一二九〇頁）

泰誓中

『遍徇（又作徇同辭遵反尚書乃徇師而誓孔安國曰徇循也）』　（巻五十五、三十七表）

「王乃徇師而誓曰嗚呼西土有衆咸聽朕言（徇循也）」

（北京大学本、三二五頁）

「王廼徇師而誓（徇循也）」

（神田本、一三二五頁・上海図八行本、一三四三頁・内野本、一三三〇頁・足利学校本、一三三六頁・影天正本、一三四〇頁）

『投揚（下養章反孔注尚書云揚舉也）』　（巻二十、三裏）

『揄揚（下養章反孔注尚書云揚舉也）』　（巻六十七、六表）

「今朕必往我武惟揚侵于之疆（揚舉也）」　（北京大学本、三二九頁）

「今朕必往我武惟揚侵于之疆（揚舉也）」　（神田本、一三二七頁）

「今朕必往我武惟揚侵于之疆（揚挙也）」

（内野本、一三三三頁・足利学校本、一三三八頁・影天正本、一三四二頁・上海図八行本、一三四五頁）

『勗勉（許玉反尚書勗哉夫子孔安國曰勗厲也謂勉強也）』　（巻五十八、五十二裏）

「勗哉夫子（勗勉也）」　（北京大学本、三三〇頁）

「勖才夫子（勖勉也）」　（神田本、一三二七頁）

「勗才夫子（勗勉也）」

（内野本、一三三三頁・足利学校本、一三三八頁・影天正本、一三四二頁・上海図八行本、一三四六頁）

泰誓下

『屏除（上并茗反孔注尚書云屏亦除也）』　（巻二十九、十八裏）

「屏棄典刑囚奴正士（屏棄）」　（北京大学本、三三二頁・敦煌本（S.799）、一三五八頁・内野本、一三六四頁）
「屏棄典刑囚奴正士（屏弃）」　（神田本、一三六〇頁・足利学校本、一三六九頁・影天正本、一三七三頁・上海図八行本、一三七七頁）
『讎隙（上受周反尚書云撫我則后虐我則讎）』　（巻三十二、十裏）
『報讎（授周反尚書云虐我則讎）』　（巻四十五、二十六裏）
『怨讎（下受川反尚書云虐我則讎）』　（巻四十七、十四裏）
「撫我則后虐我則讎」　（北京大学本、三三二頁）
「攺我則右虐我則讎」　（敦煌本（S.799）、一三五八頁）
「汝我則后虐我則雔」　（神田本、一三六一頁）
「撫我則后虐我則讐（左に「讎」）」　（内野本、一三六五頁）
「撫我則后虐我則讎」　（足利学校本、一三七〇頁・影天正本、一三七四頁）
「撫我則后虐我則讐」　（上海図八行本、一三七八頁）
『滋潤（上子思反孔注尚書云滋長也）』　（巻二、十六裏）

『滋澤（上子斯反孔注尚書云滋長也）』　（巻十、四十二裏）
『滋蔓（上子慈反孔注尚書云滋益也）』　（巻十五、四裏）
『滋榮（子斯反孔注尚書云滋益也）』　（巻二十九、二十五裏）
『滋茂（上子慈反多也孔注尚書云滋益也）』　（巻三十二、二十四表）
「樹徳務滋除惡務本（立徳務滋長）」　（北京大学本、三三二頁・敦煌本（S.799）、一三五八頁・神田本、一三六一頁・内野本、一三六五頁・上海図八行本、一三七八頁）
「立徳務滋長」　（足利学校本、一三七〇頁）
「立悳務滋長」　（影天正本、一三七四頁）
『剛毅（魚既反孔安國注尚書云煞敵爲果致果爲毅也）』　（巻十七、三十五表）
『勇毅（牛既反尚書殺敵爲果致果爲毅）』　（巻五十二、十裏）
『猛毅（牛既反尚書尚由果毅孔安國曰殺敵爲果致果爲毅）』　（巻四十六、二十三裏）
「尚迪果毅（殺敵為果致果為毅）」　（北京大学本、三三二頁）
「尚迪果忍（殺敵為果致果為■（判読不能））」　（敦煌本（S.799）、一三五八頁）
「尚迪果忽（敦敵為果致果為毅）」　（神田本、一三六二頁）
「尚迪果毅（殺敵為果致果為毅）」　（内野本、一三六六頁・足利学校本、一三七〇頁・影天正

本、一三七四頁）

「尙迪果毅（殺敵為果致果為毅）」（上海図八行本、一三七八頁）

牧誓

『**虎賁**（上呼古反下博門反孔注尚書云虎賁勇士稱也若虎賁戰言其猛也）』（巻三十三、二十一表）

「虎賁三百人（勇士稱也若虎賁獸言其猛也）」（北京大学本、三三三頁）

「虎賁三百人（勇士稱若虎賁獸言其猛）」（敦煌本（S.799）、一三九〇頁）

「虎賁弎（左に「三」）百人（勇士稱也若虎賁獸言其猛也）」（神田本、一三九四頁）

「虎賁弎百人（勇士称也若虎賁獸言其猛也）」（内野本、一三九八頁・上海図八行本、一四一二頁）

「虎賁三百人（勇士称也若虎賁獸言其猛也）」（足利学校本、一四〇四頁・影天正本、一四〇八頁）

『**鉞斧**（袁厥反孔注尚書云鉞以黄金飾斧也）』（巻三十、三十四裏）

『**黄鉞**（下爰月反孔注尚書云以黄金飾斧也）』（巻八十五、二四表）

『**鉞斧**（上袁月反本正體作戉說文大斧也從戈レ聲レ音厥爲書寫人多誤濫於戊已字先賢故加金作鉞以別之也尚書云王左仗黄鉞）』（巻三十五、十八表）

「王左杖黄鉞右秉白旄以麾曰逖矣西土之人（鉞以黄金飾斧）」

「王左杖黄鉞右秉白旄以麾曰逖矣西土之人（越以黄金鈁斧也）」（北京大学本、三三五頁）

「王左杖黄鉞右秉白旄以麾曰逖矣西土之人（鉞以黄金鈁斧也）」（敦煌本（S.799）一三九〇頁）

「王左杖黄鉞右秉白旄以麾曰逖矣西土之人（鉞以黄金飾斧也（左に「扌无」））」（神田本、一三九四頁）

「王左杖黄鉞右秉白旄以麾曰逖矣西土之人（鉞以黄金飾斧也）」（内野本、一三九九頁）

（足利学校本、一四〇四頁・影天正本、一四〇八頁・上海図八行本、一四一三頁）

『**逖聽**（上汀歷反孔注尚書云逖遠也說文義同從辵狄聲古文從易作逿下汀性反）』（巻八十二、四表）

『**逖聽**（上汀歷反孔注尚書云逖遠也說文作逿從辵狄聲辵音丑略反）』（巻八十五、二三表）

『**逖聽**（上汀歷反孔注尚書云逖遠也說文從辵狄聲或作逿音訓同）』（巻九十一、二裏）

「王左杖黄鉞右秉白旄以麾曰逖矣西土之人（逖遠也）」（北京大学本、三三五頁）

「王左杖黄鉞右秉白旄以麾曰逿矣西土之人（逿遠）」（敦煌本（S.799）、一三九〇頁・神田本、一三九四頁）

「王左杖黄鉞右秉白旄以麾曰逿矣西土之人（逖遠也）」

（内野本、一三九九頁・上海図八行本、一四一三頁）

「王左杖黄鉞右秉白旄以麾曰逖矣西土之人（逖遠）」

（足利学校本、一四〇四頁・影天正本、一四〇八頁）

『軍旅（力擧反孔注尚書云旅衆也）』　（巻六、十八裏）

『潰旅（下力擧反孔注尚書云旅衆也）』　（巻十一、三表）

「亞旅師氏（旅衆也）」

（北京大学本、三三六頁・敦煌本（S.799）、一三九〇頁・神田本、一三九五頁・内野本、一三九九頁・足利学校本、一四〇五頁・影天正本、一四〇九頁・上海図八行本、一四一三頁）

『索了無所有（桑落反孔註尚書云索盡也）』　（巻二十四、十八裏）

「牝雞之晨惟家之索（索盡也）」

（北京大学本、三三七頁・敦煌本（S.799）、一三九〇頁・神田本、一三九五頁・内野本、一四〇〇頁・上海図八行本、一四一四頁）

「索尽也」

（足利学校本、一四〇五頁・影天正本、一四〇九頁）

『妲妃（單達反孔注尚書云妲己惑紂紂信用之也）』　（巻九十八、八表）

「今商王受惟婦言是用（妲己惑紂信用之）」

（北京大学本、（三三八頁）

「今商王受惟婦言是用（妲己或紂ゝ信用之）」

（敦煌本（S.799）、一三九一頁）

「今商王受惟婦言是用（妲己惑紂ゝ信用也）」

（神田本、一三九五頁・足利学校本、一四〇五頁・上海図八行本、一四一四頁）

「今商王受惟婦言是用（妲己惑紂ゝ■（破損）用也）」

（内野本、一四〇〇頁）

「今商王受惟婦言是用（妲己惑紂紂信用也（圏点を附し「之」））」

（影天正本、一四〇九頁）

『惛沉（上呼昆反孔注尚書惛亂也）』　（巻三、二裏）

『惛沈（上呼昆反孔注尚書云惛亂也）』　（巻六十六、七裏）

『泯弃（上民尹反孔注尚書云泯昏亂也）』　（巻八十六、二十四表）

『惛悶（上忽温反孔注尚書云惛亂也）』　（巻二十、十六表）

『惛戇（上昏悶反孔注尚書云亂也）』　（巻八十六、十九表）

『惛寐（上忽昆反孔註尚書惛亂也）』　（巻二十四、二十四裏）

『迷惛（音昏孔注尚書云惛乱也）』（巻五十七、九表）
『惛漠（上忽昆反孔注尚書云惛亂也）』（巻八十九、三表）
『不惛（忽昆反孔注尚書云惛亂也）』（巻九十、十一表）
「昏棄厥肆祀弗荅（昏亂）」（北京大学本、三三八頁）
「昏棄厥肆祀弗荅（昏乱）」
（敦煌本（S.799）、一三九一頁・神田本、一三九五頁・内野本、一四〇〇頁・足利学校本、一四〇五頁・影天正本、一四〇九頁・上海図八行本、一四一四頁）
『狎貔（下婢卑反尚書如虎如貔孔注云亦虎屬）』（巻七十五、三十二裏）
『如貔（鼻紕反孔注尚書云貔虎屬猛獸也貔俗字）』（巻九十八、二十九裏）
「如虎如貔（貔執夷虎屬也）」（北京大学本、三三九頁）
「如乕如貔（貔執夷虎屬）」（敦煌本（S.799）、一三九二頁）
「如乕如貔（貔執夷虎屬也）」（神田本、一三九六頁）
「如虎如貔（貔執夷虎屬也）」
（内野本、一四〇二頁・足利学校本、一四〇六頁・影天正本、一四一〇頁・上海図八行本、一四一五頁）

武成

『逋逸（補胡反孔注尚書云逋亡也）』（巻八十二、十四裏）
「爲天下逋逃主萃淵藪（逋亡也）」
（北京大学本、三四五頁・敦煌本（S.799）、一四二七頁・神田本、一四三三頁・内野本、一四三九頁・足利学校本、一四四七頁・影天正本、一四五三頁・上海図八行本、一四五九頁）
『戎貉（莫革反尚書云華夏蠻貉罔不率俾）』（巻八十四、十五裏）
「華夏蠻貊罔不率俾」（北京大学本、三四六頁）
「華夏蠻貊㐌弗𢈔卑」（敦煌本（S.799）（一四二八頁）
「華夏蠻貊它弝𢈔卑」（神田本、一四三四頁）
「華夏蠻貊㐌弗衞（左に「率」）俾」（内野本（一四三九頁）
「華夏蠻貊罔弗𠅘（左に「率」）俾」（足利学校本、一四四七頁）
「華夏蠻貊罔弗率俾」（影天正本、一四五三頁）
「華夏蠻貊㐌弗衞俾」（上海図八行本、一四五九頁）
『羞赧（上秀由反孔注尚書云羞辱也）』（巻六十二、十一裏）

「惟爾有神尚克相予以濟兆民無作神羞（神庶幾助我渡民危害無為神羞辱）」か「羞辱也」の注は不明。　（北京大学本、三四六頁）

『式閭（升力反孔注尚書云商容賢人紂所貶退武王式其閭巷以禮賢也）』　（巻九十七、三十五表）

「釋箕子囚封比干墓式商容閭（商容賢人紂所貶退式其閭巷以禮賢）」　（北京大学本、三四八頁）

「商容賢人紂所貶退式其閭巷以礼賢也」　（敦煌本（S.799）、一四二九頁）

「商容賢人紂所貶退式其閭巷以礼賢」

（内野本、一四四二頁・足利学校本、一四四八頁・影天正本、一四五四頁・上海図八行本、一四六〇頁）

洪範

『洪音（戸公反孔注尚書洪大也）』　（巻十、十六表）

『洪澍（上胡籠反孔注尚書洪大也）』　（巻四十一、十五表）

『洪光（上音紅孔注尚書云洪大也）』　（巻七十九、十七裏）

『洪濤（上斛公反孔注尚書洪大也）』　（巻八十三、七裏）

「洪範（洪大）」

（北京大学本、三五二頁・島田本、一四七七頁・内野本、一四九八頁・足利学校本、一五一六頁・影天正本、一五二八頁・上海図八行本、一五四〇頁）

『彝章（以脂反尚書彝倫攸敘是也）』　（巻八十八、二十四表）

「我不知其彝倫攸敘」　（北京大学本、三五二頁）

「彝倫逌（左に「攸」）叙」　（島田本、一四七八頁）

「彝倫逌斁」　（内野本、一四九九頁）

「彝倫攸叙」　（足利学校本、一五一七頁）

「彝倫攸斁」

（影天正本、一五二九頁・上海図八行本、一五四一頁）

『疇匹（直留反孔注尚書云疇類也）』　（巻十七、四裏）

『疇匹（上直留反孔注尚書疇類也）』　（巻四十五、二十六表）

「帝乃震怒不畀洪範九疇彝倫攸斁（疇類也）」

（北京大学本、三五三頁・島田本、一四七九頁・内野本、一四九九頁・足利学校本、一五一七頁・影天正本、一五二九頁・上海図八行本、一五四一頁）

『寧堙（印隣反孔注尚書堙塞也）』　（巻八十一、三十七裏）

『堙方輿（上一真反孔注尚書堙塞也古今正字從土垔聲或作此垔音上同）』　（巻八十三、二十六裏）

『陻山（壹隣反孔注尚書云陻塞也字書下作堙或作堙）』（巻九十四、三十三表）
『堙心（一隣反孔注尚書云堙塞也或作堙）』（巻九十九、十八表）
「箕子乃言曰我聞在昔鯀陻洪水汨陳其五行（陻塞）」
（北京大学本、三五三頁・島田本、一四七八頁・内野本、一四九九頁・足利学校本、一五一六頁・影天正本、一五二八頁・上海図八行本、一五四一頁）

『潤滑（上如順反尚書水曰潤下潤下作鹹鹹音咸）』（巻四、十一裏）
『鹹鹵（上遐巖反尚書洪範云潤下作鹹）』（巻八、四十三表）
『潤洽（如順反尚書水曰潤下）』（巻十一、三十裏）
『鹹鰜（上匣緘反尚書潤下作鹹）』（巻三十六、九裏）
『鹹鹵（上音咸孔注尚書云潤下作鹹）』（巻六十一、七裏）
「水曰潤下」「潤下作鹹」
（北京大学本、三五七頁・足利学校本、一五一八頁・影天正本、一五三〇頁・上海図八行本、一五四二頁）
「水曰潤丅」「潤丅作鹹」（内野本、一五〇一頁）
『狀貌（下茅豹反尚書五事一曰貌孔注容儀也）』（巻四、三表）
『何貌（茅豹反尚書洪範云一曰貌孔云容儀也或作額古字也）』（巻五、二十五表）

「一曰貌（容儀）」
（北京大学本、三五九頁・足利学校本、一五一八頁・影天正本、一五三〇頁・上海図八行本、一五四二頁）
「一曰皃（左に「本作顔」）（容儀）」（内野本、一五〇一頁）

『能聽（下體勁反尚書五事四曰聽孔氏云察是非也）』（巻四、二十四裏）
『願聽（體經反孔注尚書云聽察是非也）』（巻二十、十一表）
『聽我（剔丁反孔注尚書云察是非也）』（巻二十八、三十六裏）
「四曰聽（察是非）」（北京大学本、三五九頁）
「三曰聴（察是非也（左に「扌无」））」（内野本、一五〇二頁）
「四曰聽（察是非也）」
（足利学校本、一五一八頁・影天正本、一五三〇頁）
「三曰聽（察是非也）」（上海図八行本、一五四三頁）
『聰黠（上倉紅反尚書聽曰聰必微諦又曰聰作謀所謀必成經中從悤作聡俗字也）』（巻十六、十裏）
『聰叡（上麁公反尚書云聽曰聰也下悦惠反尚書云叡作聖也孔注云叡智也）』（巻六十六、十五裏）
「叡智也」の注不明。
『聰叡（上蒼紅反尚書云聽曰聰又作哲下悦惠反尚書云叡作聖）』（巻七十二、二裏）
『憎叡（營桂反沙門也孔注尚書云叡智也）』（巻八十九、六裏）

『**聰叡**（上倉紅反律文從公作聡俗字也尚書云聽曰聰孔安國云耳聽明審也）』（巻六十二、十四表）

「耳聽明審也」の文不明。

『**聰喆**（上倉公反孔注尚書聰明也）』（巻七十九、二二裏）

「聽曰聰（必微諦）」（北京大学本、三五九頁）

「聽曰聰（必微諦也）」（島田本、一四八〇頁・足利学校本、一五一八頁・影天正本、一五三〇頁・上海図八行本、一五四三頁）

「聴曰聰（必微諦也（左に「扌无」））」（内野本、一五〇二頁）

『**先哲**（下展裂反孔注尚書云哲照了也說文亦智也從口折聲字或作悊亦作喆音義並同）』（巻二十九、三十五裏）

『**明喆**（下展列反孔注尚書云喆了也通作哲亦作誁悊古作喆古今正字從並吉）』（巻三十二、十八裏）

「明作哲（照了）」（北京大学本、三五九頁）

「明作■（破損）」（島田本、一四八〇頁）

「明作哲（炤了）」（内野本、一五〇二頁・足利学校本、一五一八頁・影天正本、一五三〇頁・上海図八行本、一五四三頁）

『**叡達**（上悦歳反孔注尚書云叡必通於術也）』（巻三十二、二十裏）

『**英叡**（悦歳反尚書云五事思心曰叡孔安國曰叡必通於術）』（巻四十七、三十八表）

『**叡通**（以贅反孔注尚書叡必通於術）』（巻七十六、十八裏）

「思曰睿（必通於微）」（北京大学本、三五九頁・足利学校本、一五一八頁・影天正本、一五三〇頁・上海図八行本、一五四三頁）

「思曰叡（左に「睿」）（必通於微也）」（島田本、一四八〇頁）

「恖曰睿（必通於微）」（内野本、一五〇二頁）

『**聰叡**（上音恖尚書聖也）』（巻三、四裏）

『**聰叡**（下營惠反尚書云叡作聖）』（巻六十七、十三表）

『**叡想**（悦歳反孔注尚書聖也說文從𣦼從目從谷省聲古文作睿籒文作壡集文作叡非𣦼音在安反）』（巻八十八、二十五表）

『**聰叡**（下悦惠反洪範曰叡作聖）』（巻六十、二十裏）

『**聰叡**（下悦慧反尚書云叡聖也又云必通於術也說文從𣦼目從谷省聲𣦼音才安反經作叡誤也）』（巻五十一、三十四表）

「睿作聖」（北京大学本、三五九頁）

「叡作聖」（島田本、一四八一頁）

「睿作聖」（内野本、一五〇二頁）

「睿作垩」

（足利学校本、一五一八頁・影天正本、一五三〇頁）
「睿作聖」（上海図八行本、一五四三頁）
巻五十一に見える「叡聖也」の注無し。或いは
「思曰睿」の注にありか。

『惇肅（下嵩育反孔注尚書云肅敬也嚴也）』（巻四、十一裏）
『惇肅（下嵩育反孔注尚書云肅敬也嚴也）』（巻六、四表）
『肅然（上修育反孔注尚書云肅敬也又曰肅嚴也）』（巻三十四、三十表）
『威肅（星育反禮記云肅戒也尚書孔安國注云肅敬也）』（巻五、十五表）
『威肅（相昱反孔注尚書云肅悚敬也又云嚴整）』（巻六、十八表）
「恭作肅（心敬）」か。「肅敬也」の注不明。（北京大学本、三五九頁）
『纂曆（下力的反孔注尚書云節氣之度也）』（巻十、二八裏）
「五曰歷數（歷數節氣之度）」（北京大学本、三六二頁）
「又曰厤數（厤數）節氣之度」（島田本、一四八二頁）
「五曰曆數（曆數）節氣之度」（内野本、一五〇三頁）
「五曰曆數（々々節氣之度）」（足利学校本、一五一九頁）
「五曰曆數（曆數節氣之度）」

（影天正本、一五三二頁・上海図八行本、一五四四頁）
『煢悸（古文惸傑二形同巨營反孔註尚書云煢單也）』（巻四十四、三十四裏）
『煢獨（古文惸傑二形同渠營反尚書無虐煢獨孔安國曰煢單也謂無所依也獨無子曰獨也）』（巻五十六、三十五裏）
『煢嫈（上揆營反孔注尚書云煢單也）』（巻八十七、三十裏）
『煢煢（葵營反孔注尚書云煢單也）』（巻九十二、十二表）
『煢煢（葵營反音瓊孔注尚書云煢單也）』（巻九十四、十一表）
『煢獨（上葵營反孔注尚書犖單也）』（巻八十三、十一表）
『惸獨（上葵營反孔注尚書云惸單也）』（巻三十、十七表）
『惸惸（葵營反孔注尚書曰㝕單也謂無兄弟曰㝕也無子曰獨）』（巻三十三、二十四表）
『孤惸（下葵營反亦正體字也下從子字意也古文從卂作㷀孔注尚書云惸單也）』（巻六十一、六表）
『煢煢（葵營反考聲㷀孤也孔注尚書單也）』（巻百、三十表）
「無虐煢獨而畏高明（煢單無兄弟也無子曰獨）」（北京大学本、三六五頁）
「■（不明）虐惸獨而畏高明（惸單無兄弟也無子曰獨）」（島田本、一四八五頁）
「亡虐煢獨而畏高明（煢單無兄弟也無子曰獨）」
（内野本、一五〇五頁・足利学校本、一五二〇頁）
「亡（右に「無」）虐煢独而畏高明（煢單无兄弟也无子曰独）」

「亡虐惸獨而畏高明（惸單無兄弟也無子曰獨）」（上海図八行本、一五四五頁）

『偏黨（上匹綿反孔注尚書云偏坡不平也）』（巻二十九、六表）

『偏袒（上疋綿反孔注尚書云偏不平也）』（巻三十一、三十七表）

「無偏無陂遵王之義（偏不平）」（北京大学本、三六八頁・島田本、一四八六頁・内野本、一五〇六頁・足利学校本、一五二一頁・影天正本、一五三三頁・上海図八行本、一五四六頁）

『蕃息（輔表反尚書庶草蕃蕪孔安國曰蕃滋也謂滋多也）』（巻四十六、六表）

「庶草蕃廡（蕃滋）」（北京大学本、三七七頁・足利学校本、一五二四頁・上海図八行本、一五五〇頁）

「庶草畨庑（番滋）」（島田本、一四九一頁）

「庶屮蕃庑（蕃滋）」（内野本、一五一二頁）

「庶草蕃無（蕃滋）」（影天正本、一五三六頁）

『他惡（烏各反孔注尚書云惡醜陋也）』（巻二、十二表）

「五曰惡（醜陋）」（北京大学本、三八三頁・内野本、一五一五頁・足利学校本、一五二七頁・影天正本、一五三九頁・上海図八行本、一五五二頁）

「五曰惡（醜陋也）」（島田本、一四九六頁）

『怯弱（下穰灼反孔注尚書云尫劣也）』（巻四、十二裏）

『怯弱（下穰斫反孔注尚書尫劣也）』（巻十一、三十二表）

『怯弱（下穰灼反孔注尚書云弱尫劣也）』（巻三十三、三十四表）

『怯弱（如斫反尚書六極曰弱孔安國曰弱尪劣也經文作愵奴的反思也傷也愵非此義也）』（巻三十四、四十八裏）

『弱齡（上而灼反孔注尚書弱尪劣也）』（巻六十四、三十五表）

「六曰弱（尫劣）」（北京大学本、三八三頁・内野本、一五一五頁・足利学校本、一五二七頁・影天正本、一五三九頁・上海図八行本、一五五二頁）

「六曰蒻（尫劣）」（島田本、一四九六頁）

旅獒

『**寶玩**（五灌反孔注尚書云玩戲弄物也）』（巻二、六表）

『**玩味不忘**（玩字正宜作忨注左傳曰忨貪也經木作玩者誤也案孔安國注尚書云玩戲貪弄忨即是愛樂之意也）』（巻二十二、四十一裏）

「玩人喪徳玩物喪志（以人為戲弄則喪其徳以器物為戲弄則喪其志）」か。「玩戲弄物也」「玩戲貪弄」の孔傳無し。

（北京大学本、三八九頁）

『**障累**（下壘墜反考孔注尚書云輕忽小罪而積害毀大也）』（巻十、四十表）

「不矜細行終累大徳（輕忽小物積害毀大）」

（北京大学本、三九一頁・島田本、一五八六頁・内野本、一五九二頁・足利学校本、一五九六頁・影天正本、一六〇〇頁・上海図八行本、一六〇四頁）

『**諸仞**（音刃孔注尚書八尺曰仞）』（巻十一、四十表）

「為山九仞功虧一簣（八尺曰仞）」

（北京大学本、三九一頁・島田本、一五八六頁・内野本、一五九二頁・足利学校本、一五九六頁・影天正本、一六〇〇頁・上海図八行本、一六〇四頁）

金縢

『**病悆**（余恕反尚書云有疾不悆孔曰不悅豫也）』（巻六、三十表）

「王有疾弗豫（不悅豫）」（北京大学本、三九三頁）

「王ナ疾弗悆（不説豫之也）」（内野本、一六二一頁）

「王有疾弗豫（不悅豫之也）」

（足利学校本、一六三〇頁・影天正本、一六三八頁）

「王有疾弗豫（不説豫之也）」（上海図八行本、一六四二頁）

『**親戚**（清亦反孔注尚書云戚近也）』（巻七十七、六裏）

「二公曰我其為王穆卜周公曰未可以戚我先王（戚近也）」

（北京大学本、三九三頁・内野本、一六二二頁・足利学校本、一六三〇頁・影天正本、一六三六頁・上海図八行本、一六四二頁）

『**壇墠形**（墠常演反尚書曰爲三壇同墠孔注曰築土為壇除地爲墠）』（巻二十一、二十四裏）

『**壇墠**（上堂丹反下蟬闡反孔注尚書云築土爲壇除地爲墠）』（巻九十六、十二表）

『**祧墠**（上眺彫反下禪闡反孔注尚書云築土爲壇除地曰墠）』（巻九十八、十四裏）

「爲三壇同墠（壇築土墠除地大除地於中爲三壇）」

（北京大学本、三九三頁・足利学校本、一六三〇頁・影天

正本、一六三六頁・上海図八行本、一六四二頁）

「爲弍壇同墠（壇築土墠除地大除地於中爲三壇）」（内野本、一六二二頁）

『植衆（承鱵反孔注尙書云置也）』（巻二、十六裏）

『植之（承織反孔注尙書云植置也）』（巻十七、十五表）

『植種（上乗力反孔注尙書植置也下鍾勇反孔注尙書云種布也）』（巻三十四、二十一裏）

「下鍾勇反孔注尙書云種布也」は「大禹謨」を参照。

「植璧秉珪乃告大王王季文王（植置也）」

（北京大学本、三九三頁・内野本、一六二二頁・足利学校本、一六三一頁・影天正本、一六三七頁・上海図八行本、一六四三頁）

『於某（莫補反又莫厚反尙書尒元孫某孔安國某名也臣諱君故曰某名凡不知名皆云某）』（巻二十七、四十一表）

「爾元孫某（某名臣諱君故曰某）」（北京大学本、三九五頁）

「尒元孫某（某名臣諱君故曰某）」（内野本、一六二三頁・足利学校本、一六三一頁・影天正本、一六三七頁・上海図八行本、一六四三頁）

『得瘳（勅留反孔注尙書差也）』（巻十一、三十六表）

『瘳愈（上丑留反孔注尙書云瘳羌也）』（巻十五、三十八表）

『瘳愈（勅流反瘳差也尙書翌日乃瘳是也）』（巻三十二、十六裏）

『瘡瘳（勅流反尙書王翌日乃瘳瘳猶差也愈也）』（巻三十三、八表）

『瘳降（勅流反瘳差也愈也尙書王翌日乃瘳是也）』（巻四十九、二十五表）

『瘳損（勅流反尙書王翌日乃瘳瘳猶差也亦愈也）』（巻五十二、五十一裏）

『病瘳（恥留反尙書王翌日乃瘳差也愈也）』（巻五十四、十二裏）

『瘳愈（上丑周反孔注尙書云瘳差也）』（巻六十三、二十六裏）

『疾瘳（下丑由反孔注尙書云瘳差也）』（巻八十六、二十裏）

『即瘳（下勅留反孔注尙書云瘳差也）』（巻九十、四表）

「公歸乃納冊于金縢之匱中王翼日乃瘳（瘳差也）」

（北京大学本、三九七頁・足利学校本、一六三三頁・影天正本、一六三九頁）

破損にて不明。（島田本、一六一九頁）

「公歸乃納冊于金縢之匱中王翼日乃瘳（瘳差）」（内野本、一六二六頁・上海図八行本、一六四五頁）

『僮孺（下如喩反孔注尙書稚子也）』（巻三十四、三十裏）

「曰公將不利於孺子（三叔以周公大聖有次立之勢遂生流言孺稚也稚子成王）」か。「孺

稚子」の孔伝無し。　（北京大学本、三九九頁）

『嗤誚（下樵曜反孔注尚書云誚讓也）』　（巻四十、二十八表）

『誚言（樵笑反孔注尚書誚讓也）』　（巻六十八、二十一表）

『嗤誚（下樵笑反孔注尚書誚讓也或作譙也）』　（巻六十九、三三裏）

『嫌誚（下樵曜反孔注尚書云誚讓也）』　（巻九十四、四表）

『誚劇（上字書正從言作譙與樵同音孔注尚書云誚猶讓也）』　（巻八十、三十九表）

「于後公乃為詩以貽王名之曰鴟鴞王亦未敢誚公（成王信流言而疑周公故周公既誅三監而作詩解所以宜誅之意以遺王王猶未悟故欲讓公而未敢）」か。「誚讓也」の注無し。　（北京大学本、三九九頁）

『鉆拔（下辦八反尚書云大木斯拔）』　（巻六十二、十七表）

「大木斯拔」

（北京大学本、四〇〇頁・足利学校本、一六三四頁・影天正本、一六四〇頁・上海図八行本、一六四六頁）

「大木斨粄」　（内野本、一六二七頁）

大誥

『拯濟（孔注尚書云濟渡也）』　（巻一、四十四裏）

『拔濟（下精曳反孔注尚書云濟渡也）』　（巻七、十四裏）

『拯濟（下子細反孔注尚書云濟猶渡也）』　（巻三十、三十三裏）

『拯濟（下賫計反孔注尚書云濟渡也）』　（巻三十二、四十裏）

『拯濟（下精細反孔注尚書云濟救渡也）』　（巻五十七、四十裏）

『廣滲（賫計反孔注尚書云濟渡也）』　（巻七十七、三十六表）

『命濟（下節計反孔注尚書云濟猶渡也）』　（巻八十九、十四表）

「已予惟小子若涉淵水予惟往求朕攸濟（已發端歎辭也我惟小子承先人之業若涉淵水往求我所以濟渡言祇懼）」か。「濟渡也」の孔伝無し。　（北京大学本、四〇五頁）

『瑕疵（下疾移反孔注尚書疵病也）』　（巻十二、五表）

『瑕疵（下自資反孔注尚書云疵病也）』　（巻三十、二十七裏）

『癡疵（下字移反孔注尚書云疵病也）』　（巻三十二、十八裏）

『瑕疵（下自茲反孔注尚書云疵病也）』　（巻三十三、三十九裏）

『瘕疵（下漬茲反孔注尚書疵亦病也）』　（巻四十七、二十裏）

『瑕疵（下自資反孔注尚書云疵病也）』　（巻三十、二十七裏）

「天降威知我國有疵（天下威謂三叔流言故祿父知我周國有疵病）」か。「疵病也」の注無し。　（北京大学本、四〇七頁）

『馭宇（魚據反孔注尙書云御治也說文從馬又聲馭是古文字今或作御從彳御聲御音昔夜反也）』（巻三十、三十六裏）

「肆予告我友邦君越尹氏庶士御事（以美故告我友國諸侯及於正官尹氏卿大夫衆士御治事者言謀及之）」か。「御治也」の孔伝無し。（北京大学本、四〇九頁）

『閟彩（上悲媚反孔注尙書云閟愼也或從比作毖訓義同也）』（巻六十、五十二裏）

『閟於（鄙冀反孔注尙書云閟愼也韻英云閉也從門從毖省聲也）』（巻八十二、三六裏）

『九閟（筆媚反孔注尙書云閟愼也）』（巻八十四、三十四裏）

「天閟毖我成功所予不敢不極卒寧王圖事（閟愼也）」（北京大学本、四一二頁・内野本、一六七七頁・足利学校本、一六八七頁・影天正本、一六九五頁・上海図八行本、一七〇四頁）

微子之命

『廣長（上古晃反孔注尙書云廣大也）』（巻三十四、八表）

「嗚呼乃祖成湯克齊聖徳廣淵（言汝祖成湯能徳齊聖達廣大）」か。「廣大也」の注無し。（北京大学本、四一八頁）

『姤裔（下盈制反孔注尙書云裔末也）』（巻三十九、十二裏）

『南裔（下延曀反孔注尙書云裔末也）』（巻九十三、二十一裏）

『苗裔（以制反孔注尙書裔來也）』（巻七十四、八表）

『苗裔（下移祭反尙書云德垂後裔）』（巻五十四、三十九裏）

「徳垂後裔（裔末也）」（北京大学本、四一九頁）

「悳垂後裔（裔末也）」（島田本、一七二九頁）

「悳巫後裔（裔末也）」（内野本、一七三三頁）

「德垂後裔（裔末也）」（足利学校本、一七三八頁）

「德垂後裔（裔末也）」（影天正本、一七四一頁）

「德垂後裔（裔末也）」（上海図八行本、一七四五頁）

康誥

『失魄（下普伯反尙書云哉生魄孔注云魄生明死也又曰始生魄月十六日也）』（巻十八、三表）

「哉生魄（始生魄月十六日明消而魄生）」、但し「魄生明死也」の孔伝無し。（北京大学本、四二三頁）

「才（左に「哉」）生魄（始生魄月十六日明消而魄生）」（内野本、一七六二頁・上海図八行本、一八〇二頁）

「哉生魄（始生魄月十六日明消而魄生）」（足利学校本、一七八〇頁・影天正本、一七九一頁）

『身冐（毛報反尙書冐聞于上帝）』（巻十六、三十八裏）

「我西土惟時怙冐聞于上帝帝休」（北京大学本、四二五頁）

「冐耇于上帝」（内野本、一七六四頁・上海図八行本、一八〇四頁）

「冐耇亐上帝」（足利学校本、一七八一頁・影天正本、一七九二頁）

『消殪（古文作⿱歹壹同於計反尙書殪戎殷注云殪煞也亦盡也）』（巻三十四、四十五表）

『殪入（古文作⿱歹壹同於計反尙書殪戎殷孔安國曰殪殺也亦盡也）』（巻五十五、十六表）

『自殪（翳計反孔注尙書云殪殺也）』（巻八十二、三三表）

『傷殪（於計反孔注尙書云殪殺也）』（巻八十五、二四表）

「天乃大命文王殪戎殷誕受厥命（天美文王乃大命之殺兵殷大受其王命謂三分天下有其二以授武王）」―「殪殺也亦盡也」は不明。

（北京大学本、四二五頁・内野本、一七六四頁・足利学校本、一七八一頁・影天正本、一七九二頁・上海図八行本、一八〇四頁）

『聅耳（而志反孔注尙書云聅截耳也）』（巻四十一、三十五裏）

『劓鼻（宜器反孔注尙書云聅截耳劓餓脾也）』（巻四十五、三一表）

『聅耳（上音而志反孔注尙書云聅截耳也）』（巻四十五、三一表）

『便聅（下而志反孔注尙書云聅截耳也）』（巻九十二、二十七裏）

『劓聅（上宜器反孔注尙書云劓截鼻也說文云劓肤鼻也從刀臬聲肤音決臬音藝字書與尙書皆臬聲劓俗通用音同上下音餌孔注尙書云聅截耳也說文聅斷耳也從刀從耳聲也）』（巻九十四、三十一裏）

『刖聅（下如志反孔注尙書云聅謂截耳也）』（巻九十九、十三裏）

『劓鼻（亘器反孔注尙書云劓截鼻也）』（巻四十一、三十五裏）

『黥劓（下疑器反孔注尙書云亦割鼻也）』（巻八十六、十八裏）

「非汝封又曰劓聅人（劓截鼻聅截耳）」

（北京大学本、四三〇頁・内野本、一七六九頁・足利学校本、一七八四頁・影天正本、一七九五頁・上海図八行本、一八〇七頁）

『聅劓（讓記反尙書無或劓聅人也孔注云劓割鼻也聅截耳也）』（巻五十八、十裏）

「無或劓聅人」「非汝封又曰劓聅人（劓截鼻聅截耳）」（北京大学本、四三〇頁）

「亡或劓聅人」（内野本、一七六九頁）

「亡（左に「无」）或劓聅人」

（足利学校本、一七八四頁・影天正本、一七九五頁）

「亡（左に「無ｵ」）或劓聅人」

（上海図八行本、一八〇七頁）

酒誥

『**純淋**（上常倫反孔注尚書云純一之行也）』（巻十二、一表）

『**淳備**（上常倫反孔注尚書云淳一之行也）』（巻十二、十四裏）

「妹土嗣爾股肱純其藝黍稷奔走事厥考厥長（今往當使妹土之人繼汝股肱之教為純一之行）」

（北京大学本、四四四頁・内野本、一八五二頁・足利学校本、一八六五頁・影天正本、一八七五頁・上海図八行本、一八八三頁）

「純壹之行」（九条本、一八四三頁）

『**不腆**（下天典反孔注尚書云腆厚也）』（巻七十八、二十六裏）

「厥父母慶自洗腆致用酒（其父母善子之行子乃自蠲厚致用酒養也）」（北京大学本、四四四頁）

「不腆于酒（我文王在西土輔訓往日國君及御治事者下民子孫皆庶幾能用上教不厚於酒言不常飲）」（北京大学本、四四六頁）

「腆厚也」の孔伝無し。

『**蠲除**（決玄反孔注尚書蠲潔也）』（巻十七、五表）

『**蠲除**（上決玄反孔注尚書蠲潔也）』（巻五十一、三十五裏）

「乃不用我教辭惟我一人弗恤弗蠲乃事時同于殺（汝若忽怠不用我教辭惟我一人不憂汝乃不潔汝政事是汝同於見殺之罪）」か。「蠲潔」の注無し。（北京大学本、四五一頁）

梓材

『**恬怕**（亭閻反孔注尚書云恬安也）』（巻十三、二十六裏）

『**恬怕**（牒枯反孔注尚書恬安也）』（巻十四、十二表）

『**恬怡最勝道**（恬徒嫌反孔安國注尚書曰恬安也）』（巻二十一、十八表）

『**恬默**（上牒兼反孔注尚書云恬安也）』（巻三十九、六表）

『**恬憺**（上牒兼反孔注尚書云恬安也）』（巻四十三、二十九表）

『**恬寂**（上簟兼反孔注尚書云恬安也）』（巻六十九、十五表）

『**恬憺**（上牒兼反尚書恬安也）』（巻七十八、八裏）

『**恬澹**（上疊兼反孔注尚書云恬安也）』（巻百、二十一裏）

「引養引恬自古王若茲監罔攸辟（能長養民長安民用古王道如此監無所復罪當務之）」（北京大学本、四五五頁）

か。「恬安」の注無し。

『**魯樸**（下普剝反孔注尚書云樸治也）』（巻十三、三十表）

「若作梓材既勤樸斲惟其塗丹雘（爲政之術如梓人治材爲器已勞力樸治）」か。召誥
「樸治也」の孔伝無し。　（北京大学本、四五六頁）

『钁斵（下陟角反孔注尚書云斵削也）』　（巻四十、二十六表）
『鉤斲（下丁角反孔注尚書斲削也）』　（巻五十一、三十六表）
『斲錐（丁角反孔注尚書斲削也）』　（巻八十四、三十七裏）
『斲斤（竹角反孔注尚書云斲削也）』　（巻五十七、四十四裏）
『斲斤（上竹角反孔注尚書云斲削也）』　（巻六十二、十六裏）
『斲掘（上竹角反孔注尚書云斲削也）』　（巻六十三、十七表）
『斲鑿（上音卓孔注尚書云斲猶削也）』　（巻八十、六裏）
『鎔斲（下音卓孔注尚書斲削也）』　（巻八十一、十裏）
『斲取（上竹角反孔注尚書斲削）』　（巻八十三、十九裏）
『剢斮（下側略反孔注尚書斮折也）』　（巻八十八、二十三表）
『斲石（上音卓孔注尚書斲斫也或作硺）』　（巻九十三、十六表）
「若作梓材既勤樸斲惟其塗丹雘（爲政之術如梓人治材爲器已勞力樸治斲削惟其當塗以漆丹以朱而後成以言教化亦須禮義然後治）」か。「斲削也」の注無し。
（北京大学本、四五六頁）

『朏朏（芳尾反孔注尚書云朏明也）』　（巻九十九、三十五表）
「越若來三月惟丙午朏越三日戊申太保朝至于洛卜宅（朏明也）」
（北京大学本、四六〇頁・内野本、一九五六頁・足利学校本、一九七〇頁・影天正本、一九七九頁・上海図八行本、一九八九頁）
「越若來三月惟丙午朏越三日戊申太保朝至于洛卜宅（朏明）」
（九条本、一九四五頁）

『時燄（閻漸反孔注尚書云若火然燄燄尚微其所及焯然有次序不可絕也）』　（巻三十三、二十八裏）
『煙燄（下閻塹反孔注尚書云若火燃燄燄尚微其所及也）』　（巻六十六、四表）
『火燄（下閻贍反尚書云火始燄燄也）』　（巻六十七、七裏）
「無若火始燄燄厥攸灼敘弗其絶（無令若火始然燄燄尚微其所及灼然有次序不其絶）」
（北京大学本、四八一頁・足利学校本、二〇四六頁・影天正本、二〇五七頁）
「若火始然燄燄尚微其所及焯然有次序不其絶」
（敦煌本（P.2748）、二〇二二頁・内野本、二〇三三頁・上海図八行本、二〇六七頁）

『享之（虚掌反尚書其有弗享孔安國曰奉上曰享）』（巻五十五、二十一裏）

「其有不享（奉上謂之享）」

（北京大学本、四八三頁・足利学校本、二〇四七頁・影天正本、二〇五七頁）

「其有不亯（奉上謂之享）」（敦煌本（P.2748）、二〇二二頁）

「亣ナ弗亯（奉上謂之享）」（内野本、二〇三四頁）

「亣有弗亯奉上謂之享」（上海図八行本、二〇六八頁）

多士

『頑嶷（上五鰥反孔注尚書云心不測德義之聲爲頑說文從頁元聲古作妧）』（巻四十三、三十九裏）

「遷殷頑民（心不則德義之經）」

（北京大学本、四九七頁・内野本、二一〇八頁・上海図八行本、二一三三頁）

「心不測德義之經」（敦煌本（P.2748）、二一〇二頁）

「心不則𢘆義之經」

（足利学校本、二一一九頁・影天正本、二一二六頁）

無逸

『耽染（上答含反尚書云耽樂之徒孔注云過樂謂之媅）』（巻十八、二十一表）

『躭著（上都南反孔注尚書云過樂謂之躭從女作妉亦作此媅或也）』（巻三十四、二十一裏）

『耽嗜（上答含反正作媅孔注尚書云樂過謂之媅）』（巻六十八、二裏）

『耽著（上荅南反孔注尚書云過樂謂之耽）』（巻三十、十二表）

『耽樂（上荅含反孔注尚書云過樂謂之耽）』（巻五十三、二十四表）

「不聞小人之勞惟耽樂之從（過樂謂之耽）」

（北京大学本、五一一頁・足利学校本、二一九九頁・上海図八行本、二二二五頁）

「不聞小人之勞惟湛樂之從（過樂胃之湛）」（敦煌本（P.2748）、二一八一頁）

「不聞小人之勞惟湛（左に「酖」）樂之從（過樂謂之酖）」（内野本、二一八九頁）

「不聞小人之勞惟耽条之從（過条謂之耽）」（影天正本、二二〇七頁）

『呪詛（下阻助反尚書云詛祝罵也）』（巻三十二、八表）

「民否則厥心違怨否則厥口詛祝（以君變亂正法故民否則其心違怨否則其口詛祝言皆患其上）」（北京大学本、五一五頁）

か。「詛祝罵也」の文無し。

『譸張（又作醻噂侜三形同竹尤反尚書云無或譸張爲幻孔安國曰譸張誑也）』（巻五十七、三十四裏）

『**譸張**（陟留反孔注尚書云譸張誑也）』（卷八十四、十五裏）

『**譸張**（肘留反孔注尚書云譸張誑也無有相欺或幻者也）』（卷九十七、二十一表）

「民無或胥譸張爲幻（譸張誑也）」（北京大学本、五一四頁）

「民亡或胥嗟張爲幻（譸張誑也）」

（敦煌本（P.3767）、二一七七頁）

「民亡或胥噵張爲幻（譸張誑）」（敦煌本（P.2748）二一八三頁）

「民亡或胥嚋張爲幻（譸張誑也）」（内野本、二一九四頁）

「民無或胥譸張爲幻（譸張誑也）」（足利学校本（二二〇一頁）

「民無或胥講張爲幻（譸張誑也）」（影天正本、二二〇九頁）

「民亡或胥耈張爲幻（譸張誑也）」（上海図八行本、二二一七頁）

『**不啻**（下施至反尚書云若時弗啻也）』（卷七十九、十五表）

「允若時不啻」（北京大学本、五一六頁）

「允若時弗啻」（敦煌本（P.2748）、二一八三頁）

「允若旹弗啻」

（内野本、二一九三頁・上海図八行本、二二一八頁）

「允若时不啻」

（足利学校本、二二〇二頁・影天正本、二二一〇頁）

君奭

『**旦奭**（上單幹反孔注尚書云周公名也下聖亦反尚書云奭邵公名也）』（卷八十五、十六表）

「召公不説周公作君奭君奭（尊之曰君奭名同姓也陳古以告之故以名篇）」か。

「旦周公名也」「奭邵公名」の孔伝無し。

（北京大学本、五一七頁）

多方

『**叨沐**（上討刀反孔注尚書云叨貪也）』（卷三十二、二十四表）

「亦惟有夏之民叨懫日欽劓割夏邑（桀洪舒於民故亦惟有夏之民貪叨忿懫而逆命於是桀民尊敬其能劓割夏邑者謂殘賊臣）」か。「叨貪也」の孔伝無し。

（北京大学本、五四〇頁）

『**嚴麗**（郎計反孔注尚書云麗施也）』（卷三十四、十二裏）

「厥圖帝之命不克開于民之麗（麗施也）」

（北京大学本、五三九頁・九条本、二四一四頁）

「厥圖帝之命不克開于民之麗（麗施）」

（敦煌本（S.2074）、二四〇二頁・内野本、二四二五頁・上海図八行本、二四六〇頁）

「厥圖帝之命不克開于民之麗（麗施也）」

（足利学校本、二四三九頁・影天正本、二四四九頁）

周官

『善知識者是我師傅（傅府遇反師傅者尚書周官有三公三孤言三公者謂太師太傅太保師謂天子所師傅謂傅相天子保謂保安天子於德義此公之位佐王論道以經緯國事和理陰陽有德行者乃堪也三孤謂少師少傅少保孤特也言卑於三公尊於六卿持置此三人也）』（巻二十三、二十表）

「立太師太傅太保茲惟三公論道經邦燮理陰陽官不必備惟其人少師少傅少保曰三孤」また『一切經音義』孔伝の文は尚書の経伝と同じ。（北京大学本、五六九頁）

君陳

『德馨（閻形反尚書云明德惟馨）』（巻四十五、四二表）

『芬馨（閲經反尚書云明德惟馨）』（巻八十三、二十表）

「明德惟馨」

（北京大学本、五七九頁・観智院本、二六五四頁・足利学校本、二六六一頁）

「明悳惟馨」

（内野本、二六四六頁・上海図八行本、二六七一頁）

「明佖惟馨」（影天正本、二六六六頁）

顧命

『顧命（光戸反尚書成王作顧命是也）』（巻五、十四裏）

「成王將崩命召公畢公率諸侯相康王作顧命」か。「成王作顧命」の文無し。（北京大学本、五八二頁）

『夾路（上音甲孔注尚書云夾兩階也）』（巻三十二、四十裏）

「夾兩階戺」か。「夾兩階也」の孔伝無し。（北京大学本、五九九頁）

『圖牒（上杜胡反孔注尚書云河圖八卦是也）』（巻四十九、二十八裏）

「大玉夷玉天球河圖在東序（河圖八卦）」（北京大学本、五九二頁）

「大玉夷玉天球河圖在東序（河圖■（破損）卦也（左に「扌无」））」（内野本、二六九八頁）

「大玉夷玉天球河圖在東序（■（破損）圖八卦也（左に「扌无」））」（観智院本、二七一一頁）

「大玉夷玉天球河圖在東序（河圖八卦也）」（足利学校本、二七二三頁・影天正本、二七三二頁・上海図八行本、二七四一頁）

『搯漚（上討刀反傳文從水作洮孔注尚書云洮洗手也非本義今不取搯）』　（巻九十四、十九表）

「甲子王乃洮頮水相被冕服憑玉几（王大發大命臨羣臣必齋戒沐浴今疾病故但洮盥頮面扶相者被以冠冕加朝服憑玉几以出命）」か。「洮洗手也」の孔伝無し。

（北京大学本、五八三頁）

畢命

『鎬京（上音浩尚書武王所都也）』　（巻八十三、四十四表）

「越三日壬申王朝歩自宗周至于豐（於朏三日壬申王朝行自宗周至于豐宗周鎬京豐文王所都）」か。「武王所都也」の孔伝無し。

（北京大学本、六一四頁）

『端拱（上覩官反下蕫擁反尚書曰垂拱仰成）』　（巻七、十六表）

「垂拱仰成」

（北京大学本、六一五頁・足利学校本、二八二二頁・影天正本、二八二八頁・上海図八行本、二八三五頁）

「㮚拱仰成」　（岩崎本、二八〇六頁）

「㘸拱仰成」　（内野本、二八一四頁）

『兇悖（下盆沒反孔注尚書云悖心亂也）』　（巻八十九、三十裏）

「我聞曰世祿之家鮮克由禮以蕩陵徳實悖天道（特言我聞自古有之世有祿位而無禮教少不以放蕩陵邈有徳者如此實亂天道）」か。「悖心亂也」の注無し。

（北京大学本、六一八頁）

『誇讚（上跨華反孔注尚書云憍恣過制以自奔夭也）』　（巻六十二、十五表）

『誇衒（上苦瓜反孔注尚書云憍恣過制以自奔大也）』　（巻十五、七表）

『矜誇（若花反孔注尚書奔猶憍恣過以自大也）』　（巻六十九、二裏）

『誇誕（上跨瓜反孔注尚書誇憍恣過制也）』　（巻八十六、三表）

「驕淫矜侉將由惡終雖收放心閑之惟艱（言殷衆士驕恣過制矜其所能以自侉大如此不變將用惡自終雖今順從周制心未厭服以禮閑禦其心惟難）」か。「憍恣過以自大也」の孔伝無し。

（北京大学本、六一八頁）

君牙

『祁寒（渠夷反尚書冬祁寒小民亦惟怨咨孔安國曰祁大也冬大寒民猶怨）』　（巻四十二、十四表）

「冬祁寒小民亦惟曰怨咨（冬大寒亦天之常道民猶怨咨）」。「祁大也」「冬大寒民猶怨」の孔伝無し。（北京大学本、六二一頁）

「冬祁寒小民亦惟曰怨咨」

（岩崎本、二八五五頁・足利学校本、二八六三頁・影天正本、二八六六頁・上海図八行本、二八六九頁）

「胥祁寒小民怨惟怨咨」　（内野本、二八五九頁）

冏命

『準繩（下食蠅反尚書曰繩愆糾謬格其非心）』　（巻十六、二十七裏）

「繩愆糾謬格其非心」　（北京大学本、六二五頁）

「繩侸糺謬格丹非心」　（岩崎本、二八八一頁）

「繩㑒糺謬格亣非心」　（内野本、二八八六頁）

「繩㑒糾謬栺其非心」　（足利学校本、二八九一頁）

「繩㑒糾謬格其非心」　（影天正本、二八九四頁）

「繩㑒糾謬格亣非心」　（上海図八行本、二八九七頁）

『更號（胡到反孔注尚書號施令也）』　（巻八十八、二十一裏）

「發號施令罔有不臧下民祇若萬邦咸休（言文武發號施令無有不善下民敬順其命萬國皆美其化）」か。「號施令也」の孔伝無し。　（北京大学本、六二五頁）

呂刑

『蠲除（上決緣反尚書云上帝不蠲也）』　（巻七十二、二裏）

「上帝不蠲」　（北京大学本、六三九頁）

「上帝弗蠲」
（岩崎本、二九一六頁・足利学校本、二九五一頁・影天正本、二九六三頁）

「上帝弗蠲」
（内野本、二九三四頁・上海図八行本、二九七五頁）

『譴罰（下煩轒反尚書云墨罰之屬千剕罰之屬五百）』　（巻七、十一裏）

「墨罰之屬千劓罰之屬千剕罰之屬五百」　（北京大学本、六四三頁）

「墨罸之属千劓罸之屬千剕罸之屬又百」　（岩崎本、二九二〇頁）

「墨罰出屬千劓罰出屬千剕罰之屬五百」　（内野本、二九三九頁・上海図八行本、二九七九頁）

「墨罰之属千劓罰之属千剕罰之属五百」　（足利学校本、二九五四頁・影天正本、二九六六頁）

『倍挹（傍每反上聲字孔注尚書俗之有半於二百爲五百也）』　（巻十一、三十四裏）

「劓辟疑赦其罰惟倍閲實其罪（截鼻曰劓刑倍百為二百鍰）」「剕辟疑赦其罰倍差閲實其罪（刖足曰剕倍差謂倍之又半為五百鍰）」か。「俗之有半於

二百為五百也」の孔伝無し。（北京大学本、六四二頁）
『腥臊（上姓精反或作胜孔注尚書云腥臭也）』（巻八、六裏）
『腥臭（昔精反或作胜孔安國注尚書云腥殠也）』（巻十四、二十六表）
『臭胜（下音星孔注尚書云腥臭也）』（巻五十五、七裏）
『腥臊（上昔丁反孔注尚書云腥臭也）』（巻五十五、二十表）
『羶腥（下性精反孔安國注尚書腥臭也）』（巻六十四、二十六表）
「虐威庶戮方告無辜于上上帝監民罔有馨香徳刑發聞惟腥（三苗虐政作威衆被戮者方方各告無罪於天天視苗民無有馨香之行其所以為徳刑發聞惟乃腥臭）」か。「腥臭也」の孔伝無し。（北京大学本、六三一頁）

費誓

『垣牆（上遠元反尚書曰無敢逾垣牆是也）』（巻四、二十表）
『牆壁（匠羊反尚書云無敢逾垣牆）』（巻三十三、二十八裏）
「無敢寇攘踰垣牆」
（北京大学本、六六五頁・内野本、三〇四八頁）
「■■（判読不能）寇攘逾垣牆」
（敦煌本（P.3871）、三〇三九頁）
「亡敉寇攘逾垣墉」（九条本、三〇四三頁）
「亡敢寇敹逾垣牆」
（足利学校本、三〇五三頁・影天正本、三〇五六頁・上海図八行本、三〇五九頁）
『鍜師（端亂反孔注尚書云鍛錬戈矛也）』（巻十六、十九裏）
『鍜師（端乱反蒼頡篇鍜椎也孔注尚書云鍛錬也）』（巻五十、九裏）
『鍛師（上端亂反孔注尚書云鍛錬也）』（巻六十二、六表）
『鍛金（端亂反孔注尚書云鍛錬也）』（巻六十八、十表）
『鎚鍛（直追反下音端亂反孔注尚書云鍛捶也）』（巻七十五、二十四裏）
「備乃弓矢鍛乃戈矛礪乃鋒刃無敢不善（備汝弓矢弓調矢利鍛錬戈矛磨礪鋒刃皆使無敢不功善）」か。「鍛錬也」「鍛捶也」の孔伝無し。
（北京大学本、六六二頁）
『譁説（上音花孔注尚書云譁諠也）』（巻十九、二十四表）
『浮譁（呼瓜反尚書無譁聽命孔安國曰無讙譁也）』（巻三十四、四十五表）
『諠譁（下化瓜反孔注尚書譁諠也）』（巻四十五、二十五裏）
『諠譁（下化瓜反孔注尚書云譁即讙聲也）』（巻八十、四十一裏）
「公曰嗟人無譁聽命（伯禽為方伯監七百里内之諸侯帥之以征歎而勅之使無喧譁欲其静聽誓命）」か。
「譁諠也」「譁即讙聲也」の孔伝無し。

「人巳嘩聴命」（北京大学本、六六一頁）

「人巳嘩聴予（左に「扌无」）命」（九条本、三〇四一頁）

「人亡（右に「無」）譁予（左に「印无」）侖」（内野本、三〇四六頁）

（足利学校本、三〇五一頁）

「人亡（右に「無」）譁聴予侖」（影天正本、三〇五四頁）

「人亡華聴予奐」（上海図八行本、三〇五八頁）

阮元校勘記に「命上古本有子字」とするも、これ誤り。「子」は「予」に作る。

『餱粮（下力張反孔注尚書粮儲庤糗糒使足食也）』（巻八十八、二十裏）

『杭糧（下音良孔注尚書云儲食也説文穀也従米量聲或作糧粮並俗字）』（巻十五、二十四裏）

「峙乃糗糧無敢不逮汝則有大刑（皆當儲峙汝糗糒之糧使足食）」「儲食也」の孔伝無し。

（北京大学本、六六五頁・内野本、三〇四九頁・足利学校本、三〇五三頁・影天正本、三〇五六頁・上海図八行本、三〇六〇頁）

「皆當儲峙女糗糒之糧使足食」（九条本、三〇四三頁）

秦誓

『諸崤（効交反尚書云晉襄公帥師敗諸崤孔注云崤要塞也）』（巻八十四、三十七表）

『崤函（上効交反孔注尚書云崤要塞地也）』（巻九十二、二十六表）

「晉襄公帥師敗諸崤（崤晉要塞也）」

（北京大学本、六六七頁・九条本、三〇七四頁・内野本、三〇七八頁・足利学校本、三〇九一頁・影天正本、三〇九五頁・上海図八行本、三〇九九頁）

「（破損）要塞也」（敦煌本（P.3871）、三〇七〇頁）

『七猗（懿宜反孔注尚書云猗然專一之臣也）』（巻五十一、八裏）

「如有一介臣斷斷猗無他伎其心休休焉其如有容（猗然專一之臣）」

（北京大学本、六七一頁・九条本、三〇七六頁・古梓堂本、三〇八六頁・足利学校本、三〇九三頁・影天正本、三〇九六頁・上海図八行本、三一〇一頁）

破損にて不明。（敦煌本（P.3871）、三〇七二頁）

「猗然專壹之臣」（内野本、三〇八一頁）

以上、北京大学本と併せて『一切經音義』所引の『尚書』を古写本と比べたが、『一切經音義』には、不明なものも少なくない。

『焚炙忠良刳剔孕婦（忠良無罪焚炙之懷子之婦刳剔視之言暴虐）』（泰誓上）か。

「刳斮（苦姑反孔注尚書刳剔也）」（巻八十八、二十三表）

「刳剔（下聽亦反尚書作㓤古字也二字並從刀形聲字也）」（巻七十八、三表）

「刳斮（下側略反孔注尚書云斮斬也）」（巻八十三、六裏）

「刳斮（莊略反孔注尚書斮斬也）」（巻九十七、十四裏）

「考朕昭子刑乃單文祖德伻來毖殷乃命寧（我所成明子法乃盡文祖之德謂典礼也所以君土中是文武使已來慎教殷民乃見命而安之）」（洛誥）か。

「殫盡（多安反尚書乃殫文祖注云殫盡也）」（巻十七、十八裏）

「刊」字、「予乘四載隨山刊木」（益稷）、「禹敷土隨山刊木」「九州刊旅九川滌源九澤既陂」（禹貢）の三カ所に見える。いずれを指すか不明。

「不刊（下渴干反尚書作栞）」（巻九十、二十七裏）

『爾乃惟逸惟頗大遠王命則惟爾多方探天之威我則致天之罰離逖爾土』（多方）か。

『尚書』では「探」字はここのみ見える。

「探賾（孔注尚書云探取）」（巻一、十五裏）

「探古（上塔南反孔注尚書云探取也）」（巻二十八、三十七裏）

『不矜細行終累大德（輕忽小物積害毀大故君子慎其微）』（旅獒）か。

「細滑（孔注尚書細小也）」（巻一、二十七表）

「細滑（上西祭反孔注尚書云細小也說文微也從糸從囟囟音信）」（巻五十七、九表）

「細耎（上西祭反孔注尚書細小也）」（巻四、二十三裏）

『無偏無黨王道蕩蕩無黨無偏王道平平』（洪範）か。

『尚書』は「黨」字、ここにのみ見える。

「兇黨（孔注尚書云相助匿非為黨）」（巻一、三十三表）

「朋黨（蜀能反孔注尚書云助也）」（巻六、十九表）

『百僚師師百工惟時（僚工皆官也）』（洪範）か。

「僚佐（力彫反孔注尚書同官曰僚）」（巻二、十九裏）

「僚屬（上了彫反孔注尚書僚官也）」（七十七、十三裏）

「群僚（下了凋反孔注尚書云僚官也）」（巻八十三、十六裏）

「僚屬（上了彫反孔注尚書云僚官也）」（巻九十六、二十二裏）

『厥包橘柚錫貢（小曰橘大曰柚其所包裹而致者錫命乃貢言不常）』（禹貢）か。

「胞胎（上補交反古文作包象形字也孔注尚書云裹也）」（巻二、二十九裏）

「胞胎（上已交反古文本作包象形字也石經作胞相傳音為普包反非也孔注尚書云包裹也）」（巻六、二十三表）

「胞胎（上飽茅反孔注尚書云包裹也）」（巻三十、二十裏）

『非佞折獄惟良折獄罔非在中』（呂刑）か。

「折伏（上章熱反孔注尚書云折斷也謂斷獄也）」（巻三、十三表）

『帝曰格汝禹朕宅帝位三十有三載耄期倦于勤汝惟不怠揔朕師』（益稷）か。

「疲倦（下逵願反孔注尚書倦懈）」（巻四、十九裏）

「疲倦（下逵願反孔注尚書云倦懈也）」（巻十三、九裏）

「忘倦（下權眷反孔注尚書云倦猶懈也）」（巻八十九、六表）

『予欲左右有民汝翼（左右助也助我所有之民富而教之汝翼成我）』（益稷）か。

「無翼（羊職反孔注尚書云翼輔也）」（巻七、八表）

「翼衛（上孕職反孔注尚書云翼輔也）」（巻四十一、三裏）

「喙翼（下蠅即反孔注尚書云翼輔也）」（巻六十六、三十八表）

「翼從（孔注尚書翼輔也）」（巻二十二、十七表）

『慄慄危懼若將隕于深淵』（湯誥）か。

「尚殞（下雲敏反或作隕孔注尚書云墜也）」（巻十、十六表）

「殞墜（下椎類反孔註尚書云若墜深泉也）」（巻三十三、四裏）

『今不承于古罔知天之斷命（今不承古而徙是無知天將斷絶汝命）』（盤庚上）或いは『我先后綏乃祖乃父乃祖乃父乃斷棄汝不救乃死（言我先王安汝父祖之忠今汝不忠汝父祖必斷絶棄汝命不救汝死）』（盤庚中）か。

「能斷（團夘反上聲字或去聲孔注尚書云斷絶也）」（巻十、三十八表）

「陷斷（下團乱反孔注尚書云斷絶也）」（巻十八、三十二表）

「斷敵（上端管反俗字也孔注尚書云斷絶）」（巻六十二、十四表）

『厥或誥曰羣飲汝勿佚』（酒誥）或いは『惟人在我後嗣子孫大弗克恭上下遏佚前人光在家不知』（君奭）か。

「佚」字はこの二カ所のみ見える。

「恒佚（寅一反孔安國注尚書云佚豫也）」（巻十一、三表）

『斮朝涉之脛剖賢人之心』（泰誓下）か。

「剖析（上普后反孔注尚書云剖破也）」（巻十七、十五表）
「剖擊（上普口反孔注尚書云剖猶破也）」（巻七十七、十六表）
「剖析（上普口反孔注尚書云剖破也）」（巻九十八、六裏）
「剖擊（上普垢反孔注尚書云剖猶破也）」（巻八十一、五表）
「剖判（普后反孔安國注尚書剖破也）」（巻十二、四表）
「剖折（上普后反孔注尚書云中分為剖也又云剖破也）」（巻六十三、二十九裏）
「剖析（上普口反孔注尚書云剖猶分也）」（巻七十二、十七裏）
「剖析（上普口反孔注尚書云剖破也）」（巻九十八、六裏）

『厥民析鳥獸孶尾』（堯典）か。

「分析（星亦反孔注尚書分也）」（巻十一、三十二表）
「析為（星續反孔注尚書云析分也）」（巻十九、十四表）
「分析（星亦反孔注尚書析分也）」（巻二十四、三十五表）
「析荅（星積反孔注尚書云析分也）」（巻二十八、二十表）
「析諸（星歷反孔注尚書云析分也）」（巻二十九、五裏）
「分析（星續反孔注尚書云析亦分也）」（巻三十一、九表）
「分析（星亦反孔注尚書云分析也）」（巻三十三、二十八裏）
「析毫（上星歷反孔注尚書云析分也）」（巻四十、十四表）
「分析（星續反孔注尚書云析分也）」（巻五十一、十九裏）
「破析（下星亦反孔注尚書云析分也）」（巻六十六、二十六表）
「明析（下星迹反孔注尚書云析猶分也）」（巻八十、二十六裏）
「剖析（下先歷反孔注尚書云析分也）」（巻八十三、一裏）
「剖析（下星續反孔注尚書云析分也）」（巻九十八、六裏）
「剖析（下星續反孔注尚書云析分也）」（巻九十八、六裏）
「析乾薪（上星亦反孔注尚書析分也）」（巻百、二十七表）

『翕受敷施九德咸事俊乂在官（翕和也能合受三六之德而用之以布施政教使九德之人皆用事謂天子如此則俊德治能之士竝在官）』（洪範）か。

「敷析（上撫無反孔注尚書云敷施也）」（巻八十九、四裏）

『愿而恭（愨愿而恭恪）』（洪範）か。

「恭恪（苦各反孔注尚書云敬也或作愙）」（巻十一、三十五表）
「恭恪（下康各反孔注尚書云恪敬也）」（巻十五、三十三表）
「恪恭（古文愙同苦各反尚書恪謹天命孔安國曰恪敬也）」（巻十六、十九裏）

「恭恪（康各反孔注尚書云恪敬也）」（卷十七、三表）

「恭恪（下恪音康各反孔注尚書恪敬也）」（卷十九、三十三裏）

「恪勤（上康譯反孔注尚書云恪敬也）」（卷七十七、三十三表）

「謙窓（上康各反孔注尚書恪敬也古今正字從心客聲案字書正作窓也經文作恪俗字亦通）」（卷七十八、二十四裏）

「忠恪（古文窓同苦各反尚書恪謹天命孔安國曰恪敬也）」（卷七十四、三十三表）

『侯以明之撻以記之（當行射侯之禮以明善惡之教笞撻不是者使記識其過）』（益稷）か。

「鞭撻（下他怛反孔注尚書云撻笞也）」（卷六十九、十四裏）

「鞭撻（下灘達反孔注尚書云撻笞也）」（卷九十七、三十九表）

『肆命（陳天命以戒太甲亡）』（伊訓）か。

「廛肆（下音四孔注尚書云肆陳也）」（卷十四、十二表）

『蓄疑敗謀怠忽荒政不學牆面莅事惟煩（積疑不決必敗其謀怠惰忽略必亂其政人而不學其猶正牆面而立臨政事必煩）』（周官）か。

「稸氣（丑六反孔注尚書稸積也）」（卷十六、十裏）

「蓄疑（上抽六反孔注尚書蓄積也）」（卷八十三、三十八裏）

『繩愆糾謬格其非心俾克紹先烈（言侍左右之臣彈正過誤檢其非妄之心使能繼先王之功業）』（冏命）か。

「糾」はここのみに見える。

「糾舉（經酉反孔注尚書糾正也）」（卷十六、十裏）

『僕臣正厥后克正僕臣諛厥后自聖（言僕臣皆正則其君乃能正僕臣諂諛則其君乃自謂聖）』（冏命）か

「諛讇（庾珠反孔注尚書諛亦讇也經文作諭非也）」（卷十六、十九裏）

「諛諂（上庾朱反孔注尚書云諛亦諂也）」（卷十九、二十四表）

「諛諂（上喻須反又去聲孔注尚書云諛諂也）」（卷三十一、三十九裏）

「諛詐（上庾朱反孔注尚書云諛諂也）」（卷三十九、六表）

『肆予大化誘我友邦君』（大誥）、或いは『竊馬牛誘臣妾汝則有常刑』（費誓）か。

「誘」字。二カ所のみ見える。

「捲誘（下以酒反孔注尚書導也）」（卷十六、三十二表）

『王懋乃徳視乃厥祖無時豫怠（言當勉修其徳法視其祖而行之無為是逸豫怠惰）』（太甲中）か。

「嬾憜（下徒臥反孔注尚書憜懈怠也）」（巻十九、二十九表）

「嬾憜（下徒臥反孔註尚書亦懈怠也）」（巻二十四、十四表）

「憜窳（上蝸臥反碢徒戈反孔注尚書云憜猶懈怠也）」（巻九十四、三十七表）

『無偏無陂遵王之義無有作好遵王之道無有作惡遵王之路』（洪範）か。

「遵」字ここのみに見える。

「遵令（子倫反孔注尚書云遵修也）」（巻五十七、三十九表）

『亂罰無罪殺無辜怨有同是叢于厥身（信讒含怒罰殺無罪則天下同怨讎之叢聚於其身）』（無逸）か

「叢聚（族公反孔注尚書叢亦聚也）」（巻五十七、四十三裏）

「榛叢（下徂紅反孔注尚書云叢聚也書云凡物之聚曰叢也）」（巻六十三、三十一表）

『舊染汙俗咸與惟新（言其餘人久染汙俗本無惡心皆與更新一無所問）』（胤征）か。

「汙」字、ここにのみ見えるも、「不潔浄也」の孔傳無し。

「汙損（上烏故反孔注尚書云不潔浄也）」（巻六十二、二十七裏）

「濽汙（下烏故反孔注尚書云汙不潔浄也）」（巻六十三、二十六裏）

『述大禹之戒以作歌述循也』（五子之歌）か。

「軏述（下脣聿反孔注尚書述修也）」（巻六十四、三十六表）

『羣后之逮在下明明棐常鰥寡無葢（羣后諸侯之逮在下國皆以明明大道輔行常法故使鰥寡得所無有掩葢）』（呂刑）か。

「蔭葢（下葛艾反尚書云葢掩也）」（巻七十四、三十九裏）

『用康乃心顧乃徳遠乃猷（用是誠道安汝心顧省汝德無令有非遠汝謀思爲長久）』（康誥）か。

「嘉猷（下音由孔注尚書猷謀也）」（巻八十三、三十四裏）

以上は、おそらく、各篇にあった孔伝の逸文と考えられるものであるが、まったく不明の逸文も少なくない。

「明恂（戌遵反孔注尚書云恂信也古今正字信心也從心旬聲）」（巻八十四、九表）

「恂恂（恂匀反孔注尚書恂信也）」（巻百、十七表）

「蔓樂（跪爲反尚書夔舜臣典八音雖象有角手人面之形）」（巻八十三、四十一裏）

「黜庌（椿律反孔注尚書犯也）」（巻七十八、二十表）

「三載考績三考黜陟幽明（三年有成故以考功九歳則能否幽明有別黜退其幽者升進其明者）」（北京大学本、九八頁）

「黜犯也」の注不明。

「聰敏（下眉殞反孔注尚書云敏明達於事也）」（巻五、二十五表）

「俞曰（翼珠反尚書帝曰俞往哉俞然也相然膺也）」（巻五十五、三十九裏）

「允輯（下音集孔注尚書亦集字也）」（巻八十九、二四裏）

「和埴（時力反尚書厥土赤埴孔安國曰嗅土曰埴）」（巻五十五、二十二表）

「斷割（下哥渴反孔注尚書割剝也）」（巻五十一、三十九表）

「儁爽（上遵峻反尚書云克明儁德）」（巻八十九、二九裏）

「藪澤（下音宅孔注尚書德澤擇也）」（巻十、三十表）

「鈆錫（上與專反尚書青州貢鈆錫是錫銀鈆之間）」（巻二十七、二十五表）

「鉛錫（上音緣尚書禹貢青州所貢）」（巻三十五、三十六裏）

「启門（孔注尚書以為古文啟字也）」（巻七十五、四十七表）

「稟正（孔注尚書云以穀賜人也）」（巻一、四十五裏）

「修治（下音里孔注尚書云治理也）」（巻二、十二表）

「堪盛（上康甘反孔注尚書云堪能也）」（巻三、七表）

「割股（上乾遏反孔注尚書云割也）」（巻十五、十三表）

「頂戴（當愛反孔注尚書欣奉其上曰戴）」（巻二十、十八裏）

「熈怡（上喜其反孔注尚書熈美也）」（巻二十、二十表）

「其杪（彌小反孔注尚書杪杪微細也）」（巻二十四、三十五裏）

「罪戾（力計反孔註尚書云罪過也）」（巻二十六、二十三表）

「縱豫（下唐朗反孔注尚書云放豫也）」（巻三十五、十二裏）

「鍛師（上端亂反孔注尚書云鍛捶打金鐵也）」（巻六十一、十八表）

「緘嘿（甲咸反孔注尚書緘閉也）」（巻九十、八裏）

「嗚噎（上鄔姑反尚書嗚呼嗟嘆辭也）」（巻九十、十一裏）

「扣門（上音口孔注尚書云扣擊也）」（巻六十二、二十七表）

「泝流（上蘇故反孔注尚書云泝江而上曰泝也）」（巻六十三、十三裏）

「蹂踐（上耳由反蒼頡篇蹂亦踐也禮記尚書訓同）」（巻七十四、十二裏）

「翊化（上餘力反孔注尚書云翊輔也）」（巻七十七、三十二裏）

「融剖（普后反孔注尚書云剝皮也）」（巻八十四、二十二表）

「謗讟（下同屋反孔注尚書云讟猶慢也）」（巻八十四、二五表）

「淄澠（上側基反孔注尚書淄水名也）」（巻八十四、二七表）

「堪濟（苦甘反孔注尚書云克也）」（巻八十四、二七表）

「駏驉（上音巨下音虛畜獸名曹憲注廣雅云孔安國注尚書云駏驉孤竹國東北夷驉騾之屬也）」（巻八十五、十四表）

「炎義（下喜飢反孔注尚書云義和日御也）」（巻九十四、十九裏）

「無斁（盈迹反孔注尚書云斁鬲也）」（巻九十六、十三裏）

「彝琳訓（上以之反孔注尚書彝常也）」（巻八十、二表）

「彝倫（上以之反孔註尚書云彝常也）」（巻九十一、一裏）

「稾街（上高老反下佳諧反尚書云稾街謂蠻夷邸所在也）」（巻八十、三十九裏）

「翌日（上蠅織反孔注尚書云翌明也）」（巻八十、四十二裏）

「爲枡（下五割反孔注尚書云枡謂木餘更生�栽也）」（巻八十一、十三裏）

「寧堙（印隣反孔注尚書堙塞也）」（巻八十一、三十七裏）

「堙方輿（上一真反孔注尚書堙塞也古今正字從土垔聲或作此垔音上同）」（巻八十三、二十六裏）

「陻山（壹隣反孔注尚書云陻塞也字書下作垔或作堙）」（巻九十四、三十三表）

「堙心（一隣反孔注尚書云堙塞也或作垔）」（巻九十九、十八表）

「逗機（下既希反孔注尚書微也）」（巻八十三、一裏）

「軒檻（下咸減反孔注尚書檻闌也）」（巻八十三、三十三裏）

「殀殁孔注尚書云沒死也」（巻二、二十三裏）

「殀殁（下摸骨反孔安國注尚書云殁死也）」（巻七、十一裏）

「牻色（上邈邦反孔注尚書云尨亂也）」（巻六十、三十三表）

「稾仰（上彼錦反孔注尚書稾人所承受也）」（巻五十四、二十裏）

「夕惕（夕夜也下體亦反孔注尚書云惕懼也）」（巻十、十九裏）

「驚惕（汀歷反孔注尚書云惕懼也）」（巻三十八、二十七裏）

「惕惕（汀的反孔注尚書云惕懼也）」（巻五十七、二六表）

「慘惕（下汀的反孔注尚書惕懼也）」（巻七十八、三十一表）

「慙惕（下天曆反孔注尚書惕懼也）」（巻八十八、二十二裏）

「怵惕（恥律反下又作愁同他狄反尚書云怵惕唯厲孔注云怵惕懷懼也亦悽愴）」（巻三十二、三十二裏）

「怵惕（耻律反尚書怵惕唯厲孔安國曰怵惕懷懼也亦悽愴也）」（巻五十五、二十四表）

ところで、『慧琳音義』所収『玄應音義』のうち、大治三年写本を高麗本『音義』所引『尚書』との比較を行えば、次のような文字の違いが見受けられる。

「罣礙（下古文硋同五代反説文礙止也又作閡郭璞以為古文礙字説文閡外閉也經文作㝵音都勒反案衛宏詔定古文字書礙得二字同體説文得取也尚書高宗夢得説是非此義也）」（巻二十、二十表・大治三年写本）

「無礙（五代反古文硋同尚書高宗夢得説是也衛宏詔定古文官書云㝵得二字同體㝵非此用）」（巻二十七、十七裏・高麗本）

これは、北京大学本（二九二頁）に「高宗夢得説」と作る説命上の文で、「高宗夢㝵説」（敦煌本（P.2516）、一〇五一頁・敦煌本（P.2643）、一〇五五頁・岩崎本、一〇五九頁・元亨本、一〇七〇頁）、「高宗夢得説（左に「本又乍云悦」）」（内野本、一〇六四頁）、「高宗夢得説」（足利学校本、一〇七六頁・影天正本、一〇八〇頁・上海図八行本、一〇八三頁）に作る。

高麗本は「尚書高宗夢得説」とするが、宮内庁書陵部蔵大治三（一一二八）年写本（第一帖十二裏、影印本第一巻二六頁）は「尚書高宗夢㝵説是也非此義」と記して、敦煌本、岩崎本、元亨本と一致する。

また、『一切經音義』の「耴劓」の注「尚書無或劓耴人」（巻五十八、十裏）は、「無或劓耴人」（北京大学本、四三〇頁）とあって、「亡或劓耴人」（内野本、一七六九頁）、「亡（左に「无」）或劓耴人」（足利学校本、一七八四頁・影天正本、一七九五頁）、「亡（左に「無扌」）或劓耴人」（上海図八行本、一八〇七頁）に作る。

今、同じく大治三年写本（影印本、一三〇頁）を見るに「尚書云无或劓耴人」、また「尚書无或劓耴」（影印本、三八六頁）に作って、上海図八行本が添え書きに「無扌」とする如く、北京大学本以下の刊本が「無」に作るのに対して、写本では「无」或いは「亡」に作っていたことの証となる。

同じく、高麗蔵本「剛毅（孔安國注尚書云煞敵為果致果爲毅也）」（巻十七、三十五表）、「勇毅（牛既反尚書殺敵為果致果爲毅）」（巻五十二、十裏）、「猛毅（牛既反尚書由果毅孔安國曰殺敵為果致果爲毅）」（巻四十六、二十三裏）に作る泰誓下の文は、「尚迪果毅（殺敵爲果致果爲毅）」（北京大学本、三三二頁）、「尚迪果忍（殺敵為果致果爲■（判読不能））」（敦煌本（S.799）、一三五八頁）、「尚迪果忍（敹敵爲果致果爲毅）」（神田本、一三六二頁）、「尚迪果毅（殺敵爲果致果爲毅）」（内野本、一三六六頁・足利学校本、一三七〇頁・影天正本、一三七四頁）、「尚迪果㲦（殺敵爲果致果爲毅）」（上海図八行本、一三七八頁）に作る。

太治三年写本（影印本、一六〇頁）は「尙書迪果忍（敎敵為果致果為毅）」として、神田本に一致する。

このように、『一切經音義』所引の『尙書』は、我が国に存する写本と高麗本を比較すれば、まさに古写本の『尙書』と一致する部分が多いことが知られるのである。

ところで、『一切經音義』には顧野王の案語が見え、『玉篇』を参照して音義が作られていることが明らかである。次に我が国に存する原本系『玉篇』所引の『尙書』を検討してみたい。

八、原本系『玉篇』所引『尙書』攷

『玉篇』は、大きく分けて、現在二種が存在する。

ひとつは、原本系『玉篇』と呼ばれるもので、これは我が国に伝存する旧鈔本を指し、もうひとつは北宋の大中祥符六（一〇一三）年に陳彭年及び呉鈗、丘雍等によって刊定された『大廣益會玉篇』である。

後者については、また二種あって、ひとつは、宮内庁書陵部蔵［宋寧宗朝］刊本、天禄琳瑯書目所載本、張士俊康熙十三（一六七四）年刊澤存堂覆宋刊本である。

これについては、阿部隆一氏は、宮内庁書陵部蔵［宋寧宗朝］刊［元］修本の解題に次のように記している。(46)

梁顧野王原撰、唐の上元元年孫強増字の玉篇を勅命により陳彭年が呉鈗・丘雍等と増修刊定を加えて眞宗の大中祥符六年進呈したことは、同年九月二十八日の牒文に「近方了畢遂装寫浄本進呈其進呈本今欲雕印頒行」とあるので明かで、また玉海には「六年九月學士陳彭年校理呉鈗直集賢院丘雍上準詔新校定玉篇三十巻

（崇文目曰重修）請鏤板詔兩制詳定改更之字天禧四年七月癸亥板成賜雍金紫」と録されている。この様に本書は眞宗の天禧四年（一〇二〇）官刻されたことは明かであるが、その本は傳存していない。

宮内庁本は、天禧刊本を覆刻したものであり、原本系『玉篇』の訓詁部分をかなり節略して作られていることは、次のような例を見ても明らかである。

原本系『玉篇』が「食」字について「是力反尚書食哉惟時鴻範八政一曰食孔安国曰懃農業也野王案此食謂五穀可食以護人命也論語足食足兵是也凡口所噍咀者皆曰食也尚書唯辟王食左氏傳肉食者謀之是也尚書乃卜澗水東瀍水西惟洛食孔安国曰卜必先墨書龜然後灼之兆従食墨也又曰朕弗食言孔安国曰書其偽不實也周禮與其食鄭玄曰行道曰糧糧謂糒也正居曰食食謂米也世本黄帝作火食左氏傳不可食已杜預曰食消也又曰功以食民杜預曰食養也禮記則擇不食之地鄭玄曰不食謂不利墾也爾雅食爲也史記傳之貴駿得使則食野王案基相呑并如人食也又書慈史反周禮膳夫掌王之飲食鄭玄曰玄食飯也野王案飯爲食也礼記食居人人之左我則食之竝是也以飲食設供於人亦曰食爲飤字也」と注するのに対して、宮内庁本は、「是力切飯食説文曰一米也」とする。

しかし、もうひとつの［宋末元初］刊本の系統は、この訓詁とはまた別に、引きやすいように行と列を合わせて刊刻し、訓詁もまたやや異なる。内閣文庫蔵本［宋末元初］刊（［建安］）、尊経閣文庫蔵元泰定二（一三二五）年刊（円沙書院）、静嘉堂文庫並びに東洋文庫蔵元至正二六（一三六六）刊（南山書院）、武田科学振興財団杏雨書屋蔵元至正十六（一三五六）刊（翠巌精舎）などがそれである。

これによれば「食」は「是力切飯食飲食也」とされる。

訓詁の出典は、先の宮内庁本系統のものは間々古典の引用があるものの、[宋末元初]刊本の方は、出典をまったく引用しない。

段玉裁は『古文尚書撰異』に『玉篇』を六十九例利用しているが、段玉裁が利用したものは、宮内庁本系統の張士俊康熙十三(一六七四)年刊澤存堂覆宋刊本であろう。

しかし、上に見たように、原本系『玉篇』は訓詁注釈に諸書を引用し、なお唐鈔本の面目を遺す。

現存原本系『玉篇』については、岡井慎吾『玉篇の研究』に詳しいが、(47) 阿部氏「本邦現存漢籍古寫本類所在略目録」(48) によれば、

巻八　心部殘巻　[唐]寫　東急記念文庫
巻九　言―幸部　[唐]寫　早稲田大学
巻九　冊―欠部　[唐]寫　経籍訪古志所載福井崇蘭館舊藏
巻十八　放―方部　[唐]寫　藤田平太郎藏
巻十九　水部後半　[唐]寫　藤田平太郎藏
巻二十二　山―屵部　延熹四年寫　神宮文庫藏
巻二十四　魚部殘巻　[唐]寫　大福光寺藏
巻二十七　糸部　[唐]寫　高山寺藏
巻二十七　糸―索部　[唐]寫　石山寺藏

とされる。

以上は、昭和七年東方文化叢書第六に影印され、また古逸叢書に模刻されたものもある。今、今回の調査では、中華書局『原本玉篇殘卷』に所収された影印本を利用することにしたい。何故なら、東方文化叢書本は巻物の状態での影印であり、これでは頁数を示すことができないからである。

巻八「心部」

〔惸〕『尚書無害惸獨惸孔安国曰惸單也謂無兄弟也無子曰獨』（中華書局本、二頁）

「無虐煢獨（煢單無兄弟也無子曰獨）」（洪範・北京大学本、三六五頁）

「■（不明）虐惸獨（惸單無兄弟也無子曰獨）」（島田本、一四八五頁）

「亡虐煢獨（煢單無兄弟也無子曰獨）」（内野本、一五〇五頁・足利学校本、一五二〇頁）

「亡（右に「無」）虐煢独（煢單无兄弟也无子曰独）」（影天正本、一五三一頁）

「亡虐惸獨（惸單無兄弟也無子曰獨）」（上海図八行本、一五四五頁）

巻九「言部」

〔話〕『尚書乃話民之弗率孔安國曰話■（破損）言也』（中華書局本、三頁）

「乃話民之弗率（話善言）」（盤庚中・北京大学本、二七九頁）

「乃話区㞢弗術（話善言也）」（敦煌本（P.3670）、九三九頁）

「乃話民之弗率（話善言也）」（敦煌本（P.2643）、九四七頁・岩崎本、九五四頁・元亨本、九七〇頁）

「廼話区㞢弗術（話善言也（左に「扌无」））」（内野本、九六二頁）

「廼話区㞢弗術（左に「率」）（話善言也）」（足利学校本、九七九頁）

「廼話区㞢弗術（話善言也）」（影天正本、九八五頁）

「廼話民之不率（話善言也）」（上海図八行本、九九一頁）

〔警〕『尚書■（破損）水警予孔安國曰警戒也』（中華書局本、三頁）

「書曰洚水警　余洚水者洪水也」（孟子滕文公下）と。

これ『尚書』の逸篇。

〔謙〕『尚書滿照損謙受益也』（中華書局本、三頁）

「滿招損謙受益」（大禹謨・北京大学本、一一八頁）

「滿招損嗛受益」（敦煌本（S.801）、一六六頁）

「滿招損謙受益」（内野本、一八三頁・足利学校本、一九六頁・上海図八行本、二一七頁）

「滿招損謙受益」（影天正本、二〇六頁）

〔諓〕『尚書諓諓静言』（中華書局本、四頁）

不明。

〔譒〕『尚書曰王譒告之是也野王案此亦播字同在手部也』（中華書局、六頁）

「王播告之脩」（盤庚上・北京大学本、二七一頁）

「王𠬝告之終」（岩崎本、八七〇頁）

「王釆（左に「播」）告出修」（内野本、八八〇頁）

「王釆告之終」（元亨本、八九〇頁）

「王播告之修」（足利学校本、九〇〇頁・影天正本、九〇七頁・上海図八行本、九一四頁）

〔記〕『尚書撻以記之孔安國曰記識其過也』（中華書局本、六頁）

「撻以記之（記識其過）」（益稷・北京大学本、一三九頁）

「撻㠯記出（記識其過）」（内野本、二九四頁）

「撻㠯（左に「以」）記出（左に「之」）（記識其過）」（足利学校本、三〇五頁・影天正本、三一四頁）

「撻出記之（記識其過）」（上海図八行本、三二四頁）

〔記〕『又曰今王即命記功』（中華書局本、五頁）

「今王即命曰記功」（洛誥・北京大学本、四八〇頁）

「今王即命日記功」（敦煌本（P.2748）、二〇二二頁）

「今王即命日記彡」（内野本、二〇三二頁）

「今王即命日記功」（足利学校本、二〇四六頁・影天正本、二〇五六頁）

「今王即㑹日記彡」（上海図八行本、二〇六六頁）

阮元校勘記に「陸氏曰曰音越一音人實反〇案古人書曰日二字其形正同但以上缺者為曰不缺者為日此

云一音人實反則是別本不缺也蓋經師傳讀不同致經文有異孔疏音越」と。

〔譻〕『尙書罔違道以干百姓之譻孔安國曰不違道求名』　（中華書局本、六頁）

「罔違道以干百姓之譻（失道求名）」　（大禹謨・北京大学本、一〇五頁）

「它違道㠯干百兓（左に「姓下同」）㞢譻（失道求名）」　（内野本、一七三頁）

「㒺（右に「罔」）違道㠯（右に「以」）干百兓（右に「姓」）㞢（右に「之」）譻（失道求名）」　（足利学校本、一八九頁）

「㒺（左に「罔」）違道㠯（右に「以」）干百兓（右に「姓」）㞢（右に「之」）謍（失道求名）」　（影天正本、二〇〇頁）

「它（右に「罔」）違道㠯干百姓之譻（失道求名）」　（上海図八行本、二一〇頁）

「不違道求名」（孔伝）は不明。

〔詠〕『尙書搏拊瑟以詠』　（中華書局本、七頁）

「搏拊琴瑟以詠」　（益稷・北京大学本、一五一頁）

「搏拊琴瑟㠯詠」　（内野本、二九八頁・上海図八行本、三二六頁）

「搏拊琴瑟㠯（左に「以」）詠」　（足利学校本、三〇八頁・影天正本、三一七頁）

〔訖〕『尙書天既訖我殷命孔安國曰畢訖殷之王命也』　（中華書局本、七頁）

「天既訖我殷命（畢訖殷之王命也）」　（西伯戡黎・北京大学本、三〇七頁）

「天旡訖我殷命（畢訖殷之王命）」　（敦煌本（P.2516）二〇七頁）

「天旡訖我㲉命（畢訖殷之王命）」　（岩崎本、二一三頁）

「旡旡訖我殷命（畢訖殷之王命）」　（内野本、二一七頁）

「天旡訖我殷命（畢訖殷之王命）」　（元亨本、二二〇頁）

「天既訖我殷命（畢訖殷之王命）」　（足利学校本、二二三頁・影天正本、二二六頁）

「天既訖我殷㑒（畢訖殷之王㑒）」　（上海図八行本、二三〇頁）

〔訖〕『又曰惟訖于富孔安國曰惟絕於富也』　（中華書局本、七頁）

「惟訖于富（惟絶於富也）」（呂刑・北京大学本、六三七頁）
「惟訖于冨（惟絶於冨）」（岩崎本、二九一四頁）
「惟訖亐富（唯絶於富）」（内野本、二九三二頁）
「惟訖于富（唯絶於富）」（足利学校本、二九五〇頁・影天正本、二九六二頁・上海図八行本、二九七四頁）

〔讎〕『尚書撫我則后虐我則讎』（中華書局本、九頁）
「撫我則后虐我則讎」（泰誓・北京大学本、三三二頁）
「攺我則后虐我則讎」（敦煌本（S.799）、一三五八頁）
「汝我則后虐我則雔」（神田本、一三六一頁）
「曰撫我則后虐我則詈（左に「讎」）」（内野本、一三六五頁）
「撫我則后虐我則讎」（足利学校本、一三七〇頁）
「撫我則后虐我則讎」（影天正本、一三七四頁）
「撫我則后虐我則詈」（上海図八行本、一三七八頁）

〔諐〕『帝德冈諐孔安國曰諐過也』（中華書局本、十頁）
「帝德罔愆（愆過也）」

（大禹謨・北京大学本、一〇九頁・内野本、一七六頁・足利学校本、一九一頁・影天正本、二〇二頁・上海図八行本、二一二頁）

〔諛〕『尚書僕臣諛厥后自聖（諂諛也）』（中華書局本、十一頁）
「僕臣諛厥后自聖（言僕臣皆正則其君乃能正僕臣諂諛則其君乃自謂聖）」「諂諛也」の孔伝無し。（冏命・北京大学本、六二七頁）
「僕臣諛氒君自聖」（岩崎本、二八八二頁）
「僕臣諛氒后自聖」（内野本、二八八七頁）
「僕臣諛厥后自垩」（足利学校本、二八九一頁・影天正本、二八九四頁）
「僕臣諛氒后自聖」（上海図八行本、二八九八頁）

〔詒〕『尚書詒厥子孫（貽遺也）』（中華書局本、十三頁）
「貽厥子孫（貽遺也）」（五子之歌・北京大学本、二一四頁）
「貽氒子孫（貽遺也）」（敦煌本（P.2533）、五二〇頁）
「貽氒子孫（貽遺也）」（九条本、五二五頁）
「貽弌（左に「厥」）子孫（貽遺也）」

（内野本、五三一頁・上海図八行本、五四四頁）

「貽弍子孫（貽遺也）」（足利学校本、五三五頁・影天正本、五三九頁）

〔譸〕『尚書無或肙譸張爲幻孔安國曰（譸張誑也無有相欺）』（中華書局本、十五頁）

「民無或胥譸張爲幻（譸張誑也（中略）無有相欺誑幻惑也）」（無逸・北京大学本、五一四頁）

「民亡或胥喧張爲幻（譸張誑（中略）無有相欺）」（敦煌本（P.3767）、二一七七頁）

「民亡或胥唌張爲幻（譸張誑（中略）無有相欺）」（敦煌本（P.2748）、二一八三頁）

「民亡或胥嚋張爲幻（譸張誑也（中略）無有相欺）」（内野本、二一九四頁）

「民無或胥譸張爲幻（譸張誑也（中略）无有相欺）」（足利学校本、二二〇一頁）

「民無或胥講張爲幻（譸張誑也（中略）无有相欺）」（影天正本、二二〇九頁）

「民亡或胥耈張爲幻（譸張誑也（中略）無有相欺）」（上海図八行本、二二一七頁）

〔詛〕『尚書厥口詛祝』（中華書局本、十五頁）

「厥口詛祝」（無逸・北京大学本、五一五頁）

「氒口禮祝」（敦煌本（P.3767）、二一七七頁）

「厥口禮祝」（敦煌本（P.2748）、二一八三頁）

「弍口詛祝」（内野本、二一九三頁）

「厥口詛祝」（足利学校本、二二〇一頁・影天正本、二二〇九頁）

「弍口詛祝」（上海図八行本、二二一七頁）

〔誖〕『尚書實誖天道孔安國曰誖乱也』（中華書局本、十六頁）

「實悖天道（特言我聞自古有之世有祿位而無禮教少不以放蕩陵邈有徳者如此實亂天道）」「誖乱也」の孔伝無し。（畢命・北京大学本、六一八頁）

「實悖天道」（岩崎本、二八〇八頁・上海図八行本、二八三六頁）

「實悖兂衜（左に「道」）」（内野本、二八一六頁）

「実悖天道」（足利学校本、二八二四頁）

「実悖天道」「誖乱也」の孔伝無し。（影天正本、二八三〇頁）

〔誤〕『其勿誤于庻獄孔安國曰誤謬也』（中華書局本、十七頁）

「其勿誤于庶獄」「誤謬也」の孔伝無し。（立政・北京大学本、六五二頁）

「其勿誤于庶獄」（敦煌本（P.2630）、二五一六頁）

「开勿亣于庶獄」（九条本、二五二五頁）

「亣勿誤亐庻獄」（内野本、二五三八頁）

「其勿誤于■獄」

（足利学校本、二五四六頁・影天正本、二五五五頁）

「亣勿誤亐庶獄」（上海図八行本、二五六五頁）

〔諞〕『尚書截〻善諞言孔安國曰巧善爲辯佞之言也』（中華書局本、十八頁）

「截截善諞言（巧善爲辨佞之言）」（秦誓・北京大学本、六七〇頁）

「截截善諞言（巧善爲辯佞之言）」（敦煌本（P.3871）、三〇七一頁）

「截〻善諞言（巧善為辨佞之言）」

（九条本、三〇七六頁・内野本、三〇八〇頁・古梓堂本、三〇八五頁・足利学校本、三〇九二頁・影天正本、三〇九六頁・上海図八行本、三一〇一頁）

〔誇〕『尚書憍淫矜夸將由惡孔安國曰憍恣過制以自夸大也』（中華書局本、十九頁）

「驕淫矜侉將由惡（驕恣過制矜其所能以自侉大）」（畢命・北京大学本、六一八頁）

「憍淫矜侉将繇悪（驕恣過制矜其所能以自侉大）」（岩崎本、二八〇九頁）

「憍（左に「驕」）淫矜侉將繇（左に「由」）惡（憍恣過制矜其所能以自侉大）」（内野本、二八一七頁・上海図八行本、二八三七頁）

「驕淫矜侉將繇（左に「由」）惡（驕恣過制矜其所能以自侉大）」

（足利学校本、二八二四頁・影天正本、二八三〇頁）

〔誕〕『尚書乃逸乃諺既誕孔安國曰誕欺也』（中華書局本、二〇頁）

「乃逸乃諺既誕」「誕欺也」の孔伝無し。（無逸・北京大学本、五〇七頁）

「乃逸乃喭旡啑」（敦煌本（P.2748）、二一七九頁）

「廼逸廼諺旡誕」（内野本、二一八六頁）

「乃逸乃諺既誕」

（足利学校本、二一九七頁・影天正本、二二〇五頁）

「乃逸乃諺旡誕」（上海図八行本、二二一二頁）

〔誕〕『又曰誕敷文德孔安國曰誕大也』（中華書局本、二〇頁）

「誕敷文德（遠人不服大布文德以來之）」に作って「誕大也」の孔傳無し（大禹謨・北京大学本、一一九頁）。

「誕大也」の孔伝は「王歸自克夏至于亳誕告萬方（誕大也）」（湯誥）に有り。

「誕旉彣悳」（敦煌本（S.801）、一六七頁）

「誕旉彣悳（誕大也）」（内野本、一八四頁）

「誕旉（の右に「攵」を書き「敷」）文德（誕大也）」（足利学校本、一九七頁）

「誕敷文德（誕大也）」（影天正本、二〇七頁・上海図八行本、二一八頁）

〔譁〕『尚書人無譁聽朕命孔安國曰無讙譁也』（中華書局本、二一頁）

「人無譁聽命（伯禽為方伯監七百里内之諸侯帥之以征歎而勑之使無喧譁欲其靜聽誓命）」「無讙譁也」の孔伝無し。（費誓・北京大学本、六六一頁）

「人巳嘩聴命」（九条本、三〇四一頁）

「人巳嘩聴予（左に「扌无」）命」（内野本、三〇四六頁）

「人亡（右に「無」）譁聑予（左に「印无」）侖」（足利学校本、三〇五一頁）

「人亡（右に「無」）譁聴予侖」（影天正本、三〇五四頁）

「人亡華聴予奐」（上海図八行本、三〇五八頁）

阮元校勘記に「命上古本有子字」とするも、これは誤り。「予」に作る。

〔譌〕『尚書平秩南譌孔安國曰譌化也』（中華書局本、二一頁）

「平秩南訛敬致（訛化也）」（堯典・北京大学本、三四頁）

「平稅南訛敬致（訛化也）」（内野本、十七頁）

「平秩南訛（右に「史作譌」）敬致（訛化也）」（足利学校本、二九頁）

「平秩南訮（右に「訛」）敬致（訛化也）」（影天正本、三七頁）

「平稅南訛敬致（訛化也）」（上海図八行本、四五頁）

〔謬〕『尚書青繩僭紕謬謬其悲』（中華書局本、二二頁）

「繩愆糾謬格其非心」（冏命・北京大学本、六二五頁）

「繩僭紕謬格冄非心」（岩崎本、二八八一頁）

「繩僁紏謬格亣非心」（内野本、二八八六頁）
「繩僁紏謬桮其非心」（足利学校本、二八九一頁）
「繩僁紏謬格其非心」（影天正本、二八九四頁）
「繩僁紏謬格亣非心」（上海図八行本、二八九七頁）

〔讒〕『尚書讒試弥行』（中華書局本、二五頁）
「讒説殄行」（舜典・北京大学本、九七頁・内野本、九四頁）
「𧦧説殄行」（足利学校本、一〇七頁・影天正本、一一九頁）
「誃説殄行」（上海図八行本、一三二頁）

〔譙〕『王亦未敢譙公』（中華書局本、二六頁）
「王亦未敢誚公（成王信流言而疑周公故周公既誅三監而作詩解所以宜誅之意以遺王王猶未悟故欲譲公而未敢）」「譙譲也」の孔伝無し。（金縢・北京大学本、三九九頁）
「王亦未敎誚公」（内野本、一六二七頁）
「王亦未敢誚公」（足利学校本、一六三三頁・影天正本、一六三九頁・上海図八行本、一六四六頁）

〔譲〕『尚書允恭克譲光被』（中華書局本、二七頁）
「允恭克譲光被」（堯典・北京大学本、二九頁・上海図八行本、四四頁）
「允恭（左に「龔」）克譲光被」（内野本、一五頁）
「允恭克譲光被」（足利学校本、二七頁・影天正本、三五頁）

〔譲〕『又曰推賢譲能庶官乃和』（中華書局本、二七頁）
「推賢譲能庶官乃和」（周官・北京大学本、五七五頁）
「推賢譲能庾官廼咊」（内野本、二五九五頁）
「推賢譲能庶官乃（右に「イ廼」）和」（観智院本、二六〇四頁）
「推賢譲能庶官乃和」（足利学校本、二六一二頁）
「推賢譲㠯庶官乃和」（影天正本、二六一九頁）
「推賢譲能庶官乃咊」（上海図八行本、二六二八頁）

〔譲〕『將遜于位譲于虞舜』（中華書局本、二七頁）
「將遜于位譲于虞舜」（堯典・北京大学本、二六頁）
「將遜于位譲于𡕒（右に「虞下同」）舜」（内野本、一四頁）
「將遜于位譲于𠫤（左に「虞」）舜」（足利学校本、二七頁）
「將遜于位譲于𠫤舜」（影天正本、三五頁）

「將遜于位讓于虞舜」（上海図八行本、四三頁）

〔詰〕『尚書其克詰尓戎兵孔安國曰詰治也』（中華書局本、二八頁）

「其克詰爾戎兵（其當能治汝戎服兵器威懐竝設以升禹治水之舊迹）」「詰治也」の孔伝無し。（立政・北京大学本、五六三頁）

「其克誥𠍮戎兵」（敦煌本（P.2630）、一二五一六頁）

「开克誥尒戎兵」（九条本、一二五二五頁）

「其克誥尒戎兵」（足利学校本、一二五四七頁・影天正本、一二五五六頁）

「亓克詰尒戎兵」（上海図八行本、一二五六六頁）

〔誅〕『尚書商罪貫盈天命誅之』（中華書局本、三一一頁）

「商罪貫盈天命誅之」（泰誓上・北京大学本、三二四頁）

「商罪貫盈天命誅火」（神田本、一二九〇頁）

「商辠貫盈天命誅㞢」（内野本、一二九六頁）

「商罪貫盈天侖誅之」（足利学校本、一三〇一頁・影天正本、一三〇五頁）

「商辠貫盈天命誅之」（上海図八行本、一三一〇頁）

〔詔〕『尚書多瘠冈詔孔安國曰無詔救之者也』（中華書局本、三四頁）

「多瘠罔詔（言殷民上下有罪皆合於一法紂故使民多瘠病而無詔救之者）」（微子・北京大学本、三一三頁）

「𢎘瘠㠯詔（多瘠病而無詔救）」（敦煌本（P.2516）、一二四一頁）

「多瘠㠯詔（多瘠病而無詔救之者也）」（敦煌本（P.2643）、一二四六頁）

「多■（破損）㠯詔（多瘠病而無詔救之）」（岩崎本、一二五一頁）

「多瘠㐌詔（多瘠病而無詔救之者（左に「扌无」））」（内野本、一二五七頁）

「多瘠㠯詔（多瘠病而無詔救之者子也）」（元亨本、一二六二頁）

「多瘠罔詔（多瘠病而无詔救之者）」（足利学校本、一二六七頁）

「多瘠罔詔（多瘠病而无詔救之者也）」（影天正本、一二七一頁）

「多瘠㠯詔（多瘠病而无詔救之）」（上海図八行本、一二七六頁）

〔詔〕『又曰詔王太子出迪孔安國曰詔教也』（中華書局本、三四頁）

「詔王子出迪（商其没亡我二人無所為臣僕欲以死諫紂我教王子出合於道）」「詔教也」の孔伝無し。（微子・北京大学本、三一三頁）

「詔王子出廸」（敦煌本（P.2516）、一二四一頁・敦煌本（P.2643）、一二四

六頁・内野本、一二五七頁・足利学校本、一二六七頁・影天正本、一二七一頁・上海図八行本、一二七六頁）

「詔王子出迪」（岩崎本、一二五一頁・元亨本、一二六三頁）

〔讃〕『尙書益贊于禹亦是也』（中華書局本、三六頁）

「益贊于禹」（大禹謨・北京大学本、一一八頁）

「莶賛于帍」（敦煌本（S.801）、一六六頁）

「蒡（左に「益下同」）賛丂龠」（内野本、一八三頁・足利学校本、一九六頁・影天正本、二〇六頁）

「益賛兮（左に「禹」）」（上海図八行本、二一七頁）

〔謌〕『尙書謌詠言』（中華書局本、三七頁）

「詩言志歌永言」（舜典・北京大学本、九五頁）

「哥（古歌字）」「永言（如字長也下同徐音詠）」（敦煌本（P.3315）『經典釋文』、七六頁）

「哥永言」（内野本、九三頁）

「哥（右に「欠」を書き「歌」）永言」（足利学校本、一〇六頁）

「歌永言」（影天正本、一一八頁・上海図八行本、一三二頁）

〔譩〕『對曰信譩孔安國曰恨辭也』（中華書局本、四二頁）

「對曰信噫（噫恨辭）」（金縢・北京大学本、四〇一頁）

「對曰佀噫（噫恨辞也（左に「扌无」））」（内野本、一六二八頁）

「對曰信噫（噫恨辞也）」（足利学校本、一六三四頁・影天正本、一六四〇頁・上海図八行本、一六四六頁）

巻九「曰部」

〔曰〕『曰皇極之敷言孔安國曰〻者大其義』（中華書局本、四六頁）

「曰皇極之敷言（曰者大其義）」（洪範・北京大学本、三六九頁）

「曰皇極出尃言（曰者大其義也（左に「扌无」））」（内野本、一五〇七頁）

「曰皇極之敷言（曰者大其義也）」（足利学校本、一五二一頁・影天正本、一五三三頁）

「曰皇極之敷言（曰者大其義也）」（上海図八行本、一五四六頁）

〔曰〕『又曰有艱大于西』（中華書局本、四六頁）

「曰有大艱于西土（曰語更端也）」（大誥・北京大学本、四〇七頁）
「曰ナ大艱亐西土（曰語更端也）」（内野本、一六七二頁）
「曰有大艱亐西土（曰語更端也）」（足利学校本、一六八四頁）
「曰有大艱于西土（曰語更端也）」
（影天正本、一六九二頁・上海図八行本、一七〇〇頁）

〔曰〕『咨四岳』『益賛于禹曰』（中華書局本、四六頁）
「帝曰咨四岳」か。（堯典・北京大学本、四七頁）
「咨四岳」（内野本、二一頁・上海図八行本、四八頁）
「咨四𡶳（右に「岳」）」
（足利学校本、三一頁・影天正本、三九頁）
「益賛于禹曰」は〔讃〕『尚書益賛于禹亦是也』（中華書局本、三六頁）を参照。

〔曷〕『焉虖曷何也』（中華書局本、四七頁）
「嗚呼曷歸予懷之悲（曷何也言思而悲）」
（五子之歌・北京大学本、二一五頁）
「於専（曷何也）」（九条本、五二五頁）
「於虖（曷何也）」（内野本、五三一頁・上海図八行本、五四四頁）
「於（左に「嗚」）虖（左に「呼」）（曷何也）」
（足利学校本、五三五頁・影天正本、五三九頁）

巻九「乃部」

〔乃〕『尚書唯乃之休孔安國曰乃汝也』
（中華書局本、四八頁）
「惟乃之休（使我從心所欲而政以治民動順上命若草應風是汝能明刑之美）」「乃汝也」の孔伝無し。（大禹謨・北京大学本、一一〇頁）
「惟女（左に「乃扌」）之休」（内野本、一七七頁）
「惟女㞢休」（足利学校本、一九二頁）
「惟女（左に「乃」）㞢休」（影天正本、二〇三頁）
「惟乃（左に「女」）之休」（上海図八行本、二一三頁）

巻九「可部」

〔奇〕『尚書弥禽奇獸弗育于國』（中華書局本、五〇頁）
「珍禽奇獸不育于國」（旅獒・北京大学本、三八九頁）
「珎禽奇獸弗育于國」（島田本、一五八五頁）
「珎禽奇獸弗育亐或」（内野本、一五九一頁）
「珎禽奇獸不育于國」

（足利学校本、一五九六頁・影天正本、一六〇〇頁）

「玠禽奇獸弗育于國」　（上海図八行本、一六〇四頁）

〔哥〕『尙書歌詠言』　（中華書局本、五〇頁）

〔謌〕『尙書謌詠言』（中華書局本、三七頁）を参照。

巻九「兮部」

〔羲〕『尙書分命羲仲宅僞』　（中華書局本、五一頁）

「僞」字は何れの文に附くか不明。

「分命羲仲宅嵎夷」　（堯典・北京大学本、三三頁）

「分命羲仲宅嵎𡰥」　（内野本、十六頁）

「分命羲仲宅嵎𡰥（左に「夷」）」　（足利学校本、二八頁）

「分命羲仲宅嵎𡰥」　（影天正本、三六頁）

「分命羲仲宅嵎夷」　（上海図八行本、四五頁）

〔羲〕『僞汝羲臯和』　（中華書局本、五一頁）

「咨女羲臯和」　（内野本、十九頁）

「咨女羲臯（左に「暨」）和」　（足利学校本、三〇頁）

「咨女羲臯（左に「暨」）咊」　（影天正本、三八頁）

「咨女羲暨和」　（上海図八行本、四七頁）

〔乎〕『尙書何憂乎鴅吺』　（中華書局本、五一頁）

「何憂乎驩兜」　（皐陶謨・北京大学本、一二三頁）

「何憂乎鴅叟（左に「驩兜」）」

（内野本、二四六頁・足利学校本、二五三頁・影天正本、二五九頁）

「何憂乎驩兜」　（上海図八行本、二六五頁）

巻九「亐部」

〔亐〕「尙書王曰吁來孔安國曰于嘆也」　（中華書局本、五二頁）

「王曰吁來（吁歎也）」

（呂刑・北京大学本、六四一頁・岩崎本、二九一七頁・内野本、二九三六頁・足利学校本、二九五二頁・影天正本、二九六四頁・上海図八行本、二九七六頁）

〔粵〕『弗服田畝粵其冈有黍稷孔安國曰粵於也』　（中華書局本、五三頁）

「不服田畝越其罔有黍稷（越於也）」
（盤庚上・北京大学本、二七三頁）
「弗服田晦越亓乍又柔禝（越於也）」　（岩崎本、八七一頁）
「弗服田晦（左に「畝」）粤亣乍（左に「罔」）有黍稷（越於也）」
（内野本、八八二頁）
「弗服田畝粤其乍有黍禝（越於也）」　（元亨本、八九二頁）
「不服田畝越其罔有黍稷（越於也）」
（足利学校本、九〇一頁・影天正本、九〇八頁）
「不服田晦粤其乍有黍稷（越於也）」
（上海図八行本・九一五頁）

〔平〕『**尚書平秩東作孔安國曰平均也**』
（中華書局本、五三頁）
「平秩東作」「平均也」の孔伝無し。
（堯典・北京大学本、三三頁）
「平秩東作」
（内野本、十六頁・足利学校本、二八頁・影天正本、三六頁・上海図八行本、四五頁）
「平（均也）」の注あり。

（敦煌本（P.3315）『經典釋文』、一一頁）
『經典釋文』は孔安国伝に依るとすれば、原本系『玉篇』の孔伝も『經典釋文』と同系統にあるものならん。

〔平〕『**又曰地平天成孔安國曰水治曰清土治曰平**』
（中華書局本、五三頁）
「地平天成（水土治曰平）」　（大禹謨・北京大学本、一〇六頁）
「地平天（以下、破損）」　（敦煌本（S.5745）、一六〇頁）
「地丂（左に「平下同」天戚）（水土治曰平）」（内野本、一七四頁）
「地夸（左に「平」）天戚（右に「成」）（水土治曰平）」
（足利学校本、一九〇頁・影天正本、二〇一頁）
「地平天成（水土治曰平）」　（上海図八行本、二一一頁）
「水治曰清土治曰平」の孔伝は無し。

巻九「音部」

〔音〕『**尚書八音尅諧无相𠌶倫**』
（中華書局本、五六頁）
「八音克諧無相奪倫」　（舜典・北京大学本、九五頁）

「八音克諧亡相奪倫」（内野本、九四頁）
「八音克諧亡（左に「無印」）相奪倫」（足利学校本、一〇六頁・影天正本、一一八頁）
「八音克諧亡相奪倫」（上海図八行本、一三二頁）
〔響〕『尚書恵惠吉從逆凶惟影響孔安國曰若影之随形響之應聲也』（中華書局、五七頁）
「恵迪吉從逆凶惟影響（若影之随形響之應聲）」（大禹謨・北京大学本、一〇五頁・上海図八行本、二〇九頁）
「侖曰惠迪吉刅逆凶惟影響（若影之随形響之應聲）」（内野本、一七二頁）
「侖（右に「禹」）曰惠迪吉刅逆凶惟影響（若影之随形響之應聲）」（足利学校本、一八八頁）
「侖曰惠迪吉刅逆凶惟影響（若影之随形響之應聲）」（影天正本、一九九頁）
〔韶〕『尚書蕭韶九成』（中華書局本、五七頁）
「簫韶九成」（舜典・北京大学本、一五二頁）
「簫韶九戚」（内野本、二九八頁・上海図八行本、三二七頁）
「簫韶九戚（右に「成」）」（足利学校本、三〇八頁）
〔章〕『尚書天命有德五服五章哉孔安國曰五服五章之別也』（中華書局本、五七頁）
「天命有德五服五章哉（五服天子諸侯卿大夫士之服也尊卑彩章各異所以命有德）」「五服五章之別也」の孔伝無し。（皐陶謨・北京大学本、一二九頁）
「天命ナ悳王服王彰才（五服天子諸侯卿大夫士之服也尊卑彩章各異所以命有德）」（内野本、二四九頁）
「旡（右に「天」）侖有徳王（右に「五」）服五彰（左に「章」）才（五服天子諸侯卿大夫士之服也尊卑彩章各異所以命有德）」（足利学校本、二五六頁）
「旡（左に「天」）侖有㤗王（左に「五」）服五彰才（右に「哉」）」（影天正本、二六二頁）
「天奐有徳五服五章哉」（上海図八行本、二六七頁）

巻九「告部」

〔誥〕『王庸作書以告』（中華書局本、六〇頁）
「王庸作書以誥」（説命上・北京大学本、二九三頁）
「王庸作書曰誥」

（敦煌本（P.2516）、一〇五二頁・敦煌本（P.2643）、一〇五六頁・岩崎本、一〇六〇頁・内野本、一〇六六頁）

「王庸作書以誥」　（元亨本、一〇七一頁・上海図八行本、一〇八四頁）

「王庸作昬邑誥」　（足利学校本、一〇七六頁）

「王庸作昬邑（左に「以」）誥」　（影天正本、一〇八〇頁）

巻九「吅部」

〔單〕『尚書清明千單』　（中華書局本、六三頁）

「明清于單」

（呂刑・北京大学本、六五〇頁・岩崎本、二九二三頁・足利学校本、二九五六頁・影天正本、二九六八頁）

「明清亐單」

（内野本、二九四二頁・上海図八行本、二九八一頁）

巻九「冊部」

〔冊〕『尚書史乃冊告孔安國曰史爲冊書也』　（中華書局本、六八頁）

「史乃冊祝曰（史爲冊書）」　（金縢・北京大学本、三九五頁）

「史廼笧（左に「冊」）祝曰（史爲冊書）」　（内野本、一六二二頁）

「史廼（右に「乃」）冊祝曰（史爲冊昬）」　（足利学校本、一六三一頁）

「史廼冊祝曰（史爲昬書）」　（影天正本、一六三七頁）

「史乃笧祝曰（史爲策書）」　（上海図八行本、一六四三頁）

巻九「欠部」

〔次〕『尚書畔官離次孔安國曰次位也』　（中華書局本、七一頁）

「畔宮離次（失次位也）」

（胤征・北京大学本、二一八頁・敦煌本（P.5557）、五六二頁・九条本、五六八頁・足利学校本、五八一頁・影天正本、五八六頁・上海図八行本、五九二頁）

「畔宮離次（次位也）」　（敦煌本（P.2533）、五五七頁）

「畔宮離次（失（左に「本无扌有」）次位也（左に「扌无」））」　（内野本、五七二頁）

巻九「食部」

〔食〕『尚書食哉惟時鴻範八政一曰食孔安國曰懃農業

也』（中華書局本、七八頁）

「食哉惟時」（舜典・北京大学本、八五頁）

「飠才惟旹（左に「時」）」（内野本、八八頁）

「飠才（左に「哉」）惟旹（左に「時」）」（足利学校本、一〇三頁）

「食才（左に「哉」）惟旹（左に「時印」）」（影天正本、一一五頁）

「飠哉惟時」（上海図八行本、一二八頁）

「洪範」（北京大学本、三五一頁・島田本、一四七七頁・内野本、一四九八頁・足利学校本、一五一六頁・影天正本、一五二八頁・上海図八行本、一五四〇頁）

「八政一曰食（勤農業）」（洪範・北京大学本、三六一頁）

「八政一曰食（勤農業也）」（島田本、一四八一頁）

「八政弌曰飠（勤農業也（左に「扌无」））」（内野本、一五〇二頁）

「八政一曰飠（勤農業也）」（足利学校本、一五一九頁・影天正本、一五三二頁・上海図八行本、一五四三頁）

〔食〕『尚書唯辟王食』（中華書局本、七九頁）

「惟辟玉食」（洪範・北京大学本、三七〇頁）

「惟㑥玉飠」（内野本、一五〇八頁）

「惟辟玉飠」（足利学校本、一五二二頁・影天正本、一五三四頁・上海図八行本、一五四七頁）

〔食〕『乃卜澗水東湹水西惟洛食孔安國曰卜必先墨書龜然後灼之兆從食墨也』（中華書局本、七九頁）

「乃卜澗水東瀍水西惟洛食（卜必先墨畫龜然後灼之兆順食墨）」（洛誥・北京大学本、四七八頁）

「乃卜澗水東湹水西惟洛食（卜必先墨■龜然後灼之■■■墨也（■は判読不能））」（敦煌本（P.2748）、二〇二一頁）

「廼卜澗水東瀍水西惟粂飠（卜必先墨畫龜然後灼之兆順飠墨也（左に「扌无」））」（内野本、二〇三〇頁）

「乃卜澗水東瀍水西惟洛食（卜必先墨昼亀然后灼之兆順食墨）」（足利学校本、二〇四五頁・影天正本、二〇五五頁）

「乃卜澗水東瀍水西惟粂食（卜必先墨昼亀然後灼之兆順食墨也）」（上海図八行本、二〇六五頁）

〔食〕『又曰朕弗食言孔安國曰書其僞不實也』（中華書局本、七九頁）

「朕不食言（食盡其言僞不實）」（湯誓・北京大学本、二二八頁）

「朕弗食言（食盡其言僞不實也）」（九条本、六〇八頁）

「般弗飠言（飠盡其言僞不實（左に「扌无」））」（内野本、六一二頁）

「般弗飠言（飠盡其言僞不實也）」（足利学校本、六一五頁）

「般（右に「朕」）弗飠言（飠盡其言僞不實也）」（影天正本、六一八頁）

「般不食言（食尽其言僞不實也）」（上海図八行本、六二一頁）

〔養〕『尙書德惟善政〻在養民』（中華書局本、八三頁）

「德惟善政政在養民」（大禹謨・北京大学本、一〇六頁）

「（上部欠）在養区」（高昌本、一五九頁）

「悳惟善政政在眷区」（内野本、一七三頁）

「德惟譱政々在眷民」（足利学校本、一八九頁）

「徳惟譱政在养民」（影天正本、二〇〇頁）

「徳惟善政人在眷民」（上海図八行本、二一〇頁）

〔餉〕『書乃葛伯仇餉孔安國曰見農民於餉田者㪅其人奪其餉曰仇餉』（中華書局本、八六頁）

「乃葛伯仇餉（見農民之餉於田者殺其人奪其餉故謂之仇餉）」（仲虺之誥・北京大学本、二三五頁）

「乃葛柏仇餉（見農民之餉於田者㪅其人奪其餉謂之仇餉）」（九条本、六三三頁）

「乃葛伯仇餉（見農民之餉於田者殺其人奪其餉故謂之仇餉）」（内野本、六三九頁・足利学校本、六四五頁・影天正本、六五〇頁・上海図八行本、六五五頁）

〔餘〕『尙書餘波入于流沙』（中華書局本、八九頁）

「餘波入于流沙」（禹貢・北京大學本、一九一頁・九条本、三八一頁）

「餘波入亐流沙」（内野本、四〇四頁・上海図八行本、四五五頁）

「餘波入流沙」（足利学校本、四二三頁・影天正本、四三八頁）

〔餞〕『尙書寅餞内納日孔安國曰餞送也』（中華書局本、九〇頁）

「尙書寅餞納日（餞送也）」（堯典・北京大学本、三四頁）

「寅餞納日（餞送也）」（内野本、一八頁）

「寅餞納納日（餞送也）」　（足利学校本、二九頁・上海図八行本、四六頁）

「寅餞納日（餞送也）」　（影天正本、三七頁）

巻九「甘部」

〔甘〕『尚書稼穡作甘』　（中華書局本、一〇〇頁）

「稼穡作甘」　（洪範・北京大学本、三五七頁・足利学校本、一五一八頁・上海図八行本、一五四二頁）

「稼嗇作甘」　（内野本、一五〇一頁）

「稼穡作甘」　（影天正本、一五三〇頁）

〔甘〕『甘湏嗜音』　（中華書局本、一〇〇頁）

「甘酒嗜音」　（五子之歌・北京大学本、二一三頁・九条本、五二四頁・内野本、五三〇頁・足利学校本、五三五頁・上海図八行本、五四三頁）

「曰酒嗜音」　（敦煌本（P.2533）、五一九頁）

巻九「㫖部」

〔㫖〕『尚書㫖哉説乃言惟服孔安國曰㫖美也』　（中華書局本、一〇二頁）

「王曰旨哉説乃言惟服（旨美也）」　（説明中・北京大学本、二九九頁）

「王曰旨哉説乃言惟服（㫖美也）」　（敦煌本（P.2516）、一〇九九頁・敦煌本（P.2643）、一一〇三頁・岩崎本、一一〇七頁・元亨本、一一一六頁）

「王曰旨哉説乃言惟服（旨美也）」　（内野本、一一一二頁・足利学校本、一一一九頁・影天正本、一一二三頁・上海図八行本、一一二七頁）

巻九「冊部」

〔嗣〕『尚書禹乃嗣與孔安國曰嗣繼也』　（中華書局本、一〇九頁）

「禹乃嗣興（嗣繼也）」　（洪範・北京大学本、三五三頁）

「禹廼孠興（嗣継也）」　（内野本、一四九九頁）

「禹廼嗣（左に「嗣」）㒷（嗣継也）」（足利学校本、一五一七頁）

「禹廼嗣㒷（嗣継也）」　（影天正本、一五二九頁）

「禹乃嗣興（嗣継也）」　（上海図八行本、一五四一頁）

巻九「㗊部」

〔囂〕『尚書父頑母嚚象傲也』　（中華書局本、一一〇頁）

「父頑母囂象傲」

（堯典・北京大学本、五三頁・敦煌本（P.3015）、八頁・内野本、二四頁・足利学校本、三三頁・影天正本、四一頁・上海図八行本、五〇頁）

巻九「欠部」

〔欽〕『尚書放勛欽明孔安國曰欽敬也』　（中華書局本、一一三頁）

「放勲欽明（欽敬也）」

（堯典・北京大学本、二九頁・足利学校本、二七頁・影天正本、三五頁・上海図八行本、四三頁）

「放勲欽明（欽敬也）」　（内野本、一四頁）

〔歡〕『尚書公功肅將秖歡孔安國也或爲懽字在心部』

（中華書局本、一一四頁）

「公功肅將祇歡」　（洛誥・北京大学本、四八九頁）

「公功肅將袥歡」　（敦煌本（P.2748）、二〇二四頁）

「公珍粛将𥘅歡」　（内野本、二〇三八頁）

「公切隶将祇歓」

（足利学校本、二〇五〇頁・影天正本、二〇六〇頁）

「公切粛將𠩓歡」　（上海図八行本、二〇七一頁）

〔欲〕『尚書亡教逸欲有邦孔安國曰欲貪也』

（中華書局本、一一五頁）

「無教逸欲有邦」「欲貪也」の孔伝無し。

（皐陶謨・北京大学本、一二九頁・上海図八行本、二六七頁）

「亡效逸欲𠂇邦」　（内野本、二四八頁）

「亡（左に「無」）效（左に「教」）逸欲有邦」　（足利学校本、二五五頁）

「亡（左に「無」）教逸欲有邦」　（影天正本、二六一頁）

〔欲〕『尚書予欲觀古人象』　（中華書局本、一一五頁）

「予欲觀古人之象」

（益稷・北京大学本、一三九頁・上海図八行本、三三二頁）
「予欲觀古人㞢焉」（内野本、二九二頁）
「予欲観古人㞢（右に「之」）焉（右に「象」）」（足利学校本、三〇四頁・影天正本、三一三頁）

巻二十七「糸部」

〔繹〕『尚書允猶繹也』（中華書局本、一二二頁）
不明。

〔純〕『尚書政事惟純孔安國曰純粋也』（中華書局本、一二三頁）
「政事惟醇（醇粋）」（説命中・北京大学本、二九九頁）
「政事惟醇（醇粋也）」（敦煌本（P.2516）、一〇九九頁・敦煌本（P.2643）、一一〇三頁・岩崎本、一一〇七頁・内野本、一一一一頁）
「政事惟孼（醇粋也）」（元亨本、一一一五頁）
「政叓惟醇（醇粋）」（足利学校本、一一一九頁・影天正本、一一二三頁）
「政叓惟醇（醇粋也）」（上海図八行本、一一二六頁）

〔純〕『又曰嗣尓股肱純孔安國曰爲純一之行也』（中華書局本、一二四頁）
「嗣爾股肱純（股肱之教爲純一之行）」（酒誥・北京大学本、四四四頁）
「孠介股肱純（股肱之教爲純壹之行）」（九条本、一八四三頁）
「孠爾股肱純（股肱之教爲純一之行）」（内野本、一八五二頁）
「孠（左に「嗣」）介股肱純（股肱之教爲純一之行）」（足利学校本、一八六五頁）
「嗣爾股肱純（股肱之教爲純一之行）」（影天正本、一八七五頁・上海図八行本、一八八三頁）

〔純〕『野王案尚書純祐康德』（中華書局本、一二四頁）
不明。

〔經〕『尚書弗克經歴孔安國曰經久歴遠也』（中華書局本、一二五頁）
「弗克經歴（經久歴遠）」（君奭・北京大学本、五一九頁・内野本、二二七六頁・上海図八行本、二三〇八頁）

「弗克經歴（經久歴遠）」　（敦煌本（P.2748）、二二六二頁）
「不（右に「弗」）克經歴（經久歴遠）」
（足利学校本、二二九〇頁・影天正本、二二九九頁）

〔經〕『又曰寧失不經孔安國曰經常也』
（中華書局本、一二五頁）
「寧失不經（經常）」　（大禹謨・北京大学本、一一〇頁）
「寧失弗經（經常也（左に「扌无」））」　（内野本、一七七頁）
「寧失弗（右に「不」）經（經常也）」
（足利学校本、一九一頁・影天正本、二〇二頁）
「寧失不經（經常也）」　（上海図八行本、二一三頁）

〔經〕『又曰㞋既得下則經營孔安國曰則經營軌度之也』
（中華書局本、一二五頁）
「厥既得卜則經營（經營規度）」
（召誥・北京大学本、四六〇頁・上海図八行本、一九八九頁）
「氒旡导卜則經營（經營規度）」　（九条本、一九四六頁）
「斥旡得卜則經營（經營規度）」
（内野本、一九五六頁・足利学校本、一九七一頁）
「斥（左に「厥」）旡（左に「既」）得卜則經營（經營規度）」
（影天正本、一九八〇頁）

〔織〕『尚書㞋篚織文孔安國曰錦綺之屬』
（中華書局本、一二六頁）
「厥篚織文（錦綺之屬）」　（禹貢・北京大学本、一六八頁）
「彑篚戠文（錦綺下破損（以））」　（敦煌本（P.3615）、三五二頁）
「氒篚戠文（錦綺之屬）」　（岩崎本、三六九頁）
「弌篚織文（錦綺之屬）」
（内野本、三九二頁・上海図八行本、四四六頁）
「弌（左に「厥」）篚織文（錦綺之屬）」
（足利学校本、四一六頁・影天正本、四三一頁）

〔緯〕『尚書何擾天紀孔安國曰天紀謂時日也』
（中華書局本、一二八頁）
「俶擾天紀（紀謂時日）」
（胤征・北京大学本、二一八頁・内野本、五七四頁・足利学校本、五八一頁・影天正本、五八六頁・上海図八行本、五九二頁）

「併擾天紀（紀謂時日）」（敦煌本（P.2533）、五五七頁・九条本、五六八頁）

「仮擾天紀（紀謂時日）」（敦煌本（P.5557）、五六二頁）

〔緯〕『又曰五紀一曰歳二曰日三曰月四曰星辰五曰歴數』（中華書局本、一二八頁）

「五紀一曰歳二曰月三曰日四曰星辰五曰歴數」（洪範・北京大学本、三六二頁）

「又紀一曰歳二曰■（破損）三曰月四曰星辰又曰歴數」（島田本、一四八二頁）

「又紀弌曰戋（左に「歳」）弌曰月弌曰日三曰壘辰又曰暦數」（内野本、一五〇三頁）

「五紀一曰歳二曰月三曰日四曰星辰五曰暦數」（足利学校本、一五一九頁・影天正本、一五三二頁・上海図八行本、一五四四頁）

〔緯〕『又曰既歴三紀世變風移孔安國曰十二年曰紀父子曰世』（中華書局本、一二八頁）

「既歴三紀世變風移（十二年曰紀父子曰世）」（畢命・北京大学本、六一五頁）

「旡麻三紀世匙風移（十二年曰紀父子曰世也）」（岩崎本、二八〇五頁）

「旡歴弎紀吉彰（左に「変」）風移（十二年曰紀父子曰世也（左に「扌旡」））」（内野本、二八一三頁）

「■（判読不明）歴三紀世変風移（十二年曰紀父子曰世）」（足利学校本、二八二二頁）

「既歴三紀世変風移（十二年曰紀父子曰世）」（影天正本、二八二八頁）

「旡（左に「既」）歴弎紀世変風移（十二年曰紀父子曰世）」（上海図八行本、二八三四頁）

〔納〕『尚書女作納言』（中華書局本、一三〇頁）

「汝作納言」（舜典・北京大学本、九七頁・影天正本、一一九頁・上海図八行本、一三二頁）

「女作内（左に「納扌」）言」（内野本、九四頁）

「汝作内（左に「糸」を附け「納」）言」（足利学校本、一〇七頁）

〔絶〕『尚書天用勦絶其命孔安國曰勦截也截絶謂滅之

也』

「天用勦絶其命（勦截也截絶謂滅之）」（甘誓・北京大学本、二〇七頁）

「天用勦𢇍亓命（勦截也截絶謂滅之）」（敦煌本（P.2533）、四九五頁）

「天用勦𢇁开命（勦截〻絶謂滅之也）」（九条本、四九七頁）

「天用勦𢇍亣命（勦截也截絶謂滅之也（左に「扌无」））」（内野本、五〇〇頁）

「天用勦𢇁（左に「絶」）开（左に「其」）𠇮（勦截也截絶謂滅之）」（足利学校本、五〇三頁・影天正本、五〇六頁）

「天用勦𢇍亓丙（勦截截絶謂滅之也）」（上海図八行本、五〇八頁）

〔絶〕『又曰非亟民中絶命』（中華書局本、一三〇頁）

「非天夭民民中絶命」（高宗肜日・北京大学本、三〇四頁・上海図八行本、一二〇〇頁）

「非旡亟叵中絶命」（敦煌本（P.2516）、一一八五頁）

「非天夭民民中𢆶命」（敦煌本（P.2643）、一一八七頁）

「非旡（右に「天」）亟民民中𢇁命」（岩崎本、一一八九頁）

「非天夭叵〻中絶命」（内野本、一一九一頁）

「非天亟民〻中𢇍命」（元亨本、一一九四頁）

「非天夭民々中絶𠇮」（足利学校本、一一九六頁・影天正本、一一九八頁）

〔絶〕『又曰絶天通火始燄燄厥攸灼敘弗其絶』（中華書局本、一三〇頁）

「絶地天通」（呂刑・北京大学本、六三四頁・足利学校本、二九四八頁・影天正本、二九六〇頁・上海図八行本、二九七二頁）

「𢇍地天通」（岩崎本、二九一二頁）

「絶坙旡通」（内野本、二九三〇頁）

「火始燄燄厥攸灼敘弗其絶」（洛誥・北京大学本、四八一頁）

「火始燄〻厥逌焯敘不其絶」（敦煌本（P.2748）、二〇二二頁）

「火始燄〻弋逌灼敘弗亣絶」（内野本、二〇三三頁）

「火始燄々厥攸灼敘不其絶」（足利学校本、二〇四六頁・影天正本、二〇五六頁）

「火始燄〻逌灼敘弋弗亣絶」（上海図八行本、二〇六七頁）

〔絶〕『又曰無胥絶遠孔安國曰无相与絶遠奄癈之也』

（中華書局本、一三〇頁）
「無胥絶遠（無相與絶遠棄廢之）」（盤庚中・北京大学本、二八五頁）
「亡肙𢇁遠（無相与絶遠弃癈也）」（敦煌本（P.2516）、九四五頁）
「亡胥㡭遠（（破損）与絶遠棄廢之也）」（敦煌本（P.2643）、九五二頁）
「亡肙𢇍遠（無相与絶遠棄癈之者也）」（岩崎本、九六〇頁）
「亡胥𢇁（左に「絶」）遠（無相与絶遠棄癈也（左に「之ォ」））」（内野本、九六八頁）
「亡肙𢇁（左に「絶」）遠（无相与絶遠棄癈也）」（元亨本、九七七頁）
「無胥絶遠（无相与絶遠弃廢也之）」（足利学校本、九八三頁・影天正本、九八九頁）
「亡胥絶遠（无相与絶遠棄棄也）」（上海図八行本、九九六頁）
〔續〕『尚書予訝續乃命于天』（中華書局本、一三一頁）
「予迓續乃命于天」（盤庚中・北京大学本、二八一頁）
「（破損）卸續乃命亏兂」（敦煌本（P.2516）、九四二頁）
「予卸續乃命于天」（敦煌本（P.2643）、九五〇頁）
「予淝續乃命于天」（岩崎本、九五七頁）
「予迓續廼命亏兂」（内野本、九六五頁）
「豫御續乃命于天」（元亨本、九七三頁）
「予迓續廼命于天」（足利学校本、九八一頁）
「予迂續廼命于天」（影天正本、九八七頁）
「予迓續廼奐亏天」（上海図八行本、九九四頁）
「賡」（原本系『玉篇』）の注に「按匡謬正俗引此句迓作御徐氏音訝詳見牧誓」と。（中華書局本、一三一頁）
元亨本は、匡謬に引くのと同じように作る。
〔續〕『尚書續禹奮服』（中華書局本、一三一頁）
「纘乃舊服」（君牙・北京大学本、六二一頁・足利学校本、二八六三頁・影天正本、二八六六頁・上海図八行本、二八六九頁）
「續乃奮服」（岩崎本、二八五四頁）
「續廼舊服」（内野本、二八五九頁）
〔縱〕『尚書欲敗度縱敗礼孔安國曰放縱情欲毀敗禮度也』（中華書局本、一三一頁）
「欲敗度縱敗禮（放縱情欲毀敗禮儀法度）」（太甲中・北京大学本、二五二頁）

「欲敗度縱敗𠔃（放縱情欲毀敗礼儀法度）」（内野本、七六六頁）
「慾敗度縱敗禮（放縱情慾毀敗礼儀法度）」（天理本、七七〇頁）
「欲敗度縱敗𠔃（左に「礼」）（放縱情欲毀敗礼伐法度）」（足利学校本、七七四頁）
「欲敗度縱敗𠔃（放縱情欲毀敗礼伐法度）」（影天正本、七七七頁）
「欲敗度縱敗𠔃（放縱情欲毀敗礼儀法度）」（上海図八行本、七八〇頁）

〔纖〕『尚書厥篚玄纖縞孔安國曰纖緦也』（中華書局本、一三二頁）

「厥篚玄纖縞（玄黒繒縞白繒纖細也纖在中明二物皆當細）」「纖緦也」の孔伝無し。（禹貢・北京大学本、一七三頁）
「丘篚玄纖縞（孔伝判読不能）」（敦煌本（P.3615）、三五三頁）
「乇篚玄𢧵縞」（岩崎本、三七二頁）
「弌篚玄纖縞」（内野本、三九四頁・足利学校本、四一七頁・上海図八行本、四四八頁）
「弌（左に「厥」）篚玄纖縞」「纖緦也」の孔伝無し。（影天正本、四三二頁）

〔細〕『尚書三細弗宥孔安國曰細小也』（中華書局本、一三二頁）

「三細不宥（習於姦宄凶惡毀敗五常之道以亂風俗之教罪雖小三犯不赦所以絕惡源）」「細小也」の孔伝無し。（君陳・北京大学本、五八〇頁）
「三細弗宥」（内野本、二六五〇頁・観智院本、二六五七頁・足利学校本、二六六三頁・影天正本、二六六八頁）
「弍細弗宥」（上海図八行本、二六七三頁）

〔緢〕『尚書維緢有智孔安國曰惟緢察甚𠤎』（中華書局本、一三三頁）

不明。

〔紊〕『尚書若冈在維條而弗紊孔安國曰紊乱也』（中華書局本、一三三頁）

「若網在綱有條而不紊（紊亂也）」（盤庚上・北京大学本（二七二頁）
「若冈在綆又條而弗紊（紊乱）」（岩崎本、八七一頁）
「若網在網ナ條而弗紊（紊乱也）」（内野本、八八一頁）

「若冈（左に「網」）在綱（左に「網」）有條而弗紊（紊亂）」（元亨本、八九一頁）

「若網在網有條而不紊（紊乱也）」（足利学校本、九〇〇頁・影天正本、九〇七頁・上海図八行本、九一五頁）

〔総〕『尚書百里賦納総（甸服之内近王城者也禾稾曰總入之供食馬也）』（中華書局本、一三四頁）

「百里賦納緫（甸服内之百里近王城者禾稾曰總入之供飼國馬）」（禹貢・北京大学本、二〇〇頁）

「百里賦納緫（甸服内之近王城者也禾稾曰總入之供飼國馬也）」（敦煌本（P.2533）、三六五頁）

「百里賦納緫（甸服之内近王城者也禾稾曰總入之供養国馬也）」（九条本、三八六頁）

「百里賦納緫（甸服内之近王城者也（左に「扌无」）禾稾曰總入之供食（左に「扌飼」）国馬也（左に「扌无」））」（内野本、四一〇頁）

「百里賦納緫（甸服内之百里近王城者也禾稾曰總入之供食（右側に「司」を附けて「飼」）國馬也）」（足利学校本、四二七頁）

「百里賦納緫（甸服之百里近王城者也禾内稾曰總入之供飼國馬也）」（影天正本、四四二頁）

「百里賦納緫（甸服内之百里近王城者也禾稾曰總入之供食国馬也）」（上海図八行本、四五九頁）

〔総〕『又日惟汝不怠総朕師孔安國日揔🈂我衆欲使🈂之也』（中華書局本、一三四頁）

「汝惟不怠揔朕師（八十九十日耄百年日期頤言已年老厭倦萬機汝不懈怠於位稱揔我眾欲使攝）」（大禹謨・北京大学本、一〇八頁）

「（破損）惟弗怠惣朕師（破損「欲使■（破損）也」のみ判読）」（敦煌本（P.5745）、一六〇頁）

「女惟弗怠惣般師（惣我衆欲使摂之也（左に「扌无」））」（内野本、一七四頁）

「汝惟弗怠揔般（右に「朕」）師（惣我衆欲使𢶍之也）」（足利学校本、一九〇頁）

「汝惟弗怠惣般師（惣我众欲使構之也）」（影天正本、二〇一頁）

「汝惟弗怠惣般師（揔我衆欲使摂之也）」（上海図八行本、二一一頁）

〔結〕『尚書結怨于民孔安國日与民結怨也』（中華書局本、一三七頁）

「結怨于民（酷虐民結怨之）」「与民結怨也」の孔伝無し。（泰誓下・北京大学本、三三一頁）

「結怨于民」

（敦煌本（S.799）、一三五七頁・神田本、一三六〇頁）
「結怨亐㔺」　（内野本、一三六四頁）
「結怨亐民」
（足利学校本、一三六九頁・影天正本、一三七三頁・上海図八行本、一三七七頁）

〔終〕『曰昚厎終惟其始』　（中華書局本、一三九頁）
「慎厥終惟其始」　（仲虺之誥・北京大学本、二三七頁）
「昚（左に「慎」）弌（左に「厥」）㚇（左に「終」）惟亓（左に「其」）始」　（内野本、六四一頁）
「昚（左に「慎」）弌（左に「厥」）㚇（左に「終」）惟亓（左に「其」）始」　（足利学校本、六四七頁・影天正本、六五二頁）
「昚戎㚇惟亓始」　（上海図八行本、六五七頁）

〔終〕『又曰汝終陟无后孔安國曰汝終當升爲天子也』　（中華書局本、一三九頁）
「汝終陟元后（汝終當升爲天子）」　（大禹謨・北京大学本、一一一頁）
「女終陟元后（汝終當升為天子也（左に「扌无」））」　（内野本、一七九頁）
「汝終陟元后（汝終當升爲天子也）」
（足利学校本、一九二頁・影天正本、二〇三頁）
「汝紾陟元后（汝終當升為天子也）」　（上海図八行本、二一四頁）

〔㚇〕『亦古文終字也古文尚書如此』　（中華書局本、一四〇頁）
古写本「終」字を「㚇」に作るもの多し。

〔繍〕『尙書黼黻絺繍』　（中華書局本、一四二頁）
「黼黻絺繍」
（益稷・北京大学本、一三九頁・内野本、二九二頁・上海図八行本、三二二頁）
「黼黻絺綉」（足利学校本、三〇四頁・影天正本、三一四頁）

〔繪〕『尙書山龍華虫作會宗彝孔安國曰會五采也』　（中華書局本、一四二頁）
「山龍華蟲作會宗彝」　（益稷・北京大学本、一三九頁）
「山龍華蟲作岃（左に「會下同」）宗彝（會會五彩色也）」　（内野本、二九二頁）
「山龍華蟲作岃宗彝（會々五采色也）」

（足利学校本、三〇四頁・影天正本、三一三頁）

「山龍花𧈢作會宗彜（會々五采色也）」（上海図八行本、三一二頁）

〔絉〕『尚書藻火粉絉孔安國曰黼文若聚米也』（中華書局本、一四二頁）

「藻火粉米（米若聚米黼若斧形黻為兩己相背葛之精者曰絺五色備曰繡）」「黼文若聚米也」（益稷・北京大学本、一三九頁）の孔伝無し。

「藻火粉米」「黼文若聚米也」の孔伝無し。（内野本、二九二頁・足利学校本、三〇四頁・影天正本、三一四頁・上海図八行本、三一三頁）

〔綦〕『尚書四人綦弁執戈孔安國曰綦文鹿子皮弁亦士』（中華書局本、一四四頁）

「四人綦弁執戈（綦文鹿子皮弁亦士）」（顧命・北京大学本、五九九頁）

「三人綦（左に「綦」）弁執戈（綦文鹿子皮弁亦士也（左に「扌无」））」（内野本、二六九九頁）

「四人綦（左に「綦」）弁執戈（綦文鹿子皮弁亦士也（左に「扌无」））」（観智院本、二七一二頁）

「四人綦辨執戈（綦文鹿子皮弁亦士也）」（足利学校本、二七二三頁・影天正本、二七三二頁）

「三人綦辨執戈（綦文鹿子皮弁亦士）」（上海図八行本、二七四二頁）

〔組〕『尚書厞篚玄纁璣組孔安國曰組綬也』（中華書局本、一五〇頁）

「厥篚玄纁璣組（組綬類）」（禹貢・北京大学本、一八〇頁）

「璣組」のみ見え上部破損。（九条本、三七六頁）

「𠫔篚玄纁璣組（組綬類也）」（内野本、三九七頁・上海図八行本、四五〇頁）

「𠫔（右に「厥」）篚玄纁璣組（組綬類也）」（足利学校本、四一九頁・影天正本、四三四頁）

〔纍〕『尚書弗矜細行終累大德孔安國曰輕忽小物而積害毀大也』（中華書局本、一五七頁）

「不矜細行終累大德（輕忽小物積害毀大）」（旅獒・北京大学本、三九一頁）

「弗矜細行㒳累大悳（輕忽小物積害毀大）」（島田本、一五八六頁）

「弗矜絪（左に「細」）行㒳累大悳（輕忽小物積害毀大）」

（内野本、一五九二頁）

「不矜細行終累大德（輕忽小物積害毀大）」（足利学校本、一五九六頁）

「不矜細行終累大徳（輕忽小物積害毀大）」（影天正本、一六〇〇頁）

「弗矜細行終累大徳（輕忽小物積害毀大）」（上海図八行本、一六〇四頁）

〔繩〕『尚書僁紥繩謬格其非心孔安國曰彈正過謬誤檢其非妄之心也』（中華書局本、一六〇頁）

「繩愆糾謬格其非心（彈正過誤檢其非妄之心）」（冏命・北京大学本（六二五頁）

「繩僁紥謬格廾非心（彈正過誤檢其非妄之心）」（岩崎本、二八八〇頁）

「繩僁紥謬格亣非心（彈正過誤檢其非妄之心）」（内野本、二八八六頁）

「繩僁糾謬格其非心（彈正過誤檢其非妄之心）」（足利学校本、二八九一頁）

「繩僁糾謬格其非心（彈正過誤檢其非妄之心）」（影天正本、二八九四頁）

「繩僁糾謬格亣非心（彈正過誤檢其非妄之心）」（上海図八行本、二八九七頁）

〔繩〕『又曰木從繩則正』（中華書局本、一六〇頁）

「木從繩則正」（説命上・北京大学本、二九五頁）

「木朙繩則正」（敦煌本（P.2516）、一〇五四頁）

「木刕繩則正」（敦煌本（P.2643）、一〇五八頁）

「木刕繩貺正」（岩崎本、一〇六二頁）

「木刕繩則正」（内野本、一〇六八頁・元亨本、一〇七四頁）

「木從繩正」（足利学校本、一〇七七頁・上海図八行本、一〇八五頁）

「木從繩正后」（影天正本、一〇八一頁）

〔縢〕『尚書以𠴲金縢之書孔安國曰縢緘也』（中華書局本、一六一頁）

「以啓金縢之書（皮弁質服以應天）」「縢緘也」の孔伝無し。（金縢・北京大学本、四〇〇頁）

「昌启（左に「啓」）金縢㞢書」（内野本、一六二七頁）

「以啓金縢之昏」（足利学校本、一六三四頁・影天正本、一六四〇頁）

「啓金縢之書」（上海図八行本、一六四六頁）

何れも「縢緘也」の孔伝無し。

〔紛〕『尚書敷重筍席玄紛純孔安國曰玄紛黒綬也』

（中華書局本、一六二頁）
「敷重筍席玄紛純（玄紛黒綬）」（顧命・北京大学本、五九一頁）
「尃重筍廗玄紛純（玄紛黒綬）」（内野本、二六九七頁・上海図八行本、二七四〇頁）
「尃重筍廗玄紛純（玄紛黒綬也）」（観智院本、二七一〇頁）
「敷重筍席玄紛純（玄紛黒綬）」（足利学校本、二七二二頁・影天正本、二七三一頁）

〔績〕『尚書庶績咸熙』（中華書局本、一六八頁）
「庶績咸熙」（堯典・北京大学本、三五頁）
「庻績咸㷔」（内野本、二〇頁・足利学校本、三〇頁）
「庻績咸㷔（左に「熙」）」（影天正本、三八頁）
「庻績咸熙」（上海図八行本、四七頁）

〔絺〕『尚書青州（中略）貢𥂕絺孔安國日細葛』（中華書局本、一六九頁）
「青州（中略）貢鹽絺（絺細葛）」（禹貢・北京大学本、一六九頁・内野本、三九二頁・足利学校本、四一六頁・影天正本、四三一頁）
「青州（中略）貢塩絺（絺細葛）」（上海図八行本、四四六頁）

〔彝〕『尚書无從匪彝ゝ倫攸』（中華書局本、一七四頁）
「無従匪彝」（湯誥・北京大學本（二四〇頁）
「亡刅（左に「従」）匪彝」（内野本、六七二頁）
「亡（左に「無」）刅（左に「従」）匪彝」（足利学校本、六七六頁・影天正本、六八〇頁）
「上刅匪彝」（上海図八行本、六八四頁）
「彝倫攸敘」（洪範・北京大学本、三五三頁）
「彝倫逌（左に「攸」）叙」（島田本、一四七八頁）
「彝倫逌斁」（内野本、一四九九頁）
「彝倫攸叙」（足利学校本、一五一七頁）
「彝倫攸叙」（影天正本、一五二九頁・上海図八行本、一五四一頁）

〔綏〕『尚書五百里綏服孔安國曰安服王者政教』（中華書局本、一七四頁）
「五百里綏服（安服王者之政教）」（禹貢・北京大学本、二〇一頁）
「又百里娞䑳（安服王者政教）」（敦煌本（P.2533）、三六六頁）

「又百里綏服（安服王者政教也）」（九条本、三八六頁）
「乂百里綏服（安服王者政教也（左に「扌无」））」（内野本、四一一頁）
「五百里綏服（安服王者政教也）」
（足利学校本、四二八頁・影天正本、四四四頁・上海図八行本、四六〇頁）
『玉篇』と一致する古写本、「之」字無し。

〔綵〕『尚書以五采彰施于五色』（中華書局本、一七七頁）
「以五采彰施于五色」（益稷・北京大学本、一三九頁）
「以五采彰施亐乂色」（内野本、二九二頁）
「㠯五采彰施亐（右に「于」）乂（右に「五」）色」
（足利学校本、三〇五頁・影天正本、三一四頁）
「以五采彰施亐五色」（上海図八行本、三三三頁）

卷二十七「系部」

〔⿰系系〕『尚書鞠汰輸』（中華書局本、一八八頁）
不明。

卷二十七「絲部」

〔絲〕『尚書汶州青州貢絲』（中華書局本、一九〇頁）
この文無し。（禹貢・北京大学本、一六六～一七〇頁）
『玉篇』は節略。

卷二十七「黹部」

〔黻〕『尚書黻絺繡』（中華書局本、一九一頁）
既出（本書、三九六頁を参照）。
〔黺〕『尚書藻火黺米孔安國曰若粟米也』（中華書局本、一九二頁）
既出（本書、三九七頁を参照）。

卷二十七「索部」

〔索〕『尚書北雞之晨惟家之索孔安國曰索盡也』（中華書局本、一九三頁）
「牝雞之晨惟家之索（索盡也）」
（牧誓・北京大学本、三三七頁・敦煌本（S.799）、一三九〇頁・神田本、一三九五頁・内野本、一四〇〇頁・上海図

八行本、一四一四頁）

「牝雞之晨惟家之索（索尽也）」

（足利学校本、一四〇五頁・影天正本、一四〇九頁）

巻十八「放部」

〔放〕『尚書大放王命孔安國曰放棄也』

（中華書局本、三一〇頁）

「大放王命乃非徳用乂（爲人君長而不能治其家人之道則於其小臣外正官之吏竝爲威虐大放棄王命乃由非徳用治之故）」「放棄也」の孔伝無し。

（康誥・北京大学本、四三五頁）

「大放王命」

（内野本、一七七四頁・足利学校本、一七八八頁・影天正本、一七九九頁）

「大放王命」

（上海図八行本、一八一一頁）

〔放〕『尚書放鴅叟於枈山』

（中華書局本、三一〇頁）

「放驩兜于崇山」

（舜典・北京大学本、七八頁・上海図八行本、一二六頁）

「放鴅（左に「驩」）叟（左に「兜」）亐崇山」

（内野本、八六頁）

「放■（不明）（右に「驩」）叟（右に「兜」）亐（右に「于」）崇山」

（足利学校本、一〇二頁・影天正本、一一四頁）

巻十八「丌部」

〔典〕『尚書有堯舜典孔安國曰可爲百代常行之道也』

（中華書局本、三一二頁）

「堯典（言堯可爲百代常行之道）」

（堯典・北京大学本、二九頁・上海図八行本、四三頁）

「堯典（言堯可爲百代常行之道也）」

（内野本、十四頁・足利学校本、二七頁・影天正本、三五頁）

〔奠〕『尚書奠高山大川孔安國曰奠定也』

（中華書局本、三一三頁）

「奠高山大川（奠定也）」

（禹貢・北京大学本、一五九頁・敦煌本（P.3615）、三五一頁・内野本、三八九頁・足利学校本、四一四頁・影天正本、四二九頁・上海図八行本、四四四頁）

〔其〕『尚書我其試哉孔安國曰観其行迹也』（中華書局本、三一四頁）

「我其試哉（觀其行迹）」（堯典・北京大学本、五三頁）

「我亓（左に「其」）試才（觀其行迹也（左）に「扌无」）」（内野本、二四頁・足利学校本、三三頁・影天正本、四一頁）

「我其試哉（觀其行迹也）」（上海図八行本、五〇頁）

〔亓〕『字書古文其字也尚書作其字如此』（中華書局本、三一四頁）

古写本「其」字を「六」字に作るもの多し。

巻十八「左部」

〔左〕『尚書予欲左右有民孔安國曰左右助也』（中華書局本、三一四頁）

「予欲左右有民（左右助也）」（益稷・北京大学本、一三九頁）

「予欲左右ナ区（左右助也）」（内野本、二九一頁）

「予欲龙右区（左に「民」）（左右助也）」（足利学校本、三〇四頁・影天正本、三一三頁）

「予欲左右有民（左右助也）」（上海図八行本、三三二頁）

巻十八「工部」

〔工〕『尚書允釐百工孔安國曰工官也』（中華書局本、三一六頁）

「允釐百工（工官）」（堯典・北京大学本、三五頁・内野本、二〇頁・足利学校本、三〇頁・影天正本、三八頁・上海図八行本、四七頁）

〔工〕『又曰工以納言孔安國曰工樂官也』（中華書局本、三一六頁）

「工以納言（工樂官也）」（益稷・北京大学本、一四〇頁）

「工㠯内（左に「納下同」言）」（内野本、二九四頁）

「工㠯（左に「以」）出納（工桒官）」（足利学校本、三〇六頁・影天正本、三一五頁）

「工㠯内言（工樂官）」（上海図八行本、三三四頁）

〔式〕『尚書百官汞式孔安國曰式法也』（中華書局本、三一七頁）

「百官承式（天下待令百官仰法）」「式法也」の孔伝無し。
（説命上・北京大学本、二九三頁）

「百官承式（天下待令百官仰法）」（敦煌本（P.2516）、一〇五二頁）
「百官承式（天下待令百官仰法也）」（敦煌本（P.2643）、一〇五六頁）
「百官承戎（天下待令夕官仰法也）」（岩崎本、一〇六〇頁）
「百官羕式（天下待令百官仰法也（左に「扌无」））」（内野本、一〇六五頁）
「百官羕式（天下待令百官仰法也）」
（元亨本、一〇七一頁・足利学校本、一〇七六頁・影天正本、一〇八〇頁・上海図八行本、一〇八四頁）

巻十八「卜部」

〔〓〕『尚書乃命卜筮』（中華書局本、三一七頁）
「乃命卜筮」
（洪範・北京大学本、三七一頁・島田本、一四八七頁・内野本、一五〇九頁）
「乃𠇍卜筮」
（足利学校本、一五二三頁・影天正本、一五三五頁・上海図八行本、一五四八頁）

巻十八「兆部」

〔兆〕『尚書予臨兆民孔安國曰十萬曰億曰兆』（中華書局本、三一九頁）
「予臨兆民（十萬曰億十億曰兆）」
（甘誓・北京大学本、二一二頁・敦煌本（P.2533）、五一九頁・九条本、五二四頁・影天正本、五三八頁）
「予臨兆㞒（十萬曰億十億曰兆）」
（内野本、五三〇頁・足利学校本、五三四頁・上海図八行本、五四三頁）

巻十八「用部」

〔用〕『尚書正德利用孔安國曰利用以阜財也』（中華書局本、三二〇頁）
「正德利用（利用以阜財）」
（大禹謨・北京大学本、一〇六頁・足利学校本、一八九頁・影天正本、二〇〇頁・上海図八行本、二一〇頁）
「正悳利用（利用以阜財）」（内野本、一七三頁）

〔用〕『又曰戒之用休董之用威孔安國曰以美戒之也』

「戒之用休董之用威（美以戒之威）」（中華書局本、三三〇頁）
（大禹謨・北京大学本、一〇六頁・上海図八行本、二一一頁）
「戒㞢用休董㞢用威（美以戒之威）」
（内野本、一七四頁・足利学校本、一八九頁・影天正本、二〇〇頁）

〔用〕『又曰竊攘神祇犠牲孔安國曰牛羊豕曰牲器實曰用』
（中華書局本、三三〇頁）
「攘竊神祇之犠牲（牛羊豕曰牲器實曰用）」
（微子・北京大学本、三一三頁）
「攘竊神祇㞢犠全牲（牛羊豕曰牲器實曰用）」
（敦煌本（P.2516）、一二四〇頁）
「斆竊神祇之犠全牲（牛羊豕曰牲器實曰用）」
（敦煌本（P.2643）、一二四五頁）
「斆竊𥘸祇火犠全牲（牛羊豕曰牲器實曰用）」（岩崎本、一二五〇頁）
「斆竊𥘸祇㞢犠牷牲（牛羊豕曰牲器實曰用）」（内野本、一二五六頁）
「斆竊神祇之犠牷牲（牛羊豕曰牲器實曰用）」（元亨本、一二六二頁）
「斆（右に「攘」）竊神祇之犠牷牲（牛羊豕曰牲器實曰用）」
（足利学校本、一二六七頁・影天正本、一二七一頁）
「獽竊神祇之犠牷牲（牛羊豕曰牲器實曰用）」
（上海図八行本、一二七五頁）

〔庸〕『尚書若時登庸孔安國曰庸用也』
（中華書局本、三三一頁）
「若時登庸（庸用也）」
（堯典・北京大学本、四六頁・上海図八行本、四七頁）
「若旹登庸（庸用也）」（内野本、二〇頁・足利学校本、三一頁）
「若旹（左に「時」）登庸」（影天正本、三九頁）

巻十八「叒部」

〔条〕「尚書亦或爲条字」（中華書局本、三三四頁）
何れの古写本に「条」字を使用するか、今識らず。

巻十八「叕部」

〔爽〕『尚書故有爽上孔安國曰爽明也』
（中華書局本、三三四頁）

「故有爽徳自上其罰汝（湯有明徳在天見汝情下罰汝汝無能道言無辭）」「爽明也」の孔伝無し。（盤庚中・北京大学本、二八二頁）
「故又爽悳自上」（敦煌本（P.2643）、九五一頁）
「故又爽徳自上」（岩崎本、九五八頁）
「故ナ爽悳自丄」（内野本、九六七頁）
「故有爽悳自上」（元亨本、九七五頁）
「故有爽徳自上」（足利学校本、九八二頁）
「故有爽悳自上」（上海図八行本、九九五頁）

巻十八「車部」

〔車〕『尚書車服以庸』（中華書局本、三二五頁）
「車服以庸」（舜典・北京大学本、七二頁）
「車服㠯庸」（内野本、八四頁・影天正本、一一三頁）
「車服㠯（右に「以」）庸」（足利学校本、一〇一頁）
「車服以庸」（上海図八行本、一二五頁）

〔輸〕『尚書獄成而孚輸』（中華書局本、三三三頁）
「獄成而孚輸」
（呂刑・北京大学本、六四九頁・岩崎本、二九二三頁・足利学校本、二九五六頁・影天正本、二九六八頁）
「獄戚而孚輸」
（内野本、二九四二頁・上海図八行本、二九八〇頁）

巻十八「舟部」

〔俞〕『尚書帝曰兪注哉』（中華書局本、三四三頁）
「帝曰兪汝往哉」（舜典・北京大学本、八七頁）
「帝曰兪女往才」（内野本、八九頁）
「帝曰兪往才（右に「哉」）」（足利学校本、一〇四頁・影天正本、一一六頁）
「帝曰兪往■（判読不能）哉」（上海図八行本、一三〇頁）

〔艘〕『尚書遂伐三艘』（中華書局本、三四四頁）
「遂伐三艘」
（湯誓・北京大学本、二三二頁・内野本、六一三頁・足利学校本、六一六頁・上海図八行本、六二二頁）
「遂伐三艘」（九条本、六〇九頁）

〔舕〕『尚書帝曰有能庸命巽朕位』

「汝能庸命巽朕位」（中華書局本、三四五頁）

「汝能庸命巽朕位」（堯典・北京大学本、五三頁・内野本、二三頁）

「汝能庸命巽朕位」（足利学校本、三二頁・影天正本、四〇頁）

「汝能庸命巽朕位」（上海図八行本、四九頁）

〔般〕『尙書乃般遊無度孔安國曰般樂也』（中華書局本、三四五頁）

「乃盤遊無度（盤樂）」（五子之歌・北京大学本、二一一頁・内野本、五二八頁・上海図八行本、五四二頁）

「乃般遊亡庻（般樂）」（九条本、五二二頁）

「乃盤遊無度（盤朵）」（足利学校本、五三三頁・影天正本、五三七頁）

〔服〕『尙書天命有德五服五章孔安國曰天子諸侯大夫卿士之服也』（中華書局本、三四五頁）

既出（本書、五八三頁を参照）。

巻十八「方部」

〔方〕『尙書草命和𡖊宅朔方』（中華書局本、三四八頁）

「申命和叔宅朔方」（堯典・北京大学本、三五頁・内野本、十八頁・足利学校本、三〇頁）

「申命和叔宅朔方」（影天正本、三七頁）

「申命秋叔宅朔方」（上海図八行本、四六頁）

〔方〕『方鳩僝切孔安國方聚見其功也』（中華書局本、三四八頁）

「方鳩僝功（方聚見其功）」（堯典・北京大学本、四七頁）

「方鳩僝珍（方聚見其功也（右に「扌无」））」（内野本、二一頁）

「方鳩僝攻（左に「功」）（方聚見其功也）」（足利学校本、三一頁・影天正本、三九頁）

「方鳩㑺功（方聚見其功也）」（上海図八行本、四八頁）

「㑺（■茴反■■■（■）字は判読不能）」（敦煌本（P.3315）『經典釋文』、十二頁）

巻十九「水部」

〔砅〕『古文尙書以此砅爲摩厲之礪字』

（中華書局本、三五四頁）

何れの古写本に「砅」字を使用するか、今識らず。

〔沈〕『尚書沉亂于湎孔安國曰沉謂冥醉也』（中華書局本、三五九頁）

「沈亂于酒（沈謂醉冥）」（胤征・北京大学本（二一八頁）

「沉𤔔于酒（沈謂醉眞）」（敦煌本（P.2533）、五五七頁）

「沉𤔔于酒（沈謂醉眞）」（敦煌本（P.3752）、五六一頁）

「沈𤔔于酒（沈謂辭瞋）」（九条本、五六八頁）

「沇乱亐酒（沈謂醉冥）」（内野本、五七四頁・足利学校本、五八一頁・影天正本、五八六頁）

「沈乱亐酒（沈謂醉冥）」（上海図八行本、五九二頁）

〔治〕『尚書道洽政治孔安國曰道至普洽也』（中華書局本、三六一頁）

「道洽政治（道至普洽）」（畢命・北京大学本、六一九頁・岩崎本、二八一〇頁・足利学校本、二八二五頁・影天正本、二八三二頁・上海図八行本、二八三八頁）

「衜治政治（道至普治）」（内野本、二八一八頁）

〔汙〕『尚書舊染汙俗咸与惟新』（中華書局本、三六四頁）

「舊染汙俗咸與惟新」（胤征・北京大学本、二二二頁・上海図八行本、五九四頁）

「奮染汙俗咸与惟新」（敦煌本（P.5557）、五六四頁）

「舊染汙佁咸与惟新」（九条本、五六九頁）

「舊染汙俗咸与惟新」（内野本、五七六頁・足利学校本、五八三頁・影天正本、五八八頁）

〔潤〕『尚書水曰潤〻下〻作鹹』（中華書局本、三六五頁）

「水曰潤下」「潤下作鹹」（洪範・北京大学本、三五七頁・足利学校本、一五一八頁・影天正本、一五三〇頁・上海図八行本、一五四二頁）

「水曰潤丅」「潤丅作鹹」（内野本、一五〇一頁）

〔準〕『尚書準人綴衣孔安國曰準人平法謂士官也』

「準人綴衣（準人平法謂士官）」　（中華書局本、三六六頁）

「準人綴衣（準人平法謂士官也）」　（立政・北京大学本、五五一頁）

（敦煌本（S.2074）、二五〇二頁・敦煌本（P.2630）、二五〇九頁・九条本、二五一八頁・足利学校本、二五四〇頁・影天正本、二五四九頁・上海図八行本、二五五九頁）

「準人綴衣（準人平法謂士官也（左に「扌无」））」　（内野本、二五二八頁）

〔湯〕『尚書湯既勝夏』　（中華書局本、三六七頁）

「湯既勝夏」

（湯誓・北京大学本、二三〇頁・上海図八行本、六二三頁）

「湯旡勝夏」　（九条本、六〇九頁・内野本、六一二頁）

「湯旡勝叐」（足利学校本、六一五頁・影天正本、六一八頁）

〔湯〕「尚書湯〻洪水孔安國曰流皀也」　（中華書局本、三六九頁）

「湯湯洪水（湯湯流貌）」（堯典・北京大学本、四七頁）

「湯湯洪水（湯湯流皀）」

（敦煌本（P.3015）、五頁・内野本、二一一頁・足利学校本、三一頁・影天正本、三九頁・上海図八行本、四八頁）

〔浚〕『尚書夙夜浚朋有家孔安國曰浚湏也』

（中華書局本、三七〇頁）

「夙夜浚明有家（浚湏也）」（皐陶謨・北京大学本、一二七頁）

「夙夜浚明ナ家（浚湏也）」　（内野本、二四七頁）

「夙夜浚明有家（浚湏也）」

（足利学校本、二五四頁・影天正本、二六〇頁・上海図八行本、二六六頁）

〔湎〕『尚書羲和湎淫孔安國曰沉湎於湑過羗決度也』

（中華書局本、三七三頁）

「羲和湎淫（沈湎於酒過差非度）」（胤征・北京大学本、二一六頁）

「羲和湎淫（沈湎於酒過差非度）」　（敦煌本（P.2533）、五五五頁）

「羲和湎滛（沉湎於酒過羗非度）」　（九条本、五六六頁）

「羲和湎滛（沈湎於酒過羗非度）」　（内野本、五七二頁）

「羲和湎滛（沈湎於酒過差非度）」

（足利学校本、五八〇頁・影天正本、五八五頁）

「羲味湎滛（沈湎於酒過羗非度）」　（上海図八行本、五九一頁）

〔滌〕『尚書九州滌源孔安國曰滌除也』　（中華書局本、三七五頁）

「九川滌源九澤既陂（九州名山與槎木通道而旅祭矣九州之川已滌除泉源無壅塞矣九州之澤已陂障無決溢矣）」

「滌除也」の孔伝無し。　（禹貢・北京大学本、一九七頁）

「九川滌源」「滌除也」の孔伝無し。

（敦煌本（P.3628）、三五九頁・九条本、三八五頁・内野本、四〇九頁・足利学校本、四二六頁・影天正本、四四一頁・上海図八行本、四五八頁）

〔頮〕『尚書王乃洮頮水』　（中華書局本、三七八頁）

「王乃洮頮水」

（顧命・北京大学本、五八三頁・足利学校本、二七一九頁・影天正本、二七二八頁・上海図八行本、二七三六頁）

「王廼洮頮水」　（内野本、二六九一頁）

「王乃（右に「廼」）頮頮水」　（観智院本、二七〇四頁）

巻二十二「山部」

〔嶽〕『尚書二月東巡狩至至于岱宗五月南巡狩至于南岳八月西巡狩至于西岳十有一月朔巡狩至于北岳』　（中華書局本、四二八頁）

「二月東巡守至于岱宗（中略）五月南巡守至于南岳（中略）八月西巡守至于西岳（中略）十有一月朔巡守至于北岳」　（舜典・北京大学本、七一頁）

「二月東巡守至亐岱宗（中略）五月南巡狩至亐南岳（中略）八月西巡守（左に「狩下同」）至于西岳（中略）十有一月朔巡守至北岳」　（内野本、八二頁）

「二月東巡守至至亐（左に「于」）岱宗王（左に「五」）月南巡守至亐南岳八月西巡守至亐（左に「于」）西岳十有一月朔巡狩至于北岳」　（足利学校本、九九頁・影天正本、一一一頁）

「二月東巡守至岱宗五月南巡守至于南岳八月西巡守至于西岳十有一月朔巡守至于北岳」　（上海図八行本、一二四頁）

〔嶽〕『尚書帝曰咨四岳』　（中華書局本、四二八頁）

「帝曰咨四岳」　（堯典・北京大学本、四七頁）

「咨四岳」　（内野本、二二頁・上海図八行本、四八頁）

「咨四𡶳（右に「岳」）」

（足利学校本、三一頁・影天正本、三九頁）

〔島〕『尚書島夷皮服孔安國曰海曲謂之島居島之夷還復其服也』（中華書局本、四二九頁）

「島夷皮服（海曲謂之島居島之夷還復其服）」（禹貢・北京大学本、一六四頁）

「島𡰥皮服（海曲謂之島居島之夷還復其服）」（敦煌本（P.3615）、三五一頁）

「島（左に「島」）夷笈（左に「皮」）服（海曲謂之島居島之夷還復其服）」（内野本、三九〇頁）

「島夷笈（左に「皮」）服（海曲謂之島居島之夷還復其服）」（足利学校本、四一五頁・上海図八行本、四四五頁）

「嶋夷笈（左に「皮印」）服（海曲謂之島居島之夷還復其服）」（影天正本、四三〇頁）

〔峻〕『尚書峻寓彫廧孔安國曰峻高大也』（中華書局本、四三一頁）

「峻宇彫牆（峻高大）」（五子之歌・北京大学本、二一三頁・内野本、五三〇頁・足利学校本、五三五頁・影天正本、五三九頁・上海図八行本、五四三頁）

「峻寓彫牆（峻高大）」（敦煌本（P.2533）、五一九頁）

「峻寓彫墉（峻高大）」（九条本、五二四頁）

〔崇〕『尚書乃崇隆罪疾孔安國曰崇重也』（中華書局本、四三二頁）

「乃崇降罪疾（崇重也）」（盤庚中・北京大学本、二八四頁・敦煌本（P.2516）、九四三頁）

「乃崇降辠疾（崇重也）」（敦煌本（P.2643）、九五〇頁・岩崎本、九五八頁・元亨本、九七四頁）

「廼崇降辠疣（崇重也）」（内野本、九六六頁）

「廼崇降罪疾（崇重也）」（足利学校本、九八二頁・上海図八行本、九九四頁）

「廼崇降辠疾（崇重也）」（影天正本、九八八頁）

〔崇〕『又曰其敢崇飮孔安國曰崇聚也』（中華書局本、四三二頁）

「其敢崇飮（崇聚也）」（酒誥・北京大学本、四四六頁）・

「开敎崇余（孔伝は破損）」（九条本、一八四五頁）
「其敎崇京（左に「飲」）（崇聚也）」（内野本、一八五六頁）
「亣（左に「其」）敎崇京（左に「飲」）（崇聚也）」
（足利学校本、一八六七頁）
「开敎崇京（崇聚也）」（影天正本、一八七六頁）
「其敢崇飲（崇聚也）」（上海図八行本、一八八五頁）

〔巖〕『尚書説築傳巖之野孔安國曰傳氏之巖在處𧰼之界』
（中華書局本、四三三頁）
「説築傳巖之野（傳氏之巖在虞虢之界）」
（説命上・北京大学本、二九三頁）
「説築傳巖之埜（傳氏之巖在虞𧰼之界）」
（敦煌本（P.2516）、一〇五二頁）
「説築傳巖之埜（孔傳は破損）」
（敦煌本（P.2643）、一〇五六頁）
「説築傳巖火埜（傳氏之巖在虞𢑴之界）」（岩崎本、一〇六〇頁）
「説築傳岩埜虢（傳氏之岩在虞虢之界）」（内野本、一〇六六頁）
「説築傳巖之埜（傳氏之巖在虞𥑀之界）」（元亨本、一〇七二頁）
「説築傳岩㞢埜（傳氏之岩在虞虢之界）」（足利学校本、一〇七七頁）
「説築傳岩之埜（傳氏之岩在虞虢之界）」（影天正本、一〇八一頁）
「説築傳巖之野（傳氏之巖在虞号之界）」（上海図八行本、一〇八五頁）

〔崤〕『尚書晉襄公師敗請崤諸孔安國曰要塞也』
（中華書局本、四三六頁）
「晉襄公帥師敗諸崤（崤晉要塞也）」
（秦誓・北京大学本、六六七頁・九条本、三〇七四頁・内野本、三〇七八頁・足利学校本、三〇九一頁・影天正本、三〇九五頁・上海図八行本、三〇九九頁）
「晉襄公帥師敗諸崤（破損要塞也）」
（敦煌本（P.3871）、三〇七〇頁）

〔嶓〕「尚書𣏟羽嵋嶓既藝孔安國曰嶓家山石也』

（中華書局本、四三七頁）

「𣏟州岷嶓既藝（岷山嶓冢皆山名水去已可種藝沱潛發源此州入荊州）」「嶓家山石也」の孔伝無し。

（禹貢・北京大学本、一八三頁）

「𣏟州岷嶓旡䕭」

（敦煌本（P.3169）、三六二頁・九条本、三七七頁）

「𣏟州岷嶓旡藝」

（内野本、三九九頁・影天正本、四三五頁・上海図八行本、四五一頁）

「梁州岷嶓旡（左に「既」）藝」「嶓家山石也」の孔伝無し。（足利学校本、四二〇頁）

〔崐〕『尚書崐山玉石倶焚孔安國曰崐山出玉』

（中華書局本、四三八頁）

「崐岡玉石倶焚（崐山出玉）」（湯誓・北京大学本、二二二頁）

「崑罔玉石倶焚（崐山出玉）」（敦煌本（P.5557）、五六三頁）

「嵖（右に「崑」）罡玉石倶焚（罡（右に「嵖」）出玉）」

（九条本、五六九頁）

「崐岡玉石倶焚（崑山出玉）」

（内野本、五七六頁・上海図八行本、五九三頁・足利学校本、五八二頁・影天正本、五八七頁）

〔嵞〕『尚書予娶於嵞山辛王癸甲孔安國曰國名也』

（中華書局本、四四二頁）

「予創若時娶于塗山辛壬癸甲（塗山國名）」

（益稷・北京大学本、一四七頁）

「予（中略）娶亏塗山辛壬癸甲（塗山國名也（左に「扌旡」））」

（内野本、二九六頁）

「予（中略）娶亏（左に「于」）塗山辛壬癸甲（塗山國名也）」

（足利学校本、三〇七頁・影天正本、三一六頁）

「予（中略）娶亏塗山辛壬癸甲（塗山國名也）」

（上海図八行本、三一五頁）

巻二十二「广部」

〔廱〕『尚書黎民於變時廱孔安國曰廱和不當廱』

（中華書局本、四四三頁）

「黎民於變時雍（雍和也）」「不當廱」の孔伝無し。

（堯典・北京大学本、三一頁）。

「黎臣（左に「民下同」）於彰（左に「変」）旹（左に「時」）邕（左に「雍」）」

（内野本、一五頁）

「黎民於卞（左「変」）旹（左に「時」）邕（左に「雍」）」

（影天正本、三五頁）

「黎民於變時雍（雍和也）」

（上海図八行本、四四頁）

〔府〕『尚書水火金木土穀惟修修六府三事允治』

（中華書局本、四四四頁）

「水火金木土穀惟修（言養民之本在先修六府）」「三事元治」の孔伝無し。

「水火金木土穀惟修（言養民之本在先修六府也（左に「扌无」））」

（大禹謨・北京大学本、一〇六頁）

（内野本、一七三頁）

「水火金木土穀惟修（言養民之本在先修六府矣）」

（足利学校本、一八九頁・影天正本、二〇〇頁・上海図八行本、二一〇頁）

〔府〕『獄貨非活惟府幸切峕以庶尤孔安國曰受獄貨非家寶（中間破損）報則以眾人見罪也』

（中華書局本、四四四頁）

「獄貨非寶惟府辜功報以庶尤（受獄貨非家寶也惟聚罪之事其報則以衆人見罪）」

（呂刑・北京大学本、六五〇頁）

「獄貨非珤惟府皐功報㠯庶尤（受獄貨非家寶也惟聚罪之事其報則以衆人見罪）」

（岩崎本、二九二四頁）

「獄貨非珤（左に「宝」）惟府辜功報㠯庶尤（受獄貨非家宝也惟聚罪之事其報則以衆人見罪）」

（内野本、二九四三頁）

「獄貨非宝惟府辜功報以庶尤（受獄貨非家宝也惟聚罪之事其報則以众人見罪）」

（足利学校本、二九五六頁・影天正本、二九六八頁）

「獄貨非⿰王匋（左に「寶」）惟府辜珍（左に「功」）報㠯庶尤（受獄貨非家寶也惟聚罪之事其報則以衆人見罪）」

（上海図八行本、二九八一頁）

〔逴〕『尚書出綴衣于逴』

（中華書局本、四四六頁）

「出綴衣于庭」

（顧命・北京大学本、五八七頁・足利学校本、二七二一頁・影天正本、二七三〇頁）

「出綴衣亐庭」

（内野本、二六九五頁・上海図八行本、二七三九頁）

「出綴衣于逴」

（観智院本、二七〇八頁）

〔序〕『尚書西序東向東序西向孔安國曰東西廂謂之序』

（中華書局本、四四六頁）

「西序東嚮（東西廂謂之序）東序西嚮」

（顧命・北京大学本、五九一頁・内野本、二六九六頁・足利学校本、二七二二頁・影天正本、二七三一頁）

「西序東宣（左に「嚮」）（東西廂謂之序）東序西亶）」

（観智院本、二七〇九頁）

「西序東嚮（東西廂謂之序）東序西嚮（左に「嚮」）」
（上海図八行本、二七四〇頁）

〔廣〕『尙書帝德廣運孔安國曰廣大也』
（中華書局本、四四七頁）

「帝徳廣運」「廣大也」の孔伝無し。
（大禹謨・北京大学本、一〇四頁）

「帝悳廣運乃」
（内野本、一七一頁）

「帝德廣運」
（足利学校本、一八八頁・上海図八行本、二〇九頁）

「帝徳廣運」
（影天正本、一九九頁）

〔廉〕『尙書九德簡而■孔安國曰性簡大而有廉隅也』
（中華書局本、四五一頁）

「九德（中略）簡而廉（性簡大而有廉隅）」
（皐陶謨・北京大学本、一二五頁）

「九德（中略）簡而廉（性簡大而有廉隅也（左に「扌无」））」
（内野本、二四六頁）

「九德（中略）簡而廉（性簡大而有廉隅也）」
（足利学校本、二五四頁・影天正本、二六〇頁）

「九德（中略）簡而廉（性簡大而有廉隅也）」
（上海図八行本、二六五頁）

〔庤〕『尙書庤乃糗糧孔安國曰庤儲也』
（中華書局本、四五三頁）

「峙乃糗糧（皆當儲峙汝糗糒之糧使足食）」「庤儲也」の孔伝無し。
（費誓・北京大学本、六六五頁）

「峙乃糗糧」
（九条本、三〇四三頁・足利学校本、三〇五三頁・影天正本、三〇五六頁）

「峙廼糗糧」
（内野本、三〇四九頁・上海図八行本、三〇五九頁）

〔廟〕『尙書七世之廟可以觀德孔安國曰天子立七廟有德之主則爲宗其廟不毀』
（中華書局本、四五六頁）

「七世之廟可以觀德（天子立七廟有德之王則爲祖宗其廟不毀）」
（咸有一德・北京大学本、二六〇頁）

「七丗出廟可目觀悳（天子立七廟有德之王則爲祖宗其廟不毀）」

（内野本、八一九頁）

「七世之廥可以觀悳（天子立七廥有德之王則爲祖宗其廥不毀）」

（天理本、八二七頁）

「七世㞢廟可㠯観德（天子立七廥有𢔶之王則為祖宗其廥不毀）」

（足利学校本、八三三頁）

「七世㞢廟可㠯観𢔶（天子立七廥有𢔶之王則爲祖宗其廥不毀）」

（影天正本、八三八頁）

「七卋之廟可以觀德（天子立七廟有德之王則爲祖宗其廟不毀）」

（上海図八行本、八四三頁）

〔庀〕『古文尚書皆以爲度字也』（中華書局本、四五八頁）

現行本、古写本ともに用例は見当たらず。

〔康〕『尚書五福三曰康寍孔安國曰无疾病也』

（中華書局本、四五九頁）

「五福（中略）三曰康寧（無疾病）」

（洪範・北京大学本、三八三頁）

「叉福（中略）三曰康寧（無疾病也）」

（島田本、一四九五頁）

「乂福（中略）三曰康寧（無疾病也に「扌无」）（左）」

（内野本、一五一四頁）

「五福（中略）三曰康寧（无疾病也）」

（足利学校本、一五二六頁・影天正本、一五三八頁・上海図八行本、一五五二頁）

〔康〕『又曰庶来康㦲孔安國曰康樂安也』

（中華書局本、四五九頁）

「庶 事 康 哉（賡續載成也帝歌歸美股肱義未足故續歌先君後臣衆事乃安以成其義）」「康 樂 安 也」の孔伝無し。

（益稷・北京大学本、一五五頁）

「庚事康才」

（内野本、三〇〇頁）

「庶叓康才（右に「哉」）」

（足利学校本、三〇九頁）

「庶事康才（右に「哉」）」

（影天正本、三一八頁）

「庶事康才」

（上海図八行本、三二八頁）

巻二十二「厂部」

〔厥〕『尚書以殷仲春厥民折柦孔安國曰厥其也』

（中華書局本、四六二頁）

「以殷仲春厥民析（厥其也）」

（堯典・北京大学本、三三頁・上海図八行本、四五頁）

「以殷中春弌𠥂析（厥其也）」（内野本、一六頁）
「㠯殷中旾（左に「春」）戎（左に「厥」）民析（厥其也）」
（足利学校本、二八頁・影天正本、三六頁）

〔厲〕『尚書予亾厲敎人孔安國曰厲虐也』
（中華書局本、四六三頁）
「予罔厲殺人（言國之三卿正官眾大夫皆順典常而曰我無厲虐殺人之事如此則善矣）」「厲虐也」の孔伝無し。
（梓材・北京大学本、四五三頁）
「予乚厲殺人」（内野本、一九一六頁）
「予㠯（右に「罔」）厲殺人」（足利学校本、一九二二頁）
「予罔厲殺人」（影天正本、一九二六頁）
「予罔罔殺人」「厲虐也」の孔伝無し。
（上海図八行本、一九二九頁）

〔麻〕『古文尚書以此爲麻象日月星辰之麻字』
（中華書局本、四六四頁）
何れの古写本に「度」字を「麻」に作るか、今識らず。

〔仄〕『又曰一人冕執鋭立于及孔安國曰反階上也』
（中華書局本、四六五頁）
「一人冕執鋭立于側階（側階北下立階上）」
（顧命・北京大学本、五九九頁）
「弌人冕執鋭立亐仄階（側階北下立階上）」（内野本、二七〇〇頁）
「一人冕執鋭立于仄階（側階北下立階上）」
（観智院本、二七一三頁）
「一人冕執鉞鋭立于側階（側階北下立階上）」
（足利学校本、二七二四頁・影天正本、二七三三頁）
「弌人冕執鋭立亐仄（右に「側」）階（側階北下立階上）」
（上海図八行本、二七四二頁）

巻二十二「高部」

〔高〕『尚書若升高必自下若陟遐必自迩』
（中華書局本、四六七頁）
「若升高必自下若陟遐必自邇」
（太甲下・北京大学本、二五五頁）
「若外高必自丅若陟遐必自邇」（内野本、七九三頁）
「若外高必自下若陟遐必自下」（天理本、七九六頁）

「若升高必自丅若陟遐必自迩」
（足利学校本、八〇〇頁・影天正本、八〇三頁）
「各升高必自丅各陟遐必自迩」（上海図八行本、八〇六頁）
〔亳〕『尚書将治亳殷』（中華書局本、四六八頁）
「將治亳殷」
（盤庚上・北京大学本、二六五頁・内野本、八七七頁・元亨本、八八七頁・足利学校本、八九八頁・影天正本、九〇五頁・上海図八行本、九一二頁）

巻二十二「卮部」

〔卮〕『尚書人心惟卮孔安國曰卮即難安也』（中華書局本、四六八頁）
「人心惟危（危則難安）」
（大禹謨・北京大学本、一一二頁・内野本、一七九頁・足利学校本、一九二頁・影天正本、二〇三頁・上海図八行本、二一四頁）
〔䘺〕『尚書邦之䘺隉曰繇一人孔安國曰阢隉ふ弓卮也』（中華書局本、四六九頁）
「邦之杌隉曰由一人（杌隉不安言危也）」
（秦誓・北京大学本、六七三頁・古梓堂本、三〇八七頁・足利学校本、三〇九三頁・影天正本、三〇九七頁）
「邦之𢇛隉曰繇一人（■■（判読不能）不安言危也）」
（敦煌本（P.3871）、三〇七三頁）
「邦㞢尭隉曰繇一人（杌隉不安言危也）」（九条本、三〇七七頁）
「邦㞢杌隉曰繇一人（杌隉不安言危也）」（内野本、三〇八二頁）
「邦㞢杌隉曰繇弌人（杌隉不安言危也）」
（上海図八行本、三一〇二頁）

巻二十二「石部」

〔石〕『尚書關石和鈞王府則有孔子安國曰金鐵曰石供民器用通之使和平也』（中華書局本、四七〇頁）
「闗石和鈞王府則有荒墜厥緒覆宗絕祀（金鐵曰石供民器用通之使和平）」
（五子之歌・北京大学本、二一四頁）
「闗石咊鈞王府則又（金鐵曰石供民器用通之使和平）」
（敦煌本（P.2533）、五二〇頁）
「闗石咊鈞王府則又（金鐵曰石供民器用通之使和平）」（九条本、五二五頁）

「闕石咊鈞王府則ナ（金銕曰石供民器用通之使和平）」（内野本、五三一頁）
「闕石和鈞王府則ナ（金銕曰石供民器用通之使和平）」
（足利学校本、五三五頁・影天正本、五三九頁）
「闕石咊鈞王府則ナ（金鐵曰石供民器用通之使和平）」
（上海図八行本、五四四頁）

〔石〕『又曰擊石掮石有獸猝佛』
（中華書局本、四七〇頁）
「擊石拊石百獸率舞」（舜典・北京大学本、九五頁）
「擊石拊石百獸徼習」（内野本、九四頁）
「擊石拊石百獸衔（右に「率」）習（左に「舞」）」
（足利学校本、一〇七頁）
「擊石拊石百獸衔習（左に「舞」）」（影天正本、一一九頁）
「擊石拊石百獸率舞」（上海図八行本、一三二頁）

〔姶〕『尚書梁州貢球砥砮丹孔安國曰砮石中矢鏃』
（中華書局本、四七〇頁）
「礪砥砮丹（砮石中矢）」
（禹貢・北京大学本、一七九頁・上海図八行本、四五〇頁）
「砅砥砮丹（砮石中矢）」（岩崎本、三七五頁・内野本、三九七頁）
「砅（左に「砺」）砥砮丹（砮石中矢）」
（足利学校本、四一九頁・影天正本、四三四頁）

〔碣〕『尚書夾石碣石入于何孔安國曰海畔山也』
（中華書局本、四七一頁）
「夾右碣石入于河（碣石海畔山）」
（禹貢・北京大学本、一六四頁）
「夾右碣石入于河（碣石海畔山也）」
（敦煌本（P.3615）、三五二頁・足利学校本、四一五頁・影天正本、四三〇頁）
「夾右碣石入亐河（碣石海中畔山也）」（内野本、三九一頁）
「夾右碣石入亐河（碣石海畔山也）」
（上海図八行本、四四五頁）

〔砭〕『尚書砅砥砮丹孔安國曰砥細於礪皆石也』
（中華書局本、四七六頁）
「礪砥砮丹（砥細於礪皆磨石也）」（禹貢・北京大学本、一七九頁）
「砅砥砮丹（砥細於礪皆磨石也）」（岩崎本、三七五頁）

「砅砥砮丹（砥細於礪皆磨石也）」（内野本、三九七頁）

「砅（左に「砺」）砥砮丹（砥細於砺皆磨石也）」（足利学校本、四一九頁・影天正本、四三四頁）

「礪砥砮丹（砥細於砺皆磨石也）」（上海図八行本、四五〇頁）

〔礪〕『尚書若金用汝則礪』（中華書局本、四七七頁）

「若金用汝作礪」（説命上・北京大学本、二九四頁・上海図八行本、一〇八五頁）

「若金用女任砅」（敦煌本（P.2516）、一〇五三頁・敦煌本（P.2643）、一〇五六頁・岩崎本、一〇六一頁・元亨本、一〇七二頁）

「若金用汝作砅（左に「礪」）」（内野本、一〇六七頁）

「若金用女（後に左に「氵」を附して「汝」）作砺」（足利学校本、一〇七七頁・影天正本、一〇八一頁）

巻二十二「磬部」

〔磬〕『尚書泗濱浮磬』（中華書局本、四八三頁）

「泗濱浮磬」

（禹貢・北京大学本、一七二頁・敦煌本（P.3615）、三五三頁・岩崎本、三七二頁・内野本、三九四頁・足利学校本、四一七頁・影天正本、四三二頁・上海図八行本、四四七頁）

巻二十二「阜部」

〔陰〕『尚書宅憂亮陰三祀孔安國曰陰默也信默不言』（中華書局本、四八六頁）

「王宅憂亮陰三祀（陰默也居憂信默三年不言）」（説命上・北京大学本、二九三頁）

「王宅憂亮陰三祀（陰默也居憂信默三年不言也）」（敦煌本（P.2516）、一〇五一頁・上海図八行本、一〇八四頁）

「王宅憂亮侌三祀（陰默也居憂信默三年不言也）」（敦煌本（P.2643）、一〇五五頁）

「王坻憂亮侌三𠩄（陰默也居憂侫默三年不言也）」（岩崎本、一〇五九頁）

「王庑憂亮陰三𠩄（陰默也居憂信默三年不言也（左に「扌无」））」（内野本、一〇六五頁）

「王宅憂亮食三祀（陰目也居憂信默三年不言也）」（元亨本、一〇七〇頁）

「王庑（左に「宅」）憂亮陰三祀（陰默也居憂信默三年不言也）」

（足利学校本、一〇七六頁）

「王㡯憂亮陰三祀（陰默也居憂信默三年不言也）」（影天正本、一〇八〇頁）

〔陽〕『尚書歸馬華山之陽孔安國曰山南陽』（中華書局本、四八七頁）

「歸馬于華山之陽（山南曰陽）」

（武成・北京大学本、三四一頁・神田本、一四三一頁）

「帰馬于華山之陽（山南曰陽）」（敦煌本（S.799）、一四二五頁）

「峄馬亐華山㞢昜（左に「陽」）（山南曰陽）」（内野本、一四三六頁）

「帰馬于華山之陽（山南曰陽）」

（足利学校本、一四四五頁・影天正本、一四五一頁）

「帰馬亐華山之陽（山南曰陽）」（上海図八行本、一四五六頁）

〔阿〕『尚書弗恵於何衡孔安國曰阿倚也』（中華書局本、四八八頁）

「不惠于阿衡（阿倚）」（太甲上・北京大学本、二四七頁）

「弗恵亐阿奐（左に「衡」）（阿倚）」（内野本、七三一頁）

「弗惠于阿衡（阿倚）」（天理本、七三六頁）

「弗恵于阿奐（阿倚）」（足利学校本、七四二頁・影天正本、七四六頁）

「弗惠亐阿奐（阿倚）」（上海図八行本、七五〇頁）

〔陜〕『尚書无自廣以陜人』（中華書局本、四九二頁）

「無自廣以陜人」（咸有一徳・北京大学本、二六一頁・上海図八行本、八四四頁）

「橆自廣㠯狹人」（内野本、八二〇頁）

「無自廣以狭人」（天理本、八二七頁）

「無自廣㠯狹人」（足利学校本、八三四頁・影天正本、八三九頁）

〔陟〕『尚書三考黙陟』（中華書局本、九三頁）

「三考黙陟」（舜典・北京大学本、九八頁）

「弍考黜陟」（内野本、九五頁）

「三考黜陟」（足利学校本、一〇七頁・影天正本、一一九頁・上海図八行本、一三三頁）

〔降〕『尚書睪陶邁種徳乃降孔安國曰降下也』（中華書局本、四九三頁）

「皐陶邁種徳乃降（降下）」（大禹謨・北京大学本、一〇八頁）

「咎繇邁種悳（降下）」（内野本、一七五頁）

「咎繇（右に「皐陶」）邁種悳（降下）」（足利学校本、一九〇頁・影天正本、二〇一頁）

「咎繇邁種徳（降下）」（上海図八行本、二一一頁）

〔隕〕『尚書若将隕于深渕孔安國田無墜深渕也』（中華書局本、四九四頁）

「若將隕于深淵（若墜深淵）」（湯誥・北京大学本、二四〇頁）

「若將隕丂深函（左に「渕」）（若墜深渕）」（内野本、六七二頁・足利学校本、六七六頁）

「若將隕于深函（若墜深渕）」（影天正本、六八〇頁）

「谷將隕丂深函（若墜深函）」（上海図八行本、六八四頁）

〔附〕『尚書天位震動用附我孔安國曰依附我也』（中華書局本、四九八頁）

「天休震動用附我（故用依附我）」

「天休震峘用附我（故用依附我）」（敦煌本（S.799）、一四二八頁）

「（上部破損）動用附我（故用依附我）」（神田本、一四三四頁）

「兂休震峘用附我（故用依附我也（左に「扌无」））」（内野本、一四四〇頁）

「天休震動用附我（故用依附我也）」（足利学校本、一四四七頁・影天正本、一四五三頁）

「天休震峘用附我（故用依附我也）」（上海図八行本、一四五九頁）

〔陶〕『尚書鬱陶乎予心』（中華書局本、五〇一頁）

「鬱陶乎予心」（五子之歌・北京大学本、二一五頁・上海図八行本、五四四頁）

「轡陶虖予心」（敦煌本（P.2533）、五二〇頁）

「樷轡陶雫予心」（九条本、五二五頁）

「鬱陶㫋予心」（内野本、五三一頁）

「鬱陶兮（左に「乎」）予心」（足利学校本、五三五頁・影天正本、五三九頁）

〔階〕『尚書舞干戚于間也』（中華書局本、五〇二頁）

「舞干羽于兩階」か。（大禹謨・北京大学本、一一九頁）

「羽干羽于兩階」（敦煌本（S.801）、一六七頁）

「（上部破損）羽于兩階」（吐魯番本、一六八頁）

「舞干羽亐兩階」（内野本、一八四頁・足利学校本、一九七頁・影天正本、二〇七頁）

「舞干羽于兩階」（上海図八行本、二一八頁）

〔隓〕『尚書晈眩瞶戋孔安國曰隓癈』（中華書局本、五〇九頁）

「股肱惰哉（墮廢）」（益稷・北京大学本、一五五頁）

「股肱惰才（注は破損）」（敦煌本（P.3605）、二八七頁）

「股肱惰才（墮廢）」（内野本、三〇〇頁・上海図八行本、三二九頁）

「股肱惰才（左に「哉」）（墮廢）」（足利学校本、三一〇頁・影天正本、三一九頁）

巻二十二「厽部」

〔厽〕『古文尚書以此爲絫字』（中華書局本、五一一頁）

〔絫〕『尚書乃罪多絫上孔安國曰汝罪悪衆多絫列在天也』（中華書局本、五一一頁）

「乃罪多參在上乃能責命于天（反報紂也言汝罪悪衆多參列於上天）」（西伯戡黎・北京大学本、三〇九頁）

「乃罪ヨ厽在丄乃能責命亐兂（反報紂言也女罪惡衆多參列在天）」（敦煌本（P.2516）、一二〇九頁）

「乃辠多厽在上乃能責命于天（反報紂言也女罪惡衆多參列在天）」（敦煌本（P.2643）、一二一二頁）

「乃辠多參在上乃能責命亐天（反報報紂言也女罪惡衆多參列在天）」（岩崎本、一二一五頁）

「廼辠多參在丄廼能責命亐兂（反報也報紂也言汝罪惡衆多參列於（右に「扌无」）上在天）」（内野本、一二一八頁）

「乃辠多參在上乃能責命于天（反報報紂言也汝罪惡衆多參列在天）」（元亨本、一二二二頁）

「廼罪多參在上廼能責奐亐天（反報也報紂也言汝罪惡衆多參列於上在天）」（足利学校本、一二二四頁・影天正本、一二二七頁・上海図八行本、一二三一頁）

以上、原本系『玉篇』を古写本の『尚書』に比較すれば、原本系『玉篇』には誤写が多いとは言え、なお古写本と相通じる本文が存し、宋刊本以降の本文とは異なるものが多いことが指摘され得るであろう。

例えば、段玉裁は『古文尚書撰異』（經韻樓叢書巻一—四十二裏）「共工方鳩僝功」（堯典）に注して「僝者説文人部曰僝具也從人孨聲讀若汝南潺水（大徐作潺水許書潺潺倶無）虞書曰方救僝（小徐作僝）功也（今尚書監本僝作僝玉篇人部作僝引虞書方鳩僝功）馬李長云僝具也與説文合僞孔云見也今文尚書作孱見説文辵部亦字之假借也五帝本紀孱作布今文家説也參稽互證知許君稱古文而不廢今文矣」と『玉篇』を引くが、宋本『玉篇』が「僝士簡切虞書曰共工方鳩僝功僝見也又具也」と注するに対し、原本系『玉篇』は、〔方〕『方鳩僝切孔安國方聚見其功也』（中華書局本、三四八頁）とし、北京大学本が「方鳩僝功（方聚見其功）」（四七頁）に作るところを、「方鳩僝珍（方聚見其功也（右に「扌无」））」（内野本、二一頁）、「方鳩僝攻（左に「功」）（方聚見其功也）」（足利学校本、三一頁・影天正本、三九頁）、「方鳩佳功（方聚見其功也）」（上海図八行本、四八頁）に作る。また、敦煌本（P.3315）『經典釋文』は「僝」（十二頁）に作る。

これよりすれば、宋本『玉篇』は、宋版本系本文を反映するのに対し、原本系『玉篇』は、古写本と同じ本文によって作られているということが明らかであろう。

宋本『玉篇』と原本系『玉篇』とを比較すれば、尚書を含め訓詁の典拠となるものを引くことは非常に少ない。『玉篇』は、奈良時代以降、多くの我が国の古典籍に引用が見える。馬淵和夫氏他によって原本系『玉篇』の逸文収集がなされているが、これについては改めて稿を起こしたい。

注

（1）燕京大學引得編纂處　編『太平御覽引得』（京都、中文出版社、一九八二年）。

（2）『皕宋樓藏書志』（台北、廣文書局〈書目續編〉、一九六八年）。
（3）『静嘉堂文庫宋元版圖録　解題篇』（汲古書院、一九九二年）。
（4）「日本國見在宋元版志　經部」（『阿部隆一遺稿集　第一巻』汲古書院、一九九三年、所収）二六二頁参照。
（5）小林信明『古文尚書の研究』（大修館書店、一九五九年）、一九六～二一一頁。
（6）飯田瑞穂『〈史学論集〉対外関係と政治文化第二』（吉川弘文館、一九七四年二月）。
（7）前田育徳会尊経閣文庫　編『尊経閣善本影印集成第二輯』（八木書店、一九九七年）。
（8）阿部隆一「漢籍」（『阿部隆一遺稿集　第三巻　解題第一』汲古書院、一九八五年、所収）。及び同氏「清原宣賢について」（『阿部隆一遺稿集　第四巻　人物篇』汲古書院、一九八八年）所収参照。
（9）神鷹徳治「『秘府略』紙背白氏詩篇の本文の系統について」（『帝塚山学院大学）日本文学研究』第三〇號、一九九九年二月）。
（10）斯波六郎『文選李善注所引尙書攷證』（汲古書院、一九八二年九月）。
（11）前田育徳会尊経閣文庫　編『尊経閣善本影印集成第二輯』（八木書店、一九九七年）。
（12）長澤規矩也「正徳十行本注疏非宋本考」（『長澤規矩也著作集　第一巻　書誌学論考』汲古書院、一九八二年八月、所収）。
（13）阮元校勘記によって汲古閣本を見るに、汲古閣本は、類書等を参考に唐鈔本系統本によって訂正したと思しい箇所が散見される。ただ、これについては、未確認のものも多く、改めて考証を加えたい。
（14）拙稿「越刊八行本尙書正の逓修について」（桑瀬明子女史と共著）（『大東文化大學漢學會誌』第三十八號、一九九九年三月）。
（15）桑瀬明子「附属音尙書注疏の版種鑑定の問題について」（『大東文化大學漢學會誌』第三十九號、二〇〇〇年三月）。
（16）内野本、足利本等『尚書』写本については、顧頡剛・顧廷龍　編『尙書文字合編』（上海古籍出版社、一九九六年一月）を参照する。また『群書治要』（『古典研究會叢書漢籍之部』第九卷、汲古書院、一九八九年二月）も参照。
（17）越刊八行本は『古逸叢書三篇』（中華書局、一九八六年、所収）。

(18) 那波利貞『唐代社会文化史研究』（創文社、一九七四年）。

(19) 島一氏「貞觀年間の禮の修定と『禮記正義』上」（『學林』二十六號、一九九七年二月）、「同下（『立命館文學』五四九號、一九九七年）、「母の爲の三年の喪」——玄宗『孝経』注の背景——」（『立命館文學』五五一號）參照。

(20) 藏中進『則天文字の研究』（翰林書房、一九九五年十一月）。

(21) 飯田瑞穂「『秘府略』の錯謬について」及び「『秘府略』に関する考察」（共に『古代史籍の研究　中』（飯田瑞穂著作集）吉川弘文館、二〇〇〇年、所収）。

(22) 太田亮『新編　姓氏家系辞書』（秋田書店、一九七四年十二月）。

(23) 拙稿「『論語義疏』の系統に就いて」（『東洋文化』復刊第六十七號、一九九一年十月）。

(24) 『中國版刻圖録』（朋友書店、一九八三年）二四頁、及び『上海圖書館藏宋本圖録』（上海古籍出版社、二〇一〇年）八十二頁。

(25) 市川任三「初學記渡來考」（立正大學教養部紀要四、一九七一年）。

(26) 斯波六郎『文選李善注所引尙書攷證』（汲古書院、一九八二年九月）。

(27) 斯波六郎『文選諸本の研究』（広島大學須波博士退官記念事業會編、一九五七年）。

(28) 『文選』（台北、石門圖書有限公司、一九七六年）、及び（中華書局、一九七四年）に影印本有り。

(29) もと一九三五～四二年京都帝國大學文學部景印劉本、これを二〇〇七年に上海古籍出版社が『海外珍藏善本叢書』として影印。

(30) 斯波六郎前掲書、五五一頁。

(31) 斯波氏が舜典の諸注本を判別される資料は、正義『経典釈文』の注文である。『經典釋文』敦煌本（P.3315）は、影印本によるに、「作舜典」の注に、「此下或更有舜典題者非也此篇既是王注應作今文相承以續孔傳故亦爲古字」また、「曰若乩古帝舜曰重叶帝」の注に「此十二字是姚方興所上孔傳本既孝緒七録云姚方興本或此下更有濬哲文明温恭充塞玄徳升聞乃命以位凡廿八篇字異聊出之於王注無施」と。

(32) 斯波六郎『文選李善注所引尙書攷證』（汲古書院、一九八二年九月）五九七頁。

(33) 斯波六郎『文選李善注所引尚書攷證』(汲古書院、一九八二年九月) 六四九頁。
(34) 尾崎 康・小林芳規解題『群書治要』(古典研究會叢書漢籍之部九～十五、汲古書院、一九八九～一九九一年)。また、尾崎康「群書治要とその現存本」(斯道文庫論集二五、一九九一年) 二二一～二二〇頁。
(35) 吉川忠夫「顔師古の『漢書』注」(京都大学人文科学研究所『東方學報』一九七九年五月、二六〇頁)。
(36) 富永一登『文選李善注の研究』(研文出版、一九九九年)。
(37) 東京帝國大學史料編纂掛 編『古簡集影』第一緝 (一九二五～一九三一年)。
(38) 吉川忠夫「顔師古の『漢書』注」(京都大学人文科学研究所『東方學報』一九七九年五月、二六〇頁)。
(39) 坂井健一『魏晉南北朝字音研究・經典釋文所引音義攷』(汲古書院、一九七五年三月)。
(40) 水谷真成「梵語のソリ舌母音を表す漢字――二等重韻と三四等重韻」(言語研究三七號、一九六〇年三月)。
(41) 黄淬伯『唐代関中方言音系』(江蘇古籍出版社、一九九八年)。
(42) 「東洋学説林」緇流の二大小學家 (『神田喜一郎全集 第一巻』所収) 参照。
(43) 『古辭書音義集成 第七～九巻 一切經音義 (上・中・下)』(汲古書院、一九八〇～一九八一年)。
(44) 山田孝雄 編『一切經音義』(西東書房、一九三二年)。
(45) 小野玄妙 編『佛書解説大辭典』(大東出版社、一九六四～一九八八年)。
(46) 「日本國見在宋元版志 經部」(『阿部隆一遺稿集 第一巻』汲古書院、一九九三年、所収) 三六九頁。
(47) 岡井慎吾『玉篇の研究』(東洋文庫、一九三三年)。
(48) 「本邦現存漢籍古写本類所在略目録」(『阿部隆一遺稿集』第一巻、汲古書院、一九九三年、所収) 二二五頁。

(附記)

本稿を記すに当たり、白氏詩文の玄宗の則天武后に対する評価が『唐語林』にあることは日出学園中高等学校の渡邊李氏に御教示を賜り、また紙背に見える「季房」の具平親王及び『大鏡』との関係については大東文化大学文学部日本文学科北村章氏に御教示を賜った。ここに記して深く御禮申し上げる。

結論

梁の沈約『宋書』禮志一には「太興初、議欲修立學校、唯周易王氏、尚書鄭氏、古文孔氏、毛詩周官禮記論語孝經鄭氏、春秋左傳杜氏、服、各置博士一人。其儀禮公羊穀梁及鄭易、皆省不置博士。」と記される。すでに東晋の太興（三一八～三二一）に、『尚書』孔安国伝が学官に立てられたことはこの記事によって明らかである。

しかし、孔伝は、言うまでもなく仮託の書である。

加賀栄治氏は、本書の成立に関して、馬融注に依拠するもの、鄭注に依拠するもの、王粛注に依拠するものの三種に分けて孔伝を分析しておられる。(1)

孔伝が創られるに当っては、旧注を参照した部分が少なくないことは否めない事実であろう。

しかし、はたして、この東晋の当時に作られた孔伝が、そのまま、唐代になって正義が作られるまで変化なく伝えられたかと言えば、それは非常に危ういものであったと言えるであろう。

顔師古の定本が作られたのは、おそらく、当時すでに、孔伝のみならず本文に揺れがあったからに他ならない。

今、例えば、劉宋裴駰の『史記集解』（仁壽本）と、『尚書正義』の孔伝を比較してみるに、全く一致する部分も多いが、違いがあることは明らかである。(2)

少しく例を挙げよう。

『分命羲仲居郁夷』注（本紀第一、五丁裏）

「尚書作嵎夷孔安國曰東表之地稱嵎夷日出於暘谷羲仲治東方之官」

「東表之地稱嵎夷暘明也日出於谷而天下明故稱暘谷暘谷嵎夷一也羲仲居治東方之官」

（北京大学本・正義、三三頁）

『申命羲叔居南交』注（本紀第一、五丁裏）

「孔安國曰夏與春交此治南方之官也」

「南交言夏與春交舉一隅以見之此居治南方之官」

（北京大学本・正義、三四頁）

『武王左杖黄鉞右秉白旄』（本紀巻四、五丁裏）

「孔安國曰鉞以黄金飾斧左手杖鉞示無事於誅右手把旄示有事於教令」

「教」の下の「令」字無し。

（北京大学本・正義、三三五頁）

『陳爾甲冑無敢不善無敢傷牿馬牛其風臣妾逋逃勿敢越逐敬復之』（魯周公世家第三、六丁裏）

「孔安國曰勿敢弃越壘伍而求逐也衆人有得佚馬牛逃臣妾皆敬還」

「勿敢棄越壘伍而求逐之衆人其有得佚馬牛逃臣妾皆敬還復之」

（北京大学本・正義、六六四頁）

これらを、細かな違い、あるいは節略などの際に起こった異同と考えることもできよう。

しかし、すでに『後漢書』李賢注の場合にも見たように、『史記集解』についても、刊本と写本との間に介在する本文の校訂という問題を無視することは出来ない。

すなわち、昭和十年京都大学文学部影印、現大東急紀念文庫蔵『史記集解』（巻十一、孝景本紀）の解題に那波利貞氏が汲古閣本と校異を行っておられるが、(3) その数、七十一項に及び、中には写本の誤写もあるとは言え、刊本の誤りを質すものが少なからざるものもある。

これは、しかし、『漢書』や『史記』という限られたものには止まらない。

太田次男、神鷹徳治氏による『白氏文集』の旧鈔本と宋刊本との比較研究、[4][5] また原田種成氏の『貞觀政要』の研究、[6] 斯波六郎氏の『文選』の研究においても既に証明されたことである。

してみれば、写本と刊本との間には、いずれの本にも、刊本を作る際の校訂において写本と隔絶する何らかの価値判断がされたものと見るべきであろう。

そのひとつは、写本は、我々がテキストについて考えているような固定的な性質を持っていなかったということである。

これまで本論において、『群書治要』、『後漢書』李賢注、『一切經音義』及び原本系『玉篇』の四種及び斯波六郎氏による『文選』李善注によって、『尚書』本文及び孔伝につき刊本と敦煌本及び本邦残存の旧鈔本を比較して来た。

まず、『尚書』引用の諸書に見える逸文で、他の本にも見えるものを挙げたい。

益稷

原本系『玉篇』〔康〕『又曰庻来康𢦏孔安國曰康樂安也』 （中華書局本、四五九頁）

「庶事康哉（賡續載成也帝歌歸美股肱義未足故續歌先君後臣衆事乃安以成其義）」に作って「康樂安也」の孔伝無し。 （益稷・北京大学本、一五五頁）

「孔安國尚書傳曰康安也」（『文選』李善注、巻一・西都賦注）にこの文有り。 （斯波氏考証、五八九頁）

禹貢

『後漢書』李賢注、巻三（肅宗孝章帝紀）に「尚書曰覃懷底績孔安國注云底置績功也」とあるが、これは、別に巻七十六（循吏列傳、第六十六）「尚書曰原隰底績（底致也績功也）」とあり、いずれも現行本の『尚書』には見えないものである。

『後漢書』李賢注、巻八十上（文苑列傳、第七十上）「尚書曰朔南暨聲教（朔北方也）」は、現行本にはないが『釋文』に見える。

仲虺之誥

『一切經音義』の「占吝（下隣振反孔注尚書吝惜也）」（巻十六、二十七裏）、「慳吝（下隣鎮反孔註尚書悋惜也）」（巻二十四、三十二表）、「顧吝（下力陣反孔安國注尚書云恡惜也）」（巻七、二十四裏）は、「徳懋懋官功懋懋賞用人惟己改過不吝（勉於徳者則勉之以官勉於功者則勉之以賞用人之言若自己出有過則改無所吝惜所以能成王業）」（北京大学本、二三五頁）かと思われるが「吝惜也」、「悋惜也」の注無し。

斯波氏考証（五九二頁）によれば、『文選』李善注に「孔安國尚書傳曰吝惜也」（巻三十六、入彭蠡湖詩注）に有りと。

洪範

『後漢書』李賢注、巻七十四下（袁紹劉表列傳、第六十四下）「書曰彝倫攸斁彝常也倫理也攸所也斁敗也」の「彝常也」は、現行本には見えないが、『一切經音義』の「彝琳訓（上以之反孔注尚書彝常也）」（巻八十、二表）、「彝倫（上以之反孔註尚書云彝常也）」（巻九十一、一裏）に見える。

無逸

〔誕〕『尚書乃逸乃詹既誕孔安国曰誕欺也』（中華書局本、二〇頁）

「乃逸乃諺既誕」、「誕欺也」の孔伝無し。（無逸・北京大学本、五〇七頁）

「孔安國尚書傳曰誕欺也」（足利学校本『文選』巻二十五、贈丁翼詩注）有りと。（斯波氏考証、五九二頁）

大誥

『一切經音義』の「瑕疵（下疾移反孔注尚書疵病也）」（巻十二、五表）、「瑕疵（下自資反孔注尚書云疵病也）」（巻三十、二十七裏）、「癡疵（下字移反孔注尚書云疵病也）」（巻三十二、十八裏）、「瑕疵（下自茲反孔注尚書云疵病也）」（巻三十三、三十九裏）、「瘕疵（下漬茲反孔注尚書疵亦病也）」（巻四十七、二十裏）、「瑕疵（下自資反孔注尚書云疵病也）」（巻三十、二十七裏）は、「天降威知我國有疵（天下威謂三叔流言故祿父知我周國有疵病）」（大誥・北京大学本、四〇七頁）の文の注かと思われるも「疵病也」の注無し。

「孔安國尚書傳曰疵病也」（『文選』李善注・巻五十七、夏侯常侍誄注）にあり。（斯波氏考証、五九三頁）

『一切經音義』の「消殪（古文作壹同於計反尚書殪戎殷注云殪煞也亦盡也）」（巻三十四、四十五表）、「殪入（古文作壹同於計反尚書殪戎殷孔安國曰殪殺也亦盡也）」（巻五十五、十六表）、「自殪（翳計反孔注尚書云殪殺也）」（巻八十二、三三表）、「傷殪（於計反孔注尚書云殪殺也）」（巻八十五、二四表）は、「天乃大命文王殪戎殷誕受厥命（天美文王乃大命之殺兵殷大受其王命謂三分天下有其二以授武王）」（康誥・北京大学本、四二五頁）。「殪殺也亦盡也」（孔伝）は不明。

また、『一切經音義』の「殫盡（多安反尚書乃殫文祖注云殫盡也）」（巻十七、十八裏）も現行本には不明なるも、斯波氏によれば、「孔安國尚書傳曰殫盡也」（西都賦注）に見えると。斯波氏は「案ずるに高歩瀛曰「僞孔傳無殫盡也之文洛誥君奭等篇皆以盡詁單。單乃殫之借字。故李注然」と。然れども李善據る所の傳或は「殫盡也」の明文有りたるやも知るべからず。又其の經「殫」に作りて「單」に作らざりしやも亦知るべからざれば、高説遽に従ふ能はざるなり」と。

『一切經音義』の「夕惕（夕夜也下體亦反孔注尙書云惕懼也）」（巻十、十九裏）、「驚惕（汀歷反孔注尙書云惕懼也）」（巻三十八、二十七裏）、「惕惕（汀的反孔注尙書云惕懼也）」（巻五十七、二六表）、「慘惕（下汀的反孔注尙書惕懼也）」（巻七十八、三十一表）、「慙惕（下天曆反孔注尙書惕懼也）」（巻八十八、二十二裏）、「怵惕（恥律反下又作愁同他狄反尙書云怵揚唯厲孔注云怵惕懷懼也亦悽愴）」（巻三十二、三十二裏）、「怵惕（耻律反尚書怵惕唯厲孔安國曰怵惕懷懼也亦悽愴也）」（巻五十五、二十四表）は、現行本になし。

但し、『文選』李善注に「尙書怵惕懷懼也」（東都賦注）に見える。

斯波氏考証（五九〇頁）に言う「案ずるに、今本尙書冏命傳「悚懼」を以て經の「怵惕」を訓釋すれども、「怵惕悚懼也」の文無し」と。

『一切經音義』の「腥臊（上姓精反或作胜孔注尙書云腥臭也）」（巻八、六裏）、「腥臭（昔精反或作胜孔安國注尙書云腥殠也）」（巻十四、二十六表）、「臭胜（下音星孔注尙書云腥臭也）」（巻五十五、七裏）、「腥臊（上昔丁反孔注尙書云腥臭也）」（巻五十五、二十表）、「羶腥（下性精反孔安國注尙書腥臭也）」（巻六十四、二十六表）は、「虐威庶戮方告無辜于上上帝監民罔有馨香徳刑發聞惟腥（三苗虐政作威衆被戮者方方各告無罪於天天視苗民無有馨香之行其所以爲徳刑發聞惟乃腥臭）」（呂刑・北京大学本、六三一頁）の文かと思われるが「腥臭也」の孔伝無し。

『文選』李善注の「孔安國尙書傳曰腥臭也」（巻十三、鸚鵡賦注及び巻二十八、鮑明遠升天行注）に見える。

斯波氏考証（五九一頁）に「案ずるに、今本尙書酒誥傳「腥穢」を以て經の「腥」を訓釋し、呂刑傳「腥臭」を以て經の「腥」を訓釋すれども「腥臭也」の文無しと。

以上は、現行本宋版のみならず、内野本以下旧鈔本にも見えないが、唐代の『尙書』にはあったかと思われる孔伝である。

ところが、ひとつだけ、非常に興味深い逸文が存する。

堯典

『一切經音義』の「頑嚚（下魚斤反孔注尚書云口不道忠信之言曰嚚）」（巻三十五、十一裏）

「岳曰瞽子父頑母嚚象傲（無目曰瞽舜父有目不能分別好惡故時人謂之瞽配字曰瞍瞍無目之稱心不則德義之經為頑象舜弟之字傲慢不友言並惡）」（北京大学本、五三頁）と有り「口不道忠信之言曰嚚」の九字無し。

「經為頑」（敦煌本（P.3015）、八頁）の下に「口不道忠信之言曰嚚」の九字有り。

なお、「口不道忠信之言曰嚚」（内野本、二四頁・足利学校本、三三頁・影天正本、四一頁・上海図八行本、五〇頁）は無し。

孔伝に見える「尙書云口不道忠信之言曰嚚」は、宋版以降のテキストにはもちろん旧鈔本でも内野本などには見えず、しかし、敦煌本にのみ見えるものである。

もとより、この一条からのみ判断することは難しいが、敦煌本（P.3015）に類する『尙書』は、元和二年に成った慧琳の『一切經音義』に使用されたものと非常に近いものであったのではないかと考えられる。

しかし、いずれにせよ、『文選』李善注、『後漢書』李賢注、『群書治要』、『一切經音義』、『玉篇』それぞれの引用『尙書』と旧鈔本との対校の末に挙げたごとく、『尙書』孔伝には、夥しい数の孔伝の逸文が見える。このことからすれば、唐代に通行していた『尙書』孔伝は、現在我々が見る宋本以降のテキストとはかなりの違いがあったということが知られるであろう。

さて、次に、経文について、今回利用した諸書引用の『尙書』が宋刊本と異なっている部分を挙げたい。但し、逸文の場合と同じく、一本のみの異同では、それだけが特例として考えられる恐れもあるから、二本以上に及んで異同あるもののみを記したい。

堯典

『曰放勳欽明』


「勳」字は、『文選』李善注、『群書治要』、原本系『玉篇』に「勛」に作る。

『尙書隸古定釋文』は、「說文力部勛古文勳汗簡員部引尙書同史記堯本紀亦作放勛又周禮司勳注故書勳作勛」。

段玉裁は「說文殂字下引勛乃殂證之則壁中故書作放勛孔安國庸生乃易爲勳」と。これに対して斯波考證（三九一頁）は「然れども唐初僞孔氏本、尚「放勛」に作る者必ず承くる所有るべければ、「勛」を易へて「勳」に作るは安國に非るべし」として、大禹謨「其克有勳」を引く『北堂書鈔』に「勳」を「勛」に作り、「我文考文王克成厥勳」（武成）を神田本「勛」に作る例を出す。


『平秩南訛』


「訛」字は、原本系『玉篇』に「譌」に作る。また「訛化也」（孔伝）は『一切經音義』並びに原本系『玉篇』に「譌化也」に作り、足利学校本注して「史作譌」と。

『尚書隸古定釋文』は「僞」字に作り、「案僞與訛同周禮夏官馮相氏注中夏辨秩南僞漢書王莽傳每縣則薅以勸南僞師古曰僞讀爲訛也又顧氏唐韻正云僞古音訛莊子知北游篇仁可爲也義可虧也禮相僞也詩小雅民之譌言石經作僞言郭璞注方言僞音訛又引漢書同」と。

『**揚側陋**』

「側」字、『文選』李善注に「仄」に作る。また『一切經音義』は「側陋者廣求賢也」（孔伝）に「仄」に作る。

「仄（字又作仄古側字）」（敦煌本『釋文』）と。

斯波氏考証（三二八頁）は、他に『北堂書鈔』巻十一求賢三十九「明揚仄陋」、司馬貞五帝紀述贊「明敭仄陋」、『廣韻』二十四職「仄」に「仄陋」あることを擧げ、「見るべし。古「仄」に作る尙書有りしを」と言う。

更に、『尚書隷古定釋文』に「案前漢書五行志多治仄注冠師古曰仄古側字也又賈誼傳仄聞屈原兮黿錯傳險道傾仄息夫躬傳見之仄目倶是」と。

舜典

『**歲二月東巡守至于岱山**』

「守」字、「狩」（『文選』李善注及び『後漢書』李賢注）に作る。

「守（本或作狩）」（敦煌本『釋文』）に作り、「或作狩」（内野本）と傍記す。

段玉裁は「釋文守或作狩玉裁案依孟子白虎通訓詁作狩爲長」と。

『**帝乃殂落**』

「殂」字、「徂」（『文選』李善注及び『後漢書』李賢注）に作る。

「放勛」「廼殂」（敦煌本『釋文』）を出し「廼殂」の注に「馬鄭本同方興本作帝乃徂落」と。方興本は「徂」に作りしものならん。但し、『説文解字』に依れば「殂往死也」、「徂往也从辵且聲𨑢齊語䎣𨑢或从彳」と。

ところで、既に斯波氏によって指摘されているが、『群書治要』は「帝乃殂落」を「放勛乃徂落」に作る。宋本「放勳」（堯典）に作るも、「勳」字は、『文選』李善注、『群書治要』、原本系『玉篇』に「勛」に作る。孫星衍『尚書』今古文注疏に「帝當爲放勛二字或梅氏作僞傳既不以放勛爲堯名則並改此文爲帝」。しかし、『釋文』にすでに梅本舜典は王肅注本に基づくと。敦煌本『釋文』舜典と『群書治要』は一致するところ非常に近い。今後、更にこの点については考える必要があろう。

大禹謨

『帝德罔愆』

「愆」字を「𠎝」（『群書治要』）に作る。また『一切經音義』、「愆過也」（孔伝）を「𠎝過也」に作る。

『尚書隷古定釋文』に「説文心部𠎝籀文愆汗簡言部引尚書同」と。

皐陶謨

『皐陶曰都慎厥身』

「皐陶」を「咎繇」（『群書治要』及び『文選』李賢注）に作る。

『文選』李善注、益稷の「咎繇曰庶事庸哉」他、「皐陶」を全て「咎繇」に作る。

斯波氏考証（一八七頁）は段玉裁の「考自来古文尚書有作皐陶者、有作咎繇者。是以顔注漢書引尚書作咎

繇。李注文選則皆作皐陶」を引き、「段氏、李皆皐陶に作ると謂へるは、是れ智者の一失」と。
『尚書隷古定釋文』に「説文言部謨字下引虞書曰咎繇謨漢書武帝紀咎謨對禹又晁錯傳大禹得咎繇而爲三王祖又案糸部繇隨從也从系䍃聲臣鉉等曰今俗从缶」と。『廣韻』平声豪韻の「咎」に「皐陶舜臣古作咎繇」と見える。

『知人則哲』

「哲」字、「悊」（『群書治要』）に作り、また「喆」（『一切經音義』）に作る。
『尚書隷古定釋文』に「玉篇口部喆同哲案漢書敍傳聖喆之治从此」と。

『何憂乎驩兜』

「驩兜」字、「讙兜」（『群書治要』）に作り、また「鴅吺」（原本系『玉篇』）に作る。
内野本・足利学校本・影天正本は、原本系『玉篇』と同じ。

禹貢

『島夷皮服』

「島」字、「㠀」（原本系『玉篇』）に作る。また「海曲謂之島居島之夷」（孔伝）の「島」を「㠀」（『一切經音義』）に作り、敦煌本も同じく「㠀」に作る。
段玉裁は「釋文鳥當老反馬云鳥夷北夷國正義曰孔讀鳥爲㠀㠀是海中之山鄭元云鳥夷東方之民搏食鳥獸者也王肅云鳥夷東北夷國名也與孔不同玉裁按據正義孔讀鳥為㠀之云是經文作鳥傳易其字鄭王如字故云與孔不同

也陸氏釋文云鳥當老反謂孔傳讀為島也其下文曰馬云鳥夷北夷國謂馬不易字也自衛包改經文鳥字為島而宋開寶中又更定尚書釋文兩鳥字皆改為島以島夷系之馬云尤失之誣馬未嘗作島也鳥夷見大戴禮記五帝本紀又按夏本紀地理志皆云鳥夷皮服然則今文尚書亦作鳥也今更定經文作鳥復衛包已前之舊又按依漢人注經之例傳當云鳥讀為島海曲謂之島乃完作正義時已少四字不知轉寫刪之抑作僞者變亂舊章也群經音辨曰鳥海曲也當老切書鳥夷玉裁按賈氏據未改之尚書釋文出此條集韵三十二皓曰島古作鳥此合未改釋文已改釋文為此語也」と。

甘誓

『今予惟恭行天之罰』

「恭」字、「龔」（『文選』李善注及び『後漢書』李賢注）に作り、敦煌本・九條本・内野本はいずれも同じに作る。

段玉裁は「共唐石經及各本作恭此依衛包改也今更正墨子明鬼下篇夏書禹誓曰予共行天之罰也殷本紀今予維共行天之罰漢書王莽傳共行天罰兩見翟義傳共行天罰兩見字皆作共與尚書合師古皆讀曰恭誤也莽傳共行天罰誅莽師古讀曰供供乃恭之譌白虎通三軍篇尚書曰命予惟恭行天之罰玉裁按命字葢誤其共作恭者後人所改也與其所作漢書兩都賦皆不合玉裁按尚書恭敬字不作共如允恭象恭同寅協恭皃曰恭乃弗克恭厥兄惟御事厥棐有恭惟恭奉幣作周恭先嚴恭寅畏罔丕惟進之恭皆是也共奉之字不作恭如甘誓共行天罰不共命般庚上各共爾事般庚中顚越不共般庚下共承民命敢共生生牧誓今予發惟共行天之罰召誥用共王能祈天永命無逸徽柔懿共以庶邦惟正之共以萬民惟正之共君奭大弗克共上下嗣前人共明德柴誓無敢不共孔傳多訓為奉或訓為供待皆是也漢石經之存於今者無逸一篇中嚴恭作恭懿共維正之共皆作共可知二字之不相混儻古文尚書經文本作各恭爾事恭行天罰之類何必紆回訓為奉乎尚書全經言恭者何以不皆訓為奉乎周禮全經供字皆作共詩溫溫恭人敬恭明祀溫恭朝夕字皆不作共小雅靖共爾位鄭箋共具也則非恭字也表記引作恭與詩不合大雅克共明刑虔共爾位毛傳皆云共執

也鄭箋古之恭字或作共云或則僅見之事也昏椓靡共鄭箋無冐共其職事者毛詩恭共分別亦如是爾雅釋故供峙共具也供共並出共者供之假借字惟左傳昭七年三命茲益共其共也如是襄十三年君命以共與僖四年王祭不共字不分則鄭君所謂古之恭字或作共者據左氏言他經不爾也衛包誤認共恭為古今字遂改尙書訓奉之共悉為恭釋文原本各篇皆當有共音恭之語至開寶中以為無用而刪之遂使古經用字義例薶蘊於終古矣又按説文三篇共部曰共同也龔給也八篇人部曰供設也一曰供給也是則供龔音訓俱同而古經假共為龔尚書甘誓共行天之罰孔傳共奉也奉與給義同此假共為龔也故呂氏春秋高誘注引正作龔龔訓奉非恭敬之謂也宋次道家古文尚書凡恭敬字皆作龔此不通小學者所為適與衛包意見合呂氏春秋先己篇曰夏后柏啓孫氏詒穀挍定與有扈戰　於甘澤而不勝高誘注曰書曰大戰于甘乃召六卿王曰六事之人予誓告汝有扈氏威侮五行怠棄　三正天用苃絶其命今予惟龔行天之罰漢書敘傳龔行天罰赫赫明明文選卷五十作恭誤也呉志三嗣主傳注孫盛曰豈龔行天罰伐罪弔民之義乎玉裁按此用龔字與高誘同文選鍾士季檄蜀文命授六師龔行天罰李注尚書曰予惟龔行天之罰文選班固東都賦龔行天罰應天順人斯乃湯武之所以昭王業也李善注云尚書武王曰今予惟龔行天之罰後漢書班固東都賦龔行天罰李賢注曰尙書武王曰今予惟龔行天之罰玉裁按李善李賢所據尙書皆作龔字也善注文選之例如文選作龔尙書作共必引書而明之曰共與龔同然則唐初尚書本實有作龔者假令龔即恭字則下文允恭乎孝文何以不作龔乎荀悅武帝紀四立皇子閎為齊王策曰烏呼念之哉龔朕之詔漢書武五子傳作共義同謂奉朕之詔也師古注非史記三王世家作恭則淺人所改也又按漢書恭敬字皆不借共惟高惠高后孝文功臣表昔唐以萬國致時雍之政虞夏以之多群后饗共己之治此蓋班氏所據論語作共己正南面如魯論車中内顧班用古論不内顧之類師古當云讀曰供奉也乃云讀曰恭亦誤又按秦和鐘銘龔夤天命言奉敬天命也通雅云即恭寅非又按龔給龔奉義本無二龔亦可作供而古經多假借共字唐己後人分別龔字不用而龔給字專用供是以惟正之共用共王能祈天永命無敢不共孔訓供待者皆徑改為供字而其餘訓奉者以奉與敬義略近盡改為恭字此其大略也足以共朝貢曰不能共事天地曰大不克共上下曰郊祀天地宗祀明堂

共祀宗廟曰共行天罰曰共卿工卿曰以自共給其訓皆奉也其音皆平聲師古注或讀曰供或讀曰龔或讀曰恭或音恭全無確見其言讀曰恭者乃衛包之先路也凡古言讀曰者皆易其字又按史記一書如似恭漫天貌曰恭嚴恭寅畏皆作恭不作共而甘誓牧誓共行天之罰女不共命皆作共不作恭可見自古分別今文尚書古文尚書所同也」と。

しかし、斯波氏考証（四二〇頁）は「段氏恭敬の字、供奉の字分用の説の若きは、原本尚書に於ては或は是ならむも（段氏主として漢石經を據と爲せり）唐初孔氏本に於ては必ずしも當らず。随って其の衛包奉と訓ずるの「共」を改めて「恭」に作るとの説亦从ふべからざるなり。蓋し東晉の尚書本より「龔」の一字を以て「恭敬」「奉敬」の義と爲す。是を以て後人「龔」「恭」古今の字なりと謂ひて「龔」字を改めて悉く「恭」に作りしに過ぎざるならむ」と。

五子之歌

『乃盤遊無度』

「盤」字、「般」（『文選』李善注及び原本系『玉篇』）に作り、『北堂書鈔』（巻二十一、昏徳七十一）同じく、九条本・敦煌本また同じに作る。

『尚書隷古定釋文』は「案盤應作般爾雅般樂也孟子般樂怠傲郊祀志鴻漸於般説文舟部般辟也象舟之旋从殳殳所以旋也是則般旋般辟般樂游般般桓般折等字皆當从般盤本作槃器也籀文作盤見木部从般聲無他義又婁機字原云仲秋下旬碑般桓張納碑般桓弗就義作盤此應作般字原説非是」と。

斯波氏考証（二一七頁）は「切韻を考ふるに、上平二十四寒、「般」の字を訓じて樂と爲し（王氏第三種本。刊謬補缺本同）、「盤」の字は則ち「盂」と訓ず（刊謬本盂を盃に作る）。見るべし、隋唐の間、般樂の字「般」を以て正字とせしことを」と。

『嗚呼曷予懐之悲』

「嗚呼」、「焉虖」（『群書治要』及び原本系『玉篇』）に作る。

『尚書隷古定釋文』は「説文烏部烏孝烏也象形孔子曰烏肟呼也取其助气故以爲烏呼臣鉉曰今俗作嗚非是」又「集韻呼通作虖案漢書武帝紀嗚虖何施而臻此與从此」と。

『匡謬正俗』巻二に「今文尚書悉爲於戯字古文尚書悉嗚呼字」と。

また、『漢書』司馬遷伝の顔師古注に「古字或作烏虖。今字或作烏呼」とあり。

斯波氏考證（三二〇頁）は無逸篇の「周公曰嗚呼君子所其無逸」を引いて、「今「嗚呼」の字を隷古定尚書に於て檢するに、岩崎本、神田本並びに皆「焉虖」に作り（岩崎本凡そ十二見。神田本凡そ四見）雲窓叢刻楊氏本は皆「𢁺乎」に作り（凡そ八見）、島田本は「爲虖」に作り（焉虖に作る者を合して三見）、羅氏敦煌本は多く「烏呼」に作り（凡そ七見）間々「於虖」に作る（凡そ二見）。「𢁺」「爲」は、「[illegible]」の隷變、「於」は「[illegible]」の隷變。「虖」は卽ち今の「乎」の字（漢書多く「虖」を以て語餘の「乎」と爲す。集韻十一模に云ふ「乎」古「虖」に作ると）又「呼」の字（漢書司馬遷傳の顔師古注に曰く「古字或作烏虖。今字或作烏呼」と）。見るべし、隷古定本「烏乎」「烏呼」に作りて「嗚呼」に作らざるを（東晉の原本恐らくは「烏虖」の字を用ひしなるべし）。段玉裁曰く「按經傳漢書烏呼無有作嗚呼者唐石經誤爲嗚者十之一耳」（説文烏字の注）と。近今皆「嗚」に作る者は、蓋し下の「呼」字に渉りて上の「烏」亦「口」を加ふるに至れるのみ。猶是れ「鳳皇」の「鳳凰」と爲り、「琅邪」の「琅琊」と爲るの類のごときなり」と。

仲虺之誥

『惟王不邇』

「邇」を「迩」（『文選』李善注及び『群書治要』）に作り、「迩」（九条本・内野本）に作る。また敦煌本『釋文』舜典に「邇古文迩」と。

段玉裁『古文尚書撰異』（巻十九）召誥の「比介于我有周御事」に注して「日本山井鼎云足利古本介作玉裁按孔傳凡介皆訓大不應此獨訓近疑本作而譌介字之誤也古文邇見義雲章汗簡」と。

湯誥

『弗忍荼毒』

「弗」を「不」（『文選』李善注及び『後漢書』李賢注）に作る。

斯波氏考証（一〇七頁）に旅獒篇の「不役耳目百度惟貞」を引き、「凡そ今本尚書「不」の字、李善引く所及び隷古定尚書、群書治要皆「弗」字に作る者數ふるに勝ふべからず（北堂書鈔引く所亦多く「弗」に作る）。或は古文尚書本「弗」字を用ひて「不」の字を用ひざりしか」と。

湯誥のこの部分は、「不」（『文選』李善注）に作る。いずれが是なるか不明。

伊訓

『曰嗚呼古有夏先后方懋』

「懋」字、「楙」（『文選』李善注及び『群書治要』）に作り、敦煌本も同じに作る。

『尚書隷古定釋文』舜典に「案楙與懋通董仲舒天人策引尚書茂哉茂哉又爾雅釋詁注引書曰茂哉茂哉疏云書作懋茂懋古今字也楙爲古茂字律歷志君主種物使長大楙盛也師古曰楙古茂字」と。

斯波氏考証（一七〇頁）に「今本尚書を考ふるに、「懋」の字有りて「楙」の字無し。然るに舜典「惟時懋哉」、敦煌本釋文「楙」の字を出し、『北堂書鈔』（巻十八勅誡五十九）引いて亦「楙」に作り、大禹謨「予懋懋官功懋懋賞」・畢命「惟公懋徳」・北堂書鈔（大禹謨は巻十九歎美六十二、其の餘は巻十八勅誡五十九）引いて皆「楙」に作る。又盤庚下「懋」の字二見して、岩崎本敦煌本尚書皆「楙」に作り、畢命・冏命各「懋」の字一見して、岩崎本「楙」に作る。此れに據りて之を推せば、唐初本尚書「楙」の字を用ひたる者有ること明かなり。説文に據れば、「懋」は勉也（第十篇下心）、「楙」は木盛也（第六篇上木部）。二字其の義異る。然れども「懋」は「楙」の聲なれば、互に相通ずるを得るなり。汗簡巻中之一林部「楙」を出して「懋」と注す（四部叢刊續編本に據る）」と。

太甲下

『若升高必自下若陟遐必自邇』

「邇」字、「迩」（『群書治要』及び原本系『玉篇』）に作る。

既に仲虺之誥に見ゆ。

牧誓

『王左杖黄鉞右秉白旄以麾曰逖矣西土之人』

「逖」字、「逿」（『文選』李善注及び『後漢書』李賢注）に作り、神田本、内野本も同じに作る。

『尚書隷古定釋文』に「説文辵部逿古文逖汗簡辵部引尚書同釋詁亦作逿郭璞引此經以證詩抑篇用逿蠻方左氏襄十四年豈敢離逿史記引大誓離逿其王父母弟竝同」と。

斯波氏考証（三三二頁）に「段玉裁曰く「爾雅釋詁逿遠也。郭注書曰逿矣西土之人。北齊書文苑傳顔之推

觀我生賦曰湯西土之有象。文選李善注兩引書皆湯。是唐初本尚書作湯。衛包據説文逖爲今字。湯爲古字改之」（撰異巻十二）と。「湯」を改めて「逖」に作れるは衛包の罪なりや否やは姑く之を措くも、唐初已前尚書「湯」に作るとの段説甚だ塙、易ふ可からざるなり」と。

『今予發惟恭行天之罰』

「恭」字、「龔」（『文選』李善注及び『群書治要』）に作る。敦煌本・内野本も同じに作る。既に甘誓に見える。

武成

『乃偃武修文』

「修」字、「脩」（『文選』李善注及び『群書治要』）に作り、神田本また「脩」に作る。

『尚書隷古定釋文』に「案漢婁壽碑云曾祖父攸春秋又云不攸廉隅隷釋云兩修字皆作攸字原云修字省文漢碑修字皆作攸又張表碑雅藝攸載字原云義作修」と。

斯波氏考証（二一〇頁）「「修」「脩」均しく「攸」の聲なれば相通用す。是を以て「修德」の修の字、隷古定尚書間々「脩」に作る。説命下「爾交修予」、羅氏敦煌本「脩」に作り、泰誓下「郊社不修」及び武成此の文、神田本皆「脩」に作るが如き是れなり」と。

『發鉅橋之粟』

「鉅橋」、「巨喬」（『文選』李善注及び『群書治要』）に作り、内野本・敦煌本も同じに作る。

『尚書隷古定釋文』に「案巨與鉅通史記禮書宜鉅者鉅宜小者小前漢書食貨志庶人之富者累鉅萬此皆以鉅作巨」と。

斯波氏考証（四二一頁）に「汲冢周書（巻四克殷解篇）、呂氏春秋（巻十五慎大篇）及び北史儒林傳（熊安生傳）竝に「發巨橋之粟」に作り、三國志魏書（高堂隆傳）亦「巨橋之粟」の文有れば、尚書容に本是れ「巨橋」に作りしなるべし」と。

洪範

『無虐煢獨』

「煢」字、「惸」（原本系『玉篇』）に作り、「煢單無兄弟也」（孔伝）を「惸」（『一切經音義』及び原本系『玉篇』）に作る。

『尚書隷古定釋文』に「玉篇卂部煢或作惸」と。

孫星衍『尚書今古文注疏』に「煢獨者詩正月云哀此惸獨傳云獨單也釋文云惸本又作煢王逸注楚詞云煢孤也煢蓋惸假借字」と。

旅獒

『不役耳目百度是貞』

「不」字、「弗」（『文選』李善注及び『後漢書』李賢注）に作る。

既に湯誥に見える。

『所寶惟賢則邇人安』

「邇」字、「迩」（『文選』李善注及び『群書治要』）に作る。

既に仲虺之誥に見える。

金縢

『既克商二年王有疾弗豫』

「豫」字、「悆」（『文選』李善注及び『一切經音義』）に作り、内野本も同じに作る。

『尚書隷古定釋文』に「見五子之歌説文卽引此經作有疾不悆」と。今、「五子之歌」を見るに「説文心部悆忘也嘾也从心余聲周書曰有疾不悆悆喜也今書作豫則二字古通汗簡心部引尚書豫作悆」と。

康誥

『天畏棐民』

「畏」字、「威」（『文選』李善注及び『後漢書』李賢注）に作る。

江聲『尚書集注音疏』に「僞孔本威作畏諶作忱朱倀表引作天威棐諶見風俗通誼五卷郭璞注爾雅引作天威棐惋兹從漢人所引」と。また王鳴盛『尚書後案』に「郭璞爾雅注引天畏作天威皐陶謨天明畏釋文云馬本作威古威畏字通言天之明威可畏以其所輔者誠也」、段玉裁「爾雅釋故郭注引書天威棐忱文選幽通賦李注亦作威按孔傳以可畏釋威經文本作威可見也」と。

斯波氏考証（二一二頁）に「案ずるに陳喬樅「風俗通十反篇書曰天威棐諶言天徳輔誠也」及び此李善注引く所を擧げ且つ曰く「案郭璞爾雅注引尚書亦作天威棐忱。是知作忱者古文尚書也。作諶者今文尚書也。威

字古文今文竝同。僞孔傳以天徳可畏釋。天威二字後人遂改經。天威作天畏非是（今文尚書經説考）」と。

召誥

『厥既得卜則經營』

「得」（『文選』李善注及び『後漢書』李賢注）の下に「吉」字有り。

斯波氏考証（九四頁）に「案ずるに段玉裁曰く「後漢書班固傳注尚書曰厥既得吉卜則經營。按孔傳增吉字也。不可從」と。然れども李善此の注引く所、亦正に「吉」字有れば、古本尚書或は此の字多き者有りたるかと疑はる。今、召誥の文を考ふるに、上に「太保朝至于洛卜宅」と曰ひて、其の下「厥既得卜」と曰へば、下文「卜」の上「吉」の字有る者誼に於て優れるに似たり（史記魯周公世家「卜居焉曰吉遂國之」に作る）」と。

無逸

『周公曰嗚呼君子所其無逸』

「嗚」字、「烏」（『文選』李善注）に作り、「焉虖」（『群書治要』）に作る。

既に五子之歌に見える。

『自朝至于日中昃不遑暇食』

「昃」字、「側」（『文選』李善注）、「仄」（『後漢書』李賢注）に作る。

また、「遑」字、「皇」（『文選』李善注及び『群書治要』）の字に作る。

『尚書隷古定釋文』に「釋文吳音側本作仄」と。「側」に作ることについては、斯波氏考証（三五二頁）に爾雅釋宮の「東北隅謂之宧」、孫炎注に「日側之明」及び『儀禮』の既夕禮を引いて証明す。これによれば、もと「仄」に作ったものを假借して「側」に作り、また後に「仄」から「昃」が作られたものと。

「遑」を「皇」字に作るについては『尚書隷古定釋文』に「案皇與遑同。下文無皇日仍作皇。説文遑在辵部新附文」と。

段玉裁撰異「皇今本作遑俗字疑衛包所改也下文則皇自敬德鄭注皇謂暇謂寬暇自敬可以證此之不从辵矣皇暇疊文同義爾雅釋言偟暇也凡詩書遑字皆後人所改如不遑啓處不遑假寐之類不皇假寐與不　皇暇食句法正同古假暇通用如假日即暇日非趙盾假寐之云也」と。

君奭

『巫咸乂王家』

「咸」（『文選』李善注及び『後漢書』李賢注）の下に「保」字有り。

斯波氏考証（五〇九頁）に「康王之誥に「則亦有熊羆之士二心之臣保乂王家」、多士「保乂有殷」など尚書に「保乂某某」と作るもの多きを引いて、「今本君奭此の經豈一「保」の字を奪せるか」と。

周官

『貳公弘化』

「貳」字、「二」（『文選』李賢注及び『群書治要』）に作る。

斯波氏考証（五二四頁）に『文選集注』に同じく「貳」を「二」に作るとし、「案ずるに、此の注「二」に作る者は、後漢書竇憲傳注引く所と合す。但李善の舊審にし難し」と。

『不學牆面』

「不」字、「弗」（『文選』李賢注及び『群書治要』）字に作る。

「不」「弗」については、既に湯誥に見える。

畢命

『𢾛化奢麗』

「𢾛」字、「弊」（『文選』李善注及び『群書治要』）字に作り、岩崎本・内野本も同じに作る。

斯波氏考證（一二二頁）に、段玉裁『説文解字』注に「弊本因犬仆制字假借爲凡仆之稱俗又引伸爲利弊字遂改其字作弊訓困也惡也此與改獘為獘正同」を引き、「然れども毛詩𢾛笱序の釋文「𢾛本作弊」と曰ひ、禮記郊特牲釋文亦「𢾛本作弊」と曰ひ、又敦煌本刊謬補缺切韻十四祭の部「弊」の字を以て紐首と爲して「毘祭反困亦作𢾛作㡚」と注し、其の紐別に「獘を収めて「獣名」と注すれば、隋唐の時利弊の字多く「弊」に作ること明かなり」と。

冏命

『繩愆糾謬』

「糾謬」の二字、「督紀」（『文選』李善注・『群書治要』・『一切經音義』・原本系『玉篇』）に作り、岩崎本・内野本も同じに作る。

「僵」字については、『漢書』蕭望之傳の顔師古注に「僵古愆字」と。

また「糾」は、斯波氏考証（三九六頁）に「糺」の字、王氏第三種本切韻上聲四十三勲に出て、刊謬補欠切韻は「糺」に作る。蓋し「糺」「糺」「糺」皆「糾」の變ぜる者。廣韻四十六勲に至って乃ち「糺」を以て「糾」の俗字と爲す。然らば則ち今の尚書「糾」に作るは、文字の正俗論ぜられて後改むる所にして、今の文選「糾」に作るも亦唐初の舊には非ざるなり」と。

以上が複数の本にわたって今本『尙書』と異なるものである。

斯波氏の考証に負うところが多いが、氏が『文選』李善注を利用して唐初の『尙書』の面目を映し出すことに成功したのは、金沢文庫旧蔵の平安写本『文選集注』があったからである。

すでに述べた如く、『後漢書』李賢注も筆者は中華書局本を利用したが、部分的に残る『後漢書』旧鈔本と中華書局本を比較すれば、明らかに旧鈔本ならではの文字が使われ、宋本以下の刊本とは異なっている。

もし、『文選集注』がなかったとしたら、いかに斯波氏を以てしても、『文選』李善注所引『尙書』の復元は不可能であっただろう。

しかし、本論でも見て来たように、類書に引かれるものを現在敦煌本や我が国旧鈔本と比べれば、明らかに異なるものも少なくない。

こうしたものは、是非を問える性質のものではなく、先に挙げた逸文をも含めれば、唐代の『尙書』はテキストとしてかなり揺れ幅のあるものとして存在したと言えるのではなかろうか。それは、唐初においては、或いは南朝、北朝という学派の違いであったかもしれないし、あるいはテキストの時代性によるものでもあったかもしれない。

さて、序論で論じた越刊八行本と唐「開成石経」との関係から見ても、宋版以降の『尚書』経文は、衛包の改字を経て作られたものであることは確かである。

小林信明氏は、『古文尚書乃研究』の中で、「衛包改字考」を記し、[7]詳しく衛包改字前後の文字の異同を記しておられるが、氏によれば、衛包の改字は「其の大半が一に孔傳の上にかかつてゐて、孔傳に關聯しないものは、彼の立文の體裁を整備する爲の文字の増減と思はれるものを含めても數條を出ない。即ち衛包改字に於ける文章面の結論は、極めて少數の特例を除いては、凡て孔傳を中心に行はれてゐるといふ可きである」とされる。

しかし、その孔伝もまた、唐代にはいまだ現在のようなものではなく、上に見たような異文を多く含んだものが通行していた。果たして、こうした異文も、衛包によって削られ、現行本のような形に整理されたのであろうか。

ところで、閻若璩『尚書古文疏證』は、偽古文『尚書』を解明した書物として、以後の『尚書』研究に大きな影響を与えた。

その論じる所百二十八条（現存九十九条）は先秦の諸書を援引して考証し、偽孔伝が梅頤によって作られたことを明らかにしたものとされる。

しかし、毛奇齡『古文尚書冤詞』は、梅頤が上書したのは孔伝であって経文ではなかったことなどを論じて閻若璩の説を批判するなど清朝初期は特に偽古文の是非が議論の対象であった。

そして、段玉裁が「漢石經」、「隷釋」、『説文解字』などを駆使して『古文尚書撰異』を著すことによって、漸く漢代の『尚書』の片鱗から衛包の改字に至るまでの文献学的研究が行われたのである。

ただ、近時出版された『尚書古文疏證』[8]の校点本の著者、黄懐信・呂翊欣によれば「古文尚書的問題確實非常複雜。所以我們只能在其基礎上作進一步的深入研究、而不能輕易地以「真」「僞」二字下結論」と言う。

斯波氏は「清儒にして李注所引を援用すること最も多きは段玉裁にて、後の学者は、殆んど段の援引を襲用せるに過ぎたるの觀有り。而も段の援用纔かに二十五條にしてやむ」と述べ、また氏が考証された三十一条の李善注所引『尚書』について、「三十一條は、東晉の書の舊を知るに最も重要なる資料なるに、清儒未だ之を知らず、徒に後人の改竄せる今本尚書に就いて立論せしに過ぎず。惜しむべし」と言う。

清朝考証学の成果は、もとより参照すべきものである。

しかし、写本を見ることなく刊本のみを以てしては唐代通行の『尚書』を復元することはほとんど不可能なことであった。

清華大学蔵戦国竹簡（壹）に「周武王有疾周公所自以代王之志（金縢）」と題するものが収録されるが、今本の金縢とは僅かに似ている点があっても、これを直接的に今本『尚書』のもとと考えることができない。もとより秦火、永嘉の乱、更に衛包の改字などを経た今本『尚書』と直接これを比較しても、先秦の文献の真の価値を明らかにすることは不可能であろう。

そも、写本と刊本とでは、書物としての性格が全く異なる。

顧炎武は『日知録』（巻二十二）に「古人之詩、有詩而後有題。今人之詩、有題而後有詩。有詩而後有題者、其詩本乎情。有題而後有詩者、其詩徇乎物」という。

詩文の世界と経とでは、異なる意識があったとも考えられるが、しかし、写本の世界はその流布の範囲も限定的であり、読書の形態としても音に支配されていた。それに対し、刊本の世界はあらかじめ公的なものとして視覚的な読書を目的としたものである。

先秦の文献に仮借が多いことは、その大きな原因であろうが、はたして唐代の写本にも、未だそうした例が少なくないのは、読書の範囲が刊本のように広くなかったからに他ならない。

また、顧炎武のいう「情」という点についても、言葉に対する霊性が写本にはあったことを指すのではないだろうか。

杜甫は晩年「詩が性靈を陶冶する（陶冶靈存底物、新詩改罷自長吟）」（「解悶」十二首の七）という言葉を使って、自らの言葉による写実力を超越した境地を表現しようとした。

そうした精神は、北宋の詩人にも大きな影響を与えたのであろう。

北宋中期の詩については、『分門集注杜工部詩』に附せられた「後記」に、「近世學者、爭言杜詩、愛之深者、至剽掠句語、迨所用險字而模畫之、沛然自以絶洪流而窮深源」と記され、当時、杜詩を愛する者は、杜詩を剽窃しながら、より深いところを求めようとしたことが汲み取れる。

しかし、それには杜詩を正確に伝えるテキストという問題が横たわっていた。

『老杜詩集後序』（臨川集・巻八十四）には、王安石が、「予考古之詩、尤愛杜甫氏作者。其辭所從出、一莫知窮極、而病未能學也。世所傳已多、計尚有遺落、思得其完而觀之。然每一篇出、自然人知非人之所能爲而爲之者、惟其甫也、輒能辨之。予之令鄞、客有授予古之詩世不傳者二百餘篇。觀之、予知非人之所能爲而爲之、實甫者其文與意之著也。然甫之詩、其完見於今者、自予得之。世之學者至乎甫而後爲詩、不能至、要之不知詩焉爾。嗚呼、詩其難惟有甫哉」と記し、杜詩の言葉の典拠を明らかにすることの難しさと、当時流布していた杜甫の詩集には遺漏が多く、自分の眼力によってのみ初めて、不完全な形で伝来した杜甫のテキストを発見し、整理し得たと言う。これが書かれたのは、王安石が「鄞令」であった一〇四七〜一〇四九年の間であったと考えられる。

ここでは宋代の杜甫の詩集編纂について論じるつもりはないが、金に略奪された北宋の版本があったとは言え、唐代の文献は経書を含めて、同じような状況だったのではないかと考えられる。

事実、王安石が「然甫之詩、其完見於今者、自予得之」と言いながらも、杜工部集は、北宋に唐末五代の動乱で散逸したテキストが発見され、整理されている。

蘇舜欽「題杜子美別集後」（四部叢刊『蘇學士文集巻』十三）には「杜甫本傳云、有集六十巻。今所存者才二十巻、又未經學者編輯、古律錯乱、前後不倫。蓋不爲近世所尚、墜逸過半。吁、可痛閔也。天聖末、昌黎韓綜官華下、於民間傳得號杜工部集者、凡五百篇。予參以舊集、削其同者、餘三百篇。景佑（筆者注「祐」に作るべし）僑居長安、於王緯主簿處又獲一集。三本相從、復擇得八十餘首、皆豪邁哀頓、非皆之攻詩者所能依倚、以知亦出於斯人之胸中。念其亡去尚多、意必皆在人間、但不落好事家、未布耳。今以所得、雜録成一策、題曰老杜別集、俟尋購僅足、當與舊本重編次之」と。

これによれば、『舊唐書』（巻百九十下・文苑傳）に六十巻と記される杜甫の詩文の三分の二が散逸し、二十巻の乱れたテキストのみが伝わるのみであったこと、そして、まず、韓綜（一〇〇九〜一〇五二）が仁宗の末年に華下（現、陝西省華縣）に民間から『杜工部別集』五百篇を得、対校の結果、三百篇にも及ぶ未発見の詩を得たこと、更に仁宗の景祐年間（一〇三四〜一〇三八）には長安の王緯主簿から異本を入手し、新たに八十余首を得、『老杜別集』と題して編集したことが知られる。

のみならず、杜詩は、仁宗の時に王洙によっても『分門集注杜工部詩』（寶元二年序）が編年体で編集されているのである。

唐末五代の混乱が書物に与えた影響は非常に大きかった。「開成石經」があった経文には、杜詩ほどの錯乱はなかったであろう。しかし、孔伝については、未だ整理されない状態だったのではないか。

版本の製作は、杜詩の場合に、王安石が儒家として経の真髄を知りつつ、且つ揺れのある本文を如何して固定したものにし、公的なものとして鏤板するかということだったに違いない。

しかし、揺れる本文に新たな価値を置くためには新たに視座を設ける必要があった。宋学とは、そうした意味において、新しい視点であった。

それは、杜詩の判別に王安石が「予知非人之所能爲而爲之」と言ったのは、蔡沈が『書經集傳』の序に「二帝三王治天下之大經大法、皆載此書而淺見薄識。豈足以盡發蘊奥。且生於數千載之下、而欲講明於數千載之前、亦已難矣。然二帝三王之治、本於道。二帝三王之道、本於心。得其心、則道與治、固可得而言矣」という言葉と軌を一にするものであろう。

永嘉の乱の後の書物の混乱も同じようなものだったとすれば、梅賾による僞孔傳の作成もまた、我々が現在考える所の僞作という概念とは異なるものではなかったのではなかろうか。

はたして、閻若璩『尙書古文疏證』の読み直しが必要と考えられるのも、こうした視点からのアプローチが不可闕であろう。

唐代の『尙書』を復元し、写本としての揺れを把握することは、魏晋の『尙書』を思想的に解明することのみならず、宋学以降の『尙書』解釈を解明するための資料となる。

最後に、本研究においては、『史記索隱』、或いは我が国に残存する『秘府略』『政治要略』などの引用『尙書』など、文献学的に解決しなければならない問題がある書物は、敢えて利用しなかった。今後、これらの文献も含め更に他の資料を渉猟しつつ、且つ、文字、音韻学的な面をも含めより具体的に唐代『尙書』の復元を試みたい。

注

(1) 加賀榮治『中国古典解釈史　魏晋篇』(勁草書房、一九六四年)。

（2）集解に特徴的なのは、『尚書』の舜典に當たる部分については、一切孔傳を引かず、鄭注、馬注、徐廣、皇甫謐、劉熙の注を引くのみであることである。舜典の孔伝については、范寧の集解、王肅注があったことが知られるが、これもまた、集解には引かれない。現存する敦煌本『經典釋文』も舜典に孔傳を使わず、王肅注本と思しきものを使っていることからすれば、舜典の注釋には、おそらく何かしら特別の理由があったに違いない。

（3）京都帝國大學文學部『舊鈔本史記孝景本紀第十一』（京都帝國大學文學部創立三十周年記念出版、一九三五年）。

（4）太田次男『旧鈔本を中心とする白氏文集本文の研究』（勉誠社、一九九七年）。

（5）神鷹徳治「許氏榆園刊『文粋』の本文について――白居易二詩篇を続って」（『東方學報』七三號、二〇〇一年）、「朝鮮銅活字本『白氏策林』について」（『朝鮮學報一〇六號』、一九八三年）。

（6）原田種成『貞觀政要の研究』（吉川弘文館、一九六五年）。

（7）小林信明『古文尚書の研究』（大修館書店、一九五九年）、一三六頁。

（8）黄懐信、他　校點『尚書古文疏證』（上海古籍出版社、二〇一〇年）。

おわりに

初めて国宝『尙書』を東洋文庫で見る機会を得たのは、大学院在学中のことだった。当時、私は東洋文庫日本研究室の研究員亀井孝老師、林望師匠の下、『岩崎文庫貴重書解題Ⅰ』編纂のための書誌調査のお手伝いをさせてもらっていた。

その時、国宝『尙書』については、すでに石塚晴通先生が所報に解題を書いておられたが、私はどうしても自らの目で、この本を見てみたかった。

というのは、大学院進学を決めた頃から、斯波六郎著『文選李善注所引尚書攷證』に使われた書籍を丁寧に収集しながら読んでいたからである。

筆者に、『文選李善注所引尚書攷證』の精読を勧めて下さったのは神鷹徳治先生だった。神鷹先生に誘われて斯道文庫の太田次男先生の研究会に参加させて頂き、文献のもつ世界の広さと深さを、毎週教えて頂いた。

そして、大東文化大学では、原孝治先生の下、『墨子』のテキストクリティークの複雑さと先秦文献の持つ限界をひしひしと感じたのだった

さて、斯波氏の研究によれば、唐初に通行した『尙書』はいわゆる阮元本などの現行『尙書』とは明らかに異なるという。

もとより、コロタイプ複製本で国宝『尙書』は見ていたが、複製ではなく現物に自らの目を晒すことができるとは、何という幸運であろう。

以来、『尙書』ほど、文献学的に興味深い資料はないと惹き込まれてしまった。


まもなく私は、林望師匠と英国ケンブリッジ大学東洋学部のピーター・コーニツキ先生が始めた『欧州所在日本古典籍総目録』編纂の共同研究員として、ヨーロッパ中の図書館を訪ねた。そして、ほぼ十年を掛けて、大英博物館、フランス国立国会図書館などに所蔵される敦煌本『尙書』をくまなく調査させてもらったのだった。

敦煌本と遣唐使将来本の間には、宋本との関係において連続、非連続と考えられる部分がある。

うまく言葉で説明することができないが、敦煌本の宋本との非連続の部分にあるのは、日本の文献には消えて見えない陸続きに存在する唐末の中国語の変化と相俟って起こった漢字に対する意識の変化、そして本文の揺れを許容する写本から本文を固定しようとする刊本の持つ思想ではないかと思われる。

もし、こう言うことが許されるならば、写本との断絶の断末魔のようなものが敦煌本にはあり、大陸から切り離されて十七世紀初頭まで印刷という圧迫を受けなかった日本の旧鈔本は、屈託のない呑気さのようなものが感じられるということである。

この相違を明確に説明するためには、北宋における『尙書』学の問題を解く必要がある。すなわち、それは写本との断絶を決めて『尙書』の本質を問い、その仮託するところを暴こうとする視点を誘発する近世的思考である。

『尙書』は、じつにおもしろい。

本書を出すに当たって、快く序文を書いて下さり、また本書のもととなった私の博士請求論文の主査をお引き受け下さった池田知久先生には衷心より御礼を申し上げます。

そして、隷古定尚書の奇妙な字を作成して下さったデザイナーの野澤作様、さらに、多忙の間に本書のレイアウトをして下さった勉誠出版の萩野強様にも心から感謝申し上げる次第です。

菫雨白水堂　山口謠司　拝

二〇一九年九月吉日

著者略歴

山口謠司（やまぐち・ようじ）

1963年、長崎県生まれ。

大東文化大学文学部中国学科准教授。博士（中国学）。専門は文献学。

大東文化大学大学院、フランス国立社会科学高等研究院大学院に学ぶ。

『日本語を作った男 上田万年とその時代』（集英社インターナショナル）で第29回和辻哲郎文化賞受賞。

唐代通行《とうだいつうこう》『尚書《しょうしょ》』の研究《けんきゅう》

——写本から刊本へ

2019年10月31日　初版発行

著　者　山口謠司

発行者　池嶋洋次

発行所　勉誠出版株式会社

〒101-0051　東京都千代田区神田神保町3-10-2

TEL：(03)5215-9021(代)　FAX：(03)5215-9025

〈出版詳細情報〉http://bensei.jp/

印刷・製本　中央精版印刷（株）

ISBN978-4-585-29187-9　C3098

東洋文庫善本叢書 7

国宝 古文尚書 巻第三・巻第五・巻第十二／重要文化財 古文尚書 巻第六

『尚書』は儒教の基本経典のひとつで、「国宝 古文尚書」は漢代の隷書体文字による古態を有した極めて貴重なものである。国語学・漢籍受容史上において貴重な資料。

公益財団法人 東洋文庫 監修／石塚晴通・小助川貞次 解題
本体四〇〇〇〇円（＋税）

中国史書入門

現代語訳 隋書

日本に関連する事項や専門的記述のみが現代語訳されることの多かった「隋書」から、その本質部分である本紀（皇帝の伝記）全文と諸列伝（人臣の伝記）を訳出。

中林史朗・山口謠司 監修／池田雅典・大兼健寛・洲脇武志・田中良明 訳・本体四二〇〇円（＋税）

中国中世 四川地方史論集

巴蜀とその周辺地域を中心とする氏族・豪族集団政権の興亡、経済の浮沈、文化の盛衰等の歴史を時代（上古から中世期）順に、数多くの文献を駆使して研究した論文集。

中林史朗 著・本体一〇〇〇〇円（＋税）

中国中世 仏教石刻の研究

風雪に耐え、破壊も免れ、後の時代へと仏教信仰の痕跡を伝え続けてきた諸種の仏教石刻に着目することにより、当時の仏教信仰の社会的・歴史的展開を照らし出す。

氣賀澤保規 編・本体九五〇〇円（＋税）

日明関係史研究入門
アジアのなかの遣明船

外交、貿易、宗教、文化交流など、様々な視角・論点へと波及する「遣明船」をキーワードに、十四～十六世紀のアジアにおける国際関係の実態を炙り出す。

村井章介 編集代表／橋本雄・伊藤幸司・須田牧子・関周一 編・本体三八〇〇円（＋税）

新装版 唐物と東アジア
船載品をめぐる文化交流史

唐物とよばれる船載品は、奈良から平安、中世や近世まで、どのように受容され日本文化史に息づいたのか――。美術品・歴史資料・文学資料を精査し、明らかにする。

河添房江・皆川雅樹 編・本体二〇〇〇円（＋税）

改訂新版 中国学入門
中国古典を学ぶための13章

中国の文学・歴史・思想・芸術などの文化研究、「中国学」。古代～二〇世紀にいたる中国文化の展開や日本への影響を概観し、その豊穣な世界を分かりやすく紹介。

二松學舍大学文学部中国文学科 編・本体一六〇〇円（＋税）

文化装置としての日本漢文学

研究史を概括しつつ、とくに政治や学問、和歌など他ジャンルの文芸などとの関係を明らかにしながら、文化装置としての日本漢詩文の姿をダイナミックに描き出す。

滝川幸司・中本大・福島理子・合山林太郎 編
本体二八〇〇円（＋税）